KB211512

중서
비교
시학

본역서는 연변대학교외국언어문학일류학과건설항목의 지원하 출판

서
중
비
시

교
학

中西比較詩學

조 순 경 曹顺庆
안 해 숙 安海淑
곽 려 화 郭丽花

지음
옮김

學古房

중국국가사회기금중대프로젝트 "동방고대문예이론의 중요범주 및 체계연구와 자료 정리(19ZDA289)

지린성교육청중점프로젝트"중국조선족문학작품의 중화민족교류와 국가공동체의식 연구"(JJKH20220523SK)

중국국가사회기금 "중국문학영향하 조선조 언문문학발전과 경전화 연구"(24XWW003)

"당대중국인문대계"의 출판에 붙여

개혁개방이래 중국사회는 파란만장한 변혁을 거쳐 학술연구의 발전도 독자적인 일파를 이루었다. 출판인으로서 당대 학술성과에 대해 정리하고 이미 출판된 학술저서에 대하여 모래속에서 금을 줍듯이 우수한 도서를 선출하여 재 출판 하는것은 출판업계의 사명이다. 다수 저작들은 출판된 지 오래되어 학계에서 찾을 수 없거나 오늘날에 보기에 테마, 패러다임과 연구방법상의 시대와 맞지 않음을 보여주고 있지만 학술 발전사에서 결여 해서는 안되는 의의를 지니고 있다. 또한 시대의 흐름에 따라 좋은 평판을 얻어 경전으로 자리매김하는 저작들도 있다. 이 저작들은 지혜의 빛을 발산하고 있어 재 출판의 가치를 과시하고 있다. 그리하여 이런 가치를 지닌 학술 저서들을 하나의 큰 시리즈로 집중하여 재 출판하고자 한다. 이는 몇 세대 학자들의 심혈로 이루어진 연구성과를 재현하는 것으로 학술연구, 학자 또는 학생에게 있어서 큰 의의를 가진 사업이다.

모래를 헤집어 금을 줍는 것처럼 출판 사업은 말하기는 쉬워도 행하기는 어렵다. "문(文)에는 제일이 없고 무(武)에는 둘째가 없다"고 인문학과의 학술 저작에는 절대적인 평가 기준이 존재하지 않으므로 우리는 전문가의 추천의견, 인용률등 요소들을 종합하여 참고 할것이다. 이런 연고로 입선된 저작이 경전이고 입선되지 못한 저작들이 가치가 없다고는 할 수는 없다. 저작 목록의 선택에서 사람마다 각기 의견이 다른 외에 주요하게는 적지 않은 일류의 학술저작은 저작권 등 문제로 아쉽게도 본 계열에 실리지 못하게 되었다.

"당대중국인문대계"는 문학, 역사학, 철학등 자 계열로 구성하였다. 매 계열의 저작들을 수량의 일치는 요구하지 않았으나 격식상으로는 될 수 있는 한 일치를 추구하였다. 선택한 저작들은 모두 "과거작"임으로 전면적으로 작가의 연구 성과와 사상 변화를 체현하기 위하여 작자의 근년래 관련 연구성과를 부록에 싣기를 요구한다. 또는 1편의 학술과정을 개술하는 "학술 자서(學術自述)"를 제공하기를 요구하였다.

"당대중국인문대계"는 한 질의 개방성적인 총서로서 새로 창작되거나 저작권 허락을 받은 뛰어난 작품들이 가입할 것을 간절히 바란다. 학문을 선양하는 것은 숭고하고 힘든 사업이다. 중국인민대학교출판사는 학술출판분야에서 근면하게 노력하여 많은 수확을 거두어 독자들의 인정과 찬양을 받았을뿐만아니라 저자들의 긍정과 신임도 받았다. 우리 출판사는 자신의 문화 이념과 출판사명을 고수하여 중국의 학술발전과 문명의 전승에 계속 기여할것이다.

"당대중국인문대계"의 기획과 출판은 중국사회과학원, 북경대학교, 청화대학교, 중국인민대학교, 북경사범대학교, 복단대학교, 남경대학교, 남개대학교 등 학술 기구의 학자들의 열정적인 지지와 도움을 받았다. 이에 진심으로 감사를 드린다. 또한 독자들의아낌없는 지지와 사랑을 받을 수 있기를 간절히 바란다.

중국인민대학교출판사
中國人民大學校出版社

서문

비교의 방법을 운용하여 연구한 중국고대문론

양명조(楊明照)

중국 고대 문론을 우리는 전통적인 방법을 사용하여 연구할 뿐더러 비교의 방법도 사용하여야 한다. 이렇게 하는 것은 중국 고대 문론의 세계 문단에서의 숭고한 지위를 정확히 인식하고 세계 문학계의 소통을 증진할 수 있다. 또한 중국 고대 문론의 민족특색을 정확하게 이해하고 우리 나라의 새로운 문예 이론 체계를 건립하는데 이로운 것이다.

위대한 우리 중화 민족은 예로부터 수많은 휘황찬란한 문화를 창조해내여 세계 어느 민족에도 손색이 없다. 고대 문론 영역에서도 마찬가지이다. 수많은 시화사화(詩話詞話)와 별처럼 많은 정론요어(精論要語)들은 막론하고 "체량이 방대하고 주밀한(體大而慮周)"『문심조룡(文心彫龍)』의 계통성과 완전성은 아리스토텔레스(Aristoteles, 384~322B.C.)의『시학』에 비해도 손색이 없다. 그 이론의 깊이와 넓이는 세계 어느 훌륭한 문학 이론과도 견줄 만하다. 루쉰(魯迅)선생께서 이르기를 "편장이 풍부한데 동에는 유언화(劉彦和)가 있는가 하면 서에는 아리스토텔레스의『시학』이 있다. 신(神)의 본질을 해석 하고 총체를 총괄하며 근원을 개척 하는 것이 모범이 되었다."[1] 또 상상(想象)에 관하여 서진(西晉)의 육기(陸機)의『문부(文賦)』에서 비교적 생동한 묘사를 했다. 그러나 서방은 16세기에 이르러 겨우 계통적인 상상론

---

1 魯迅: "篇章既富, 评骘自生, 东则有刘彦和之『文心』, 西则有亚里士多德之『诗学』, 解析神质, 包举洪纤, 开源发流, 为世楷式."(『诗论题记』)

이 나타났다. 이는 『문부』에 비해 1300년이나 늦었다! 아쉽게도 중국 고대 문론의 거대한 이론적 가치와 숭고한 역사적 지위는 지금까지 세계(특히 서방)의 인식과 승인을 가져오지 못하였다. 많은 서방 학자들은 서방 문론의 형식으로 모든 것을 헤아리고 있다. 중국 문론에 대해 아는 것이 매우 적으며 더우기 무단적으로 경시하고 있다. 극소수 자들은 편견때문이나 대다수는 구습(舊習)에 국한된 것으로 유럽 중심주의에 습관되어 다소 무심코로 중국 고대 문론의 지위를 승인하지 않으려 한다. 예하면 공평함으로 이름난 미국의 어느 교수는 일찍이 "극동국가에는 지금까지 소속에 따라 문학현상을 계통적으로 분류한 것이 없다"고 힘있게 말하였다. 이는 일부 학자들이 믿고 주장하지만 사실은 그렇지 않다. 다시 말해서 큰 오류인 것이다! 우리 나라 동한 때의 건안(建安)말년에 조비(曹丕)는 이미 장르를 사과팔류(四科八類)로 나누었고 서진(西晉)에 이르러서 지우(摯虞)가 편찬한 "고대 문장을 편찬하고 유합(流合)을 구분"한 거작 『문장유별집(文章流別集)』이 출현하였다. 그 후 문체를 분류 하여 연구한 저서들이 우후죽순마냥 생겨났다. 명나라 때에 와서 문체연구론의 집대성인 오눌(吳訥)의 『문장변체(文章辨體)』, 서사증(徐師曾)의 『문체명변(文體明辨)』과 하복휘(賀復徽)의 『문장변체회선(文章辨體滙選)』등이 있다. 어찌하여 "지금까지 소속에 따라 문학현상을 계통적으로 분류한 것이 없다"라 할수 있는가?

이런 현상에 직면하여 우리는 도저히 무시할 수 없다. 과거를 도리켜 보면 우리에게도 책임이 있다고 생각한다. 우리 자신의 연구와 소개가 너무 결핍하여 어떤 의미에서 서방의 편견을 비난만 해서도 않된다. 과거는 이미 지나갔지만 미래는 우리손에 잡혀져 있다. 우리들은 응당 우리 나라 풍부한 고대 문예 이론을 소개시켜 세상에 알려지게끔 노력해야 한다. 이러한 진귀한 보물들이 진정 세상에 알려지게 되면 우리 위대한 민족에게 자호감을 더할 뿐만아니라 세계 문론의 보물고를 풍부히 하고 완화될 것이며 또 웅변적인 사실로는 일부 사람들의 편견을 바로잡고 우리 나라 고대 문론이 세계 문론사에서의 응당한 지위를 회복하게 될 것이다. 이렇게 하는 것은 결코 누구와 우렬을 다투기 위한 것이 아니라 역사의 본래 면모를 정확하게 드러내기 위한 것이다. 우리 중화 민족이 세계 문학에 기여한 이 영예를 함부로 말살해서는 안된다!

냉정히 말해서 동방과 서방의 문학 이론은 모두 세계 문단의 중요한 지위를 차지하고 어느 하나라도 부족해서는 안 된다. 이런 점은 국외의 일부 지식인도 이미 인식하고 있다. 미국 하버드 대학교 비교문학학과장 클라우디•기렴(Claudio Guillén, 1924.9.2~2007.1.27)은 세계가 중국과 유럽(영국 포함)의 두 위대한 문학을 함께 이해하고 사고할 때 비로소 우리는 문학의 중대한 이론적 문제들을 충분히 해결할 수 있다고 생각해야 한다고 지적했다. 일본 학자 이마미치 토모노부(今道友信)는 중국 고대 문학 이론을 "인류에게 우주의 시적 경지, 예술의 비밀을 계발했다, 아니! 존재의 비밀과 초월자의 아름다움을 일깨우고 있다"고 지적했다. 그는 동양 미학을 연구하는 것이 "오늘날 더욱더 중요한 것이며, 현재의 세계에 더욱 새로운 활력을 주입하는 것"이라고 주장하였다. 이런 견해는 결코 당연하다고 생각할 것이 아니라 객관적인 사실에 대한 총괄인 뿐이다. 세계 문단에 조금만 주의를 돌린다면 중국 고대 문학예술이 서방 문학예술가들에게 가져다주는 거대한 계발을 발견할 수 있다. 일찍 계몽 운동시기에 볼테르와 괴테는 중국 고대 문학을 높이 평가하였다. 괴테는 또 "중국인은 이런 작품을 수천 수만권 가지고 있고, 우리의 조상들이 원시림에서 살았을 때 이런 작품들은 이미 존재하였다"고 밝혔다. 서방의 현대 문학예술가들은 중국 고대 문학예술에 대해 더욱 찬탄을 금치 못하고있다. 예를 들면 파운드(Ezra Pound 1885~1972A.D.)를 대표로 하는 이미지즘(Imagism) 유파는 중국 고전시가에서 적지 않은 유익한 계발을 받았다. 표현주의(Expressionism)의 희곡대가 브레히트(Bertolt Brecht 1898~1956A.D.)는 중국의 전통 희곡을 매우 숭상하였는데 이는 그가 중국의 전통 희곡에서 자신이 일관하게 추구해 온 미학 원칙을 발견하였기 때문이다. 모더니즘(Modernism) 회화대가들은 일부러 동방 고대 회화를 본받아 창작하였으며 중국 회화는 생동하고 사의(寫意)적이라 평하였다. 중국 고대 문예와 그 이론이 지닌 거대한 가치 때문에 서구의 일부 학자들은 전통적 편견의 굴레에서 벗어나 동양으로 눈을 돌리기 시작했다. 수천 년의 역사를 지닌 문명의 보물고를 찾아 이른바 "비교 문학의 새로운 방향"을 모색하기 시작했다. 미국의 유약우(劉若愚), 엽위렴(葉維廉), 돈나기(Donaghy), A·깁스(A·gibbs) 등은 이미 중국 고대 문학 이론에 관해 비중 있는 저서를 써냈다. 이 면에서 홍콩, 대만의 학자들도 많은 사업을 하였고 일정한 성과를 거두었으므로 긍정하여야 할 것이다. 그러나 서방 학자들의 견문과 능력의 제한으로 말미암아 그들은 중국 고대 문학 이론에 대한 이해가 그다지 깊지 못하고 투철하지 못하여 그들의 과학 연구 성과는 표층적인 생각에 국한 되어 있으며 심지어 일부 타당하지 못한 점도 있다. 이에 보면 신뢰의 기초에서 중국 고대 문론을 세계에 소개하자면 앞으로 국내 학자들의 노력이 필요하다.

어떻게 해야 민족적 특색을 지닌 우리 나라 문예 이론이 세계로 나아가게 할수 있는가? 전통 연구법과 비교 연구법을 결합시켜야 한다고 생각한다. 내가 말하는 전통적 연구법에는 고대 문학 연구자료의 수집, 정리, 교정, 주석, 번역 및 그 이론적 내함의 연구 토론의 내용이 포함된다. 최근 년간 우리는 이 면에서 이미 뚜렷한 성과를 거두었다. 그러나 전통적인 연구법에만 국한해서는 부족하므로 각종 새로운 방법, 특히는 비교 연구법을 제창하여야 한다. 이렇게 두가지 방법을 병행하여 나아간다면 금후 고대 문학 이론의 연구에 있어서 틀림없이 매우 큰 촉진적 역할을 놀게 될것이다.

루쉰선생은 "종국의 진정 좋은 것을 고양하려면 먼저 자신을 심사해야 하고, 또한 남을 알아야 한다"[2]하였다. 확실히 중국고대의 문학 이론을 소개하여 세계에 충분히 인식시키려면 반드시 비교를 해야 한다. 왜냐하면 비교가 있어야 감별이 있기때문이다. 오직 비교를 통하여서야만 우리는 중국 고대 문론의 거대한 이론적 가치 및 세계 문론사에서의 중요한 지위를 실증할 수 있다. "입만 열면 희랍이라"는 일체 구라파 문론을 가치 중심으로 하는 그릇된 편견을 사실로 시정하면 역사의 본래의 면모를 회복할 수 있을 것이다. 따라서 각국의 문학 이론은 평등의 기초위에서 서로 장점을 취하고 단점을 미봉하면서 세계 문학예술의 기본법칙을 함께 탐구하게 될 수 있다.

비교의 방법을 적용하는 것은 중국 고대의 문론 자체를 연구하는 데 있어서도 유력한 추진력으로 된다. 서방 문학 이론과 중국 고대 문학 이론의 대비를 통하여 우리는 중국 고대 문학 이론의 민족적 특색을 더욱 명확히 인식할 수 있을 뿐만 아니라 새로운 각도에서 중국 고대 문학 이론의 풍부한 내용을 인식할 수 있으며 비교가운데서 적지 않은 새로운 내용을 터득할 수 있다. 만약 일부 이론 문제를 고립시켜 논한다면 그 본질적 특징을 파악하기 쉽지 않아 흔히 "몸이 여산속에 있기에 여산의 진면목을 알지 못하"[3]는 곤경에 빠지게 된다. 고대문론을 연구하는 많은 사람들은 중국고대 문예이론의 많은 개념과 술어를 정확히 설명하기가 쉽지 않다는것을 알고 있을 것이다. 예를 들어 어느 한번의 고대 문학 이론 토론회에서 "문기(文氣)"에 대한 해석만 해도 수십가지나 되고 "풍골(風骨)"에 대한 해석은 의론이 분분하여 정설을 내놓지 못했다. 어떻게 이러한 개념과 전문 용어를 명확히 할 수 있는 것인가? 전통적인 연구외에 시각을 좀 더 달리하여 다방면적으로 비교 연구를 하여야 한다고 생각한다. 서로 비교하는 가운데서

---

2 "欲扬宗邦之真大, 首在审己, 亦必知人, 比较既周, 爰生自觉。"(《摩罗诗力说》)

3 不识庐山真面目, 只缘身在此山中。

우리는 더욱 깊이 있고 구체적으로 중국과 서양의 문학 이론 각자의 특색을 이해할 수 있고 제 각기의 독특한 맛을 느낄수 있다. 왜냐하면 각국의 문예 이론은 공동한 법칙을 가지고 있을 뿐만 아니라 또 필연적으로 각자의 특수한 법칙도 가지고 있기 때문이다. 우리는 오직 비교하여야만 중국 고대 문학 이론의 이론적 내포를 진정하게 인식할 수 있다. 그러나 이런 비교는 중국 문론과 서방 문론을 정확하게 이해한 기초위에서 진행하여야 하며 기계적으로 모방하지 않도록 명심하여야 한다.

비교의 방법을 제창하는 더욱 중요한 의의는 또한 우리 자신의 문예 이론 체계를 수립하는데 있다. 중화 인민 공화국이 창건된 이래 우리 나라의 문예 이론은 줄곧 구 소련쪽으로 기우는 추세로 대학강단이든 과학연구 기관이든 모두 구 소련을 표준으로 삼고 있었다. 서방의 문예 이론은 문예 과학의 한 분야로서 그것이 제시한 일부 법칙들은 보편적 의의를 가지고 있다. 그러나 서방의 문예 이론은 서방의 특정된 문학예술의 개괄과 승화일 뿐 일정한 한계가 존재한다. 만약 무턱대고 중국의 고대 문학에 적용시키려면 앞뒤가 맞지 않는 뚱딴지 같은 말이 될 것이다. 발을 깎아 신발에 맞게 하는 것처럼 이론과 실제를 억지로 적용시켜서는 안된다. 어떻게 이런 문제들을 해결 할 것인가? 현재 이론계에서 연구 토론중이다. 어떤 사람은 순전히 중국 고대의 문론으로만 『문학개론』을 쓰려고 생각하는데 그것은 아마 실현되기 어려울 것이다. 이전에 구 소련을 따라 배우던 방법을 철저히 뒤엎으면 어떤가? 그렇게 할 필요도 없으며 또 그렇게 해서는 안된다고 생각한다. 어떤 형식의 일방적인 형세를 보여서도 않된다. 옳바른 태도는 자신의 각도에 입각하여 유익한 것을 받아들이며 중국 문학의 실제와 결부하여 우리의 문예 이론 체계를 세워야 한다는 것이다. 중국과 서양의 문학 이론의 우(優)와 열(劣)은 반드시 비교를 통해서야 발견할 수 있다. 이로부터 중국 고대의 문론을 연구함에 있어서 비교의 방법이 매우 중요하다는 것을 알 수 있다.

세계를 상대하여 포용적인 유파를 이루면 우리는 중국 고대의 문론 연구에서 기필코 한단계 더 높은 성과를 이룩하게 될 것이며 우리 나라 고대 문학 이론의 귀중한 보물은 기필코 세계문단에서 더욱 눈부시게 빛날 것이다!

차례

서론

들어가는 말

　여러분은 서방과 중국의 문학예술 작품을 많이 읽었고 그 화려하고 다채로운 중국과 서방의 예술 진품 속에서 탐구해 본 적이 있을 것이다. 「모나리자」의 신비한 미소속의 예술적 매력은 황홀감에 빠져들게 하고 돌아가는 일을 잊게 했을 것이다. 셰익스피어의 비극은 가슴이 찢어질 듯 슬프게 만들었을 것이다. 그 자유롭고 유원하며 평온하고 담백한 수묵화는 번뇌를 떨쳐버리고 정신이 맑고 기분이 상쾌하게 할 것이다. 굴원의 「이소(離騷)」를 한번 보면 세 번 탄식하며 눈물범벅이 된다. 그리고 웅대하고 아름다운 고대 그리스의 서사시, 용이 날고 봉이 춤추듯한 중국의 서예, 자태가 다채로운 서양 소설, 예술적 경지가 심원한 당시(唐詩)와 송사(宋詞)......

　하지만 예술을 음미할 때 중국과 서방 예술의 심미적 특징의 확연히 부동하다는 것을 느낀 적이 있는가? 소박하고 함축적인 품격을 내포한 "맑은 물에서 나온 부용, 다듬어짐 없이 자연스러운" 특징, 기묘하고 아름다운 운치가 담겨 있는 중국 시화(詩畫) 앞에서 중화 예술의 맥박을 느꼈는가? 웅장하고 방대한 그리스서사시 앞에서, 운명과 맞서 싸우는 비극속에서, 생동감이 넘치는 인물 형상 앞에서, 서방 고대 예술의 태양신 "아폴론"과 주신 "바커스"의 광희(狂喜)를 느꼈는가? 이런 것들을 절실히 느끼게 된다면 중국과 서방의 문학예술 취향이 왜 다른가 하는 것을 깊이 터득하게 될 것이다. 왜 중국은 상고 시대부터 웅장하고 장려한 사시와 비극이 없었을가? 왜 서방에는 용이 날고 봉이 춤추는 서예 예술이 없었을가? 왜 중국 고대 소설은 "자질구레한 도(小道)"라는 비난을 받고, 서양 소설은 문학적 정통이라는 평가를 받았을가? 왜 서양 회화와 그림은 원근 투시를 중요시 하는데 중국 회화는 형상의 유사성을 추구하지 않고 "신(神)"의 유사성에 만 전념하였을가? 왜 고대 서양에서는 현실 모방에 치중해 문예를 "현실을 반영하는 거울"로 삼았을가? 중국은 문예를 왜 "감정을 토로하고 뜻을 표현하고 도를 다스리는 도구"로 삼았을가? 왜 서방 문학예술은 그렇게 창조적인 정신이 풍부한데, 중국 문학예술은 오히려 비교적 보수적이어서 항상 "공자(孔子)"나 "시왈(詩曰)"인가? 왜 서양 문예는 사랑의 어큐라(acura)에 열중하는데 중국 문예는 도덕과 절개의 칭송에 치중하였는가? 이러한 문제들은 모두 다음과 같은 근본적인 문제로 규결시킬 수 있다. 즉 "중화 문학예술과 서방 문학예술의 기본 미학 특징은 무엇인가?", "중국 예술과 서양 예술의 뿌리는 어디에 있는가?"이다.

"중서 비교시학"은 이론적인 차원에서 중국과 서양 문예의 서로 다른 미학적 품격을 판별하고 그 근원을 깊이 탐구하려는데 치중한 것이다.

"시학"이라는 용어는 아리스토텔레스의 문학 및 미학 저서 『시학(詩學)』에서 유래하였으며 아리스토텔레스는 이 용어를 많은 내용을 포함한 용어로 정하였다. 『시학』에서 아리스토텔레스는 시의 종류, 기능, 성질을 탐구했을 뿐만 아니라 다른 예술이론과 비극, 모방 등의 미학 이론도 탐구하였다. 실제로 아리스토텔레스는 이미 "시"를 일반적인 의미의 예술로 간주하였다. 이는 "시학"에 착안하여 시학 개념을 미학에 도입하였으며 시학을 일반적인 문예 이론으로 여겼다는 것이다.(A constructive step is represented by Aristotle's bringing poetry under its general class i.e, art or techne, thus firmly grounding poetics fromits inception into aesthetics, considered as the general theory of art.)

『사학』이란 저작으로 아리스토텔레스는 시학에 대한 특허권을 얻게 되었다. 그는 전통적인 시학의 개념을 확립하였으며 그 후 서방 문예 이론계에서는 줄곧 이런 광의상의 시학개념을 사용하였다. 르네상스 시기의 "시학"으로 명명한 문예 이론 저서들의 탄생은 프랑스의 신고전주의의 규범인 브·왈로(BoileauDespreaux 1636—1711A.D.)의 『시적 예술(The Art of Poetry)』까지 지속하였다. 고전주의 이론가들은 대부분 규범을 제정하였는데 일정한 정도 작가의 자유를 제한하는 경향이 있다. 그래서 낭만주의의 충격으로부터 소실하게 되었다. 그 이후로 많은 "시학"이 창작되지 못하였고 권위성을 잃게 되었다.

뒤이어 흥기하기 시작한 시학 이론은 바움가르텐(Alexander Gottlieb Baumgarten 1714~1762A.D.)을 기점으로 하는 미학과 블랭켄(Blanken)을 기점으로 하는 문학비평이다. 19세기에 이르러 시학은 점차 철학적 미학과 역사적 방법을 이용한 문학 비평의 두 부분으로 나뉘게 되었다. 전자는 선험적 미학 체계로 건립된 시학 이론으로 시학의 이론적 색채를 강화하여 규범을 대신하는 경향이 있다. 그 대표 인물로는 바움가르텐, 헤겔(Georg Wilhelm Friedrich Hegel), 쇼펜하우어(Arthur Schopenhauer), 크로체(Benedetto Croce)등이 있으며; 후자는 역사주의의 관점으로 시학을 다루었다. 이것이 바로 모두가 알고 있는 문학 이론이다. 20세기 후기에 인상파(Impressionism)시학자들은 엘리어트(Thomas Stearns Eliot)와 파운드(Ezra Pound)의 시론과 같은 전통 시학개념으로 되돌아가려는 경향을 보였다. 언어학, 사회학, 인류학, 심리학 이론에 근거한 현대의 시학 개념들이 있는가 하면 정신분석학, 구조주의시학 등이 있다.

이로부터 알 수 있듯이 "시학"은 시론을 포함할 뿐만 아니라 일반적인 문예 이론, 더 나아가 미학 이론까지 포함하는 많은 내용을 담은 관습적인 개념이다. 오늘날의 비교 문학계는 각국의 문예 이론의 비교를 "비교시학"이라 칭하는 공동 인식을 가져왔다.(위 노용은 『The Princet Encyclopedia of Poertry and Poetice』을 참조로 하였음)

중국과 서양의 사회문화적 특징 및 시학의 특색

인류 정신의 꽃은 어디에서 육성되였는가? 중국과 서방의 문학예술은 왜 각기 독특한 자태를 뽐내며 서로 다른 향기를 풍기는가? 중국과 서양의 시학은 왜 완전히 다른 민족적 색채가 반짝이고 있는가? 이데올로기인 문예 작품은 모두 일정한 사회생활이 사람의 두뇌에 반영된 산물이다. 중국이나 서방의 문학예술 및 문예 이론은 모두 일정한 사회 물질적 토대 위에서 산생된 것이다. "점유 형태에 따라 사회적 생존 조건에 따라 각양각색의 감정, 환상, 사고방식과 인생관을 나타내는데 바로 이런 것들이 상부구조를 구성하였다."(『마르크스 엥겔스선집』, 제2판, 제1권, 611 페이지) 사회 역사적 배경 및 그 문화적 특징을 떠나서 공론하거나 억측한다면 중국과 서양의 문학예술과 시학의 문제를 똑똑히 해명할 수 없다. 중국과 서양의 시학은 왜 완전히 다른 두 가지 체계에 속하며 또 서로 다른 색채를 띠고 있는가? 그 원인은 부동한 토양과 기후에서 생장하였기 때문에 자연히 부동한 향기를 내뿜고 부동한 맛의 열매를 맺게 되는 법이다.

(1) 중국과 서양의 사회 경제적, 정치적 특성 및 시학에 대한 영향

중국과 서방은 비록 대체로 비슷한 사회 형태를 거쳤지만 또 각자의 자기만의 특점을 갖고 있다. 서로 비교해 보면 서방의 사회 경제는 상업적 특징을 띠고 중국의 사회 경제는 농업적 특징을 띠고 있다. 이것은 중국과 서양 사회의 제일 근본적인 차이라고 할 수 있다.

중국과 서양의 사회경제의 차이는 우선 지리적환경과 갈라놓을 수 없다. "그리스와 로마 제국이 일떠서지 않았다면, 현대 유럽도 없었을 것"(『마르크스 엥겔스선집』 제2판, 제3권, 524 페이지) 이라 서구 문명은 그리스에서 기원했다 할 수 있다. 그러므로 고대 그리스 문명을 똑똑히 인식한다면 전반 서방을 근본적으로 파악하게 될 것이다. 서방 고대문명의 발상지인 에게해(Aegean Sea) 지역과 중화 고대 문명의 효시지인 황하(黃河) 중하류 지역은 지리적 환경이 확연히 다르다.

에게해 지역은 에게해를 중심으로 그리스 반도(발칸반도의 남부), 크레타섬(Crete), 에게해의 여러 작은 섬과 소아시아 반도(Asia Minor Peninsula)의 서부 해안 지대를 포함한다. 이 크지 않은 지역은 바다와 육지가 교차되여있고 산봉우리가 중첩되어 있으며 바다가 나라면적의 절반을 차지하고 있고 무수한 작은 섬들이 바다우에 빽빽이 널려 있는데 이는 고대 그리스한테 아주 훌륭한 해상교통을 제공해 주었다. 에게해 구역은 또 다산지대로서 반도 서북부에는 핀두스산(Oroseira Pindhou), 동북부에는 저명한 올림푸스산(Olympos), 중부에는 바나싸스산(Parnassus)이 있고 남부에는 토로스산(TaurusMountains)이 있다. 그리스 반도에서는 군산에 의해 평지면적이 극히 제한되였기에 메마른 경작지 자원을 조성하여 농업에 불리하였다. 그리스인들에게 육지는 가난이요 바다는 재부였다. 사람들의 생계와 재부의 획득은 주로 해상 무역에 의존하였다. 당시 그리스의 무역 범위는 매우 넓었는데 남으로는 이집트와 기프로스(cyptuas), 북으로는 흑해연안, 서로는 시칠리아섬과 남이탈리아에까지 이르렀다. 해상 무역은 고대 그리스의 수공업과 항해업의 발전과 상업의 번영을 촉진시켰다. 당시 가장 중요한 수공업의 중심지는 아테네였는데, 아테네는 야금(冶金), 조선(造船), 무기(武器), 피혁(皮革), 건축등 방면이 가장 발달하였다. 콜린스(Corinth)는 최고의 섬유와 펠트, 카펫을 생산할수 있었고 밀레두(Μίλητος)는 가구 제조로 유명하였다. 상품경제의 고도로 발전된 것은 최종적으로 공상업 도시 국가를 중심으로 하는 고대 그리스 사회 경제의 상업적 특징을 조성하였다.

고대 그리스의 지리 환경과는 반대로 중화민족의 요람인 황하 중하류지역은 농업생산에 극히 유리한 지역이었다. "팔백리 진천(秦川)"이라 불리는 관중(關中)평원은 옥야천리여서 관개에 편리하였다. 서쪽은 태항산(太行山)으로부터 시작하여 동쪽은 황해와 발해에 이르는 화북(華北)평원이며 면적은 약 30만평방키로메터였다. 평탄하고 광활하며 비옥한 토지는 우월한 농업 생산지 조건을 마련해주었고 중화민족은 이곳에서 경작하고 수확하며 대대손손 이어가며 농업경제가 고도로 발전하게 되었다. 최초의 문자 기록(갑골문)으로부터 보면 당시 농업생산이 극히 중요한 위치에 놓여 있었음을 알 수 있다. 문자 중 곡류에는 조(禾), 밀(麦), 기장(黍), 벼(稻)등의 글자가 있고, 농업과 관련된 토지 방면에는 논(田), 밭(疇), 정(井), 강(疆), 무(亩), 포(圃)등의 글자가 있었다.『시경(詩經)・대아(大雅)・생민(生民)』에서 후계(後稷)가 오곡을 파종하는 묘사는 농업 생산의 가장 전형적인 묘사이다. "荏菽(임숙)을 심으시니, 임숙이 旆旆(패패)하며 벼의늘어섬이 穟穟(수수)하며 麻麥이 幪幪(몽몽)하며 瓜瓞(과질)이 唪唪(봉봉)하였다."는 묘사는 고대 중국의 농업은 이미 매우 발달하였다는 것을 증명하였다. 하지만 상업은 서방에 비해 많이 뒤떨어졌다. 곽말약(郭沫若)이 주필한『중국사고(中國史稿)』에 따르면 "중국 상나라 때 가장 중요한 사회 생산 부문은 농업이었다."고 하였다. 반대로 상업은 전체 사회 경제에서 아주 작은 역할을 하였다. 서주(西周)에 이르러서도 농업은 여전히 "사회 경제의 주요 분야"였다. 그러나 농업이 고도로 발전된 것과는 반대로 상업이 위축되었다. 그것은 국내적으로 볼 때 중국 각지의 자연조건에 맞게 파종하는 농업생산과 현지 실정에 맞는 가내(家內) 수공업의 발전에 매우 유리하여 경제상으로 자급자족하는 생산 방식이었다. 그것은 대규모의 상품생산과 상품교환의 필요가 없이 가정의 일상 생활과 사회 각 방면의 일반 수요를 만족시킬수 있었기 때문이다. 당시 중국의 동북쪽은 초원이고 서북쪽은 내륙의 황야였으며 서쪽은 거대한 고원이였는데 일부 생산수준과 소비수준이 매우 낮은 유목부락만이 이 사이에 분산 거주하고 있었다. 서남쪽과 남쪽의 이웃나라들도 역시 세상과 거의 동떨어져있는 작은 민족들이며 동남쪽에서 동쪽까지 광활한 바다가 펼쳐진것으로 되여있다. 이런 특수하고 극단적인 지리적 위치는 고대 중국으로 하여금 대외 무역을 이용하여 국내 상품생산을 자극하고 촉진하는데 불리하였다. 그리하여 고대 중국인들은 농업생산을 제일위에 놓았다.

서방사회의 상업적 특성은 고대의 그리스에서 발원하여 중국사회와는 뚜렷히 다른 특성을 형성하였다. 고대 그리스의 멸망과 고대 로마제국의 흥기는 서방사회의 상업성을 개변시키지 못하였을 뿐만 아니라 제국의 확장으로 하여 세계무역의 효시와 공상업도시국가의 홍성을 가일층 촉진하였다. 이탈리아 상인들의 발자국은 델로 섬, 발칸 섬, 소아시아, 갈리아로 이어졌다. 도시 경제는 고대 로마제국 초기에서 미증유의 번영을 이룩하였다. 전란에 의해 폐허로 되였던 이탈리아의 가르타고와 코린트도 복구되었다. 각 도시는 크고 작은 무역중심이 되었다.[주일량(周一良) 주필 『세계통사』상고부분 310, 338페이지 참조] 고대 로마제국이 멸망된 후 유럽의 도시들은 한때 침체 상태에 빠졌으나 인차 다시 번영을 회복하였으며 도시를 중심으로 하는 상업무역은 중고시기 유럽 사회경제의 일대 특점이 되었다. 유명한 도시로는 베네치아, 제노아, 피렌체, 피자, 브루주 등이 있다. 위대한 르네상스도 바로 이런 상업도시들에서 시작하였다. 도시의 상업경제가 장대해짐에 따라 유럽 사회의 상업형 특징이 날로 뚜렷해졌다. 17세기의 프랑스 군주 앙리 4세는 부득불 중상(重商)정책을 취하여 공상업을 장려하고 세계무역을 발전시켰다. 현대자본주의 상품 사회는 서방의 수천 년간의 상업성 사회의 발전이다.

선진(先秦)시기로부터 청(淸)나라에 이르기까지 중국 사회의 농업적 특징은 줄곧 서방과 구별되는 하나의 사회적 특징이였다. 중국의 경제 명맥이 농업에 달려 있고 백성은 먹는 것을 하늘처럼 여겼다. 따라서 동주(東周)후기부터 중국의 통치자들은 "농업을 중시하고 상업을 억제하는(重農抑商)"정책을 시행하기 시작했다. 중국은 진나라 때부터 농업을 숭상하고 상업을 억제하면서 상인들을 극력 타격하였다. 진나라 요역법(徭役法)은 우선 죄인을 징벌하고 그 다음으로 상인이였던 사람, 그 다음으로 조부모나 부모가 상인이였던 사람을 징발하였다. 이로부터 상인에 대한 억제와 타격이 얼마나 심했는가 알 수 있다. 상업을 억제하는 목적은 "본(本)"을 강하게 하고 사회의 농업생산을 강화하는데 있었다. 한(漢)나라 때에는 진일보로 농업을 중시하고 상업을 억제하였다. 한고조(漢高祖) 유방(劉邦)은 즉위한 후 상인들에게 명주실로 만든 옷을 입는 것을 금지하고 벼슬아치를 하는 것을 금지하며 수레와 말을 타는 것을 금지하며 세부를 보통사람의 갑절로 할 것을 명령하였다. 한(漢)부터 청(淸)에 이르기까지 비록 중국에도 상업과 도시의 번영이 있었지만 상업은 줄곧 중농(重農)정책의 억압을 받았다. 고대 중국은 시종 "농업을 근본으로 하는" 국가였으며 중국 사회의 농업적 특징은 수천 년 동안 안정적으로 유지되어 왔다.

서방의 상업성 사회든 중국의 농업성 사회든 모두 각자의 문학예술과 시학에 결정적인 영향을 주었다.

왜 서양의 고대 문학은 서사문학을 위주로 했는가? 근본 원인은 고대 그리스의 사회의 상업적 특징에 있었다. 해상에서의 모험과 우연한 만남, 금은보석의 탐구, 전쟁과 약탈 등 상업 사회의 다채로운 생활은 문학예술에 많은 소재를 제공하였다. 이리하여 이러한 사회생활과 인물을 서술한 서사시, 비극 등의 서사문학이 대량으로 생산되었다(고대 그리스에는 서정시가 있었지만 주류는 아니였다). 유명한 『호메로스의 서사시(Homer's Epics)』는 트로야에서의 싸움과 오디쎄이아(Odýsseia)의 해상모험을 서술하였고 에스힐로스(Aeschylus)의 비극 『페르샤인(CHORUS)』은 그리스의 공상업 도시국가와 페르샤제국 사이의 1차 대전인 살라미전쟁(그리스어:Ναυμαχία τῆς Σαλαμῖνος, 페르샤어: نبرد سلامیس)을 서술하였는데 전쟁 가운데서 페르샤수군은 전멸되었다. 에우리피데스(Euripides)의 유명한 비극 『메데아(Medea)』는 이아손(Easun)이 온갖 어려움을 무릅쓰고 황금양모를 얻는 이야기를 묘사하였다. 이는 상업사회의 해상 모험 생활의 체현이다. 이러한 놀라움과 공포로 충만된 낭만색채의 서사문학은 서방 문예 이론이 산생할 수 있는 비옥한 토양이다. 서방의 문학이론, 서사시, 이야기의 전형과 낭만주의의 발달은 모두 실천과 밀접하게 관련되어 있다.

이와 마찬가지로 중국 고대 문학은 무엇때문에 서정문학을 위주로 하였는가? 그 근본원인의 하나는 농업적인 사회생활에 있다. 농업사회에는 해상의 탐험이 없었고 기이하고 다채로운 체험도 없었고 흥미진진한 기우(奇遇)도 존재하지 않았다. 그리하여 이목을 끄는 말할만한 이야기는 전혀 존재하지 않았다. 사람들의 생활은 왕왕 일출에 따라 밭을 갖꾸고 일몰에 따라 휴식하는 전원생활이었다. 이런 농경사회의 선민들이 들을수 있는 것이란 "깊은 골목안의 개가 짖는 소리, 뽕나무우의 닭이 우는 소리"[1]이였고 볼수 있는 것이란 "요요한 복숭아, 작작한 꽃"[2]이였으며 "7월은 선선, 8월은 쓸쓸"[3]과 같은 시령가(時令歌)를 노래하며 "8월에는 대추까고 9월에는 벼를 수확하"[4]는 풍수를 바랬다. 이런 농경사회에서는 사람들은 종일토록 산수 전원과 함께 어울려 경물에 따라 정서도 변화하였다. 이때 문장이 바로 자기 마음을 토로하는 중요한 도구가 되었다. 그리하여 "낙엽만 보아도 심근을 울리고, 벌레소리만 들어도 사고에 빠지는"[5] 경지에 들어서게 되었다. 비록 이곳에는 괴이한 체험과 풍랑은 없었지만 인간의 천륜지락으로 가득하고 능히 천인합일의 경지에 도달하는 조화로운 곳이다. 이리하여 농경민의 시가에는 인간과 대자연의 하모니로 차 넘쳤다. "반짝거리는 복숭아꽃 싱그레, 한들거리는 수양버들 모습, 햇빛 비치는 모습, 비오나 눈 내리는 모습, 꾀꼴꾀꼴 황조 소리, 꼬꼬 풀벌레 운치 따라 …"(유협『문심

---

1 狗吠深巷中，鸡鸣桑树颠。

2 桃之夭夭，灼灼其华。

3 七月流火，九月授衣。

4 八月剥枣，十月获稻。

5 一叶且或迎意，虫声有足引心。

조룡』)[6] 이런 정(情)과 경(景)의 융합속에서 감물(感物)적인 서정을 위주로 하는 문학예술 전통이 산생되었다. 『시경』에서 우리는 민간의 연가(恋歌)든, 귀족들의 영탄이든 분노에 찬 비난이든, 즐거운 노동요이든, 모두서정의 정취가 충만되었다. "갈대는 창창하고 흰 이슬은 서리가 되었네. 그리운 사람이 저 쪽 물가에 있네", "피장의 묘목이요. 발걸음은 무거워지고 물결은 출렁거리네. 나를 아는 자는 나를 근심하고 나를 모르는 자는 무엇을 원하는가 모르네. 하늘이여 날 아는 사람은 누구인가", "칸칸 소리내어 박달나무 벌채를 하여라, 한채한채 강가에 마르게 내버려두라. 강물은 맑고 잔잔하여라. 곡식을 심지 않으면 수확을 할 수 없는데 왜 삼백 단의 땔나무를 그의 집으로 자져가는가?", "번성한 질경이를 뜯으세 뜯으세, 어서 뜯으세; 번성한 질경이를 뜯으세 뜯으세, 어서 뜯으세"[7] 농업적 특성을 지닌 중국고대사회의 토대에서 생겨난 문학예술은 자연히 객관적 생활을 주요 소재로 하는 사실주의와 "감물서정(感物抒情)"을 위주로 하는 표현적 특징을 지니고 있음을 알 수 있다. 이러한 서정표현의 사실주의 문학 전통은 중국 문예 이론이 발전할 수 있는 비옥한 토양이었다. 중국 고대 문론은 서정과 포부, 예술적 경지와 운치를 크게 나타내는 반면 낭만주의 문학이 발달하지 못하였는데 이러한 원인은 문학예술의 실천과 밀접히 관련되어 있지 않았다 할 수 없다.

서방 사회의 상업적 특징과 중국 사회의 농업적 특징은 모두 그들의 사회 정치 및 문화 심리에 결정적인 영향을 주었다.

---

6 "故灼灼状桃花之鲜, 依依尽杨柳之貌, 杲杲为出日之容, 瀌瀌拟雨雪之状, 喈喈逐黄鸟之声, 嘤嘤学草虫之韵……"(刘勰『文心雕龙』)

7 "蒹葭苍苍, 白露为霜。所谓伊人, 在水一方。"(『诗经·蒹葭』) "彼黍离离, 彼稷之苗。行迈靡靡, 中心摇摇。知我者, 谓我心忧; 不知我者, 谓我何求。悠悠苍天, 此何人哉?"(『诗经·黍离』) "坎坎伐檀兮, 置之河之干兮。河水清且涟漪。不稼不穑, 胡取禾三百廛兮?"(『诗经·伐檀』) "采采芣苢, 薄言采之。采采芣苢, 薄言有之。"(『诗经·芣苢』)

수공업과 상업의 흥기에 따라 고대 그리스는 강유력한 공상업 노예주 집단을 형성하였다. 그들은 충족한 경제적 실력에 의거하여 공상업 발전에 이득이 되는 민주정권을 건립할 것을 요구하였다. 장기간의 투쟁을 거쳐 민주파라 불리우는 공상업 노예주가 정권을 취득하게 되어 고대 그리스는 민주 제도를 실시하기 시작하였다. 마르크스가 그리스 내부의 전성기라 칭송하는 페리클레스(Pericles)의 당권시기 그리스의 민주제도는 완화되는 추세였다고 하였다. 페리클레스는 민주의 권리를 확대하는 정책을 실시하였고 집정관들은 제비를 뽑는 방식으로 산생되었으며 선거 과정은 모든 등급의 공민에게 공개되었다. 민주화의 전례없는 보급은 모든 성년 공민이 죄다 토론과 의안에 참가하는 것을 허락하였다. 고대 그리스의 상업제도는 상업경제에서 산생되었으며 반대로 또 상업경제를 극력 촉진하였다. 이런 의미로 볼 때 "재부의 팽창, 공상업의 번영에서 증명 될 수"(엥겔스『가정, 사유제와 국가의 기원』——『마르크스 엥겔스선집』, 제2판, 제4권, 117 페이지) 있다.

중국은 농업형경제제로서 그와 호상 적응되는 종법 제도가 산생되었다. 농업에 종사하는 사람들이 집거하여 장기간 어느 지방에서 안정적인 생활을 지냈고 인구 이동은 적었다. 이런 환경하에서 혈연 관계를 기초로 하는 종법관계의 "집(家)"이 형성되어 빈부의 분화와 계급의 출현으로 또 "집"을 기본으로 하는 "나라"가 생겼다. 주(周)나라의 분봉제는 종법 제도에 의하여 나타난 것이다. 주나라의 통치자들은 같은 성(姓)을 지닌 백성들이 서로 결혼하는 것을 엄금하였고 이성(異姓)백성들 지간에는 혼인 관계를 뉴대로 친족관계를 형성하게끔 하였다. 이렇게 하면 크고 작은 통치자들 지간에 종법날줄로 엮은 상하유별(上下有別)의 종법관계가 형성되는데 유리하였다. "대방위병, 대종위한, 회덕위녕, 종자위성"[8]이란 바로 이를 가리키는 것이다. 봉건 제도가 노예 제도를 대체한 후 종법제는 봉건 전제 집권을

---

8 大邦维屏, 大宗维翰, 怀德维宁, 宗子维城。『诗经·大雅·板』

촉진시켰다. 봉건 전제 제도는 또 다시 중국 사회의 농업성을 가일층 심화하였다. 종법 관계망의 견제와 "농업을 중시하고 상업을 억압"하는 정책의 작용하에서 사람들은 고향을 떠나 농업이외의 기타 사업에 종사하는 것을 꺼려 하였다. 또 노동력의 집중을 보완하기 위하는데 농업 경제가 공고 작용을 놓았다.

상업형 경제와 민주 정치 제도는 토양과 기후로서 그리스 사람의 민족 성격과 가치관을 형성시켰다. 상업 경제와 민주 정치는 그리스 사람들로 하여금 자유와 평등을 숭상하고 개성 발전과 개체 창조를 추구하고 개인 분투에 따른 개인 재부의 획득을 숭상하며 개인 애정, 개인 향락, 개인 영웅주의와 탐험에 치중점을 두게끔 조성하였다. 이는 외재적인 속박을 꺼려하고 이익의 유무를 언행의 준칙으로 삼고 자아 이익을 우선으로 하는 민족 성격이다. 총괄하면 고대그리스 상업 경제는 민주정치의 함양에서 태여난 특징이므로 자아를 핵심으로 하고 이익을 기초로 하여 향락을 목표로 하며 탐험을 두려워하지 않고 진취적인 개방성적 민족의 특성을 지닌것이다. 이런 민족적 품격은 그리스 신화나 『호메로스의 서사시』에서 모두 체현되었다. 그리스 신화중의 신과 영웅들은 왕왕 물질적, 육체적, 정신적 향락을 위하여 행동하는 것이 다수이다. 신들의 왕인 제우스는 바로 자신의 사욕을 위해 남의 고통을 돌보지 않는 이기적인 신이다. 그는 수단을 가리지 않고 여신과 속세의 여인들을 희롱하고 강간하였는데 이오(Io)와 유로파(인물: Europa)가 바로 그 증거이다. 이를테면 그리스 영웅 이야기에는 모험을 감행하는 용감무쌍한 장사들이 많이 있는데, 펠롭스, 엘고, 헤라클레스와 같은 영웅들의 모험은 인간의 공익(公益)을 위해서가 아니라 개인의 사욕을 채우기 위해서이다. 왕위를 위해, 사랑을 얻기 위해, 복수를 위해, 운명을 벗어나기 위해서 싸울수는 있어도 공익을 위해서는 절대 싸우지 않았다. 『일리아스』의 영웅 아킬레스는 단지 사령관 아가멤논이 사랑하는 여인을 빼앗았다는 구실만으로 국가의 이익을 무시하고 전쟁에 나서지 않았으며, 제우스에게 그리스 군대에 천벌을 내릴 것을 청하였다. 개인의 이익을 중시하고 모험을 영광으로 여기는 것은 고대 그리스의 일반적인 풍습이었다. 사람들은 일반적으로 모험을 통해 돈, 권력, 사랑, 즐거움을 얻을 수 있고 모험으로 남성의 매력을 과시할 수 있다고 생각하였다. 마르크스는 일찍 "그리스 사람들속에서 특히 남성들속에서는 극단적인 이기주의가 시종 유행되고 있다."는 말은 과언이 아니다. "문명의 전성기인 그리스와 로마의 도시들은 '음탕'으로 끔찍했다"(마르크스『모르간의 저서 '고대 사회'의 적요』, 39~40 페이지)고 중세시기에 서방의 이러한 사욕과 모험적인 민족적특징이 교회에 의해 이용되어 십자군동정(Cruciata, 1096—1291A.D.)이라는 세계적인 비극을 초래하였다. 르네상스는 자아를 핵심으로하고 재부를 바탕으로 하였으며 쾌락을 목표로 하였고 과감히 위험과 맞서는 진취적인 민족성을 더욱 강화시켰다. 르네상스의 선구자들은 개인의 자유와 개성해방을 극력 주장하였으며 개인의 행복과 향락을 위하여 분투하고 창조하며 모험할 것을 주장하였다. 인간성의 해방과 심미적인 향락을 위해 고함했다. 보카치오의 『데모크라시(Decameron)』, 라블레의 『거인전(Gargantua et Pantagruel)』, 다빈치의 회화로 대표되는 르네상스시기의 작품들은 세계 문예계를 뒤흔들었다. 상업의 흥성을 위해, 그리고 더 많은 금은보화를 얻기 위해 콜럼버스, 바스코•다가마로 대표되는 탐험가들은 마침내 "신항로"와 "신대륙"을 발견해 세계 역사에 신기원을 열었다. 현대서방의 민족 성격은 바로 고대 그리스로부터 르레상스 나아가서는 근대 자본주의 사회에 이르기까지 수천년동안 닦아온 결정체이다.

　서방과 반대로 중국의 농업형 경제와 종법제 정치는 중화 민족을 완전히 다른 민족 품격으로 만들어 냈다. 폐쇄적의 농업 경제는 사람들로 하여금 시야가 좁히여 가난에 만족하고 낡은 것을 고수하기를 즐기며 탐험을 하지 않으려 하는 성격을 양성하였다. 엄격한 가부장제 정치는 사람들의 개성과 자유를 억압하고 있으며 민주 평등은 더구나 꺼낼 수 없는 말로 되었다.

　이런 기본적인 종법 제도와 사회 관계를 감히 어기는 사람, "대종자(大宗子)"의 명령에 감히 거역하는 사람은 모두 대역무도한 "난신적자"로 간주하여 천자가 군사를 일으켜 토벌할 수 있을 뿐만 아니라 심지어 모든 사람이다 징벌할 수 있었다. 종법 정치는 개인의 자유와 사리사욕, 월예(越禮) 향락을 반대하며 천자의 존엄, 국가의 통일, 혈연가족의 화합, 귀천과 존비의 성스러움, 품덕 수양의 중요성을 극력 강조한다. "천하위공"(『예기(禮記)·예운(禮運)』), "극기복례"(『논어(論語)·안연(顏淵)』), 자기 희생 정신과 "필부라도 그 지조를 고수하고", "빈천에 의해 뜻을 빼앗겨서는 않되는" 절개를 주창했다. 한마디로 가부장제를 강화할 수 있는 행위, 사상과 덕성을 장려하는 것이다. 따라서 가부장제적 계급하에서 개인의 운명과 가치는 개인의 용감함이나 재능, 체력등 모종의 힘과 능력에 의해 결정한 것이 아니라 가부장제적 네트워크 내에서의 개인의 관계사슬과 군주에 대한 충성심에 의해 결정된다. 이런 사회적 그물망 속에서 충직한 신하, 빈천을 견뎌낼 수 있는 현인, 나라에 충성하는 병사, 규율을 지키는 겸손한 군자만이 본받고 구가할 대상이다. 그러나 감히 "이단사설(異端邪說)"을 주장하거나 "비성무법(非聖無法)"을 내세우는 괴담꾼, 감히 개성과 자유를 부르짖으며 사악한 말로 대중을 미혹시키는 대담한 광도, 감히 사랑과 향락을 추구하는 파렴치한 놈들은 모두 좋은 결말을 얻을 수 없는 것이다. 이로부터 서양 문학이 개인적 영웅을 찬양하고 사사로운 감정을 구가하는데 반해 중국 문학은 충신과 의사(義士)를 찬양하고 절개와 품격을 구가하는 데 열중하는 이유를 이해할 수 있다.

　서구 문학의 실천에서 볼 때, 호메로스의 영웅들의 가치는 군주에 대한 충성심이나 개인적인 덕성의 결함에 있지 않고 그들의 개인적인 힘, 용기와 지혜에 있다. 지략이 뛰어난 아가멤논은 비록 사리사욕을 위해 다른 사람이 사랑하는 여인을 빼앗았지만 영웅으로 간주되었다. 모험심이 강한 오디세우스는 더구나 대단한 영웅이였다. 바이론의 장편시 『돈·후안(Don Juan)』의 전 반부는 주인공 당·후안의 낭만적인 로맨스를 구가하고, 후 반부는 주인공의 개인적 자유를 위한 영웅의 업적을 담고 있었다. 개인적 영웅에 대한 이런 찬사는 서방 문학에서의 보편적 현상이다. 중국의 영웅은 결코 자신의 사리사욕으로 다른 사람의 사랑을 빼앗는 그런 비겁한 자가 아니며, 아무데서나 바람을 피우며 하나뿐만 아닌 여인을 사랑하는 바람둥이는 더더욱 아니다. 굴원(屈原)처럼 품격이 고결하고 충성심이 강한 정인군자(正人君子)로, "아홉번 죽어도 후회하지 않는"[9]군왕에 대한 둘도 없는 충성심이 찬양의 대상으로 삼을수 있다. 우(禹)임금이 백성을 위한 고생한 연민의 마음, 두보(杜甫)의 우국우민, 악비(岳飛)가 몸과 마음을 다해 나라에 충성한 것, 문천상(文天祥)이 죽음을 초연히 여기는 것, 안연(顏燕)이 안빈락도하는 것, 도연명(陶淵明)이 고향으로 돌아가 은거(隱居)한 것 등도 말할 수 있다. 충성스럽고 나라를 위해 뜻을 굽히지 않는 이런 군자들이야말로 중국인의 마음 속 영웅이다. 사랑을 묘사함에 있어서 중국 고대 민요에는 비록 아름다운 사랑의 송가가 적지 않았지만 사랑을 구가하기만 하는 것은 종법정치가 허락할 수 없으므로 가장 좋기는 "즐거우나 음탕하지 않고 슬퍼하나 상하지 않"는 요구에 달해야 했다. 이리하여 경전이라 불리우는 『시경』중의 "애정(愛情)"마저 외곡당하고 있었다. 『관저(關雎)』라는 시는 확실이 연가(戀歌)인데 후세 사람들에 의해 "후궁의 덕(后妃之德)"으로 해석하며 "근심하는 것이란 어진 이를 어떠 추천하는가이며 여색을 탐하는 것은 절대 아니고 정아(靜雅)한 숙녀를 사랑하고 현량한 인재를 그린데 있으며 미풍량속을 해치는 사념은 없다"(『모시서(毛詩序)』)[10]라 해명하였다. 루쉰은 이에 대해 중국문학은 "송축은 사람을 위주로 호방하고 매혹적인

---

9 虽九死其犹未悔。

10 忧在进贤,不淫其色;哀窈窕,思贤才,而无伤善之心"(『毛诗序』)

작이라 없다할 수 있다. 즉 마음은 벌레와 새를 좇고 정감은 삼림과 샘들 사이에 있으며 운(韻)어를 만든다 해도 대부분 무형의 감옥에 갇혀 …… 오물거림에 멈춘다. 간혹 사랑을 섭렵할 때면 선비들은 그렇지 않다고 부인한다. 왜 이런 비정상적인 현상이 나타났을가?"(『모로시리설(摩羅詩力說)』)[11]라 한마디로 정곡을 찔렀다.

바로 서방문학중 개인영웅주의, 개인 애정과 개인의 향락을 중시하기 때문에 서사문학이 위주이고 서방시학의 주장도 현실을 모방하는데 있지만 감정의 분출을 제창하며 주신같은 광희를 제창하고 그런 감정의 분출에서 마음의 편안을 획득하려 하며 쾌감을 구하려 하였다. 마찬가지로, 중국문학은 예(禮)를 뛰어넘는 것과 방욕을 반대하고 "즐거우나 음란하지 않고, 슬프지만 상하지 않는 것"을 주장하기 때문에 중국 시학은 감정을 토로하고 뜻을 표현함을 주장하지만 또 감정을 절제하고 지나친 감정의 노출을 삼가하는 것이다. 절제속에서, 감정의 중화와 "문질빈빈(文質彬彬)","안빈락도"속에서 "물아량망(物我兩忘)"이라는 "공(空)"의 경지에 이를 것을 주장하며 소박한 문채와 함축적인 풍격을 제창였다.

또한, 상업 사회는 개방성의 특징을 가지고 있고 민주 정치는 사람들이 모험하고 새로운 것을 창조하도록 격려하였다. 이는 서양의 문학과 예술 이론에서 반영되어 대담하게 새로운 것을 창조하는 정신으로 표현된다. 아리스토텔레스는 처음 역반의 기발을 내세운 사람으로서 자기의 스승 플라톤을 반대하였다. 고대 로마의 르네상스로부터 복고와 보수를 견지하자는 언론은 적지 안았지만 급류에 휩쓸어 20세기에 이르러 문예 이론의 새 방법이 끊임없이 나타나고 있었다. 예하면 유미주의, 상징주의, 신비주의, 정신분석학, 표현주의, 실존주의, 신비평, 구조주의, 해석학, 수용이론, 부

---

11 "颂祝主人,悦媚豪右之作,可无俟言。即或心应虫鸟,情感林泉,发为韵语, 亦多拘于无形之囹圄……倘其嗫嚅之中。偶涉眷爱, 而儒服之士,即交口非之。况言之至反常俗者乎?"(『摩罗诗力说』)

호학…형형색색의 종류가 있다. 서방 문예 이론의 창조정신은 극히 풍부하지만 극단적 폐단도 존재한다. 이는 탐험 정신과 일정한 관계를 갖고 있을 것이다. 서방과 비하면 중국의 농업형 사회와 종법제 정치는 일정한 보수성과 폐쇄성을 띠고 있다. "닭소리 개소리 들려도 죽어도 왕래하지 않는다"[12]는 식으로 가난을 고수하고 탐험을 시작하지 않으려 한다. 그리하여 중국 문예 이론은 상당히 보수적이다. 일찍이 한(漢)나라 통치자들은 "백가를 배척하고 유가만 숭상하"는 "천불변, 즉 도불변"의 보수사상을 제창하였고 유가는 "즐거우면서도 음탕하지 않고 슬프면서도 상하지 않는" "중화(中和)"의 문학사상을 천추만대의 금과옥조로 삼았다. 그래서 중국 문학사에서는 끊임없이 문학 복고 운동이 나타나고 있다. 당(唐)나라 때의 복고 운동이 기세가 드높았고 송(宋)나라의 복고도 홀시하지 못할 만큼 대단했으며 전후하여 두차례의 "칠자복고파(七子復古派)"가 나타나 "문장이라면 진한(秦漢), 시라면 당(唐)"이라는 구호를 내세웠다. 근대에 이르러서도 "동성유종(桐性謬種)", "선학요얼(先學妖孽)"라는 사람들이 완고히 보수적인 입장을 고수하고 있다. 역사적으로 고전을 반대하는 논의는 적지 않았으나 고전은 변함없이 줄곧 주류였다.

(2) 중국·서양의 종교, 과학과 논리 특징 및 그가 시학에 미친 영향

물질 생산의 차이는 중국과 서방이 사회 정치 경제와 민족적 성격의 특성을 결정하였고 물질 생산의 특징은 또 중국과 서방의 부동한 인간과 자연관계의 문화 심리 특징을 형성시켰다. 마르크스는 사람들의 국가 제도

---

12 "鸡犬之声相闻, 老死不相往来" 노자 『도덕경』 제18장의 글인데 "닭이 울고 개 짖는 소리가 들릴 정도로 가까이 살건만 늙어 죽을 때까지 한번도 왕래하지 않다"는 뜻이다. 나라가 잘 다스려져 있어 가까운 나라와 나라사이는 싸움은커녕 소식마저 통하지 않고 각자 자기의 땅에서 안심하여 산다는 말이다.

와 정신 사유 방식은 두 방면에 의해 결정된다고 여겼다. 첫째는 물질 생산 형식에 의해 사회 구조이고 둘째는 인간과 자연의 일정한 관계라 여겼다.(『잉여가치론(Surplus value theory)』,『마르크스 엥겔스전집』, 중문판, 제1권, 296 페이지)

  서양에서는 자연과 사람의 관계를 어떻게 보는가? 상품 경제에서 무역은 가장 중요한 경제활동이다. 상인들은 늘 험산준령을 헤치고 망망대해에서 광풍과 거센 파도와 싸운다. 항행 도중에 아나콘다 몬스타들이 입을 벌리고 사람이 떨어지기를 기다리는 황담무계한 세상인가 하면 가시덤불이 무성하고 암초가 빽빽한 최악의 지경도 있었다. 또 때로는 광풍이 일고 파도가 세차게 밀어오며며 때로는 모래돌이 휘날렸다. 만재된 선함은 수시로 파도에 뒤집히거나 암초에 부딪쳐 침몰되거나 상어에 의해 삼킴당할 무서운 자연계를 대면해야 하였다. 사람들은 부득불 곳곳에서 자연과 대항해야 한다. 『호메로스의 서사시』중 『오듀쎄이어』에서는 오디세우스는 해상 표류 기간 얼마 많은 풍랑을 겪었는가 하면 바다의 신 포세이돈이 거대한 파도를 일으켜 뗏목을 망가버렸고 극악무도한 외눈박이 괴물은 커다란 아가리를 벌려 기다리고 있으며 풍랑은 그들의 12척 배를 흩어버렸고 사람을 잡아먹는 거인은 모골이 송연해지게 하였다. 마녀 케르케는 오디세우스의 동반자들을 돼지로 변하게 하였고 돌아오는 도중에 배는 풍랑에 의해 산산히 부서져 모든 사람들은 바다밑에 묻혀지고 말았다. 오디세우스만이 돛대를 꼭 끌어안아 화(禍)를 면하였다. 환상에 의한 예술 가공이 존재하는 문예 작품이지만 고대 그리스의 현실 생활의 반영이라 할 수 있다. 고대 그리스 사람에게 있어서 자연과 인간은 상호 대립의 관계이며 자연계는 항상 인류를 비난하고 있다고 여겼다. 고대 그리스 신화에서 보다싶이 자연계의 주재인 제우스는 인간을 적대시하며 인류에게 불과 희망을 가져다 주는 것을 거부하였다. 프로메테우스(Prometheus)가 인류에게 불을 가져다 주자 제우스는 그를 카캅스산(Caucasus Mountains)에 가두어 독수리들이 그의 간을 매일 쪼아 먹도록 호되게 처벌하였다. 제우스는 또 판도라

를 교사시켜 그 재앙과 역병으로 가득 찬 상자를 열게함으로 인류의 희망
을 모조리 없앴다. 그 다음 올림푸스의 신명들을 동원하여 모든 인간을 소
멸시키려 시도하였다. 자연계는 이토록 가증스럽고 끔찍한 것이다! 자연
의 앞에서 인간들의 해상무역과 사회생활은 공포의 분위기로 가득 찼다.
세찬 풍랑속에서 인간들은 자신의 운명을 좌우할 수 없어 신명에게 구걸
할 수 밖에 없었다. 그리하여 고대 그리스 상업 사회는 마치 신들에 의해
지배되 듯이 제우스를 비롯한 올림푸스의 여러 신들은 고대 그리스의 사
회생활을 시시각각 간섭하고 있었다. 트로이 전쟁은 여신 에리스(Eris) 가
던진 "불화의 금사과"에 의하여 초래된 것이다. 오디세우스의 10년간 해상
의 방랑생활의 방방곳곳에서도 귀신들의 비난을 보아낼 수 있다! 또 제단
앞의 신비로운 계문, 주신절의 열광적인 행진, 극장에서의 공포와 애련(哀
憐)의 감정, 전사회가 신령에 대한 숭배는 모두 고대 그리스의 농후한 종교
적 분위기를 계시하고 있다. 고대 그리스의 현명하고 슬기로우며 치극히
이성적인 철학자들도 이런 신령에 대해 오체투지(五體投地)할 지경이다. 소
크라테스는 신이 세상을 통치하고 신이 무한한 권력을 소유한다 여겼다.
플라톤은 세계는 신이 창조한 것이기에 따라서 겸손히 신을 대해야만 다
시 처벌을 받는것을 피할 수 있다고 믿었다. 아리스토텔레스는 철학자는
신과 가장 가까운 사람이라 여겼다. 이런 농후한 종교적 분위기 하에서 고
대 그리스의 문학예술과 시학은 모두 짙은 종교적인 열광의 색채를 띠였
다. 고대 그리스의 신화전설과 『호메로스의 서사시』는 더 말할 나위 없었
다. 고대 그리스 비극은 더욱 선명하게 종교적인 열광을 표하고 있다. 에스
쿠로스의 저명한 비극 『푸로메데우스』중 독수리가 푸로메데우스의 간을
쪼아 먹는 비장한 장면, 소포클로스의 대표작 『오디푸스왕』중 비극적 운명
을 반항도 도피도 할 수 없는 무력감, 에우리피데스의 『메데아』중 메데아
가 원통 끝에 자기의 친 자식을 자기의 손으로 죽이는 처참한 광경...... 공
포, 놀람, 애련, 슬픔, 회멸은 모두 피할 수 없는 비극적 운명으로서 대자연

과 인류의 첨예한 대립관계의 축소도가 아닌가? 플라톤의 "광기설(Frenzy theory)", "미(美)그자체", "이념설", 그리고 아리스토텔레스의 "카타르시스", "반전", "경이로움", 그리고 비극의 타격성적인 종말에 대한 한정, 이러한 시학 이론은 원인 없이 산생된 것은 아니고 그들의 뿌리는 사회경제 및 그 문화에서 찾을 수 있다. 서방 사회의 종교성은 고대 그리스에서 중세까지, 종교 개혁에서 현당대까지 사회가 어떻게 발전하든 그 종교의 분위기는 중국을 크게 앞질렀다. 이것은 절대 우연이 아니다. 상업사회의 모험은 천인대립속에서 종교 의식이 강하게 분출될 수 밖에 없었다. 그러자 플라톤의 "미광(迷狂)"은 니체의 "주신(酒神)"정신으로 전변되었다. 니체는 서방 예술은 그리스에서 비롯되었고 그리스 예술은 그리스 비극에서 비롯되었으며 그리스 비극은 결국 그리스 주신 제사 의식에서 비롯되었다고 생각했다. 니체는『비극의 탄생』을 쓰면서 종교적 환상의 주신 정신이 시의 근본이며, 현대 예술의 유일한 출로는 이러한 환상의 정신을 회복하여 종교적인 환상 속에서 광란적으로 춤추고 모든 것을 잊는 것이라고 여겼다. 디드로는 "자연이 언제 예술의 견본을 내놓았다고 생각하는가? 사람들이 감정에 사로잡히고 불행할 때이다. 예하면 어떤 사람이 머리에 천을 감고 제단 앞에 꿇어앉아 있을 때, 마녀가 두 손을 그의 머리에 대고 하늘에 맹세하면서 속죄와 세례를 받는 의식을 거행할때, 마귀에게 붙어 있고 마귀의 고통을 받고 있는 여성 예언자들이 입에 흰거품을 물고 눈빛에 혼란을 느낄 때, 아이들이 죽어가는 아버지의 병상에서 통곡할 때이다. 피가 온 들판에 퍼졌을 때야 만이 아폴론란 시신(詩神)의 월계수가 되살아나 푸르를 수 있다."(『서방문론선』 370~371 페이지,『희극예술을 논하다』)서방의 시학은 비극과 광신설을 떠날 수 없는데 이는 서방 사회의 종교적 특징과 밀접히 연관된다.

그러나 자연과 인간의 첨예한 대립속에서 고대 그리스인들은 완전히 소극적으로 물러나 바다에서의 상업과 모험을 포기하였는가? 절대 아니다. 생존 본능이 사람들로 하여금 무서운 대자연과 싸와 지혜로 이겨나게 하도록 했다. 대자연을 정복하려면 반드시 대자연을 전면적으로 이해하여 그의 신비한 베일을 벗겨야 한다. 예를 들면 해상에서의 항행은 방향을 구분하고 이정을 계산하고 풍향을 변별하고 조수의 유동을 장악할 것을 요구한다. 이상의 모든 것들이 사람들이 부득불 자연을 탐색하도록 하게 한다. 이리하여 수학, 천문, 물리, 기하, 생물등 자연과학들이 수요에 따라 탄생되었다. 경제 생산의 수요와 동시에 사회생활의 민주와 학술 분위기의 활약은 여러 자연과학의 흥성을 촉진하여 휘황한 성과를 취득하게 하였다. 대수학가 피타코라스(Pythagoras)는 처음으로 피타코라스 정리를 제기하였고 마르크스와 엥겔스에 의해 "경험적 자연과학자", "그리스인 최초의 백과사전적 학자"로 칭송된 데모크리토스(Demokritos/Democritus)는 영향이 심원한 "원자"이론을 제안하였다. 유클리드(Eυκλειδης)는 유명한 『기하원본(Elementorum)』을 써냈다. 에우독쏘(Eudoxus of Cnidus)는 지리학저서 『지구의 서술』을 써냈다. "역(力)학의 아버지"로 불리우는 아르키메데스(Archimedes)는 지레의 법칙과 아르키메데스의 법칙을 발견하였다. 고대 그리스 철학자 중 "가장 박식한 사람"으로 알려진 아리스토텔레스는 자연과학에 관한 여러 책들을 주술하였다. 고대 그리스에서는 자연 과학과 지식을 숭상하는 "애지(愛智)"가 사회 풍조로 되었다. 플라톤은 학원의 정문에 "기하학을 모르는 자는 들어가지 마시오"라고 썼다고 전하였다. 고대 그리스의 자연 과학 연구 성과는 서양 근대의 자연 과학에 큰 계발을 주고 자극을 주었을 뿐만 아니라 고대 그리스의 상업 경제의 발전을 크게 추진하여 당시의 수공업, 항해업, 건축업, 야금기술을 진일보 전진하게 하여 고대 그리스의 전함은 지중해에서 무적하였다.

자연 과학의 발달은 필연적으로 당시의 문학예술과 문예 이론에 큰 영향을 주었다. 사람들은 음악에서 수학 원리를 발견하였고 기하 도형에서 미의 본질을 발견하였으며 생물 유기체에서 서사시와 비극의 구조 원칙을 발견하였다. 피타고라스는 미의 본질은 조화와 비례 대칭, 황금 분할에 있다고 제기하였다. 아리스토텔레스는 미가 유기체의 개념에 부합되려면 체적과 배치에 의거해야 한다고 인정하였다. 서양 예술, 특히 회화, 조각과 건축은 비례, 황금 분할, 기하학적 도형과 원근 투시, 시공간의 층차 등을 매우 중시하였는데 이는 자연 과학의 번영과 분명히 밀접한 관계가 있었다.

오래동안 사람들은 서방의 종교 의식이 중국보다 훨씬 강하나 자연 과학(특히 근현대)도 중국 보다 훨씬 발달하였다는 것을 줄곧 잘 몰라 왔다. 종교와 과학은 하나는 비 이성적 광열이고 다른 하나는 이성에 대한 숭상이다. 이처럼 서로 배척되는 것이 고대 그리스와 서방의 전반 사회 문화에 교묘하고 조화롭게 통일되었다. 명석한 모방설과 종교적 미광설이 이처럼 조화롭게 고대 그리스 시학과 유기적인 전일체를 이루고 있는 "이율배반(二律背反)"현상은 고대 그리스의 상업, 경제, 사회가 조성한 것이며 자연과 인간의 첨예한 대립의 논리적 산물이다. 한편은 대자연의 무서운 힘으로, 사람들로 하여금 두려움 속에서 부득불 초자연적인 힘에 구걸하게 되어 농후한 종교의식이 산생되었고; 다른 한편은 생존의 본능이 천방백계로 자연을 인식하여 지식의 힘으로 자연을 정복하려 하여 발달한 자연과학이 형성하게 되었다는 것이다.

종교와 과학은 바로 이와 같이 자연과 인간의 대립속에서 산생되고 또 자연과 인간의 대립 속에서 조화와 통일을 이루게 되었다. 또한 강대한 자연의 힘 앞에서 서양 민족의 강인한 성격과 모험의 용기, 탐구의 호기심이 생겨난 것이다. 서방 사람들은 생활이 곧 전투이며 이 전투에서는 파멸하거나 아니면 승리한다고 굳게 믿는다. 서방 시학이 추미는 비극중에서 파멸하는 미로서 "죽었지만 여전히 영광스러운" 투쟁의 품격을 체현하였다. 서방 미학에서는 고통으로부터 전환해온 숭고 미는 인간과 자연의 대립 투쟁에서의 인류 정신의 자호감을 체현하고 있다. 그러나 이런 자연과 인간의 대립속에서 서양인들은 쉽게 극단적인 길을 걷는 편극적인 민족적 특성을 형성하였다. 그리하여 그들의 문예 이론들은 극단적이고 일면적인 학설이 많다.

중국은 사람과 자연의 관계를 어떻게 보고 있는가? 중국의 천인(天人)관계는 어떠한가? 농업 경제 사회에서 사람들의 생활은 서방 상업 경제에서처럼 바다위에서 모험을 하지 않았고 수시로 나타날수 있는 바다밑에 묻힌 두려움들이 없었다. 일출하면 노동에 종사하고 일몰하면 휴식하는 "아침에 일어나 황무지를 다스리고 달빛을 입고 돌아오는" 절주였다. 오랜 세월에 이런 식으로 생활하다 보니 거칠고 사나운 파도나 암초와 여울을 보지 못하고 오히려 밝은 해와 너울거리는 수양버들만 보아왔다. 광풍, 해일 소리가 아니라 닭이 울고 개가 짖는 소리, 매미가 요란하게 우는 소리만 들리는 것이었다. 대자연은 인간에 대하여 그리 흉악하고 잔혹하지 않았으며 친절하고 화애로운 것이었다. 인간들이 생계를 유지하는 모든 것은 다 대자연이 하사한 것이며 비바람이 순조로우면 인간들은 대자연에 대해 감지덕지하였다. 설사 가뭄이 든다 하더라도 하늘(자연계)이 고의로 인간과 맞서는 것으로 여겨지지 않았다. 대부분은 인간 스스로 잘못을 저지른 곳이 있으므로 하늘의 경고에 불과하여 사람들로 하여금 잘못을 뉘우치고 바른 길로 돌아가게 하는 것이 목적이라 여겼다. "나라에서 도를 상실할 우려가 있으면 하늘은 재앙으로 알리니 반성할줄 모르면 괴이한 것으로 경고할테니 무서워하지 않고 반성하지 않으면 상상치 못할 처벌을 내릴 것이다."(『한서·동중·서전』) 보다싶이 중국 사람은 자연과 인간은 침예한 상호 대립이 아니라 하늘은 인간을 "인애(仁愛)"의 마음으로 다스리고 있으며 그들은 천인합일이라는 것을 믿었다. "인민이 원하는 것은 하늘이 반드시 따를 것이다."(『상서·태세상』) "인간과 하늘이 조화로와야 천지의 사이가 아름다울 것이다."(『관자·오행』) "마음을 다하는 자한테서 지성이 나오는 것이며 지성을 알면 하늘을 알 수 있다"(『맹자·진심상』) "천지와 나는 공생하고 만물은 나와 하나로 된다."(『장자·제물론』) 이런 점들은 또 신화에서도 보아낼 수 있다. 고대 그리스의 신은 항상 인간과 시시때때 맞서고 사람을 놀리고 통치했는데 이는 실질상 자연과 인간의 대립을 반영하고 있다. 하지만 이와 반대로 중국의 신과 영웅들은 모두 인류에 대해 우호적이고 인간을 사랑하는 것이다. 반고(盤古)는 인간들을 위해 "천지개벽"을 하였고 녀와(女媧)는 황토로 사람을 만들고 오색돌을 녹여서 하늘을 메우고 거오(巨鼇)의 다리를 잘라 사방의 하늘을 떠받치는 기둥을 세웠고 복희(伏羲)는 사람들에게 그물을 뜨는 방법을 배워줬다. 신농(神農)은 백초를 맛보고 오곡을 심으며 예(羿)는 인민을 위해 불필요한 태양을 제거하고 위로는 아홉개의 해를 쐈고 아래로는 알유(猰貐)를 죽이며 동정(洞庭)에서 긴 뱀을 잘라버렸다......이런 것들은 모두 자연과 인간의 조화로운 관계를 반영해준다. 그래서 중국인들은 자연계에 대해 항상 친근감을 가지고 존경하며 그것에 두려워하지 않으며 감지덕지해 하며 그것에 맞서려고 하지 않는다. 중국의 역대 동치자들은 "교사(郊祀)", "봉선(封禪)", "기년(祈年)", "양재(禳災)"등 의식을 주최하였는데 이는 모두 인간과 자연의 조화로운 관계를 설명할 수 있다. 어쩐지 괴테는 중국에서 "사람과 대자연은 공생하고 있다. 금붕어가 연못에서 뛰여오르고 새가 나무가지에서 끊임없이 노래하는 소리를 자주 들을수 있다. 낮에는 항상 햇빛이 찬란하고 밤에는 항상 달이 희고 바람이 맑았다."(『괴테담화록』, 112 페이지) 중국 고대 농업 경제는 인간과 자연의 첨예한 대립을 인식하지 않았고 인간과 자연의 조화를 이뤄 "천인감응(天人感應)"이라는 "천인합일설"을 낳았다. 비록 중국 고대에는 많은 신화와 전설이 생겨나고 미신과 신학이 생겨났지만 중국 고대의 종교적 분위기는 서방처럼 농후하지 않았다. 사실 고대 중국인들의 신에 대한 관점과 고대 그리스인들이 신에 대한 관점은 큰 차이가 있었다. 고대 그리스에서는 신은 세계의 지배자였다. 그러나 고대 중국에서 신의 권위는 제한적이었다. 현존하는 상주(商周, 夏문화는 고증할수 없음)는 비록 신과 하늘의 명즉 천명(天命)을 믿었지만 신은 만능이 아니라 여겼다. 주(周)나라 때는 경천보민(敬天保民) 사상을 신봉했다. "그러나 그들은 감히 신의 존재를 직접적으로 부정하지는 않았으나 명확히 신을 민(民)의 부속적 지위에 놓았다."(판원란『중국통사』, 제1권, 149 페이지) 심지어 "하늘을 두려워하지 않는다"(『시경·소아·하인사』) 거나 "부민은 신의 군주"(『좌전·환공 6년』) 라는 말을 내놓고, 대성(大聖)인 공자조차도 "괴력란신을 말하지 않는다"(『논어·술이』)는 말이 있다. 때문에 『시경』에는 종교 신괴에 대한 묘사가 거의 없고 인간생활의 정취가 농후하다.『초사(楚辭)』에는 비록 신령과 요괴에 대한 묘사가 일부 있지만 종래로 "바른 말(正言)"로 간주되지 않아 여러 차례 폄훼되었다. 범문란선생이 말한바와 같이 "서주(西周)와 동주(東周)이래 종교는 화족(華族)속에서 때로는 성행했지만 절대적인 지배의 권위는 얻지 못하였다."(『중국통사』, 제1권, 149 페이지)

중국고대에도 휘황한 과학 기술 성과가 있었는데 그중 특히 4대발명은 세계가 공인하는 것이다. 그러나 서방에 비해 중국의 자연 과학은 시종 충분한 중시를 받지 못하였다. 중국의 통치자들은 대부분 자연 과학을 "하찮은 기술"로 여겼다. 우리가 역대의 서적을 훑어 보기만 하면 그 주요 내용은 모두 "강상윤리, 전장제도(綱常倫理,典章制度)"이며 자연 과학은 항상 부차적인 위치에 있었고 편폭도 매우 적으며 또 왕왕 "윤리화"되는 경향을 보인다. 그러나 서방의 백과 전서는 언제나 자연 과학을 가장 중요한 위치에 놓았으며 편폭의 대부분을 차지하였다. 이는 무엇 때문인가? 이는 중국이 소농 자연 경제를 위주로 하는 나라로서 자연 과학의 발전이 서방의 상업경제처럼 그렇게 절박하지 않고 운명에 관계되는 급선무에 속하는 것과 관련되지도 않았기 때문이다. 중국의 자연 과학 연구는 대부분 "천인감응"의 미신을 위해 복무하였으며 통치자들은 늘 자연 현상을 이용하여 인사(人事)에 붙였지 진정으로 자연을 인식하고 자연을 정복하려고는 하지 않았다. 예를 들면 천문학은 중국 고대에 매우 발달하였는데 매 시기마다 전문 관직을 두고 천문 현상을 관찰하였다.

중국 역사에는 할레 혜성의 출현에 대한 가장 오래되고 완전한 기록이 있었는데 첫 혜성은 춘추시대 로문공 14년(기원전 613년)에 나타났고 마지막은 기원 1910년에 나타났는데 총 31차례의 기록이 있다. 기록이 상세하고 완전한 것은 세계적으로 보기 드문 일로서 오늘날 중화 민족의 자손들이 매우 자랑할 만한 유산이다. 그러나 고대중국인들이 할레 혜성을 관찰한 것은 혜성의 본래의 면모를 알기 위해서가 아니라 혜성의 출현을 리용하여 인사(人事)에 붙였다. 혜성을 "요성(妖星)", "쌀매총(欃枪)", "빗자루성(扫把星:중국고대 불길스러운 사람 특히 여성을 이르는 말)"으로 여기며 혜성의 출현은 곧 큰 재난이 닥쳐올 것을 예고하는 불길한 징조라고 여겼다. 또 중국 고대 화학의 연구는 수많은 성과를 거두었지만 그 목적은 단지 선단(仙丹)을 연마하여 장생술을 구하는데 있었다. 갈홍(葛洪)의『포박자(抱扑子)•내편(内篇)』은 본래 "신선의 약을 만들고, 귀신의 변화를 언급하며, 양생하고 장수하고, 재앙을 쫓는 일"을 기재하는 책이였지만, 객관적으로 보면 고대의 화학 저서로 간주할 수도 있다.

아마도 고대 중국의 농업형 경제가 인간과 자연은 조화로왔기 때문에 고대 중국인들은 서구처럼 자연을 인식하고 자연을 정복하려는 절박감이 없었으며 오히려 "천인합일", "천명에 따르는 것", "안시처순(安時處順)", "무위(無爲)"를 창도하였다. 이런 천명을 즐기는 "자락(自樂)"은 서양에서 자연과 인간의 첨예한 대립으로 빚어진 종교적 훼멸감, 자연을 인식하고 정복하려는 노력이라는 숭고감과 매우 뚜렷한 차이를 보인다. 멸망이냐, 분투냐, 창조냐 하는 것은 자연과 인간의 대립중에서 서양인의 선택이다. "낙천명(樂天命)", "안빈락도", "지족상락(知足常樂)"은 중국인이 "천인합일"속에서 얻은 경험이다. 모험, 분투, 진취성은 서방 민족의 뚜렷한 특징이다. 안빈, 보수, 자제는 중화 민족의 뚜렷한 특징이 되었다. 공자의 "스스로 단속하고 예의를 회복하여라"[13], "군자는 도를 걱정하고 가난을 걱정하지 않는다"[14],

---

13 "克己复礼"
14 "君子忧道不忧贫"

노자의 "평소에 소박함을 알고, 사욕을 적게 만족하고"[15], "어진이를 높이지 않으면, 백성은 분발하지 않는다"[16], 맹자의 "마음을 닦고 욕심을 적게 하는 것보다 좋은 것이 없다"[17], 장자의 "무욕은 곧 소박함"[18]은 모두 농업경제사회의 낙천적 특징을 이론적으로 승화시킨 것이다.

안빈, 보수, 절제하는 민족적 특징이 문예 이론에서 표현되어 감정을 절제하는 "중화설(中和說)"을 형성하였는데 감정을 지나치게 드러내지 말고 절제하며 "감정으로 표하고 예의에 그치"[19]는 것을 요구하였다. 문장에 있어서는 너무 화려하고 산뜻한 작품을 반대하고 "악색지주(惡色之酒)", "아름다운 말은 믿지 않는다"며 "소박하고 우아하"며 "청려하고 담백하"며 "겉은 메마르지만 속은 기름기가 많은" 단백하지만 실속이 있는 아름다운 작품을 제창하였다. 창작에 있어서, 남달리 기발한 것을 내세우는 것을 반대하고 "원도, 징성, 종경(原道,徵聖,宗經)을 주장하였다.

중국고대의 자연과 인간의 조화상태는 종교에 대한 미혹을 초래하지는 않았지만 자연과학의 생기를 질식시켰다. 중국은 비록 일찍이 4대 발명을 소유하였지만 자연 과학은 발흥하지 못했다. 결국에는 한우충동의 경학 전주와 흥성한 정주리학(程朱理學)과 건가학(乾嘉學)의 고증학만이 있었다. 천인합일의 관념은 중국의 문학예술과 시학 이론에 생기를 불어 넣어 중국 사람들로 하여금 일찍부터 자연미에 대한 자각적인 의식이 싹트게 하였다. 만약 "예전에 갔을 적에는 버드나무가 하늘거렸는데 이제는 비와 눈이 흩날리네"[20]라는 정(情)과 경(景)이 융합된 시구는 자연에 대한 미 의식

---

15 "见素抱朴, 少私寡欲"

16 "不上贤, 使民不争"

17 "养心莫善于寡欲"

18 "同乎无欲, 是谓素朴"

19 "发乎情, 止乎礼义"

20 "昔我往矣, 杨柳依依, 今我来思, 雨雪霏霏"

의 맹아일 뿐이라면 육조(六朝)의 전원시, 산수시는 자연미에 대한 "문(文)의 자각"이고 당시와 송사는 사람과 자연과의 만남속에 가장 아름다운 악장이다! 중국 고대의 시는 "아(我)"를 기준으로 보나 사물을 기준으로 보나 모두가 심물합일(心物合一)하고 정경교융(情景交融)의 가경을 이루려고 애썼으며 아름다운 의경속에서 마음과 자연의 묘한 조합을 이루어 물아량망(物我兩忘)의 경지에 도달하려 애썼다. 또는 제한된 시경(詩境)에서 마음과 자연이 서로 융합하는 무한한 정취와 연원한 의미 정사(情思)를 얻는 것이다. 이것은, 중화문예의 영혼이다! 서방문학은 사람의 마음을 뒤흔드는 비극적인 충돌로 유명하다면 중국문학은 계발성적인 신의 성령인 신운의경(神韻意境)이 더욱 높은 성과를 취득하였다. 이 둘은 자기만의 특유한 미학 특징으로 구성되었다. 대자연과 인간의 첨예한 충돌에서 분출된 비극 미감이든 인간과 대자연이 결합되어 산생된 의경 미감이든 모두 비할 수 없는 심미가치를 가지고 있다. 중국 고대 문론의 "비덕설(比德說)", "물감설(物感說)", "의경설(意境說)", "신운설(神韻說)" 및 "상외지상(象外之相)", "운외지치(韻外之致)", "사여경해(思與境偕)", "언근지원(言近旨遠)" 등 가치가 아주 높은 미학 이론들은 모두 중화 문학예술의 기본 특징에 대한 개괄이자 총화이다.

　중국 고대의 종교 의식과 자연 과학은 서방처럼 흥성하게 발전하지 않았다. 그러나 윤리 도덕의 분위기는 서방보다 훨씬 짙었다. 이리하여 중국은 당연히 "예의 지국"으로 일컬어지게 되었다. 왜 중국에서는 이렇게 윤리도덕을 중히 여겼을까? 그 원인은 경제적 기초와 천인관계 및 그에 의해 형성한 인간관계와 밀접한 관계를 지니고 있다. 서방의 상업 경제와 천인사이의 첨예한 대립은 사람들로 하여금 생존을 위해 모험을 하고 재부를 찾게 하였다. 상업 무역은 인간관계가 물질적 이익의 기초위에 세워져 사람과 사람 사이에 늘 생존 경쟁으로 충만되었으며 투기주의, 속임수는 피할 수 없는것으로 되었다. 치열한 상업 경쟁에서 재산을 획득하지 않으면 망하는 법이다. 만일 인의도덕이 충만된 중국식의 정인군자가 장사를 한다면 실패하고 말것이다. 때문에 상업성 사회의 인간관계는 경쟁의 특징을 갖고 있다. 서방에서는 이타주의의 인의도덕은 시장이 없고 개인주의, 약육강식의 강자주의가 우세이다. 누구가 능력이있고, 누구가 용감하면 숭배받을 수 있는것이다. 약탈품의 불공평한 분배에 대해서는 분개하지만 약탈의 정당성을 의심하는 사람은 없었다. 동양적 도의관념은 그들한테서 거의 찾아볼 수 없었다. 신이든 인간이든 모두 용맹하게 싸우고 지력이 뛰어난 것을 멋으로 삼고 잔혹하게 싸운 것을 영광으로 여겼다. 재부를 약탈하고, 노예를 점유하고, 욕망을 채우는 것이 최고였다. 경쟁은 생존의 원칙이며 "전쟁은 만물의 어버이이다"(헤라클레이토스의 말)는 고대 그리스인들의 신앙이자 좌우명이였다. 고대 그리스와는 반대로 중국의 농업 사회에서는 자연과 인간의 조화가 이루어졌을 뿐만 아니라 인간관계에서도 "화(和)"를 중요시하게 되었다. 농경 사회는 경쟁이 아니라 협동을 기초로 하기 때문에 남자가 농사를 짓고 여자가 천을 짜는 개인 농업에서부터 "십천 유리의 밭 경작(十千維耦)"(『诗经 · 周颂 · 噫嘻』)에 이르기까지, 사람과 사람 사이의 협조가 없어서는 안 되는 것이다. 특히 농업에 필요되는 관개 사업은 더더욱 집체의 노동 합작하에서 완성하는 것이다. 물론, 이러한 합작은 혈연 관계의 가정과 가족을 기본 단위로 하기에 가족의 번영, 가족의 화목은 농업경제의 중요한 보장이다. 생존과 발전을 위해 사람들은 반드시 혈연가족의 조화로운 관계를 유지해야 하였다. 그래서 서양인들은 신들앞에서 기도를 할 때, 중국인들은 조상들의 위패앞에서 제사를 올리며 후손들이 자식을 많이 낳게 해 "자손 천억"을 기원한다는 것이다. 종묘와 제사는 혈연가족의 가장 중요한 구심력이므로 가장 신성불가침한 것이다. 상(商)나라와 주(周)나라로부터 전해 내려온 "효(孝)"를 중심으로 하는 종법 관념은 마침내 공자에 의해 "효제(孝制)"와 "인의(仁義)"를 핵심으로 하는 종법 윤리도덕 체계가 형성되었다. 이런 윤리도덕 체계는 자아 수양, 자아 절제를 출발점으로 하여 더 나아가서 혈연관계의 가정 또는 가족의 화합에 도달하는데 목표를 두고 있다. 그리고 공자의 윤리도덕은 이타주의의 "인애(仁愛)"를 바탕으로 하여 "신(身)", "가(家)"에서 출발하여 여러가지 인간관계로 확장하므로 나라의 안녕과 평화, 나아가 천하의 화합이라는 "대치(大治)"를 이룩하는데 있다. "천하의 근본은 나라에 있고, 나라의 근본은 집에 있으며, 집의 근본은 또 자신의 몸에 있다.(『孟子·离娄上』)" "마음을 바르게 해야 수신할수 있고 수신하여야 제가할수 있으며 제가하여야만 평천하를 이룰수 있다."(『礼记·大学』) 악(樂)을 통해 마음을 바르게 하고, 예(禮)를 통해 몸을 바르게 하고, 효를 통해 집안을 다스리고, 인을 통해 나라를 다스리는 것은 모두 인간 관계의 조화를 이루고, 더 나아가서 농업경제의 기반을 튼튼히 하기 위해서이다. 『예기·악기』에는 "악자는 동일하고 예의는 이하다; 같은 것이 있으면 서로 사랑하고, 다른 것이 있으면 서로 존경하자", "인으로 사랑을 베풀고 의로 바르게하면 민의 통치는 행할수 있다."라는 말들이 있다.[21] 유가의 윤리도덕이 중국의 소농 경제와 가부장제정치에 매우 적합하기 때문에 "독존(獨尊)"의 지위를 차지하게 되었다. "나라를 가진 자는 부족한 것을 근심하지 말고, 고르지 못한 것을 근심하라. 가난을 근심하지 말고 불안을 근심하라."[22]라고 이런 윤리도덕은 욕망을 억제하고 경쟁을 반대하며 조화를 이루기 위해 강자를 반대하고 폭정을 반대하는 것을 제창였다. "자기 집 노인을 공경하는 듯이 남의 집 노인을 공경하고, 자기 집 어린이를 사랑하듯이 남의 집 어린이를 사랑하라"[23]고 한마디로 유가의 "효제"와 "인의"는 농업 경제와 종법제 정치에 부합되는 이데올로기였다. 서방의 종교와 과학의 흥기와 마찬가지로 중국 고대의 윤리도덕의 흥기는

---

21 『礼记·乐记』所说的"乐者为同, 礼者为异。同则相亲, 异则相敬", "仁以爱之, 义以正之, 如此, 则民治行矣"。

22 "有国有家者, 不患寡, 而患不均; 不患贫, 而患不安"(『论语·季氏』)。

23 "老吾老以及人之老, 幼吾幼以及人之幼。"(『孟子·梁惠王上』)

중국 고유의 경제와 정치의 승화이기도 하였다.

중국 고대의 농후한 윤리도덕 기풍은 중국 고대의 문학예술 및 문예 이론에 중대한 영향을 끼쳤다. "경부부, 성효경, 후인륜, 미교화, 이풍속"은 중화문예의 근본임무에 가까왔다. 한(漢)나라 때 시경(詩經)의 곡해로부터 서한(西漢)과 동한(東漢) 때 굴원(屈原)과 한부(漢賦)에 관한 문예 대논쟁에 이르기까지; 배자야(裴子野)의『조각벌레론(雕虫论)』으로부터 수(隋)나라의 이악(李鶚)이 육조의 문풍을 호되게 비판한 상서에 이르기까지; "임금더러 요순의 풍속을 다시 되살리게 했다"는 두보로부터 "풍아비흥만이 빈 문장이 없다"는 백거이에 이르기까지; "문도론(文道論)"의 기치를 높이 추켜든 한유로부터 "위문해도(爲文害道)"의 정이와 정호, 주희까지 중국 문학예술과 문예 이론은 시종 유교 윤리의 궤도를 벗어나지 못하였다. 유미주의, 형식주의의 문학예술은 중국에서 시종 규모를 이룰수 없었으며 정치적으로 예술은 윤리적 교화를 위해도구를 제공하였고 심지어 "위문해도(爲文害道)"라는 극단적인 이론까지 출현하고 발전하였다.

(3) 중국과 서양의 사유, 언어특징 및 시학에 대한 영향

상업형 사회는 외향적이고 개방적이다. 밖으로 확장하는 과정에 각종 어려움을 부딪치기에 외적으로 자연을 정복해야 하는 지식을 탐색해야 한다. 하여 상업형 사회의 천인대립은 서양인의 외향적인 심리상태를 조성하였다. 그래서 서양사람들이 가장 관심을 갖는 것은 외재적 세계의 구성, 시간과 공간, 물질의 형식, 사물의 비율등 외재적인 것이다. 중국의 농업형 사회는 자급자족적이고 폐쇄적이며, 또 천인의 화합중에서 "의연자락(怡然自樂)"하는 중국사람의 내향적인 심리상태를 형성하였다. 그리하여 중국사람들이 제일의 관심사는 외적인 시간과 공간, 외적인 물질세계의 구성형태가 아니라 내재적인것이다. 외향적인 서양사람들은 지(智)성적인 것을 즐기며 대자연의 신비를 탐구하는것을 재미로 삼았다. 내성적인 중국 사람은 "태상입덕(太上入德)"을 인생의 최고 목표로 삼고 있다. 서양은 바깥을 향해 탐구하는 "물질적 사고"인가 하면 중국은 반대로 자신을 찾는 "자아의 사고"였다. 실제로 중국과 서방의 현자와 현인은 모두 많이 사고하는 것을 제창하고 있다. "사상을 갖춘 것이 가장 큰 장점이다."(헤라클레이토스), "심사숙고하여 행하라"(공자), "나는 생각한다. 그러므로 나는 존재한다"(데카르트), "마음의 관(官)이 사고이다"(맹자) 등 말들이 있다. 그러나 이런 사고는 방향상에서나 형식상에서나 본질적인 구별이 존재한다.

중국은 인(仁)을 중시하고 덕(德)을 추구하는데 주목했으나 자연의 객관적 구성에는 관심이 적었다. 공자는 "인(仁)과 덕(德)"은 자신의 내면에 있다고 여겼다. 따라서 "수신(修身)"은 내면으로 탐구하고 내면으로 사변(思辨)하여 자신의 심성을 선하게 하려 하였다. "난 매일 세가지로 자신을 반성한다."[24] "인덕을 수양하는 것은 자기에게 달린 것이니, 어찌 다른 사람을 의지 할 수 있겠는가?"[25] "인덕이 멀리 있어도 내가 인덕을 원하면그 것은 곧 나에게 온다."[26] 맹자는 내적 주체의 사색을 더욱 중시하였다. 그는 "만물은 나를 위해 갖혀주고 있다"[27]라 여겼다. 그리하여 외적 세계를 탐색할 필요가 없으며 응당 "도리여 자아를 돌아보아야"[28]하며 내적 자아에 힘써야 하며 "인의예지는 겉에 들떠 있는 것이 아니라 나의 내면에 녹아 있는 것이라 인식을 못했을 뿐이다. 고로 '구즉득지, 사즉실지(구하면 얻고, 놓으면 잃는다)'"[29]고 하였다. "학문의 도는 별거없이 마음에 중심을 놓는데 있

---

24 "吾日三省吾身"(『论语·学而』)

25 "为仁由己, 而由人乎哉"(『论语·颜渊』)

26 "仁远乎哉, 我欲仁, 斯仁至矣"(『论语·述而』)

27 "万物皆备于我矣"(『孟子·尽心上』)

28 "反求诸己"

29 "仁义礼智, 非由外铄我也, 我固有之也, 弗思耳矣。故曰：'求则得之, 舍则失之'"。

다."[30] 모든 것의 학문은 마음에 있으니 맹자의 학문은 내심 세계를 중히 여기지 외적 세계에 대한 탐색은 절대 아니다. 이런 자신을 성찰하는 사변성은 중국 고대 사상의 일대 특징이다. "군자는 박식하면서도 자아성찰하여야 한다"[31]는 말은 고대 성현들의 좌우명으로 되었다. 이런 내적 사변은 또 다시 종법제의 윤리도덕을 강화하였다. "하늘의 이치를 보존하고 인욕을 말살하"[32]는 것을 제창한 정주 이학이 바로 자기반성에서 움트기 시작한 것이다.

중국과 반대로 서방의 개방석적 상업 사회는 자연을 탐색하려는 외적 사유를 조성하였다. 무궁한 힘을 지닌 대자연과의 침예한 대립속에서 서방인은 호기심이 적발되어 천변만화하는 자연의 기묘함을 감지하였다. "태양은 매일 새로운 것(헤라클레이토스)"으로, "자연은 우리가 경험하지 못한 무수한 미지로 가득 차 있다.(다빈 치)". 고대 그리스 철인들의 철학적 사색은 바로 기묘한 대자연으로부터 시작 되었다. 그들은 늘 호기심에 차서 늘 물었다: "세계는 한때 불덩이였는가?", "일정한 범위에서 연소하는 불꽃이 일정한 범위에서 꺼지면 불멸의 불꽃일가?('세계는 불멸의 불꽃으로 일정한 범위에서 연소하고 일정한 범위에서 꺼진다.'라는 헤라클레스의 말)", "시간은 거꾸로 흐를 수 있을까?", "사람은 같은 강에 두번 발을 들여놓을수 있을까?", "모든 사물의 시초는 원자와 '공허(空虚)'일까?", "숫자의 기본원소가 모두 존재물의 기본원소인가?", "입체도형과 평면도형중 가장 아름다운 도형은 어떤 도형인가?" 이런 재미있는 문제에 대한 정확한 답을 얻으려면 오직 외적인 세계를 탐색해야만했다. "각종 관능으로 매개 사물을 관찰하여 그것이 얼마나 넓은 범위내에서 확정할 수 있는지 알아보아라.(은페도크레)"이라 또 자연

---

30 "学问之道无它, 求其放心而已矣"(『孟子·告子上』)

31 "君子博学而日参省乎己"(『荀子·劝学』)

32 "存天理, 灭人欲"

에 대해 더 사색하면서 "생각을 많이 하도록 최선을 다해야 한다(데모크리토스)". 이러한 외향적인 "사물(思物)"은 서양의 자연 과학의 발전을 적극적으로 촉진하여 서양의 상업경제의 번영을 이끌었다.

중국의 내향적 마음가짐과 서양의 외향적 마음가짐은 모두 중·서 문예와 시학에 영향을 미쳤다. 내성적인 마음가짐은, 문예상 필연적으로 내면의 "기질(氣質)", "신운(神運)"을 중시하여 "충실한 것을 미(美)"라고 생각하며 미를 외적인 것이 아닌 내면의 기색이며 형체에 반영되었다. 이른바 "기운이 살아 있고", "신을 전하고", "뜻을 위주로 하여, 글로 뜻을 전하고", "겉은 마르고 속은 기름지며", "겉모습은 차요시하고 신운(神運)의 골격을 취하는 것"은 모두 이러한 내성적인 마음과 밀접하게 관련되어 있다. 반면 서양의 외향적인 마음가짐은 문예에서 외적인 이미지모방에 중점을 두는데서 반영된다. 따라서 아름다움은 바로 사실인 동시에 거울처럼 자연을 본따 반영하는 것이다. 이때 중요시 되는 것은 외적 형식의 비율, 대칭, 조화에 있다.

외향적 심리 상태는 사람들로 하여금 자연만물을 탐색함에 있어서 필연적으로 주관과 객관, 시간과 공간, 형식과 내용, 원인과 결과등 범주와 관계를 중시하게 되여있다. 다시 말해서 사물의 본래 면모를 밝혀낼 것을 시도하는 세계를 인식하는 방법이다. 그렇지 않으면 자연계를 인식할 수 없다는 것이다. 이리하여 외향적 "사물(思物)"은 또 서방의 윤리적 관계를 중히 여기는 "분석의 사유 방식"을 조성하였다. 이런 분석 사유 방식은 고대 그리스의 철학거장들에 의해 추밀어 올렸다. 헤라클레이토스는 "로고스(logos)"에 도취되었고 데모크리토스는 사물의 인과 관계의 분석 사업에 열중했으며 심지어 "하나의 원인을 찾아 인괴관계를 투철하게 하면 페르샤인의 왕이 되는 것보다 더 기쁘다."(『고대그리스로마철학』, 103 페이지)라 하였다. 바르멘니드도 감성적인식과 이성적인식을 분리시키려고 애썼다. 이런 분석의 사유방식은 아리스토텔레스에서 절정에 달하였다. 그는 "공상(共相)"

에 대한 토론에서나 "사인(四因)"에 대한 분석에서나 모두 분석사유를 명확히 하였다.

서양과 반대로 "난 매일 세가지로 자신을 반성한다"[33]는 식으로 내향적인 것을 중시하는 사유는 필연적으로 고대 중국인들이 객관세계의 구성규칙, 사물의 시간과 공간, 원인과 결과, 형식과 내용에 대한 심사숙고를 홀시하는 후과를 초래하기 마련이다. 이는 중국 고대의 논리 분석 사유의 발전을 극대치로 직실시켰다. 그런데 "인의(仁義)", "방심(放心)", "천리량심(天理良心)"에 대한 내재적 반성은 중국의 직각적이고 감오(感悟)식의 사유방식을 반영하였다. 이런 사고방식은 주도면밀한 분석을 할 필요도 없고, 시간과 공간의 준확한 정도, 원인과 결과를 반복적으로 사색할 필요도 없이 단지 직관적 깨달음만 추구하였다. 자연과학에는 전혀 관심이 없던 공자는 "문・행・충・신(文・行・忠・信)"으로만 사람들을 가르쳤다. 사물에 대하여 추상적인 논리 분석을 진행하지 않고 직관의 감오로 인식하였다는 것이다. "공자께서 강위에서 이르기를 떠난 자는 주야를 가리지 않고 흐르는 물 같네"[34]이든 "지혜로운 자는 물을 즐기고 어진 자는 산을 좋아한다."[35]이든 모두 직관의 감오라는 사유방식을 체현하였다. 그의 시론에서도 이런 점을 충분히 체현하였다. 공자는 "시는 흥(興)할 수 있고 관(觀)할 수 있으며 군(群)할 수 있으며 원(怨)할 수 있다"[36]라 하였다. 그럼 무엇이 "흥"이고 무엇이 "관"이고 무엇이 "군"이며 무엇이 "원"인가? 그리고 왜 "흥, 관, 군, 원" 해야하며 어떻게 "흥, 관, 군, 원"할 것인가 공자는 더 상세하게 언급하지 않았다. 공자는 아리스토텔레스가 "모방설"을 담하는 것처럼 상세하게 담론하지 않았다. 공자는 직관적인 감수만 말했을 뿐이다. 이것이 바로 중국

---

33 "吾日三省吾身",

34 "子在川上曰：'逝者如斯夫, 不舍昼夜'"(『论语・子罕』)

35 "知者乐水, 仁者乐山"(『论语・雍也』)

36 "诗, 可以兴, 可以观, 可以群, 可以怨"(『论语・阳货』)

성현들의 사유 특점이다. 맹자는 "기(氣)"를 수양할 것을 담론하면서 직관 감수만 담론했지 구체적인 "기"의 내포를 분석하지 않으려 했다. "'나는 나의 호연지기를 수양하는데 능하다.' '호연지기가 뭐냐하면?' 이르기를: '언(言)하기 어렵다. 그는 기로서 치극히 크면서 치극히 강하다. 직접 수양하면 끝이 없고 그것이 막히면 천지간이 ......'"[37]라고 말했다. 맹자는 직각적으로 "기"의 존재를 감지하였지만 "기"를 상세히 분석하지 못해 애매모호한 감수만 내놓았다. 이것이 바로 직관 감오식 사유의 산물이다. 이런 직관 감오의 사유는 노장(老庄)사상과 문론에서 충분히 체현하였다. 노자는 "논할 수 있으면 진정한 도(名)가 아니고 표할 수 있으면 진정한 명(名)이 아니다."[38]라고 하였다. "봉(분, 즉분석)[39]을 시작하면 도가 망(亡)하"니 "도"는 혼연일체로 되어 있어 해부해서는 않되고 언어적으로 해석 불가능하며 또 "도"를 이성적으로 분석하고 인식할 수 없다. 그럼 "도"는 추상적인 이성 사유로의 분석이 불가능하면 어떻게 "도"를 인식해야 하는가? 노자는 "정관(靜觀)"이란 방법 즉 직관적으로 "도"를 감지하면서 만물의 근본을 인식하도록 하는 방법을 제기하였다. 노자는 세계를 인식함에 있어서 문닫고 정사(靜思)하는 것으로 충분하고 외적인 탐색도 감성적인 경험도 필요없다고 여겼다. "문을 나서지 않고도 천하를 안다; 창(窓)을 열지 않고 하늘의 도리를 안다. 멀리 갈수록 그 학식은 더 천박해진다."[40] 문을 나서지 않고 어떻게 천하를 알았을까? 바로 직관적인 정관(靜觀)속에서 만물을 파악하는 것이다. "'도'라는 것은 애매모호한 것으로 오락가락하는 사이에 터득할 수

---

37 "'我善养吾浩然之气。'敢问何谓浩然之气?'曰:'难言也。其为气也, 至大至刚, 以直养而无害, 则塞於天地之间……'"(『孟子 · 公孙丑上』)。

38 "道可道, 非常道;名可名, 非常名"(『老子』一章)。

39 "封(分)始则道亡"。

40 "不出户, 知天下;不窥牖, 见天道。其出弥远, 其知弥近。"(『老子』四十七章)

있으니 오락가락하는 중에 도리가 있다."[41] 장자는 노자의 직관사유를 계승하여 "도"라는 것은 "전(傳)할 수는 있으나 수(受)할 수 없으며 득(得)할 수는 있어도 견(見)할 수 없다"[42]고 여겼다. 그럼 어떻게 하여야 "도를 얻을(得道)"수 있을까? "포정해우(庖丁解牛)"라고 신운(神韻)으로 감오해야지 눈으로만 보아서는 않된다고; "능란한 조예(輪扁斲輪)"로 손에 득하여 마음으로 감지해야지 말을 입밖에 내놓아서는 않되고; "구루한 노인이 매미를 잡듯"이 일심전력으로 하나의 일에 집중할 때 입신(入神)의 경지에 달할 것이라는 등 장자는 여러가지 예를 들었다. 장자는 이러한 예들로 직각 사유로만이 형언못할 "도"를 터득할 수 있다는 것을 설명하였다. 이런 "의사가 통함(意會)"은 장자가 제출한 직관 사유 방법인 "의사의 도달(意致)"이다. 즉 다시말해서 "언급할 수 있는 자는 사물을 거칠게 알고 의사에 달한 자는 사물에 정통할 수 있다"[43]. 그리하여 장자는 "뜻을 지향하면 언어로 전하지 말라"[44]라고 "말은 찌꺼기이며 언어로의 분석에서 '도'를 찾아내기 바쁘다'고 여겼다. 그러나 "그물을 지닌자는 고기를 잡은 뒤 그물을 잊고 토끼는 발에 의해 뛰는데 토끼를 잡으면 그발을 잊고 언어에 의해 듯을 헤아린데 뜻을 알면 언어를 잊는다"[45]고 언어는 도하(渡河)의 배, 고기잡이의 그물, 토끼의 족(足)과도 흡사하는 것을 망각하였다. 직관 사유에 의해 "뜻을 얻으면 언어를 잊"는 길은 장자가 지적해준 천지만물을 인식할 수 있는 신비로운 오묘의 길이다. 선진시기의 성현들에 의해 안바침해준 이런 직관 감오적 사유 즉 "묘오(妙悟)"는 중국 고대 문인들에 의해 추천되고 사용되

---

[41] "道之为物, 惟恍惟惚。惚兮恍兮, 其中有象 ; 恍兮惚兮, 其中有物"(『老子』二十一章)

[42] "可传而不可受, 可得而不可见"(『庄子·大宗师』)

[43] "可以言论者, 物之粗也 ; 可以意致者, 物之精也"(『庄子·秋水』)。

[44] "意之所随者, 不可以言传也"(『庄子·天道』)

[45] "荃者所以在鱼, 得鱼而忘荃 ; 蹄者所以在兔, 得兔而忘蹄 ; 言者所以在意, 得意而忘言"(『庄子·外物』)。

었다.

　분석에 편중된 논리사유든 감수에 편중된 직각사유든 모두 시학에 직접적이면서도 중대한 영향을 끼쳤는 것이 분명하였다. 서방시학은 분석하는 논리적사유를 보편적으로 사용하였고 "시학"이란는 명칭을 창시한 아리스토텔레스는 바로 이런 세밀히 분류하는 논리적 사유로써 그의 방대한 시학체계를 건립하였던것이다. 그는 "원리는 자연을 따르며 먼저 선차적인 원리로부터 시작해야 한다"라고 했다. 아리스토텔레스는 하나의 기본 원리로부터 출발하여 위에서부터 아래로, 일반으로부터 특수로 주도면밀하면서도 층층이 파헤쳤다. 이런 엄밀한 논리 방법으로 연구 대상과 기타 관련된 대상을 구분시켜 정의를 내리고 규칙을 찾았다. 예하면 그는 먼저 예술과 기타 학과를 구분하여 예술과 "논리 과학", "실천 과학"의 구별점은 예술은 창조적인 것이라 여겼다. 그리고 또 예술에서 공예와 미의 예술로 나누었다. 즉 다시 말해서 소위 "모방의 예술"이란는 것은 "모방"의 특징에 있다. 또 "모방"의 매개, 취급 대상, 방식등의 부동함에 따라 시와 기타 예술(예하면 "색상과 자태"로 모방을 진행한 회화와 조각, "소리"로 모방을 진행한 음악) 및 시 자체의 각종(예하면 서사시, 비극, 희극) 부동한 특징, 규칙, 상호 연계를 구분하였다. 이런 계통적인 분석 추론은 서방의 외형적 심리상태와 분석적 논리사유의 영향하에서 산생하게 된 것이다. 아리스토텔레스는 이런 광의적인 "시학"을 서방 시학 체계에 과학 분석의 범례를 내놓았다. 몇천년래 서방 시학은 아리스토텔레스의 『시학』의 맥을 이어왔다. 호라티우스(Horatiu)로 부터 토마스·아퀴나스(Thomas Aquinas)에로, 랑기누스(Terentianus)로부터 부왈로(Boileau)에로, 헤겔(Hegel)로부터 벨린스키(Berlinski)에로, 갈래갈래 세밀하면서도 조리 있는 분석은 시종 서방 시학의 제일 돌출한 특징이다. 물론 현대 서방 시학에서도 직관사유에 주목하게 되였는데 베르그송(Bergson)의 직각주의와 프로이드의 무의식학설은 서방 시학의 산생에 대해 심원하면서도 광범위한 영향을 끼쳤다. 크로체(Croce)는 "직관"으로 예술의 본질을 해석하려 하였으며 "직관이 곧 표현"이라는 것으로 그의 시학 체계를 구축하려 하였다. 프로이드는 심층적인 무의식으로 예술가들의 창작의 진정한 동기를 파헷치려 시도하였다. 현상학 미학은 직관 심미 경험으로 예술의 참 뜻을 파악하려 하였다. 크로체의『미학원리』이든 프로이드의『꿈의 해석』이든 후설(Husserl)의 철학 논저이든 잉가르덴(Ingarden)의 현상학 문예 논저이든 모두 추상적인 논리분석이 의연히 서방의 논저의 기본 기둥이라는 것을 알 수 있다. 영미 신비평, 러시아 형식주의, 프랑스 구조주의 및 부호학, 해석학, 심지어 접수미학마저 모두 갈래갈래 엄밀하고 번쇄하며 표면에 대한 해부와 이론에 대한 분석은 모두 상세하면서도 완전하였다. 이는 경탄을 끊지지 못할 정도였다.

중국 고전 문론 저작들은 총 네가지 형태로 존재한다. 첫번째는 "자서(子書)"중에 흩어져 있는 문론, 예하면『론어』,『장자』,『론형(論衡)』,『포박자(抱朴子)』등이 있다. 두번째는 선집의 서(序)와 발(跋)로서『소명문선서(昭明文選序)』,『하악영령집서(河岳英靈集序)』,『고문약선서(古文約選序)』등이 있다. 세번째는 권수가 번잡한 시화(詩話), 사화(詞話)로서『시품』,『육일시화(六一詩話)』,『석림시화(石林詩話)』,『창랑시화(滄浪詩話)』,『시수(詩藪)』,『원시(原詩)』,『강재시화(姜齋詩話)』,『어양시화(漁洋詩話)』,『인간사화(人間詞話)』등이 있다. 네번째로는 소설에 대한 평론이다.(체계가 방대하고 주도면밀한『문심조룡』은 각종 논저의 특점을 모두 겸하고 있다.) 이 네가지 종류의 논저는 모두 하나의 기본 특징을 공유하고 있다. 즉 직관 심미속에서 위에서부터 아래로 진행되는 심미경험의 총화이다. 이로하여 중국의 시학 체계를 구성하였다. 선인들이 시를 논할 때 근거 없이 전개하고 가설로 시작되는 것이 아니라 추상적인 갈래갈래를 분석하였으며 늘 먼저 열독 감상으로부터 반복적인 숙독(熟讀)의 기초상에서 진행 되었다. 이런 기초상에서 "토끼가 뛰듯 매가 급강하듯" 눈 깜짝할 사이에 지나는 감오를 민첩하게 포착하였다. 이런 것을 기록한 것은 두 세마디의 말이였지만 왕왕 모래속의 금처럼 빛났다.

증거가 없으면 믿음직하지 않으니 아래에서 각각 예를 들어 설명하기로 하자. 서문과 발문에서 당조 은번(殷璠)의 『하악영령집서』중에 가장 두드러진 사례가 있다. 은번은 자신의 편집에 대해 매우 엄격하게 요구하였다고 "편집을 하는 자는 여러 가지 문체를 심사하고 냉정하게 판단해야만 그 우열을 결정할 수 있다"[46]고 했다. 은번은 바로 대량의 작품을 많이 읽고 연구한 기초에서 우열을 상세히 가려 편찬하여 품평의 득실을 심사하고 문학의 법칙을 총화해냈다. 그는 선발된 모든 작가들에 대해 간결하고 적절한 평가를 하였는데 예를 들면 왕유(王維)의 시에 대해 "유(維)의 시는 시어가 아름답고 우아하며, 의미가 새롭고 적절하여, 샘속에 있으면 물방울이 되고 벽에 있으면 아름다운 화폭으로 되는 것 같아 한 마디 한 구절마다 그 정경을 직접 겪는 것과 같았다." 짧디짧은 몇 구절로 왕유시중의 화폭이 심원한 특징을 표달했다. 그러나 은번은 구체적인 작가 작품의 감상에 머무르지 않고 또 지극히 세련된 언어로 문학의 법칙을 총결했다. "새로운 소리를 발하면서도 옛 것을 알리며 문질(文質)의 반을 취하고 풍소(風騷)를 겸하"[47]는 것이 바로 구체로부터 추상으로, 감상 경험으로부터 실사구시적으로 총화하여 귀납하였다. 이 것이 문학의 본질적 법칙이다.

시화 중, 엄우(嚴羽)의 『창랑시화』는 비교적 중요한 작품으로 작가가 제기한 "묘오(妙悟)"설 "흥취(興趣)"설이 후세에 비교적 큰 영향을 주었다. 엄우의 "묘오(妙悟)"설은 오묘하고 심오한 이론이 많은데 이는 모두 작품 감상 경험의 기초에서 귀납하고 총화해낸 것이다. 엄우는 "제가(諸家)의 시를 '참숙(參熟)'" 할 것을 강조했다. "참숙"이란 반복하여 감상하고 "조석풍영(朝夕諷詠)"하는 것이다. 이렇게 "참숙"을 통해 단련된 감별력이 있었기에 엄우는 스스로를 "참시에 정통한 자"라 불렀다. 그는 『답출계숙림안오경

---

46 "编纪者能审鉴诸体, 安详所来, 方可定其优劣, 论其取舍".
47 "既闲新声, 复晓古体, 文质半取, 风骚两挟。"

선서(答出世叔臨安吳景仙書)』에서 "나는 시를 지을 때 감히 자만하지 못하였으나 스스로 식(識)에서 남보다 조금 낮은 것이라 여겼으며 고금의 체질을 분별하고 청아하고 소박한 것을 가림에 있어서 손 꼽을 수 있다"[48]고 하였다. 이로부터 그의 감별은 얼마나 착실한가를 알 수 있다.

김성탄(金聖嘆)의 소설 비평은 가히 일품이라 할만하다. 그는 『수호전』의 원작을 정독하고 연구한 기초에서 소설 비평에 착수하였는데 그가 말한 것처럼 "아침과 밤도 가리지 않고 품속에 두고 나와『수호전』은 친밀하여 거리가 없다 할 수 있다."[49], "나는 밤낮 원고를 가지고 있는데, 잘못 해석하였는가 퇴고하였다."[50] 바로 반복적인 감상을 토대로 하여 김성탄은 가히『수호전』의 예술상의 오묘함을 탐색할 수 있었다. "『수호전』에서 서술한바와 같이 서술한 백팔명의 인물은 사람마다 성격이 달랐고 기질이 달랐으며 형상적이고 자기만의 말투가 있었다.(『김성탄수호전·서三』)"[51]

중국 고대 시학은 "묘오", "맛", "문기", "풍골"을 막론하고 시화, 사화, 소설이 평점(評點)을 막론하고 "정론요어(精論要語)"나 "목격도존(目擊道存)"을 막론하고 모두 직관적 사유와 밀접한 관계를 가졌다. 이런 점을 파악해야만 중국과 서양의 시학 체계가 판이한 중요한 원인을 해명할 수 있다.

이밖에 문학적 묘사나 문예 이론의 표달을 막론하고 모두 언어문자를 사용해야 한다. 때문에 중국과 서양의 시학의 차이는 또 중국과 서양의 언어문자의 차이와 밀접히 련관되어 있다. 서방의 문자는 표음 문자이지만 중국 문자는 형태를 중심으로 한 표의 문자이다. 서방의 표음 문자는 자모

---

48 "仆于作诗, 不敢自负, 至识则自谓有一日之长, 于古今体制, 若辨苍素, 甚者望而知之。"

49 "其无晨无夜不在怀抱者, 喜于『水浒传』可谓无间然矣。"

50 "吾日夜手钞, 谬自评释。"

51 "『水浒』所叙, 叙一百八人, 人有其性情, 人有其气质, 人有其形状, 人有其声口。"(『金圣叹读批水浒传·序三』)

가 문장중의 일정한 위치에 있어야만 의미를 가질수 있다. 그러므로 반드시 문법과 품사를 세심하게 분별해야 하며 시제의 정확성과 개념의 명확성에 주의를 돌려야 한다. 중국문자는 문법과 품사의 분별은 중시하지 않는다. 정확한 시제, 단수와 복수, 품사의 구분이 없는 현상은 시가에서 특히 두드러진다. 예를 들면 계명모점월, 인적판교쌍(달 밝은 시골술집에 닭이 울고 서리쌓인 板子다리에는 사람의 발자취가 있네)[52]이라는 시의 한 구절은 모점과 판교 및 달의 위치관계는 어떤한가? 달은 하늘가에 걸려있다. 닭은 어디에 있고 언제 울었는가? 아니면 이미 울었는가? 초갓집가게와 달의 위치는 어떠한가? 달은 저 하늘 멀리에 있는가? 아니면 초갓집우에 있는가? 이러한 것들은 서방 언어 문자의 표현에서는 별 문제가 되지 않는 것 같은 문제가 중국 언어 문자의 표현에서는 큰 문제가 되었다. 그러나 우리가 서방 표준에 따라 시제, 조사등 부가요소를 더한다면 이 시는 시가 될 수 없다. 기껏해야 일종의 "설명서"에 불과하는 것이다. 이런 현상은 마침 동·서방 언어 문자의 특점 및 장점과 단점을 설명할 수 있다. 서방의 언어는 세밀한 분석과 연의에 능하지만 형상미의 결핍을 면할 수 었다. 또 "추상적이면서 독단적"(엽유렴(叶維廉))이었다. 중국의 언어는 연역과 분석에 능하지 않았으나 형상미가 풍부하고 구체적인 생동함을 음미할 수 있다. 이런 추상적인 개념의 표달과 구체적인 형상의 비유는 동·서방 시학의 가장 뚜렷한 차이이다. 서방의 시학은 늘 추상적인 개념에 연역과 추리를 첨가하였으나 중국 시학은 자주 미묘하면서도 형상적인 비유설명을 진행하였다. 우선 사공도(司空圖)와 칸트의 시학으로 설명하기로 하자.

양자의 관점은 모두 이해하기 어려운 공통점을 가지고 있다. 『이십사시품(二十四詩品)』이든 『판단력의 비판』이든 사람을 두통케 하는 회삽한 개념, 현묘한 논술, 심오한 관점은 모두 보기만 해도 보기 힘겨운 생각이

---

52 "雞聲茅店月, 人迹板桥霜"

든다.

『이십사시품』와『판단력의 비판』은 모두 알기 어려운 공통점을 가지고 있으나 이해하기 어려운 방면은 또 각자 다르다. 자세히 음미하면『이십사시품』은 일종 구체적인 형상 비유로 구성하였다. 상징성은 "맛"에 대한 시학 이론이다. 그러나『이십사시품』은 그와 반대로 추상적인 개념의 표술로 구성하였으며 분석적으로 "판단"을 응용한 시학 이론이다. 그들 사이의 이런 차이는 마침 중·서 시학 이론의 뚜렷한 민족적 특색을 표현하고 있다.

『이십사시품』은 시학 이론 저서인 동시에 24수의 아름다운 시편이다. 그는 형식이 통일되며 음운적으로 힘있는 시구로 작가의 심미 이상을 표달하고 있다. 그는 구체적이면서도 생동한 예술형상으로 작가의 문예 이론을 밝히고 있다. 그는 직관적 감상속에서 총결해 낸 경험의 문예 규칙이다. 그는 풍부한 상상의 상징으로 된 추상적인 이론이다. 예하면 "우아"의 풍격을 논할 때 논리적 분석으로 아테네 풍격의 본질을 설명하는 것이 아니라 많은 형상을 쓰면서 그중의 맛을 감지하게 하여 우아한 풍격의 기본 특징을 감지하게 하는 것이다. "옥병으로 술을 싸고 비중에서 초갓 집을 감상한다. 풍아를 추구하는 자가 집에서 대 나무를 다듬는다. 흰 구름으로 하늘이 밝게 되자 한적한 새들이 서로 쫓아 다닌다. 녹음이 우거진 수면위로 폭포가 떨어진다. 꽃지는 듯 무언하여 사람은 국화마냥 담담하다. 해가 밝으면 책을 읽는 법이다."[53] 위의 시에서는 판단이 없었고 더 나아가서 논리적 분석도 없었고 단지 향긋한 술과 봄비, 흰 구름과 한적한 새들, 낙화비폭(落花飛瀑), 가사(佳士)가 거문고소리에 잠드는 등 형상으로 운치가 무궁무진하게 분출되고 그 우아한 풍격을 느끼도록 하였다. "풍류라는 말없이 치극한 풍류를 다하였다."[54]라 할 수 있다. 여기서 사공도는 실제상 자

---

53 "玉壶买春, 赏雨茅屋。坐中佳士, 左右修竹。白云初晴, 幽鸟相逐。眠琴绿阴, 上有飞瀑。落花无言, 人淡如菊。书之岁华, 其曰可读。"

54 "不着一字, 尽得风流。"

기가 우아한 풍격에 대한 직관적 감수를 말하면서 자기의 심미 감상 경험에서 포착한 예술의 참 뜻을 말해냈을 뿐이다. 이런 형상성, 상징성과 "맛"을 중시하는 이론은 중국 고대 시학 이론의 특점이다. 이는 추상적인 분석이 아니라 구체적이면서도 현저한 형상으로 추상적인 이론들을 비유, 상징화 한 것이다. 이런 비유와 상징은 일찍이 『예기·악기』때부터 출현하였는데 "노래라는 것은, 소리가 위로 올라갈 때에는 쏘는 듯하고, 아래로 내려갈 때에는 떨어지는 것 같고, 굽을 때에는 꺾이는 듯하며, 그칠 때에는 마른나무와 같고, 작게 감돌면 곱자에 들어맞고, 그림쇠에 맞는 것이니 꿰여져야 한다."[55] 위진 남북조시기에 이르러 이런 비유, 상징은 더더욱 많아 졌다. "반안인의 문은 새의 깃털과 옷이불의 주름진 비단과도 같다."(이충 『한림론』) "사(령운)의 시는 연꽃이 물에 핀 것과 같고, 안(연지)의 시는 옥금을 잘못 딴 것과 같다", "범(운)의 시가 맑으니 흐르는 바람 같고, 바람에 날리는 눈 같다 구(지)의 시는 돋보이게 꾸며 떨어진 꽃이 풀을 의지한 것처럼이다."(종영 『시품』)[56] 당나라 이후에 이러한 특징은 더욱 뚜렷해졌다. "구령(九龄)의 문장은 가벼운 명주마냥 소박하면서도 세련되었고 왕한의 문장은 아름다운 술잔 같았다."(『당서·양형전』) "한자의 글은 마치 장강(長江) 대하(大河)와 같이 흐릿하게 흘러가고 자라교룡(蛟龍)이 자라나니, 만물이 괴로워하고 두려워한다"(소순 『상구양내한서』) "고수의 저술은...... 하늘 높이 우뚝 솟아 있는 듯 무리와 어울리지 않아 기세가 드높고 아우가 없는 것이로다. 혹은 강물을 닮아 물결 한 점 없는 듯하다.(교연 『시식』)[57] 사공도의 『이십사

55 "故歌者, 上如抗, 下如队, 曲如折, 止如槁木, 倨中矩, 句中钩, 累累乎端如贯珠。"

56 "潘安仁之为文也, 犹翔禽之羽毛, 衣被之绡縠"(李充 『翰林论』)。"谢(灵运)诗如芙蓉出水, 颜(延之)诗如错采镂金。""范(云)诗清便宛转, 如流风回雪。丘(迟)诗点缀映媚, 似落花依草。"(钟嵘 『诗品』)

57 "张九龄之文, 如轻缣素练……王翰之文, 如琼怀玉斝"(『旧唐书·杨炯传』)。"韩子之文, 如长江大河, 浑浩流转, 鱼鼋蛟龙, 万怪惶惑"(苏洵 『上欧阳内翰书』)。"高手述作……或极天高峙, 举焉不群, 气胜势飞, 合杳相属;或修江耿耿, 万里无波……"(皎然 『诗式』)

시품』은 이런 민족적 특색을 가장 두드러지게 보여주고 있다. 이런 상징적인 "맛"은 추상적인 설명이 아닌 형상적인 비유로 사람들에게 깊은 인상을 주며 심미적인 직관에서도 깨달을 수 있는 것이 특징이다. 예술의 참 뜻은 순수하게 추상적인 이론으로 사람들의 심미적 느낌을 파괴하는 것이 아니다. 이러한 민족적 특색은 확실히 우점과 장점을 가지고 있으므로 우리가 참고하고 계승할 필요가 있다. 하지만 솔직히 말해서 부족한 점도 있다. 예를 들면 명확성과 정확성이 부족하고 많은 술어와 개념이 그럴 듯하지만 실제와 맞지 않으며 모호하여 희미하게만 느끼게 된다. 또 이런 설명은 그리 정확하게 설명할 수 없다. 이는 사람들이 이해하기 어려울 뿐만 아니라 오늘날의 연구에도 매우 큰 어려움을 조성하였다. 짧고 날카로우며 생동하고 친절하게 설명했지만 그 자체의 엄밀성이 낮았다. 이런 장단점을 서방의 시학 이론과 비교해보면 아주 흥미로운 현상을 발견할 수 있다. 중국 시학 이론의 결점은 바로 서방 시학 이론의 우점이다. 서방 시학 이론의 장단점은 칸트의 저서『판단력 비판』에서 뚜렷하게 구현되고 있다.

  사공도의 시학 이론과는 반대로 칸트의 시학 이론은 추상적인 개념의 서술로 구성된 체계적인 분석과 판단이였다. 겉으로 보기에는 칸트가 감성과 이성을 다 중시하는 것 같았지만 실제로 그가 편중한 것은 역시 이성이다. 그의 추리 방식은 언제나 선험적인 이성 요소가 없으면 심미활동이 가능하지 않았다는 것이다. 그의『판단력 비판』은 바로 선험적 이성의 요소위에서 가설적인 "공감력"과 "목적"을 확립한 것이다. 이런 선험적 이성 요소로부터 출발하여 칸트는 위에서부터 아래로 추상적인 형식 논리판단의 질, 양, 관계와 방식 네 방면에 근거하여 심미적 판단을 분석하였다. 분석을 거쳐 칸트는 심미는 실제적 이익과 관계 없고 초공리적이며 미의 대상은 개념에 의해서가 아니라 보편적으로 유쾌하며 목적없는 합목적성과 개념없는 필연성을 가지고 있다고 여겼다. 이러한 추상적이고, 논리적이며, 체계적인 분석은 칸트의『판단력 비판』의 특징일 뿐만 아니라 서양 시학 이론 전체의 특징이기도 하다. 헤겔의 저서『미학』은 "미는 이념의 감성적 표현"이라는 개념에서 출발하여 다각적인 추론을 통해 방대한 미학 체계를 완화하였다. 고전주의의 유명한 이론가 브왈로는 그의 저서『시적 예술』에서 "우선 반드시 이성을 사랑해야 하며 당신의 모든 글은 영원히 이성에 의해서 씌여져야만 가치와 빛을 낼 수 있다"라고 하였다. 모든 것은 이성으로부터 출발하며 자연히 구체적인 것으로부터 추상적인 것으로 된다. 유럽의 중세기에는 모든 사람이 신학의 시녀가 되었는데 미학도 예외가 없었다. 미학은 신의 영광을 설명하고 모든 미가 하느님으로부터 오는 것을 설명하는데 그것은 목적이 있었다. 플라톤의 "개념"과 아리스토텔레스의 "모방"은 모두 그 미학 이론의 추상성과 개념설명의 특징을 보여주고 있다. 서구 시학 이론의 이러한 특징은 개념이 비교적 명확하고 선명하며 이론적 문제에 대한 분석이 깊고 투철하며 작가의 미학사상을 비교적 전면적이고 체계적으로 논술할 수 있는 것이 장점이다. 그리하여 원인과 결과는 일목료연하였다.

그러나 중국 시학의 생동하고 아름다운 비유성 이론과 비교할 때 서방 시학의 추상적인 개념표현은 흔히 무미건조하여 사람들에게 현학성이 너무 짙고 미감이 적다는 느낌을 준다. 확실히 그 활기가 넘치는 예술미를 "시체를 해부"하듯 하나하나 떼어내 자세히 연구한다면 예술의 기심과 미의 본질을 훼손할 것은 틀림없다. 차라리 아름다움만 지적하여 사람들로 하여금 스스로 아름다움의 흔상에 참여하여 그 참뜻을 맛보게하고 아름다움의 참맛을 발견하게 하는것이 더 나을 것이다. 서양의 추상적인 개념 표현과 중국의 구체적인 이미지 비유는 아마도 중국과 서양의 시학이 각자의 특색을 가지고 있음을 반영하고 있을 것이다. 그러므로 서방이든 중국이든 함부로 자신을 낮추어 보아서도 안되고 맹목적으로 자대해서도 안된다. 그러나 일부 서양인들은 "중국인들은 오랫동안 그림인 상형문자를 통해 하나의 간단한 부호로 축약해 왔지 발명의 재주가 없었고 상업적 경영도 싫어했기 때문에 아직까지 이 부호를 자모로 축약하지 못하였다며 중국어를 멸시하고 있다.""그들은 아직 글자를 가지고 있지 않으며, 다른 나라가 만들 수 있는 것을 만들 수 없다."(염유렴의 『비교시학』, 4 페이지) 이런 견해는 한어 및 중국 문화에 대한 무식한 편견이다. 이에 대하여 염유렴선생은 힘있게 반박하였다. 그는 이러한 견해는 서방의 색안경을 끼고 서방의 "틀"로 중국 문화를 억지로 끼워 맞춘 결과에 불과하다고 여겼다.

『관추편(管錐編)』에서 전종서(錢鍾書)선생은 한어는 "사변하기에 적합하지 않다"는 헤겔의 주장을 강하게 반박했다(『관추편』 1~2 페이지 참조). 서양 사람들의 이러한 문화적 편견에 대해 염유렴은 "중국이라는 '틀'에 대한 무시와 서양의 '틀'에 의한 왜곡은 동서의 비교문학자들이 다시 뿌리를 찾아 탐구해야만 비로소 진정한 모습을 얻을 수 있다"고 주장한다(『관추편』, 17 페이지). 필자는 이에 대해 공감한다.

이상 중국과 서양의 사회 경제적, 정치적 특징에 대한 대략적인 근원을 캔 것이다. 중국과 서방 민족 특징에 대한 간결한 비교에서 "중국과 서양의 문화 특성의 뿌리 찾기"즉 중국과 서양의 부동한 사고방식에 대한 심리적 특징, 언어 문자의 부동한 근원을 찾아야 한다. 이리하여야만 다시 검토를 통해 근본적이고 깊이 있게 중국과 서양 문학예술의 부동한 심미적 특색, 중국과 서양의 시학 이론이 갖고 있는 독특한 이론적 가치 및 그 민족적 특색과 세계적 의의를 인식할 수 있다.

이제 구체적인 시학 이론으로 들어가 좀 더 탐구해 보기로 하자.

제1부

예술본질론

들어가는 말

　문학예술의 본질이 무엇인가? 새 중국이 창건이래 수많은『문예학개론』교과서는 이구동성으로 "형상" 또는 "전형적 형상"을 문학예술의 본질적 특징이라고 말한다. 이를 통해 보면 문학예술의 본질 문제는 이미 해결된 것 같았다. 그러나 "형상(이미지)본질론"에 대해서는 많은 의문점이 있다. 물론, 전형적인 이미지는 문학예술의 기본특징 중의 하나이지만 유일한 것은 아니다! 문예의 감정적 특징, 문예의 형식적 특징 등은 모두 문예의 기본 특징이라고 말할 수 있는 것이다. 고금동서의 풍부하고 다채로우며 방대한 문학예술 작품을 단 하나의 기본 특징만으로 해석한다면 지나치게 틀에 박힌 폐단이 존재한다. 예를 들어 짧은 서사시 한 수에서 어떻게 "형상"을 찾을 수 있는가? 문채가 뛰어난 고대의 설리 산문도 "형상"으로 억지로 해석할 수 있는가? 많은 음악 작품은 왕왕 그중의 뜨거운 정감만을 강렬하게 느낄 수 있을 뿐 어떤 "형상"을 포착하기 어렵다. 중국의 서예는 주로 그 독특한 기운과 격조로 사람들에게 심미적인 즐거움을 주지만 그 무슨 이미지 묘사 같은 것은 중시하지 않았다.

　그 근원으로 거슬러 올라가면 "형상 본질론"은 사실 서구에서 수입되어 왔는데 아리스토텔레스로부터 헤겔의 전형적인 형상론에 이르기까지 벨린스키(Belinsky)를 거쳐 티모피예프(Тимофеев), 피다코프스키(Pidakov)에 이르러서야 우리 나라에 들어왔다. "형상 본질론"은 중국 문단에서 독보적인 문예 본질론이 되었다. "형상 본질론"은 확실히 문예의 어떤 본질적인 법칙을 드러냈고 우리 나라의 문예 발전에 대해서도 추진 작용을 일으켰다는 것은 인정해야 한다. 그러나 근본적으로 말하면 중국과 서방의 문학예술은 완전히 다르다. 서구 문학은 세계의 객관적인 형태를 생동감 있게 모방하는 것을 추구하는데 목적을 두었으며 문학을 자연의 형상을 반영하는 "거울"로 삼았다.(모더니즘 문예는 따로 취급해야 하는데 자세한 내용은 이 책의 제2 부분을 참조)

중국 문학예술은 객관적 형상의 운치를 초월하여 자연스러운 형상을 내적인 기운과 운치를 표현하는 매개로 삼았기에 형상의 부각은 중국 문학예술이 추구하는 최종의 목적이 아니다. 일본의 미학자 이마미치 토모노부가 말한 것처럼 "어느 경우든 한정되어 있는 명확한 형태와 그 재현이 서양 미학의 중심 개념이다." 동방의 미학은 이와 반대로 외적 형태는 결코 중요하지 않으며 중요한 것은 형태를 실마리로 하여 형태가 암시하고 초월한 의미을 찾는 것이라고 여겼다. 이것은 동양 미학과 예술이 논증하고자 하는 주장이기도 하다. "형태의 절대성을 부정하고 형태의 인식을 예술의 종점이라는데 대해 의심적인 태도를 취하며 형태가 무형의 존재를 투시하는 실마리에 불과하다고 생각하는 것이 동양의 미학이다."(『동양 미학의 현대적 의미 연구』, 『미학역문』, 제2집, 347 페이지) 이 점을 깨달으면 우리는 서양의 "형상 본질론"만으로 중국 고대 문학예술을 틀에 박힌 연구를 진행하는 것은 부적절하다는 것을 깨달을 수 있다. 어떻게 이 문제를 해결할 것인가? 문예계의 적지 않은 동지들은 줄곧 고려하고 탐색해왔는데 이 책에서 필자는 이 문제에 대하여 3가지 방면으로부터 자신의 협애한 견해를 전개하려 한다. 우선, "전형론"과 "의경설"의 비교를 통해 중국 고대 문예 본질론 "의경설"의 기본 내용을 비교 분석하고자 한다. 둘째, 서양의 "조화설"과 중국의 "문채론"의 비교를 통해 중국과 서양의 문학예술이 문예의 본질적인 특징 중 하나인 "형식 문채의 미"에 대한 서로 다른 견해를 판별하려 한다. 마지막에는 플라톤과 노자의 "미 자체"와 "대음(大音), 대상(大象)"을 비교하였다. 그들은 모두 중국과 서양의 미의 본질에 관한 문제를 탐구하는 첫 페이지를 번진 공신으로서 그들의 이론가운데의 합리적인 정수를 분석하고 후세 문예 본질론에 대한 그들의 중대한 영향을 지적하려 한다.

이밖에 중국과 서방의 문예 이론중의 일부 기본적인 관점은 모두 역사적인 국한성을 가지고 있으므로 우리는 선별없이 그것을 전부 그대로 옮겨와서는 절대 안된다는 것을 지적하여야 한다. 서방 문학 이론으로 중국 문학을 기계적으로 분석해서는 안될 뿐만 아니라 중국 고대 문학 이론으로 오늘날의 문예 창작과 문예 이론을 기계적으로 분석해서도 안 되며 "의경설", "물감설" 혹은 "묘오설", "문기설(文氣說)"을 막론하고 모두 오늘날의 문예 창작의 실제 상황에 완전히 부합할 수는 없다. 그러므로 우리는 중국 고대 문론을 대함에 있어서 반드시 서방의 문론을 대하는 것과 마찬가지로 정수를 섭취하고 찌꺼기는 버리며 당대에 입각하여 우리에게 이용되어야 한다.

제1절 의경과 전형

예술의 생명은 어디에 있는가? 아름다움의 신비는 어디에 있는가? 아마도 우리는 누구나 몸소 느낀 이런 경험이 있을 것이다. 시 한 편을 읊을 때, 그림 한 폭을 볼 때, 음악 한 곡을 들을 때, 문학예술을 감상할 때 늘 절로 마음이 끌려 작품 중의 무궁무진한 운치를 맛볼 수 있다. 또 눈앞의 유한한 형상중에서 저도 모르게 무엇인가 더욱 심원한 것을 터득하고 포착하게 된다. 그러므로 종자기(钟子期)가 백아(伯牙)의 거문고 소리를 듣는 이야기는 천고의 미담으로 전해지고 있다. 어쩌면 "비 음악적인 귀"에게 백아의 거문고 소리가 아무리 훌륭해도 리듬이 있는 음향에 지나지 않는다. 그러나 바로 이러한 음악속에는 소리를 초월한 것이 잠재되어 있다. 이른바 "현악외의 소리"가 잠재되어 있다. 때문에 종자기는 그중의 높고 험한 산들과 드넓은 강물의 흐름을 느낄 수 있었다. 소설을 읽어도 이런 것이 없지 않아 있다. 양계초(梁啓超)는 "소설 읽기의 목적을 즐거움으로 삼는 사람이 물론 많다. 가장 즐기는 사람은 경악, 슬픔과 감동을 금치 못하는 자들이며 그것을 읽고 끝없는 악몽을 꾸고 끝없이 눈물을 닦게 된다." 무엇 때문에 예술은 사람들을 이렇게 감동시킬 수 있는가? 예술은 유한하고 우연적인 구체 형상들 속에 삶의 본질이라는 무한하고 필연적인 내용을 만재(滿載)하고 있기 때문이다. "이른바 화엄루각(華嚴樓閣)은 제망(帝網)이 겹치고, 한 구멍속에 만억연꽃(万億蓮花)이 있다. 일순간에 백만 대재난이 닥쳐 문자로 옮겨가 사람을 흔들고, 이로써 극지에까지 이르게 한다"는 것이다.(『소설과 군치의 관계에 대하여』)[1] 예술미의 신비는 바로 여기에 있다. 이것이 바로 소위 개별적인 것에서 일반을 보고 우연한 것에서 필연을 보는 것이다. 즉 "적은 것으로부터 많은 것을 본다", "상외의 상", "운외지치"등이다. 예술의 생명력은 심원한 사회생활의 내용과 구체적이고 생동하고 선명한 형상을 결합시키는데서 최고의 조화와 통일을 집중적으로 추출해 내는데 있다. 중국과 서양의 이론가들은 모두 약속이나 한 듯이 이러한 예술 미의 비밀에 대해 깊고도 장기적인 탐색을 하였는데 그 결정이 바로 "의경설"과 "전형론"이다. 방금 말한 예술의 생명력도 바로 "의경설"과 "전형론"의 가장 근본적인 공통점이다. 그러나 중국과 서양의 여러가지 부동한 요소로 말미암아 이런 공동 탐색의 결정체는 판이한 색채를 띠게 되었다. 의경설과 전형론의 이동(異同)점은 주로 다음과 같은 몇가지 방면에서 구현된다.

---

[1] "所谓华严楼阁, 帝网重重, 一毛孔中万亿莲花, 一弹指顷百千浩劫, 文字移人, 至此而极。"(『论小说与群治之关系』)

(1) 주관과 객관

왕국유(王國維)는 번지후(樊志厚)의 이름을 빌어 쓴『인간사을고서(人間詞乙稿序)』에서 이렇게 말하였다. "문학의 일이란 내적으로는 자기를 사로잡고 외적으로는 감동을 주는 의(意)와 경(境)인 양자 뿐이다. 우수한 자는 의와 경으로 가득하고 그다음으로 경에 능한 자 그 다음으로는 의에 능한자이다. 만약 하나라도 차나면 문학이라 할 수 없다." 지금 경에 관한 글을 쓰는 적지 않은 작가들은 흔히 이것을 증거로 삼아 경지란 곧 의사와 경지가 겸유한 주관과 객관이 통일 된 것이라고 인정하고 있다. 사실 이는 정확하지 않다. 그것이 어떠한 문학예술이든지 모두 주관과 객관의 통일이며 모두 주관적의 의와 객관적의 경이 모두 존재하기 때문이다. 만일 주관과 객관의 상호 통일만으로 의경을 논한다면 의경설과 전형론을 구별하는 특징을 찾을 수 없다. 실제상 왕국유의 본 뜻도 "의와 경의 병존이 곧 경지"라는 것이 아니라 넓은 의미로 볼 때 문학은 주관적인 의와 객관적인 경지를 갖춘다는 것으로서 이 중 하나만 빠진다면 문학을 말할 수 없다는 것이다. 이 점을 우리는 또한 그의『문학소언(文學小言)』에서 확인 할 수 있다. "문학은 두 가지 본질이있다. 왈 경, 왈 감이다. 전자는 자연 및 인생의 사실을 주로 묘사하는 것이고 후자는 이러한 사실의 정신에 대한 우리의 태도이다. 그러므로 전자는 객관적이고 후자는 주관적이다. 전자는 지적인 것이고 후자는 감정적인 것이다." 문학에 대한 왕국유의 이런 인식은 정확하다고 여겨야 한다. 그 어떤 문학예술이든지 모두 주관과 객관이 융합된 예술로서 중국이나 서방이나 모두 예외가 없다. 경지설과 전형론 역시 마찬가지로 주관과 객관의 두 방면을 포함하였다.

문학예술에서의 전형적인 형상은 객관현실의 집중적 반영일 뿐만 아니라 예술가의 주관적이고 능동적인 창조의 결과이기도 하다. 객관적 방면에서 말하면 그것은 진실하고 구체적이며 생동한 형상으로 일정한 현실사회생활의 본질을 반영하였다. 주관적인 면에서 볼 때 이는 또한 예술가의 주관적인 심미 의식과 심미 이상을 뚜렷하게 표현하며 작가의 정감, 흥취, 성격 등 주관적인 요소를 구현한다. 예하면 "아Q"라는 전형적 인물 형상에서 우리는 "정신 승리법"을 보아내는 한편 이런 "국민의 열근성"은 루쉰선생이 신해혁명을 겪은 작은 마을 "말장(末庄)"의 환경에서 인물을 묘사하면서 당시 분명한 현실 사회생활의 본질을 반영하고 "국민의 영혼"을 그려냈다.(『루쉰전집』, 제7권, 466 페이지) 다른 한편 아Q에 대한 저자의 마음도 엿볼수 있다. 감정적 태도로는 "그의 불행을 슬퍼하고, 그가 싸우지 않은 것에 노한다"라 평하였다. 여기서 주관과 객관은 어느 하나도 없어서는 안된다. 이는 예술가의 주관적 능동성과 객관적 현실생활의 결정체로서의 전형이다. 문학은 정과 경(사회생활)의 융합으로 하나만 부족한다면 문학이라 말할 수 없다. 마찬가지로 의경설도 주관과 객관 두 방면을 포함한다. 왕부지(王夫之)는 "비록 정과 경은 마음과 사물의 존재에 구분되고, 경은 정을 낳고 정은 경을 낳고, 애락의 촉감, 영초의 영접, 서로 그 중에 숨어있다." "정과 경은 다르나, 모두 실(實)을 떠날수 없다. 시의 기묘함은 끝이 없다. 교묘한 창작자는 경중에 정이 있고 정중에 경이 있다."라 하였다.(『강재시화』)[2] 주관과 객관, 정과 경, 이것이 문학예술을 구성하는 두 요소이다. 성공적인 예술 형상은 모두 주관성과 객관성이 고도로 통일되어 정(情)과 경(景)의 절묘한 조합을 이룬다. 전형이든 의경이든 반드시 양자를 겸유해야 하며 만약 어느 하나라도 부족한다면 존재의 가치를 잃게 된다. 그렇다면 전형과 의경은 같은 것인가? 절대 그렇지 않다! 우리가 공통성을 강조하는것은 바로 사람들로 하여금 전형과 의경의 특수성을 더욱 똑똑히 인식하게 함으로써 그것들 각자의 특징을 정확하게 틀어쥐게 하기 위해서이다.

---

2 "情景虽有在心在物之分, 而景生情, 情生景, 哀乐之触, 荣悴之迎, 互藏其宅." "情、景名为二, 而实不可离。神于诗者, 妙合无垠。巧者则有情中景, 景中情。"(『姜斋诗话』)

비록 전형론과 의경설은 모두 주관과 객관의 통일, 의경과 경지의 교합을 주장하지만 어느 정도 편중이 있다. 전형론은 객관에 편중하고 의경설은 주관에 편중하며 전형론은 객관적인 형상의 재현을 중시하고 의경설은 주관정감의 표명을 중시한다. 이는 전형론과 의경설의 가장 기본적인 특징 및 구별이다.

전형론은 거저 나온것이 아니다. 서구의 상업성 사회에서 산생한 인물묘사 위주의 모방과 재현이란 서사문학 전통은 전형론이 출현한 비옥한 토양이었으며, 아리스토텔레스의 "모방설"은 전형론이 출현한 직접적인 이론적 기초였다. 이러한 요소들은 전형론의 이 가장 기본적인 특징인 객관적 생활의 재현에 치우치고 있다는 것을 규정하였다. 전형론이 가장 중시하는 것은 객관적 묘사이다. 전형론은 작가자신이 작품속에 뛰어들어 끝없이 서정하고 논의하는 것을 반대하고 주장과 경향이 작품의 형상속에서 자연히 드러나게 할 것을 주장한다. 아리스토텔레스는 『시학』에서 시인은 완전히 객관적으로 옆에 서서 인물을 묘사해야 한다고 주장하였는데 그는 호메로스가 사물을 가장 객관적으로 서술할 수 있었으므로 찬양할만하다고 인정하였다. 객관적인 생활의 재현에 치중하는 것은 전형적인 인물을 형상화하는 모든 대가들의 좌우명이다. 셰익스피어는 "희극이 생긴 이래로 그 목적은 항상 인생을 반영하고 선과 악의 본래의 면모를 나타내며 그 시대에 그 자체의 진화 모델을 보여 주는 것이다."라고 말했다.(『햄리트』) 발자크는 다음과 같이 말하였다. "프랑스 사회는 역사가가 될테니 나는 그의 서기(書記)로만 될 수 있다……. 나는 성격을 부각하면서 사회상의 주요 사건을 선택한 후 성격이 비슷은 몇가지 특징을 결합시켜 전형 인물을 만드는 것이다. 현실을 엄격히 모방한다면 어느 정도 충실하고, 어느 정도 성공한 인내와 용기로 인류의 전형을 그려내는 화가가 될 수 있다."(『인간희극·전언』) 문학대가 고리키도 현실을 객관적으로 묘사할 것을 주장하였다. 이런 묘사는 생활사건, 사람들의 상호관계, 성격에서 일반적인 의미와 반복적인 것을 취하고, 사건과 성격에서 가장 자주 보이는 특징과 사실을 구성하여 생활 풍경과 전형적인 인물을 만들어 내는 것이다.(『러시아문학사』), 207 페이지 참조). 인물형상에 대한 묘사가 객관 생활에 편중하기 때문에 작가 자신이 작품속에 들어가 끝없이 서정하고 논의하는 것을 허용하지 않는다. 벨린스키는 만일 당신의 묘사가 충실하다면 당신의 논의가 없어도 사람들은 그것을 이해할 것이라고 인정하였다. 당신은 단지 예술가에 불과하므로 당신의 상상속에서 일어나는 광경을 현실 그 자체에 숨겨 현실으로서 묘사하려고 노력하기만 하면 된다. 이런 묘사를 보고 그 진실성에 경이로움을 느끼는 사람은 누구나 당신이 논의하려는 것을 알게 되며 아무도 듣고싶어하지 않는 그 모든 것을 더욱 명철하게 느끼고 인식하게 될 것이다.(『1843년의 러시아문학』) 그래서 마르크스는 "개인을 시대정신의 단순한 매개체로 만드는 실러식"을 반대하고 "셰익스피어화"를 주장했다(『마르크스 엥겔스선집』, 제2판, 제4권, 555 페이지). 엥겔스는 "경향은 특별히 지적할 필요없이 장면이나 줄거리에서 자연스럽게 나타나게 해야 한다"고 주장했다.(『마르크스 엥겔스선집』, 제2판, 제4권, 672 페이지) 현실 생활과 인물 성격의 논리에 따른 이런 객관적인 묘사는 때로는 심지어 작가의 의도를 어길 수도 있다. 그리하여 엥겔스는 다음과 같이 말하고있다. "발자크는 자기의 계급적 동정과 정치적 편견에 반대하여 행동하지 않을 수 없었다. 그는 사랑하는 귀족들의 멸망의 필연성을 보고 그들을 더 나은 운명을 소유하지 못한 자들로 묘사하였다."(『마르크스 엥겔스선집』, 제2판, 제4권, 684 페이지) 이러한 논술들만으로도 객관적 생활형상에 편향된 전형론의 특징을 충분히 설명할 수 있다.

전형론과는 반대로 의경설은 주관적인 정감의 토로에 치중하고 있다. 이러한 특징은, 가부장적, 농업적 성격을 지닌 중국 고대 사회에서 생겨난 표현들을 특징으로 하는 서정 문학 전통에 의해 결정되었으며, 유가 학파의 문학 기원론인 "물감설(物感說)"에서도 영양분을 섭취하였다. 의경설이 주관정감의 토로에 편중되여있다고 하여 의경설이 객관적인 형상의 묘사를 중시하지 않는다는 것은 아니다. 반대로 의경설은 객관형상에 대한 묘사를 매우 중시하였다. 유협(刘勰)은 『문심조룡(文心雕龍)·물색(物色)』에서 『시경』에서의 형상을 묘사한 생동하고 선명한 시구에 매우 높은 평가를 주었다. "교일(皎日)'과 '회성(嘒星)'은 한마디로 이치를 궁리하였다. '참차(參差)'와 '옥약(沃若)'는 두 글자가 서로 이어져 있어 적은 것으로 많은 것을 나타내고, 정과 모습이 남김없이 드러냈다. 천년을 헤아려 보아도 어찌 쉽게 잊을 수 있으랴."라고 지적 했다. 사공도는 예술적 경지의 큰 기치를 높이 든 문필가로서 형상을 묘사하는데 열중하고있다. 『이생과 함께 시를 논하다』에서 그는 "풀은 부드럽고 모래가 날리며, 얼음은 가볍게 빗물으로 녹는다"[3], "밝은 하늘의 무지개가 비를 비추고, 빽빽한 나무에 새가 사람을 향한다"[4]등 자신이 묘사한 형상인 걸작들을 많이 나렬하였다. 의경을 논한 다른 한 대가는 엄창랑이다. 그도 당시 시가의 형상성을 중시하지 않는 사람들을 호되게 비판하였다.

전형론과 의경설은 모두 객관적인 형상에 대한 묘사를 중요시하는데 이 두 이론의 차이는 무엇인가? 이것이 바로 현묘한 것이다. 그들의 차이는 형상을 묘사하는 목적에 있지 객관 형상을 묘사하는데 있는 것이 아니다. 객관적인 형상을 그리는 것이 전형론이 추구하는 목적이라고 할 수 있다. 작가는 이 목적을 위하여 때로는 자기의 견해를 어기게 된다. 벨린스키가 말한 것처럼 "시의 이미지는 시인에게 어떤 외적인 또는 이차적인 것이 아니라, 수단이 아니라, 목적이다. 그렇지 않으면 그것은 이미지가 아니라 상징일 뿐이다."(『벨린스키선집』, 96 페이지) 의경설은 반대로, 객관적인 형상을 묘사하는데 목적을 두지 않고 작가가 형상을 묘사하는 것은 자신의 주

---

3 "草嫩侵沙短, 冰轻著雨销"
4 "川明虹照雨, 树密鸟冲人"

관적인 감정을 표현하기 위해서이다. 이것이 바로 전형론과 의경설의 본질적인 구별이다. 왕부지(王夫之)는 "시가와 장행(長行)은 모두 마음의 뜻을 드러내기 위해서이다. 뜻은 마치 통솔로서 뜻이 없으면 통수가 없는 군대로 오합지졸이라고 할 수 있다. 이백과 두보가 대가(大家)라 불리우는 것은 작품중에 뜻이 없는 것이 한 둘도 없기 때문이다. 연운천석, 화조태림, 금포금장, 모두 뜻을 품어야 그 영혼이 존재한다 할 수 있다."라고 하였다.(『강재시화』)[5] 오교(吳喬)는 "무릇 시는 정을 위주로 하고 경물은 정에 복종하여야 한다. 경물은 저절로 생기는 것이 없고 오직 감정이 녹아 들어야 한다. 감정이 슬프면 정경이 슬프고 감정이 즐거우면 정경도 즐거워 진다"고 했다.(『위로시화』)[6] 이 점에 대하여 왕국유는 "시가의 제목은 모두 자신의 깊은 감정을 묘사하는 것을 위주로 그 경물을 묘사하며 반드시 자신의 깊은 감정을 기본으로 해야 한다. 이렇게 해야만 특별한 경지를 수확하기 시작할 수 있다"(『굴자문학의 정신』)[7]라고 제일 명확하게 지적하였다. 사진(謝榛)은 감정과 경의 관계에 대해 생동한 비유를 했다. "경은 정의 매개이고, 정은 시의 배태이며, 합쳐서 시가 된다."(『사명시화』)[8] 이는 경물을 묘사하는 것은 수단이고 매체이며 감정을 묘사하는 것만이 목적이라는 것을 충분히 설명해주었다. 풍경의 묘사는 바로 작가의 감정을 표현하기 위함이다. 마치 심덕잠(沈德潛)이 말한 것처럼 "울적한 정욕(情欲)이 풀리려고 하니 천기가 저절로 감촉되고, 매번 사물을 빌려 마음을 끌어내어 이를 토로하리라"이다.[9]

---

5 "无论诗歌与长行文字, 俱以意为主。意犹帅也。无帅之兵, 谓之乌合。李、杜所以称大家者, 无意之诗, 十不得一二也。烟云泉石, 花鸟苔林, 金铺锦帐, 寓意则灵。"(『姜斋诗话』)

6 "夫诗以情为主, 景为宾。景物无自生, 惟情所化。情哀则景哀, 情乐则景乐。"(『围炉诗话』)

7 "诗歌之题目, 皆以描写自己深邃之感情为主。其写景物也, 亦必以自己深邃之感情为之素地。而始得于特别之境遇中。"(『屈子文学之精神』)

8 "景乃情之媒, 情乃诗之胚, 合而为诗。"(『四溟诗话』)

9 沈德潜所说的, "郁情欲舒, 天机随触, 每借物引怀以抒之"(『说诗晬语』)。

중국 문학사에는 이런 경물을 빌어 감정을 토로하는 작품이 매우 많다. 왕부지는 경물을 빌어 감정을 토로하는 이런 작품에는 교묘한 점이 있다고 실례를 들었다. "정중의 경, 경중의 정"에서 경중의 정은 "장안의 달(長安一片月)"처럼 자연히 외롭고 처량하며 먼 곳을 그리워하는 정이다.

"경정천관리(景靜千官里)"는 자연히 행궁(行宮)에 도달한 희열의 정이 있다. 정중의 경은 더욱 쓰기 바쁘다. 예하면 "시성주옥이 휘호하고 있다(诗成珠玉在挥毫)"(『강재시화』)는 재인의 한묵을 떨쳐 마음속으로부터 감상하는 경이다. 육유(陸遊)는 이름난 매화꽃을 읊는 시를 쓴 적이 있다.

> 역밖 끊어진 다리가엔 주인 하나 없이 쓸쓸하네.
> 황혼에 홀로 근심하는데 바람비마저 불어오네.
> 일부러 봄을 다투지 않아도 온통 꽃들의 질투를 얻네.
> 내리 떨어져 진흙이 되니 향기만은 옛처럼 좋구나.(『복산자·영매』)[10]

표현면에서 보면 육유는 매화를 노래하였지만 매화를 직접 언급하지 않았다. 기실 이는 전적으로 작가의 우울한 감정을 토로한 것이며 세상과 속세에 대해 분개하고 자아 도취에 빠져있는 것이다. 여기서 작가는 자신의 비분을 직접적으로 토로하지 않고 다만 단교역 밖에서 그 비통하고 암담하고 어두컴컴한 황혼속에서 홀로 임자없이 쓸쓸히 피어나는 매화의 형상을 묘사할 뿐이다. 물론 이런 묘사는 작가의 목적이 아니며 작가의 진정한 의도는 경물을 빌어 감정을 토로하는 것이며 객관적인 매화를 빌어 주관적인 정서를 발산하는 것이다. 경물을 빌어 서정하는 이런 영매시를 읽으

---

10 驿外断桥边, 寂寞开无主。
　已是黄昏独自愁, 更着风和雨。
　无意苦争春, 一任群芳妒。
　零落成泥碾作尘, 只有香如故。(『卜算子·咏梅』)

면 확실히 사람들은 무궁무진한 맛을 느끼게 되며 매화라는 유한한 형상으로부터 자신도 모르게 더욱 심원한 감정을 포착하고 터득하게 된다. 이것이 이른바 의경이다! 그래서 우리는 경지의 특징은 주관적인 감정의 토로에 치중하는 것이라고 말하는데, 마치 왕국유가 "옛사람이 시와 사를 논할 때에는 경물 언어와 감정 언어의 구별이 있다."라고 말한 것과 같다. 경물 언어를 모르면 감정 언어를 알 수 없다." 감정을 위주로하고 경물을 매체로 하는 이러한 의경은 중국 고대 문학의 심미적 핵심으로서 감정을 위주로 하면서도 경물과 감정이 융합되는 특징을 포착하면 의경의 본질을 인식할 수 있다.

(2) 인물과 경물

형상성은 문학예술의 기본 특징의 하나이다. 의경설과 전형설은 모두 이 특징을 떠날 수 없다. 그러나 의경설과 전형론은 모두 구체적이고 선명하며 생동한 형상의 묘사를 요구하고 있으나 편중되는 점이 부동하다. 의경설의 형상은 경물의 묘사에 편중되고 전형설은 인물의 묘사에 편중된다. 이런 차이는 주로 중국과 서양의 부동한 문학예술 실천에 의해 조성된 것이다. 서방의 서사 문학 전통은 주로 인물의 행동을 모방하는 것이고 중국의 서사 문학 전통은 주로 인물의 정감을 표현하는 것이다. 행동은 반드시 인물형상을 통해 구현해야지만 감정은 주로 경물의 형상을 통해 표현된다. 이밖에 서방의 서사 문학은 비극과 서사시를 위주로하고 중국의 서정 문학은 주로 짧은 시편을 위주로 하는데 이런 부동한 예술 유형도 의경설과 전형론의 차이를 형성하는 중요한 원인의 하나이다.

서방의 전형론은 맹아로부터 성숙되기까지 줄곧 인물 형상과 상관되었다. 전형론의 시조인 아리스토텔레스에게 있어서는 인물 형상과 전형론과의 관계가 이미 아주 명확하였다. 그는 "모방자가 모방하는 대상은 움직이고 있으니 또 이런 사람은 좋은 사람 아니면 나쁜 사람이니 …… 일반인보다 더 좋은 사람에 대한 묘사이다."(『시학』)라고 하였다. 그후부터 서방의 이론가들은 전형과 인물형상을 더욱 긴밀히 묶어 놓았다. 고대 로마의 "유형"설로부터 발자크의 전형론까지, 엥겔스의 전형인물설로부터 고리키의 전형론까지 모두 이러하다. 호라티우스는 작가가 창작할 때 반드시 부동한 년령의 습성에 대하여 주의하여야 하며 부동한 년령과 성격에 알맞춤한 수식을 주어야 한다고 여겼다. "청년을 노인으로 쓰지 말며 아동을 성인으로 쓰지 말것이다"(『시예』) 브왈로는 "아가멤논을 씀에 있어서 그의 교만하고 방자함을 써내야 하며 이니(伊尼)를 씀에 있어서 그가 천신에 대한 경위의 마음을 써내야 한다."(『시적예술』) 발자크에 이르러 전형인물의 묘사는 성숙되었다. "'전형'이라는 개념은 이런 구체적 의미가 있어야 한다. '전형'은 인물을 가리키므로 이런 인물은 모든 그와 비슷한 인간들의 제일 선명한 성격특징을 가지고 있어야 한다."(『단서가 없는 사건(一桩无头公案)』초판서언, 『고전문예이론역총(古典文艺理论译丛)』, 제10집, 137 페이지) 발자크는 여기서 명확하게 지적하였다. 즉 전형은 인물을 가리키는 것이다. 이런 전형적 인물을 엥겔스는 고도로 세련된 언어로 총결해냈다. 즉 매 사람마다 다 전형인 동시에 전형은 또 무조건 하나뿐인 인간은 아니다. 벨린스키는 전형적 인물을 말함에 있어서 생동한 비유를 하였다. "매 하나의 전형 인물은 모두 잘 아는 낯선 사람이다."(『벨린스키가 문학을 논하다』, 120 페이지) 톨스토이는 "예술가는 하나의 이반이나 씨돌만을 이해해서는 부족하니 수천수만의 이반과 씨돌속에서 그들과 같은 특징을 지닌 하나의 사람을 창조하여야 하는데 이가 바로 전형이다"고 여겼다.(『아·톨스토이가 문학을 논하다』, 13 페이지)

서방의 이론가들은 어떻게 전형을 해석했는가를 물론하고 많은 학설에서는 모두 전형과 인물 형상을 상관련시키는 공동의 특징을 가지고 있다. 이리하여 전형과 전형 인물은 거의 동의어로 되었다. 그래서 우리는 전형론이 인물 형상의 묘사에 치중한다고 한다. 당연히 전형론은 경물 묘사도 요구하지만 전형론은 작가들이 마치 자기옆에서 일어나는 일같은 이야기 줄거리와 대사를 써내는 것을 요구한다. 이런 묘사는 초보적인 경물 묘사를 섭렵하게 된 것이다. 이는 인물 형상을 돋보이게 하는 역할로 환경 묘사를 진행하는 것이며 헤겔의 『미학』에서 더욱 명백히 서술하였다. 헤겔은 "예술의 제일 중요한 한 방면은 사람을 황홀케 하는 것"이라 지적하였다. "정경"이 무엇인가? "상대적으로 고정적인 환경과 상황은 정경을 형성한다"고 소위 "고정"적인 것은 "인간과의 관계를 보아내야 한다"고 지적하였다. 즉 정경은 인물 형상에 대해 실제적인 추동력이 존재한다. 그래서 헤겔은 "외적환경은 기본상 이런 인간과의 관계에서 이해해야 한다."(『미학』, 제1권, 254 페이지)고 여겼다. 여기서 인간과 환경의 관계는 이미 아주 똑똑하게 설명하였다. 전형과 환경의 관계에 관하여 엥겔스는 간단히 "진실하게 전형적 환경속의 전형인물을 재현"이라 총결하였다.(『마르크스 엥겔스선집』, 제2판, 제4권, 683 페이지) 전형론과 반대로 의경설은 경물 형상의 묘사에 편중하고 있다. 중국 고대 문학에도 당연히 인물 형상을 부각하고 있다. 예하면 이하와 같은 시구들이 있다. "서풍이 주렴을 말아올리니 주렴속의 사람은 노란 국화보다 여위었네", "포로가 되니 허리 절반 여위고 귀밑머리 적고 희여지네", "임의 집이 에디냐 묻자 각씨는 황당이라 답하네. 배 세워 잠시 물어보자, 혹시 고향 사람인가", "(전란 속에서 돌아온 나를 보고)옆집 사람들 소식듣고 나보러 왔네, 장벽 위에는 온갖 사람이여라, 모두 나의 우연한 생환(生還)에 경탄하네. 밤이 깊어져 초불이 휘날릴 때 부부가 서로 마주 앉아 있는 것이 꿈꾸 듯 하네", "청청한 강변의 풀, 우거진 정원의 버드가지. 자태가 어여쁜 누각우의 처녀, 창가에 지대였네. 달처럼 밝고 아름답네."[11] 이런 인물 형상의 묘사는 서방의 형상 묘사와 다르다. 서방의 인물 묘사는

---

11 "帘卷西风, 人比黄花瘦。""一旦归为臣虏, 沈腰潘鬓消磨。""君家住何处?妾住在横塘。停船暂借问, 或恐是同乡。""邻人满墙头, 感叹亦歔欷。夜阑更秉烛, 相对如梦寐。""青青河畔草, 郁郁园中柳。盈盈楼上女, 皎皎当窗牖。"

인물 형상 자체를 묘사하기 위해서 이고 인물 전형을 만들기 위해서 이다. 중국문학에서 묘사한 인물형상은 시인의 감정 표달의 매개물이다. 예하면 "사람이 노란 국화보다 여위다"는 자람이 여윈 것으로 자기의 "근심(愁)"을 그려내기 위해서 이다. "꿈꾸 듯 하"는 한 구절은 시인이 "우연한 생환"에 대한 놀라면서도 기뻐하는, 슬프면서도 즐거워하는 복잡한 감정을 말하고 있다. 이리하여 이런 인물 형상의 부각은 주요하게 뒷바침 작용을 하고 있다. 중국문학의 묘사는 경물 묘사를 위주로 하고 있다. 이런 경물 묘사는 단순한 경물 묘사가 아니라 인물의 정감 활동 공간이다. 그 안에는 경물이 있으면서 인물도 존재한다. 이런 경물과 인물의 조합공간은 고대 이론가들이 말한 "경(境)" 혹은 "경계(境界)"이다. 이런 "경"은 의경설에서 주요하게 다루고 있는 것이다. 왕창령(王昌齡)은 "경"에 대해 명확히 말하였다. "시는 세개의 경이 있는데 일왈 정경이여 산수시가 되려면 천석운봉의 경치를 펴야 하고 치극히 수려한 자는 신(神)이 마음에 있고 몸이 경지에 있다. 이왈 정경이여서 오락수원(娛樂愁怨)은 모두 뜻으로 펼치고 신(身)에 처해있으니 생각을 깊이 파면 그중의 정을 얻을 수 있다. 삼왈 의경이며 역시 의사를 마음에 담아야 그중의 참 뜻을 알아낼 수 있다."(『시격』)[12] 왕창령이 말한 "경"은 역시 간단한 경이나 물이 아니며 그중에는 많은 내용이 포함되여 있다. 그중의 "물경(物境)"은 후세 사람들이 말하는 "경"에 근사하며 혹은 왕부지가 말한 "경어(景語)"라 할수 있다. 그러나 "경어"이든 "정어(情語)"이든 중국의 의경설은 인물 형상의 묘사에 편중하여 다루는 것은 절대 아니란 포인트를 명심해야 한다. 그래서 왕부지는 "경어를 펴놓지 않으면 어찌 정어를 써낼 수 있는가? 고인의 절구는 경어가 많다. '고대(高臺)에는 슬

---

12 "诗有三境, 一日物境, 欲为山水诗, 则张泉石云峰之境, 极丽绝秀者, 神之于心, 处身于境, 视境于心, 莹然掌中, 然后用思, 了然境象, 故得形似。二曰情境, 娱乐愁怨, 皆张于意而处于身, 然后驰思, 深得其情。三曰意境, 亦张之于意而思之于心, 则得其真矣。"(『诗格』)

프면 늘 바람이 부네', '나비는 남원(南園)으로 날아가네', '가을이 되니 나무잎이 떨어지네', '련꽃이 추위에 꽃잎이 떨어지네'등은 모두 감정이 담아 있다."(『강재시화』)[13] 구양수의 『육일시화』에는 매요신(梅堯臣)의 이런 말이 실려 있다. "시인들은 마음대로 창작하나 시어를 만드는 것도 역시 어려운 것이다 ...... 반드시 쓰기 어려운 경을 말해내야 한다. 마침 자기앞에 있듯이 끊없는 뜻을 함유해야 하며 말밖에서 다 알려야 한다."[14] 가도(賈島)는 "대롱으로 산 과일을 줍고, 기와병으로 돌 샘물을 멘다", 요화(姚合)의 "말은 노루를 따라 방하고, 닭은 들새를 쫓아 거처한다"등 산읍의 황량한 상황은 "현(縣)의 옛 홰나무 뿌리가 나오고, 관가가 청렴하여 말뼈가 높이 보인다"처럼 잘 쓴 것보다 못하다. 또 엄유(嚴維)의 "유당(柳塘)의 봄물은 넘치고 화우(花塢)의 석양은 늦다", "하늘이 시태에 젖어 화화방탕하니, 어찌 지금 눈앞에 있는 것만 못하겠는가"와 같은 것이다. 또 온정균(溫庭筠)의 "닭울음소리 모점달, 인적 판교서리", 가도의 "이상한 새소리 광야에서 울고 해질녘 행인을 무서워한다", "길에서 고생스러운 나그네 근심되니, 어찌 말에서 보이지 않겠는가?"[15] 이 단락의 말은 뜻속의 뜻을 표현하였는데 언어밖의 뜻을 나타내려면 얼마나 어렵다는 것을 충분히 설명하고 있다. 위의 시구들은 경물에 대한 묘사를 통하여 감정을 토로하고 말속에 내포된 뜻을 나타낸다. 바로 이런 것이 소위 의경의 중요한 특징인 것이다!

전형론과 의경설이 형상묘사에 차이를 보이는 원인의 하나는 예술 부류

---

13 "不能作景语, 又何能作情语耶? 古人绝唱句多景语, 如'高台多悲风'、'蝴蝶飞南园'、'池塘生春草'、'亭皋木叶下'、'芙蓉露下落', 皆是也, 而情寓其中矣。"

14 "诗家虽率意, 而造语亦难……必能状难写之景, 如在目前, 含不尽之意, 见于言外, 然后为至矣。"

15 贾岛的"竹笼拾山果, 瓦瓶担石泉", 姚合的"马随山鹿放, 鸡逐野禽栖"等山邑荒僻、状况萧条之境, 不如"县古槐根出, 官清马骨高"写得好。又如严维的"柳塘春水漫, 花坞夕阳迟"、"则天容时态, 融和骀荡, 岂不如在目前乎?"又若温庭筠"鸡声茅店月, 人迹板桥霜", 贾岛"怪禽啼旷野, 落日恐行人"、"则道路辛苦, 羁愁旅思, 岂不见于言外乎?"

가 다르기 때문이다. 서방 고대에는 서사시와 희곡이 매우 발달하였고 후에 소설도 매우 성행하였는데 모두 인물 묘사를 위주로 하였다. 중국 고대에는 서정시가 매우 발달하였는데, 『시경』, 『초사』, 당시(唐詩), 송사(宋詞), 원곡(元曲)등과 같은 예술 부류는 의경설의 서정과 경물 묘사를 위주로 함을 결정하였다. 물론 이것은 하나의 원인일 뿐이다. 중국 고대의 희곡과 서사시, 소설 등의 분야는 왜 그리 발달하지 않았는가? 왜 소설을 "자질구레한 도"이라고 불렀는가? 왜 재현형 예술(예를 들면 희곡이나 소설 등)에도 서정이 가득한가? 이는 아마도 우리가 앞에서 말한 역사적 특징, 사상 이론 연원 및 문학예술 실천과 밀접한 연관이 있다.

(3) 공성, 개성과 허실(虛實), 형신(形神)

전형론이나 의경설은 모두 예술미의 오묘를 탐색하고 있다. 즉 깊으면서 넓은 사회생활을 구체적이고 생동하며 선명한 형상과 결합하여 집중적으로 응화시켜 최고의 조화와 통일로 이루는 것이다. 이런 탐색의 결과, 그들은 공성을 가지게 되는 것이다. 다시 말해서 적은 것으로 많은 것을 말해내고 유한한 것으로 무한한 것을 알려야 한다. 그래서 발자크는 "예술 작품은 최저한의 편폭으로 사람을 놀랄만큼 많은 양의 사상이 집결되어 있다"라 하였다.(『고전문예이론역종』, 제10집, 101 페이지) 전형이란 "한 인물 형상에 포함된 그와 유사한 인물들의 모든 성격특징"(『고전문예이론역종』, 제10집, 137 페이지)이다. 그래서 사마천(司馬遷)은 굴원의 작품을 찬탄함에 있어서 "문장은 작은 것을 다루나 큰 것을 가리킬 수 있으며 열거한 한 종류로 먼 뜻을 알아 낼 수 있다."(『사기·굴원가생 열전(史記·屈原賈生列傳)』) 유협은 "적은 것으로 많은 것을 총괄"하기를 주장하였고 사공도는 의경이 "만을 취하여 하나를 내세울"(『이십사시품』) 수 있어야 한다고 여겼다. 이런 방면으로 정형론과 의경설은 같은 점이 있지만 부동한 방면을 보이고 있다. 한 예술 정경을 흔상하는 것과 의경의 작품을 음미할 때의 맛은 확연히 다른 것이다. 일반적으로 예술전형은 잊을 수 없으며 예술적 의경은 반복적으로 씹어야 맛이므로 부동한 두가지의 심미감수이다. 대부분 성공적인 예술전형은 잊을 수 없는 존재로 돈키호테, 오듀세우스, 다르투브(몰리에르의 『위선자』 중 인물), 오블로모프(러시아 곤차로부 『오블로모프』의 주인공으로 러시아 "잉여인간(多餘人)" 형상), 햄리트 …… 등 전형적인 인물 형상은 우리 마음속에 박혀져 있었다. 전형 인물과 같은 예술 생명은 어디서 왔는가? 바로 선명한 개성 특징으로 생활의 필연적 본질을 드러내는데서 왔다. 우리가 예술 전형을 흔상함에 있어서 두가지 재미로운 현상이 있는데 하나는 많은 사람들이 발견한 작가가 나를 쓰고 있다는 착각으로서 이것 저것 의심하다가 작가가 혹시 자기의 사생활을 정탐하였는가까지 의심하게 된다. 그래서 어떤 작가들은 "글속의 정경을 어느 이를 암시하는 것이 아니라 …… 이러한 불쌍한 버러지를 썼을 뿐 극소수의 평범한 속인들이 익숙한 어느 사람을 알아내게 하기 위해서가 아니다. 난 단지 지하실에 숨어있는 사람들한테 거울을 주어 자기의 추태를 면면이 뜯어보게 하여 노력하여 극복하게 하기 위해서 이다."(필딩 『고전문예이론역종』, 제1집, 204~205 페이지)

그다음으로는 성공적인 예술 전형은 하나의 같은 이름을 가지게 되며 생활에서 유행된다. 벨린스키가 말하듯 "전형은 한 부류의 사람을 대표할 수 있는데 많은 대상의 보통명사가 하나의 전유명사로 표현해낸다. 예하면 오쎌로는 셰익스피어가 쓴 이름의 전유명사로서 우리는 질투심을 부리는 사람을 볼때 그를 오쎌로라 부른다…… 세상에! 만약 유심해보면 이번 ·알렉산드르로비치·흐레스타코프는 이름날만큼 많은 사람들한테 적용되는 이름이다."(『벨린스키논문학』, 120 페이지) 우리는 오늘의 생활속에서도 자주 누구는 돈키호테, 누구는 그랑대…… 이런 전형이 산생된 시대가 지났다하여도 이런 전형적 형상들은 역시 살아 있으며 "불후의 매력"을 가지게 될 것이다. 전형적 형상의 생명력은 바로 여기에 있다.

전형과 같이 의경도 생활에 대한 고도로의 개괄이며 무한한 것이 담아 있다. 그러나 예술 의경을 흔상하는 것은 전형 형상을 흔상하는 심미감수와 다르다. 시 한수를 읊고 그림 한폭을 보는데 그중의 의경을 체험하려면 반복적인 읊음에서 반복적으로 감상해야 그중의 맛을 보아내고 그중의 삼매(三昧)를 깊이 알 수 있다. 그러므로 "운외의 치(韻外之韻)"를 읽어내고 "상외의 상(象外之象)"을 보아낼수 있다. "연꽃잎이 촘촘하여 강남은 연을 따는 것이 가능하네! 고기는 연잎사이에서 노니는구나. 연잎 동쪽에서, 연잎 서쪽에서, 연잎 남쪽에서, 연잎 북쪽에서"[16] 몇구절을 엎치락뒤치락 하여 간단한 것 같지만 자세히 음미해보면 저도모르게 그 정경에 있듯이 그중에 숨어있는 맛과 정취를 포착하고 체험하게 될 것이다. 연잎은 수면위로 솟아나와 옹골하고 굳센 아름다움을 보이고 물고기들은 연잎사이로 이리저리 뚫으며 장난하듯 활기차며 연못에서 처녀애들의 노래소리가 퍼지는 정경이 마치 눈앞에 펼치듯 하다.[여관영(余冠英1906~1995, 중국의 중국고전문학전문가)은 물고기가 "연꽃동쪽에서"등은 하모니일 가능성이 있고 이런 노래는 한명이 아닌 여러 사람이 노래하는 것이라고 여겼다.] 이쪽에서 노래하면 저쪽에서 맞장구를 치고 그들은 그들의 노동을 노래하고 아름다운 생활에 대한 동경을 노래하여 발랄한 생기가 언어와 행동에 차넘쳤다. 이런 것이 바로 시의(詩意)가 충만된 천연적인 "상외의 상"의 화폭이다! 정말 그 맛이 끝이 없어 한번 창(唱)하면 세번 감탄한다. 하물며 주이(周頤)는 "사(詞)를 읽는 법이란 전인의 명구절경을 취하는 것이 최선이다. 이런 의경을 자기의 생각에서 구축해야 한다. 그다음 사색을 맑게 하고 길게 근심하여 자기의 몸으로 그 정경에 들어간 자는 오성(悟性)이 더욱 영리해지고 더욱 넓어진다. 이러면 이런 감수는 진실로 외물에 의해 빼끼지 못할 것이다."(『혜풍사화』)[17] 위태의 『임한은거

---

16 "江南可采莲, 莲叶何田田!鱼戏莲叶间, 鱼戏莲叶东, 鱼戏莲叶西, 鱼戏莲叶南, 鱼戏莲叶北。"

17 "读词之法。取前人名句意境绝佳者, 将此意境缔构于吾想望中。然后澄思渺虑, 以吾身

시화』는 "시라면 취하여도 무궁무진하고 씹을수록 맛이 나야 한다."[18] 하의손(贺贻孙 1605-1688, 자는 子翼이고 명조말 청조초의 문학가) 더욱 재미있게 말했다. 시를 읊음에 있어서 "반복적으로 읽어 수십백번을 읽어 입에서 침이 흐를 정도로 읽어야 맛이 무궁하여 씹어도 끝이 없다. 젊어서부터 늙을 때까지 읊는 것을 멈추지 않고 그 경에 대해 익숙해지면 그맛이 더 길어진다."(『시벌』)[19] 그래서 우리는 예술 전형은 잊기 어렵고 예술 의경은 씹으면 씹을수록 맛이 난다고 한다. 정형과 의경은 모두 현실 생활에 대한 집중적인 개괄이며 적은 것으로 많은 것을 말하고 유한한 것으로 무한한 것을 말하고 있다. 그런데 똑같은 현실 생활에 대한 개괄인데 왜 부동한 심미적 색채를 띠는가 의문을 가질 사람이 있을 것이다. 필자는 그 원인이 그들이 사용한 개괄 방식의 부동함에 있다고 여긴다.

서방은 인물묘사를 위주로 하는 서사문학의 전통을 기초하여 산생된 전형론이다. 이는 아리스토텔레스의 영향을 받았으며 또 아리스토텔레스와 플라톤의 미학문제상의 "일반과 개발의 쟁론"의 영향을 받았다. 이리하여 이런 생활을 개괄하는 특수한 방식을 형성하였다. 서사문학전통은 인물을 묘사하는 것을 위주로 할 것을 요구하였고 "모방설"은 필연적 혹은 가능적인 규률의 요구대로 인물을 만들 것을 요구했다. 미학상의 일반과 개별의 논쟁 결과 작가가 개별중에서 일반을 반영하고 개성에서 공성을 체현할 것을 요구하였다. 이 몇가지 점은 서방 고금동서의 이론가들에 의해 완화되고 점점 성숙되어 전형으로 생활을 개괄하는 특징을 형성하였다. 즉 구체적이고 선명하고 생동하며 독특함중에서 최대한의 공성을 반영하는 것

入乎其中而涵咏玩索之, 吾性灵与相浃而俱化, 乃真实为吾有而外物不能夺。"(『蕙风词话』)

18　魏泰『临汉隐居诗话』说: "凡为诗, 当使挹之而源不穷, 咀之而味愈长。"

19　贺贻孙说得更有意思, 读诗须"反复朗诵至女十百过, 口额涎流, 滋味无穷, 咀嚼不尽。不辍, 其境愈熟, 其味愈长"(『诗筏』)。

이였다. 개별적 인물의 형상에서 광활한 사회생활의 필연적 본질을 체현하는 것이다. 간단히 말해서 어느 한 사람의 인물 형상에서 공성을 말하고 우연으로 필연을 말하는 것이다. 이런 유한함속에서 무한함을 말하는 인물 형상은 인류와 사회의 모종의 공성과 본질을 체현하는 것이다. 그래서 많은 독자들은 전형적 형상에서 자기의 특징을 발견할 수 있다. 전형적 인물 형상의 이름은 어느 한 부류의 인간들의 대명사로 될 수 있다. 벨린스키가 말하듯이 "현실을 이상화 하는것은 개별적이고 유한한 현상을 통하여 보편적이고 무한한 사물을 표현하는 것은 현실속의 우연을 모방하여 쓴것이 아니라 전형적인 형상을 창조한 것이다."(『벨린스키선집』, 제2권, 102~103페이지) 이런 전형적 형상의 매력은 무궁무진하며, "그들의 면모, 소리, 행위와 사고방식은 일일이 당신앞에 펼쳐놓아 그들은 불후의 기억으로 당신의 뇌에 남아 있을 것이며 언제나 망각할수 없게 될 것이다."(『벨린스키논문선』, 4~5 페이지) 인물 형상의 개괄력이 클수록 포함된 사회생활의 필연적인 본질을 많이 제시되고 따라서 그의 전형성이 더욱 강하게 되며 생활의 본질을 더욱 심각하게 제시될 것이며 자연히 이런 전형은 강한 생명력으로 사람들의 기억에 뿌리박게 될 것이다. 이상은 전형론의 가장 뚜렷한 특징의 하나이다.

중국의 감정표현을 위주로 하는 서정 문학 전통의 기초에서 생성된 의경설은 유가 사상의 "물감설"의 영향을 받았을 뿐만 아니라 도가의 "언의형신의 변(言意形神之辨)"의 영향도 받았다. 서정 문학 전통과 "물감설"은 정과 물이 서로 보이는 것을 요구하였고 경으로 우정(境寓情)하였다. "언의형신의 변"은 말외의 뜻을 추구하고 형상으로 신(神)을 추구하였다. 이로부터 중국의 이론가들은 부단히 발전하여 의경설중의 허실상생(虛实相生), 형신겸비(形神兼备)의 독특한 심미특징을 형성하였다. "작품의 의경이 있느냐 없느냐? 의경이 있으면 깊느냐 옅으냐?"의 문제는 어떤 표준으로 평가함에 있어서 작품은 구체적이고 선명하고 생동한 경(境)을 통해 작가의 끝없는 정사(情思)를 표현하였는가를 보아야 한다. 그리고 독자들의 상상속에서 무수한 형상을 끌어내여 독자들로 하여금 작자의 감정을 실감나게 체험하여 사물의 신채와 풍운을 음미해내게 하는 것이다…… 다시 말해서 유한한 형상속에 생활이라는 내용이 얼마나 포함되였는가 이다. 그래서 왕국유는 "문학의 솜씨는 솜씨가 아니라, 그 경지의 유무와 그 깊이를 볼 뿐이다"라고 말했다.(『인간사화부록』)[20] 그렇다면 어떻게 해야 의경이 있다고 할 수 있는가? 왕국유는 강백석(姜白石)에 대해 "고금의 사(詞)작가들의 격조가 높은 데서 백석만한 것이 없나니, 애석히 경지에 힘을 쓰지 않아서, 말밖의 맛을 느낄 수 없고, 현 밖의 소리를 들을 수 없네"라고 하였다.(『인간사화』)[21] 이로부터 알 수 있는바 왕국유는 예술적 경지가 있는 작품은 응당 말 밖의 의미와 현 밖의 소리가 있어야 한다고 주장하였다. 즉 말속에 내포된 뜻이 많을수록 경지가 깊고 말속에 내포된 뜻이 적을수록 경지가 얕다. 왕국유는 또 "우리 나라를 놓고 말하면 나란시위는 천부로 돋보이고 있었다. 그의 글은 슬프고 처량하며 아름다운데 이는 유일한 깊은 예술경지라 말할 수 있다…… 건륭과 가경황제 때에 이르러 체격과 운율이 미약해질수록 문장의 의미는 표상에 넘쳐났으며 뜻이 얕아지는 추세였다"고 지적했다.(『인간사화부록』)[22] 이런 점이 바로 의경설의 중요한 특징이다. 사공도는 또 "사와 경을 모두 장점으로 겸한 것이 시작가들의 추구하는 바이다", "상외의 상, 경외의 경, 어찌 그리 쉬우랴?"라 했다.[23]

---

20 "文学之工不工, 亦视其意境之有无与其深浅而已。"(『人间词话附录』)

21 王国维评姜白石曰: "古今词人格调之高, 无如白石, 惜不于意境上用力, 故觉无言外之味, 弦外之响。"(『人间词话』)

22 故王国维说: "至于国朝, 而纳兰侍卫以天赋之才, 崛起于方兴之族。其所为词, 悲凉顽艳, 独有得于意境之深……至乾嘉以降, 审乎体格韵律之间者愈微, 而意味之溢于字句之表者愈浅。"(『人间词话附录』)这一点, 正是意境说的重要特征。

23 司空图说: "长于思与境偕, 乃诗家之所尚。"(『与王驾评诗书』)"象外之象, 景外之景, 岂容易可谭哉?"(『与极浦书』)

그렇다면 어떻게 해야 작품이 말외의 뜻, 상외의 상으로 하여 적은 수량
으로 많은 예술적 경지를 보일 수 있는가? 중국의 이론가들은 "허실상생"
하고 "형신겸비"하는 방법으로 생활을 개괄하고, 무한함을 유한함으로 비
유하여 "만취일수(万取一收)"를 실천한다. 허와 실이 서로 생기므로 적은 것
으로 많은 것을 개괄할 수 있다. 형상과 정신을 겸비하면 구체적인 형상으
로 사물의 풍부한 내적 본질을 표현할 수 있다. 노장이 말하고자 하는 뜻
을 다 나타내지 못하는 것은 매우 재미있는 문제이다. 일반적으로 말하여
뜻을 완전히 전달하지 못하는 결함이 있지만 어떤 의미에서는 이런 결점
이 또 우점이기도 하다. 그것은 언어의 암시성을 충분히 활용하여 독자의
연상을 불러일으켜 독자로 하여금 스스로 그 "상외의 상"을 깨닫게 하고
그 문장의 의미심장한 감정과 의향을 음미하고 음미하게 함으로써 "말은
끝이 있어도 뜻은 끝이 없다", "풍류라는 글자도 쓰지 않고 온갖 풍류이다"
는 효과를 얻을 수 있기 때문이다. 중국의 시·화·서예·음악·희곡 나아가서
는 일부 소설까지도 모두 허와 실이 상생하고 형상과 정신이 겸비한 경지
를 추구하는 이런 방법을 능숙하게 운용하였다.

　예술적 경지를 힘써 제창한 사공도는 예술의 높은 개괄성을 아주 중시
하였다. "광석에서는 금이 나오고, 납에서는 은이 나온다", "얕고 깊고 모이
고 흩어지니, 만 취하여 한 번 거두어 들인다."[24] 이것들을 어떻게 요약할
수 있는가? 사공도는 그중 하나를 허실의 상생으로 꼽았다. 즉 시는 "짜고
시큰한 맛"을 느낄 수 있을 뿐, "상외의상, 경외경경"이 있어야 한다. 다른
하나는 형상과 정신을 겸비하고 있는 것인데, "바람과 구름의 변형, 화초
의 정신"을 묘사할 때는 "형상을 벗어나 신태가 닮아야" 한다. 즉 형상으로
신태을 추구하는 것이다. 엄우는 "말은 곧은 것을 꺼리고, 뜻은 천박한 것
을 꺼리며, 맥락은 드러난 것을 꺼리고, 맛은 짧은 것을 꺼린다"고 했다.(『창

---

24 "如矿出金, 如铅出银"(『二十四诗品·洗炼』), "浅深聚散, 万取一收"(『二十四诗品·含蓄』)。

랑시화·시법』)[25] 다중광(笪重光)이 그림을 논하면서는 "텅 빈 본체는 그려내기 어려우며, 실제 경치가 맑으니 텅 빈 경치가 나타난다. 신께서 그림을 그릴 수 없고 진경이 핍박하니 신경이 탄생한다. 위치가 서로 어긋나서 그림에 있는 곳은 대부분 군더더기이다. 허와 실이 어우러져 그림이 없는 곳마다 묘경이다." 이 대목은 허와 실의 상생, 형신을 겸비한 것과 예술 경지의 관계를 매우 분명하게 설명하고 있다. 이처럼 허와 실이 상생하고 형상과 정신이 겸비한 개괄의 방법은 예술적 경지를 음미할 수 있는 특점을 형성하였다. 왜냐하면 저자는 "실"만 쓰면서 "허"를 많이 남겨두기 때문이다. 다만 암시적인 언어와 형상을 펼쳐 수많은 공백과 여지를 남겨 독자로 하여금 형체속의 신태, 언외의 뜻을 체험하여 말하기 어려우며 말할 필요도 없는 "운외지치"를 맛보고 "남전의 해쌀이 따뜻해 아름다운 옥중에서 연기가 난다는 바라볼 수 있으나 눈앞에 그릴 수 없"는 "상외의 상, 경외의 경"을 포착할 수 있다. 이런 예술적 경지는 참으로 사람들로 하여금 씹어 보게 하고 감탄을 금치 못하게 한다. 예술적 경지가 깊을수록 내포하는 내용이 더 많고 개괄력이 더 강하며 독자에게 풍부한 연상을 불러일으킬 수 있고 사람들에게 주는 심미적 감수도 더 많다. 자연히 그 생명력은 더욱 강해지고 맛볼수록 더욱 맛나게 된다. 이것이 바로 예술적 경지의 가장 두드러진 특징 중 하나이다.

(4) "미"와 "진"에 대한 추구

문학예술에서는 모두 "진, 선, 미"의 통일을 주장한다. 문예 심미의 핵심으로 되는 전형론과 의경설도 마찬가지이다. 왕국유는 오직 진실한 작품만이 예술적 경지가 있다고 여겼다. 그는 "진실한 경물과 진실한 감정을

---

25 严羽说："语忌直, 意忌浅, 脉忌露, 味忌短。"(『沧浪诗话·诗法』)

묘사할 때야만이 경지가 있다고 한다." "말하는 것도 반드시 사람의 마음에 스며들고, 묘사하는 것도 반드시 사람의 이목을 끌리게 해야 한다. 그의 말은 엉겁결에 나왔으며, 조금도 꾸미지 않았다. 보는 사람이 진실하다고 여기고, 아는 사람이 깊이 알기 때문이다."[26]라고 하였다. 엥겔스는 전형에 대해 진실성을 요구했다. "세부적 진실성 외에도 전형적 환경에서의 전형적 인물을 진실하게 재현해야 한다."[27]라고 엥겔스가 지적했다. 선(善)에 대해서 중국 문학은 역대로 소위 경부부(經夫婦), 성효경(成孝敬), 후인륜(厚人倫), 미교화(美教化), 이풍속(移風習)의 역할을 강조해 왔다. 의경설도 물론 예외없다. 이에 심상룡(沈祥龍)은 "말은 직설적으로 드러나지 않지만, 은연중에 사람의 마음을 감동시킬 수 있는데, 이른바 '말한 사람에게는 죄가 없고 듣는 사람이 삼가야 한다'는 것이다"[28]라고 하였다.

레닌은 일찍 오블로모브와 같은 전형적 인물의 그릇된 시정을 비판하였는데 이것이 바로 전형적 인물의 교양적 역할을 체현하였다. 미에 대하여 말한다면 전형과 의경은 예술미에 대한 탐구의 결정체이다. 총적으로 전형과 경지는 모두 "진, 선, 미"의 통일을 구현하고 있다. 그러나 이러한 통일에는 차이점과 편중이 있다. 일반적으로 전형설에서는 진실에 편중하고 의경설에서는 미에 편중하는데 이는 또한 그것들의 중요한 특징과 구별이다.

전형론이 "진"에 치우친다는 것은 전형론의 정초자인 아리스토텔레스 때부터 아주 명백하였다. 아리스토텔레스는 문학예술이 현실을 진실하게 모방할 것을 요구할 뿐만 아니라 현실 생활의 본질과 진실한 것도 써내야

---

26 "故能写真景物、真感情者, 谓之有境界。" "其言情也必沁人心脾, 其写景也必豁人耳目。其辞脱口而出, 无矫揉妆束之态。以其所见者真, 所知者深也。"(『人间词话』)

27 "除细节的真实外, 还要真实地再现典型环境中的典型人物"(『马克思恩格斯选集』, 2版, 第4卷, 683页)

28 "词不显言直言, 而隐然能感动人心, 乃有关系, 所谓'言者无罪, 闻者足戒'也。"(『论词随笔』)

한다고 하였다. 그는 시인의 의무는 이미 일어난 일을 묘사하는 것이 아니라 일어날 수 있는 일을 묘사하는 것이라고 생각했다. 즉 가연률 또는 필연률에 의하여 가능한 일을 묘사하는 것이다. "따라서 시는 역사보다 더 철학적이고 엄숙한 것이다. 시가 말하는 것이 대개 보편성을 지니고 있기 때문이다."(『시학』) 보편성이란 필연률 또는 가연률에 부합되는 본질적 진실이다. 아리스토텔레스이후 서방에서는 줄곧 전형의 진실성을 강조해왔다. 호라티우스는 "허구의 목적은 사람들에게 호감을 주기 위함이며, 따라서 진실에 접근해야 한다"고 말했다. 어떻게 해야 진실스러운가? "당신은 다른 연령대의 습성을 알아두어야 하고, 다른 성격과 나이에 알맞게 수식해야 한다." 이에 대해 브왈로는 더 흥미있게 말하고 있다: "애셔(Asher)는 조급해하지 않고 흥분하지 않는 원인으로 사람들의 좋아함을 받지도 못하였다. 나는 억울함에 눈물을 글썽이는 그를 보는 것이 좋다. 그의 초상화에서 이런 사소한 결함을 발견하면 자연스러움을 느끼고 다른 멋을 느끼게 된다." 예술의 전형을 창조한 대가 발자크는 "문학의 진실이란 사실과 진실한 성격을 골라 그것을 묘사하여 모든 사람이 그것을 보고 진실이라고 생각하도록 하는데 있다"고 했다.(『외국문학참고자료』, 557 페이지) 위고는 셰익스피어를 찬탄하면서 "우리와 함께 생활하고 있지만 우리보다 뛰어난 인물, 예를 들어 햄리트와 같은 우리 개개인처럼 진실하면서도 우리보다 위대한 인물을 창조했다"고 말했다. 햄리트는 어느 이가 아니라 우리 모두이다.(『매리 튜더서』,『고전문학예술이론번역집』, 제2집, 316 페이지) 이는 전형과 진실의 혈연 관계를 아주 정교하게 논술한 것이다. 벨린스키는 고골을 "중편 소설 속의 삶의 순수한 진실"이라고 극찬했다. 그것은 원형 인물의 표정으로부터 주름살에 이르기까지 모든 것을 놀라울 정도로 실사구시적으로 묘사하였기 때문이다.(『벨린스키논문』, 105~106 페이지) 대체로 진실에만 치우친 서구 전형론은 두가지 특징이 있다. 하나는 현실에 대한 엄격한 묘사를 강조하고, "생활을 본 모습 그대로 써야 한다"고 강조하였다.(『체호브 논문』, 395 페이지) 디테일의 진실성을 강조하고 전형적인 인물의 눈길 하나, 미소, 입안의 담뱃대, 손에 쥔 술잔 심지어 얼굴에 난 주름살까지 모두 반드시 현실과 조금도 다름이 없어야 한다. 다른 하나는 작품의 줄거리, 구성, 시간과 공간, 인물의 성격, 이 모든 것이 논리와 정리에 부합되여야 하며, "필연성과 가연성의 법칙"과 "법칙성과 자연성"에 부합해야 한다(『도브롤류보프 선집』, 65~66 페이지). 전형적인 인물은 삶의 본질과 진실을 반영해야 한다. 말렌코프(Malenkox:구 소련의 당과 국가의 영도자)의 말처럼 "전형이란 가장 흔히 볼수 있는 사물일뿐만 아니라 일정한 사회적 힘의 본질을 가장 충분하고 예리하게 표현한 사물들이다."[말렌코프의 『제19차 당대회에서의 전련맹공산당(볼쉐위크) 중앙위원회의 사업에 관한 총결보고』, 71 페이지] 이상의 두가지는 전형론의이 중요한 특징 즉 진실에 치우치고 있다는 것을 충분히 반영하고 있다.

예술 경지설은 진실한 것을 말하지 않지만 진실한 감정과 진실한 경물을 묘사할 것을 요구한다. 그러나 그것은 진실에 대한 요구는 전형론처럼 그렇게 엄격하지 않으며 특히 세부의 진실성에 대함에 있어서 전형론과 판다르다. 의경설에서는 상외의 상, 운외지치를 중시하며 내적인 정감을 중시하고 신사(神似)를 중시한다. 그러나 외재적인 형상의 세부적인 진실성에 대해서는 그다지 중시하지 않는다. 심지어 디테일이 너무 사실적으로 묘사하는 것을 반대하기도 한다. 디테일의 진실성을 너무 중시하면 "화자가 인물의 머리카락에만 중시하다 보면 인물의 용모가 바뀌기" 때문이다(『문심조룡 부회』)[29]. 그러므로 사공도는 시가(詩歌)가 "모양을 떠나서 비슷해야 한다"[30]고 주장한다. 이런 것이 바로 "형모를 약하고 신골을 취하"[31]는 것이다. 장언원(張彦遠)은 회화를 담론함에 있어서 기운을 중히 여겨

---

29 因为太注重细节的真实就会 "画者谨发而易貌"(『文心雕龙·附会』)

30 "离形得似"

31 "略形貌而取神骨"(许印芳 『与李生论诗书跋』)

"옛날의 그림은 그 모양이 비슷한 것을 포기하고 그 기개를 그대로 살려낼려 하였다. 이런 것은 속 된 인간과 다룰수 없다. 지금의 그림은 형태는 비슷하나 운치가 살아나지 않는다. 기운으로 그림을 그리면 그 형상이 그 속에 있는 듯 하다."(『역대명화기술론·론화육법』)[32]라고 하였다. 왕승건(王僧虔)은 서예에서 풍채를 중시해야 한다고 주장하며 "서예의 미묘함에 있어서 풍채가 제일이고 형질이 그 다음이다."(『필의찬』)[33]라고 했다. 물론, 신사(神似)를 중시한다는 것은 완전히 형사(形似)를 포기한다는 것이 아니라 형상적인 디테일의 진실성을 애써 추구하지 않는다는 의미이다. 반드시 진실해야 하며 "얼굴의 주름살"마저 꼭 똑같아야 하는 것은 아니다. 그럼 이런 형태를 차요시하고 신태를 중시하는 의경설은 도대체 무엇을 추구하고 있는가? 명대(明代) 왕선(王紱)의 『서화전습록(書畵傳習錄)』은 소식(蘇軾)을 평함에 있어서 "그림을 논하면 형상을 닮기로 평판하면 아이들과 비슷하니, 시를 씀에 있어서 언어에만 머물러 있으면 진정한 시인이라 할 수 없느니라"[34]는 시에서는 "동파의 시는 각주구검한 학자와 달리 교주고슬이다. 반드시 신이 바깥을 떠돌아다녀야만 고리안에 뜻을 둘 수 있다...... 옛사람들이 말한 형태의 비슷함을 추구하지 않는 것은 닮지 않은 듯 닮은 것이다"[35]라고 하였다. 여기에서 명확하게 지적했다. 정신의 유사성을 중시하고, 형상의 유사성을 중시하지 않으며, 바로 소위 "닮지 않은 듯 닮은 것"을 추구하는 것인데 무엇이 "닮지 않은 듯 닮은 것"인가? 사공도가 거듭 강조한 "시가(詩家)의 경치는 남전에 해가 따스하고 양옥에 연기가 피어나는 듯하

---

[32] "古之画, 或能移其形似而尚其骨气, 以形似之外求其画, 此难与俗人道也。今之画纵得形似而气韵不生。以气韵求其画, 则形似在其间矣"(『历代名画记叙论·论画六法』)

[33] "书之妙道, 神采为上, 形质次之。"(『笔意赞』)

[34] "论画以形似, 见与儿童邻。赋诗必此诗, 定知非诗人"

[35] "东坡此诗, 盖言学者不当刻舟求剑, 胶柱鼓瑟也。然必神游象外, 方能意到环中……古人所云不求形似者, 不似之似也。"

다. 바랄 수는 있어도 눈앞에 펼치기는 어렵다", "아이! 가까우면서도 곁에 떠있지 않고 멀면서도 끝이 없는 귀에 언어와 운치 밖으로 들려온다"[36]는 것이다. 보다싶이 이런 거울속의 꽃, 물속의 달마냥 허무한 "닮지 않은 듯 닮은 것"이라는 그 뜻은 형상의 디테일한 "진"을 추구하는 것이 아니라 예술의경의 "미"를 추구하는 것이다.

이런 모양보다는 의경미를 추구하는 특징에 대해 엽섭(葉燮)은 상세히 논술하였다. 두보의 시를 "새벽종은 구름에 젖어 있다"라는 시의 한 구절을 예로 들었다. "새벽종은 무엇을 위해 젖는가...... 소리는 보이지 않는데 어찌 젖어을 수 있으랴. 종소리는 귀에 들어와 들린다. 귀로 들어도 소리를 분별할 수 있을뿐 어찌 젖었는지 분별할 수 있으랴?"[37] 형상적으로나 논리적으로 보나 "새벽종은 구름에 젖어 있다"는 시 구절은 크게 결함을 잡을 만하다. 그러나 만약 독자가 틀에 박힌 듯이 형상으로부터 세심하게 추구하지 않고 단지 그속의 의경만을 세심히 터득하고 포착한다면 그속에서 말로는 표현할 수 없고 마음속으로만 알수 있는 아름다움을 포착할 수 있다. 엽섭이 말하기를, "나는 그 말을 들은 것을 알지 못한다. 눈으로도 마음으로도...... 구름을 넘어 종을 보고, 그 소리속에서 습기를 듣고, 하늘이 열리고, 도리를 깨닫는데서 이 경지를 얻은 것이다."[38] 그리하여 엽섭(葉燮)은 "시의 절묘함은 함축되어 끝이 없는데 있고, 사색은 미묘함을 이루는데, 그 의탁은 말로 할 수 없는 사이에 있으며, 그 의미는 풀이할 수 없는 참에 귀착되며, 말은 여기에 있으나 뜻은 저기에 있으며, 단서는 없어지고 형상은

---

36 "诗家之景, 如蓝田日暖, 良玉生烟。可望而不可置于眉睫之前也", "噫!近而不浮, 远而不尽, 然后可以言韵外之致耳"

37 "以晨钟为物而湿乎?……声无形, 安能湿, 钟声入耳而有闻。闻在耳, 止能辨其声, 安能辨其湿?"

38 "斯语也, 吾不知其为耳闻耶?为目见耶?为意揣耶?……隔云见钟, 声中闻湿, 妙悟天开, 从至理实事中领悟, 乃得此境界也。"

떠나게 되며, 논의를 끊어버리고 사유를 궁리하며, 어수룩하고 모호한 경지에 끌어들어 간다."[39] 이와 같은 "어둡고 황홀한 경지"는 바로 마음으로만 깨칠수 있고 말로는 전할 수 없는 심미의 경지이다.

중국의 예술 경지설은 미에 편중하는데 주로 다음과 같은 몇가지 특점이 있다. 그중 하나는 외재적인 흡사함을 추구하지 않고 내적인 정감과 운치의 미를 추구하는 것이다. 이른바 "사체는 어리석고 본래는 묘한 곳이 없으나 생생하게 묘사하고 신태를 잘 전달하였으면 묘한 것이 바로 그중에 있다"고 말했다(『세설신어·교예』)[40]. 당조의 시가, 회화, 서예는 모두 이런 예술의 걸출한 대표이다. 마치 사진(謝榛)이 말한것 처럼 "당나라 번성기에 갑자기 일떠서 운치를 위주로 하여 뜻이 달하기 위해 구사하고 거짓과 수식이 없이 하고 있다. 혹은 중심 구절을 선정하여 운치로 발단하여 흔적없이 감정을 토로한다. 이것이 바로 당나라 전승기의 시풍이다."(『사명시화』권1)[41] 이백은 시를 지을 때 단지 정서에서 흘러나온 것으로 마음이 내키는 대로 썼지 거짓되게 새기지 않았다. "어릴 땐 달도 모르고, 백옥쟁반이라 부르네. 요대(瑶臺)의 거울은 청운(靑雲)끝에서 날고 있는 것 같네."(『고랑월행』)[42] 이라는 천진란만한 감정이 넘치는 시중에서 그 의경이 참으로 사랑스러웠다. 오도자(吳道子)는 그림을 그릴 때 일필휘지의 스타일이었다. 가릉강(嘉陵江) 300리 풍경을 하루 만에 그렸다며 그의 회화의 취지는 다음과 같다. "모두들 닮음을 삼가고, 나는 그 세속적인 것을 벗겨 …그 신태를

---

39 "诗之至处, 妙在含蓄无垠, 思致微渺, 其寄托在可言不可言之间, 其指归在可解不可解之会, 言在此而意在彼, 泯端倪而离形象, 绝议论而穷思维, 引入于冥漠恍惚之境, 所以为至也。"(『原诗』下篇)

40 "四体妍蚩, 本无关于妙处, 传神写照, 正在阿堵中"(『世说新语·巧艺』)

41 "盛唐人突然而起, 以韵为主, 意到辞工, 不假雕饰; 或命意得句, 以韵发端, 浑成无迹, 此所以为盛唐也。"(『四溟诗话』卷一)

42 "小时不识月, 呼作白玉盘。又疑瑶台镜, 飞在青云端。"(『古朗月行』)

지키고, 그 하나만을 추구하며, 조화(造和)의 공을 세우고자 하며, 오생(吳生)의 붓을 들어, 이른바 뜻을 필끝에 두어 그림으로 뜻을 다하려는데 있다."라고 하였다.(『역대명화기』권2)[43] 장욱(張旭)의 서예는 특히 제멋대로 했다. "매번 술에 취하여 마구 떠들어 대면서 붓을 들거나 머리를 적셔 붓으로 만들어 깨어난 후 스스로 신령이 된다하여 다시 이런 영감을 얻을 수 없다"하였다.(『신당서』)[44] 이 모든 것은 중국 예술이 내적인 정감과 운치, 말속에 내포된 예술적 아름다움이며 외형적인 형상과 디테일의 진실함을 추구하지 않는다는 것을 충분히 설명해준다. 그다음, 중국 예술은 시간, 공간, 구조의 층차, 투시 등 방면의 필연성에 부합되는 것을 추구하지 않으며 흔히 시공간의 제한을 타파하고 자연자체의 법칙에 따라 묘사하지 않는다. 전하는데 의하면 왕유는 그림을 그릴 때 사시사철을 가리지 않는다. 꽃을 그릴 때 복숭아꽃, 살구꽃, 부용이 함께 그려지는 것처럼이다.(심괄의 『몽계필담』 제7권) 『와설도(臥雪图)』에서 그는 설중의 파초를 그렸다고 하는데 이는 시공간 법칙을 타파한 전형적인 실례이다. 청나라의 유명한 화가 김농(金農)은 "왕우승은 설중의 파초를 화원의 기구로 그렸는데, 파초는 인즘 씨들어지는 사물이니 어찌 엄동설한을 겪고 씨들지 안겠는가"라고 하였다.(『동심집습유·잡화제기』)[45] 이에 대해 신운파(神韻派)의 대가 왕사정(王士禎)은 "세간에서는 왕우승이 설중파초를 그린 것을 말하는데, 그의 시도 역시 그러하다. 이를테면 '구강의 단풍나무는 몇번 파랗게 물들고 하얗게 되었다.'는것이다. 그 후 란린진, 부춘곽, 석두성등 여러 지명이 사용되었는데 모두 서로 멀리 떨어져 있다. 대개 옛사람들의 시와 그림은 흥회신을 취해서 그린

---

43 众皆谨于象似, 我则脱落其凡俗……守其神, 专其一, 合造化之功, 假吴生之笔, 向所谓意存笔先, 画尽意在也。"(『历代名画记』卷二)

44 "每大醉, 呼叫狂走, 乃下笔, 或以头濡墨而书, 既醒自视, 以为神, 不可复得也"(『新唐书』)

45 "王右丞画雪中芭蕉为画苑奇构, 芭蕉乃商飙速朽之物, 岂能凌冬不乎?"(『冬心集拾遗·杂画题记』)

것인데 배에 금을 새겨 검을 찾으면 그 뜻을 잃어버리기 마련이다.”(『지북우담』)[46] 왕사정이 여기서 말한 “흥회신(興會神)”은 사실 바로 사공도, 엄창랑 등이 창도한 경지의 아름다움이다. 왕사정은 스스로 “표면의 성스로운 것을 표상하고 시를 논하며 24품이 있는데, 나는 ‘한 글자도 쓰지 않고, 모든 풍류를 이루는’것을 가장 좋아한다”고 했다.(『향조필기』)[47] “거울속의 꽃, 물속의 달, 마음에 드는 모양, 영양이 뿔을 걸치고 흔적도 없이 사라지니 이는 흥회(興会)라”고도 한다.(『어양문』)[48] 이로부터 알 수 있는바 시간과 공간의 자연법칙을 타파하는 목적은 진실을 추구하는데 있는 것이 아니라 예술적 경지의 미를 추구하는데 있다. 소식이 “마힐의 시를 음미하면 시속에 그림이 있고, 마힐의 그림을 보면 그림속에 시가 있다”고 한 말이다.(『동파제발문·서마키란전연우』)[49] 이는 바로 왕유가 추구하는 것은 시적 정서와 회화의 아름다움이지 자연법칙에 부합되는가에 관심이 없다는 것을 말해준다. 그래서 의경설의 주창자들은 “시에 특별한 취미가 있는 것은 도리에 관계되지 않는다”고 주장한다.(엄우 『창랑시화』)[50] “만약 시가 현실사물에 부합되지 않으면...... 허나 도리는 누구나 말할 수 있으나 어찌 시인의 말속에서 도리를 찾는가”(엽섭 『원시』)[51]고 그들은 “도리의 길을 섭렵하지 않고 언어의 그물에 빠지지 않는”(엄우 『창랑시화』)[52] 것을 주장하고 있다. 그리하여 “말할 수 없는 이치가 반드시 있고, 말할 수 없는 일은 침묵과 이미지로 표하고 이치

---

46 “世谓王右丞画雪中芭蕉, 其诗亦然。如:‘九江枫树几回青, 一片扬州五湖白’。下连用兰陵镇、富春郭、石头城诸地名, 皆寥远不相属。大抵古人诗画, 只取兴会神到, 若刻舟缘木求之, 失其指矣。”(『池北偶谈』)

47 “表圣论诗, 有二十四品, 予最喜‘不著一字, 尽得风流’八字。”(『香祖笔记』)

48 “镜中之象, 水中之月, 相中之色, 羚羊挂角, 无迹可求, 此兴会也。”(『渔洋文』)

49 味摩诘之诗, 诗中有画, 观摩诘之画, 画中有诗。”(『东坡题跋·书摩诘蓝田烟雨』)

50 “诗有别趣, 非关理也”(严羽『沧浪诗话』)

51 “若夫诗似未可以物物也......可言之理, 人人能言之, 又安在诗人之言之”(叶燮『原诗』)

52 “不涉理路, 不落言筌”(严羽『沧浪诗话』)

와 일은 전자에 못지 않은 것이 없다."(엽섭 『원시』)[53] 여기서 "도리의 길을 섭렵하지 않"은 것은 신비주의를 선양하는 것이 아니라 현실속의 자연규칙에 구속되지 말고 자연의 이치에서 뛰여나 예술의 본질적 진실을 추구하고 예술적 의경의 아름다움을 추구해야 하는 것이다. 중국 예술에서 우리는 도처에서 이치없는 이치와 무 이치의 아름다움을 발견할 수 있다. 갈립방(葛立方)의 『운어양추(韻語陽秋)』의 권4에서 "대나무는 향기를 느끼지 않지만, 두자미(杜子美)는 시에서 '비에 씻겨 아름답고 바람이 불면 가늘게 향기롭다'고 했다. 눈도 맛보지 않고 향기로운줄 모른다. 그러나 이태백은 '요대의 눈꽃 수천점 흩날리니 꽃잎마다 봄바람 향기 떨어지네.'라하였다."[54]

중국 회화는 공간층차나 입체투시를 따지지 않는다. "대도산수의 법은 큰 것으로 작은 것을 보는 것인데 마치 사람이 가산(假山)의 귀를 보는 것과 같다. 만일 진산(眞山)의 법을 따라 아래에서 위로 바라보니 단지 한 겹의 산만 보았으니 어찌 첩첩이 볼 수 있으랴, 또한 그 계곡의 일도 볼 수 있으랴 …… 큰 것으로 작은 것을 보는 법으로써 그 사이에 높은 것을 꺾을 수도 있고 먼 것을 꺾을 수도 있으니 자연히 묘리가 있다"고 했다.(심괄의 『몽계필담』)[55]이 "묘리"란 바로 "무리"라는 것으로 그 목적은 경지의 아름다움을 추구하는데 있다. "찬찬히 보면, 풀, 나무, 언덕과 골짜기, 모든 것을 찬찬히 생각할 수 있는 곳으로 인간 세상의 것이 아니다. 그 이미지는 천하

---

53 "必有不可言之理, 不可述之事, 遇之于默会意象之表, 而理与事无不灿然于前者也"(叶燮 『原诗』)

54 "竹未尝香也, 而杜子美诗云: '雨洗娟娟净, 风吹细细香。'雪未尝香也, 而李太白诗云: '瑶台雪花数千点, 片片吹落春风香。'"

55 "大都山水之法, 盖以大观小, 如人观假山耳。若同真山之法, 以下望上, 只合见一重山, 岂可重重悉见, 兼不应见其溪谷间事……以大观小之法, 其间折高、折远, 自有妙理。"(沈括『梦溪笔谈』)

라는 공간 밖에 있고 흥망성쇠는 사시장철이란 시간을 뛰여 넘었다"[56]. 중국인들은 회화의 공간수준을 모르는 것이 아니라 중시하지 않았을 따름이다. 일찍이 남조 송나라 때, 저명한 화가 종병(宗炳)은 원근법에서의 형체투시의 기본원리와 검증방법을 논술하였다(『화산수서(畵山水序)』를 참조). 이는 서방 화가 필리프 브루넬레스코(philippe brunellesco)가 원근법을 창립한 시기보다 약 1,000년 앞섰다. 그러나 종병이 강조하는 것은 형보다 신에 있다. 원(元)나라 화가 예찬(倪瓚)은 "내가 화가라니, 붓을 놀리고 대충 그릴 뿐, 형상의 비슷함을 추구하지 않는다...... 그 가운데 대나무 장작을 그리는 것을 즐긴다. 대나무가 마음속의 한가로움을 쓰는데, 어찌 닮은 것과 틀린 것, 번잡함과 성긴 것, 가지의 기울은 것과 곧은 것을 다시 비교하겠는가? 혹은 오랫동안 나두어 퇴색되면 다른 사람이 갈대라고 여기지만, 나는 그 것을 대나무라고 강변할 수 없다"고 했다.(『역대론화명저휘집』, 205 페이지) 청나라의 송년(松年)은 중국과 서양의 회화를 비교하면서 "서양화는 세밀함과 흡사함을 추구한다. 서양화는 색상의 진실과 자연스러움을 똑같이 나타낸다. 중국 그림은 붓과 묵으로 그려내여 '신태'를 드러나는 것을 전문으로 한다."[『이원론화』, 『화론류편』(상), 제356 페이지][57]

회화뿐만 아니라 중국의 시도 역시 시간과 공간의 자연 법칙을 따르지 않는다. 이백의 시를 예로 들어보자. "반달은 아미산(峨眉山:중국 사천성 아미현 서남의 산)우에 걸려져 있고 그림자가 평강(平羌, 즉 淸衣江)에 어리여 있네. 밤에 배를 타 청계(淸溪 아미산 부근의 지명) 삼협(三峽:중국의 江瞿峽, 巫峽, 西陵峽 일대, 사천과 호북성의 접지부군)을 향하여, 임에 대한 그리움 참고 유주(渝州, 중경

---

56 "谛视斯境, 一草一树, 一丘一壑, 皆洁庵灵想之所独辟, 总非人间所有。其意象在六合之表, 荣落在四时之外。"(恽南田『题洁庵图』)

57 "西洋画工细求酷肖, 赋色真与天生无异, 细细观之, 纯以皴染烘托而成, 所以分出阴阳, 立见凹凸, 不知底蕴, 则喜其功妙, 其实板板无奇……中国作画, 专讲笔墨勾勒, 全体以气运成, 形态既肖, 神自满足。"[『颐园论画』,见『画论类编』(上),356页]

일대)로 가네."[58] 짧막한 시 한수에서 청계를 떠나 아미산을 등지고 평강을 겪어 중경으로 가는 노선을 써냈다. 부동한 시간과 광활한 공간을 조화로 이 결합하여 여행의 체험과 고향에 대한 그리운 정을 말했다. 그래서 왕세정(王世貞)은 "28자에 아미산, 평강강, 청계, 삼협, 유주가 있다. 후세 사람들을 이처럼 창작하여라 하면 꾸민 흔적이 심하니 작가의 연마가 쉽히 보아 낼 수 있다."[59] 시에서는 시인이 고향을 그리는 감정과 산천하수(山川河水)가 일체로 되어 시간이란 것이 존재하지 않는다. 존재하는 것이란 영원한 의미의 아름다움이다. 오죽하면 왕세정이 "이는 태백의 가경이라"[60] 평가하였겠는가? 이동양(李東陽)이 말한바와 같이 "이 시는 정사를 중히 여기고 사실을 경히 여겼다."[61] 중국의 예술가들 보기엔 시인은 현실적 규칙을 준수하는 것이 아니라 현실이 시인의 수요에 맞추어 주어야 한다고 여겼다. "천지는 마음에 들고 감탄에 풍뢰가 일어난다. 문장에 조금이라도 이득이 되면 물상은 나에 의해 변한다."고 하였다.[62] 그래서 미학가 종백화(宗白華)는 중국의 예술공간은 "시적으로 창조한 공간이다. 음악의 경계에 가까이 하는 경향이 있으며 시간의 리듬이 침투되었다." 중국의 예술 공간은 "음악적 취미가 충만된 우주로(시간과 일체로) 되는 것이 중국 화가, 시인들의 예술적 경지이다." 그래서 "이런 예술 경지는 '미'를 중심으로 하고 있다."[63]

---

58 "峨眉山月半轮秋, 影入平羌江水流。夜发清溪向三峡, 思君不见下渝州。"(『峨眉山月歌』)

59 "二十八字中有峨眉山、平羌江、清溪、三峡、渝州, 使后人为之, 不胜痕迹矣, 益见此老炉锤之妙。"

60 "此是太白佳境"(『艺苑卮言』)

61 "此诗所以贵情思而轻事实也。"(『麓堂诗话』)

62 "天地入胸臆, 吁嗟生风雷。文章得其微, 物象由我裁。"(孟郊『赠郑夫子鲂』, 见『全唐诗』卷三七七)

63 美学家宗白华说:中国艺术的空间, "是诗意的创造性空间。趋向着音乐境界, 渗透了时间节奏"。是"一个充满音乐情趣的宇宙(时间合为一体), 是中国画家, 诗人的艺术境界"。因此, "艺术境界主于美"(『美学散步』, 89~90、59页)。

(5) 양조적 감오(醞釀感悟)와 분석의 종합(分析綜合)

전형론은 일련의 전형화를 진행하는 방법이 존재한다. 즉 "관찰체험──분석종합──전형의 탄생"이다. 의경설의 공식으로는 "관찰체험──축적하여 양조──의경이 감오속에서의 탄생"이다. 의경과 전형을 비교하는것은 문예 창작에도 매우 이롭다.

어떠한 문학예술이든지 "일정한 사회생활이 인간의 마음속에 반영된 산물"이며 생활은 "모든 문학예술의 무궁무진한 유일한 원천"(마오쩌둥의 말)이다. 그러므로 서방 예술에서의 전형 인물 형상이나 중국 예술에서의 심미적 경지에 대한 탐구는 모두 객관 생활에 대한 관찰과 체험을 떠날 수 없다. 브왈로가 말한 것처럼, "사람을 잘 관찰하고 분별하며 온갖 정분을 한눈에 꿰뚫어 보고 무엇이 방탕한 것인지, 무엇이 허황된 것인지, 무엇이 어리석고 질투하는 것인지를 아는 사람만이 그들을 극장에 올릴 수 있다."(『시적 예술』) 작가는 다만 생활에 대한 관찰과 체험을 토대로 해야만 인물 형상에 대해 분석과 종합을 진행할 수 있다. 타이나 (Taina1828.4.21~1893.3.5, 프랑스 저명한 문예이론가, 사학가)의 『발자크론』은 발자크가 생활을 관찰하는 것과 전형을 창조하는 것의 관계를 아주 정확하게 분석하였다. 타이나는 발자크는 철학과 관찰을 결합하여 세부를 보았으며 동시에 그 세부와 연관시키는 법칙도 발견하였다고 지적하였다. 이런 세심한 관찰의 기초상에서 발자크는 인물에 대해 분석하고 종합하였다. "자연계에 분산되어 있는 사물을 여기에 집중시켜 ...... 이렇게 많은 사건들을 연계하기 위해 이렇게 많은 인물들을 지시, 지휘시켜 온갖 수단을 다하여 이렇게 복잡한 활동에서 함께 배합하게 한다는 것은 심상치 않은 이해력이 필요하다."[『문예이론역총』1957(2), 58 페이지] 발자크 자신이 말했듯이 작가의 사명은 "같은 종류의 사실들을 하나로 융합하여 개괄적으로 묘사하는 것이다...... 그래서 그는 사건을 종합적으로 처리했다. 하나의 인물을 형상화하기 위해서는 흔히 몇명의 비슷한 인물을 파악해야 한다....... 문학이 사용하는 것 역시 회화의 방법인데 아름다운 형상을 만들기 위해서는 한 모델의 손을 취하고, 다른 모델의 발을 취하며, 이쪽의 가슴과 저쪽의 어깨를 취한다. 예술가의 사명은 그가 형상화한 인체에 생명을 불어넣어 묘사를 진실하게 만드는 것이다."(『고전문학이론역』, 제10집, 120 페이지) 이와 같이 여러개의 개인의 특징으로부터 종합된 인물형상은 작가에 의해 생명을 얻어 생동하게 일떠섰다. 이런 전형화의 방법은 줄곧 서방작가들에 의해 운용되고 있다. 고리끼는 여러차례 언급한 이런 전형적인 인물을 창조한 방법은 "한 작가는 20개로부터 50개까지 인물을 창조할 수 있다면 나아가서는 수백개의 작은 가게주인, 관리, 노동자가운데서 모든 사람의 가장 대표적인 계급적 특징, 습관, 기호, 자세, 신앙과 말투등을 다 뽑아내여 또 다시 작은 가게주인, 관리, 로동자들 몸에 종합할 수 있다. 그러면 이 작가는 이런 수법으로 전형을 창조해낼 수 있을 것이다."라고 하였다.(『문학을 논하다』, 159 페이지)

의경설의 탄생 역시 마찬가지로 생활에 대한 관찰, 체험을 떠날 수 없다. 왕부지는 "몸으로 보는 것과 눈으로 보는 것은 벽이 있다. 즉 '흐린 곳, 맑은 곳, 골짜기와 골짜기의 차이', '건곤이 밤낮으로 떠도는' 것과 같은 큰 경치를 쓰더라도 반드시 이 벽을 뛰여 넘지 않으면 않된다."(『강재시화』)[64]의 경의 탄생은 몸이 겪은 것이나 눈으로 본 것을 떠날 수 없다. 그리하여 석도(石濤)는 "먹물은 보양 받지 않으면 효험하지 않고, 붓은 생활을 겪지 않으면 신이 나지 않는다"고 하였다.(『역대화론류편』, 150 페이지)[65] 비록 의경에 대한 모색과 전형적인 창조는 모두 생활에 대한 관찰과 체험을 떠날 수 없지만 현실 생활에 대한 이들의 추정은 매우 다르다. 전형론은 분석하고 종

---

64 "身之所历, 目之所见, 是铁门限。即极写大景, 如'阴晴众壑殊'、'乾坤日夜浮', 亦必不逾此限。"(『姜斋诗话』)

65 "墨非蒙养不灵, 笔非生活不神。"(『历代画论类编』,150页)

합하는 방법으로 인물 형상을 형상화하고 의경설은 축적하는 가운데서 깨달음을 얻고 영감속에서 예술적 경지를 포착하는데 있다. 송나라의 동유(董逌)의 『광천화발문(廣川畫跋文)』에서 화가 이성(李成)은 "산림과 샘물, 돌사이에서…… 마음속에 좋은 것들을 쌓아둔 것이 오래되면 마음속의 넘이 풀리지 않으니…… 복잡하게 얼기설기 마음속에 서리고 있는데 감출 수 없다. 어느날 마음속에 매인 것이 가로지른 것을 보게 되면 누적한 것들이 자기절로 나올 것이다." 정판교(鄭板橋)는 이렇게 생동하게 묘사한 적이 있다. "강관의 늦가을 아침에 일어나 대나무를 보니 안개, 해빛과 이슬로 성긴 가지와 빽빽한 잎 사이에 떠다니니, 가슴속이 차넘치고 그림 그릴 생각이 난다. 마음의 대나무는 안중의 대나무가 아니다. 이처럼 아침 대나무를 보면서 '왕성한 그림 그릴 생각'이 생기는 것은 바로 작가의 준비과정이다. 때문에 마음의 대나무는 결코 안중의 대나무가 아니라고 말하는 것은 그것은 이미 작가의 마음의 준비과정을 거쳤으며 작가의 주관적인 감정 색채가 스며있기 때문이다. 태연자약할 때가 되면 갑자기 비바람이 불면 붓이 날고, 먹을 날리며 요정이 나온다"(『정판교집·우증목산』).[66] 작가들의 감오속에서 그려낸 정경교용의 아침 대나무의 형상은 흩날리는 모습으로 아침 해쌀과 안개속에서 예술적 경지를 보이고 있다. 그래서 정판교는 "뜻이 필 먼저인 자는 정해졌고, 취지가 법도 밖인 자는 기회를 얻을 수 있다."(『제화죽』, 『정판교집』, 161 페이지)[67] 소동파는 더욱 명확하게 말했다. "그러므로 대나무를 그릴 때는 반드시 먼저 마음속에 대나무를 만들어 놓아야 한다. 붓을 들어 자세히 보고 화가는 재빨리 시작하여 줄곧 순조롭게 그리면서 자기

---

66 "江馆清秋, 晨起看竹, 烟光日影露气, 皆浮动于疏枝密叶之间, 胸中勃勃遂有画意。其实胸中之竹, 并不是眼中之竹也。"这种看晨竹而产生"勃勃画意", 就是作家的酝酿过程, 所以说胸中之竹并不是眼中之竹, 因为它已经过了作家心胸的酝酿, 渗透了作家的主观情感色彩。在酝酿成熟之时, 就会"突然兴至风雨来, 笔飞墨走精灵出"(『郑板桥集·又赠牧山』)。

67 "意在笔先者, 定则也;趣在法外者, 化机也。"(『题画竹』,见『郑板桥集』,161页)

가 본 것을 추억하며 토끼가 뛰고 독수리가 날아내리는 듯한 순식간에 완성하여야 한다."(『빈독곡언죽기』)[68] "득성죽이 가슴에 박힌"자란 곧 심사숙고 후의 창출이며, "순식간 사라지는 것"이란 영감의 번갯불이다. 나대경(羅大經)의 『화설(畵說)』에서는 일찍이 감오를 양조하는 생생한 예를 들었는데 "이백시(李伯時)가 태복경해소(太僕卿廨舍)를 지나며 하루종일 어마(御馬)를 두루 살펴보느라 손님과 이야기 할 겨를이 없을 정도였으며 정력을 쌓아서 그 영준한 말의 신태를 상념하여 오래되니 마음속에 모든 마(馬)가 있게 되어 자신있게 붓을 들고 훌륭한 그림을 그려냈다."(『역대명화론저회집』, 123페이지)[69] 그림이 그러하거니와 시도 역시 그렇다. 이지(李贄)는 "세상에 정말 글을 잘 쓰는 사람은, 처음에 글을 쓰려고 한 것이 아니라, 마음속에 이처럼 괴상한 일이 있고, 목에는 이처럼 말하고 싶으나 감히 말하지 못하는 것이 있으며, 입으로는 또 수시로 말하고 싶은 것이 많으나 마땅히 말할 수 없는 것이 있다. 일단 어느 정경에 의하여 감탄하게 된다. 다른 사람의 술잔을 빼앗아 자기의 잔에 부으며 불평을 하소연하니 천년이 지나도 헤아릴 수 없는 신기한 느낌을 준다."(『잡설(雜說)』, 『분서(分書)』권 3에 보임.)[70] 경지에 대한 이러한 깨달음을 양조하는 것을 엄창랑은 "묘오(妙悟)"라고 하였다. 엄씨는 "묘오"를 얻으려면 반드시 축적과 양조가 있어야 하며 "책을 많이 읽고", "도리를 많이 궁리하고" 여러 대가의 시를 "숙독"해야 할 뿐만 아니라 생활에 대한 감정도 있어야 한다고 여겼다. 이렇게 쌓이면 저절로 깨

---

68 "故画竹必先得成竹于胸中, 执笔熟视, 乃见其所欲画者, 急起从之, 振笔直遂, 以追其所见, 一如兔起鹘落, 少纵则逝矣。"(『贫笃谷偃竹记』)

69 "李伯时过太仆卿廨舍, 终日纵观御马, 至不暇与客谈, 积精储神, 赏其神骏, 久久则胸中有全马矣。信意落笔, 自尔超妙"(『历代论画名著汇编』, 123页)

70 李贽说："且夫世之真能为文者, 比其初皆非有意于为文也, 其胸中有如许无状可怪之事, 其喉间有如许欲吐而不敢吐之物, 其口头又时时有许多欲语而莫可所以告语之处, 蓄极积久, 势不能遏, 一旦见景生情, 触目兴叹；夺他人之酒杯, 浇自己之垒块；诉心中之不平, 感数奇于千载……"(『杂说』, 见『焚书』卷三)

우치게 된다. 중국의 문학예술가들은 바로 이런 깨달음 양조로 예술적 경지를 탐구하였다. 왕국유는 "무릇 내 마음을 바깥 사물에 나타내서 보이는 것은 모두 사물을 빌어 토로하는 것이 필요하지만, 시인만이 이런 사물들을 불후의 문자에 새겨놓아 독자들이 스스로 그것을 얻도록 할 수 있다"(『인간사화부록』)[71]고 하였다. 종백화교수는 "의경은 예술가의 독창적인 창조이며 그의 가장 깊은 원천이 '조화(造化)'와 접촉했을 때의 갑작스러운 깨달음과 진동속에서 탄생하는 것"이라고 분명히 했다.(『미학적산책』, 65 페이지)[72]

이상의 분석과 비교를 통해 우리는 의경설과 전형론이 중국과 서방 문학예술의 독특한 심미 이론으로 된데는 깊은 사회 역사와 사상 이론적 연원이 있다는 것을 알 수 있다. 의경설과 전형론은 중국과 서양의 서로 다른 사회, 역사적 배경, 서로 다른 문학예술실천의 풍부한 토양에서 맺어진 서로 다른 열매이며 중국과 서양의 심미리상의 서로 다른 결정체로서 각각 판이한 눈부신 책채를 돋보이고 있다. 전형론은 객관적인 재현에 편중하고 예술경지설은 주관적인 표현에 편중한다. 전형론은 인물 형상의 묘사에 편중하고 의경설은 경물의 형상에 편중한다. 전형론은 공성을 개성에, 필연을 우연에 기탁하고 의경설은 허와 실이 상생하여 형상으로 신태를 추구할 것을 주장한다. 전형론에서는 진실을 추구하고 의경설에서는 아름다움을 추구하며 전형화의 방법은 분석과 종합이고 의경의 탄생은 감오의 양조이다. 재미나는 것은 이런 부동한 점들은 모두 중국과 서양의 문예가들이 예술미의 본질과 예술의 생명에 대해 공동으로 탐색한 결정체라는 것이다. 중국과 서양의 미학 이론은 "뿌리가 공통한 토양에 의거한 것

---

71 "夫境界之呈于吾心而见于外物者, 皆须臾之物, 惟诗人能以此须臾之物, 镌诸不朽之文字, 使读者自得之"(『人间词话附录』)

72 宗白华教授更明确地指出: "意境是艺术家的独创, 是从他最深的心源和'造化'接触时突然的领悟和震动中诞生的。"(『美学散步』,65页)

이나 쬐인 햇빛이 부동하여 다르다"[73]라고 할 수 있다. 전형론과 의경설은 중국과 서양의 시학이론의 이동점(異同点)을 보여주고 있다. 서로 다른 점으로부터 우리는 그것들 각자의 본질적 특징을 정확하게 파악할 수 있다. 같은 점으로부터 우리는 세계 문학예술 발전의 일부 공동 법칙을 탐구할 수 있을 것이다. 또한 의경설과 전형론의 다른 특징을 똑똑히 인식한다면 아마도 서양의 "전형 형상"을 억지로 사용하여 중국 고대 문학예술 작품을 해석하지 않을 것이며 서정시에서 "전형 형상"을 억지로 찾으려 하지 않을 것이다. 의경설로만이 "형상보다는 신태에만 전념하"는 중국 고대 문학예술을 적절하게 이해하고 "이치없는 도리"속에서 정과 경이 융합되는 의미심장한 아름다움을 맛볼 수 있을 것이다!

제2절 조화와 문채 [74]

전형론과 의경설외에도 중국과 서양의 시학이론에는 두 종류의 중요한 문예 본질론이 있는데, 이것이 바로 "조화설"과 "문채론"이다.

"조화설"은 아름다움은 조화에 있고 문학예술의 본질은 형식의 잡다함에 있으며 잡다함으로 인해 형식의 조화, 대칭, 비례, 황금분할, 구조배치 등을 초래했다고 주장한다. 이런 견해는 고대 그리스의 피타고라스학파에 의해 제기되었고 후세 사람들의 보완을 거쳐 서방의 문학예술에 매우 큰 영향을 주었다. 중국의 "문채론"은 일찍이 선진(先秦)시기에 이미 제기되었

---

[73] "根干丽土而同性, 臭味晞阳而异品"
[74] 文采로문예방면의재능, 글재주를 이르는 말

으며 그 후 역대의 끊임없는 보완을 거쳐 독특한 특색의 문예 본질론을 형성하였다. 문학예술의 본질적 특징은 형식의 잡다함에 있으며, 잡다함으로 인해 "문채(文采)"와 "사물이 서로 뒤섞이는 것을 문(文)이라고 한다"(『역·계사』)[75] 예를 들면 오색이 서로 섞이면 도안과 무늬가 되고 오음이 서로 섞이면 아름다운 음악이 되며 오정(五情)이 서로 섞이면 문학 작품이 된다. 이와 같이 잡다한 통일로 구성된 "문학"은 바로 미의 신비이자 문학의 본질이다. 고대 그리스의 "조화설"과 중국의 "문채론"은 놀라운 유사성이 있다. 헤라클레이토스가 "자연은 대립물의 결합으로 원초적 조화를 이루는 것이지 동질성의 결합은 아니다. 예술이 이렇게 조성된다는 점에서 예술은 자연을 모방했다는 것이다 할 수 있다. 그림에는 흑백, 노랑, 빨강이 서로 뒤섞여 원래 사물과 비슷한 형상을 조성하였다. 음악은 부동한 음조의 고음과 저음, 장음과 단음이 뒤섞이어 조화로운 곡조가 조성하였다."(『고대 그리스로마철학』, 19 페이지)라고 지적했다. 서양의 "조화설"과 중국의 "문채론"은 모두 문예 형식에 착안하여 문장의 미사려구의 각도에서 문예의 본질을 인식하였다. 중국과 서양의 고대 철학자들이 "조화"와 "문채"에 대한 인식은 최초에는 자연의 법칙에서 터득하게 된 것이다.

아름다움은 도대체 어디에 있으며 문예의 본질은 어디에 있는가? 중국과 서양의 선철들은 가장 먼저 대자연에서 답을 찾으려 하였다. 광활한 밤하늘, 우불구불한 산맥, 드넓은 바다, 조잘조잘 흐르는 물로부터 눈을 돌렸다. 봄의 꽃, 가을의 달, 여름의 구름, 서기(暑期)의 비, 일월성신, 춘하(春夏)의 서늘함과 추동(秋冬)의 쓸쓸함, 이 모든 것은 이미 아름다움의 법칙이 내포되여있고 아름다움의 영원한 원칙을 구현하고 있다. 그들은 모두 천지만물은 대립되는 것의 호상작용에 의하여 형성된다는 것을 발견하였다. 피타고라스학파는 10개의 대립의 기초를 총결하였다. 즉 유한함과 무

---

[75] "物相杂, 故日文"(『易·系辞』)

한함, 홀수와 짝수, 일(一)과 다(多), 좌와 우, 음과 양, 정(正)과 곡(曲), 명(明)과 암(暗), 미(美)와 악(惡), 정방형과 장방형이다. 그리고 아름다움은 바로 이 반대되는 요소의 호상 작용의 결과라고 여겼다. 헤라클레이토스는 서로 배척하는 것들이 결합하여 부동한 음조가 가장 아름다운 조화를 이루며 모든것은 투쟁에 의하여 산생된다고 인정하였다. 그 원인은 "자연은 대립물도 구축하며, 동일한 것으로부터의 조화가 아니라 대립되는 것으로부터의 조화를 낳"(『고대 그리스 및 로마학』, 19 페이지)는 것이 자연의 법칙이다. 피타고라스는 아름다움은 조화에 있고 조화는 차이의 대립에서 온다고 지적하였다. 예하면 "음악은 대립적 요소들의 조화와 통일이다. 잡음이 통일로, 불협화음이 조화로 이어진다"(『서양미학자의 미와 미감론』, 14 페이지)는 식이다. 고대 그리스 철학과 유사하게 중국 선진(先秦)시기의 선현들도 천지만물은 모두 대립되는 사물의 상호작용에 의해 형성된다는 것을 발견하였다. 『주역(周易)』에서는 "일음일양을 도라고 하여"[76], 천지가 음양에서 생겨나고, 만물이 음양에서 생겨난다고 여겼다. 그래서 노자는 "그러므로 있는 것과 없는 것이 상생하고, 어려운 것과 쉬운 것이 상성하며, 길고 짧음이 서로 모양을 이루고, 높고 낮은 것이 서로 기울고, 음성(音聲)이 서로 조화를 이루며, 앞뒤가 서로 따른다"[77]고 했다.(『노자』 2장) "아름다움"은 역시 대자연의 규률속에 존재한다. 장자는 "천지는 크게 아름다움이 있지만 말하지 않고, 사계절은 밝은 법이 있지만 이의(異議)를 제기하지 않으며, 만물은 성리가 있어도 말하지 않는다"고 주장했다.(『장자지북유』[78] 만물의 이치에 맞는 천지의 아름다움은 무엇인가? 그것은 음과 양, 일과 다. 대립이 만들어내는 조화이다. 장자는 다음과 같이 지적하였다. "무릇 즐거움이 있는

---

76 "一阴一阳之谓道"

77 "故有无相生, 难易相成, 长短相形, 高下相倾, 音声相和, 前后相随。"(『老子』二章)

78 "天地有大美而不言, 四时有明法而不议, 万物有成理而不说"(『庄子·知北游』)5

자는 먼저 사람의 일에 응하고, 그것을 천리(天理)에 순종하며, 오덕(五德)에 응하고, 그것을 자연으로 응대하며, 그 후에 사시(四时)와 태화(太和)만물을 다스리는 것이다. 사계절이 겹치고 만물이 차례로 생겨난다. 흥성하고 쇠락하는 사이에 문무를 윤경하고 맑음과 흐림, 음양이 조화를 이루어"진 것들이 바로 잡다함의 통일이다.(『장자·천운』)[79] 『예기·악기』에서 악(樂)은 "청하고 맑은 현상은 하늘이고 넓고 큰 현상은 대지이고 시종 순환왕복하는 현상은 사시장철이며 주위에는 또 풍우현상이 있다. 오색이 문장으로 되여도 흐리지 않으며 팔풍은 규칙에 따라 간사하지 않으며 백까지의 수자는 범상스러우며 크고 작은 것이 서로 되며 시종 상생한다. 청과 탁은 제창하여 조화하며 번갈아 경을 이룬다."[80]

이로부터 알수 있는바 중국과 서양의 선철들은 자연에 대한 관찰에서 미의 참 뜻을 깨달았다. 미는 음과 양 사이, 일과 다의 화합에 있고 대립면의 상호 작용에서 생기는 "조화"와 "문채"에 있다는 것이다. 아름다운 음악은 "청탁·소대·단장·질서·애락·강유·지속·고하·출입·주소가 서로 조합한 것"(『좌전. 소공이십년』)[81]이다. 천지만물의 "문채"에 대해 남조(南朝)의 대문론가 유협은 극히 생동하고 정교한 문사로 서술했다. "해와 달이 겹쳐 노을이 처지는 하늘의 상; 산천은 기이한 빛을 내여 땅우에 펼친 모양을 들어내고; 이것이 도를 덮은 문장이다...... 만물을 의지하여 동, 식물이 모두 글으로 될 수 있고, 용과 봉황은 조색으로 상서로움을 그려내고 호랑이와 표범은 눈부신 자태로 위엄을 뽐내며 그림과 노을이 새긴 것은 화공이상의

---

79 "夫至乐者, 先应之以人事, 顺之以天理, 行之以五德, 应之以自然, 然后调理四时, 太和万物。四时迭起, 万物循生; 一盛一衰, 文武伦经; 一清一浊, 阴阳调和, 流光其声。"(『庄子·天运』) 所谓"一清一浊, 阴阳调和", 正是杂多的统一。『礼记·乐记』

80 "清明象天, 广大象地, 终始象四时, 周还象风雨。五色成文而不乱, 八风从律而不奸, 百度得数而有常, 小大相成, 终始相生。倡和清浊, 迭相为经"

81 "清浊, 小大, 短长, 疾徐, 哀乐, 刚柔, 迟速, 高下, 出入, 周疏, 以相济也"(『左传·昭公二年』)。

묘미를 갖고 있으며; 초목이 분화하여 비단장의 기이한 기법을 기다릴 필요가 없다. 어찌 겉치레로 자연의 귀를 가리겠느냐. 우림에서 악기 소리를 들으며 연주하니 거문고 우는 소리 같았고; 샘물과 돌은 굉음을 울리고; 공과 같은 굉은 모양이 둥둥 떠서 문장이 되고 소리가 나면 문장이 생겨난다.(『문심조룡·원도』)[82] 일월산천, 용봉의 화폭은 모두 자기 나름대로의 현란한 문채가 있다. 샘물 똑똑, 숲이 울리고 소나무가 우짖는 조화롭고 귀맛 좋은 것이 문채이다. 이런 문채가 바로 일과 다의 통일로 대립면의 조화이다. 『국어정어』가 이르기를 "음조가 하나뿐이면 들을 멋이 없고 색조가 하나뿐이면 볼 맛이 없다."[83] 『역계사상』은 "변화에 참여하여 복잡하다. 변하는 것이 통해야 천하의 문장이 되리라."[84] 다시 말하면 단일한 것으로는 글이 될 수 없고 오직 여러 가지가 뒤섞이고 뒤섞여야만 글이 될 수 있다. 그래서 『초사(楚辭)』에서는 "푸르고 노란 것이 뒤섞이니, 문장이 찬란해지는구나"[85]라고 말한다. 『설문해자』에서는 "문이란 착종한 그림이라, 교문(交文)과 같다"[86]라고 하였다. 유협은 미학적 의미상의 "문(文)"을 가장 적절하게 설명하였다. 『문심조룡(文心雕龍)·정채(情采)』에서 "그러므로 문장의 도를 세우는데, 그 이치는 세 가지가 있다. 첫째, 형문(形文)은 오색이라. 둘째, 성문(聲文)은 오음이라. 셋째, 정문(情文)은 오성(五性)이라. 오색이 종횡하여 화려한 꽃무늬가 되고, 오음이 합하여 고아한 고전 음악이 되고 오정

---

82 "日月叠璧，以垂丽天之象；山川焕绮，以铺理地之形：此盖道之文也。……傍及万品，动植皆文：龙凤以藻绘呈瑞，虎豹以炳蔚凝姿；云霞雕色，有逾画工之妙；草木贲华，无待锦匠之奇。夫岂外饰，盖自然耳。至于林籁结响，调如竽瑟；泉石激韵，和若球锽：故形立则章成矣，声发则文生矣。"(『文心雕龙·原道』)

83 『国语·郑语』记史伯曰："声一无听，物一无文。"

84 『易·系辞上』指出："参伍以变，错综其数。通其变，遂成天下之文"

85 所以楚辞说："青黄杂糅，文章烂兮。"(屈原『橘颂』)

86 『说文解字』解释道："文，错画也，象交文。"

이 발하여야 문장이 된다"고 밝혔다.[87] 문학예술의 본질이 문학적 아름다움에 있기 때문에 문학예술 작품은 자연히 문장의 아름다움에 신경을 써야 한다. 그래서 조비(曹丕)는 "시와 부가 아름다워야 한다"[88]고 했고, 육기는 "시는 감정과 이어져 아름답기 그지없다"[89]고 했다. 이런 아름다움은 모두 "문채"를 가리킨다. 이처럼 문채 미를 중시하는 것은 바로 문학의 본질 특징에 대해 가일층 깊이 인식한 결과이다. 이 점에 착안한 것이 바로 초역(肖繹)이 내린 문학에 대한 정의이다. "문인은 비단결이 넘쳐나고, 궁정이 풍미하고, 입술이 밝고, 정령이 자유로와야 한다."[90] 이런 관점은 비록 형식 주의의 폐단이 있기는 하지만 문학 관념이 점차 명확해진 표징이다. 루쉰이 위진(魏晉)시대를 "문학 자각의 시대"라고 묘사한 것은 바로 "예술을 위한 예술"(『위진의 풍격과 문장과 약과 술의 관계』)[91]을 그 뚜렷한 특징으로 하고 있기 때문이다. 중국 고대의 문인들은 바로 문사의 아름다움(즉 문채)의 각도에서 문학예술의 본질적 특징을 인식하였다.

"조화설"은 "문채론"과 같은 뿌리를 가지고 있지만 중·서 사회는 역사문화가 다르기 때문에 조화설과 문채론이 확연히 다른 민족적 색채를 띠게 되기 마련이다. 중국은 농업적인 사회이기 때문에 안빈락도의 풍격에 의해 선진제자가 욕망을 자제하고, 화려함의 문채를 반대하며, 소박하고 청신한 문채를 주장하는 특점을 형성하고 있다. 반면 서양의 상업 사회에서의 욕망의 만족, 심미에 대한 갈망, 과학에 대한 관심등은 서구의 조화설로 하여금 짙은 색채를 추구하며 외적인 형식 미와 과학적인 비례, 대칭

---

87 『文心雕龙·情采』说：“故立文之道，其理有三：一曰形文，五色是也；二曰声文，五音是也；三曰情文，五性是也。五色杂而成黼黻，五音比而成韶夏，五情发而为辞章。”

88 “诗赋欲丽”

89 “诗缘情而绮靡”

90 “至如文者，惟须绮縠纷披，宫徵靡曼，唇吻遒会，情灵摇荡。”（『金楼子·立言』

91 鲁迅说魏晋时期是“文学自觉的时代”，正以“为艺术而艺术”（Art for art's sake）

을 형성하게 하였다. 따라서 "조화설"과 "문채론"의 3대 차이가 형성되는데 즉 농(濃)과 담(淡), 내(內)와 외(外), 도(道)와 예(藝)이다. 아래 각자로 논술해 보자.

(1) 농과 담

선진 시기 중국의 제후들은 지나치게 아름다운 문채를 반대하였는데 과연 그들이 문채를 완전히 포기하였을가? 결코 그렇지 않다. 공자도, 노장도, 묵자도, 한비도 모두 문채를 완전히 버리지는 않았다. 노장이 문채를 극력 반대한 것은 사실상 인위적인 꾸밈을 반대한데 불과하며 그들이 동경하는 것은 진정한 아름다움과 진정한 문채였다. 그것이 바로 순수하고 소박한 자연의 아름다움이다. "단백함이 상책이다"(『노자』 31장)[92], "허무하고 고요하며 정막하고 무위함은 만물의 근본이다⋯⋯ 소박해서 세상 사람들이 아름다움을 다투지 못한다."(『장자·천도』)[93] 이것이 바로 노장이 동경하는 아름다움이고 추앙받는 문채이다. 짙은 화장이 아니라 타고난 아름다움이였다. 조각된 것이 아니라 활짝 핀 연꽃처럼 청아한 것다. 평범하고 소박한데는 비속한 아름다움이 깃들어 있고 담박하고 무미한데는 무궁무진한 여운이 깃들어 있다. 공자가 추앙한 문채도 역시 이런 품격을 지니고 있다. 공자는 "악자지탈주(惡紫之奪朱)"에서 색채가 너무 농염하고 감정이 너무 강한 것을 반대하고, "곱게 웃는 어여쁜 입 모습, 아리따운 눈은 밝기도 한데 (巧笑倩兮, 美目盼兮)"의 순진한 아름다움을 감상하며 "사미달(辭未達)"을 주장했다.(『논어·위령공』) 묵자의 "선질후문(先質後文)"이나, 한비의 "조개만 사고 진주는 되돌려 준다"는 말은 모두 중국의 소박하고 평범하며 자연스럽

---

92 "恬淡为上"(『老子』三十一章)

93 "夫虚静、恬淡、寂漠、无为者, 万物之本也⋯⋯朴素而天下莫能与之争美"(『庄子·天道』)

고 순진한 미학 사상을 보여주고 있다.

선진시기 제자백가로부터 중국 문예에는 비록 화려한 작품이 적지 않았지만 주류는 아니었다. 평범하고 자연스러운 것은 정통적인 품격으로 존중받고 있으며 몇 천년 동안 중화 문학예술과 민족 심미 심리에 심원한 영향을 끼치고 있으며 지금까지도 흥성하고 있다. 대시인 이백은 가장 추앙하는 것은 이런 자연스럽고 순진한 품성이다. "성대는 원고 시대를 회복하여야 이루어지고, 무위이치하여야 청아하고 진실하다." "맑은 물에 연꽃이 피고, 천연적으로 조각이 없다."[94] 소동파(蘇東坡)의 시문이 운수(雲水)와 같으며 또한 평범하고 자연스러운 품격에도 심혈이 기울어져 있다. 그는 "내가 책을 논할 때 보면 종이나 왕의 행적은 소산하고 간원하며, 미묘함은 필획 밖에 있다······ 시에 대해서도 마찬가지다. 소, 이의 천성, 조, 유의 자득, 도, 사의 초연함은 세상에서 제일이다. 이태백, 두자미는 영위절세의 자태로 백대를 능히 넘어 전하며 ··· 이와 두의 뒤를 이어 작품을 썼는데, 비록 간간이 먼 운치가 있지만, 그의 재능은 뜻에 미치지 못한다. 위응물, 유종원은 간고에 비밀을 간직하고 담백한 맛에 담겼으니, 내가 미치지 못하리라"[95]라고 썼다. 대시학자 종영이 말한 "자연영지(自然英旨)"나 왕국유가 말한 "불격(不隔)"은 모두 이런 청신하고 자연스러우면서 담백한 예술의 경지에 대한 동경이다. 유협은 "자연스러움이 정교함과 합치되어야만 하는데 이는마치 초목(草木)의 꽃이 빛을 발하는 것과 같다. 그리고 색채를 보태어 아름다움을 추구하는 것은 비단에 붉은색, 푸른색으로 염색을 하는 것과 같다고 할 수 있다. 붉은색과 푸른색으로 염색한 비단은그 색깔이

---

94 "圣代复元古，垂衣贵清真。""清水出芙蓉，天然去雕饰。"

95 "予尝论书，以谓钟、王之迹，萧散简远，妙在笔画之外。……至于诗亦然。苏、李之天成，曹、刘之自得，陶、谢之超然，盖亦至矣。而李太白、杜子美以英玮绝世之姿，凌跨百代……李、杜之后，诗人继作，虽间有远韵，而才不逮意。独韦应物、柳宗元发纤秘于简古，寄至味于淡泊，非余子所及也。"(『书黄子思诗集后』)

짙으며 무늬와 색깔이 풍부하면서도 산뜻하고 아름답다. 나무 위에서 빛을 발하는 꽃봉오리는 그 색깔이 엷지만 광채가 풍부하다. 함축적인 작품이 문학의 영역에서 빛을 발하고, 빼어난 경구가 예술의 화원에서 자신을 과시할 수 있는 것은 바로 이와 같다고 하겠다."(『문심조룡·은수』) 시문뿐만 아니라 회화도 마찬가지다. 무엇 때문에 수묵화는 중국 화단의 원종이 되였는가? 이는 담백한 자연의 정신을 가장 잘 표현하고 중화 예술의 심미적 이상에 가장 부합되기 때문이다. 그는 "연화를 씨스니 뛰여나게 진귀해 지네"(황월 『이십사화품』)[96] 그래서 왕유는 "자연의 본성으로 조화의 공을 만들어 그림의 도에서는 수묵화가 제일이다."(『산수결』)[97]라 하였다. 중국 시학 이론의 신운설(神韻說)에서 제창하는 바와 같이 "신운"은 충담자연하고 자연소산한 품격이다. 이런 자연스럽고 담담한 품격은 선진시기 제자백가의 사상을 기반으로 하고 있다. 유협, 종용, 이백, 사공도, 구양수, 소식, 엄우, 왕사정으로부터 왕국유에 이르러 계승하고 발전한 중국 시학의 정통적인 품격이다.

중국의 제자백가와 달리 서방의 철학가들은 평담하고 소박한 문체를 제창하는 것이 아니라 농염하고 강렬한 색체와 정감을 추앙하고 있다. 서양의 심미 이상은 흥성거리는 주신 정신, 강렬하고 흥분된 황홀감, 감정을 발산하여 얻는 "카타르시스(Catharsis)"의 느슨한 쾌감이다. 때문에 형식과 문채면에서 서방의 시학자들은 단백한 것을 중시하지 않고 강렬한 것을 중시한다. 아리스토텔레스는 가식적인 수식이 아니라면 수사가 화려할 수록 좋고 평범하지 않을 수록 사람을 감동시킬 수 있으며 기발할 수록 감정을 발산할 수 있다고 인정하였다. 그는 "자주 쓰는 어휘에서 이처럼 변화를 보이는 용법은 언어를 더욱 웅장하고 화려하게 만든다"고 말했다.(『수사학』

---

96 "洗尽铅华, 卓尔名贵"(黃钺『廿四画品』)

97 "夫画道之中, 水墨最为上。肇自然之性, 成造化之功"(『山水诀』)

권3) 플라톤은 시인들이 미광(迷狂)에 의해 창조한 아름다운 시구들을 매우 숭상했다. 고대 그리스인들은 예술의 형식 미를 매우 중시했기 때문에 그들은 형식의 대칭, 비례, 조화, 화려함과 형식의 배치, 이야기의 구성, 황금분할을 중시했다. 그래서 호라티우스는 "나는 수식되지 않고 평범하게 묘사되는 명사와 동사만을 좋아하지 않으며 비극적 문체를 포기할 수 없다"고 말했다.(『시예』) 중국의 시인들이 문예에서 감정을 절제하고 심리적 평형을 얻으려 한다면 서방의 시인들은 문예에서 감정을 발산하고 광희(狂喜)에 취해 심령의 쾌락을 추구한다할 수 있다. 중국의 시인들이 현원천령하고 평범하고 자연스러운 문체에서 진정하고 교만함의 평정을 표현한다면 서양의 시인들은 짙고 매혹적이며 웅장하고 화려한 형식속에서 아름다움을 마음껏 즐겼다. 따라서 서양에서는 소박하고 담박하거나 금처럼 붓을 아끼거나 평범하고 자연스러운 것을 숭상하는 것이 아니라 화려하고 아름답거나 짙은 먹과 짙은 색채를 숭상하며 간소하고 졸렬한 것이 아니라 오히려 위엄을 부리는 웅장한 것을 즐긴다. 그리하여 웅대한 비극시와 서사시, 편폭이 긴 서사시, 방대한 『인간희극』, 휘황찬란하고 화려한 교향곡, 색채가 찬란한 회화와 조각, 거칠고 특이한 고딕식 건축등이 있다. 니체가 그리스 예술의 정신을 태양의 신과 주신의 두가지 정신으로 보는 것은 예외의 일이 아니다. 올림푸스산에 앉은 일신(日神)은 우주 인생을 내려다보면서 인생을 망망한 꿈나라로 여기고 있다. 주신은 마치 인생에 도취되어 미친듯이 노래하고 미친듯이 춤추며 곤드레 만드레한 가운데서 생명의 희열을 느낀다. 이러한 일신과 주신 정신은 서방 문예의 강렬한 풍격을 보여주고 있다.

(2) 내(內)와 외(外)

농업성 사회는 폐쇄적이고, 중국 사대부의 심리구조도 폐쇄적이다. 이에 반대로 상업적 사회는 외향적이었고 고대 그리스의 철인의 심리구조도 외향적이다. 중·서시학은 이러한 내향적 심리와 외향적 심리와 밀접하게 관련되어 있다. 중국의 문채론과 서양의 조화설은 중국과 서양이라는 두 민족적 마음가짐의 깊은 낙인이 찍혀져 있다.

중국인들은 이백부터 "내면의 가치를 중시하고, 마음을 바르게 하여 수신하며, 도덕의 자기 보완을 추구하며, 절개를 추앙하며, 사람이 가난하면 뜻을 굽히지 않는" 전통이 있다. 공자가 바로 이런 정신의 창도자이다. 그는 "일삼성오신"(『논어학이』)해야 한다고 창도하였으며 누항에서 빈천(貧賤)에 의해 바뀌지 않는 안회(顔回)의 지조와 품격을 고도로 칭찬하였다. 공자는 또 내재적인 인격 절개를 창도하면서 "군대의 장수는 바뀔 수 있어도 필부라 해도 그의 지조를 바꾸어서는 않된다."(『논어자한』)[98] 맹자의 "부귀에는 현혹되지 말고, 빈천해도 뜻을 바꾸지 말며, 위엄과 무력에도 굴복하지 말라(『맹자·등문공하』)[99]나 『주역』의 "천행이 건건하니 군자는 자강불식해야 한다"[100]는 말은 모두 내면의 품성 수양을 숭상하는 표현이다. 노장은 또 다른 만물을 깔보는 유세독립한 이상적인 인격을 발전시켰다. 그들은 인생을 꿰뚫어보면서 진실로 되돌아가는 순수한 품격, 만물을 초월하고 생사와 어깨동무하는 "성인(聖人)", "진인(眞人)"을 내세우고 있다. "막고야산에는 신령과 사람이 살고 있으며 피부는 빙설과도 같고 연약하여 처녀와 같다. 오곡을 먹지 않고, 바람과 이슬을 마시며, 구름을 타고, 비룡을 다스려 천하를 떠돌아 다닌다."(『장자·소요유』)[101] 이러한 내향적인 심리 구조는 중국인의 심미 심리와 문학예술에 지대한 영향을 끼쳤고 직접 중화 문예

---

98 "日三省吾身"(『论语·学而』)

99 "富贵不能淫, 贫贱不能移, 威武不屈"(『孟子·滕文公下』),

100 "天行健, 君子以自强不息"

101 "藐姑射之山, 有神人居焉, 肌肤若冰雪, 淖约若处子。不食五谷, 吸风饮露, 乘云气, 御飞龙, 而游乎四海之外。"(『庄子·逍遥游』)

와 시학의 내향적인 품격을 초래하였다. 『역경(易經)』은 오직 내면이 충실하고 외부에서 발산한 것만이 문채가 밝게 빛난다고 하여, "강건하고 독실하여 찬란한 빛이 나날이 새어간다"(『역·대축』)[102]고 하였다. 공자가 말하기를 "예운 예운 옥백운호재. 낙운 낙운, 종고운운!"(『논어·양화』)[103] "사람이 인하지 못하면 어찌 예의가 바르겠는가? 어떻게 낙할 수 있겠는가?" 맹자는 "충실한 것을 아름답다고 하고, 충실하며 빛나는 것을 크다고 한다"고 했다.(『맹자·진심하』)[104] 충실함이란 무엇인가? 그것은 바로 내재적인 인격 기질과 인의 수양이다. 내심의 인격 수양이 충분하기만 하면 기가 흉금을 충족하게 하고 마음이 충실해야 글이 빛나게 된다. 여기에서 중요한 것은 결코 외적인 대칭 형식이 아니라 내적인 교양과 풍성함이다.

도가는 내면을 중시하고 외면을 경시하며 신(神)의 유형(遺形)을 중시한다. 노자는 마음속의 성실함과 순박함을 유독 중시하여 순수함을 되찾을 것을 주장하였다. 장자는 아름다움은 결코 외형적인 것에 있지 않다고 여겼다. 사람들은 자연만물의 형체의 아름다움을 사랑하는것이 아니라 그 정신을 사랑한다. "그 모양을 사랑하는 것이 아니라, 그런 모양을 형성시킨 내재를 사랑한다."(『장자(莊子)·덕충부(德忠賦)』)[105] 형체를 보이게 하는 것은 곧 내재된 정신과 덕성이다. 마음속의 덕이 충만된다면 외적인 형체가 어떠하든지 간에 모두 아름다운 것이다. "덕은 당신을 아름답게 만들고 도는 당신이 마음에 자리잡을 것이다."(『장자(莊子)·지북유(知北游)』에서)[106] 예를 들어 "무장(無莊)은 옛 미인들이 도를 듣게하기 위해 위해 더 이상 꾸미지 않고 그 미색을 잊어버리게 한다"라고 하였다. 이는 미가 정신적인 내재때문에

---

102 "刚健笃实, 辉光日新"(『易·大畜』)

103 "礼云礼云, 玉帛云乎哉!乐云乐云, 钟鼓云乎哉!"(『论语·阳货』)

104 "充实之谓美, 充实而有光辉之谓大。"(『孟子·尽心下』)

105 "非爱其形也, 爱使其形者也"(『庄子·德充符』)

106 "德将为汝美, 道将为汝居。"(『庄子·知北游』)

빛을 잃은 것이다. 그러나 애대(哀駘: 노나라의 사대부로서 못 생긴 것으로 유명함)는 못 생긴 것으로 천하에 유명하지만 "덕이 충만하고", "신이 완전하기" 때문에 아름답다고 여겨지며, 남자들은 그를 사랑하고 그와 함께 지내기를 원하며, 여자가 그를 사랑하여, 첩 노릇까지 앞다투어 한다. 바로 신(神)의 거대한 매력이다. 한비자와 묵자는 모두 중질경문, 호질악식하였다. 한비자는 "예는 정의 수식이고 문장은 질의 수식이다. 군자는 정을 취하고 외모를 벗어나야며, 본질을 좋아하면서 수식을 꺼려야 한다. 겉모습을 믿고 정감을 논하는 자의 정은 악하고, 겉치레로 질을 논하는 자는 그 질이 쇠하도다. 어찌하여 이런가? 화씨지벽은 오채로, 수후지주는 은황으로 꾸미지 아니 하였는가. 그 질은 지극히 훌륭하여, 사물은 그것을 장식하기에 충분하지 않다. 물건을 꾸민다음 행하는 자는 질이 하등이다"(『한비자·해로』)[107]고 하였다. 왜서 중국 고대에 "문채"를 문예의 본질적인 특징 중 하나로 간주하면서도 형식(외재적 문채)에만 집착하는 것을 반대하며 내재된 문채를 장려했는가? 서진 비평가의 지우(摯虞)의 말은 이를 해명할 수 있다. "고시의 부는 정을 위주로 하고 서사를 차요로 한다. 오늘날의 부는 서사의 형태를 근본으로 하고, 의리로운 일을 돕는다. 정의가 주요한 것을 이룬다면 말을 생략하는 문장의 창작 전통이 생성된다. 서사를 근본으로 하면 그 말에 합당한 것으로서 그만두는 것이 무상하다. 글의 번거로움과 경이로움이 이 때문이다."[108]고 하였다. 지우는 또 진일보로 너무 외재적인 문채를 중시한다면 내재적인 본질에 폐를 끼치기 마련이다고 지적하였다. "표현이 너무 지나치면 말하려는 것과 멀어지고 언어가 지나치게 웅대하면 도리여 반방

107 "礼为情貌者也，文为质饰者也。夫君子取情而去貌，好质而恶饰。夫恃貌而论情者，其情恶也；须饰而论质者，其质衰也。何以论之？和氏之璧，不饰以五采；隋侯之珠，不饰以银黄。其质至美，物不足以饰之。夫物之待饰而后行者，其质不美也。"(『韩非子·解老』)
108 "古诗之赋，以情义为主，以事类为佐。今之赋，以事形为本，以义正为助。情义为主，则言省而文有例矣；事形为本，则言当而辞无常矣。文之烦省，辞之险易，盖由于此。"

향으로 되고 논술한 말이 도리가 차넘치면 도리여 의리로운 것을 잊게 되며 수식이 지나치게 화려하면 도리여 감정과 상반대 된다."(『문장류별론』)[109] 외적 문채보다 내면의 본질에 전념하고 외재의 형(形)문에 집중하지 않고 내재의 정(情)문에 집중하는 것은 중국 시학의 중요한 특점이다. 고대의 각 시학자들은 기본적으로 질을 중히 여기고 문장을 경시한다. 형을 경시하고 본질을 중히 여기면서 형신의 타당함과 겸하여 있는 것을 주장하였다. 육기는 문채를 비교적 중히 여기는 문예 이론가임에도 불구하고 역시 "도리에 의해 본질의 맥락이 서고 문의 종횡이 연결되고 풍부해진다"(『문부』)[110] 고 주장했다. 유협은 이를 "유무절충(唯務折衷: 유가의 中庸사상을 문학이론에서의 응용)라고 하였으나 역시 "연대가 얼굴을 아름답게 하는 것은 그 아름다움은 자태의 정숙함에서 오며 문채가 언어를 아름답게 하는 것은 그 아름다움은 성정에서 온다. 그러므로 성정(性情)의 글은 경(經)이고 사리(辭理)의 글은 위(緯)이고, 경이 올바로 되어 위도 되고, 경위가 되어 말이 순조로우니, 이것이 바로 문장의 근본이다."(『문심조룡(文心雕龍)·정채(情采)』)[111] 사공도의 시론의 요지는 담담하면서 소박한 문채로 정묘한 "신(神)"을 전달하려는데 있다. "신이 있어야 풍부하고 처음부터 가벼운 것이 금보다 중요하고 농후한 끝에는 말라시들 것이며 담담한 것일 수록 깊어진다."(『이십사시품·기려』)[112]는 것이다. 신(神)이 왕성하기 때문에 문체가 비록 담담하지만 그 맛이 매우 짙은 법이다. 그래서 "담담한 것일 수록 깊어진다"고 한다. 중화 문

---

109 "夫假象过火, 则与类相远;逸辞过壮, 则与事相违;辩言过理, 则与义相失;丽靡过美, 则与情相悖。"(『文章流别论』)

110 "理扶质以立干, 文垂条而结繁"(『文赋』)

111 刘勰自称"唯务折衷", 但亦认为"夫铅黛所以饰容, 而盼倩生于淑姿;文采所以饰言, 而辩丽本于情性。故情者文之经, 辞者理之纬;经正而后纬成, 理定而后辞畅;此立文之本源也"(『文心雕龙·情采』)

112 "神存富贵, 始轻黄金, 浓尽必枯, 淡者屡深"(『二十四诗品·绮丽』)

학예술이 추구하는 아름다움은 바로 여기에 있다. 내재적인 운치와 정신, 인격 절개에 관심을 두지 외재적인 문장과 형식을 아주 따지지 않는다. 이 것이 바로 중국 예술의 소위 "사의(寫意)"와 "전신(傳神)"의 전통이다.

　이런 점에서 서양은 중국과 정 반대이다. 서방 민족의 마음가짐은 외향 적이다. 고대 그리스는 상업적으로 개방사회이여서 그리스인들의 개방적 인 심리 상태를 형성하였다. 고대 그리스 철학인들의 제일 큰 관심사는 내 재된 자기 도덕의 수양, 개체 인격의 완성이 아니라 바깥 세상의 구성, 자 연의 만물의 형식, 시간과 공간의 문제이다. 거의 모든 고대 그리스의 철 인들은 외적인 만물의 근원을 탐구하는 것으로부터 그들의 철학적인 깊은 사색이 시작되었다. 예를 들어 피타고라스는 끊임없는 관찰을 거쳐 세상 의 근원이 어떤 질적인 규정성을 가진 물질에 있는 것이 아니라 물질을 구 성하는 형식이며, 수자이라는 것을 터득하였다. 그는 "수의 기본원소는 바 로 모든 것에 존재하는 물체의 기본 원소라 하였으며 하늘 전체를 하나의 조화로운 것, 하나의 수자라고 생각하였다"(『고대 그리스 로마 철학』, 37 페이지). 아나크사골라(Anaxagora, 고대그리스 철학자, 유물론사상의 선구자)는 처음에는 만 물이 한데 섞여 있고, 수는 무한히 많고, 체적은 무한히 작다고 생각했다. 루키포(Leucippus:원자론창시인중의 한명)는 모든 사물이 무한하고 서로 전환되 며, 전체가 허공에 떠 있고, 그 안에는 많은 물체가 가득 차 있으며, 이 많 은 물체가 허공에 들어가 서로 섞일 때 많은 세계가 형성된다고 지적하였 다. 데모크리트는 세계 만물의 시초는 원자와 허공이며 원자는 크기와 수 적으로 무한하다고 주장한다. 플라톤은 신이 우주 만물을 "무질서에서 질 서 있는 것으로 변화시켰다"(『고대 그리스 로마 철학』, 209 페이지)고 생각했다. 그 는 사물의 질서와 구조에 신경을 많이 쓰는 것이 분명했다.

　고대 그리스의 철학자들이 가장 흥미로웠던 것은 외부세계였기 때문에 문학예술의 본질은 사람들의 내재된 인격적 기질과 신운성령의 외화가 아 니라 객관세계에 대한 모방이라고 생각하였다. 데모크리트는 "많은 중요한 일에서 우리는 짐승을 모방하고 짐승들 앞에서 초등학생 시늉을 할 뿐이다. 거미로부터 우리는 천을 짜는 것과 바느질하는 법을 배웠고, 제비로부터 집을 만드는 법을 배웠으며, 백조와 꾀꼬리 같은 노래하는 새들로부터 음악을 배웠다"고 하였다.(『고대 그리스 로마 철학』, 112 페이지) 아리스토텔레스는 더 나아가 사람과 금수의 차이점을 지적한다. 그것이 바로 사람이 모방에 능숙한 것이다. 외부사물의 모방을 중시하기 때문에, 문학예술은 반드시 자연의 질서에 부합되고 자연의 비례, 대칭과 구조가 있어야 아름다움이 생긴다고 여겼다. 아리스토텔레스는 미의 주요형식을 질서, 균형, 명확함, 이 모든 수리학적인 것이 증언할 수 있어야 좋다고 생각했다. 또 이런 것들(예를 들어 질서와 명확함)이 분명하기 때문에 수학, 물리등 모든 학과도 당연히 미를 원인으로 하는 인과의 원리를 연구해야 한다고 생각했다.(『형이상학』 266 페이지) 플라톤은 진정한 아름다움은 일종의 절대적인 형식, 즉 "직선과 원", "평면형과 입체형" 그리고 어떠한 색채에 있다고 생각하였다. 피타고라스학파는 외부세계의 사물을 관찰하는 데 있어 사물의 기본 구조를 발견했고, 우주 만물의 구조를 연구하는 가운데서 미를 발견했으며, 비례, 대칭의 조화미를 발견했다. 또 "모든 입체 도형 중에서 가장 아름다운 것이 구형이며 모든 평면도형에서 제일 아름다운 것이 원 이라는 것"을 발견했다. 헤라클레트는 우주가 투쟁속에서 발전했다는 것을 발견했고, 미는 대립적인 요인에 의한 것이고 조화의 형식은 바로 대립의 통일이며, "대립은 조화를 만든다며 마치 활과 육현금의 관계같다"고 하였다. 그렇다면 아름다움은 어디에 있는가? 대다수 서방 시학가들은 언제나 착안점을 문예의 형식구성에 두었다. 고대 로마 시학가 랑기누스는 이에 대해 아름다움은 각 부분이 종합하여 형성한 완전체에 있다고 여겼다. 어느 부분이든 분리되어 고립적으로는 사람의 이목을 끌 정도가 되지 않지만 이런 보잘 것 없는 각 부분이 합쳐서 완벽한 완전체를 형성한다고 여겼다. 중세의 토마스 아퀴나스는 "아름다움은 형식적인 요인에 속한다"며 아름다움에는 완전성, 조화, 명확성의 세 가지 요소가 있다고 주장했다. 르네상스시기의 극작가 과리니는 자연과 마찬가지로 예술도 서로 다른 것들을 결합하여 조화를 이루게 한다고 주장했다. 17세기 프랑스의 유명한 철학자 데카르트는 "미란 어느 특수한 부분에 서 나타나는 것이 아니라 모든 부분을 종합하여 총괄적으로 보아야 그 사이에서 일종의 조화와 적당함이 있게 되며 다른 일부에서 기타부분보다 압도적으로 돌출한 것이 없을 것이다."(『서방 미학가 논하는 미와 미감』, 80 페이지)라고 하였다. 18세기 영국의 예술가인 월놀즈는 "아름다움은 모든 사물의 핵심적인 형태이며", "자연의 가장 일반적인 형태가 가장 아름다운 형태이다"라고 말했다.(『서방 미학가 논하는 미와 미감』, 116 페이지) 서방의 시학이 외적인 형식미를 중시하기때문에 중국의 시학과 비교할 때 서방의 형식주의 시론이 줄곧 상위를 차지하였다. 현시대에 이르러 이러한 형식주의 이론은 갈수록 두드러져 서방시학의 하나의 특색이 되었다. 서구 현대 예술은 형식미 탐구에 열중하고 "순수시", "상징", 빛, 색, 선, 언어구조, 기하학적 도형에 열중하며, 형식의 미중에서 출로를 찾고 있었다. 러시아 형식주의 비평, 구조주의 비평, 영미신비평 등의 이론적 파별들은 서구 형식주의 시학의 뚜렷한 특색의 표현이며, 서구의 오랜 형식주의 시학 중의 필연적인 고리이며, 고대 그리스 형식주의 조화설의 계승과 발전이다. 그것은 어떤 각도에서 서양의 외향적인 심리 상태의 심미적 특징을 보여 주고 있다.

(3) 도(道)와 예(藝)

중국의 문채론과 서양 조화설의 세 번째 차이점은 중국의 문채론은 윤리인 도와 긴밀히 결합되어 있고 서양의 조화설은 과학인 예와 단단히 결합되어 있다는 점이다. 이것은 중·서시학의 근본적인 차이를 또 다른 각도에서 보여준다.

중국의 문채론은 처음부터 윤리적인 도덕과 단단히 연결되어 있다. 중국 시학자들이 보기에 문채의 중요성은 형식 미의 법칙을 구현하는데 있는 것이 아니라 인간의 윤리를 상징하고, 존비 등급을 상징하며, 정치의 흥망치란을 상징한다는데 있다. 『역경(易經)』에서는 "대인이 호랑이로 변하면 그의 문장이 다채롭다"고 하였고, "군자가 표범으로 변하면 그의 문장이 위엄이 있다"[113]고 하였다. "호변(虎變)"이란 무엇인가? 공영달(孔穎達)은 "황제중 제일 존귀한 자리에 있는 것은 대인의 덕으로 천하의 주인을 바꾸었기에 이전의 임금이 손색을 보이며 입법하였으니 그 문장의 아름다움은 보아낼 수 있으며 호랑이가 변한 것처럼 위세가 있다." "문장이 빛나는 자는 의(義)를 취하여 창작하였기에 빛난다." 무엇이 "표변(豹變)"인가? "색상이 번지르르하고 업적이 홍대하며 표범같은 문장은 번창하여 군자가 표범으로 변한것"[114]이라 한다.(『십삼경주수』, 61 페이지) 여기서 분명히 문채와 덕업을 연관시켰다. 공자도 문채와 덕행 공적을 함께 논하면서 "위대한 요임금이여! 위엄스러워라! 하늘처럼 큰 공적을 세운 이는 요임금뿐인가 하노라. 탕탕하여라! 백성들이 이름을 알지 못하는 사람이 없네. 위엄스러운 것은 그의 공적이여, 빛나는 것은 그의 문장이네."(『논어태백』)[115] "주나라가 이대를 본받았으니, 그 문장이 찬란하도다. 나는 주나라를 따를 것일지어다."(『논어·팔일』)[116] 여기서 말하는 문채는 바로 공적의 문채이고 덕행의 문채이지 순수한 형식미가 아니다. 노장도 도덕과 문채의 관계를 말하고

---

113 "大人虎变, 其文炳也", "君子豹变, 其文蔚也"。

114 "九五居中处尊, 以大人之德为革之主, 损益前王, 创制立法, 有文章之美, 焕然可观, 有似虎变, 其文彪炳。" "其文炳者, 义取文章炳著也。" 什么是"豹变"呢? "润色鸿业, 如豹文之蔚缛, 故曰君子豹变也"(『十三经注疏』, 61页)

115 "大哉尧之为君也! 巍巍乎! 唯天为大, 唯尧则之, 荡荡乎, 民无能名焉。巍巍乎其有成功也, 焕乎其有文章。"(『论语·泰伯』)

116 "周监于二代, 郁郁乎文哉! 吾从周。"(『论语·八佾』)

있는데 노장의 도덕은 공자와 다르다. 노장이 말하는 "도덕"은 무위이치의 "도"이며, 진실과 소박함으로 되돌아가는 "덕"이다. 노장이 동경하는 것은 "질이 진중하고 변함이 없는"것, "소박하나 천하의 모든 것이 그와 아름다움을 다투지 못하"는 문장이다. 이런 문체는 바로 "도"의 구현이고, "덕"이 충만된 것이다. 노자는 "최고의 덕은 덕이 없는 것"이기 때문에 "무위하면서도 무위해서는 않된다"고 여겼다. 모든 것은 도덕에서 태어난 것으로 "도에서 태여나, 덕이 키우고, 사물이 형체를 주며 세태에 따라 이루어 진다."(『노자』 51장)[117] 마찬가지로 "도(道)"와 "덕(德)"의 문채는 자연히 겉은 소박하지만 실질은 눈부시다. 그러므로 "도는 말으로 하면 담담하네."라고 말하였다. "극치의 뛰여난 솜씨는 서투러 보이고, 홍대한 언변은 어눌해 보인다." 장자는 명확히 "허정, 담정, 적막, 무위자는 천지를 평하고 도와 덕이 극치에 달하리 …… 정(靜)하면 성스럽고 동(動)하면 왕이 된다. 무위하여도 존귀하며 소박하여도 천하에는 그와 아름다움을 다툴 이가 없다. 천지의 덕을 아는 자가 바로 근본이고 주지이며 하늘과 화합한 자이다. 그리하여 하늘과 화합한 이는 사람과도 화합할 수 있다. 사람과 화합한 자는 인간의 낙을 얻고 하늘과 화합한 자는 하늘의 낙을 얻을 수 있다."(『장자천도』)[118] 장자가 보기에는 소박한 문채와 도덕은 밀접히 상관되는 것이 분명하다. 도는 덕의 외재적 체현이다. 이것은 다른 시각으로 중국 문체론의 도덕적 특점을 설명하고 있다. 순자는 고대 성현들이 문채를 중시하는 것은 현란한 아름다움을 위한 것이 아니라 존비와 귀천을 가리기 위해서 이며 인의도덕의 표징을 위해서 이다. "일부러 그들이 방탕하고 사치하며 화려하게 하는 것이 아니라 인(仁)의 밝은 문장으로 인에 순탄하게 통하기 위해서이다.

---

117 "道生之, 德育之, 物形之, 势成之。是以万物莫不尊道而贵德"(『老子』五十一章)

118 "夫虚静、恬淡、寂漠、无为者, 天地之平而道德之至……静而圣, 动而王, 无为也而尊, 朴素而天下莫能与之争美。夫明白于天地之德者, 此之谓大本大宗, 与天和者也；所以均调天下, 与人和也。与人和者, 谓之人乐；与天和者, 谓之天乐。"(『庄子·天道』)

그리하여 갈고 닦아 문장은 족히 귀천을 분별할 수 있게 하여 그 형은 추구하지 않는다."(『순자부국』)[119]

선진 시기 유가와 도가의 문채와 도덕의 관계는 후세에 걸쳐 중국 고대의 문단을 독차지하는 문도론을 형성하여 중국 고대 문학예술과 시학 이론에 커다랗고 심원한 영향을 미쳤다. 한대 양웅은 먼저 문도론의 큰 줄기를 세우고 문채와 도덕의 관계를 지키며 문채는 도덕의 상징이라고 주장하면서 "성인, 문학의 본질이라. 차복은 눈에 띄고, 색조는 밝고, 소리는 요란하며, 시서는 빛난다."(『법언. 선지』)[120] "혹은 '군자는 말을 하면 문장이 되고, 움직이면 덕이 되는데 왜 이런가?' 이르기를 '그 원인은 속이 차고 겉이 용맹하기 때문이다.'"(『법언. 군자』)[121] "성인은 호랑이의 부류로 그 문장이 빛나고 군자는 표범부류로 그 문장이 울창하다. 사람을 분별하는데는 그 문장이 제일이다."(『법언. 오자』) 한나라의 저명한 철학가 왕충(王充)은 문채와 도덕의 관계를 더욱 명확히 해석했다. "빈 책이 문장이 되고 실행이 덕으로 되여 저서는 옷과 같다. 그래서 이르기를 덕이 흥성한 자의 문장은 풍부하고 덕이 현저한 자는 문장이 명확하다. 대인의 덕은 문장에 확장되여 눈부시게 빛난다. 소인의 덕은 불꽃으로 반짝인다. 관원은 존귀할 수록 문장이 번잡하고 덕행은 높을 수록 문장이 쌓인다."(『논행서해』) 여기서 보다싶이 문채는 내재적 덕행의 표현이다. 그런데 이런 문과 덕의 관계는 유가의 관점일 뿐이다. 남조의 문론가 유협은 유가와 도가의 문도론을 종합하여 자기의 "유무절충(唯務折衷)"의 문도관을 구성하였다. 이런 관점은 『문심조룡 원도(原道)』에서 충분히 체현하였다. 유협은 천지만물뿐만 아니라 화포초목, 구름, 노을, 일월은 모두 자체의 문채를 지니며 사람도 그런 문채

---

119 "非特以为淫泰夸丽之声, 将以明仁之文, 通仁之顺也。故为之雕琢、刻镂、黼黻、文章, 使足以辨贵贱而已, 不求其观"(『荀子·富国』)。

120 "圣人, 文质者也。车服以彰之, 藻色以明之, 声音以扬之, 诗书以光之"(『法言·先知』)

121 "或曰：'君子言则成文, 动则成德, 何以也?'曰：'以其翻中而彪外也'。"(『法言·君子』)

를 가지고 있다고 여겼다, 이런 자연의 법도에서 온 글은 또 목적을 논리 설교에 두어 도를 밝히는데 있다. 유협은 도가의 "자연"도와 유가의 "인과 효를 빛나게" 하는 도를 통용한 것이다. 당나라의 시학자 사공도는 노장의 문도관을 계승하고 유명한 『이십사시품』을 써내어 자연에 어울리는 충담 소산의 문채를 강력히 주장하였다. "허리굽혀 주으면 되니 옆사람 것을 취 할 필요가 없다. 도가 부합되고 마음에 닿아 착수하면 곧 봄이다"(『이십사시 품. 자연』)[122] 한유는 유가의 문도관을 계승하여 성세호대한 고문운동을 발기 하였다. 한유는 인의와 도덕은 근본이고, 문채는 도덕과 인의를 외적인 표 현이라고 주장했다. 송나라 도학자들은 도를 중시하고 문을 경시하는 유 교의 문도관을 극단으로 밀어붙여 "문을 위해 도를 해친다"는 극단적인 견 해를 제기했다. 정이(程頤)는 문채에 몰두하다 보면 "사물에 빠져 뜻을 잃 을 수 있다"고 했다. 그래서 문채를 "도를 해치는 물건"이라 했다(『어록』 11 권). 이런 과격한 관점은 "도"를 중시하는 중국 고대 문채론의 특색을 가장 잘 드러내고 있다.

중국과는 반대로 서구의 조화설은 윤리적인 도덕 문제에 좀처럼 관련되 지 않는다. 데모크리트는 마음의 아름다움을 주장했고 소크라테스와 플라 톤은 미와 선의 관계를 강조했지만 서양의 미학은 형식미를 윤리적인 도 덕의 종속성인 상징으로 보지 않았다. 이것은 무엇 때문인가? 아마도 고대 그리스의 철학자의 과학 정신과 밀접하게 연관되어 있을 것이다. 고대 그 리스의 철학자중의 절대다수가 저명한 과학자였다. 예를 들어, 피타고라 스는 저명한 수학자로, 데모크리트는 과학에 조예가 높으며, 수학적으로 는 처음으로 원추체의 용량이 동저의 원기둥 용량의 3분의 1과 같은 정리 를 제시했다. 아리스토텔레스는 많은 자연 과학 논저를 썼다. 밀레투스의 창시인 탈레스는 천문학, 수학, 기상학등에서 모두 공헌했다. 헤라클레이

---

122 "俯拾即是, 不取诸邻。俱道适往, 着手成春。"(『二十四诗品 · 自然』)

토스는 변증법의 기초를 세운 사람중 한 사람(레닌의 말)이다. 고대 그리스의 철학인의 이런 과학적 정신은 중국 현인의 도덕적 내성과 틀에 박힌 것과는 정 반대였다. 존비귀천을 구별하기 위해, 중국 고대의 현인들은 종종 자연계의 형식미(문채)에 견강부회한 해설을 가하고, 문예미를 도덕윤리속에 억지로 집어넣었다. 과학연구에 능하는 고대 그리스 철학가들은 이런 억질스러움을 용납할 수 없으며 과학을 필요로 하며 객관적이고 실사구시의 자세였다. 고대 그리스 철학자들의 주관적인 억측에도 불구하고 그들의 태도는 비교적 엄숙했다. 그들은 모두 객관적인 세계 자체의 성질을 발견하고, 미의 객관적 구성 법칙을 발견하기를 원하였다. 헤라클레이토스는 "지혜는 제시한 진리에 있고 자연에 따라 행동하며 자연의 말을 듣는 데 있다고 말했다."(『고대 그리스 로마 철학』, 29 페이지) 데모크리토스는 "우리가 볼 수 있는 것은 그 형상들이 우리 눈에 들어와 모든 것이 필연적으로 생겨난 것"이라고 지적했다.(『고대 그리스 로마 철학』, 97 페이지) 고대 그리스의 철학자에서 유물주 철학자는 사물의 원인을 탐구하는 태도를 가지고 있을 뿐만 아니라, 근본을 탐구하고 만물의 법칙을 깊이 연구하는 정신을 가지고 있으며, 또한 유심 철학자들은 천지만물 자체의 구성에 관심을 가지고 있다. 피타고라스 학파가 천지 자연의 기본 법칙을 찾으려고 노력하여 마침내 만물의 본원이 "수"이고, 온 우주는 조화로운 수로 구성되었다는 것을 발견하였다. 플라톤은 세계가 "이식(理式)"으로 이루어져 있고 천지 만물은 이식의 그림자에 불과하다는 것을 발견했다. 박학다재한 아리스토텔레스는 감각은 객관적 사물의 흔적에 불과하고 감각을 떠나 어떤 것도 이해할 수 없다며 "영혼=밀랍 덩어리"라는 표현을 썼다. 요컨대, 고대 그리스의 철학자들은 항상 사물 자체의 객관적 속성으로 사물을 인식하고 객관적 법칙에서 세상을 발견하기를 좋아했다. 형식 미에 대해서도 마찬가지로 과학적이고 객관적인 분석방법이 사용되었다. 형식 미와 윤리는 결코 도덕생활에 얽매이지 않고, 문채는 국가 혼란과 폐단의 징표라고는 결코 생각하지 않았다. 예를 들어, 피타고라스 학파는 수학적인 방법으로 음악을 분석했고 마침내 소리는 발음체의 수에 의해 결정된다는 것을 알게 되었다. 발음체가 길고 진동속도가 느리면 소리가 낮고 두꺼워진다. 만약 발음체가 짧고 진동 속도가 빠르면 소리가 높고 가늘어지는 법이다. 따라서 음악의 조화 미의 기본 원칙은 양적 비례관계에 있다. 예를 들면 5음정은 2:3이고 8음정은 1:2이다. 이런 조화 미의 규칙은 더 나아가 조각, 건축 등 기타 예술에도 적용되었으며 어떤 수의 비례가 아름다운 효과를 탄생하는가의 탐구속에서 황금분할을 발견하였다. 황금분할이 서방 문예 이론에 대한 영향은 심원하였다. 아리스토텔레스는 생물학적 "유기체"라는 개념을 시학에 도입했고 아름다움은 각 부분의 유기적 통일에 있다고 여겼다. 아리스토텔레스는 "하나의 아름다운 사물은 하나의 생물체나 각부분으로 구성한 사물로서 각부분마다 일정한 조직 배치가 있으며 그의 체적도 크기의 한정이 존재한다. 아름다움은 체적과 배치에 의거해야 하며 매우 작은 생물체는 아름답다 할 수 없다. 왜냐하면 우리의 관찰은 감지할 수 없는 사이에 있기에 이런 작은 사물에 대해 모호한 인식만 할수 있을 뿐이다. 예를 들어 천만리씩 긴 생물체도 아름답다할 수 없다. 이는 한눈에 안겨오지 않아 그 정체성이 파악되지 못하기 때문이다."라고 말했다.(『시학』, 제7장) 바로 이런 세계 만물에 대한 객관적이고 과학적인 분석은 고대 그리스의 시학이 형식 미의 심미적 가치와 그 법칙을 충분히 인식하게 하였다. 바로 이러한 과학적 정신에 의하여 고대 그리스의 시학은 인성을 단단히 묶어 놓은 도학의 부속물, 교화의 도구가 되지 않았다. 이러한 과학적 정신은 형식 미가 서양 문단에서 중요한 위상을 차지하게 하여 비례, 대칭, 선, 색채는 서양 시학의 가장 중요한 논제 중의 하나로 되게 하였다.

수천년 동안 조화설은 서양 문학예술과 시학에 중대하고 심원한 영향을 미쳤으며 서양 민족들의 미적 심리 형성에도 무시할 수 없는 역할을 가하였다. 서양 르네상스 시대의 과학자이자 예술가인 다빈치가 그 예이다. 다빈치는 우리의 모든 지식은 감각에서 발원하고 눈은 마음의 창이며, 자연의 무한한 작품을 가장 완벽하게 감상할 수 있는 이해력의 주요 도구이기 때문에 "화가의 마음은 거울과 같아야 하며 마음에 반영된 색상을 빛추어 내야 한다"고 하였다. 동시에 화가는 또 보편적인 자연을 연구하고 눈에 보이는 것에 대해 더 많이 사색하고 매 사물의 유형을 구성하는 그런 부분을 운용해야 한다고 하였다. 바로 이러한 객관적인 과학 태도로 다빈치는 순수의 미를 지향하고 흔상하고 미를 위해 창작하였다. "감상(欣賞), 이것은 별다른 이유가 아니라 그 자체를 위해서 즐기는 것이다." 다빈치는 고대 그리스 철인들의 조화설을 계승하고 이를 자신의 회화 창작에 구체적으로 응용하여 눈부신 성과를 거두었다. 그는 "회화의 조화로운 비례는 각 부분이 동시에 조합되는 것인데 ...... 그 아름다움은 전체와 세부를 동시에 볼 수 있는 것"이라고 말했다. 또 "회화에서 조화로운 비례가 나왔다면 마치 각 성부가 하모니하듯 조화로움이 나타나 귀를 즐겁게 하고 청중을 매혹시킨다. 천사의 얼굴 같은 조화의 아름다움은 그 효과를 더욱 극대화한다. 그 균형은 조화를 만들어 내며 동시에 눈에 파고 들어가는 속도는 음악처럼 빠르다"(『다빈치가 회화를 논하다』, 23~24 페이지) 상술한 것으로부터 다음과 같은 것을 상상하기 어렵지 않다. "모나리자"는 그 신비한 미소, "최후의 만찬"에서 인물의 위치 배열조합, 이는 고대 그리스의 철인들의 조화 미로 육성된 것이다. 다 빈치 회화에서 그 불후의 예술적 매력은 아마도 서방 수천년의 비율, 대칭과 심미리상의 통일적인 것으로 축적되어 찬란하게 빛나고 있다. 과학 정신과 예술 형식 미의 결합은 고대 그리스시학의 특징일뿐만 아니라 전반 서방시학의 큰 특징이기도 하며 수천년의 역사속에서 서방의 문학예술과 문예 이론은 시종 띠고 있는 특색이다. 피타고라스에서 토마스 아퀴나스에 이르기까지, 다빈치에서 칸트에 이르기까지, 빅토르 위고부터 현대예술의 거장까지......

(4) 결어

서양의 미학은 대칭, 비례, 일대다의 통일과 조화를 논하고 중국 고대에
도 비례, 대칭, 일과 다의 통일을 논한다. 이러한 문채 미와 같은 것이 우연
이 아니다. 세계의 객관적 법칙, 미의 객관적 법칙은 그중에서 결정적 작용
을 한다. 그러나 더 중요한 것은 같음이 아니라 부동함일 것이다. 무엇 때
문에 조화론은 문채론과 함께 문예의 본질적 특징인 예술의 형식미에 대
한 탐구인데도 확연히 다른 색상을 보이는가? 왜서 중국은 담담하고, 청수
하고, 물에서 나온 부용같은 소박한 미를 추구하고 서양에서는 일종의 깊
고 열렬하며, 현란한 아름다움을 추구하고 있는가? 왜 중국은 내면의 신
운 의식과 문기 성령에 치중하고 서양은 외적인 줄거리 구조와 조화 형식
에 치중하는가? 왜 중국의 문채론은 항상 윤리도덕과 불가분의 관계에 있
고 서양의 조화설은 형식 자체의 미학적 가치에 몰두하는가? 이 차이점들
은 무엇을 설명하는가? 아마 우리는 더 깊은 문화적 차원과 심리적 구조
를 향해 탐구해야 할 것이다. 본 장절은 이러한 방면에서 초보적인 시도를
하였는데 이런 시도는 오늘날의 이론과 실천에 도움이 될 것이라 바란다.

제3절 미본체와 대음(大音), 대상(大象)

(1)

플라톤은 사람들에게 이러한 문제를 제기한적이 있다. "미란 무엇인가,
한번 생각해보라."(『플라톤문예대화집』, 180 페이지) 얼핏 보기에는 이 문제가 아

주 쉬운것 같다. 생활속에서 누가 미를 본적이 없는가? 누가 미를 느낀적이 없는가? 좁게 말하면, 향기로운 말리꽃 한 송이, 꾀꼬리가 짖는 완곡한 소리, 오색찬란한 구름과 노을, 서정시 한 수, 수묵 산수화 한폭등이다. 넓게 말하면, 꿈틀거리며 포효한 장강황하, 변화막측한 무산의 구름, 기이한 산봉우리가 우뚝 솟은 황산, 푸른 물결이 한없이 넓은 바다, 사람의 심금을 울리는『오쎌로』, 눈물겨운『두아원』...... 심지어 우리가 입던 옷, 쓰던 가구, 모두 우리와 미적인 관계를 유지하고 있는데 우리가 매일 미와 왕래한다고 말할 수 있다. 미는 어느곳이나 존재하므로 미는 무엇인가에 대하여 쉽게 대답해낼 수 있는 문제인 것 같지만 우리가 이 문제를 정작 이렇게 보면 큰 착오를 범한 것이다. 왜냐하면 겉보기에는 아주 쉬운 이 문제는 실상 미학연구에 있어서 가장 어려운 문제의 하나이다. 고금동서의 미학가들은 이를 위해 애썼는데 그들은 미의 본질에 관한 정의를 적지 않게 제기하였지만 지금까지 이 문제를 완벽하게 해답한 사람은 없다. 예하면 어떤 사람은 "충실한 것을 미라 한다"(맹자)라 하고, 어떤 사람은 "물체가 미를 갖춘 것은 그가 신에서 온 이성이 있기때문이다"(포로틴)라 하며 어떤 사람은 "미를 갖춘 사물은 하늘과 땅사이의 모든 사물이다"(엽섭)라 하고 또한 어떤 사람은 "미본체는 형식에만 관련된다"(칸트)라 하는것과 "미는 바로 직각이자 표현이다"(크로체)라 하는 사람도 있다. 물론 이러한 논법은 정확한지를 막론하고 미 본질에 대한 탐구와 토론이 점차 심화됨에 따라 사람들이 미에 대한 이해도 깊어지고 미의 규칙을 가일층 장악하게 하였다. 그러나 미의 본질을 탐구하는 책의 첫 페이지를 펼친 사람은 누구인가? 서방에는 고대 희랍의 이론가 플라톤이고 중국에는 응당 도가학파의 창시자 노자이다. 플라톤은 "미본체"학설을 명확하게 제기하였다면 노자는 그와 가까운 "대음희성", "대상무형"라는 설을 제기하였다. 물론 노자가 말하는 "대음"과 "대상"은 단순히 미학 범주의 "음"과 "상"을 가리키는 것이 아니라 천지만물의 일체 형태, 색갈, 소리와 모양을 상대하여 말한 것이다.

장자가 말했듯이 "모양, 상태, 소리, 색채가 있으면 모두 물체라 한다"(『장자·달생』) 그런데 여기에는 미학 범주의 "음"과 "상"을 포함한다. 예하면 노자가 말하는 "음성상화"(『노자』 2장), "오색은 사람으로 하여 눈이 멀게 하고 오음은 사람으로 하여 귀가 어두워지게 한다"(『노자』 12장)에서 말하는 "오음", "오색"은 분명히 미학 범주의 음과 색에 속한다. 그리하여 "대음", "대상"은 바로 장자가 말하는 "대미(大美)"인데 "천지는 대미가 있지만 말하지 않고 사시는 명법이 있지만 논하지 않으며 만물은 성리가 있지만 말하지 않는다. 성인은 천지의 미로부터 만물의 이에 달한 것이다."(『지북유』) 노자가 말하는 "희성"의 "대음", "무형"의 "대상"은 실질은 플라톤이 추구한 "미본체"와 같은 것은 뻔하다. 모두 미에 대한 보편적인 규칙이고 미의 본질에 대한 탐구이다. 플라톤의 이러한 역사 공적에 대해서는 미학계에서 일찍이 정론을 내렸지만 지금까지 노자의 공적을 제기한 사람은 아무도 없으므로 본 절에서는 이러한 사실을 비교하고 증명한 동시에 그 이동점을 비교한 것을 통해 플라톤과 노자의 이러한 관점의 내함, 내지, 후세 문예 본질론에 영향을 끼친 사실을 해명하려 한다.

플라톤이 말한 "미본체"와 노자가 말하는 "대음희성", "대상무형"은 무엇인가? 소위 "미본체"에 대하여 플라톤은 이렇게 해석했다. "미본체란 어떤 사물에 가하면 그 사물이 미로 된다. 그가 하나의 돌덩어리, 하나의 나무, 한 사람, 하나의 신, 하나의 동작 아니면 하나의 학문에 관계없는 것이다."(『다히피오스편』) 사실 이러한 "미본체"는 바로 미의 본질이다. 그는 난잡하고 천태만상의 개별적인 미의 현상과 미의 사물이 아니라 미의 보편적인 규칙이다. "대음", "대상"에 대하여 노자는 "대음희성, 대상무형"(『노자』 41장)로 해석하고 있다. 무엇이 "희성", "무형"인가? 노자는: "보아도 보이지 않은 것은 이(夷)여라, 들어도 들리지 않은 것은 희(希)라 한다...... 줄지은 사물은 명확하게 해석할 수 없고 최종에 무형에로 돌아간다는 것은 모양이 없는 모양이고 현상이 없는 현상이다"(『노자』 14장)라 하였다. 즉 제일 아름다운 음악은 소리 없는 것이고 들을 수 없는 것이다. 가장 아름다운 형상은 형태가 없는 것이고 보이지 않는 것이다. 이것은 바로 노자가 말하는 소위 "대음", "대상"인데 이러한 "대음", "대상"은 난잡하고 천태만상의 개별적인 미를 갖춘 음악과 형상도 아니고 미의 본체이다. 플라톤은 미의 형상을 통해 "미본체를 엿보고" "한가지 비할바 없는 기묘한 미"를 파악하는 것을 바라고 있다.(『회음편』) 노자는 허무속에서 그 영원하고 혼성된 미의 본질을 포착하려고 했다.

흥미로운 것은 플라톤과 노자는 미의 본질을 탐구하는 도경은 완전히 다르더라 하더라도 노자의 "대음", "대상"과 플라톤의 "미본체"는 아주 비슷했다. 그들은 어떤 곳에서 비슷했는가? 우선, "대음", "대상"과 "미본체"는 모두 모양도 소리도 없고 만질 수 없는 것으로 포착할 수 없었다. 『다히피오스편』에서 플라톤은 대량의 편폭으로 "미본체"는 무엇인가에 대해 토론하였지만 끊임없는 토론중에서 최종에 "미는 어려운 것이다"라고 개탄하였다. 미는 왜서 어려운 것인가? 왜냐하면 "미본체"는 구체적인 미가 아니므로 구체적인 형태, 색갈, 소리, 모양이 아닌만큼 그는 "한명의 아름다운 아가씨"도 아니고 "하나의 예쁜 항아리"도 아니며 시각과 청각에 의해 산생된 쾌감은 더욱 아니었다. 이러한 아름다움은 어느 한 얼굴이거나 두 손 혹은 신체의 어느 기타부분을 표현하는 것이 아니고 어느 한 문장, 한가지 학문 혹은 어느 한 개별적인 물체도 아니다. 예하면 동물, 대지 혹은 하늘와 같은 유형이다. "그는 모든 미의 사물들인데 그가 있어 미로 된다. 그들이 외모가 어떻든지를 막론하고 우리가 이러한 미를 요구한다."(『다히피오스편』) 보다싶이 플라톤이 말하는 "미본체"는 신체의 형태, 색상, 소리, 모습이 아니고 무형무성의 혼연된 본체이다. 이러한 "본체"는 어디에 있는가? 플라톤은 "먼 하늘 밖의 경지에 존재하는 진실체에 있다. 그는 무색무형이고 만질 수 없는 것이다."(『민덕약편』) 물론 이런 "미본체"는 무형무색이지만 인식할 수 없는 것은 아니다. 사람들은 "시각으로 보는 사물로부터 미를 엿

볼 수 있다." 먼저 세간의 개별적인 아름다운 사물로부터 시작하고 점차 최고 경지의 아름다움에 올리는 것은 마치도 계단에 오르는 것처럼 한걸음한걸음 올라가는 것이다. 하나의 미형체로부터 두개, 두개의 미형체로부터 전체의 미형체까지 또 미의 형체로부터 미의 행위제도에, 미의 행위제도부터 미의 학문지식에 마지막으로 여러가지 미의 행위 학문 지식으로부터 미본체만 대상으로 하는 학문-- "미의 본질을 철저하게 깨닫는 것이다."에 이르는 것이다. 플라톤의 이러한 "무색무형"한 "미본체"는 바로 미의 본질이다. 그는 난잡하고 의견이 분분하며 천자만태한 개별적인 미의 현상과 사물이 아니고 "모든 미의 사물이 그가 있음으로 하여 아름다워지는 그 본질이다." 노자의 "대음희성", "대상무형"도 이러한 미의 본질을 상대하여 말하는 것이다. 『노자』 41장에서 이렇게 말했다. "대방무우, 대기만성, 대음희성, 대상무형, 은도무명"[123] 여기에서 말하는 희성의 "대음", 무형의 "대상"은 개별적으로 감지할 수 있는 구체적인 사물이 아니라 사람들이 시각과 청각은 이르지 못하는 "혼성"된 미의 경지이다. 그는 "온화하지도 차갑지도 않고 음률도 아니며 그것은 들을 수 없고 볼 수 없으며 체험할 수 없고 입으로 그것을 맛볼 수도 없다. 그래서 그것은 사물이라 해도 혼잡한 것으로 형상이라 해도 무형이며 음성이라 해도 듣기 힘들다."(『왕필집 교석·노자지략』)[124] 그리하여 노자는 "대음희성"에 대해 "들어도 들리지 않는 것이 '희'여라"고 설명했다. 이것은 가장 완벽한 음악인 "도"로서의 음악이라는 것인데 그것은 개별적인 음악이 아니라 음악 그 자체이다. 그래서 그것은 형체가 없는 것이다. 다시 말해서 가장 완벽한 음악은 "도"로서의 음악이고 형형색색의 개별적인 음악이아니라 음악 그 자체이기 때문에 소리가 없는 음악이다. "대형무상"이라 노자의 말로는 "보아도 보이지

---

123 "大方无隅, 大器晚成, 大音希声, 大象无形, 道隐无名。"

124 "不温不凉, 不宫不商, 听之不可得而闻, 视之不可得而彰, 体之不可得而知, 味之不可得而尝。故其为物也则混成, 为象也则无形, 为音也则希声"(《王弼集校释·老子指略》)

않고 이를 '이(夷)'라 …… 소위 모양이 없는 모양, 물체가 없는 모습이라."
보다싶이 제일 완벽한 형상은 "도"로서의 형체모양이다. 이는 개별적인 형상이 아니라 형상 그 자체이다. 그래서 우리는 보아낼 수 없다. 노자의 말로는 "맞이하여도 그 머리를 볼 수 없고 좇아 가도 그의 뒤모습을 볼 수 없다."(『노자』 제35장)고 하였다. 다시 말해서 이런 "형태가 없는 형태"(『노자』 제21장)라는 것이다. 물론 이런 "소리 없는 소리, 무형의 형상"이 알 수 없는 것은 아니다. 사람들은 소리 없고 자기도 모르는 사이에 그 본연의 아름다움과 같은 본질을 깨달을 수 있다. "'도'라는 것은 애매모호한 것으로 오락가락하는 사이에 터득할 수 있으니 오락가락하는 중에 그 형상이 있고 오락가락하는 중에 그 물체가 있다."(『노자』 21장)[125] "저도 모르는 사이에 보게 되고 그 소리없는 소리를 듣게 된다. 저도 모르는 사이에 보고 터득하게 되며 오음이 없음에도 들리게 된다"(『장자·천지』)[126] 그래서 이런 소리 없고 형태가 없는 "대음", "대상"은 바로 미의 본질이다. 그것은 개별적인 미의 현상이나 사물이 아니라 음악, 형상의 미의 본체이다. 이것은 플라톤의 "미본체"와 노자의 "대음", "대상"의 첫번째 공통점이라 할 수 있다.

다음으로, "미본체"와 "대음", "대상"은 모두 영원한 불가분리의 혼성된 전체이다. 영원이란 미의 본질이 시간적으로 끝이 없고 불생불멸하며 증감하지 않고 영원하게 존재한다는 것이다. 혼성의 전체란 미의 본질이 공간에서의 정일성을 띠므로 철학적으로 본체의 의미를 지니고 개별이 아니라 일반적인 미의 최고의 범주이다. 플라톤의 말처럼 "이런 아름다움은 영원하고, 시작도 끝도 없고, 불생불멸하고, 증감도 없다."고 하였다. 그것은 이 곳에서 아름답고 다른 점에서 추하거나 이런 점에서 아름다울때 다른 점에서 아름답지 않으며 이 방면에서 아름답고 다른 한 방면에서 추하

---

125 "道之为物, 惟恍惟惚。惚兮恍兮, 其中有象；恍兮惚兮, 其中有物"(《老子》二十一章)
126 "视乎冥冥, 听乎无声。冥冥之中, 独见晓焉；无声之中, 独闻和焉。"(《庄子·天地》)

는 것은 아니다. 그것은 또 사람에 따라 달라 어떤 사람에게는 예쁘고 어떤 사람에게는 추한 것이 아니다. "그것은 단지 영원한 존재일 뿐, 형식이 일치되였으며 영원히 그 자신과 통일되며 모든 아름다운 사물은 그것을 원천으로 삼으며 그가 있음으로 하여 모든 미의 사물은 미로 된다. 그렇지만 그러한 미의 사물은 때로는 산생되고 때로는 사라지나 그에 따라 증감되지 않는다."(『회음편』)[127] 노자의 "대음", "대상"도 이런 영원성과 정체성을 갖추어 있다. "어느 물질은 홉잡하여 만들어진 것이라 천지보다 먼저 태여나 적막하고 희소하며 독립적으로 존재하고 고갈될줄 모른다.(『노자』 제25장) "대음희성, 대상무형, 도은무명."(『노자』 제41장)[128] 이런 "도"로서의 "대음"과 "대상"은 하늘과 땅과 함께 태여나고 불후일 뿐만아니라 혼성된 전체이기도 하다. 이에 왕필(王弼)의 『노자주(老子注)』는 "희(希)라고 하는 것은 듣기 드문 소리이다. 소리가 나면 분이 있고, 분이 있으면 음률이 있다. 분으로 전체를 통솔할 수 없다"고 말했다.[129] 『노자지략』은 "형은 반드시 구별되고, 소리는 반드시 소속이 있다. 그래서 상이 있는 사물은 대상이 아니고 소리를 내는 사물은 대음이 아니다."라고 하였다.[130] 그래서 "대음희성" "대상무형"이라고 했다. "분"이란 개별적, 부분적인 미를 의미하며 "중"은 전체적이고 영원한 미를 가리킨다. 소리도 있고 형태도 있는 것은 구체적인 미만 표현할 수 있지만 소리없고 형태가 없는 것만이 음과 상의 전부이자 음과 상의 본체이다. 그래서 플라톤의 "미본체"와 노자의 "대음", "대상"은 모두 이런 영원하고 불가분리의 혼성미의 본질을 가리킨다.

---

127 "它只是永恒地自存自在, 以形式的整一永远与它自身同一;一切美的事物都以它为泉源, 有了它那一切美的事物才成其为美, 但是那些美的事物时而生, 时而灭, 而它却毫不因之有所增, 有所减"(《会饮篇》)

128 "大音希声, 大象无形, 道隐无名。"(《老子》四十一章)

129 "听之不闻名曰希, 不可得闻之音也。有声则有分, 有分则不宫而商矣。分则不能统众。"

130 《老子指略》云:"形必有所分, 声必有所属。故象而形者, 非大象也;音而声者, 非大音也。"

(2)

　왜 플라톤과 노자 모두가 "보고도 보지 못하고 들어도 듣지 못하는" 그 현묘한 아름다움의 본질에 미련했을까? 아마도 이것은 구체적이고 개별적인것들의 아름다움은 항상 상대적이고 제한적인데 이러한 상대적인 아름다움은 믿을만하지 않다는 것이라고 인식하였기 때문이다.『다희피오스편』에서 플라톤은 상당히 멋진 대화를 운용하여 이런 점을 구사하였다. 희피아스는 많은 미의 정의를 제기하였다. "예하면 미는 한명의 아름다운 아가씨, 한필의 예쁜 암말, 미는 항아리 하나, 미는 황금이고 심지어 미는 바로 집안이 잘살고 건강하며 전 희랍인들의 존경을 받으며 오래오래 사는 것이다."...... 이러한 이도저도 아닌 논점은 플라톤의 교묘하고 논리적인 힘의 비난으로 연이어 붕괴되었다. 플라톤은 개별 사물의 아름다움은 상대적이며 변덕스럽다는 것을 매우 분명히 인식하고 있다. 개별 사물은 항상 "아름답고 미운 것이다." 가장 아름다운 원숭이는 사람보다 못생기고 가장 멋진 항아리는 젊은 아가씨보다 못생겼으며 가장 젊고 아름다운 아가씨는 여신보다 못하고 황금은 아름답지만 부적절하게 사용된다면 돌보다도 못하다. 만약 단지 개별적인 것에만 얽매여 있다면 아름다움은 한번 또 한번 "손에서 빠져나간다"고 말할 수 있다. 한참을 토론하면서도 "이런 미의 본질이 무엇인지조차 막연하네"(『다희피오스편』). 따라서 플라톤은 미의 본질과 구체적인 미를 엄격하게 구별할 것을 주장하고 미의 현상을 통하여 미의 본질을 논의하고 수천수만개의 미의 사물로부터 미의 보편적 법칙을 추구할 것을 주장한다. 오직 구체적인 미를 떠나야 "그 아름다움 자체를 볼 수 있는 덕분이 있으며 그것은 본래처럼 정교하고 순수한 아름다움이다." 플라톤과 비슷하게 노자도 개별사물의 아름다움이 제한적이고 상대적이며 변화하기 때문에 "대상", "대음"을 숭상하고 그 혼성된 영원하고 완전한 미를 숭상했다. 노자가 말하기를 "아와 어는 차이가 어디에 있고 선과 악은 무슨 구별이 있는가?"(노자 제20장)[131] "천하는 모두 미가 미라고 여기면 악이고 선이 선이라면 그것은 선이 아니다."(『노자』 제2장)[132] 왜 그렇게 말하였는가? 왜냐하면 개별사물은 상대적이고 변화할 수 있으며 미는 추로 변할 수 있고 선은 악으로 변할 수 있기 때문에 미와 추, 선과 악은 절대적인 의미가 없게 되고 상대적인 것으로 된다. "극치의 미는 없고 극치의 선은 없다." 이는 세상 사람들이 다 아는 미와 선은 모두 물건에 걸맞은 이름이며 개별적이고 상대적인 것이기 때문에 항상 부실하다는 점을 명확하게 제시한 것이다. 모두가 아름다움으로 여겨질 때에는 이미 지나간 것인지도 모르고 미는 곧 악으로 변하는데 이것은 "천하가 모두 아름다운 사물을 아름다운 것으로 아는 것은 추가 존재하기 때문이다."라는 뜻이다. 미의 상대성에 대해 장자는 더욱 투철하게 말하였다. "모장과 여희는 사람들이 아름답다고 여기는 미인이나 물고기가 보면 깊이 숨고 새가 보면 높이 날아가 버리며 사불상은 그들 보면 사방으로 도망간다. 사람, 물고기, 새와 사불상 넷중에서 세상의 진정한 미를 대체 누가 알고 있는가?"(『장자·제물론』)[133] 장자는 비할바 없이 못생긴 귀신과 아름다운 서시(西施)가 동일한 것이므로 서로 전이될 수 있다고 생각한다. 그리하여 "미를 갖춘 자는 신기하고, 악한 자는 썩어서 악취가 나는 것이다. 썩은 것은 신기로 변화할 수 있고 신기는 썩은 것으로 전화될 수 있다."(『장자·지북유』)[134] 개별적인 미는 상대적이고 자질구레하며 일시적이기 때문에 노자는 눈길을 절대적이고 영원하며 전체적인 완전한 미에 돌리고 보이지 못하고 들리지 않는 "대상"과 "대음"

---

131 "唯之与阿, 相去几何?善之与恶, 相去若何?"(《老子》二十章)

132 "天下皆知美之为美, 斯恶已;皆知善之为善, 斯不善矣。"(《老子》二章)

133 "毛嫱丽姬, 人之所美也, 鱼见之深入, 鸟见之高飞, 麋鹿见之决骤。四者孰知天下之正色哉?"

134 "是其所美者为神奇, 其所恶者为臭腐;臭腐复化为神奇, 神奇复化为臭腐。"(《庄子·知北游》)

을 동경하며 전체적이고 혼성된 미본질을 추구하였다. "보아도 보이지 않는 것은 '이'라 하고 들어도 들리지 않는 것은 '희'라 하며 만져도 만질 수 없는 것은 '미'라 한다. 이 삼자의 형상은 구분하기 어려우므로 혼연된 일체이다." 이러한 것을 "맞이하여도 그 머리를 볼 수 없고 좇아가도 그의 뒤모습을 볼 수 없"는 무상의 상, 무물의 상, 무성의 음은 바로 노자가 추구하는 최고의 경지이다. 노자는 구체적이고 개별적인 물상, 소리를 떠나 허무함속에서 구체적인 물상과 소리를 뛰어넘는 대미를 틀어잡고 그 본 모습인 영원한 미의 본질을 포착했다.

플라톤과 노자는 미의 본질과 미의 사물이라는 문제에서 있어서 모두 독창적인 안목을 가지고 있다고 말할 수 있는데 중서방 미학사에서 모두 처음으로 미와 미의 사물을 구별하여 첫 번째로 미의 본질을 탐구하는 기나긴 여정에 오르고 미의 본질의 이론을 탐구하는 첫 시작을 뗐다. 이는 그들의 불후의 공적이라고 말할만하다.

노자와 플라톤이 미의 본질에 대해 아무리 깊이 탐구해도 그들의 전체적인 이론은 터무니없는 것이다. 그들은 개별적인 미의 상대성을 보았기 때문에 미의 본질을 탐구하는데 몰두했지만 그들은 모두 일반과 개별을 갈라놓고 미의 본질을 개별적인 미의 원천으로 보았는데 이는 사물의 머리와 꼬리를 거꾸로 한 것이다. 이것은 플라톤과 노자의 미학사상의 또 다른 공통점이라 할 수 있다.

플라톤은 "미본체"는 독립적으로 존재할 수 있지만 미의 사물은 "미본체"를 떠날 수 없다고 본다. 그가 보기에는 "미본체"는 응당 "모든 미의 사물이 그에 있음으로 미의 품질로 되는 것이다."(『다희피오스』) 사실상 이는 구체적인 미의 사물을 부정하고 추상적인 "미본체"를 미의 원천으로 삼았다. 플라톤은 완고하게 견지하고 있었다. "만약 어떤 사람이 한 사물이 아름다운 원인은 바로 아름다운 색채 혹은 형식이 있기 때문이라 하면 나는 내버려두고 상관하지 않는다. 왜냐하면 이러한 것들은 나로 하여 혼란에 빠지게 한다. 나는 간단명료하게 혹은 완전히 바보같이 이 관점을 견지하는 것 즉 하나의 사물이 아름다운 원인은 미본체가 그속에 존재하거나 그 사물이 미를 부분적으로 소유하기 때문이다...... 내가 견지하려는 것은 바로 미의 사물은 미본체가 그로 하여 미로 되게 하는 것이다."(『피다편』) 플라톤은 대부분의 사람들이 단지 소리와 형태의 미를 좋아한다고 생각한다. 그들이 좋아하는 것은 조화로운 성조, 밝은 색상, 아름다운 이미지이지만 미 그 자체를 인식하고 사랑하지 못한다고 여겼다. 그래서 그는 "미본체"가 진정한 미라는 것을 강조하려고 하는데 구체적인 미의 사물은 원래 미라고 말하지 못한다. 다만 "미본체"가 그우에 더하였기에 그것이 미가 되는 것이다. 플라톤과 마찬가지로 노자도 현실의 구체적인 미의 사물을 부정하고 그 허무한 미의 본질을 추앙하였다. 노자는 허무는 모든 것의 본질이고 허무한 무상지상, 무물지상, 무성지음은 바로 현실의 물, 현실의 상, 현실의 음의 원천이라고 생각한다. 그래서 "천지 만물은 유(有)에서 산생하고 유는 무(無)에서 산생된다"(『노자』 40장)라는 말을 꺼냈다. 장자의 말처럼, "보일 수 있는 것은 모양과 색채이고 들리는 것은 이름과 소리이다. 비참하구나, 세상 사람들은 모양, 색채, 이름, 소리로 대도의 실제 정황을 얻기에 충분하다! 하지만 모양, 색채, 이름, 소리는 대도의 실제 정황을 얻기에 부족하다. 아는 사람은 말하지 않고 말하는 사람은 모르는데 세상이 어찌 그것을 알겠는가?"(『장자. 천도』) 다시 말하면 감각기관의 모양, 색채, 이름, 소리에서 미의 진정한 의미를 포착할 수 없다는 것이다. 진정한 아름다움은 허무함 속에 있으며 "무형"의 "대상", "희성"의 "대음"에 있다. 그러나, 이러한 도로서의 무성지음, 무형지상은 실제로는 유성지음, 유형지상의 본체이고 모든 모양, 색채, 이름, 소리의 원천이다. 이런 "대음", "대상"을 미의 본질로 보는 미학 사상은 사실상 현실의 구체적인 미를 부정하였고 허무한 "맞이하면 그 머리를 볼 수 없고 좇아가도 그의 뒤모습을 볼 수 없는"것을 미의 유일한 원천으로 보고있다. "무"에서 "유"가 나타나는 미학 사상은 플라톤의

"미본체"가 개별적인 미의 관점을 낳은 것과 본질이 일치한 것이므로 모두 일반과 개별의 관계를 갈라놓았으며 일반과 개별의 관계를 뒤바뀌게 하였다. "아들이 엄마를 낳는다" "결과가 기원을 산생한다"는 이런 터무니없는 이론에 대해 레닌은 "원초적 유심주의는 보통(개념, 관념)은 단일한 존재물이다. 이는 이상하고 놀랍고(확실하게 말하면 유치하고) 터무니없는 것이다."라고 말했다.(『레닌 전집』. 중문제 2판, 55권, 317 페이지)

(3)

바로 이런 일반은 개별을 낳는다는 미학사상에서 출발하면 플라톤과 노자 모두 현실미를 부정하고 문학예술을 부정하는 무한한 반복에 들어섰다. 진정한 미는 형태가 없고 소리 없으며 허무한 혼일된 전일체이다. 그럼 현실의 형태와 소리가 있는 미, 개별적이고 구체적인 미는 당연하게 미라고 할 자격을 상실하게 된다. 그러므로 장자는 현실의 "형색명성", "대도의 실제정황을 얻기에 부족하다"고 보았다. 노자는 현실의 형색명성의 미는 아름답지 않을 뿐만 아니라 해롭다. "오색은 사람으로 하여 눈멀게 하고 오음은 귀가 먹게 되고 오미는 입안을 마비시킨다"(『노자』 12장)이라고 하는데 왜 현실의 아름다움은 결코 유익하지 못하고 해로운 것인가? 왜냐하면 이 "오색", "오음"들은 완정한 도로서의 무형무성의 대미를 파괴하였기 때문이다. 장자의 한마디는 이런 점을 잘 설명해 준다. "시비가 나타난 것은 도가 가려지기 때문이고 도가 가려지면 얻으려는 것이 이루어진 것도 있고 이루어지지 않는 것도 있다. 성공과 실패가 있기 때문에 소씨가 거문고를 타게 되고 성공과 실패가 없기 때문에 소씨가 거문고를 타지 않게 된다"고 말했다.(『장자·제물론』)[135] 그러므로 노자는 현실의 구체적인 미를 부정

---

135 "是非之彰也, 道之所以亏也。道之所以亏, 爱之所以成。果且有成与亏乎哉? 果且无成与亏

하며 모든 문화예술을 반대하는데 이런 것들은 혼연일체의 도가 쇠약해지기 마련이고 그 정일한 자연적 미를 파괴할 것이기 때문이다. "그는 학문을 하면 나날이 발전하고 도를 배우면 나날이 쇠약해진다"(『노자』 48장)라고 말했다. "아는 사람은 말하지 못하고 말하는 사람은 알지 못한다."(『노자』 56장) "믿을수 있는 말은 듣기 좋지 않고 듣기 좋은 말은 믿지 못한다. 선한 사람은 변명하지 않고 변명한 사람은 선하지 않다."(『노자』 81장) 이 때문에 노자는 "절학무우(絕學無憂)"(『노자』 20장), "절성기지(絕聖棄智)"(『노자』 19장)라고 주장한다. 장자는 노자의 이런 관점을 더욱 발전하였다. "인류의 고유한 천성과 인정을 위반하지 않으면 어디 예악을 필요하겠는가? 오색이 혼란하지 않으면 누가 문채를 조절하겠는가? 오성이 배합하지 못하면 어떻게 육률을 호응하겠는가?"(『장자·절계』)[136]

노자와 유사하게 플라톤은 미의 이념에서 출발하여 문학예술을 부정하는 무한한 반복에 들어갔다. 플라톤은 미의 이념이 진실한 정체이며 미의 원천이라고 생각하는 반면 현실의 개별적인 사물은 단지 "미본체"를 부분적으로 향유하여 미를 갖추었다고 여겼다. 그리하여 문학가들이 창작한 문학예술도 진정한 미라고 할 수 없다. 그는 "호메로스로부터 모든 시인들은 덕행만을 모사하거나 그들이 쓴 모든 소재를 모사할 뿐 영상만 얻었을 뿐 진리를 잡아 본적은 없다. 문자에 운률이 있고 리듬과 악조가 생기면 청중도 진실이라 믿는다."고 말했다.(『리상국』 10권) 왜 문학예술은 진리를 잡아본적이 없는가? 예술은 현실을 모방하는 것에만 그치고 이념을 모방하는것이 아니기 때문에 진실하지 못하고 사람들에게 진리를 주는 것이 아니다. 이에 플라톤은 실례를 들어 설명하였다. 예하면 침대는 세가지가 있는데 첫째는 침대의 이념이고 이는 진실의 본체이며 영원히 변하지 않는

乎哉?有成与亏, 故昭氏之鼓琴也;无成与亏, 故昭氏之不鼓琴也."(《庄子·齐物论》)

136 "性情不离, 安用礼乐!五色不乱, 孰为文采!五声不乱, 孰应六律."(《庄子·马蹄》)因此他主张"擢乱六律, 铄绝竽瑟……灭文章, 散五采."(《庄子·胠箧》)

것이다. 두번째는 목수가 침대의 이념에 따라 만든 개별적인 침대인데 그 것은 시간 공간 그리고 여러 요소들에 의해 제한되어 영원성과 보편성을 가지지 않기 때문에 그것은 진실이 아니다. 세번째는 화가가 목수가 만든 침대를 본따서 그린 침대인데 그 침대는 단지 개별 침대의 외형만 그렸을 뿐, 침대의 실체가 아니므로 더구나 진실이 아니다. 단지 "모사본의 모사본", "그림자의 그림자"이므로 진리와, 진실의 이념과, "미본체"과 "세층이라는 거리가 있다."(『리상국』 권10) 이러한 형이상학적 인식에 기초하여 플라톤은 문예가 국가에 많은 이로움을 줄 수 없을 뿐만 아니라 오히려 해로움을 줄 수 있다고 생각한다. 플라톤은 문예가 사람들에게 진리를 내세우기보다 인간의 풍속을 해치는 영향을 끼친다며 "문예가는 인간성의 낮은 부분을 아첨한다...... 이성부분을 해친다...... 그는 나쁜 결과를 심고 인심의 비 이성부분을 아첨하며 진리와 멀리 떨어지는 영상을 만든다."고 여겼다. 그래서 플라톤은 문예예술과 문예가들에게 추방령을 내리고 시인을 이상국에서 추방하였다. "신을 찬양하는 자와 좋은 사람을 찬양하는 시를 제외하고 모든 시가가 국경에 들어가는 것을 허락하지 않는다."(『리상국』 권10) 노자와 플라톤이 문학예술에 대해 대대적으로 토벌하는 것은 철학의 근간이며 유심주의의 "이념"과 "도" 그리고 "미본체"와 "대음", "대상"에서 오는 일반으로 개별을 부정하는 형이상학적인 미학 관점이다.

(4)

플라톤과 노자는 하나는 유럽에서 하나는 아시아에서 천산만수 떨어져 서로 왕래가 없다. 하지만 신기하게도 미학관에 유사점들을 가지고 있다는 것은 확실히 사람을 깊이 깨우쳐 주고 의미있는 문제이다. 그러나 두 사람은 서로 다른 국토에서 생활한만큼 동서방의 정치, 경제, 민족, 문화 등 요소로 인하여 그들의 이러한 유사점에는 많은 본질적인 차이가 포함되어 있다.

우선 플라톤의 "미 본체"는 노자의 "대음", "대상"과 본질적으로 선명하게 다르다. 플라톤의 이념적인 "미 본체"는 종교와의 결합에서 비롯된 것으로서 농후한 신학적인 의미가 지니고 천당신령의 허무하고 어렴풋한 기질로 가득차 있다. 노자는 "도"로서의 "대음", "대상"은 신학적인 색채가 별로 없고 다만 형이상학적의 의미만 존재하고 현실 세계의 진실로 되찾는 자연의 순박한 기운으로 가득차 있다. 플라톤의 미의 이념인 "미 본체"는 "신", "영혼불사"와 긴밀하게 결합되어 있는 것인데 그는 "미 본체"는 일체 미를 창조하는 힘이고 이 힘의 원천은 바로 신령이다. 영원한 미의 이념은 세간이 아닌 천국에 있다. 마음이 순결한 사람만이 상계까지 올라가서 미 본체를 이른다.(『표드로 편』 참조) 그래서 플라톤은 신에게 언제나 공손하였다. 그는 신을 인간처럼 나쁘게 쓰는 시인들을 용서하지 않았다. "신과 신의 전쟁, 신과 신의 격전, 신이 신을 해치는 이야기를 엄격하게 금지하여야 한다."(『이상국』) 그러면서 "우리는 다시 벌을 받지 않도록 세상 사람들에게 모든 일을 함에 있어서 신을 섬기라고 권해야 한다"(『회음편』)라고 했다. 플라톤은 또 반복적으로 "영혼불사"의 설을 선양하며 "영혼이란 영혼은 모두 불후한 것"이라 여겼다. 이런 영혼은 회억의 능력을 갖추어 있으나 소수의 사람만이 회억을 통해 천국의 "미 본체", 즉 천국의 찬란한 광경을 볼 수 있다고 하였다. "지혜와 영혼을 소중히 여기는 모든 것들은 빛을 잃어 암담해지며 극소수의 사람만이 어두컴컴한 도구로 공을 많이 드려야 비슷한 그림자에서 본래의 진실을 보아낼 수 있다고 하였다. 과거의 어느 한 때는 미 본체는 우리가 보기에도 금빛찬란하였다. 그 때의 우리는 제우스의 대오에 있었고 다른 이들은 다른 신령들의 대오에 있어 그 극락의 경과 상을 보게 된 것이다."(『표드로 편』) 이 설들은 확실히 황당무계하기 짝이 없지만 플라톤은 그것을 진리로 생각하고 선양하였다. 플라톤과는 달리 노자의 "도"로서의 "대음", "대상"은 신학적인 의미가 없었다. 비록 노자의 "도"가 아주 현묘하고 후세의 도의 신도들이 노자를 교조(教祖)로 받들었지만 노자의 "도"의 본 모습은 형이상학의 도밖에 지나지 않고 철학상으로는 본체에만 지나지 않았다. 이 본체는 신이 창조한 것이 아니라 자연의 산물이다. 그래서 노자는 "사람은 땅을 본받고 땅은 하늘을 본받으며 하늘은 도를 본받고 도는 자연을 본받는다."라고 말했다.(『노자』 25장)[137] 무엇이 "도법자연(道法自然)"인가? 왕필주는 "도는 자연을 어길 수 없고 그것은 그의 본성이라. 법이 자연스러운 자는 네모나면 네모난 법이고 동그라면 동그란 법으로 자연을 어긋나지 않는데 있으니라."[138] 천지만물이 자연을 어긋나는 자는 없다. 실제상은 자연은 천지만물의 규칙을 순응하는 것이며 그의 본성을 순응하는 것이다. 자연을 자연 그대로 나아가게 해야말로 "무위이치"를 이룰 수 있다. 점검봉(詹劍峯1902.11.16~1982.3.12, 중국 철학사학가, 논리학가, 철하가)은 "노자는 '자연의 도'를 제출한 것은 당시의 종교적인 '신도(神道)'를 반대하기 위해서 이고 초자연의 사상을 반대하기 위해서 이며 외래의 임의의 부가물을 제거하기 위해서 이다. 이는 잔연만물의 본원과 형성은 자연 물질과 자연 규칙에 있다는 것을 설명하려는데 있다."(『노자기인기서 및 도론』, 203페이지)

플라톤의 미의 이념인 "미 자체"와 노자의 도로서의 "대음", "대상"의 본질적인 구별을 쉽게 볼 수 있다. 이는 플라톤과 노자의 미학 사상의 부동한 색채를 결정하였고 둘만의 독특한 심미적 정취를 형성하였다. 플라톤은 종교 신학의 "미 본체"에서 출발하여 신령을 의지하는 영감미광설(靈感迷狂說), 영혼적 추억의 숭고미를 추앙하였다. 플라톤은 작가의 창작의 원천은 신의 계시이며 작가의 영감이 탄생한 것도 신의 계시에 의한 것이며 사람들의 창작은 신의 계시에 의해 창작된 것이다. 뿐만 아니라 심미도 영혼이 하늘나라의 광경을 회상할 수 있기 때문에 숭고한 미감을 산생

---

137 "人法地, 地法天, 天法道, 道法自然。"(『老子』二十五章)
138 "道不違自然, 乃得其性。法自然者, 在方而法方, 在圓而法圓, 于自然无所違也。"

시킬 수 있으며 "미 본체"를 엿줘볼 수 있는 것이라 하였다. 플라톤은 만약 한 사람이 입교(入敎)하지 않았거나 오염되었다면 그는 매우 우둔하여 인간 세상의 아름다운 것을 쉽게 알아보지 못하며 천상계로 승화하여 미 본체에 도달할수 없다고 하였다. 방금 입교식에 참가한 사람들은 그렇지 않으나 그들이 늘 보이는 것이란 지난날의 천상계의 진실체일 뿐이다. "만약 그가 신명의 10분에 1의 모습이나 미 본체를 성공적으로 본딴 그림자를 그릴 수 있으면 천상계에서 헤메이고 방황해하던 나날들을 돌이켜보며 우선 소름을 끼치게 되며 이런 미의 모양을 다시 응시하게 된다. 이에 따라 그의 마음속에는 경건함이 살아날 것이며 신을 존경하듯이 그를 존경하게 된다!"(『표드로 편』) "그때 그는 아름다운 왕양의 바다를 보고 정신을 집중하고 마음속으로 끝없이 기뻐하며 무량한 아름답고 숭고한 도리를 품어내여 풍부한 철학적 수확을 거둘 것이다. 정력이 차넘치고 그는 마침내 유일하게 모든 포함한 학문 즉 미를 대상으로 하는 학문을 깨닫게 된다."(『회음편』) 종교신학의 "미 본체"에서 온 "황공함"이 섞인 숭고 미와 신령을 의지하는 영감 미광설의 심미적 기조는 사람의 심현을 울리는 장려한 미라고 말할 수 있다. 이것은 바로 플라톤의 미학 사상의 특색이다.

플라톤과는 전혀 다른 노자는 인간의 숨결이 가득한 자연의 도에서 출발하여 조각을 반대하고 화려함을 반대하며 자연의 소박한 미를 추앙하였다. 여기에는 신령이 의지하는 미혹도 영혼의 추억의 숭고함도 없다. 다만 자연 그대로의 아늑함이 있을 뿐이다. 루쉰은 "늙은 것은 부드러운 것을 숭상하는 것"이라고 했다.(『출관』의 "관") 노자가 스스로 말했듯이 "유약은 상위"(『노자』 76장)[139] "천하에 물보다 연약한 것이 없으며 강한 자들은 그를 공격하여도 이기는 자가 없다."(『노자』 78장) 그러므로 약함이 강함을 이기고 연약함이 견강함을 이긴다. 이런 연약함은 미학적으로 도에 맞는 자연스

---

139 "柔弱處上。"(《老子》七十六章)

럽고 순박한 "대음", "대상", 즉 담백하고 소박한 미를 보여준다. 이러한 자연스러움과 소박한 유미(柔美)가 바로 노자 미학 사상의 특징이다. 그리하여 노자는 인위적인 수식을 반대하며 진정한 미는 사람의 수식이 아니라 자연과 소박함에 있다고 하여 "희언자연(希言自然)"이 나타나게 된다.(『노자』 23장) 그리고 또 "명하려 하지말고 자연에 순응하라"(『노자』51장)[140] "일을 처리함에 있어서 실질을 중히 하고 화려함을 버려라"(『노자』38장)[141] "담담한 것을 보고 검박한 것을 안거라"(『노자』19장)[142], "질이 진지로우면 변함이 없다"(『노자』41장)[143]이라 하였다.

플라톤의 "미 본체"와 신을 떠받드는 광기와 숭고한 미학 사상이 서양미학에 지대한 영향을 미쳤고 노자의 "대음"과 "대상" 그리고 자연을 추앙하는 소박한 미학 사상은 중국의 미학에 대해서도 커다란 영향을 미쳤다. 그들의 미의 본질에 대한 탐구는 중·서 미학 이론과 문학예술과 민족 특색의 형성에 대해서 결정적인 작용을 일으켰다. 서방에서는 플라톤의 "미본체"나 플라톤의 미의 본질에 대한 탐구가 서방 미학계의 본질에 대한 탐구의 서막을 열었다. 그 후 서방의 미학 연구의 핵심문제는 바로 미 본체 즉 미의 보편적 법칙과 본질이다. 이러한 "미 본체"에 대한 길고 끈질긴 추구는 결국 서방의 미학사에서 가장 현저한 특색을 이루었다. 고대 로마에서부터 플로티노스는 플라톤의 발자취를 따라 그의 미학 저작의 중심적인 문제를 탐구했다. "미란 무엇인가?" 그의 대답은 "미는 언제나 저편 세계에 속한다는 것이었다."(『구장집』) 중세의 "성인" 아우구스티누스는 "미는 하느님에 있다"고 했다. 르네상스 시대의 시인 타소는 "미는 자연의 한가지 작품이다"라고 생각했다.(『논영웅체시』) 영국의 17세기 철학자 휴머는 다음과

---

140 "夫莫之命而常自然"(『老子』五十一章)

141 "处其实, 不居其华"(『老子』三十八章)

142 "见素抱朴"(『老子』十九章)

143 "质真若渝"(『老子』四十一章)

같이 지적했다. "미란 사물 자체의 성격이 아니다. 그것은 관람자의 마음속에만 존재한다."(『논문집』권1) 프랑스의 저명한 계몽 사상가 디드로는 미는 관계라고 지적하였고 독일 고전주의 미학의 걸출한 대표 헤겔은 "미란 이념의 감성의 발로"라고 주장한다. 러시아 혁명 민주주의 문예 이론가인 체르니셰프스는 유명한 "미(美)는 생활이다"라는 관점을 제기했다. 이 몇 가지 예만으로도 플라톤의 "미 본체"가 미학사에서의 중요한 지위와 그 엄청난 영향을 설명하기에 충분하다. 플라톤의 미의 이념인 미 본체는 후세사람들이 미의 본질에 대한 탐색을 촉진할 뿐만 아니라 서방 문예 학술의 핵심 문제인 "전형론"에도 큰 영향을 미쳤다. 또한 그가 추앙하는 영감미광설은 서방의 문학예술에도 지대한 영향을 미쳤다.

중국 미학에 대한 노자의 영향은 플라톤의 서방에서의 영향보다 못지않게 크다. 먼저 노자의 "대음희성, 대상무형"설은 후세에 예술미의 신비를 탐구하는 대문을 열어 주었다. 후세사람들은 불합리한 면을 버리고 그 정수를 받아들여 "무언지미(無言之美)", "이형득사(離形得似)"의 미학 이론을 제기하였다. 개별적인 형색성모(形色聲貌)에 얽매이지 말고 형상으로부터 개별적인 형색성모를 능가하는 의미의 영원한 미를 파악하여야 한다. 이른바 "상밖의 상, 경밖의 경", "운외의 경"(사공도) "의경은 상밖에서 태어나다"(유우석) "글로 그려내기 힘든 경치로, 경치는 눈앞에 있어도 그 뜻은 그 밖에 있네"(매요신) 또 "성정을 보게끔 글은 보지 않는"것을 추앙하였다.(교연) 다시 말해서 "천상의 소리, 모양속의 색채, 물속의 달, 거울속의 상이라 말은 끝이 있지만 의미는 끝이 없는"(엄우)[144] 심미적 경지이다. 이를 통해 노자의 "대음희성, 대상무형"설은 중국의 미학 이론 내지 그 핵심 문제는 "의경설"의 산생에 대한 커다란 영향을 쉬이 보아낼 수 있다.

---

[144] "象外之象, 景外之景", "韵外之致"(司空图); "境生于象外"(刘禹锡); "状难写之景, 如在目前, 含不尽之意, 见于言外"(梅尧臣). "但见性情! 不睹文字"(皎然), 如 "空中之音, 相中之色, 水中之月, 镜中之象, 言有尽而意无穷"(严羽)

예술기원론

들어가는 말

　문학예술은 모든 시대에 있어서 없어서는 안 될 정신적 식량이다. 그런데 이는 어떻게 산생되였는가? 대답하기 어려운 문제이다. 중국과 서양의 이론가들은 장기간의 토론을 걸쳐 심입하여 탐구하여 여러가지 부동한 의견을 제출하였다. 모방에 의해 산생된다는 의견들도 있고 감상에 의해 산생된다는 의견들도 있으며 유희에 의해 산생되는 의견도 있다고 하였다. 또는 문학은 도에서 온다고 생각하는 자도 있고 문학은 신에서 비롯된다고 여기는 사람이 있는가 하면 문학은 성애에서 온다고 생각하는 사람도 있다. 그야말로 가지각색이었다. 그러나 수천년동안 서방을 제패했다는 설법은 아리스토텔레스의 "모방설"과 플라톤의 "이념론"이다. 수천년동안 고대 중국을 지배했던 논점은 유가학파의 "물감설"과 "문도론"이다. 본 장에서는 이 두가지 이론을 위주로 중국과 서양의 예술 기원론을 간략하게 비교해 보겠다.
　예술의 기원론과 관련된 것에 대해 중국 국내 문론계에는 아직도 비정상적인 현상이 존재한다. 많은 교재와 전문 저서에서 예술의 기원론을 언급할 때 거의 그리스만 언급하는데 중국 고대의 예술의 기원에 관한 논술을 전혀 언급하지 않아 중국에서는 문학이 기원하지 않은 듯 싶었다. 예를 들면, 전국의 대학교 인문학과 교과서인『문학의 기본원리』(이군주필, 1983년 수정본 제3판)은 "문학의 기원"이라는 절에서 며몇의 예술 기원론을 소개하고 역대의 문예 평론가를 지적하였으며 문학예술의 기원문제에 대하여 여러가지 해석을 제기하였다. 그중 주로 다음과 같은 것들이 있다. 첫번째는 유희설: 이러한 설법은 칸트에 의해 생성되었고 그후는 실러(Schiller)와 스빈세(Herbert Spencer)등에 의해 발전되고 완화되었다. 두번째는 무술설: 이런 설법은 프랑스의 고고학자 레나크(S·Reinach)가 최초로 제출했고 그는 원시인의 모든 창작활동이 원시종교(무술)의 직접적인 표현이라고 생각했다. 세번째는 심리표현설: 19세기 후기 유럽의 일부 자산계급 심리 학파의 학자들은 주로 이런 설법을 선전하는데 그들은 인간이 어린 아이였을 때부터 자기 감정을 표현하려는 본능을 가지고 있다고 생각한다. 네번째는 비교적 오래된 설법인데 고대 그리스의 "모방설"(『문학의 기본원리』, 53~55 페이지)이다. 위에 열거한 네가지 예술 기원론은 모두 서양의 것이다. 책에서 중국 예술 기원론에 대해서는 한마디도 언급이 없었다! 전문저서로는 주적(朱狄)이 쓴 『예술의 기원』은 중국 예술 기원 문제를 담론한 부분이 비교적 많은 책이다. 『예술의 기원』에서는 중국고대의 시, 악, 문자등 여러 방면의 재료들로 소개하면서 모방설, 감정설, 노동설, 유희설, 무술설, 부호설, 욕망승화설, 투사설 등 다양한 예술 기원론을 소개했는데 중국 예술 기원론에 대해서는 언급하지 않았다. 중국에는 정말 예술 기원론이 존재하지 않는가? 그렇지 않다! 중국 고대에는 예술 기원론뿐만 아니라 매우 빛나는 견해도 많이 존재한다. 예를 들어 중국 고대의 "물감설"은 그 이론의 내포와 후세에 미친 영향은 아리스토텔레스의 "모방설"에 비해 손색이 없다. 또 중국의 "정감표현설"은 서방의 "정감설"에 비하여도 부족함이 없다. 아래 중국 고대의 몇가지 예술 기원론을 간단히 소개하겠다.

먼저 "정감표현설"에 대해 소개해 보자. 『문학의 기본원리』에서는 "심리표현"을 예술 기원론의 하나로 하였으며 주적의 『예술의 기원』이란 책에서도 "정감표현"을 예술 기원론의 하나로 꼽았다. 이런 견해의 대표로는 톨스토이다. 톨스토이는 "예술은 자신이 경험한 감정을 다른 사람에게 전하기 위해 자신의 마음속에 존재하는 그 정감을 다시 불러일으켜 어떤 외적인 표지로 표현해내는데서 표달된다"고 주장했다. 즉 "저자가 경험한 감정이 관객이나 청중을 감화시키는 것이 예술"(『예술론』, 5~6 페이지)이다. 실제로 이런 정감표현설은 중국에서는 이미 오래전부터 분명히 제출해 왔으며 보편적인 인식이였다. 중·서 문학예술의 본질적 특징을 살펴보면 고대 서방은 모방을 치중하는 서사가 위주이고 고대 중국은 서정적인 표현에 편중되어 있기 때문에 상대적으로 중국 문예는 감정을 더 강조하였다. 그리하여 중국의 예술 기원론은 감정적인 표달에 착안하는 경향이 있다. 선진 양한 시기에는 "서정언지설(抒情言志說)"이 있고 "발분저서설(發憤著書說)"이 있으며 육조에는 "연정설(緣情說)"이 있다. 정감 기원론은 거의 대대로 전해졌다. 육유는 "일반보다 더 뛰어난 감정은 울분을 마음속에 모아 침묵하다가 토로할 때 시가 된다. 아니면 시라 할 수 없다."(『담재거사서』,『위남문집』 권15) [1]고 하였다. 탕현조는 "세상은 모두 정을 위주로 하고 있다. 정에서 시가가 태여나 신(神)에 의해 행한다. 천하는 성색(聲色), 대소(大小), 생사(生死)는 모두 정을 떠날 수 없다. 이리하며 사람의 뜻은 흔들리고 즐겁게 춤을 춘다. 비장하고 슬프게 귀신과 풍우, 짐승, 초목을 감지한다. 초목이 흔들리고 금석이 갈라지는 것도 역시 정으로 볼 수 있다."(『옥명당문』의 (四) 『이백마고유시서』)[2]고 말하였다. 소순흠은 "시의 작자는 인생을 함께 하는 사람이라. 사람은 즐거움, 슬픔, 비분함을 반드시 언어로 풀고, 능한 자는 비로소 법칙에 따라 전하니 유행이 무궁무진하여 가이 귀신한테 전하고 교류할 수 있네."(『석만경시집서』,『소순흠집』, 192 페이지 참조)[3]라고 하였다. 청나라 사

---

1 "盖人之情, 悲愤积于中而无言, 始发为诗, 不然, 无诗矣。"(『淡斋居士诗序』, 见『渭南文集』卷 十五)

2 "世总为情, 情生诗歌, 而行于神。天下之声音笑貌、大小生死, 不出乎是。因此惝荡人意, 欢乐 舞蹈。悲壮哀感鬼神风雨鸟兽, 摇动草木, 洞裂金石。"(『玉茗堂文』之四『耳伯麻姑游诗序』)

3 "诗之作, 与人生偕者。人函愉乐悲郁之气, 必舒于言, 能者财之传于律。故其流行无穷, 可以播 而交鬼神也。"(『石曼卿诗集序』, 见『苏舜钦集』, 192页)

람 김성탄(金聖叹)은 『시의 본원』을 논하면서 "시는 이물과 달리…… 만약 그 근본을 따진다면 단지 사람마다 혀가 날카로워 한 마디라도 하려 할 뿐이다."(『여가백장문창』,『척서신권』 제1집권5 참조)[4]라고 하였다. 원매는 더욱 명확하게 "시를 짓는 자는 정에서 생겨나니 정으로 해소할 수 없는 일은 후세에 전해지는 불후의 시를 남길 수 있다"(『답례원론시서』,『소창산방문집』의 권30 참조)[5]고 하였다. 중국 문학예술이 서정면에서 돌출하였기 때문에 이러한 예술 기원론의 증거와 자료는 중국 고대 문단에서 헤아릴 수 없을 정도로 많다. 수천년 동안 수많은 문예 이론 가들이 이에 대해 계속 논해 왔다. 그러나 오늘 날의 우리 이론가들은 이를 외면하고 워즈워스, 톨스토이, 크로체 등 서방 문론가들의 설법만 인정하는 것은 실로 이상한 일이 아닌가?

　다음은 이른바 "무술설"에 대한 소개이다. 서방의 무술설은 영국의 저명한 인류학자 에드워드·테일러가 그의 『원시문화』 제4장에서 처음 제기했다. 그는 "근거없는 야만인의 세계관은 모든 현상을 인격화된 신령의 역할"이라고 주장했다. 토마스·망로는 "조기 마을 정착생활의 단계에서 무술과 종교가 발전되고 체계화되었는데 우리가 지금 예술이라 부르는 형식은 일종의 무술의 도구로서 시각이나 청각의 동물적 이미지를 모사하고 사람의 형상이나 자연 현상을 재현하는 것으로 늘 그림, 우상(偶像), 가면과 모방성인 춤으로 표현한다. 이런 것을 모두 교감무술이라 한다."라고 지적했다.(토마스·망로『예술의 발전 및 기타 문화사이론』, 466~467 페이지) 이러한 무술 제사에서 유래된 예술의 기원론에 관해서는 중국 고대에도 일찍이 논술한 바 있다. 『예기』는 예악의 기원에 대하여 "고현주재실(故玄酒在室), 예재재호(醴盏在户), 제제재당(粢醍在堂), 징주재하(澄酒在下), 진기희생(陈其牺牲), 비기증

---

4 "诗非异物……若其本源, 不过只是人人心头舌尖万不获已, 必欲说出之一句说话。"(『与家伯长文昌』,见『尺牍新钞』第一集卷五)

5 "且夫诗者, 由情生也。有必不可解之情, 而后有必不可朽之诗。"(『答载园论诗书』,见『小仓山房文集』卷三十)

조(备其鼎俎), 예기금슬(列其琴瑟), 관반(管磬), 종고(钟鼓), 수기축하(修其祝嘏), 이강상신여기선조(以降上神与其先祖)."(『예운』) 여기서 말하는 금슬, 관반, 종고지악은 모두 신을 즐겁게 하기 위한 제사이다. 왕일(王逸)의 『초사장구·구가서』에서 "옛날 초나라의 서울은 남영이다. 원(강이름)과 상(강이름) 사이에서는 풍속이 있는데 귀신을 신봉하고 제사를 많이 지내는데 제사에서 반드시 노래를 하고 춤을 추며 흥으로 신을 섬긴다."[6]고 명확히 논하였다. 중국 고대에 이런 이론이 있었기에 왕국유와 유사배(劉師培)는 이 기초에 의하여 문학기원의 무술론을 비교적 완정하게 제기하였다. 왕국유는 그의 작품 『송원희곡고』에서 "'가무의 흥은 옛 무속에서 시작되었는가? 무당의 흥은 상고의 세상에서 부터 시작되었다 ……. 무당의 제사에서는 반드시 춤과 노래로 신령들을 섬긴다.'『설문해자』(5)에서 '무당이란 축이다. 여자는 신을 섬김에 있어서 형태가 없는 춤으로 신이 강림하게 한다. 사람들은 그의 춤과 노래를 하늘의 규칙과 같다고 찬양한다.'라 하고 『상서(商書)』에서는 '늘 궁중에서 춤을 추고 때때로 마음껏 노래하니 소위 그때의 무속풍습이라' ……. 효험이 있으면 무속을 직으로 맡고 혹은 거만하게 신처럼 자칭하며 혹은 소매를 날리며 음악으로 신과 교류한다. 이런 것들은 후세에 계승받아 희극이 맹아하며 이를 간직하는 자도 있다.'"(『왕국유희곡논문집』, 4~6페이지)[7] 유사배는 명확히 문학은 무속과 경축제사의 관원들한테서 산생되었다고 지적하였다. "고대의 문사는 모두 제사에서 나타난 것이기에 무속축사의 직무는 문사에 특별히 능한 업종이다. 지금의 『주례』도 주로 무당

---

6 王逸『楚辞章句·九歌序』云:"昔楚国南郢之邑, 沅湘之间, 其俗信鬼而好祠, 其祠必作歌乐鼓舞以乐诸神."

7 "歌舞之兴, 其始于古之巫乎? 巫之兴也, 盖在上古之世。……巫之事神, 必用歌舞。『说文解字』(五):'巫, 祝也。女能事无形以舞降神者也。象人两衰舞形, 与工同意。'故『商书』言:'恒舞子宫, 酣歌于时, 时谓巫风。'……是则灵为职, 或偃蹇以象神, 或婆娑以乐神, 盖后世戏剧之萌芽, 已有存焉者矣。"(见『王国维戏曲论文集』, 4～6页)

이 만들어 낸 것이며 만약 상황에 따라 제사의 문장들의 소속을 가르면 문장의 각 장르는 다수가 그곳에서 나왔다 할 수 있다. 또 송(頌)이란 성공을 신명한테 알리는 것, 명(銘)이란 선조의 공적을 노래하는 것, 역시 제사와 상관련된다. 그후의 문장은 모두 운문이다. 비록 제사때의 글과는 부동하나 종합하여 보면 모두 제사의 예의에서 나온 것이다. 문장의 유별을 고증하려면 모두 종묘제사를 떠날 수 없다."(『문학출어무축지관설』,『좌암집』 제8권)[8]

다른 한 편 주적은 『예술의 기원』이라는 책을 통해 미국 고고학자 마샤크의 이론인 "예술 기원은 기호에서 왔다는 설"을 소개하였다. 마샤크는 삼만년전 구석기 시대의 뼈에 무늬를 새긴 수공예 제품을 보고 연구를 시작하였는데 예술의 기원은 계절 변화의 부호에서 온것이라는 것을 발견하였다. 마샤크는 만약 예술은 낙서의 기초상에서 기원 되는 것이 아니라면 심미경험의 기초상에서 건립된 것도 아니고 형상의 의미에서 건립된 것이고 정확한 시간관념을 표명하고자 하는 의도에 온 것이라 하였다. 그럼 이런 수자를 표기하고 기록하는 부호 및 이런 부류의 부호 창조와 기재 능력의 발전은 모두 경제 생활과 밀접한 연관이 있다. 만약 선사 시대의 사람들은 경제와 제사 활동은 결정된 시간에 따라 진행된다면 따라서 이런 부호들은 또 기타 문화 활동에 복무할 수 있다. 이렇게 이런 형상 부호들은 원시 시대 문화의 일종 패턴으로서 예술은 이런 부호들에 의해 산생되었다.

만약 마샤크의 이런 표현도 일종의 예술 기원론이라고 할 수 있다면 중국 고대인들이 이미 이런 학설을 접하게 되었다. 중국의 『역(易)』의 팔괘(八卦)는 일종 이미지의 상징성에 세워진 기호이다. 실제로 중국 고대인들

---

8 "盖古代文词, 恒施祈祀, 故巫祝之职, 文词特工。今即『周礼』祝官职掌考之, 若六祝六祠之属, 文章各体, 多出于斯。又颂以成功告神明, 铭以功烈扬先祖, 亦与祠祀相联, 是则韵语之文, 虽匪一体, 综其大要, 恒由祀礼而生, 欲考文章流别者, 曷溯源于清庙之守乎!"(『文学出于巫祝之官说』,见『左庵集』,第八卷)

은 예술의 기원이『역』의 팔괘에서 비롯됐다고 인식하였다.『문심조룡·원도』는 "인간의 글의 시작은 태극에서 이고 신명을 극찬하는 것이라면『역』이 먼저 떠오른다. 복(중국 고대 전설상의 제왕 복희씨)의 희생을 그린 그림을 시작으로 공자를 끝으로 하였다. 그러나『건』,『곤』둘은 독창적인 언어를 썼다. 말하는 것이 글인데, 천지의 마음이라! 만약『하도』가 팔괘를 낳았다면『낙서』는 구주(九疇)가 내포되어 있다. 옥판금루의 실질(玉版金镂之实)과 단문녹첩의 화려함(丹文绿牒之华), 그것을 만든 자는 누구였는가? 이 또한 신명의 뜻일 뿐이다."[9] 이 뜻은 즉 인류 문화는 우주에서 기원되었다는 말이다. 이 미묘한 이치를 깊이 있게 천명한 것은『역경』에 나오는 기호가 가장 먼저인 셈이다. 복희는 먼저 팔괘를 그렸고 마지막에 공자는『십익(十翼)』을 썼다. 황하에 있는 용헌도(龍獻圖)는 팔괘를 내포하였고 낙수(중국에 있는 강이름)에는 구헌서(龜獻書)가 들어 있다. 이로서 "구주"를 빚어내고 옥판에 금자를 새겼으며 푸른 대쪽에는 붉은 글씨가 씌어있어는데 누가 만들었는가? 신의 계시일 뿐이다. 이러한 예술 기원 기호설에 대하여 소통의『문선서』는 더욱 명확하게 해석하였다. "먼저 시작된 법칙을 볼 때 현묘한 바람이 불었다. 동혈, 하조 때 털을 먹고 피를 마시는 세상에서 백성은 순박하고 글을 짓지 않았다. 천하가 복희씨것이 였을 때 팔괘를 그리기 시작하였고 책을 만들며 줄에 매듭을 지어 일들을 기록했는데 이것으로 인해 문장이 산생되게 되었다.『역』에서는 '천문을 보고 사시장철의 변화를 살피고 인문을 보아 천하를 다스리네'라고 문학은 시대에 순응하여야 멀리 갈 수 있는 것이어라!"[10] 이러한 논술은 예술 기원론이 아니겠는가? 설득력 있

---

9 "人文之元, 肇自太极, 幽赞神明,『易』象惟先。庖牺画其始, 仲尼翼其终。而『乾』、『坤』两位, 独制文言。言之文也, 天地之心哉!若乃『河图』孕乎八卦,『洛书』韫乎九畴, 玉版金镂之实, 丹文绿牒之华, 谁其尸之?亦神理而已。"

10 "式观元始, 眇觌玄风。冬穴、夏巢之时, 茹毛饮血之世, 世质民淳, 斯文未作。逮乎伏羲氏之王天下也, 始画八卦, 造书契, 以代结绳之政, 由是文籍生焉。『易』曰: '观乎天文, 以察时变; 观

는 사실은 중국이 수천년전에 다양한 예술 기원론을 가지고 있었다는 점이다. 또 어떤 견해들은 서방 학자들의 견해보다 손색이 없었으며 다만 정리가 안 된 점에서 아쉬울 뿐이다. 지금까지도 국내의 많은 학자들은 이에 대해 전혀 모르고 있다. 이런 관점을 전환하는데 발걸음을 다그칠 필요가 있다. 편폭의 제한으로 이 부분은 "물감설", "모방설", "문도론", "이념론"을 상세히 비교하였고 이로부터 사람들이 중국 고대 예술 기원론에 중시를 불러일으키길 바란다.

제1절 물감과 모방

문학예술은 왕왕 한 민족의 정신적인 기질을 나타내는 동시에 한 민족의 정신적인 기질에 영향을 줄 수 있다. 대체로 한 민족의 형성초기에는 어떤 중요한 문예 기원론은 민족 문화에 지대한 영향을 미치고 그 문예 창작을 지도하며 여운을 남기고 천 년 동안 쇠퇴하지 않는다. 만약 우리가 이 중요한 이론들의 근본적인 특징들을 정확히 장악할 수 있다면 이것은 우리가 과거의 문학예술, 미학 사상을 인식하고 오늘 날의 문예 창작 그리고 이론 연구를 지도하는데 아주 큰 도움이 될 것이다.

본 절은 곧 "물감설(物感說)"과 "모방설(模仿說)"의 비교를 통해 양자의 이동점을 찾아내어 각자의 특징과 그가 미친 중대한 영향을 알아보려 하는데 있다.

"모방설"은 무엇이며 "물감설"은 무엇인가? 아리스토텔레스는 그의 저

乎人文, 以化成天下。'文之时义, 远矣哉!"

작『시학』에서 "일반적으로 시의 기원은 두 가지 이유가 있는데 모두 인간의 천성에서 온다. 인간은 어릴 때부터 모방 능력이 있고 인간과 짐승의 구별의 하나는 모방에 능한 것이며 그들의 최초의 지식은 모방에서 온 것이고 사람들은 모방한 작품에 대하여 쾌감을 느낀다." 그래서 아리스토텔레스는 예술은 모방의 산물이며 문예의 공통적 특징은 모방에 있다고 생각하였다. 그는 "사시와 비극, 희극과 주신송 그리고 대부분의 피리와 하프, 이 모든 것은 사실상 모방이며 단지 세가지 차이점이 있다. 즉 모방하는 매개체가 다르고 취하는 대상이 다르며 취하는 방식이 다른 것이다."고 말하였다. 이상으로 아리스토텔레스는 문예는 모방에서 기원하였고 문예는 모방의 산물이며 모방은 문예의 특징이다. 이른바 "모방설"이다.

중국에서 "물감설"을 최초로 명확히 한 것은 유가의 경전 중 하나인『예기·악기』였다. 『악기·악본편』에서는 "무릇 모든 소리는 사람의 마음에서 시작된다. 사람의 마음이 움직이 듯이 사물도 움직인다. 느낌은 사물에 따라 움직이며 소리도 마찬가지 이다. 소리는 서로 대응되므로 변하고 변하면 모양을 이루고 상사물에 감응하여 움직이다. 소리는 쌓이면 변하고 변하면 모양을 이루고 소위 음으로 된다. 음에 비해 악스럽고(比音而乐之), 음의 피모에 달하면 악이라(及干戚羽旄谓之乐). 악자, 음에 의해 생하야(音之所由生也), 사람의 마음속의 감정도 같은 것이다."(여기서 '악'이라 함은 단지 음악이 아니라 일종의 춤, 시, 음악이 일치로 되는 종합 예술을 말한다.) 『악기』에서는 문예의 탄생은 외계의 감각 때문이라고 명확히 제시했다. "느낌에서부터 만물이 움직인다"하면 충동이 생기게 되어 이른바 "정은 마음에서 생겨 언어로 드러난다."(『모시서』) "말이 부족하면 긴말로 하고 긴말이 부족하면 감탄사로 하고 그것도 부족하면 손을 움직이고 그것도 부족하면 춤으로 표현한다."(『악기·사을편』) 문학예술은 바로 외적 물질이 서로 감응하여 생겨난 것이다. 『악기』가 "물감설"을 제기한 이후 후대의 많은 이론가들이 이 설을 지지하고 있었다. 유협은 "사람은 칠정을 지니고 있고 외적 사물의 자극을 받으면 일정한 감응을 받게 된다. 이에 의해 마음속의 감정을 표현하는 것은 자연스러운 것이다."(『문심조룡·명시』) 육기는 "감물"을 구체적으로 "사계절이 변함에 따라 부동한 감탄을 하며 자연의 만물이 소생을 보면서 여러가지 생각을 하게 되고 가을에 나무잎이 떨어지는 것을 보고 슬퍼하고 봄에 나무잎이 피여나는 것을 보고 즐거워한다."고 밝혔다.(『문부』) 종영도 "기는 사물의 변천을 결정하고 사물의 변화는 사람을 감동시키므로 사람의 감정을 움직이는 것을 마땅히 칭송하여야 한다"고 제기하였다.(『시품서』) 송나라 대학자 주희는 이에 대하여 "누가 나한테 물었다. '시는 무엇을 위해 창작 하는가?' 나는 이렇게 답했다. '사람은 태여날 때부터 평온한데 이는 하늘이 주신 성격이다. 물질의 움직임을 느끼는 것은 사람의 욕망이다. 일단 욕망이 생기면 반드시 사고하고 반드시 언어로 표현하게 된다. 언어로만 다 표현할 수 없으니 감탄을 하게 되고 또 자연스럽게 음률이 생기여 사람들로 하여금 푹 빠지게 하였다. 이로서 시를 창작하게 된다"고 하였다.(『시집전·서』) 명나라의 서정경(徐禎卿)은 『담예록』에서 "정은 마음의 정신이다. 정이 움직이므로 흥을 유발하고 소리로 나타난다. 기쁨은 웃음의 침묵이고 슬픔은 감탄의 유희이고 분노는 호된 질책이다. 그렇게 음이 되고 기는 부차적이고 음으로 글이 된다. 그럼으로 정은 기를 낳고 기는 소리로 되고 소리는 글로 되며 글로 인하여 음률을 정하고 이는 시로 된다"라고 말하였다.(『역대시화』, 765 페이지 참조) 청나라 사람인 주정진(朱庭珍)은 『소원시화(篠圓詩話)』 4권에서 "시는 말 뜻과 성격을 표현하는 도구이다. 침묵속에서 감촉이 있으면 움직이고 그에 따라 움직이면 정이 생긴다. 정이 생기면 의지가 확립되고 의지가 있으면 기탁이 있고 소리에 의탁하고 소리와 단어가 조합되면 시가 된다. 그럼으로 정감 표현을 양성해야 하고 감정이 없는 사람은 절대 정감 표현의 시를 쓸 수 없다. 기를 양성하면서 정감을 기르고 이는 시의 근원이다. 정으로 시를 낳은 것은 모든 시작가들의 창작원천이다"라고 하였다. 이로하여 "물감설"의 영향은 아주 심원했다.

위에서의 간단한 소개로 "모방설"과 "물감설"은 공통점이 있다는 것을 알 수 있다. 첫번째 공통점은 문학예술의 탄생을 논하기 위해 제안했고 거의 동시에 제기되었다.[아리스토텔레스는 기원전 384 - 322년에 살았고, 『악기』는 약 전국시대(기원전 403-221)에 성서되었다.] 아래 우리는 또 "모방설"과 "물감설"의 두번째 공통점을 보아낼 수 있다. "모방"과 "감물"은 객관세계에 달려 있을 뿐만 아니라 주관적인 자아와도 밀접한 관련이 있다. 아리스토텔레스는 "모방"은 우리의 천성이고 음조와 리듬감("운문"은 명백히 리듬을 갖춘 단락임)은 우리의 천성에서 생성되었는데 처음에는 이런 자질을 가장 많이 지닌 사람은 이를 발전시켰고 그 후 시가를 창작하였다. 아리스토텔레스는 모방은 인간의 본능이며 "인간의 천성"에서 비롯된 것이라고 생각했다. 또 사람은 어릴 때부터 모방 본능이 있다고 생각한다. 사람은 모방하는 것에 대해 항상 쾌감을 느낀다. 그런 점에서도 『악기』는 같은 관점을 갖고 있다. 『악본편』에서는 "사람은 태여날때부터 조용한 것이어서 천성도 그렇하다; 사물에 혹하여 감촉하게 되는 것 이는 본능이다."고 하였다. 『악화편(樂化篇)』에서는 "음악은 기쁨을 뜻한다. 이는 사람의 감정에서 제거할 수 없는 존재라"고 하였다. 여기에서 심미적 향수를 추구하는 것은 인간의 본능적 욕구이며 불가피하다는 점을 분명히 제기하였다. 외적인 것에 감명을 받으면 시를 읊고 춤을 추기 마련이다. 순자는 "눈은 아름다움을 보기 좋아하고 귀는 좋은 소리를 듣기 좋아하고 입은 맛있는 음식을 좋아하고 마음은 이익을 좋아하고 몸은 안락하고 편안함을 좋아한다. 이는 사람의 본성이다."(『순자·성악』)라고 하였다. 『모시서』에서도 시인은 외물에 감응하고 "사람을 해치면 윤리는 페하게 되고 가혹한 정치는 비난하자." 그러므로 필연적으로 "정성을 읊고 그 풍류를 표하는 것이 상책이다."(『시·주남·관추서』)라고 제기하였다. 그러나 이 "남녀의 정"은 "백성의 본능"이다. 그들은 공통적으로 문학예술의 산생은 인간의 본능적인 욕망과 밀접히 관련이 된다는 것을 인식하고 있다. 인간은 왜 '모방'을 해야 하는가? 모방을 통해 심미적 쾌감을 얻을 수 있고 천성을 모방하여 쾌감을 얻도록 부추기기 때문이다. 마찬가지로, 사람들은 사물에 감명을 받고 움직이면 "본성의 욕망"을 만족시키고 감정을 억누르지 않고 춤을 추면서 심미적 쾌감을 얻는다. 이것은 "사람의 정은 피해갈 수 없는 것"이다. "모방"도 객관외물에 의존해야 모방의 대상이 있고 "감물"도 객관적 외물에 의존해야 물질의 뜻을 읊는다. 그런 의미에서 객관성은 기초이다. 그러나 심미 수요가 없고 미를 추구하는 본능적인 욕구가 없다면 "감물"도 없고 "모방"도 없다. 그런 의미에서 "천성", "본능"은 부인할 수 없는 역할을 한다. 객관과 주관, 외물과 천성은 여기에서 조화롭게 통일되었다. 이 점에서, "모방설"은 "물감설"과 얼마나 유사한가! 물론, 그것들 사이에는 유사하지 않은 것들이 더 많이 있다. 그것들의 유사하지 않은 점으로부터 우리는 각각의 특징을 확실히 인지하고 더 많은 유익한 힌트를 얻을 수 있다. 그럼, "모방설"과 "물감설"사이에는 어떤 차이점이 있는가? 주로 다음과 같다고 생각한다.

(1) 표현 및 재현

비록 "모방설"과 "물감설"은 모두 주, 객관의 두방면의 요소를 보지만 각각 차이가 존재한다. "모방설"은 실사적으로 객관적 외물을 재현하는 것을 강조하고 "물감설"은 진실한 내면을 표현할 것을 요구한다. 즉 "모방설"은 "재현"을 말하고 "물감설"은 "표현"을 말한다.

아리스토텔레스는 "모방"이란 외물을 아름답게 그려내려는 것으로 진짜처럼 흉내만 내면 사람들에게 쾌감을 주고 심미적으로 즐길 수 있는 것이라고 생각했다. 그는 "진짜와 똑같이 묘사하는 그림은 보는 이로 하여금 쾌감을 느끼게 한다"라고 말했다. 아리스토텔레스는 심지어 추악한 형상이라도 "사물 자체만 보더라도 통증을 유발한다"며 "예를 들어 시체나 가장 경멸할 만한 동물적 이미지", 단지 진짜와 같이 묘사하면 사람으로 하여금 "쾌감을 느끼게" 한고 히였다. 아리스토텔레스가 보았을 때 "모방"은 꼭 진실되어야 하고 진실로 되기만 하면 추악한 것도 미화될 수 있다고 생각한다. 이러한 "모방"은 소위 "재현"이다. 이와 반대로 "물감설"은 "표현"에 치중한다. "감물"이라는 말은, "물"이 제1성의 물건이지만 외물은 미의 핵심은 아니다. '감물'의 관건은 "감"에 있고 감이 있으면 움직임이 있고 움직임이 있으면 나타나는 것이 있고 그것이 집중되면 겉으로 들어나는데 이것이 아름다움이다. 하여 『모시서』에서는 "시는 인간의 감정 의지의 한 형태이고 마음을 품으면 감정, 의지로서 그것을 말로 표현하면 시이다. 감정이 격동되면 그것을 시적인 언어로 표현하고, 말로 표현할 수 없으면 탄식으로 이어지며 한숨을 내쉬고도 마음껏 다하지 않으면 목을 놓아 노래하고 노래를 불러도 만족해하지 않는다"라고 하였다. "감물"은 원인일 뿐 "감물"에 의해 "정지(情志)"가 싹트고 "정지"에서 "노래와 시"로 발단되는 것은 모두 결과라고 할 수 있다. 아리스토텔레스와는 반대로 여기서 말하는 아름다움은 "생동(惟妙惟肖)"적으로 객관사물을 그리는 것이 아니라 마음의 정감 표현에 달렸다. 그럼으로 『악기』에서는 "온화한 감정이 가슴에 쌓이면 아름다운 빛이 겉으로 드러난다. 오직 즐거움만이 위장할 수 없다." 라고 하였다. 여기에서 말하는 "진"은 "위"와 반대의 뜻으로 진심만이 아름답다는 것이다. 이 아름다움은 외물 이미지의 재현이 아니라 내적 마음의 표현이며 마음의 깊은 정을 담아서 표현하고 밖으로 내보내면 "문명(文明)"이 생기고 "영화(英華)"가 생기는 것이 아름다움이다. 『역경』의 말처럼 "강건독실, 휘광일신(剛建篤实, 辉光日新)" 이런 "성중형외(誠中形外)"의 "표현"은 중국 시학이론의 기본적 특징이다. 맹자는 "충실을 아름다움이라 하고 충실은 빛만큼이나 대단하다"(『맹자·진심하』)라고 하였다. 여기의 "충실"은 객관적 사물에 대한 모방이 아니라 내면의 마음을 가르며 이런 "충실"의 정이 있어야만 비로소 눈에 띄는 "빛나는" 아름다움을 표현할 수 있다. 중국 시론의 "개산의 강령"(주자청:開山的綱領)인 "시언지(詩言志)"는 이런 "표현"에 대한 가장 잘된 개괄이다. 이런 "언지설"은 진나라 때부터 권위 있는 이론이다. 『악기』에서는 "시는 그 마음을 말한다."라고 하였다. 『상서·요전』에서는 "시는 마음이다"라고 하였다. 『순자·유효』에서는 "시는 그 마음을 말하기도 한다"고 하였다. 그럼 무엇이 감정인가? 공영달(孔穎達)은 『좌전』 소공 25년 『정의』에서 "몸은 정에 따르고 정은 뜻에 의해 움직이니 정과 뜻은 하나로 된다"고 하였다. 소위 "지(志)"는 내면의 생각과 감정을 말한다. "시언지"는 전형적인 "표현"이다. 그러나 서정적 언지의 기본은 "감물"이다. 『한서·예문지』에서는 "『서』에서 말하길: '시는 뜻을 말하고 노래는 말을 읊는다' 그러므로 마음의 애와 낙은 노래로 표현한다." 그러나 반대로 "감물"의 목적은 서정적으로 감정을 말하는 것이고 표현하는 것이다. 즉 표현은 "물감설"의 기본 특징이라고 할 수 있다.

"모방설"은 "재현"을 주장하고, "물감설"은 "표현"을 주장하며 이 두설은 후세의 매우 심원한 영향을 주었다. "재현"과 "표현"은 중·서 고대 미학 이론과 중·서 고대 문화 예술의 근본적인 특징 중 하나이다.

(2) 서정과 서사

"물감설"은 "표현"을 주장한다. "표현"은 또 서정으로 뜻을 말하는 것을 필수로 한다. 그래서 서정 문학은 중국에서 극히 발달되어 있다. "서정"은 "물감설"의 또 하나의 중요한 특징이다. "모방설"은 "재현"을 주장하는데 "재현"을 하려면 반드시 현실을 객관적으로 묘사해야 하기 때문에 서양에서 특히 서사 문학이 성행하였다. 이는 또한 "모방설"의 일대 특징이다. "물감"은 서정에, "모방"은 서사에 중점을 두는데 이는 또한 그들 사이의 하나의 뚜렷한 차이점이다.

"물감"은 필연적으로 감동을 일으킨다. 감동은 필연적으로 서정을 초래한다. 그리하여 "물-정-문"이라는 공식을 형성하였다. 이런 의미로부터 보면 서정은 "물감설"의 핵심이다. 『악기』에서는 이점을 명확하게 말했다. "마음속에 감동이 있어 소리로 그 모양을 발한다", "악이란 사람의 성정으로서 꿈임이 없다", "사람으로서 감동이라는 본능을 면할 수 없다"[11]이런 면으로 볼 때 정감은 주도적 지위를 차지하고 있다. 그래서 "감정이 깊어"야 "글이 밝"을 수 있다. "기(氣)가 왕성해야 만" 그 글이 "신(神)으로 변할" 수 있다. 감정이 마음속에 충실해야만 그글이 "밖으로 빛날 수" 있다. 우수한 문예작품은 지극한 감정의 산물이다. 중국의 이런 서사전통은 연원이 깊다. 굴원은 "발분하여 서정하고"(『희송(悕誦)』) 왕부(王符)는 "시와 부를 만드는 자는 권선징악을 노래하는 것은 희노애락이 정에서 나오기 때문이다"(『무본』, 『잠부론』 권1)라 했고 백거이는 "사람을 감동시키려면 먼저 정이 우러나야 한다"(『여원구가(與元九歌)』)고 했으며 명나라의 이지(李贄)는 심지어 "일단 경을 보아 정이 나오면 보자마자 감탄하게 된다"다고 여겨 문학 작품으로 자기의 감정을 토로하면서 정감이 깊으면 심지어 "미친 뜻 소리 지르고 눈물 코물 같이 흐를 정도로 자제 못한다"고 하였다.(『잡설』)[12] 깊은 정은 이에 도달할 지경인가! 이런 논술로부터 우리는 중국 문학예술의 서정적 특징을 절실하게 느낄 수 있다. 중국의 제일 걸출한 문학 작품이라 할 수 있는 것들은 대부분 서정 문학이다. 『시경』이든, 초사, 한악부, 또는 당시, 송사, 원극, 나아가 명청 소설은 모두 "서정적으로 뜻을 토로하는" 특징이 구비되어 있다.

서정을 하려면 필연적으로 상응되는 예술 수법과 미학 원칙이 산생되기 마련이다. 그리하여 "부(賦), 비(比), 흥(興)"이 따라서 산생되었다. 그와 적절

---

11 "情动于中, 故形于声", "乐也者, 情之不可变者也", "人情之所能免也"。

12 屈原是 "发愤以抒情"(『惜诵』)。王符曰 : "诗赋者, 所以颂善丑之德, 泄哀乐之情也。"(『务本』, 见『潜夫论』卷一)白居易说 : "感人心者, 莫先夫情。"(『与元九书』)明代李贽甚至认为 : "一旦见景生情, 触目兴叹"就会用文学作品来抒发自己的情感, 其感情至深者, 乃至于 "发狂大叫, 流涕恸哭, 不能自止"(『杂说』, 见『焚书』卷三)。

한 서정의 대지에서 그들은 뿌리 깊고 잎이 무성하게 자라나 수천년을 겪어도 쇠퇴되는 줄을 몰랐다. 이택후(李澤厚)는 "중국 문학(시와 산문을 포함)은 서정면에서 뛰어나다. 그러나 아무런 감정이 없는 것을 적발하여 표현하는 것이 모두 예술이 될 수 없다. 반드시 주관적 감정을 객관화하여 이에 특정된 상상, 이해와 서로 결합하여야 일정한 보편적 필연성을 지닌 예술작품을 구성할 수 있다. 이런 예술작품은 상응되는 감염적 효과를 산생할 수 있다. 소위 '비', '흥'은 정감과 상상, 이해를 서로 결합하여 객관화 된 효과를 얻는 중요한 경로이다."(『미의 여정』, 56 페이지) 비, 흥의 창작 방법은 서정으로 뜻을 말하는 표현에 적용되는 것이다. 유협은 "비란 부속되는 것이며 흥이란 일으키는 것이다. 이치에 부착하는 것은 유형별로 정을 지시하고 정이 일어나는 것은 세밀함에 부속하여 무엇에 따라 일어난다"고 하였다. 유협은 비, 흥은 서정하여 뜻을 말하는 것은 "일을 일으키는" 것과 "이치에 부착하는" 것을 위해 탄생한 것으로 그들은 불가분의 관계를 지니고 있다고 여겼다. 서정하여 뜻을 말하는 것은 부, 비, 흥을 조성하였고 이는 또 중국의 독특하고 중요한 미학 이론인 "의경설"을 조성하였다. 일찍이 남북조시기 유협은 "물감의 서정"을 인식하여 이는 필연적으로 사물과 정감의 관련을 조성하여 마음과 사물이 교용하는 것을 조성하였다. 이것이 바로 "의경설"의 기초적인 형태였다. 『문신조룡 전부』는 "원래 높은 곳에 오르면 경치를 보면서 감성이 살아 난다. 감정은 사물로 일으키기에 그 뜻은 밝으면서도 풍아롭다. 사물을 감정으로 보았기에 용사는 교묘하면서로 빛난다"[13]라고 하였다. 이른바 "정(情)이 물흥(物興)을 일으키고", "물(物)을 정(情)으로 보"는 것이 바로 감물(感物)에서 정이 생기고 서정이 사물을 의탁한다는 것이다. 물은 정을 낳고 정은 물을 낳아 경치와 풍격이 서로 융

---

13 『文心雕龙·诠赋』曰: "原夫登高之旨, 盖睹物兴情。情以物兴, 故义必明雅; 物以情观, 故词必巧丽。"

합되는 최상의 경지에 이르렀는데 이것이 바로 후세 사람들이 말하는 "의경"이다. 유협은 『물색편』에서 이런 관점을 더욱 명확하게 말하였다. "해마다 그 사물이 존재하며 사물은 또 자기만의 모양이 존재하며 정은 물으로 변하고 사의는 감정으로써 발산한다.", "기(氣)를 형상화하고, 사물의 모양을 형상화하고, 소리를 따르면서도 마음과 함께 배회한다." 이러한 마음과 사물의 교합은 "감물(感物)"을 기초로 하고 감정을 토로하고 뜻을 표현하는 것을 주도적인 것으로 하는 중국 시학 전통의 필연적인 산물이다. 이런 전통때문에 중국 특유의 미학 이론인 "의경설"은 날로 완전해질 수 있었다. 그 근본적인 원인은 "물감"은 반드시 감정을 토로하여 의지를 표현해야 하며 주관적인 감정과 뜻은 반드시 부·비·흥의 방법을 통해 형상화·객관화되어야 한다는 데 있다. 이런 객관화된 형상이 바로 "경(境)"이다. 그러나 이 "경"은 이미 순 객관적인 "물"이 아니라 심령의 가공을 거쳐 시인의 주관적인 정지로 스며들어 있으며 그것은 감정과 뜻의 "감성적 표현"이다. 정이 경물에 녹아들고 경물이 정에 녹아들어 정경이 하나로 된다. 이른바 적은 것으로 많은 것을 표현하는 의미심장한 "의경"이다. 이로부터 볼 수 있듯이 "사물을 감지하고 의지를 표현한다." 부·비·흥의 원칙, "의경설" 등 중국 고대의 특유한 미학 이론은 모두 그 필연적인 내적 관계를 지니고 있다. 우리는 오늘 "부, 비, 흥"과 "의경설"의 탐구에 있어서 그것들의 기초를 소홀히 해서는 안된다. 그리하여 반드시 "물감설"의 중요한 미적 가치를 인식해야 한다!

　아래에서는 "서정하여 뜻을 말하는" "물감설"과 반대되는 "모방설"의 서사적 특징에 대해 알아보기로 하자. "모방설"은 생동하게 사물을 재현하는 것을 요구하고 있다. 그럼, 이런 서술은 필연적으로 객관적인 서술을 요구하고 있다. 서방의 서사문학은 이런 "객관적 서사"의 "모방설"에 의탁하고 기초하여 산생한 것이며 또 서방 서사 문학은 객관적 서사의 "모방설"에 나아가는 것은 필연적인 결과이다. 아리스토텔레스는 "사시의 종류는 응당 비극처럼 분류여야 한다고 주장했다. 즉 간단사시, 복합사시, '성격' 사시, 고난사시로 나누어야 한다. 사시의 성분은 응당 비극과 같아야 한다. 사시에는 반드시 반전이 있고 발견이 있으며 고난이 있어야 한다."라고 지적하였다. "...... 사시는 서사체를 사용하였기에 많은 사건의 발생을 묘사할 수 있다. 묘사한 이런 사건들이 연계가 있으면 시의 폭을 증가할 수 있다." 아리스토텔레스는 명확히 사시는 서술체를 사용하여 발생하는 일들을 묘사해야 한다고 주장하였다. 또 사시는 많은 방면에서 비극과 유사하며 이야기 줄거리가 필요하다고 말했다. 아리스토텔레스는 또 "사시의 이야기 줄거리는 비극의 이야기 줄거리처럼 극적인 원칙으로 안배하고 정체적인 줄거리에 의해 전개되고 서두, 본문, 결말이 있어야 한다. 그래야 그것이 살아 있는 전일체라 할 수 있어 독자들에게 쾌감을 준다"고 여겼다. 보다 싶이 "모방"은 "서사"에 편중하는 것이다. 이는 "물감설"의 감정을 토로하여 뜻을 말하는 특징과는 반대된다. 아리스토텔레스는 시인의 직접적 서정을 반대하였다. 아리스토텔레스는 시인은 완전히 객관적인 위치에 서서 사물을 묘사해야 한다고 주장하면서 "서사시 시인은 자신의 정체성을 최대한 적게 토로해야 한다. 그렇지 않으면 모방자가 아니다"고 하였다. 그는 "호메로스는 사물을 가장 객관적으로 서술한 것으로 칭찬할만 하다", 그러나 "다른 서사시들은 항상 직접 등장하며, 거의 모방하지 않거나 가끔 모방한다", "호메로스는 짧은 서문뒤에 곧바로 남자 혹은 여자 혹은 다른 인물을 등장시킨다." 이 단락의 말에서 어렵지 않게 알 수 있듯이, "서사"는 "모방설"의 중요한 특징의 하나이다. 이야기를 서술하는데 "하나의 완정하고 일정한 길이를 가진 행동을 모방하기 위해서"는 그에 상응하는 창작 수법과 미학 원칙이 필연적으로 생기게 된다. 한 사건을 잘 서술하기 위해서는 반드시 일의 시작과 끝이 있어야 하기 때문에 줄거리나 구성 등의 문제가 생기게 된다. 아리스토테레스가 말했듯이, "우리의 정의에 의하면 비극이란 완전하고 일정한 길이의 행동의 모방이다. 완전함이란 서두·본문·결말이 있는" 것을 말한다. 이야기 줄거리에 대해 아리스토텔레스는 "줄거리는 비극의 기초"이기 때문에 가장 중요한 것은 줄거리라고 주장하였다. 구조에 대해서는 "구조가 완벽한 조합은 처음부터 끝날 수 있는 것이 아니다. 어느 부분이든지 옮겨놓거나 삭제하기만 하면 전체가 느슨해지고 이탈된다. 만일 어느 한 부분이 없어도 되고 현저한 차이를 일으키지 않는다면 그것은 전체중의 유기적인 부분이 아니다"라고 여겼다. 성격에 대하여 아리스토텔레스는 현묘한 논술들을 많이 가지고 있다. 그는 성격을 묘사함에 있어서 이야기 얽음새처럼 필연성 또는 가연성에 부합되여야 하며 모종 성격의 인물이 어떤 말을 하거나 어떤 일을 할 때 반드시 필연성 또는 가연성에 부합되여야 한다고 인정하였다. "성격"은 일치해야 한다. 시인이 모방하는 인물의 "성격"과 언행이 일치하지 않아 이러한 일치하지 않는 "성격"은 인물의 몸에 정착될 수 없다. "또한 일치하지 않는 성격속에 일치되어야" 한다. 이런 논술은 변증법적 관점이 가득하다. "모방"으로 인해 "서사"가 초래되어 "서사"로 인해 "플롯, 구성, 성격"을 초래하며 또한 하나의 중요한 미학 이론인 "전형"을 조성한다. 아리스토텔레스가 명확하게 "전형"이라는 용어를 제출하지는 않았지만 "전형"에 관한 몇 가지 기본 원칙들은 이미 논의되여 있다. 아리스토텔레스는 사물을 객관적으로 사물을 그럴듯하게 모방하고 서술할 것을 요구하지만 자연주의적이고 무차별적인 묘사를 주장하지는 않는다. 그는 "모든 것을 모방하는 것은 매우 저속한 예술"이라고 했다. 그는 "시인의 의무는 이미 일어난 일을 묘사하는 것이 아니라 일어날 수 있는 일을 묘사하는 것이다. 즉 가연율 또는 필연율에 의하여 가능한 일이다. 시인과 역사가의 차이는 시인이 운문으로 쓰는데 역사가는 산문으로 쓰는데 있는 것이 아니다. 진정한 차이는 역사가는 일어난 일을 묘사하고 시인은 일어날 수 있는 일을 묘사한다는 점에 있다. 그러므로 시는 역사보다 더 철학적이며 더 엄숙하다. 시가 말하는 것은 대부분 보편성을 지니고 있기 때문이다. 아리스토텔레스가 말하는 "보편성"

이란 가연성 또는 필연성의 법칙에 부합되는 사물의 본질이다. 그것은 일부 우연적인 것을 버리고 사물의 내적 본질을 반영하고 있는데 그것은 객관사물이 만사들을 다 취할 수는 없기 때문이다. 이에 대해 또 "일어날 수 없지만 믿을 수 있는 일이, 일어날 수 있지만 믿을 수 없는 일보다 낫다"라 지적하였다. 아리스토텔레스는 문학예술이 생활의 본질을 써낼 것을 요구했을 뿐만아니라 생활의 본질을 써낼 것을 요구했다. 또 인물의 특수한 개성을 써낼 것을 요구하였다. 그는 "시인들은 훌륭한 초상화가들에게서 배워야 한다고 여겼다. 그들은 개인의 특수한 모습을 그려내고 묘사함에 있어서 비슷하면서도 더 아름다워야 한다"고 여겼다. 특별하면서도 원래 사람보다 아름답게 그려야 한다는 점을 분명히 한 것이다. 이로부터 아리스토텔레스는 개별사물에 필연성과 보편성을 반영하고 공통성가운데 특수성을 구현할 것을 요구하였다는 것을 알 수 있다. 주광잠선생은 "이것이 바로 전형적인 인물의 가장 심오한 의미"라고 말했다.(『서양미학사』, 74 페이지) 바로 이러한 이론들은 서양의 문예이론, 미학이론의 가장 기본적인 특색을 이루었고 수천년간 서양의 문학예술에 결정적인 영향을 끼쳤다. 그래서 체르니셰프스키는 『시학』은 가장 중요한 첫 미학 논문이며 전세기 말엽에 이르기까지 모든 미학 개념의 근거이다"라고 말하였다.(『미학논문집』, 124 페이지) 서방의 위인인 헤겔도 아리스토텔레스개념의 테두리에서 벗어나지 못하였다. 예를 들어, 헤겔은 성격을 논할 때, "사람의 성격에도 이러한 풍부함이 있어야 한다. 한 성격이 흥미를 끄는 까닭은, 그 성격이 한편, 위에서 말한 전체성을 나타냄과 동시에 그 풍부함속에서도 여전히 자체로서 완비한 주체라는 것을 간직하는데 있다."(『미학』, 제1권, 295 쪽) 이 문장은 아리스토텔레스가 말한 "불일치를 내포하는 성격"을 의미한다.

한마디로, "물감설"은 서정적이어야 하고 "모방설"은 서사적이어야 한다. 물감설은 부, 비, 흥을 이야기하지만 모방설은 줄거리, 구성, 성격을 말한다. "물감"은 "의경"이라는이 중요한 미학 개념을 낳았고 "모방"은 "전형"

이라는 중요한 미학 개념을 낳았다. 가장 중요한 것은 이들 모두 후세에 심원한 영향을 주었다. 그들의 이러한 상이한 점은 일정한 정도에서 중국과 서양의 문학예술의 가장 근본적인 구별을 조성하였고 중국과 서양의 미학 이론의 완전히 다른 특징을 조성하였다. 이 점을 인식하는 것은 우리의 이론 연구에 매우 유익할 것이다.

(3) 절제와 누설(宣泄, 카타르시스)

"물감설"은 표현을 강조하고 서정하여 뜻을 말하는 것을 강조하는데 늘 사람들로 하여금 곤혹에 빠지게 한다. 표현을 중히 여기고 서정을 중히 여기는 문학예술은 응당 낭만적 색채가 풍부해야 하는 법이다. 낭만주의가 가장 중히 여기는 것이 바로 표현 즉 감정의 토로이다. 프랑스의 저명한 시인이며 문론가인 보들레르는 "낭만주의는 전부가 감정에 있다"[『서정가요집서언』, 『서방문론선』(下)의 288 페이지 참조] 영국의 낭만주의 시인 워즈워스도 좋은 시는 강한 감정의 자연스러운 표출이라고 했다.(『서정가요집서언』) 그러나 중국 고대 문학은 이와 반대로 방대한 문학 작품중 진정으로 낭만주의라고 할 수 있는 작품은 매우 적어 중국 고대에 낭만주의는 발달하지 못하였다. 이것은 확실히 아무리 생각해도 이해할 수 없는 문제이다. 이 모순의 근원은 어디에 있는가? 이처럼 재미있는 문제에 대해서는 확실히 한번 공을 들여 탐구할 필요가 있다. "물감설"과 같이 "모방설"은 이런 모순이 존재한다. 모방설은 "재현"과 "서사"를 강조한 이상, 이치대로 말하면 서사적인 문학예술은 응당 가장 순수한 사실주의여야 한다. 고리키가 말한 것처럼, "인간과 인간 생활의 각종 상황에 대하여 진실하고 적날하게 묘사하는 것을 사실주의라고 한다."(『나는 어떻게 습작을 배우는가』, 11 페이지) 그러나 고대 그리스 문학 나아가 전반 서방 문학이나 낭만주의 작품은 중국 문학보다 훨씬 많다. 어떤 시기에는 낭만주의가 서양 문학을 지배까지도 했다. 이는 또 무엇 때문인가? 중국과 서방의 낭만주의와 사실주의 문학의 성쇠에 대해 말하자면, 그 원인은 의심할 바 없이 여러 가지이다. 그중 가장 근본적인 원인은 아마도 우리가 앞에서 말한 중국과 서양의 부동한 사회 역사 배경, 부동한 사회 문화와 문학예술 실천까지 거슬러 올라가야 할 것이다. 하지만 나는 "물감설"과 "모방설"의 풍부한 이론적 내포도 역시 결정적인 요인이라고 생각한다. 다음 우리는 먼저 "물감설"의 모순이 어디에 있는지 살펴보기로 하자.

그렇다. "물감설"은 감정을 토로하고 뜻을 표현하는 것을 강조하지만 "정"은 마음대로 표현할 수 있는 것이 아니다. 반드시 일정한 절제를 받아야 한다. 반드시 일정한 범위내로 통제되어야 한다. 이 점에 대하여『악기』는 아주 명확하게 설명하고 있다. "무릇 음악은 즐거움이라, 사람의 정을 토로하는 것은 어쩔 수 없는 것이다, 즐거움은 반드시 소리에서 나오고 그 모양은 움직임에 따라 나타나는 것이니 인간의 도리라. 소리와 움직임, 성질와 술법의 변화, 그 모두가 음악속에있다. 그리하여 사람은 음악이 없는 것을 참지 못하고 움직임이 보이지 않는 것을 참지 못하며 모양이 있으면서 도를 행하지 않고 혼란이 없는 것을 참지 못한다. 선왕께서는 그 난을 치욕스레 여겨, 아송(雅訟)의 소리를 제정하여, 그 소리의 낙이 충족하되 흐르지 않게 하고, 그 문장의 낙이 충족하되 그치지 않게 하여, 그 곡직하고 번잡하며 척박한 뼈만 있는 고기로 족히 사람들의 선심을 감동시키게 하였다. 사기(邪氣)가 득실거리지 않도록 하는 것이 바로 선왕의 입악(立樂)이다."[14] 이것은 사람들이 외물에 대하여 느끼면 필연적으로 감정이 생기게 되며 감정을 토로하게 되는 것은 불가피적이며 또 정당하다는 것

---

14 夫乐者乐也, 人情之所不能免也。乐必发于声音, 形于动静, 人之道也。声音动静, 性术之变, 尽于此矣。故人不耐无乐, 乐不耐无形, 形而不为道, 不耐无乱。先王耻其乱, 故制雅颂之声以道之, 使其声足乐而不流, 使其文足论而不息, 使其曲直繁瘠廉肉节奏足以感动人之善心而已矣。不使放心邪气得接焉, 是先王立乐之方也。"

을 명확히 지적해주고 있다. 그러나 감정을 마구 표현해서는 안되며 반드시 일정한 절제가 있어야 한다. 왜냐하면 일단 절제하지 않고 제멋대로 감정을 방종하면 필연코 파괴적인 효과가 생기기 때문이다. "겉모습만 보이는 것은 도를 행할 수 없으며, 혼란을 이겨낼 수 없다"는 것이다. 그러므로 반드시 "감정을 발산하면서도 예의를 지켜야 한다"(『모시서』).[15] 사람의 감정은 반드시 일정한 테두리 안에 한정되어야 하며 서정적 감정은 절대 일정한 규범을 넘어서는 안 되는데 이 규범이 바로 "중화"라는 것이다. 『악기(乐記)』에서 "그러므로 즐거움이란 천지의 명(命), 중화(中和)의 기(氣)는 인정(人情)이 면할 수 없는 것이다"라고 말한 것과 같다. 즐기는 사람은 즐기는 법이다. 군자는 도리를 즐겨 찾고, 소인은 욕망을 즐겨 찾는다. 도로써 욕망을 다스리면 즐거우나 혼란스럽지 않으며 도를 잊으려 하면 미혹되어 즐겁지 않게 된다. 그러므로, 군자는 그 정과 뜻을 반감하고, 널리 즐거움을 주어 그 가르침을 이루게 해야 한다. 감정을 반대하여 뜻을 맞바꾸어야 한다"는 말은 감정을 절제하는 "중화"의 의미를 가장 분명하게 말해주는 말이다. 이러한 "중화설"은 유교의 가장 중요한 미학 관점이다.[16] 공자는 "화합"은 즐거움의 근본이라고 말했다.(『여씨춘추·신행론·찰전』) 『관저』에서는 즐거우나 음란하지 않고, 슬프되 상심하지 않는다."는 "중화설"은 수천년의 중국 문학예술에 커다란 영향을 끼쳤다. 중국의 정통 문인들은 모두 이를 금과옥조로 삼아 "즐거우되 음탕하지 않고, 슬프되 상하지 않는다"의 미학 원칙으로 문예 창작과 심미 감상을 지도했다. "분노를 터뜨려 감정을 토로하는" 낭만주의 시인 굴원(屈原)이 반고(反古)의 질책을 당한 것이 그 원

---

15 形而不为道, 不耐无乱。"因此, 必须"发乎情, 止乎礼义"(『毛诗序』)

16 正如『东记』所说："故乐者, 大地之命, 中和之纪, 人情之所不能免也。""乐者乐也。君子乐得其道, 小人乐得其欲。以道制欲, 则乐而不乱；以欲忘道, 则惑而不乐。是故, 君子反情以和其志, 广乐以成其教。""反情以和其志", 最明确地说出了节制情感的"中和"之内涵。这种"中和说", 是儒家学派最重要的美学观点。

인이다. 그는 반고의 호된 질책을 받았다. 그의 서정이 너무 지나쳐서 "근심으로 고심함", "용납할 수 없을 정도로의 증오"여서 "중화지미(中化之美)"에 부합되지 않는다고 생각하여 "고결한 자를 폄하하는 행위가 예법에 어긋난 방탕한 자"라고 비난당하였다.[반고의 『이소서』에 나오는 말][17] 이로부터 알 수 있는바 감정을 토로해야 할 뿐만아니라 감정을 절제해야 하며 감정을 억제해서도 안 되고, 지나치게 발산해서도 안 된다. 바로 이러한 정감을 절제하는 미학 사상은 중국 문학 이론이 "서정을 그 기본특징으로 하면서도 낭만주의 문학은 발달하지 못한" 특수한 상황을 조성하였다. 바로 여기에 문제가 있는 것이다. 전종서선생의 말처럼 "서양 시와 비교할 때 중국 시들은 대체로 감정의 절제가 있고, 말을 많이 하지 않으며, 목소리를 크게 높이지 않으며, 힘도 너무 세지 않고, 색채도 너무 짙지 않다. 중국 시에서 '낭만'이라고 할 수 있는 것은 서양 시에 비하면 여전히 '고전'이다. 중국 시에 있어서 솔직하다고 할 수 있지만 서양 시에 비하면 여전히 함축적이다. 우리는 시어가 지나치게 화려하다고 생각하나 서방인들은 이런 화려함에 익숙해져 그 역시 소박하다고 여겼다. 우리는 이런 '목청이 울리니 큰소리로 노래하는 소리'에 놀라는데 서방인들은 이에 익숙해져 그것이 여전히 점잖고 우아하다고 느낄뿐이"[18]라고 서방인들이 이렇게 생각하고 있다. 루쉰(鲁迅)선생은 이러한 보수적인 미학 사상에 대해 매우 불만스러워 하였다. "중국의 시는 마치 순임금이 말한 뜻처럼 이다. 그후의 성현들은 사람의 감정으로 설을 내세웠다. 시삼백의 주요 취지란 사악한 기가 보

---

17 "贬絜狂捐景行之士(班固『离骚序』)。

18 正如钱锺书先生所指出："和西洋诗相形之下, 中国旧诗大体上显得情感有节制, 说话不唠叨, 嗓门儿不提得那么高, 力气不使得那么狠, 颜色不着得那么浓。在中国诗里算得'浪漫'的, 比起西洋诗来, 仍然是'古典'的；在中国诗里算得坦率的, 比起西洋诗来, 仍然是含蓄的；我们以为词华够浓艳了, 看惯纷红骇绿的他们, 还欣赏它的素淡；我们认为'直恁响喉咙了', 听惯大声高唱的他们只觉的不失为斯文温雅。"(『旧文四篇』)

제2부 예술기원론 175

이지 않는데 있다. 뜻을 말한다면 어찌 이를 지킬 수 있는가? 강건하고 사악함이 없는 것은 인간의 뜻이 아니다. 채찍과 통제로 인해 자유를 상실한 이런 일이 가능한가?"(『마라시력설』)[19] "물감설"의 서정하여 뜻을 말하는 것은 "회초리"로 채찍질하여 이루어진 것이다. 가히 짐작할 수 있겠지만, 이런 서정적인 포부가 어떻게 "낭만적이다"할 수 있는가! 디드로는 다음과 같이 말하였다. "일반적으로 어떤 나라가 문명하고 예의 바르면 시적 의미가 적은 것을 숭상할 것이다. 모든 것이 온화해지는 과정에서 힘을 잃게 될 것이다"고 했다.(『희곡예술에 대하여』) 중국 고대의 낭만주의는 아마도 바로 이러한 "중화"속에서 힘을 잃었는지도 모른다. 비록 약간의 낭만주의 작품이 나오기는 했지만 결국 큰 성과를 내지 못했다.

"물감설"의 모순의 문제점을 분명히 했으니 다시 "모방설"의 모순의 문제점을 살펴기로 하자. "모방설"은 사물을 객관적으로 묘사하고 사건을 진실하게 서술할 것을 요구하며, 작가가 작품에서 자신의 신분을 사용하여 자신의 의지를 노출하는 것을 반대하고, 사물을 진실하게 재현할 것을 주장한다. 그러나 이러한 모방적 서술은 결코 냉담한 것이 아니며 이와 같이 재현된 작품은 결코 사람들을 감동시킬 수 없는 것이 아니다. 반대로, 아리스토텔레스는 작가들이 모방할 때, 열정을 가지고 작품을 써야 하며, 사람을 감동시킬 수 있어야 하며, 사람의 감정에 큰 영향을 주어야 하며, 일종의 "카타르시스"(Catharsis) 효과를 얻을 수 있어야 한다고 요구했다. 이것이야말로 모방의 근본목적이다. 작가에 대해 아리스토텔레스는 이렇게 말했다. "시인은 글을 쓸 때, 가능한 한 배우가 되어야 한다 … 사람을 흥분시키는 자가 우리를 흥분시키고, 사람을 분노하게 하는 자가 우리를 분노하게 한다." 그러므로 시는 천재적 감수성 또는 광기에 가까운 열정을 요구한다.

---

19 "如中国之诗, 舜云言志;而后贤立说, 乃云持人性情, 三百之旨, 无邪所蔽。夫既言志矣, 何持之云?强以无邪, 即非人志。许自由于鞭策羁縻之下, 殆此事乎?"(『摩罗诗力说』)

아리스토텔레스는 작가에게 객관적 사물을 모방할 때 "격정", "분노", 심지어 "광기에 가까운 열정"을 요구한다. 확실히 마음이 냉랭하고 무관심한 작가가 써낸 글이 사람을 감동시킬 수는 없는 것이다. 문학 작품에 대해 아리스토텔레스는 "놀라움은 비극에 필요한 것이고, 서사시는 비 합리적인 것(놀라움의 주요 요소)을 더 잘 받아들인다"고 말했다. 문예작품은 왜 놀라움이 필요한가? 비극이 모방하는 행동은 완전해야 할 뿐만 아니라 두려움과 연민의 정을 불러일으키는 것이어야 하기 때문이다. 왜 문학예술은 공포와 연민의 정을 불러일으킬 수 있어야 할까? 이것은 아리스토텔레스의 유명한 미학 관점인 "카타르시스설"과 관련된다. 아리스토텔레스는 예술이 인간의 감정을 자극할 수 있어야 한다고 생각했다. 그러나 사람들의 감정을 자극하는 것은 문예의 목적이 아니다. 오히려 문예의 목적은 사람들을 조용하고 조화롭고 평온하게 만드는 데 있다. 그러면 어떻게 이것을 달성할 것인가? 이런 점에서 사람의 감정의 절제를 통해 중화와 균형을 이루는 중국의 중화설과는 사뭇 다르다. 그러나 아리스토텔레스는 이와 반대로 사람의 감정을 절제하는 것이 아니라 사람의 천성에 순응하여 사람의 감정을 마음껏 발산하게 해야 균형과 조화를 이룰 수 있다고 주장하였다. 그래서 그는 문예 작품이 사람들에게 "공포와 연민의 정"을 불러일으켜야 하고, 강렬한 감정을 불러일으킬 수 있어야 하며, 심지어는 "심금을 울릴 수 있어야 한다"고 요구했다. 이렇게 해야 소위 카타르시스(catharsis)의 작용을 발휘할 수 있다는 것이다. 아리스토텔레스는 비극은 "두려움과 연민을 불러일으키는 행동의 모방"이며, 연민과 공포를 통해 그러한 감정의 분출을 실현한다고 말하였다. 이러한 카타르시스의 미학에 기초하여, 아리스토텔레스는 "황홀한" 풍격과 놀라운 "낭만주의의 비극적 효과"를 옹호해왔다. 이는 서방의 미학 사상, 문학예술에 매우 심원한 영향을 주었다. 이는 서방의 낭만주의 문학예술이 흥성하게 되는 데는 중요한 요소라 할 수 있다. 사물을 객관적으로 서술해야 할 뿐만 아니라, 또한 감정을 폭로해야 하는 이런 "모방설"은 어느 정도로 서방이 서사 문학 위주로의 낭만주의 문학이 번창하게 발전할 수 있는 특수한 상황을 마련했다. 이것이 바로 모순의 관건이다! 감정의 절제와 표출은 중국과 서양의 미학 이론, 중국과 서양의 문학예술의 가장 본질적인 차이라고 할 수 있다.

이상의 분석과 비교를 통해 우리는 모방설과 물감설이 풍부한 이론적 내용을 분명히 알 수 있다. 이 두가지는 모두 문학예술의 기원을 탐구하기 위하여 제기한 것이며 모두 객관과 주관 두 방면의 요소를 발견하였다. 하지만 더 의미 있는 것은 비교를 통해서 우리는 각자의 부동한 특징을 더욱 똑똑히 볼아낼 수 있을 것이다. "물감설"은 표현과 서정을 중요시하고 의지를 표현하는데 중점을 두며 이는 서정을 위주로 하는 중국의 미학 전통을 나타내고 서정으로 인해 그에 상응하는 서정적 수법인 "부, 흥, 비"과 서정 문학의 중요한 미학 이론인 "의경설"이 생겨난 것을 보여준다. 이와 반대로 "모방설"은 재현과 서사를 강조하여 서사를 위주로 하는 서양의 미학 전통을 보여주었다. 이에 의해 상응하는 플롯, 구성, 성격 및 서사 문학의 중요한 미학 이론인 "전형론"을 산생시켰다. 그러나 표현과 서정에 중점을 둔 물감설이 중국 문학으로 하여금 짜릿한 낭만주의의 길을 오르게 하지 못한 것은 감정의 서사와 절제를 동시에 강조한 결과의 산물이다. 이러한 "중화"의 미학 사상은 수천년의 중국 문학예술에 지대한 영향을 끼쳐서, 중국은 서정과 뜻을 표현하는 것을 그 기본특징으로 하여 낭만주의 문학이 그다지 발달하지 못한 독특한 전통을 형성하게 되었다. 이와 마찬가지로 모방설은 재현을 강조하면서도, 서사를 강조하였다. 서방 낭만주의 문학이 매우 흥성한 이유는 "흉내내는" 것을 강조하면서 객관적으로 모방하게 하고 또 작가가 창작 열정이 있어야 하는 것을 주장하며 작품이 사람들을 감동시킬 수 있게 하였다. 이는 사람들로 하여금 "짜릿함"에서 카타르시스의 목적에 도달할 것을 요구한다. 객관사물을 진실하게 모방해야 할 뿐만아니라 정감도 발산해야 하는 이런 미학 이론은 서방 문학예술 전통을 형성하는 중요한 요소의 하나이다. 비교를 통해 우리는 고대 중국의 "물감설"이 미학 이론에서 매우 중요한 의의를 가지고 있음을 알 수 있다. 그것의 위상은 완전히 아리스토텔레스의 "모방설"과 병렬될 수 있을 정도이다. 물감설은 세계의 미학 보물고에서 중요한 자리를 차지할 수 있다!

(4) 위치교환

이상에서 언급한 중국, 서양 시학의 특징은 고대를 두고 한 말이다. 현대에 이르러 중국과 서양의 문학예술과 문예 이론에는 흥미로운 "위치교환"현상이 발생하였는데 중국의 현대 문학은 점차적으로 "재현"에 접근하였지만 서양의 현대 문학은 오히려 "표현"에 접근하고 있다. 각자의 예술 기원론도 근본적인 변화를 가져왔다. 수천년의 문명과 찬란한 고대 문학 예술을 지닌 중국이 현대에 와서는 더 이상 전통적인 옛 길을 걸으려 하지 않았다. 사람들은 "공가점(孔家店)을 타도하자"는 구호를 외치면서 전통의 궤도를 떠났다. "외국에서 새로운 소리를 구하자"(루쉰의 말)[20]로부터 자각적으로 서방 문예를 학습하기 시작했다. 그리하여 루쉰, 곽말약, 모순과 파금, 노사와 조우로부터 시작하여 새로운 길을 개척하여 나아가게 되었다. 그들은 『아 Q 정전』, 『굴원』, 『자야』, 『집』, 『낙타샹즈』, 『뢰우』등 많은 "재현"적인 문학을 창작했다. 서양의 재현성 문예 이론은 중국문단을 점령하였다할 수 있다. 이때부터 사람들은 현실에 대한 모방(반영)과 이야기 줄거리, 성격, 서사, 전형...... 등을 중점적으로 다루었다.

중국과 달리 수천년의 재현성 전통에 지친 서구 현대 문학은 전통에 대하여 도전하기 시작했다. 미래주의 예술가들은 "우리는 왜 뒤만 보느냐? 시간과 공간은 이미 어제 죽었다." "우리 시에서 가장 중요한 요소는 용기,

---

20 "求新声于异邦"(鲁迅语)

대담함, 그리고 반항일 것이다.”(마리네티,『미래주의 선언』) “모방된 모든 형식은 멸시될 것이며, 창조된 모든 형식은 찬양되어야 한다.”(『미래주의화가선언』) 미국의 저명한 문예 이론가 아브람스는 다음과 같이 말하였다. 현대파 문예는 “서방 문화와 서방 문예 두방면에서 심사숙고한 끝에 전통적인 기초와 철저히 갈라놓을 것이다.”(『문학명사어휘』, 109 페이지) 또한, 소대잠(邵大箴)의 표현처럼, “모더니즘은 예술 모방설에 대한 도전이다.”(『모더니즘 미술 논평』, 9 페이지) 서방의 현대 문학은 바로 이렇게 재현 전통에서 벗어나 표현의 길을 걷게 되었다. 그들은 문학은 자기 표현에서 기원되고 주관적 감정의 표발을 강조한다고 극력 제창하였다. 구미 모더니즘문학에서 가장 일찍 나타나고 가장 영향력이 큰 상징주의 유파가 출현하면서부터 자기 표현의 깃발을 높이 들었다. “마음과 관능의 광열”을 노래하는 보들레르로부터, 시인의 환상과 직관을 강조하는 랭보(Rimbaud)까지 상징주의이라는 말이 명확하게 제출한 무명시인 장·모라(Jean-Philippe Rameau;让·莫拉)에 이르러 모두 시가는 정신 생활을 묘사할 것을 요구하였고 내면의 “최고의 진실”를 탐구하고 표현주의 문학의 주요대표인 에드 슈미트(Kasimir Edschmid, 1890-1966)는 “단순히 세계를 코피하는 것은 아무런 의미도 없는 것이다”, “시인의 위대한 악장은 그것이 드러내는 인간이다.”(『창작속의 표현주의』) 야수파화가 마띠스(Henri Matisse, 1869—1954)는 “내가 추구하는 목적은 주로 표현에 있다”고 했다.(『한 화가의 노트』) 한때 유행한 의식류 소설들은 내면적인 표현에 더 치중하였다. 소위 “마음의 시간”, “의식의 연면성”을 추구하며 “밤에 잠들 때의 여러가지 복잡한 감정”들에 열광하였다.(울프『베넷선생과 블랑여사』) 부조리극은 실존주의 철학에서 출발하여 “자아”를 존재의 핵심으로 보고 “황당무계한 상황에서 느끼는 추상적인 심리적 고뇌”를 그려내는데 있다.(에린스,『황당파의 황당성』)서양 모더니즘 문예의 표현 특징은 이탈리아의 미학자 크로체에 의해 미학적인 측면에서 종합적으로 총결되었으며 “예술은 표현이다”라는 예술 기원론을 제기했다.

흥미로운 것은, 중국 현대 문학은 서방을 배우고자 노력하고 서양의 재현성 서사 문학에 접근하고 있을 때, 서방 현대파 문예가 뜻밖으로 중국 고대 문학예술속에서 "지기지우(知音)"를 찾았다는 것이다. 예를 들면 파운드를 대표로 하는 형상파는 중국 고전 시가에서 적지 않은 유익한 계발을 받았다. 한시(漢詩)를 연구하고 번역할 때 마치 하나의 신대륙, 하나의 아름다운 예술을 발견한 듯 중국 고전 시가에 찬탄을 금치 못했다. 표현주의 희곡대가 브레히트는 중국의 전통 희곡을 매우 찬양하였는데 그는 중국의 전통 희곡에서 자신의 미학 원칙과 근사한 것을 발견하였다. 현대파 회화의 대가들은 일부러 동방의 고대 회화를 따라배웠다. 중국 회화의 생동한 기운과 생동한 사의(寫意)를 애써 추구하였다. 마네, 드가, 반 고흐, 보나르에서부터 마티스, 피카소에 이르기까지 동양의 미술에 관심을 갖고 그 자양분을 섭취하지 않은 이가 없었다. 중국과 서양의 문학예술과 시학 이론이 서로 자리를 바꾸는 이런 흥미로운 현상은 중국 고대 문학예술과 시학이 전통적인 심미 가치를 표현하는 것을 힘있게 설명하고 또한 그런 서구 패턴을 숭상하는 잘못된 관점을 힘있게 반박하였다.

　　서방 모더니즘 문학예술이 "표현"에로 전향함에 따라 서정표현을 일관하게 강조해온 중국 고대 문학의 예술과 신기한 유사점을 가지게 되었다. 그러니 누군가 "우리나라의 가장 오래되고 가장 순박한 민족 정신과 민족 풍격을 구현하고 있다"는 『시경』에서 "모더니즘과 상통하는 수법"을 발견하였다고 했다.[수선(修森)『'시경'과 모더니즘수법』, 『시탐색』, 1981(2)] 캐나다 학자 엽가영(葉嘉瑩)교수는 중국 고대 시가에서 이른바 "의식의 흐름"이란 수법을 찾아냈다. 루쉰선생도 "중국과 일본의 그림들이 유럽에 채용되어 인상파가 발생하였다"고 말했다. 중국 고대 문예의 "표현"과 서방 모더니즘 문예의 "표현"은 많은 비슷한 점이 있지만 여전히 많은 본질적인 차이점 있으므로 동일시해서는 안된다. 다음은 "주관과 객관", "이성과 비이성", "아름다움과 추함"등면에서 비슷한 점과 다른 점을 찾아 보자.

주관과 객관적인 측면에서 볼 때 비록 중국 고대 문예와 서방 모더니즘 문예가 모두 주관에 치우치고 자기표현을 강조하고 있지만 그들의 자기표현은 본질적으로 구별된다. 이 본질적인 구별은 주관과 객관의 관계에 대한 그들의 인식에 있다. 중국 고대 문예는 주관을 강조하고 자기표현을 강조했지만, 이 "주관"이 바로 "자신"이다. 이 "자신"은 원천 없는 물이나 뿌리 없는 나무가 아니다. 작가의 주관적인 감정은 근거 없이 생기는 것이 아니라 객관적인 현실에서 오는 것이며 "바깥 사물에 감명되어" 생겨나는 것이다.

서방 모더니즘 문예의 표현설은 객관적인 것은 진실하지 않고 진정한 진실은 작가의 주관적인 내면 세계이며 문예의 진정한 원천은 작가의 마음속 깊은 곳에 있고 작가의 자아에 있으며 작가의 무의식적인 충동에 있다고 인정하였다. 모더니즘 문학예술가들이 보기에 세계는 객관적으로 존재하는 것이 아니라 반대로 그들의 주관적인 "자신"의 산물이다. "세계는 우리의 내면에 있는 것이다."(발레리『순시(純詩)』) "우리는 좀 더 현실적이고, 좀 더 직관적인 세상을 만들어야 한다."(로버트-그리어『미래소설의 길』) "세계가 바로 나다. 세계의 모든 규률은 나다. 나의 상상은 모든 것을 창조할 수 있고 나의 이성은 모든 것을 파괴할 수 있다. 나는 세상에 그 무엇도 나의 증오의 힘과 대항할 수 없음을 보았다. 나는 그 모든 것이 바로 자신라고 생각했다."[『역문』, 1958(3)을 보임.] 여기에서는 주관과 객관의 관계가 완전히 전도되고 있다. 모더니즘은 "자아만이 유일한 진실이다"라고 생각하기 때문에, 그들은 삶의 깊은 체험에 빠져들 수 없다 할 정도로 "세상의 소란스러운 간섭"을 받지 않으며 "내면의 세계에로 들어가 세상과 단절"할 수 있었다.(릴케『젊은 시인에게 보내는 편지』), "황홀이나 미침, 혹은 심사숙고와 명상은 영혼을 충동하게 하는 유일한 도경이고 영혼은 수만은 상징속에서 날아다니며 수많은 상징속에서 자아를 표현한다."(예이츠의『시가 상징주의』) 심지어 "정신병 모방론"을 주장하기도 했다. "망상광으로(무의식과 기타 피동적 상태를 동시에 이용해) 두뇌를 적극적으로 발달시킴으로써, 혼돈을 만들어 현실 세계를 완전히 뒤엎는 데 도움을 줄 수 있다."(브레동 『초현실주의란 무엇인가』) 이것은 두말할 것 없이 주관적이고 일면적인 막다른 골목에 들어선 것이다. 기실 모더니즘 문예는 자기표현을 설교하면서 객관 생활을 떠나 순수한 주관적 자아에로 전환할 것을 주장하는데 이는 주관상의 자신의 의사에 지나지 않는다. 그들은 어떻게 해서든 생활에서 벗어나려 하기 때문이며 객관을 부정하였다. 실제상 이는 떠날 수 없으며 부정할 수 없는 것이다. 모더니즘의 순수한 자아표현 작품에는 바로 기형적으로 발달한 자본주의 물질문명이 인류정신에 억압하는 것을 가장 심각하게 반영하고 있으며 자본주의 사회의 냉혹하고 터무니없는 본질을 반영하고 있다. 모더니즘 유파는 사회생활과 유리되고자 하였으나 실제로는 유리되지 않았다. 이는 반면으로 객관적 사회생활이 모든 문학예술의 "유일한 원천"임을 충분히 설명하고 있다. 이것은 인정하든 않든 동서고금의 모든 문학예술 실천에 의하여 실증된 객관적 진리이다.

이성과 비 이성의 측면에서 볼 때, 비록 중국 고대 문예와 서방 모더니즘문예는 모두 감정의 표현을 강조하지만 이 문제에서도 그들은 본질적인 차이를 가지고 있다. 중국 고대 문학예술의 서정은 주로 이성이 있고 절제가 있는 서정이다. 서방 현대파 문예의 서정은 주로 비 이성적인 본능과 정욕의 발산이다. 중국 고대에도 일부 비 이성적인 문예 주장이 있었고 서방의 현대파문예에도 이성적인 주장이 전혀 없는 것은 아니다. 우리는 여기에서 그 주요한 경향에 대하여 말하고자 한다.

중국 고대 문학예술은 비록 감정의 표달을 매우 강조하였지만 감정을 마구 표현해서는 안되며 반드시 일정한 절제를 받아야하며 이성의 제약을 받아야 한다. 이러한 절제도 있고 이성도 있는 서정은 중국 예술의 큰 특징이며 중국 예술의 정통이자 전통이다. 중국 고대 문학예술에서는 절제되고 이성이 있는 서정적 표현설이 시종 지배적 지위를 차지하였으며 설사 일부 편향이 나타난다 하더라도 절대 이를 무시하지 않았고 극단으로 나아가지 않았다. "감정을 발산하면서도 예의를 지킨다"는 것은 시종 중국 고대 문예의 금과옥조이다. 이러한 이성적 절제 감정은 중국 고대 문학예술에 복고와 보수적인 분위기로 충만되게 하였고 그 극단자는 심지어 "예의"로 감정을 부정하였다. 송(宋)나라의 도학(道学) 학자들이 "천리(天理)"를 보존하고 인욕(人欲)을 없애자"고 주창하고, 명(明)나라에 전후하여 문인들이 "문필진한(文必秦漢)"과 "시필성당(詩必盛唐)"의 기치를 높이 든 근원을 따지자면 이들이 빠질 수 없다.

중국과는 반대로 서방 현대파 문예의 서정은 주로 일종의 비 이성적인 본능과 정욕의 발산이다. 서구 모더니즘파의 비 이성과 본능적인 성적 욕망의 이론은 주로 베르그송, 프로이트와 사르트르의 문학 이론에서 구현되고 있다. 베르그송은 쇼펜하우어의 삶의 의지와 니체의 권력 의지에 이어 이른바 생명의 충동 의식의 연면설과 직관설을 내놓았다. 그에게 세계는 이성적이지 않고 비 이성적이었다. "화가(혹은 예술가)는 자신의 작품이 어떤 모습일지 예견할 수 없다." 비 이성적인 직관에 의존하면, "직관은 우리의 지능이 제공할 수 없는 것을 포착할 수 있게 한다."(『창작론』) 서구에서 인기를 끈 의식의 흐름 소설들은 바로 이런 비 이성적 의식의 연장과 직관을 바탕으로 하고 있다. 윌리엄 제임스가 최초로 제기한 소위 의식의 흐름, 또는 원시적 감각의 혼돈이라고도 한다. 비 이성적인 "감각적 혼돈"에 대해 울프(Woolf 1882~1941, 영국의 여류작가, 문학비평가, 문학이론가)는 "생명은 햇무리와 달무리처럼 반투명의 천막이 우리를 포위한 것처럼 시종 우리와 함께 한다. 소설가의 임무는 바로 이런 불가지하며 변계가 없는 정신을 표현할 때 어떻게 그의 복잡함과 변화다단함을 나타내는 것이다. 또 될 수 있는한 자신밖의 외재사물과 뒤섞여 표현하는 것을 피면하여야 한다."(『보통독자』제1집) 보다싶이 울프가 표현하려 하는 것은 "복잡한 감정"으로 바로 이런 비 이성적인 "불가지"의 정감이다.

이러한 비 이성적 본능인 성욕의 분출에 대하여 프로이트는 더욱 솔직하게 서술하였다. 그는 문학예술은 작가의 본능적 욕망(주로 성욕)의 승화이며 비 이성적, 무 의식적, 본능적인 성욕의 분출이라고 단도직입적으로 지적하였다. 그는 예술가는 정신병자와 거의 같으며 그들은 온 종일 백일몽을 꾸지만, 다만 예술가는 백일몽을 문예 작품으로 표현하여 문예 작품속에서 자신의 본능적인 정욕을 발산할 수 있을 뿐이라고 주장하였다. "그는 다른 어떤 욕망이 충족되지 못한 사람과 마찬가지로 그(예술가)는 현실에서 눈을 돌려 자신의 모든 흥취, 모든 본능적 충동을 환상적 삶으로 창조하려는 욕망에 옮긴다"(『정신분석입론』)고 말한다. 초현실주의 지도자 브레돈은 "이런 발견은 전적으로 프로이트의 공로여야 한다"고 솔직히 인정했다. 브레돈은 "무의식", "망상광에 의한" 창작을 주장하였으며 "이성의 어떠한 통제도 받지 않고", "환상으로만 모든 것을 할 수 있다"고 주장하였다. 이런 비 이성적 무의식이 어떻게 감정을 발산하여 창작을 할 수 있었는가? 그는 "사전에 아무런 주제의 선택도 하지 않고 직접적으로 집필하여 창작하며 그 속도의 빠름은 자기가 쓴 글을 볼 틈사이마저 없을 정도여야 한다. 그러면 첫마디가 자연적으로 초고지에 나타날 것이라고" 주장하였다. 이른바 "비 이성적 지식의 자발적 방법으로 미친 듯한 연상과 해석이" 바로 창작이다.(브레돈 『초현실주의란 무엇인가』). 상징주의는 시가 "무아지경 또는 광기"라는 "충동"에서 발생하며 이와 같은 광기에 가까운 비 이성적 정서의 발산은 모더니즘 예술의 현저한 특징이라고 여겼다.

비 이성을 주장한 또 다른 문학 이론의 대가는 사르트르이다. 사르트르는 "타인은 지옥이다"라는 말로 황당무계한 세상을 설명하였다. 인간은 반드시 부조리한 세계에서 자아를 찾고 자아를 창조해야 한다. 사르트르의 실존주의가 서구 비 이성주의 문학에 미친 영향은 지금까지 쇠퇴하지 않은 것은 부조리극이 잘 보여주고 있다. 부조리극의 이론가인 에린스의 말에 따르면, 부조리란 "합리적이고 관습적이지 않는 것이다. 비 타협적이

고, 비합리적이며, 비 논리적이다"라고 여겼다. "황당파 작가들은 이런 내
적 모순을 노력이 아닌 본능과 직관에 의해 이겨내고 해결하려 시도해 왔
다."(『황당파의 황당성』) 이와 같은 "본능과 직관"에 의한 창작방법은 바로 일
종의 비 이성적인 본능적 정욕의 발산이다. 부조리극의 거장 요네스쿠
(Eugène Ionesco, 1912. 11.26~1994.3.28)의 말처럼, 그는 "이데올로기가 아닌 감
정, 강령이 아닌 충동, 엄밀한 일치성은 원시상태의 감정으로 하여금 정규
적인 구조를 가지게 한다"(『기점』) 알다싶이 이러한 비 이성적 본능과 정욕
의 분발은 중국 고대 문예의 절제되고 이성적 서정의 표현과 격에 맞지 않
다고 할 수 있다. 서방 모더니즘 예술가들은 비록 이성을 인정하지 않았지
만 사실상 모더니즘 유파중의 일부 가치 있는 작품에는 생활의 깊은 철리
가 담겨져있다. 피카소의 회화, 보들레르의 시, 조이스의 소설, 그리고 『의
자』와 『고도를 기다리며』와 같은 부조리극들이 있다. 진정으로 이성을 갖
추지 않은 "미치광이"가 창작한 "예술"이다. 예하면 땅나귀의 꼬리, 닭과 고
양이의 발로 그림을 그리거나 누드의 여성 모델의 몸에 염료를 묻혀 종이
장에 한바퀴 구불어 창작한 그림이거나 도란을 묻힌 두 발로 종이위에서
마구 밟아 창작한 그림, 그리고 "자동적인 창작"이라 신문을 한쪼각 한쪼
각으로 만들어 임의로 뽑아 이어 붙여 문학 작품을 생성하거나...... 이런 비
이성적인 정욕의 발산은 모두 예술을 회멸의 심연으로 밀어놓을 수 있다.

아름다움과 추함의 각도에서 볼 때 그 어떤 문학예술이든지 모두 그 심
미적 가치를 가지고 있다. 중국 고대 문예나 서방 현대파 문예도 예외는
없다. 그러나 어떤 미를 추구하는가 하는 문제에서 중국 고대 문예 표현설
과 서방 모더니즘파 문예 표현설사이에는 또 본질적인 차이가 있다. 중국
고대 예술은 미적 경지를 추구하는데 목적을 두고 있다. 물론 문예중의 미
와 추함은 매우 복잡한 문제이다. 아름다운 형상을 묘사한다고 하여 진정
으로 아름다운 것은 아니며 추한 형상을 묘사한다고 하여 사람들에게 미
감을 주지 못하는 것도 아니다. 이 점은 국내외의 문학예술가들이 모두 인

식하고 있다. 모방설을 창도한 아리스토텔레스는 사물의 형상을 진실하게 모방하면 추한 "시체나 가장 비루한 동물의 형상"(『시학』)도 아름다워 보이게 만들 수 있다고 했다. 청나라 사람 유희재(劉熙載)는 "괴석은 추함을 아름다움으로 여기는데, 추함의 극치에 이르면 아름다움의 극치에 이른다. '추'자속의 구석구석은 쉽게 표현할 수 없다."(『예개』)[21]고 하였다. 그러나 문예중에는 아름다움을 추구하다가 추함을 얻는 것도 있다. 예를 들면 그리스 말기의 갈고다듬은 퇴폐한 작품이나 중국 남조때의 궁체시(宮體詩)같은 것이 바로 그러하다. 그러나 이는 문예의 이미지를 묘사함에서 미와 추를 가리지 말라는 것은 아니다. 중국 고대 문예와 서방 모더니즘 문예에서 미추문제에 있어서의 차이를 살펴보면서 혹시 조금이라도 유익한 계시를 받을 것이다. 중국 고대 문예에도 괴이한 형상을 그린 작품들이 있다. 당나라의 낭만주의 시인 이하(李賀)는 하나의 전형적인 예이다. 마치 두목이 평하다 싶이 "기와, 관널, 전짜, 정들은 모두 오래되었다 할 수 없다. 핀 꽃보다 아름다운 미인은 진정으로 아름답다 할 수 없다. 고래가 입을 벌리고 거북이 약진하는 것, 귀신요괴등의 허황하고 괴담한 것은 진정으로 허무하고 황당하다 할 수 없다."(『이하서문』)[22] 그러나 아무리 이하가 그리는 이미지가 이상하다하더라도 사람들에게 주는 느낌은 여전히 아름다움이다. 그의 시 『남산전중행』을 보면 "가을의 들판은 명랑하고 추풍은 하얗네. 깊은 늪의 물은 잠잠하며 벨레들이 요란스레 우네. 구름의 뿌리인 선태가 산위의 바위에 앉았고 가을단풍은 추위에 가냘픈 울음소리를 터뜨네. 드넓은 벌판에 어떤 벼이삭은 이미 고개를 숙이고 경칩뒤의 개똥벌레들이 반짝이며 낮게 마루를 나니네. 샘물은 산줄기에 따라 똑똑거리며 모래속으로 떨어지고 도깨비불은 마치 현실속의 불처럼 빛나며 소나무의 꽃송이가 되었

---

21 怪石以丑为美, 丑到极处, 便是美到极处。一丑字中丘壑未易尽言。"(《艺概》)

22 "瓦棺篆鼎, 不足为其古也；时花美女, 不足为其色也；荒国陷殿, 梗莽丘垄, 不足为其恨怨悲愁也；鲸呿鳌掷, 牛鬼蛇神, 不足为其虚荒诞幻也。"(《李贺集序》)

네."[23] 이 시는 춥지만 붉은 가을, 황량한 벌판, 도깨비불등 이미지를 극력 묘사하였지만 사람에게 준 독특한 예술적 경지의 아름다움은 언사로 표현하기 어려운 정도이다. 고대 중국에서는 회화나 희곡, 음악을 막론하고 모두 의식적으로 추구하는 것이 바로 미의 경지이다.

중국 고대 문예는 추구한 의경의 미와 반대로 서방 모더니즘파는 일부러 추한 형상을 추구하여 일종의 "추한 미(추한 아름다움)"를 추구하였다. 그들은 살구나무가지나 빛나는 복숭아꽃 같은 아름다운 형상은 거의 묘사하지 않고 일부러 괴상하고 검고 혼란스럽고 추한 형상을 묘사한다. 모더니즘 회화를 보기만 하면 곧 괴상하고 검고 혼란스럽고 추한 인상을 감지하게 된다. 온통 변형된 사람, 외곡된 이미지, 불조화의 구성과 색채들이였다. "아름다운 모나리자상에 수염을 그리다니 쓰레기도 고급스러운 화단에 올렸다"고 감탄하게 될 지경이다. 프랑스의 화가 장 디비페이(Jean Dubuffet, 1901-1985)는 쓰레기통을 뚜져 찾아낸 듯한 더러운 것들인 구부러진 못, 우불구불한 철사, 산산히 부서진 돌덩이, 회반죽범벅이, 시멘트범벅이, 오염된 물감을 도구로서 종이위에 자유롭게 발라서 창작하였다. 이는 일반적으로 타시즘(Tachisme)으로 불리웠다. 디비페이는 어지럽고 더러운 곳에서 아름다움을 발견했으며, "더러운 곳의 색채는 하늘의 색채보다 조금도 손색이 없다"고 말했다.[소대잠(邵大箴)『모더니즘 미술 평론』, 67 페이지] 이러한 "더러운 아름다움"은 다만 한가지 추함에 지나지 않는다고 여겼다. 이런 추한 것으로 아름다움을 형상화하는데 애쓰는 경향은 이미 상징주의의 선구자인 보들레르부터 시작되었다. 보들레르의 대표작『악의 꽃』은 악을 아름다움으로 본다는 뜻이다. 이 시집에서 작가는 병적인 성애를 육감적인 필치로 묘사하며, "심령과 관능의 열광"을 노래하고 있었다. 사회의

---

23 『南山田中行』詩: "秋野明, 秋风白, 塘水漻漻虫晴喷。云根台鲜山上石, 冷红泣露娇啼色。荒睡九月稻叉牙, 蛰萤低飞陇径斜。石脉水流泉滴沙, 鬼灯如漆点松花。"

악과 인간의 악을 예술 미의 대상으로 묘사하면서 현대 도시인 파리라는 "지옥"속의 각종 죄악 현상을 파헤치고 있었다. 후기 상징파시인 엘리어트의 장편시『황무지』는 현대시의 이정표로 불리웠다. 그는 만물이 말라죽는 "황무지"로 현대 세계를 비유하며 추한 이미지로 사물을 묘사하였다. 예를 들어 현대인은 지푸라기와 같이 "그들은 마른 소리를 낸다 …건조한 지하실에 쥐가 발로 깨진 유리를 밟고 있는 모습", "해질녘이 하늘 위로 뻗은 모습, 마치 수술대 위에 마취제를 주사한 환자처럼", 밤에도 인적이 없어지지 않는 거리는 "짜증나고 나쁜 심보 가득한 논쟁 같다"등의 글들이 이어졌다. 미래파 극작가 캉지러는 일찍 희곡 한편을 썼는데 희곡 전체가 몇십자로 되어 있었다.

등장인물???
한 거리에서, 밤이 어둡다, 몹시 춥고 한 사람도 없다.
개 한 마리가 이 거리를 천천히 뛰어갔다.(막하하)

이곳은 아무런 아름다움도 없고 다만 밤만 있다. 차갑고 외롭고 세상은 마치 큰 무덤처럼 으스스하다. 미국의 황당파 작가 에드워드 알비의 단막극『해경(海景)』에는 인간 모양을 한 도마뱀부부가 등장한다. 진쿤(陳崑)의 지적처럼 모더니즘 작품은 "더 이상 진실하고, 선하고, 아름다운 것을 추구하지 않고 추하고, 죄악한 것, 병들고 이상한 것, 터무니없는 것을 표현하는데 초점을 맞추고 있다."(『서구 모더니즘과 미국 현대 문학의 일부 상황』,『새로운 시대의 문학 탐구』참조, 496 페이지)

심미적인 각도에서 본다면 문예가 추한 이미지를 묘사하는 것은 비난할 수 없다. 그러나 문예가 추한 형상을 묘사하는 것은 결코 목적이 아니다. 예술가의 목적은 추한 형상을 아름다움으로 변화시키거나 추한 형상을 부정하는 것을 통하여 미에 대한 긍정에 도달하는데 있다. 모더니즘의 어떤 작품들은 자본주의 사회를 "인간을 숨막힐 듯한 지하실로"(우나이스쿠) 부정함으로써, 희망의 "고도"를 기다리고 있다. "고도"는 결코 오지 않았지만 사람들에게 무한한 희망을 주었다. 그러나 일부 현대 작품에는 "추하다"고 해서 거리가 혼잡하고, "대변에 적리가 섞인 것 같다"는 식의 구절까지 나온다. 더러운 쓰레기가 푸른 하늘보다 낫다고 생각하는 것은 우스운 일이다. 문학예술은 언제나 사람들에게 심미적인 향수를 주어야 한다. 그래서 루쉰은 "미술은 정성을 다하여, 근본적으로는 진미를 발양시키는 것이다."라고 말하였다.(『의파포미술의견서』) 만약 문예가 아름다움보다 추함을 추구한다면 문예는 멸망할 수밖에 없다.

이상의 몇개 방면의 비교와 분석을 통하여 우리는 중국과 서양의 표현설의 이러한 특징을 발견할 수 있다. 일반적으로 중국 고대 문예의 표현설은 비교적 변증법적이다. 그것은 주관적인 표현을 강조하는 동시에 객관적인 현실도 강조하고 있다. 정감을 토로하는 것을 강조하는 동시에 이성 있게 정감을 절제하고 아름다움과 추함의 문제에서 그 관계를 올바르게 처리할 것을 강조하였으며 그것은 형태의 유사성을 추구하지 않으면서 그 유사성을 부정하는 것도 아니다. 그것은 함축성을 제창하지만 난삽한 것으로 합류하지 않았다. 그러나 중국 고대 문학예술의 표현설은 전면적이고 변증법적이기는 하지만 매우 보수적이여서 보기에는 평온하지만 창조의 정신과 용기가 결핍한 것이 단점으로 되고 있다. 그에 비해 서방의 모더니즘 문예는 혁신정신으로 충만되여있다. 하나하나의 새로운 유파, 새로운 수식이 끊임없이 나타나며 내용과 형식을 막론하고 모두 심각하고 참신한 점이 많지만 지나치게 과격하고 일면적이다. 그것은 주관적인 자기표현만 말하고 객관적 현실은 부정하는 것이다. 비 이성적인 정욕의 발산만을 추구하고 이성적인 절제를 부정하며 어떤 사람들은 미와 추함의 관계를 정확하게 처리하지 못하고, 무조건 추한 이미지를 추구하였다. 심지어 하등한 쓰레기도 예술의 "진귀한 보물"이라고 여겼다. 어떤 이는 형사와 신사의 관계를 정확하게 처리하지 못하여 객관적인 자연의 이미지를 완전히 부정하고 "암시"의 "상징"을 추구하여 결과적으로 작품을 난해하고 이해하기 어렵게 만들었다. 이러한 것들은 모두 단점이라 할 수 있다.

또한, 중국과 서양 현대 문학이 "도로를 바꾸고 위치를 바꾸"는 문제에 대해서는 아직도 보편적으로 잘못된 인식이 존재한다. 즉 대다수 서방인들은 중국 현대 문학의 전환은 서방 문학의 영향의 결과일뿐이다라고 인정하는 것이다. 또한 서방 문학의 전변은 동방의 영향을 받은 것은 사실이지만 인증받지 못하고 있는 것이다. 기실 이런 견해는 어느 각도에서 보나 다 일면적인 것이며 성립될 수 없는 것이다. 중국과 서양 문학예술의 "도로를 바꾸"는 현상은 모두 외부의 영향을 받았고 중국과 서양의 현대 예술가들은 모두 공동으로 다른 나라의 문화로 자기의 새로운 소리를 낼 것을 추구하였다. 물론 외부 영향이 어느 정도에서 중요한 역할을 하고 있지만 중국과 서양의 현대 문학의 변경은 모두 외부 세력를 본받아서만은 성사할 수 있는 것이 아니다. 서방의 모든 문예의 산생은 자기만의 내적 요소가 존재한다. 중국 현대 문학의 발생도 역시 내부의 필연적 규칙이다. 문학예술의 산생에는 내재적인 허다한 요소가 있다. 중국의 전반 현대 문학예술도 자체의 내부적인 필연적 법칙을 가지고 있다.

서방 문예를 놓고 말하면 재현에서 표현에로 전변되는 추세는 19세기 낭만주의로부터 그 실마리를 찾을 수 있다. 낭만주의 문예는 처음부터 고전주의가 따라오던 모방 전통을 격렬히 반대하고 이상을 묘사하고 강렬한 개인감정을 토로하는 경향을 보였다. 그들은 작가 개인의 주관적 세계, 사물에 대한 내면적 반영과 감수를 묘사하는데 특히 치중한다.[양주한 등 주필 『유럽문학사』(하), 4 페이지] 프랑스 낭만주의의 선언문으로 불리는 『크롬웰의 서문』(위고)은 이렇게 선언하였다. "서사시의 시대는 이미 지나가고 있다...... 로마는 그리스를 모방하였고 베르길리우스는 호메로스를 모방하였다. 서사시는 어엿하게 결말을 짓기 위해 이 마지막의 출산에서 소멸될 것이다." 그리하여 낭만주의 이론가들은 자기의 미학 원칙을 확립하기 시작하였다. 그들은 예술은 객관적인 현실의 모방에 그치지 않으며, "예술은 원산물을 제공할 수 없다"(위고) 며, 진정한 예술의 원천은 시인의 내면에 있고 작가의 내적인 감정의 표현이라고 주장했다. "시는 강렬한 감정의 자연스러운 표출이다. 고요한 가운데 떠오르는 회상에서 비롯된다."(워즈워스, 『서정가요집 서문』) 낭만주의가 전통 시학에 대한 반란을 일으킨 것은 우연이 아니라, 문학예술 발전의 필연인 동시에 당시 사회 발전의 반영이기도하다. 18세기말 서양의 모방 전통은 날로 보수에로 굳어가고, 고전주의의 금제와 계률들의 엄격한 속박속에서 문예의 발전과 혁신을 새로 도모하게 되었다. 이렇게 낭만주의 문예가 시대의 요구에 따라 나타나게 되었고 주관적 표현이 점차 사람들의 중시를 받게 되었다. 물론 어제와 작별하는 일은 결코 쉬운 일이 아니다. 반세기 가까이 방황한 끝에 서양 문학은 모방과 재현의 전통과 결연히 결별하고 철저히 주관적 표현의 길로 들어섰다. 회화에서의 인상파, 시에서의 상징주의로부터 시작하여 각양각색의 모더니즘 문예가 끊임없이 쏟아져 나오면서 서양 문단에는 새로운 기원이 열리게 되었다.

중국의 현대 문학도 이처럼 기나긴 과정을 거쳐온듯 하다. 그 기원은 대략 봉건사회 후기의 서민의 문예에서 비롯된다. 자본주의 맹아가 발생함에 따라 이단적 사상이 흥기하게 되고 소설과 희곡이 대량으로 출현하여 정통 시문과 웅변하기 시작하였으며 소설은 더는 "자질구레한 도"라는 굴욕적인 지위에 만족해하지 않게 되었다. "시는 왜 고선이어야하고, 글은 왜 선진이어야하고, 그 아래는 왜 육조가 되고, 변해서 근체가 되고, 또 변해서 전기가 되고, 변해서 원본이 되고, 잡극이 되고, 『서상곡』이 되고, 『수호전』이 될 수 있는가."(이지 『동심설』)[24] 그래서 일부 문예 이론가들은 날로 쇠퇴해지

---

24 "诗何必古选, 文何必先秦, 降而为六朝, 变而为近体, 又变而为传奇, 变而为院本, 为杂剧, 为

는 정통 시문과 날로 굳어지는 금제와 계률을 버리기 시작했다. 그들은 이야기 얽음새나 성격을 따지면서 재현형 문학의 법칙을 모색하기 시작했다. 『수호전』은 쉽게 붓을 들 수 있는 작품이 아니다. "송강이 이름을 날린 것은 제17회에서 볼 수 있다. 이는 작가가 속으로 이미 100번을 헤아렸다는 것을 알 수 있다. 쉽게 붓을 들면 꼭 첫회에 송강을 써야 하므로 글이 퍼지면서 밀고 당기기가 없다"(김성탄,『독제오재자가』)[25] 줄거리를 어떻게 짜야 하는가에 대한 이야기하였다.『수호전』이 108명의 성격을 묘사하였으니 정말 108가지이다 …인물 하나라도 옛날에 알고 지내는 것 같이 익숙했다"(김성탄,『독제오재자가』) 이는 성격과 전형을 논한 것이다. "누가 누구고, 누가 누구냐. 장삼이가 장삼이를 닮아야 한다는 말은 장삼은 이사와 상상하지 말아야 한다"고 했다.(이어『한정우지』)[26] 이것은 그야말로 모방하여 말한 것이다. 비록 중국 현대 문학예술의 전변이 서방보다 훨씬 일찍 시작되었지만 중국의 역사적 타락성은 서방보다 강했다. 몇백년 동안 배회하여도 일부 사람들은 여전히 패배를 인정하려 하지 않았으며 마치 중국의 봉건사회처럼 그 내부에서 배태되고있는 새로운 생명을 죽도록 억제하였다. 제국주의의 포격이 봉건제국의 금쇄와 동관을 뚫어놓은 후에야 멍에가 풀렸고 문학이 새로운 모습으로 나타나게 되었으며 중국의 오랜 표현 전통과 철저히 결별하였다. 이로부터 알 수 있는바 중국 문예가 표현에서 재현에로의 전환은 문학예술 자체의 발전과 사회 발전의 필연이다. 이 점을 인식해야만, 중국과 서양 문예의 "위치 교환"문제 및 중국과 서양 문학과 시학의 상호 영향 문제를 정확하게 이해할 수 있고 따라서 중국과 서양 문학과 시학의 발전 변화와 그 각각의 미학적 가치를 정확하고 전면적으로 이해할 수 있다.

『西廂曲』, 为『水浒传』。"(李贽『童心说』)

25 "『水浒传』不是轻易下笔, 只看宋江出名, 直在第十七回, 便知他胸中已算过百十来遍。若轻易下笔, 必要第一回就写宋江, 文字便一直帐, 无擒放。"(金圣叹『读第五才子书』)

26 "说何人肖何人, 议某事切某事……说张三要像张三, 难通融于李四"(李渔『闲情偶寄』)

제2절 문도와 이념

중국 고대 문학예술은 "도"를 핵심으로하며 이는 문예 이론에 반영되였으며 그것이 바로 중국 문학 비평사속의 "문도론"이다. 사실, 서양의 문학예술에도 "도"와 비슷한 것이 있지만 단지 부르는 방식이 다를 뿐이다. 서양 문학예술가들은 이를 "이념"이라고 불렀고 이는 문예 이론에 반영됐으며 바로 서양 문학론에서 유명한 "이념론"이다. 본 절에서는 예술의 기원론으로부터 착수하여 비교를 통해 문도론과 이념론을 판별하려고 한다.

중국과 서양의 이론을 사상의 지위와 영향 및 그 특징을 보면 선진시기 제자백가의 문도론, 특히 순자가 완비시킨 뒤 문도론은 중국 문예의 정통적인 권위 이론으로 되었다. "오경(五經)을 버리고 도(道)를 이루는 것이 마지막 ...... 제자백가들의 도를 표하기 위해 대성을 임하여 그 도를 다 알게 해야한다"고 했다.(『법언(法言)・오자(吾子)』) 그러나 "문도론"을 강력하게 제창하였고 가장 큰 영향을 미친 사람은 역시 당나라의 대문학가인 한유와 유종원(柳宗元)이다. 그들은 "문도(文道)"로 길을 열고 정통으로 자처하며 복고를 혁신으로 하여 당나라문학의 새로운 천지를 개척하였다. 또한 문도론의 큰 깃발을 중국 고대 문단에 확고히 세웠다. 그 후 구양수, 송렴, "명칠자(明七子)", "당송파(唐宋派)", "동성파(東城派)"등 여러 학파는 모두 문도론의 주창자와 충실한 신도였다. 물론, 또 주희(朱熹)를 대표로 하는 도학학자들은 "도(道)"만을 중시하고 "문(文)"을 소홀히 하였으며 일부 문예의 규률에 어긋나는 잘못된 견해를 제기하였다. 그러나 그는 "문이재도(文以載道)"를 주창했고 그 영향력도 작지 않았다.

서양을 볼 경우, 고대 그리스의 플라톤이 체계적으로 문예상의 "이념론"을 제기한 후, 여러 문학 이론가들은 서로 다투어 본받아 서양 문학 이론의 권위자가 되었다. 고대 로마의 문필가 플로티노는 플라톤의 관념론인 이념론을 신비주의로 발전시켜 이념을 "태일"이요, "신"이라고 했다. 중세의 대신학자 아우구스티누스와 성 토마스 아퀴나스는 이런 신비주의적 이념론을 따랐다. 르네상스 시대에는 이념이라는 개념과 아리스토텔레스의 보편성의 개념을 결합시켜, 전형적인 객관성과 도의 보편적 기준을 논증하였다. 낭만주의운동시기에는 대부분 "이념"을 "이상"으로 이해했다. 그러나 "이념론"에 대해 가장 철저하게 설명을 한 사람은 헤겔이다. 헤겔 문예사상의 중심은 바로 "이념"이었다고 하였다. 그는 또 "미는 이념의 감성적 표현"이라고 주장하였다. 문학예술의 역사 발전 유형(예를 들면 상징형, 고전형, 낭만형)도 "이론"에 의해 각각의 특징을 드러냈다. 심지어 러시아 혁명적 민주주의의 탁월한 논객이었던 벨린스키도 "이념론"을 주창했다. 그는 "예술은 우주의 위대한 관념을 그 무수하고 다양한 현상속에 표현하는 것"이라고 주장했다. 이로부터 볼 수 있듯이, 중국 문학 이론 중의 "문도론"이나 서양 문학 이론 중의 "이념론"을 막론하고 그 영향은 매우 심원하며 그 지위는 매우 중요하며 또한 문론사 전체를 관통하는 권위적인 이론이다.

(一)

문도론과 이념론의 공통점도 흥미롭다. 쉽지 않은 개념이라는 점이다.

고대 중국에서는 각 학파의 "문도론(文道論)"이 모두 각자의 소신대로 되어 있어, 의론이 분분하였다. 노자는 자연의 도를 주창하고, 순자는 성인의 도를 존경하여 받들었지만, 소식은 도는 일종의 "구하지 않아도 스스로 오는 것"[27]이라고 여겼다. 이와 유사하게, 서양 문학 이론에서 플라톤의 "이념"은 천지 만물과 문학예술의 원천, 프로딘의 "이념"은 "신", 낭만주의 "이념"은 "이상", 헤겔의 "이념"은 철학의 본체, "절대 정신"등이 있다. 그것은

---

[27] "莫之求而自至"

마치 변화무쌍한 정령처럼 모든 것이 아무것도 아닌 것처럼 파악하기도, 설명하기도 쉽지 않았다. 만약 그것들의 함의를 하나하나씩 단독으로 판별한다면 흔히 뒤엉키어 명확히 파악하기 어렵다. 그러나 만일 우리가 문도론과 이념론을 총체적으로 파악하고 거시적 견지에서 비교한다면 그것들의 주체를 발견하고 각각의 독특한 색채를 음미할 수 있을 것이다. 아래에 우리는 각각 초보적인 분석과 비교를 해보도록 하자.

전체적으로 보면, "문도론"과 "이념론"의 함의는 주로 다음과 같은 몇 가지 공통점이 있다.

1. 문예의 출처

중국의 문도론은 비교적 복잡하여 각 학파의 철학적인 도가 모두 다르다. 현재 학계의 견해는 분분하지만 문도론이 우선 예술 기원론이라고 명확히 밝힌 사람은 없다. 마찬가지로 서양의 이론도 분분하지만 각각의 학설에는 한 가지 공통점이 있다. "이념"이 문예의 원천이라는 것이다.

플라톤은 문예의 발생, 그 본원은 객관적인 물질이 세계에 있는 것이 아니라 "이념"에 있다고 여겼다. "이념"은 객관적인 세계와 사람의 두뇌밖에 독립된 철학적 실체이고 모든 사물은 "이념"으로 "분리"되어, "이념"은 세계만물의 본원이다. 미(美)도 "이념에서 분리"된 것이고, 문학은 "이념의 모사본의 모사본"이다. "이념"이 문예의 유일한 원천이라는 이념설은 고대 로마와 중세기의 문론가들에 의해 전반적으로 계승해 왔다. 플로티노스는 "예술은 물질적 세계에서 온 것이 아니라 '이념'에서 온것이다." "이념이 울어나 혼란의 사물로 유입되어 정체의 형식이 산생된다. 그리하여 미가 생기게 되어 문예가 나왔다고"여겼으며 그는 다음과 같이 말하였다. "우리는 모든 것이 아름다운 것은 분유(分有)하였기(이념) 때문이다." 예를 들어, 어떤 이념의 아름다움에 따라 예술에 의해 조각된 돌은, 그것이 돌이기 때문이 아니라, 예술이 부여한 이념의 아름다움 때문에 아름답다.(『구장집』, 제1부 제5 부분) 헤겔은 플라톤의 "분유설(分有說)"에 전적으로 동의 하지 않았다. 그는 "플라톤은 이념 연구의 정초자와 선구자라 하였다하더라도 그의 추상적인 방법은 우리를 만족시킬 수 없었다. 미의 논리는 무엇을 연구하는가의 이런 문제에서도 이러하다. 우리는 미라는 이런 논리와 이념을 더욱 심각하고 구체적이게 이해하여야 한다. 왜냐하면 플라톤식의 이념은 텅비고 메마른 것이며 이미 우리 현대인 심리의 풍부한 철학적 요구를 만족시킬 수 없기 때문이다."(『미학』, 제1권, 27 페이지) 그리하여 헤겔은 이념적 관점과 경험적 관점을 통일할 것을 주장하였으며 "미는 이념의 감성적 표현이다"라는 저명한 논단을 제출하였다. 그러나 "이념"은 감성적 사물속에서 자기만의 옷을 찾았다 하였더라도 문예의 최초의 원천은 만물을 낳은 "이념"이다. 헤겔의 미학도 역시 발과 머리가 전도되었다. 그가 말하다 싶이 "우리의 예술 철학은 역시 반드시 미라는 이념에서 출발하여야 한다."(『미학』, 제1권, 27 페이지) 쇼펜하우어는 직접적으로 예술은 영원한 이념에서 왔다고 말하였다. "어느 하나의 지식은…… 이념에 관한 것인가…… 우리는 예술, 천재의 작품이라고 답하였다. 이는 순수하고 정태적인 관찰을 통하여 영구한 이념을 파악한 것으로 세계의 모든 현상중의 본질, 영원한 것을 재현한다. 재현할 때 사용한 재료에 따라 조형예술, 시, 혹은 음악으로 나눌 수 있다. 그의 유일한 원천은 이념에 관한 지식이다. 그의 유일한 목적은 이런 지식을 전달하는 것이다."(『세계는 의지와 표상이다』, 『쇼펜하우어 전집』, 제3권 217 페이지) 러시아 걸출한 혁명민주주의가 벨린스키는 "모든 예술 작품은 모두 하나의 일반성적인 이념으로 산생된 것이며 이 이념 덕분에 형식의 예술성을 획득할 수 있었다."(『벨린스키전집』, 제3권, 473 페이지)고 하였다.

서방과 비슷하게 중국의 "문도론"은 문학예술의 기원은 "도"에 있다고 여겼다. 선진 시기의 제자(諸子)들이 말하는 "도"는 플라톤이 제창하는 "이념"과 비슷했다. 노자가 말하는 "물질이 혼합하여 된 것인데 하늘땅보다 먼저 나아 적막하여 혼자서인 것을 바꾸지 않는다. 주기에 따라 운행하여 하늘땅의 어미가 된다. 나는 그 이름을 몰라 강한 것을 '도'라하고 더 강한 것을 '대'라 명하겠다."는 것이다(『노자』, 25장)[28] 순자는 "대도자란 변화하여 만물이 된다"라고 하였다.(『순자애공』)[29] 『역계사』왈: "형이상학자가 도이니라"[30] 『여씨춘추중하기』는 "도란 치극히 정수로서 형언할 수 없으니 억지로 이름을 붙히려면 태일이라."[31] 우에서 보다싶이 각 학파는 "도"에 대한 이해는 상통한데 대체로 두개 공통점을 지니고 있다. 한 방면으로는 도는 형언할 수 없으며 "형이상학"적인 것으로 "모양 없는 모양, 물질 없는 현상"(『노자』 14장)이다. 그러나 또 어디에나 존재하며 만물사이를 "에둘"고 있다. 다른 방면으로는 "도"는 만물의 본원으로 하늘땅의 어미이고 "만물로 변"할 수 있다. 그래서 "도는 하나를 나아, 하나는 둘울 낳고, 둘은 셋을 낳아, 셋은 만물을 낳는다."(『노자』 42장) 만물은 "도"에 의해 나타난 것으로 "문"도 마찬가지로 "도"에 의해 산생된다. 그리하여 『역계사』가 이르기를 "도는 변하고 있어 박(駁)이라, 박은 많은 형태가 있어 물(物)이라, 물이 엉기성기하여 문이 되리라."[32] 한비자는 "도란 만물의 원인이라. 이치란 모든 것의 모임이라. 이치란 실체로 되면 문이다."(『해로』)[33] 이런 것들은 모두 "도"가 문예의 근원이라는 것을 설명하고 있다.

그러나 "문도론"을 체계화하고 그의 확고부동한 지위를 확립한 것은 역시 순자이다. 순자는 공자와 맹자의 도덕인의의 설을 흡수하여 또 선진 제

---

28 老子说: "有物混成, 先天地生, 寂兮寥兮, 独立而不改, 周行而不殆, 可以为天地母。吾不知其名, 强字之曰道, 强为之名曰大。"(『老子』二十五章)

29 荀子曰: "大道者, 所以变化邃成万物也。"(『荀子·哀公』)

30 『易·系辞』曰: "形而上者谓之道。"

31 『吕氏春秋·仲夏记』说: "道也者, 至精也, 不可为形, 不可为名, 强为之名, 谓之太一。"

32 "道有变动, 故曰爻; 受有等, 故曰物; 物相杂, 故曰文。"

33 道者, 万物之所然也。万理之所稽也。理者, 成物之文也。"(『解老』)

자백가의 각 관점을 융합하여 자기의 계통적인 관점을 제출하였다. 그는 먼저 "도"는 만물의 근본이고 "변화하여 만물이 될 수 있는" 것이라 인증하였다. 그러나 이런 "도"는 보통이에 의해 인식할 수 없으며 오직 "성인(聖人)"만이 인식할 수 있다 하였다. 그래서 "소위 대성인이란 대도를 통한 자라."(『순자애공』) 이리하여 "성인"은 대도의 소통자로 되었다. 순자의 말에 의하면 "성인"은 대도를 "도의 통로"라 하며 "성인"은 "도"를 알아 또 『시』, 『서』, 『예』, 『악』등 "문"으로 "도"를 전달하여 무지몽매한 운운중생이 그제서야 "도"를 알게 하고 글을 알고 예의를 알게 하였다. 『순자유효』에서는 "성인이란 도의 통로라. 천하의 도이며 모든 왕의 유일한 도이며『시』, 『서』, 『예』, 『악』은 모두 그속에서 왔네." "도"는 성인을 통하여 전달하는 것이라 반드시 "징성(徵聖)"을 이루어 성인의 표준으로 성인을 따라야 한다. 그리하여 "시비를 담론함에 있어서 치극히 성스러운 자를 선생으로 삼아라"(『순자정론』)[34] 성인은 "문" 즉 『시』, 『서』, 『예』, 『악』, 『춘추』를 통하여 "도"를 전달하는 것이기 때문에 또 제일 시초적인 경서를 모범으로 삼아야 한다.

순자를 뒤이어 양웅은 "독존유술(獨尊儒術)"의 한나라에 들어와 삼위일체의 주장을 진일보 강화하였다. 그러나 더욱 계통적으로 삼위일체의 "문도론"을 서술한 것은 남조의 문론가 유협였다. 『문심조룡』의 첫 3편, 즉 『원도(原道)』, 『징성(徵聖)』, 『종경(宗經)』이였다. 『원도』에서 유협은 "문"이 "도"에서 기원한다는 관점을 체계적으로 밝히고 있다. 그는 천지만물의 문체는 모두 "도"에서 나온 것이며 모두 "도"의 "문"이라고 여겼다. 천지만물에 "문"이 있듯이 천지의 마음을 소유한 사람에게도 당연히 "문"이 있다. 그렇다면 사람의 "문"은 어떻게 생겨났는가? 유협은 사람의 "문"의 근원은 "태극"에서 비롯되었다고 말했다. 여기서 말하는 "인문의 원(人文之元)"은

---

34 "凡言议期命是非, 以圣王为师"(『荀子·正论』)

"인문(人文)"의 시작이며 "조(肇)"는 곧 발단이다. 유협은 "인문"은 "태극"에서 비롯된다고 명확히 밝혔다. 태극이란 무엇인가? 『역·계사』에서 "그러므로 『역』에는 태극이 있고, 두 의(儀)가 나온다"[35]라고 하였다. 태극이란 만물을 파생하는 본원이다. 이런 이름 없는 "태극"과 이름 없는 "도"는 사실 같은 것이다. 만물의 본원이자 "인문"의 근원이다. 이런 "도"에 바탕을 두고 있는 "문"은 반드시 "성인"의 손을 거쳐야 많은 사람들이 통할 수 있기 때문이다. "포희가 시작을 그리고 중니가 끝을 본다"[36]고 하였다. 그리하여 "도(道)-성(聖)-문(文)"이라는 공식이 형성되었는데, 유협의 말에 따르면 "도는 성을 따라 문에 이르고, 성은 문을 통해 밝힌다"[37]라 하여 정통 문도론를 매우 완전하게 표술하였다. 후세의 이론은 대체로 이 범위를 벗어나지 않고, 단지 각자 다소 편향되어 있을 뿐이다. 예를 들어 한유는 스스로 "고대의 도"를 좋아한다고 자칭하며, 또한 글을 좋아한다고 하지만 사실 여전히 "문(文)"에 치중하고 있었다. 주희는 도에 편중되어 있으며 "문은 모두 도에서 나오는데, 어찌 글이 도의 이치(道理)를 통할 수 있겠는가?"라고 주장하며 "文은 文이고 道는 道이며, 文은 단지 밥 먹을 때 밥을 넘기기 위한 반찬과 같다. 만일 문으로 도가 통한다면 근본을 밑으로 하고, 밑을 근본으로 하니 진정 맞당한가?"[38]라고 하였다.(『주자어류』, 제8권) 후세의 문도론은 대체로 이를 기초로 하였다.

이상의 설명으로, 서양 문학 이론에서의 "이념"과 중국 문학 이론에서의 "도"는 모두 "이념"과 "도"를 "문"의 본원으로 여기며 문학예술의 원천이라고 여겼다. 이것은 그들의 가장 중요한 공통점이다. 왜 중국과 서양의 문학

---

35 "是故『易』有太极, 是生两仪。"

36 "庖牺画其始, 仲尼翼其终"

37 "道沿圣以垂文, 圣因文而明道"

38 "文皆是从道中流出, 岂有文反能贯道之理!文是文, 道是道, 文只如吃饭时下饭耳。若以文贯道, 却是把本为末, 以末为本, 可乎?"(『朱子语类』卷八)

이론에는 이런 공통점이 있는가? 아마 철학상의 인식론과 밀접히 연관되어 있을 것이다. 아는 바와 같이 철학의 기본 문제는 사유와 존재와의 관계 문제이다. 이 문제에 직면 하여 철학자가 먼저 대답해야 할 문제는 세계만물의 본원은 무엇인가이다. 그래서 "이념"과 "도"의 우주 본체론이 생겼다. "예술의 철학"인 문예 이론으로서 필연적으로 철학적 이론의 영향을 받기 마련이며 이론적인 "이념론", "문도론"은 자연에서 파생되었다. 문도론과 이념론의 이런 공통점은 인류 문화 발전의 근본 규칙을 보여 준다. 즉 역사 발전에서 각종 이데올로기는 결코 고립적으로 발전하는 것이 아니라 경제에 의해 결정되는 외에 서로 영향을 주며 서로 침투한다는 법칙이다. "문도론"과 "이념론"은 철학이 문학 이론에 미친 영향에 대한 증명이다.

2. 내용과 형식

문도론과 이념론이 내포한 두 번째 비슷한 점은 도와 이념은 문의 근원일 뿐만 아니라 문의 내용이기도 하다는 점이다.

플라톤은 미의 이념은 영원한 것이지만 구체적 형체속에 내포되어 구체적 형체의 내용으로 된다고 인정하였다. 때문에 사람들은 개별적인 형체를 통해 그 내용을 엿볼 수 있고 미 자체를 관조할 수 있다. 첫 걸음은 응당 어느 한 미형체만을 사랑하는데로부터 시작해야 하며 그 미형체로부터 아름다운 도리를 배양해야 한다. 둘째 걸음으로는 어느 하나의 형체의 아름다움이 다른 모든 형체의 아름다움과 통하고 있다는 것을 이해할줄 알아야 한다. 이것이 바로 허다한 개별적 형체에서 체형미를 보아낼 수 있는 이유이다.(『회음편』) 이런 "이념"의 내용과 감성적인 문예 형식의 통일은 칸트의 수중에서 이른바 "심미 이미지"가 되었다. 그는 관념은 본질상 일종의 이성적인 개념이며 이념(idea)은 개별적인 사물을 어떤 관념을 표현하는데 적합한 형상으로 현시하는 것이라고 인정하였다. 그러므로 이 심미적 취향의 원형은 한편으로는 이성의 가장 높은 불확실성에 관한 개념과 관련되며 다른 하편은 개념적으로 표현할 수 없고 개별적인 형상에서만 표현할 수 있다. 예컨대 시인은 눈에 보이지 않는 사물에 대한 이성적인 개념을 감각기관으로 인식할 수 있는 사물로 번역하려고 시도하였다는 것이다. 따라서 시는 "이 개념을 표현할 수 있는 무궁무진한 잡다한 형식 중에서 단 하나의 형식만을 선택한다. 그것을 연계해야만이 개념의 형상을 언어로 표현 할 수 없는 깊은 사색으로 된다. 따라서 자신의 심미적으로 끌어올리는 심상으로 될것이다."(『판단력 비판』을 참조, 53 절), 헤겔은 칸트 이론의 합리적인 점으로부터 유명한 논단을 제출하였다. 아름다움은 이념적 감성의 표현이다." 두말할 것도 없이 헤겔의 전체 미학 이론의 핵심 사상은 이념의 내용과 감성의 형식을 포함하고 있는바 내용과 형식의 고도의 통일이다. 헤겔 자신이 "예술의 내용은 곧 이념이고, 형식은 곧 감각에 호소하는 형상이다"라고 한 것처럼 말이다.(『미학』, 1권, 83 페이지) 이에 대해 벨린스키도 시의 본질은 무형체의 이념으로 하여금 생동한 감성적 미의 형상을 지니게 하는 데 있다고 분명히 했다. "예술의 사명과 목적은 무엇인가? 평범한 자연생활의 이념을 언어·소리·실마리·색채로 묘사해 재현하는 것이다"고 말했다. "이념이란 하나의 구체적인 개념으로서 그 형식은 그것에 대하여 외적인 것이 아니라 그 자신에 특유한 내용의 발전이다."(『서양미학사』, 524, 525, 550 페이지).

중국의 "문도론"도 서양과 비슷하게 내용과 형식이 통일되어 있다. 순자는 "마음이 도와 일치하고, 설이 마음과 일치하고, 사가 설에 일치한 것"을 주장했다. 이것은 바로 내부로 인하여 생긴 것으로 외부에 부합되는 것이다. 한유는 "문"으로 성인의 도를 설교할 것을 극력 제창하였는데 이것이 후에 "문이재도"와 "문이명도(文以明道)"라는 말이 되었다. 이러한 "재도"와 "명도"는 내용으로서의 "도"와 형식으로서의 "문"의 상호 관계를 가장 명확하게 보여 준다. 주희(朱熹)는 "재도설"을 극력 제창하는 자로, "글이 도를 싣는 것은 수레가 물건을 싣는 것과 같으니 수레를 쓰는 사람은 반드시 수레의 끌채를 꾸미고, 글을 쓰는 사람은 반드시 그 사설을 잘 해야 한다"라고 말했다. "도는 문의 근본이고, 문은 도의 뻗어난 가지이다. 그것이 도에 근본이 있기 때문에 발한 문은 모두 도라 할 수 있다."(『주자어류』, 139 페이지) [39] 당나라 문학가 유종원은 "문이명도"를 주장했다. 그는 "젊었을 적에는 철이 들지 않아 문장을 씀에 있어서 미사려구를 최상으로 보았다. 나이를 먹자 문장은 도를 해석하는 것이라는 것을 알게 되어 다시는 경솔하게 언어의 화려함을 추구하지도 않고 평측의 율동성으로 으시대지도 않고 이들을 자기의 재주라 여기지 않았다."(『답위립중립론사도서』) [40] 이곳은 이미 명확하게 정식화한 "문"과 "도"의 관계, 즉 "문"은 도의 형태, 도의 "가지", "도"는 문의 내용, "문"은 근본적인 것으로 되여 있었다. 형식은 내용을 위하여 복무하여야 하며 따라서 "문이재도", "문이명도"라고 지적하였다. 그러므로 명나라 고문학가 모곤(茅坤)이 말하다싶이 "공자의 소위 '그 뜻이 멀면'은 도에 속하지 않는다. "그 사문"이란 바로 도를 아름답게 표현한 것이며, 마치 도를 거미줄마냥 종횡하고 교차되여 지는 것과 같다."(『당송팔대가문초총서』)

(二)

내용과 형식의 관계에 문도론과 이념설이 비슷한 것이 우연이 아니다. 문학예술의 내재적인 필연적 법칙은 서로 왕래가 없는 중국과 서양의 이론을 동일한 궤도에로 밀어서게 하였다. 비록 문도론과 이념론은 비슷한

---

39 "文所以載道犹车所以載物, 故为车者必饰其轮辕, 为文者必善其词说。""道者文之根本, 文者道之枝叶惟其根本乎道, 所以发之于文皆道也"(朱子语类』, 139页)

40 "始吾幼且少, 为文章以辞为工。及长, 乃知文者以明道, 是周不苟为炳炳娘娘, 务采色, 今南音而以为能也"(『答韦中立论师道书』)

양상을 보이지만 부동한 토양에서 맺은 열매로서 중국과 서양의 서로 다른 문학예술 실천과 서로 다른 정치, 경제, 철학, 윤리도덕 등 요소들은 "문도론"과 "이념론"으로 하여금 판이하게 다른 모습을 띠게 하였다. 즉 양자는 각자의 독특한 색채를 띠고 있다. "문도론"과 "이념론"의 다른 특색은 주로 다음과 같은 몇 가지 방면에서 구현된다.

1. 인도(人道)와 신도(神道)

서양의 "이념론"은 신령의 광채가 감돌고 있다. 이에 비해 중국의 "문도론"은 신령의 광채가 아니라 인간의 현실 생활의 숨결로 가득 차 있다. 이것이 그것들의 첫 번째 차이점이다.

플라톤의 "이념"이라는 것은 사실상 "천국", "신"이란 실질이다. 『이상국』에서 플라톤은 "이념"은 신이 창조했다고 명확히 지적하였다. 고대 로마의 프로티노와 중세 기의 아우구스티누스와 토마스 아퀴나스를 하느님이 만들어 내는 "이념론"은 신비주의의 방향으로 또 한걸음을 추진시켰다. 그들은 "이념"을 아예 신과 하느님으로 동일시했다. 프로티노는 "이런 '세상의 아름다움'과 '신의 아름다움' 사이에는 어떤 비슷한 점이 있는가? 만약 있다고 하면 우리는 그들의 비슷한 점을 말해야 한다. 그러나 그들사이에는 어찌 비슷한 아름다움이 있을까? 우리는 천지만물의 아름다움은 이념을 공유하여 장악한 것에 있다고 여겼다."(『구장집』, 제1부분, 제6장) 아퀴나스는 "예술에 대한 장악이 제일 준확한 것은 하느님이다"라고 했다(『반이교대전』, 93 페이지) 칸트의 손에서 "이념"은 "영혼의 불후"와 "하느님의 존재"로 되었다. 칸트의 3대 비평은 모두 신령의 현묘함과 신비함으로 충만되어 있다. 이는 미지의 "물질자체", "신", "영혼의 불후", "의지의 자유"의 목적적 가설에서 건립된 것이며 그의 "전부체계는 중세기로부터 전해내려 온 신학의 조목에서 건립된 것이다. 즉 정신계와 자연계의 질서, 그들사이는 모두 신이 암배한 목적성을 띠고 있다."(주광잠『서방미학사』, 354~355 페이지) 헤겔의 "이념론"은 플라톤의 신비주의 "이념론"을 일관하였다. 그러나 그는 많이 정교해지고 복잡해진 것이 진보적이다. 헤겔은 직접적으로 "이념"이 바로 하느님이다는 하지 않았으나 실제상 그의 "이념"은 철학으로 꾸민 종교적인 것이다. 엥겔스가 말하다싶이 "창세설은 많은 철학가들한테 있다. 예하면 헤겔한테는 기독교보다 번잡하고 황당한 창세설이 있다"라는 것이다.(『마르크스 엥겔스선집』, 제2판, 제4권 224 페이지) 이는 헤겔의 미학이론이 신비주의를 지니고 있다는 것을 충분히 설명하고 있다. 헤겔이후 쇼펜하우어는 플라톤의 "이념론"의 신비주의 색체를 직접 계승하였다. 그리고 그를 가일층 현대 신비주의에로 추밀었고 비 이성적인 문예 이론을 제창하였다.

서방과 비교할 때 중국고대의 문도론은 그리 농후한 종교적 색채가 없다. 중국의 "도"는 신비하고 현묘하고 허무하다 할 수 있었지만, 중국의 도교신도들은 노자를 교주(教主)로 간주하였지만, 유교 신도들은 공자를 신명으로 높이 받들었지만, 도교든 유교든을 막론하고 그들의 "도"는 모두 철학사의 본체로 "형이상학"적인 "도"이다. 그리하여 노자는 "사람은 땅의 법을 준수해야 하며 땅은 하늘의 법을 준수해야 하며 하늘은 도의 법을 준수해야 하며 도는 자연의 법을 준수해야 한다."(『노자』 25장)고 하였다. 실제상 "잔연의 법을 준수"하는 것은 천지만물의 규칙을 준수하는 것이며 본성에 순응하는 것이며 자연스러움을 추구하는 것이다. 『역경』은 "형이상이란 도여라", "음과 양이 소위 도여라"(『계사』), 이도 마찬가지로 자연 물질과 자연 규칙으로 천지만물의 근본과 형성을 설명하고 있다. 중국의 "문도론"은 천당의 하느님, 신령이 뒤섞여 있는 것이 아니라 힘써 "문도"를 인간들 사이에 인입하려 했다. 이런 점을 제일 선명하게 체현한 것은 순자가 "문도론"에 관한 논술이다. 플라톤은 문예의 "이념"은 신이 창조하였다고 여겼고 중국 고대 문인들은 "도의 글"은 "성인"들에 의해 전달되고 성인은 하늘을 올라보며 관찰하는 중에서 천지만물의 도리인 근본의 "도"를 이해하여 "글"를 통해 "도"을 전달한 것이 바로 "도의 글"이다. "도"와 "문"의 관계를 소통시켜 성인들을 "도의 통로"라 하였다. 성인들의 도와 문을 소통하는 것은 문학예술에 허황한 신령과 천당을 인입시키려는 것이 아니라 문학예술을 현실 생활에 입각하려는데 있다. 『역』에서 말하다 싶이 "형이상이란 도여라, 형이하란 기여라. ...... 성인은 천하의 근원을 보아 그 모습을 본받아 세계를 인식하고 깨닫는다. 성인은 천하의 움직임을 보고 그의 범례를 행하며 계사로 그 길흉을 판단하여 소위 복이란다. 천하의 제일 심오한 것을 예측하고 천하의 움직임을 모두 사에 저장한다."[41]고 하였다.

양웅이 "문도"를 논할 때, 그는 성인을 본받는 것을 가장 열중하였다. "좋은 책은 제중니를 원하지 않는다. 말하기는 쉬우나 제중니 대신 종소리(鈴)를 말한다.…또는 '사람마다 자기의 옳은 것만 옳다고 하고 그릇 된 것을 탓하지 않는다면 누구를 바르게 할 수 있겠는가?' 또 '만물이 어지럽고 잘못되면 하늘에 걸려 있고 뭇사람의 말이 혼란해지면 모든 성인들이 무너진다.'"[42]라고 하였다. 서양의 "이념"이 "신도"라면 중국의 "문도(文道)"는 "인도(人道)"라 할 수 있다. 중국의 "문도론"은 허무맹랑한 신령이나 천당으로 인도하지 않고 성인을 통해 인간의 사회적 현실 생활과 밀접하게 연결시키려 하기 때문이다. 유협은 성인들이 "원래 도의 마음이 글에 드러나 있기 때문"[43]이라고 그들의 창작의 목적은 사회 현실 생활을 그리는 것

---

41 "是故形而上者谓之道, 形而下者谓之器。……圣人有以见天下之赜, 而拟诸其形容, 象其物宜, 是故谓之象。圣人有以见天下之动, 而观其会通, 以行其典礼, 系辞焉以断其吉凶, 是故谓之爻。极天下之赜者存乎卦, 鼓天下之动者存乎辞。"

42 "好书而不要诸仲尼, 书肆也, 好说而不要诸仲尼, 说铃也。……。或曰:"人各是其所是, 而非其所非, 将谁使正之?"曰, "万物纷错, 则悬诸天, 众言淆乱, 则折诸圣。"(『法言 · 吾子』)

43 "原道心以敷章"

으로 "혼포함을 억압해야 하며, 천지만물에는 모두 도가 있으며"[44]에 쓰인 다고 주장한다. 이는 "문도"와 사람들의 사회생활을 함께 긴밀하게 연결시켰다. 당, 송 이후의 문도론은 더욱 심하게 성인의 문도를 사회인생과 결합시켰다. 고염무는 글이 천지간에서 끊을 수 없는 것은 바로 "명도(明道)"를 높이고 정사를 규률하고 백성의 은사(隱事)를 살피며 사람의 선행을 좋아하는데 있다고 인정하였다. 이렇게 하면 세상에 유익하고 앞날에 유익하며 글이 많아지면 글이 늘어나는 이로운 점이 많아진다고 하였다. 괴력란신에 관한 일이나 터무니없는 말, 토벌의 설, 아첨하는 문장은 자기 자신을 해치고 남에게 이로움을 주지 않으며 한편이 더 늘어나면 손해를 더욱 보게 된다.(『문수익어천하』, 『일지록집석』 권19 참조)[45] "신도"와 "인도"는 확실히 "이념론"과 "문도론"의 큰 구별과 특색이다.

"문도론"과 "이념론"이 왜 이렇게 현격한 차이를 갖은 것인가? 공자는 "괴력란신을 말하지 않는다"고 했고, 노자는 "자연의 도"만 이야기했는데 플라톤은 오로지 신과 천당만을 이야기했다. 문도설과 이념론에도 영향을 미쳤겠지만 가장 큰 이유는 또 있었을 것이다.

2. 윤리와 철리

중국 문도론의 도와 서양 문도론의 이념은 모두 철학의 본체이다. 그러나 곰곰이 음미해 보면 서양의 이념론은 더욱 철리적인 의미가 있으며, 중국 문도론은 더욱 윤리적인 색채가 있음을 발견할 수 있다. "이념론"은 항

---

44 "经纬区宇, 弥纶彝宪"

45 顾炎武认为, 文之不可绝于天地间者, 就在于明道, 纪政事, 察民隐, 乐道人之善如此者有益于天下, 有益于将来, 多一篇多一篇之益。至于怪力乱神之事, 无稽之言, 剿袭之说, 谀佞之文, 则有损于已, 无益于人, 多一篇多一篇之损矣(参见『文须有益于天下』, 『日知录集释』卷十九)

상 추상적인 철리에 밀접하게 결부하여 문예 이론을 논술하지만, "문도론"은 항상 윤리도덕과 하나로 혼합되어 문예가 "부부를 거쳐, 성효경, 후인륜, 미교화, 풍속을 바꿔야 한다"[46]고 주장했다. 이것은 "문도론"과 "이념론"의 두 번째 뚜렷한 차별화 특성이다.

서양에서 보면, 플라톤 때부터 문예 "이념론"은 추상적인 철학 분석으로 가득 차 있다. 플라톤은 "이념"과 문학예술 작품의 관계에 대해 몇 가지 방면의 철리적 분석을 하였다. 첫째, 인식론적 측면에서 보면 객관적 현실 세계는 진실의 세계가 아니라, 이념의 세계만이 진실의 세계이고 객관 세계는 단지 이념적 세계의 모사이고 문학예술도 객관적 세계를 모사한 것이다. 따라서 문학적 예술과 진실사이에는 3층의 간격을 두고 있다. 즉 모사본의 모사본이다. 다음으로, 철학에서의 일반과 개별의 관계로 볼 때, 이념은 일반이고 문예작품은 개별이며, 개별은 일반에 의해 결정된다. 그는 "우리는 흔히 하나의 이념으로 수많은 이름을 가진 개별적인 것들을 통일한다. 하나의 잡다한 개별적 사물들은 각각 하나의 이념을 가지고 있다."(『이상국』, 제10권) 이것은 사실상 일반과 개별의 관계를 분리시키고 사물을 거꾸로 보는 것이다. 중세기 문론가로부터 러사아의 혁명적 민주주의문론가 벨린스키에 이르기까지 이념론은 철리적 특징이 계속 반짝이고 있다. 그들의 문예 이론속에서 칸트는 전형적인 실례를 들었다. 겉으로 보기에는 칸트는 감성과 이성을 다 같이 중시하는 듯 하였다. 사실은 이성에 중점을 두고 그의 『판단력 비판』은 바로 선험적 이성적 요소에서 미의 "이념"을 구축하였다. 이른바 "공동 감각력"과 "목적"이 선험적이라는 이성적 요소로부터 출발하여 칸트는 위에서 아래로 질, 양, 관계와 방식 네 가지 방면에서 심미적 판단을 분석하였다. 분석을 통하여 칸트는 일련의 이률배반으로 구성된 결론을 얻어냈다. 아름다움은 욕망과 이익과 관련시킬 수 없

---

46 "经夫妇, 成孝敬, 厚人伦, 美教化, 移风俗"

으며 실천활동이 아니지만 실천활동과 유사한 쾌감을 산생한다; 아름다움은 개념과 관련되지 않으며 인식 활동이 아니지만 상상력과 인식력과 이해력을 필요로 하는 자유로운 활동이며 "불확정적인 개념"혹은 명확히 말할 수 없는 보편적 규률을 지니고 있다; 아름다움은 명확한 목적이 없지만 목적성에 부합된다; 미는 주관적이고 개별적이지만 보편성과 필연성을 지니고 있다(『서방미학사』, 370 페이지). 이률배반이라는 골치 아픈 이 모든 것은 서구 문예의 "이념론"의 철학적 특색을 선명하게 드러내고 있다. 더우기 헤겔의 『미학』이 철리적 분석의 본보기이다. 그는 우선 그의 "절대 정신"(이념)에서 출발하여 즉 추상적인 개념에서 출발한 다음, 소위 "절대 정신"의 발전 단계중의 하나인 문학예술을 묘사하였다.

　서구와 비교해 볼 때, 중국의 "문도론"의 철학성은 그렇게 강하지 않지만 더 많은 것은 윤리도덕과 함께 연결되어 선명한 윤리 특징을 가지고 있는 것이다.

　노자의 "도"는 또한 꽤 철학적 색채를 띠고 있다. 그러나 『역경』과 순자가 중점을 두고 있는 것은 이미 철학적 "도"가 아닌 성인이 "도"를 통해 천하를 "교화"하는 것이다. 예를 들어, "도"를 통해 어떻게 존비귀천, 도덕과 인의를 나타내는가 이다. 『역경』에서 "음과 양이 각각 하나 있는데 이를 도라 하고 그 뒤를 따르는 것이 선(善)이라 하고 그것을 이루는 것이 성(性)이다. 어진 사람이 보는 것을 인(仁)이라하고, 아는 사람이 보는 것을 지(知)라하고, 백성들이 매일 사용하면서도 알지 못하므로, 군자의 도는 드물다. 모든 인(仁)은 현저하게 나타나있으나 사용하지 않고 성인과 함께 근심하지 않으면, 그 덕과 대업이 망하게 된다."(『계사』)[47] "하늘의 도리는 음과 양이라;지(地)의 도리는 강과 유이며 사람을 세우는 도는 인과 의이라."(『설

---

47 "一阴一阳之谓道, 继之者善也, 成之者性也。仁者见之谓之仁, 知者见之谓之知, 百姓日用而不知, 故君子之道鲜矣。显诸仁, 藏诸用.鼓万物而不与圣人同忧, 盛德大业至矣哉!"(『系辞』)

과』)⁴⁸ 순자도 "도라는 것은 이치를 겪어 처리되는 것이"(『순자정명』)⁴⁹라고 여겼다. 중국의 문도론은 『역경』, 순자가 닦아 놓은 기초로 되여있으며 "문도"와 윤리도덕을 긴밀이 연결시켰다. 『여씨춘추』에서는 "도"란 "군신을 즐기게 하고 원근을 조화롭게 하며 백성을 말하고 친척을 화목하게" 한다며 "간사한 것을 제거하고 현한 자의 경지에 도달하게 하며 큰 도를 이를 수 있다."(『중하기』)⁵⁰ 유협의 주장에 의하면 "문도"의 관건은 "설교(設教)"에 있다. 즉 인의도덕으로 인간을 교화하고 윤리도덕을 선양하고 "인효"를 빛나게 하는 것이다. 그래서 "『역』왈 '천하의 것은 문사안에 있다'. 말과 글이 천하를 움지일 수 있는 것은 그속에 자연의 이치가 있기 때문이다"(『문심조룡원도』)⁵¹ "문도론"을 대거 제창한 한유는 도덕수양을 중히 여기고 있었다. 제일 돌출한 사례는 송나라에 "문이재도"를 대력 제창하는 도학가들이다. 그들은 윤리도덕을 선양하는 것을 문학예술의 근본목적으로 하고 있었다. 그들은 문학은 응당 "재도"하여야 한다고 여겼다. 그럼 이 "도"는 무엇인가? 바로 봉건적 윤리도덕이다. "군신과 부자, 천하의 정해진 도리여라"(『이정유서』 권5)⁵², 바로 "각물궁리", "정심수신", "제가치국평천하"(『어류』 권15)⁵³이다. 다시말해서 "문이재도"는 문학은 응당 윤리도덕을 선양할 것을 요구한다. 주둔이가 말하다 싶이 "문이 재도라는 것은...... 문사때문이고, 이는 예술이다; 도덕은 절제이다...... 도덕을 근거로 하지 않고도 문사를 작할 수 있는 자는 그 예술이 시들기 마련이라. 아하, 그 폐단은 오래 되었다."(『통서

---

48 "立天之道曰阴与阳；立地之道, 曰柔与刚, 立人之道, 曰仁与义。"(『说卦』)

49 "道也者, 治之经理也"(《荀子·正名》)。

50 『吕氏春秋』认为"道"可以"乐君臣, 和远近, 说黔首, 合宗亲", 使"奸邪去, 贤者至, 成大化"(『仲夏纪』)。

51 "『易』曰："鼓天下之动者存乎辞。, 辞之所以能鼓天下者, 乃道之文也"(『文心雕龙·原道』)。

52 "君臣父子, 天下之定理"(『二程遗书』卷五)

53 "格物穷理", "正心修身""齐家治国平天下"(『语类』卷十五)

문사』) 문학예술과 윤리도덕을 일체로 긴밀히 연결시킨 것은 중국 문론의 한가지 특색으로서 "문도론"은 그중의 중요한 이바지이다. 하물며 괴테는 중국 문학은 "도덕에 더욱 부합"된다고 하였겠는가. 만약 칸트의 "미는 형식에 있"다는 관점을 중국에 옮겨오면 언녕 도학가들의 비난을 받았을 것이다. 서방의 철학적 이성의 "이념론"과 비하면 중국 문도론은 확실히 윤리적 특점이 보다 선명했다.

3. 현실과 낭만

"문도론"은 사회 현실 생활에 단단히 묶어져 있었다. 이는 문학의 사회적 역할을 강조하고 문학은 사회생활을 간섭한다고 주장하였다. 따라서 이는 중국 문학을 "글은 시대에 따라 씌여지고 시는 일에 의해 작성"되는 사실주의 길에 나아갔다. 중국 고대의 "문도론"은 사실주의 문학 이론의 핵심이라고 말할 수 있다. 당나라와 송나라의 성대한 사실주의 문학 운동이 이를 입증할 수 있다. 이와 반대로 서양의 "이념론"은 늘 문예를 신비한 "천국"으로 인도하여 현실 생활을 초월하는 추상적인 "이념", "광란", "영혼의 회억", "이상"과 "숭고"를 추구한다. 이는 서양의 낭만주의 문학예술에 커다란 영향을 끼친다. 서구 낭만주의 문학은 천재, 감정, 상상을 표방하며 "이상"을 추구했는데, 그 이론적 바탕은 이념론이다. 독일 문학의 "질풍노도 운동"이 그 증거이다. 따라서 중국의 문도론은 현실주의적 특색을 띠고, 서양의 이념론은 낭만주의적 특색을 띠고 있다고 할 수 있다. 이것이 그들의 세번째 부동점이다.

서양 낭만주의의 기원은 아마도 플라톤까지 거슬러 올라가야 할 것이다. 그가 표방하는 미의 "이념"에는 신기하고 허황된 낭만적 분위기가 흘러넘쳤고 그로 하여금 "두렵게" 하는 숭고미가 노출하였다. 그 심미적 기조는 사람의 심근을 흔드는 장엄하고 아름다운 것이다. 이런 낭만적 색체가 가득찬 "이념"은 후세에 큰 영향을 끼쳤다. 서양에서 상당히 긴 시기동안 플라톤은 아리스토텔레스의 영향보다 컸다. 예컨데 롱기누스는 아리스토텔레스에 대한 언급은 없지만 플라톤에 대한 추앙은 지극하였다. 그의 『숭고를 논하다』는 플라톤의 영향을 받은 것이 분명하였다. 서양 근대 두 문예운동에서 플라톤은 많은 역할을 다 하였다. 그중 하나는 르레상스이고 다른 하나는 낭만주의 운동이다. 이 시기의 많은 시인들과 미학자들은 다양한 정도로 플라톤주의자 혹은 신 플라톤주의자였으며, 헤르트, 쉴러, 셸리는 그 중 가장 내세울 수 있는 작가들이였다. 괴테는 기본적으로 볼 때 유물론자, 현실주의자이지만 그의 『문학예술에 관 한 격언과 소감』에서 일부 단락은 신 플라톤주의자인 프로틴(Protin)의 『9장집(일명 구부서)』에 직접 번역해 온 것 같은 것들을 발견되었다.(『서방 미학사』, 64~65 페이지)

플라톤의 뒤를 이어 가장 중요한 낭만주의 문론가로는 롱기누스를 꼽힐 수 있다. 플라톤을 표방하며 낭만주의의 고상한 풍격을 제창했던 그는 "플라톤의 산문은 졸졸 흐르는 시냇물처럼 잔잔하게 흐르지만 여전히 고상하다"고 말했다. 무엇 때문에 이렇게 말하는가? 플라톤은 마음의 순결을 추구하기 때문에 "이념"의 천국을 향하여 "고개 쳐들고 멀리 본다"고 했는데 이것이 바로 숭고한 풍격의 정수이다. 롱기누스 이후 낭만주의의 "숭고함" 이론을 최고봉에 끌어올린 사람은 독일의 고전미학자 칸트(kant)였다. 칸트는 롱기누스와 마찬가지로 "이성적 생각"을 "숭고함"의 정수로 간주하였다. 그는 다음과 같이 주장했다. "진정한 숭고함은 감성적 형식이 용납할 수 없는 것이 아니라 이성적 관념의 적합한 형상으로 표현될 수 없는 것에 관계된다. 그러나 바로 이러한 적합성으로 하여 마음속의 숭고함을 불러 일으킨다."(『판단력비평』 23 절) 그러나 칸트의 "숭고함"은 롱기누스에 비하여 훨씬 더 심각하고 체계적이며 낭만주의 문학에 훨씬 더 큰 영향을 주었다. 주광잠이 말한 바와 같이 칸트의 "숭고함 문제에 대한 토의는 과거에 비해 여느 미학가보다도 심원하다. 흔상 방면에서 그는 숭고함을 제출하였는데 이는 창조 방면의 천재들과 마찬가지로 모두 낭만주의 운동의 흥기하고 있는 것을 반영하고 있으며 낭만주의 운동의 발전에도 심각한 영향을 주었다."(『서방 미학사』, 374 페이지) 헤겔은 칸트의 "이성적 관념"과 "감성적 형식"이 서로 맞지 않는다는 견해를 받아들여 낭만적 예술의 특징인 "이념"과 감성적 형상의 대립을 제시하였다. "낭만주의 예술은 이념과 현실의 원만한 통일을 다시 파괴하고, 보다 높은 단계에서 상징적 예술로 돌아가 이념과 현실의 차이를 극복하지 못하였다." 낭만주의 예술의 정수는 어디에 있는가? 헤겔은 자유의 "이념"에 있다고 했다. 이런 이념은 낭만의 단계에 이르러서는 필연적으로 고전주의의 형식과 제한의 구속을 타파하고 감성적 현상에서 이념 자체의 자유로운 현상으로 회귀할 것이다. 이것은 예술 이념의 최후의 승리이다. 그는 낭만적 예술은 예술의 영역에 속하고 형식을 보존하지만 예술 그 자체를 뛰어넘은 것이라고 말했다. 따라서 이 세번째 단계에서 예술의 대상은 자유롭고 구체적인 마음의 생활이며, 이는 마음의 생활로 마음의 내면세계를 드러나야 하며, 이러한 내면적 세계가 낭만적 예술의 내용을 구성한다고 말할 수 있다.(『미학』 99~102 페이지) 헤겔이 정확하게 문예의 근본적 특징인 낭만주의적 경향을 틀어잡은 것은 즉 주관적인 내적 세계의 탐구와 토로(표현)라는 것에 치중하였기 때문이다. 이런 점을 실현한 것이 바로 서구 낭만주의 문학가이라 할 수 있는 포인트이다. 이를테면 셸리, 쉴러, 워즈워스, 바이론, 콜리지, 키츠등은 기본적인 공통의 특징은 그들이 주관적 이상을 구가하고 주관적인 감정을 토로하는 것으로 내재적인 세상을 표현하였다는 것이다. 이들은 헤겔의 표현을 빌려 "이념"의 자유로운 노출을 실현한 셈이다.

플라톤, 롱기누스, 칸트, 헤겔에 이르기까지 이념론이 낭만주의와 얼마나 밀접하게 연결되어 있는지를 알 수 있다. 이 글은 낭만주의에 이론적 의거를 제공하고 낭만주의 문예의 특징을 총화하였는데 더욱 중요하게는 낭만주의 문예의 가일층 발전을 추동하였다.

"이념론"과는 반대로, 중국의 "문도론"은 사회 현실 생활에 바짝 달라붙어 문예의 교화 역할을 강조하고, 문예가 생활을 간섭한다고 주장하였다. 사실상 "문도론"은 중국의 사실주의 문학을 창제한 역할을 하였다.

중국의 정통 사실주의 문론의 기원은 공자로부터 시작된다. 공자의 문학 이론의 핵심 사상은 문예의 사회적 역할을 강조하는 것이다. "시는 흥할 수 있고, 관(觀)할 수 있으며 여러 사람과 함께 할 수 있고, 원망할 수 있다. 작게 말하면 아버지를 섬기는 것이고, 크게 말하면 임금은 섬기는 것이다."『논어양화』"흥관군원(興觀群怨)"이나 "사부사군(事父事君)"은 모두 도를 사회 정치와 긴밀하게 연결시키는 것이 목적이었다. 중국의 사실주의 문학은 왜 그렇게 발달했는가? 그 근본 원인은 바로 문예가들이 "도"를 자신의 직책에 두고 정치적 교화를 중시하고 민생의 질고에 관심을 기울였기 때문이다. 순자는 문학예술이 사회·정치적 역할을 해야 한다고 주장했다. "성인이 즐기는 것은 바로 민심을 선량하게 하고, 사람을 깊이 감동시키며, 낡은 풍속을 고치는 것이다. 그러므로 선왕은 그를 예로 유도하여 백성들을 화목하게 하였다. 무릇 백성에게는 좋고 나쁜 정이 있으나 희노의 절제가 없으면 혼란해진다. 선왕이 어지러운 것을 싫어하여 그 행실을 고치고 그 즐거움을 바로잡으니, 천하가 이에 순응하였다."(『낙론』)[54] 이후의 시『모시서』에서도 문학과 사회시대사이의 관계 및 그 역할을 강조하였으며 시적 미는 정신을 찌르는 것을 제창하였다. 양웅은 대대적으로 문학은 성인의 도를 주수해야 한다는 것을 주장함에 있어서 문장의 풍자작용도 요구하였다. 유협의『문심조룡』은 계통적이면서도 전면적으로 "문도"는 시대와 사회 및 정치적 교화의 관계를 해명하였다.『문심조룡』전서의 취지는 "도"에서 출발한 것이다. "도"는 또한 성인에 의해 전해지고, 경전(經典)에 집

---

54 "乐者圣人之所乐也, 而可以善民心, 其感人深, 其移风易俗。故先王导之以礼而民和睦。夫民有好恶之情而无喜怒之应则乱。先王恶其乱也, 故修其行, 正其乐, 而天下顺焉"(『乐论』)

중적으로 구현되어 있기 때문에 "징성(徵聖)"과 "종경(宗經)"을 받아야 하는데, "원도(原道)"와 "징성(徵聖)", "종경(宗經)"의 목적은 어디에 있는가? 유협은 그의 창작 동기가 진나라, 송나라 이후 사회생활에 무관심한 형식주의와 유미주의 시들을 반대하였으며 "귀족의 풍격이 없고 틀이 없으니 권계하는데 불리하다"(『문심조룡전부』)[55]고 하였다. "바른 것이 없어" "쓸 때에 불리하다"[56]라고 말했다. 작품을 쓰면서도, 작품은 반드시 "아름다운 것을 칭송하고 나쁜 것을 수정하여야"[57]한다. "혼포함을 억압해야 하며, 천지만물에는 모두 도가 있으며 문장은 문채와 질을 보장하여야만 대업을 빛내어 시가 찬란할 것이다"고 주장한다.(『문심조룡·원도』)[58] 이런 관점에서 문학과 현실 사회를 다스림의 관계에 관심을 갖는 것은 자연스러운 일이다.『문심조룡·시서』편에서는 "시대의 풍속이 바뀌니, 문장의 질이 변화하여 ......옛 사람이 가요로 세상과 더불어 변화하는 이치를 알아, 바람은 위에서 움직이고 파도는 아래에서 출렁거린다"[59]고 하였다. 이러한 사실주의 문예 관점은 그의 "문도론"과 밀접한 관련이 있는 것이 분명하다. 가장 대표적인 당송시기의 고문운동을 들 수 있다. 당송 고문운동의 이론 강령이 바로 "문도론"이다. 수백년동안 지속되어 온 성취가 높고 영향력이 큰 사실주의 문학 운동은 "문도론"의 구체적인 실천 활동이었다. 그 기본 특징은 유교 정통의 "도"를 따르고 문학의 사회적 역할을 주장하며 문학이 사회생활에 관여하고 그 기능을 발휘해야 한다고 주장하였다. 유종원은 "성인이 말

---

55 "无贵风轨, 莫益劝"(『文心龙·诠赋』)

56 "无所正", "无益时用"『『文心雕龙·』)

57 "顺美匡恶"『『文心雕龙·明诗』)

58 "经纬区宇, 弥纶彝宪, 发辉事业彪炳辞义"(『文心雕龙·原道』)

59 『文心雕龙·时序』篇说: "时运交移, 质文代变......故知歌谣文理, 与世推移, 风动于上, 而波震于下者也。"

하니, 명도를 기한다"[60]고 하였다. "도"를 제창하는 목적은 바로 문학의 사회적 역할을 발휘하여 세상에 도움이 되도록 하기 위함이다. 또 "실제에 영향하고 사물에 닿으려면 도를 보조로 하여야 한다"[61]고 하였다. 문장은 어떻게 "보조적으로 사물에 닿은 것"을 이룰 수 있는가? 유종원의 『뱀잡는 자의 설』, 한유의 『송맹동야서』, 백거이의 『숯 파는 늙은이』, 두보의 『삼리』, 『삼별』[62] 바로 이런 작들로서 민생의 질고에 관심을 돌리고, 우국우민의 정이 담겨져 있으면서도 음운의 미도 겸비한 현실주의 작품이다. 바로 이러한 현실주의 문도론의 지도하에서 한유, 유종원 구양수등의 성공적인 문학 창작은 문학의 새로운 경지를 열어놓았다. "문기 8대의 쇠망, 도제 천하의 익사"(소식의 『조주한문공묘비』)[63]에서 보다싶이 눈부신 승리를 거두었다. 이는 많은 작가들을 이끌었고 성세호대하고 영향이 심원한 사실주의 문학 운동을 형성하였으며 중국 문학 사상중 당송 8대가를 대표로 하는 사실주의 문학 전통을 개척하였다.

이상의 논설은 문도론의 현실주의적 특색과 이념론의 낭만주의적 특징을 충분히 설명하고 있다. 비교를 통해 우리는 중국과 서양 문학예술의 본질적인 구별을 더욱 확실하게 파악하였다.

4. 복고와 창신

중국과 서양의 문학사에는 모두 복고주의 운동과 문학 주장이 있었지만 서로 비교해보면 중국의 복고주의 풍조는 서방보다 훨씬 강하였고 복고의 세력은 더욱 강렬하였으며 지속된 시간이 더욱 길었다. 무엇 때문에 이런

---

60 "圣人之言, 期以明道。"(『报崔路秀才书』, 见『柳河东集』卷三十四)

61 "意欲施之事实, 以辅时及物为道。"(柳宗元『答吴武陵论非国语书』)

62 柳宗元的『捕蛇者说』, 韩愈的『送孟东野序』, 白居易的『卖炭翁』, 杜甫的『三更』、『三别』

63 "文起八代之衰, 道济天下之溺"(苏轼『潮州韩文公庙』,

현상이 나타났는가? 그 원인은 두말 할 것 없이 매우 복잡한 것이지만 가장 근본적인 원인은 중국과 서양의 각이한 사회 경제적 특징에 있을 것이다. 그중 문도론과 이념론의 영향도 무시할 수 없다.

　서구문학 이론의 복고주의 선구자는 고대 로마의 호라티우스인데, 그는 아리스토텔레스의 "모방설", "유형설"과 유기적 전체의 개념을 답습하여, 문예가 자연을 모방해야 한다고 주장했다. 즉 고대 그리스를 모범으로 하며 그 창작 원칙을 준수한다는 것이다. 이때로부터 그는 고전주의 이상을 확립하였다. 이런 고전주의 문예관은 후세에 큰 영향을 미쳤는바 르네상스시기에 널리 유행되다가 17세기의 신 고전주의로 변하였다. 신 고전주의 법전은 브왈로의 『시적 예술』이다. 그는 서양 고전주의 문론을 최고봉에 도달하게 하였다. 그러나 최고봉 후에는 추락함이 뒤이어 왔다. 서방 문론은 바로 이때로 부터 논란을 일으킨 "고금의 분쟁"을 전개하였다. 고전주의의 모든 법규는 주로 아리스토텔레스의 『시학』에서 왔다. 시간의 흐름에 따라 사람들은 플라톤에게 눈을 돌리게 되었다. 그의 역사가 유구한 문예 "이념론"은 이때 또 다시 복고주의를 반대하고 혁신의 예리함을 주장하는 무기로 되었다. 계몽주의와 낭만주의 문론가들은 대부분 "이념"을 "이상"으로 해석하였는데, 칸트, 괴테, 셸리, 헤겔, 쉴러 등이 내세우는 "이상"은 모두 플라톤한테서 온 것이라고 할 수 있다."(주광잠, 『서양미역사』, 65 페이지 참조), 예를 들어 쉴러는 다음과 같이 말했다. "시인이 시인으로 되게 만드는 것은 현실을 이상으로 끌어올리는 것, 또는 이상을 표현하는 것이다."(『소박한 시와 감상적인 시』)라고 하였다. 낭만주의 문학예술가들은 "이상"이라는 찬가를 높이 부르면서 고전주의에 대하여 기세 높은 공격을 발동하고 복고주의의 낡은 규범을 산더미처럼 무너뜨렸다. 헤겔의 표현을 빌리면 "이념"이 모든 속박에서 벗어난다는 것이다. "낭만형 예술은 고전형 예술과 불가분의 통일을 취소하였다. 그 원인은 낭만형 예술이 취득한 내용과 의의는 고전형 예술과 그 표현 방식의 범위를 초월했기 때문이다."(『미

　서방의 문예 "이념론"은 낭만주의 문학뿐만 아니라 그 후의 문학예술에
도 커다란 영향을 미쳤다. 많은 문학예술 유파도 "이념" 혁신을 무기로 하
고 있다. 특히 서구 모더니즘 문학예술은 무궁무진한 것이다. 모더니즘 문
학은 창조 정신이 상당히 풍부하며 새로운 것을 창조하고 좋아하는 정신
이 하나의 특색으로 창신적인 것이 끊임없이 쏟아져 나오고 있었다. 이런
우담화처럼 잠깐 피여났다가 바로 사라지는 유파들의 관점은 제각이지만
대체로 문예 이념론의 영혼이 맴돌고 있음을 알 수 있다. 서양에서는 헤겔
이후 문예 사상에 일대 전환이 시작되었다. 이러한 변화의 선구자 중 하나
는 독일의 쇼펜하우어였는데, 쇼펜하우어의 미학은 19세기 후반부터 부
르주아 미학과 문학에 큰 영향을 끼쳤다. 미학사학자 파우상 쿠어(Bernard
Bosanquet, 1848 - 1923)는 "교양이 있다고 하는 유럽에서 널리 퍼진 비관주의
와 신비주의는 주로 쇼펜하우어에서 비롯되었다."(『미학사』, 364 페이지)라고
하였다. 쇼펜하우어의 철학은 플라톤과 칸트에서 유래한 것으로, 그의 문
예 사상의 핵심은 이념론이다. 그는 예술을 "이념에 관한 지식", "예술의 대
상 ...... 은 플라톤의 이하의 이념이지 다른 어떤 것도 아니다: 개별적인 사
물도, 일반적으로 이해의 대상도, 개념도, 이성적 사고도, 과학의 대상도
아니다"(『세계는 의지와 표상이다』)라고 했다. 그리하여 쇼펜하우어는 이념이란
이름으로 문학예술을 주관적인 비이성의 표현의 길로 끌어들였다. 쇼펜하
우어가 보기에는 소위 이념이라는 것이 천재나 천재적 작품으로부터 계
발을 받고 순지식적 능력을 증대시킨 일부 사람들만이 이념의 전달에 도
달할 수 있다는 것은 조건이 있는 것이므로 간단한 것이 아니었다. 그렇기
때문에, 가장 뛰어난 예술 작품, 가장 고귀한 천재의 작품이라면, 대부분
의 우둔한 사람들에게는 영원히 이해할 수 없는 천서일 수밖에 없다.(『서양
미학사역종』, 207 페이지) 서양 모더니즘은 쇼펜하우어가 개척한 길을 따라 소
위 "창신"을 진행했다. 서구 모더니즘 문학에서 가장 먼저 출현하고 가장

영향력이 큰 상징주의 시파는 쇼펜하우어가 설교한 그런 주관적인 비이성적 "이념"색체를 강하게 지니고 있으며 시는 정신적 생활을 애써 묘사하고 내면의 "최고의 진실"을 탐구할 것을 요구하고 있다. 상징주의 문학가이며 시인인 마라메는 "시가는 응당 '이상의 세계'를 표현하고 이런 '이상의 세계'는 이성이 파악할 수 없으며 초현실적인 것이고 상징을 통해서만 암시할 수 있다"고 주장했다. 상징주의의 논객 발레리는 "시의 세계는 꿈과 닮았다...... 세상은 우리 마음속에 있다."(『순시』)고 하였다. 신 토마스주의는 심지어 직접 토마스 아퀴나스의 중세문학 "이념론"- "하느님"을 직접 그들의 이론의 핵심으로 사용하였으며 신비주의적 직관설을 혼합하여 "새로운" 현대 토마스주의 문학 이론을 형성하였다. 그들은 문예창조는 "하느님"에 의해 기원한 것이며 "하느님은 언제나 그들을 위해 자유롭게 창조할 수 있다."(마리단 『예술과 시중의 창조적 직관』)라고 여겼다. 현대파 각 학파의 견해가 어떻게 상이하든지간에 근본적인 공통점은 바로 내면적 세계에 대한 탐구에 치우쳐있다는 점이다. 이런 점으로부터 볼 때 플라톤에서 헤겔에 이르는 문예 이념과도 큰 방향은 일치하다. 쇼펜하우어가 플라톤의 문학 "이념"을 인용하여 자신의 주장을 설명하려 하는 것은 당연한 일이며, 마리단은 중세의 "하느님"에게 빌붙어야 했다. 그러나 모더니즘은 플라톤, 헤겔 등의 "이념"에 머물지 않고 "순수한 내면적 세계"라는 "영혼"의 심층구조로 한 걸음 나아갔다. "영혼"의 심층 구조를 탐구하며 비 이성적 잠재의식, 심지어 꿈과 허튼 소리까지 중시하였다. 이러한 특징들은 우리가 초현실주의, 정신분석학파, 실존주의, 부조리극, 표현주의 등 많은 유파에서 능히 찾을 수 있다.

요약해서, 서양 문예 "이념론"은 비록 아주 일찍 제기되었지만, 그것은 복고주의의 기치가 되지 못했을 뿐만 아니라, 오히려 낭만주의 등의 문학 유파가 복고를 반대하고 창발성을 제창하는 이론적 무기가 되었다! 이런 "혁신"의 의의는 어떻든간에 낡은 규칙과 낡은 관습을 과감히 타파하고 탐구하고 새로운 것을 창조하는 정신은 부인할 수 없는 것이다.

서양의 "이념론"과 반대로, 중국의 "문도론"은 줄곧 복고주의 문예의 "빛
나는" 기치이며, 복고주의 문예의 견고한 이론적 기초이다. 순자로부터 "문
도론"의 농후한 복고주의 색채가 처음으로 그 실마리를 드러내기 시작했
다. 순자가 "원도(原道)", "징성(徵聖)", "종경(宗經)"을 제창한 것은 모든 문예
가 고대의 "선왕(先王)"을 본받아야 한다는 것이다. "무릇 말이 선왕의 뜻
에 맞지 않거나 예의에 어긋나는 것을 간사한 말이라 한다. 비록 변명을
해도 군자는 듣지 않아야 한다."(『순자·비상』)[64] 양웅은 순자의 뒤를 이어 "원
도", "징성", "종경"을 제창하였고 명확하게 복고주의의 기치를 내걸고 옛
사람들을 모방하는 창작을 하였다. 『한서(漢書)·양웅전(揚雄傳)』에서 양웅
은 "실로 옛 것을 좋아하고 즐겨 말하기를, 그 뜻이 문장이 후세에 이름을
날리기를 바라는 것으로, 경전을 『역(易)』보다 더 큰 것으로 생각하고 일부
러 『태현(太玄)』을 지어냈다. 『논어』에 못지 않게 『법어(法語)』를 창작하였
다.[65] 중국 한조 때에도 서방의 고대 로마시기에 못지 않게 복고 모방 풍
조가 성행하였다. 서양과 다른 점은 중국은 일찍이 동한부터 "고금의 다
툼"이 시작됐다는 것이다. 뛰어난 유물론 철학자이자 문필가인 왕충을 대
표로 하는 반 복고 학파는 양웅을 대표로 하는 복고파 이론을 강력하게 반
박하였다. "무릇 세속적인 것은 옛 것을 좋아하고 지금을 귀하게 생각하지
않는다. 이것이 오늘날의 문장이 고서보다 못하다는 것이다. 무릇 고금이
하나여야 비로소 좋고 나쁨이 있고, 말에 옳고 그름이 있으며, 선악을 막론
하고 옛 것을 귀하게 여긴다는 것은 옛사람을 현인이라고 하는 것이다 ......
재능에 얕고도 깊은 것이 있을뿐 고금을 막론하고 문장에는 참된 것과 거
짓된 것이 있으나 낡은 것과 새로운 것이 없다"고 했다. 그 후, 조비(曹丕)

---

64 "凡言不合先王, 不顺礼义, 谓之奸言, 虽辩, 君子不听。"(『子·非相』)

65 据『汉书·扬雄传说』, 扬雄 "实好古而乐道, 其意欲求文章成名于后世, 以为经莫大于『易』, 故
    作『太玄』;传莫大于『论语』, 作『法言』"。

와 갈홍(葛洪)은 복고주의를 호되게 비판하였다. 따라서 문학의 창조적인 정신이 점차 부흥하기 시작하였다. 건안문학을 기점으로 회화·서예·시가·문예비평 논저 등에서 비교적 큰 발전을 거두었다.

남조(南朝)의 제량(濟梁)시기는 전환점을 맞이해 왔다. 이 전환점은 유협의 『문심 조룡』에서 나타났다. 유협으로 "절중(折中)"의 관점을 자처하는 한편, 그는 "원도", "징성", "종경"을 극력 강조하며 고인을 따라 학습하는 것을 주장하였으며 "거짓스러운 문체를 교정하고 천박한 문풍을 개변시키고 경서를 숭상할 것을 요구한다."(『문심조 룡·통변』)[66] 이런 관점은 당나라 초기, 번성기의 대다수 사람들에 의해 수용하였다. 은반은 "새로운 음률을 받아들일 수 있고 고대 문학예술에도 익숙"(『하악영령집집론』)해야 한다고 주장하였다. 두보는 "금인을 경시냉대하고 고인을 중시우대하지 말것"(『희위육구절』)을 주장하였다. 이와 동시에 문단의 복고 세력은 지속적으로 강화하고 있다. 만약 양조(梁朝)의 배자야(裴子野)의 『조충론(彫蟲論)』의 복고적 관점은 시의에 맞지 않은 것이라하지만 당나라에 이르러 복고적 관념은 이미 많은 사람들에 의해 접수되고 있었다. 소영사, 이화, 가지, 독고급, 양소, 유면등[67] 고문운동의 선구자들은 배자야의 "지기"라 할 수 있다. 시대의 풍조에 따라 한유등은 "문도론"의 기치를 높이 들고 호호탕탕한 복고 대군을 형성하여 기세가 드높은 고문운동을 발동하였다. 한유의 "복고의 도"는 서방의 17세기의 고전주의 와 마찬가지로 본질적으로는 "망령을 불러내와 그들의 이름, 구호와 의복으로 자신의 주장에 복무하며 빌려온 복장, 언어로 존경받아 세계 역사의 새로운 한 막을 그려내는 것이다."(『마르크스 엥겔스선집』 2판, 1권, 585 페이지) 따라서 한유가 주도한 고문운동도 혁신의 내용을 담고 있다. 그러나 이런 "혁신"은 "고금을 능가한다"고 주장하는 왕

---

66 "矯訛翻浅, 还宗经诘"(『文心雕龙·通变』)

67 肖颖士、李华、贾至、独孤及、梁肃、柳冕等

충, 갈홍 등의 "창신"과는 본질적으로 다르다. 실제로 한유는 문도론을 이론적 무기로 현재의 문학으로 고대를 능가하는 창신파를 철저히 물이치고 정통 문도론의 기치를 다시 중국 고대 문단에 확고히 세웠다. 한유의 뒤를 이어 구양수는 문도론의 기치를 높이 들고 송나라 고문운동을 영도했다. 그는 "도의를 실천하지 않는 학자가 없으나 도의를 극치에 도달할 만큼 실천한 학자는 드물다...... 그러나 도의에 능한 자는 어렵지 않게 문장의 도에 이를 것이다."(『답오충수재서』), 이런 도는 무엇인가? 역시 옛 길(古道)이다. 송대(宋代)에는 "문도론"을 제창하였는데, 복고주의를 열렬히 제창한 사람으로는 유개(柳開), 석개(石介)등이 있었는데 그들은 한유를 매우 숭배하여 도(道)를 중히 여기고 복고하도록 하는 것에 노력을 아끼지 않았다. "나의 도가 바로, 공자·맹가·양웅·한유의 도다. 나의 글은 공자·맹가·양웅·한유의 글이다."(유개·『응책(應責)』) "문장은 옛 것으로부터 따왔으되 실속이 있고 화려하다. 글을 지금의 것에서 따왔으니, 아름답고 실속이 없다.(유개,『답장병제이서(答臧丙第二書)』) 요현(姚鉉)은 고문운동의 지도자인 한유에 대해 높이 추밀었다: "오직 한리부만이 탁월하고 출중하여 홀로 기세가 높고 심원한 옛 맛을 따른다. 고대의 삼황오제를 근본으로 하고 6경4교를 종사로 삼아 고문을 노래하여 유자후·이원빈·이오·황포식이 다시 화답하였으니, 옛 성현인 공자의 도를 이룬 것이 해와 달처럼 빛나리라."(『당문수』서문)[68]은 이로써 당송(唐宋)의 고문운동은 뿌리가 깊고 잎이 우거지고 동요하기 어렵다는 것을 설명하고 있다. 그 후 문학복고를 제창하는 것이 문학의 도로 되었다. "문이라면 진나라, 한나라; 시라면 당나라"는 가장 유행하는 구호가 되었다. "복고"는 정통적인 "문도"를 회복하는 것과 마찬가지였다고 여겼기 때문이다. 명나라의 개국 대신인 저명한 문인 송렴(宋濂)은 "명도(明道)"

---

68 "惟韓史部超卓群流, 独高邃古, 以二帝三王为根本, 以六经四教为宗师, 凭陵辅铄·首唱古文, 遏横流于昏垫, 辟正道于夷坦, 于是柳子厚·李元宾·李翶·皇浦提又从而和之, 则我先圣孔子之道, 炳然悬诸日月。"(『唐文粹序』)

라는 복고를 제창했다. 그는 "옛이란 무엇인가? 고대의 책, 고대의 도, 고대의 마음이다. 도가 마음에 있고 마음의 형태는 글로 표현한다. 매일 읊고 밟고 구체화한 것이니 고금을 구분하지 않는다."(『사고재잠서』)[69] 명대의 복고는 더 철저 한 듯 일부 문인들 나아가 "일부러 옛 것을 모방하고 옛 모습을 다스려 그 길고짧음을 준수하고 …… 조금 옛 것을 이탈하면 수시로 불안해 하였다. 마치 어린이처럼 물건에 지대여 걸을 수 있으나 스스로 걸으면 넘어지고 만다."(하경명『이공과 함께 시서를 논하다』)[70] 문학이 이 지경에 이르니! 이상의 몇 가지 실례는 중국 "문도론"의 복고적이고 보수적인 특징을 충분히 설명하였다.

이상의 4가지 측면에서의 비교와 분석을 통해 우리는 서양 문예 "이념"과 중국 "문도론"의 서로 다른 특색을 쉽게 알 수 있고, 중국과 서양 문학예술의 서로 다른 본질적인 특징을 충분히 이해할 수 있으며, 중국과 서양 두 문예 이론 체계의 판이한 색채를 보아낼 수 있다. 이러한 차이점들을 잘 아는 것은 우리의 문학사, 비평사, 미학사의 연구에 도움이 될 것이다. 예를 들어, 일부 문학사와 비평사는 문도론을 매우 높이 추겨 세웠다. 특히 문도를 기치로한 당송(唐宋)의 고문운동을 과대히 평가하는 반면, 그 복고적이고 보수적인 측면을 소홀한 것이다. 사실 문학적 관념과 문학의 창작으로부터 볼 때 당송시기의 고문운동에는 퇴보적인 현상이 존재하였다. 어떤 학자들이 한유를 찬양하는 것은 옛 날 사람들이 한유를 부추겨 세우던 것과 거의 같다. 모두 "8대의 쇠퇴한 문풍을 되살려 유교를 선양하여 도로 타락한 사람들을 구원하였다."라고 말하면서, "도"의 나쁜 영향을 깊이 연구하지 않았다. 이와 반대로 요즘 사람들은 서양의 "이념론"을

---

69 "所謂古者何?古之书也, 古之道也古之心也。道存诸心, 心之言形诸书, 日诵之, 日履之, 与之俱化无间古今也。"(『师古斋序』)

70 "刻意古范, 铸形宿模, 而独守尺寸。……稍离旧本, 便自机阻, 如小儿倚物能行, 独趋颠仆"『何景明』『与李空同论诗书』。

대부분 언급하면서 모두 "유심", "신비", "반동"이라고 배척한다. 따라서 서양 문론사에서의 "이념론"의 진보적 역할을 충분히 인식하지 못하였고 "이념"의 깊은 함의를 탐구하지 않는다. 또한, 요즘 사람들은 대부분 "문도론"을 말할 때, 여러가지 "도"의 서로 다른 함의만 주목하고 공통된 함의는 소홀히 하고 있으며 중국 예술과 그 이론의 내적 일치성은 소홀히 하고 있다. 이리하여 중화의 문학예술과 미학 이론의 본질과 민족적 특색을 더욱 정확하게 인식할 수 없게 되었다. 물론 이러한 비교는 더욱 중요한 의의는 세계 문학예술과 미학 이론의 공동적인 법칙을 탐구하는데 있다.

제3부

예술사유론

들어가는 말

　문예창작은 예술적 상상을 떠날 수 없다. 때로는 하늘과 땅, 때로는 곤륜의 모래빛, 때로는 우뢰와 번개, 때로는 가을달과 봄꽃 등 작가는 오직 예술적 상상을 통해서만 드넓은 창조의 경지를 누릴 수 있다. 바로 예술적 상상이 영원한 매력을 지닌 예술적 걸작을 만들어낸 것이다. 그렇다면 상상의 비밀은 어디에 있는가? 중국과 서양의 문학예술 이론가들은 예술 창작에 대한 이러한 걸출한 재주에 대해 장기적이고 깊이있는 논의를 해왔다. 그 결정은 신사론과 상상론 이다.(서양에서는 "상상"라고 하고 중국의 경우는 과반수가 "신사(神思)"라고 한다.) 예컨대 셸리는 "일반적인 의미에서 시로 상상을 표현할 수 있다."(『시변』)[1] 소자현은 다음과 같이 말하였다. "문장의 도리에 속하며, 사물은 신사에서 비롯되고, 감화는 형태가 없다."(『남제서·문학전론』)[2] 중국과 서양의 상상에 관한 이론은 많지만, 그 이론이 가장 체계적이고 투철하게 파악한 자는 중국에서는 육기, 유협등을 들 수 있다. 서양에서는 헤겔과 콜리지 등이 으뜸으로 칠 수 있다.

　여기서 특별히 지적해야 할 것은 예술상상론을 놓고 말할 때 중국과 서양이 모두 매우 발달하였을 뿐만아니라 모두 독특한 가치가 있는 견해들을 제기하였다는 점이다. 그러나 이에 비하면 서방의 근현대 상상론은 중

---

1 "在通常的意义下, 诗可以界说为想象的表现"(『诗辩』)。

2 肖子显说:"属文之道, 事出神思, 感召无象, 变化不穷。"(『南齐书·文学传论』)

국보다 발달하였다. 만약 세계 문론 통사를 쓰려고 한다면 육기의 상상론, 유협의 신사론은 세계 고대 예술 상상론의 최고봉이라고 할 수 있다. 유감스럽게도 많은 사람(특히 서양인)들이 이런 점을 제대로 인식하지 못하고 있다. 서양의 문학가들은 고대 상상론에 대해 말할 때마다 항상 아리스토텔레스라만 말한다. 사실 아리스토텔레스의 소위 "상상"은 완전히 예술적 상상론이 아니며 상상력을 경시하고 모방을 중시하고 있다. 서방의 문론가들이 시야를 서방의 작은 울타리에만 국한시켰기 때문에 중국 고대 예술 상상론의 거대한 이론적 가치와 비교적 높은 역사적 지위를 인식하지 못하였다. 이러한 상황을 개변시키기 위해서는 반드시 근원을 거슬러 중국과 서양의 예술 상상론의 발전 과정을 비교한 후, "신사(神思)"와 "상상"의 이동에 대해 상세하게 논할 필요가 있다. 이런 각도로 본 부분의 제1절을 쓰고 있는 것이다.

이 부분의 제2 절에서는 "미광설(迷狂說)"과 "묘오설(妙悟說)"의 비교를 통해 예술 사유의 또 다른 중요한 방면인 중국과 서양의 영감 사유의 유사점과 차이점을 탐구하고 있다. "영감 사유"라는 명칭은 전학삼 선생이 제기한 것이다. 그는 사유에 논리적 사유와 형상적 사유, 이 두 부류에 불과하다고만 여길 수 없고 또 다른 한 부류가 있는데 바로 "영감"이다. "창조적 사유인 영감은 일종의 추상적 사유와 유별되는 사유형식"이다.[『중국사회 과학』, 1980(6) 66 페이지] 필자는 전학삼선생의 견해에 동의한다. 확실히 예술영감은 형상적 사유나 논리적 사유와는 다르다. 제2 절에서 우리는 플라톤의 "미광설"은 결코 어떤 형상적 사고 또는 예술적 상상력에 대해 언급하지 않는 것을 어렵지 않게 볼아낼 수 있으며, 더욱 추상적인 사고에 대해 언급하지 않았다. "미광설"은 예술적 영감에 대한 생동한 묘사이다. 엄우의 "묘오설"도 "형상적 사유"로 개괄할 수 없다. 예술 영감은 장기간을 걸쳐 배태하고 추구하면서 발랄한 오(悟)성사유로서 문학예술 창작에서 관건적 의의를 가진다. 어떻게 문학예술 창작에서 영감 사유의 특징과 법칙을 인식하고 그 발생 메커니즘을 깊이 탐구할 것인가 하는 것은 기필코 금후 문예계가 직면한 의의있는 중대한 과업으로 될 것이다. 이런 각도에서 중국과 서방의 예술영감에 대한 부동한 견해를 비교해 본다면 오늘의 창조적 사유의 연구에 계발을 줄 수 있을 것이다.

제1절 신사(神思)와 상상(想象)

(1) 맹아로부터 성숙

조예가 깊었던 초기의 인류에게는 예술적 상상이 생겨나게 되었다. 상고시대의 토템과 청동기속에는 옛사람들의 풍부한 예술적 상상이 쌓여있다. 신들이 모여 사는 올림푸스산에서, 황제가 치우와 악전고투하던 기주의 들판에서 모두 예술상상의 잔잔한 물결이 출렁이고 있었다. 서방은 대략 고대 그리스시기에, 중국은 대략 주왕조시기에 중국과 서방의 시학자들은 약속이나 한듯이 상상의 문제를 초보적으로 접촉하게 되었다. 신사와 상상의 맹아로 서방에서 가장 일찍 상상에 대해 명확히 언급한것은 바로 아리스토텔레스이다. 그는 다음과 같이 여겼다. 상상은 감각과 판단과는 다르다. 상상속에는 감각이 잠재되어 있고, 판단속에는 또 상상이 잠재되어 있다. 상상과 판단은 부동한 사고방식이라는 것이 명확하다. 상상은 마음대로 할수 있기 때문이다. 그러나 아리스토텔레스가 여기서 말하는 상상은 특별히 예술적상상을 가리키는것이 아니다. 그러므로 그는 문예특징을 전문적으로 논하는 『시학』에서 상상을 한마디도 언급하지 않았다. 논리적사유를 매우 추앙하는 아리스토텔레스는 상상에 대하여 그다지 중시하지 않고 심지어 질책하기까지 하였다. 그는 다음과 같이 말하였다. "지식이나 이성은 영원히 정확하며 상상은 그것들과는 비할수 없다. 동물들은 지력이 부족하여 상상에 따라 행동을 취한다. 또 어떤 사람들은 감정, 질병 또는 수면의 영향을 받기때문이다."라고 말했다.(『심령론』,『고전문예이론역총』제11집) 중국의 신사론은 노장의 "허정응신(虛靜凝神)"의 논과『주역』의 "관물취상(觀物取相)"에서 기원되었다. 장자의 글은 특히 호기심이 많아 "황당무계한 말, 끝없는 절벽같은 말이며 때로는 제멋대로 행동하였다...... 농담의 말은 계속되어 끝이 없고 심원한 말을 진실로 하며 우화를 광범하게 하였다. 오직 천지의 정신과 왕래하였다"(『장자 천하』)³ 천지만물과 하나가 되려면 반드시 "허정"을 해야 한다. 왜냐하면 "물은 고요해도 명석하니, 하물며 정신인가! 성인의 마음은 고요하니라! 천지의 참조이고 만물의 거울이다...... 허황하면 고요하고 정하면 움직이며 움직이면 얻는다."(『장자천도』)⁴에서 바로 허정속에서 "뜻을 분산하지 않고 신으로 응결"하면 무수한 형상이 끝임없이 나타나며 "어둠속을 보고 소리 없이 듣는다고 했다. 어둠속에서 홀로 새벽을 보고, 소리없는 가운데 홀로 화해를 듣는다. 그러므로 깊이가 있고, 물체에 응하고, 또 신을 섬기며, 따라서 만물과 이어지는 것은 없음에도 그를 공급할 수 있다."(『장자천지』)⁵ 즉, 깊고 깊은 허정(虛靜)은 바로 만물이 발생하는 곳이며, 그 신비하고 현묘한 곳은 바로 정신이 질주하는 곳이며, 따라서 만물과 접할 수 있다. 이 허정(虛靜)은 바로 만물이 자유롭게 질주하는 출발점이며, 또한 만물이 모이고 수용하는 자연스러운 귀착점이

---

3 "以谬悠之说, 荒唐之言, 无端崖之辞, 时恣纵而不傥……以卮言为曼衍, 以重言为真, 以寓言为广。独与天地精神往来""(『庄子·天下』)

4 "水静犹明, 而况精神!圣人之心静乎!天地之鉴也, 万物之镜也。……虚则静, 静则动, 动则得矣"(『庄子·天道』)

5 "视乎冥冥, 听乎无声。冥冥之中, 独见晓焉;无声之中, 独闻和焉。故深之又深而能物焉, 神之又神而能精焉;故其与万物接也, 至无而供其求, 时骋而要其宿"(『庄子·天地』)。

다. 장자의 공허하고 고요한 말은 비록 예술적 상상을 말한 것이 아니지만 후세의 신사론에 이론의 갑문을 열어주었다. 유협은 신사를 논하면서 예술 구상중의 허정함을 강조하였다. 소동파의 시에서는 "조용하여 만물이 움직이게 되고 텅 비여 모든 경치를 용납할 수 있다"(『송참료사』)[6] 이것이 바로 "허정하여 스스로 이치를 터득하고 형상은 스스로 생긴다"는 것이다.(기 윤『문심조룡』권6 평어)[7] 또 『역·계사』에서는 다음과 같이 말하고 있다. "성인에게는 천하의 것을 볼 수 있는 학문이 있는데, 그 형상을 모방하여, 그 사물이 적합함을 나타내는 것을 상(像)이라 한다."[8] 이것이 바로 "관물취상(觀物取像)"이다. 관물취상은 자연·생활속의 구체적인 사물이며, 취한 상은 이러한 구체적인 사물을 모방하여 상징적인 의미가 있는 "역상(易象)"이 되는 것이다. 그것은 시종 사물을 떠나지 않고, 형상에 우화된 사유의 일종이며 후세의 예술 사유에 지대한 영향을 끼쳤다. 유협의 신사론(神思論)은 "신과 물품이 함께 유람한다(神與物遊)"는 것을 주장한다. 사공도(司空圖)의 『시품(詩品)』도 역시 "의주모신취상(意主模神取像)"이다.[손련규(孫聯奎)『시품억설자서(詩品臆說自序)』]

서방과 중국의 현인들은 이미 초보적으로 상상과 신사를 접하였다. 그들의 논술은 중국과 서양의 예술 사유의 맹아라고 할 수 있다. 이러한 맹아는 서로 다른 땅에서 자라났으며 따라서 그 색채도 크게 다르다. 서방의 아리스토텔레스는 사변적인 것을 숭상하고 상상적인 것을 폄하하였다. 중국의 장자와 『주역』은 허허하고 고요하면서도 물상을 숭상하였다. 이는 서방 시학의 사변적인 추상과 중국시학의 구상적인 추상특징을 형성하였다. 이와 동시에 서양에서는 고대 상상론이 발달하지 못한 국면을 조성하였

---

6 苏东坡诗亦曰:"静故了群动, 空故纳万景"(『送参廖师』)

7 谓"虚静则滕理自解, 兴象自生"『纪的『文心雕龙』卷六评语)。

8 "圣人有以见天下之, 而拟诸其形容, 象其物宜, 是故谓之象。"

다. 아리스토텔레스이래 호라티우스로부터 브왈로에 이르기까지의 서방의 대문론가들은 예술적 상상력에 대하여 입을 다물고 전혀 관심을 가지지 않았다. 펠로스티라타스와 마조라 단 두사람밖에 예술 상상 문제에 대해 간단히 담론하고 말았다. 하지만 중국은 이와 반대이다. 중국 고대문론가인 육기와 유협은 모두 예술사유에 대해 깊은 관심을 가졌으며 이에 대해 깊이 있게 논술을 했다. 이런 현상은 매우 흥미롭다.

　　로마시대의 시학자 펠로스티라타스는 아리스토텔레스의 모방설을 과감히 부정하지 못했지만 모사만 하는 것이 너무 딱딱하다고 "마음으로 정성을 다해 이미지를 창조한다"는 예술적 상상론을 제출했다. 그는 상상이 모방보다 고명하다고 대담하게 지적하였다. 그것은 상상이 작품을 창조하였기에 모방보다 더 교묘한 예술형식이다고 여겼다. 모방은 단지 자기가 본 것만 만들 수 있고 자기가 보지 못한 것은 상상으로 창작할 수 있으며 또 보지 못한 것을 현실표준으로 삼을수 있다.[『서방문론선(상), 134 페이지』] 그 이론은 간단하였지만 서양에서 처음으로 예술적 상상을 명확하게 논술하는 사람이다. 그러나 기나긴 중세기에 사람들은 이에 대해 흥미를 느끼지 않았다. 마치 전광석처럼 눈깜박할 사이에 사라졌다. 예술상상은 더 이상 시학자들에 의해 언급되지 않았다. 천여년이 지난후 16세기 후반기에 이르러서야 이탈리아의 비평가 마조니는 예술상상의 문제를 다시 제기하였다. 그는 진정으로 시를 조종하는 것은 이야기얽음새를 상상하는 능력에 있으며 우리는 이런 능력으로 허구를 할 수 있으며 많은 허구적인 것들을 조직하여 창작할 수 있다고 인정하였다. 따라서 시는 상상력에 의거하기때문에 허구적이고 상상적인 것으로 구성되여야 한다는 결론이 필연적으로 나오게 되었다.[『신곡』의 변호] 그러나 마조니는 예술상상론은 그 당시에는 아직 시장이 별로 없었고 얼마후 고전주의문론자들은 아예 그 논설을 외면하였으며 부왈로의 『시적 예술』은 예술상상에 대해 한마디도 언급하지 않았다. 이런 상황은 아마 고전적인 모방전통과 "이성"에 대한 그들의 존숭

(尊崇)에 기인한 것이다. 계몽운동에서야 예술상상론은 비로소 시인들의 사랑을 받기 시작했다. 프랑스의 디드로, 독일의 레싱, 특히 이탈리아의 위고는 모두 예술상상을 대대적으로 창도하고 예술상상에 대해 깊이있는 탐구를 진행하였는데 19세기에 이르러 낭만주의의 질풍노드운동이 서방문단을 휩쓸면서 예술상상이 "가장 걸출한 예술적 기능"으로 추앙되었고 예술상상론을 체계적으로 탐구하는 문론가인 헤겔, 콜리지와 벨린스키등이 나타났다.

　하지만 중국의 형편은 크게 달랐다. 일찍이 한나라 때에 "사물을 보고 상을 취"하는 것을 특징으로 하는 비, 흥은 시학의 정통적 관점으로 추앙되었다. 『모시서』는 부, 비, 흥의 이론을 명확히 제기하였다. 왕일은 굴원의 부를 평하면서 이렇게 말했다. "『이소』의 글은 시에 따라 흥을 돋구고 유형에 따라 비유했다. 그러므로 선한 새와 향초는 충성에 맞추고 악한 새와 악취한 사물은 아첨을 비유하고 영수미인은 군주에 필적하며 미비(복희의 딸, 낙수의 여신)는 현명한 신하를 비유하고 거룡과 봉황은 군자를 받들어주며 바람에 날리는 구름과 변화무상한 노을을 소인이라고 여겼다."(『이이소경서』)[9] 한조이후 이런 비, 흥은 중국고대예술의 중요한 논점으로 발전해왔다. 교연(皎然)이 말한바와 같이 "상을 따서 '비'를 진행하고 의리를 따서 흥이라고 한다. 무릇 조류와 물고기, 초목, 인물, 명수, 천태만상에서 같은 뜻을 가진 것은 모두 비흥에 인입하게 한다."(『시식』)[10]는 것이다. 이로부터 알수 있는바와 같이 이러한 비흥은 물상을 단단히 틀어쥐는 예술적 사유이고 창작수법이다. 이는 중화민족의 구상적 사유전통이 시학에서 두드러지게 구현된 것이다. 대략 로마의 시학자 펠로스티라타스와 동시에

9　"『离骚』之文, 依诗取兴, 引类譬谕。故善鸟香草, 以配忠贞；恶禽臭物, 以比谗佞；灵修美人, 以媲于君；宓妃佚女, 以譬贤臣；虬龙鸾凤, 以托君子；飘风云霓, 以为小人。"(『离骚经序』)

10　"取象曰比, 取义曰兴。义即象下之意。凡禽鱼、草木、人物、名数, 万象之中义类同者, 尽入比兴。"(『诗式』)

한조말기위나라초기의 대시인 조식(曹植)은 "신사(神思)"라는 단어를 명확히 사용하였는데 그『보도부(寶刀部)』는 "신사로 형상을 창조한다"(『어람』삼사육인)[11]고 썼다. 공융의『천미형표』도 역시 "사약유신(思若有神)"라고 하였다. 서진의 육기는 처음으로 특수한 재주를 발한 자로서『문부』에서 문사의 기이한 모습을 극력 묘사하였다. 육기의 예술상상론은 중국 고대예술 상상론중의 제일고봉이라고 할수 있다. 그후부터 신사론은 날로 문인들의 주목을 받고있었다. 서방에서는 16세기이전에 극히 개별적인 비평가들만이 상상문제를 제기하였고 중국은 6조때에 이런 신기한 사고를 숭상하였는데 그것은 이미 보편적인 경향이였다. 동진 갈홍은 "현묘하고 활달한 색채가 짙으며 글의 사상이 풍부"[12]한 작품들을 극찬하였다. "자연의 선조인 현도는 드높고 그 구성도 현묘하며 변화는 규칙의 틀에 머물지 않고 우회도 뒤틀리지 않는다. 막힌 것도 이에 의해 단번에 뚫린다. 시쿨고 짠 것을 즐기는 입맛이 독특한 자는 그 맛을 모로고 사상이 협애한 자는 그 신사를 모른다."(『포박자외편상박』)[13] 갈홍은 매우 소탈한 필치로 묘사하였다. 이하의 말에는 그의 이상적인 치신운사의 경지가 그려져있다. "끝이 모이지 않는 문을 지나 컴컴하면서도 조용하고 현묘한 광야를 거닐어. 어렴풋한 몽롱함을 유람하면 구름끝에서 일월의 정수를 들이쉬어 노을중에서 천지의 원기를 음미한다. 보이지 않는데서 방황하고 들리지 않는데서 날아다니면서 무지개를 밟고 북두칠성위에 오른다. 이가 바로 현도를 진정 장악한 자들의 경지이다."(『포박자내편창현』)[14]『포박자외편·가둔』에서 "생각이 모자라

---

11 "携神思而造象。"(『御览』三四六引)

12 "汪泼玄旷、文思丰沛"

13 "其所祖宗也高, 其所铀绎也妙, 变化不系滞于规矩之方圆, 旁通不凝阂于一途之逼促。是以偏嗜酸咸者, 莫能知其味, 用思有限者不能得其神也"(『抱子外篇·尚博』)。

14 "经乎汗漫之门, 游乎窈吵之野逍遥恍惚之中, 倘佯仿佛之表。咽九华于云端, 咀六气于丹霞。徘徊茫昧, 朝翔希微, 履略蜿虹, 践旋玑。"(抱朴子内篇·畅玄』)

서 무지개는 하늘끝에 있는 것 같고, 마음이 들떠 있는 것은 거꾸로 된 경치에 이웃한 것이다. 만물은 그 조화로운 것을 교란 할 수 없고 사해라 하더라도 신이라 할 수 없다."[15]라고 하였다. 남조화가 종병(宗炳)도 역시 이 신기하고 변화무쌍한 신사(神思)을 자세히 묘사하면서, "무릇 눈을 맞혀 마음을 깨닫는 것을 이치로 삼으면, 눈도 함께 응하고 마음도 함께 알게 되어, 마땅히 이치를 깨닫는다. 비록 공허하게 깊은 암석을 찾았지만 무엇 때문에 더하겠는가? 또한 신사는 원래 지엽적인 것을 소홀하기 쉬우며 화상한 형상, 감정도 일정한 유사성을 띤다. 이치를 창작에 투사하면 묘한 창작이라 할 수 있고 성의껏이라 할 수 있다."고 하였다.(『화산수서』,『역대론화명저휘집』, 15 페이지)[16]이런 전인들의 논술을 기초하여 유협은 "신사론"의 걸작인 『문심조룡 신사』를 써냈다. 그중에서는 비교적 상세하고 깊이 있게 심사의 특징, 효용에 대해 설명하면서 "도균문사(陶鈞文思)"의 방법과 문학 사상의 느린 것, 천기의 돈오등 여러 문제를 토론하였다. 유협의 심사론은 중국 예술 사상 연구의 최고 수평을 대표할 수 있었다. 이에 이르러 중국의 심사론은 기본상 성숙하였다고 할 수 있다. 그러나 동시기의 서방 문예 이론은 중세기의 동면기에 들어서 상상에 대한 이론은 거의 산출되지 못하였다. 그래서 유협의 『문심조룡신사』는 그당시 세계의 최고 수평을 대표하였다 할 수 있었다.

　유협 이후로는 신사를 담론하는 장편대론은 없었지만 신사는 창작에 있어서 중요한 보물로 되어 신사론이라 이를 수 있었다. 당나라 초기의 이

---

15 『抱朴子外篇·嘉遁』曰：“思眇眇焉若居乎虹霓之端, 意飘飘焉若在乎倒景之邻。万物不能搅其和, 四海不足汩其神。”

16 “夫以应目会心为理者, 类之成巧, 则目亦同应, 心亦俱会, 应会感神, 神超理得。虽复虚求幽岩, 何以加焉？又神本亡端, 栖形感类, 理入影迹, 诚能妙写, 亦诚尽矣。于是闲居理气, 拂觞鸣琴, 披图幽对, 坐究四荒, 不违天励之丛, 独应无人之野, 峰岫晓疑, 云林森眇, 圣贤映于绝代, 万趣融其神思。”(『画山水序』,见『历代论画名著汇编』,15页)

세민(李世民)은 "신사"로 서예를 담론하였다. 그는 "신이란 마음을 쓴 것이네, 마음은 필연코 정할세…… 신사가 합하는 것은 자연에 접근하여, 모르면서도 말해낼 수 있다."(『당태종지의』, 『패문재서화보』 권5)[17] 사학가 이백약(李百藥)도 역시 습작을 담론하면서 "정사가 밑마닥에 멈춰있으면 관건적인 것에 통하지 않는다"라는 병폐를 지적하였다. 왕창령은 또 신사를 예술 경지 창작의 묘법으로 여겼다. 그는 또 "시는 3격(格)이 있느니라, 일왈 생사(生思), 이왈 감사(感思), 삼왈 취사(取思)이다. 첫번째 생사란 정사를 오래 쓰되 형상으로 구체화하지 않은 것이다. 힘과 지혜를 다하여 신사를 차분히 가라앉여 마음으로 그 경지를 빛추면 자연스레 나타나는 것이다."라고 하였다.[『시격』, 『중국 역대문론선』(二), 89 페이지][18] 송나라 사람 갈립방(葛立方)은 문학적 사색(文思)는 조용하고 유유하며 심원하고 적막한 경지에서 산생된 것이며 방애하는 사물들이 있으면 실패하기 쉬운 것이다. 실제상 이는 유협이 말하는 "도균문사는 허정속에 있는 것이 귀하니라"[19]는 말을 심화한 주장이다. 그는 "시에 신사가 있으면 갑자기 만나도 저애가 없으니 만약 이에 부족하다면 실수라 할 수 있다. 그리하여 옛 사람이 말하기를 깊이 사색하고, 사상을 전하며, 사상을 적발하는 등은 모두 그런 신사가 오기를 바라는 것이며…… 소위 신사란 지척지간에서 발할 수 있는 것이라. 선인들이 시사(詩思)를 논할 때 대부분이 조용하고 유유하며 적막한 경지에서 나오는 것이지만 알게 되는 뜻은 왕왕 자질구레하지 않다. 만약 이러하다면 시를 놓고 말하면 얼마나 풍부하랴"(『운어양추』 권2)[20] 명나라 저명한 작가 탕현

---

17 "神, 心之用也, 心, 必静而已矣……思与神会, 同乎自然, 不知所以然而然"(『唐太宗指意』, 见『佩文斋书画谱』卷五)

18 "诗有三格：一曰生思, 二曰感思, 三曰取思。生思一：久用精思, 未契意象, 力疲智竭, 放安神思, 心偶照境, 率然而生。"[『诗格』, 见『中国历代文论选』(二), 89页]

19 "陶钧文思, 贵在虚静"

20 "诗之有思, 卒然遇之而莫遏, 有物败之则失之矣。故昔人言覃思、垂思、抒思之类, 皆欲其思

조(湯顯祖)의 문론은 낭만적 색채가 뛰어나다. 그는 문학창작이 열렬한 감정, 맹렬한 환상이 반드시 있어야 한다고 주장하였다. 그리고 작가는 표면적인 진실을 돌파하여 예술속에서 이상적인 세계를 허구할 것을 요구하였다. 그는 신비하고 기이한 사색을 추앙하였으며, "자연스러운 영기(靈氣)는 어렴풋한 사이에 얻게 되며 사색 없이 오게 되며 괴이하여 명장할 수 없기에 일반 사물이 그와 조화를 이루기 힘들"기 때문이다.(『옥명당문지오합기서』)[21] 청나라의 신사론은 또 하나의 고봉에 도달하였다. 신사론을 논하는 자는 많은데 그중 엽섭(葉燮)을 손꼽을 수 있었다. 엽섭은 대략 서방의 웨이커(Giovanni Battista Vico, 1668년~1744년)와 동시기의 사람으로서 공교롭게도 그 둘은 모두 예술 상상과 추상 사유의 구별을 착안하게 되었다. 웨이커는 "상상력과 추리 능력은 확고부동한 것으로 추리 능력이 약할수록 상상력이 강하다"고 여겼다.(『신과학』) 철학적인 언어가 일반적인 것에 접근할 수록 진리에 더욱 가깝다. 그러나 시는 개별적인 것을 장악할 수록 더욱 확실하다. 엽섭은 시와 추리는 서로 용납할 수 없는 것으로 시는 말로 설명할 수 없는 것이며 이치로 개괄할 수 없는 것이다. "시를 말한다면 그를 사물로 형언할 수 없으니 시의 지극한 경지는 무한한 것을 함축한 것이여라. 사색은 작고 미세한 것에 달하면 그 기탁한 것은 말할 수 있듯 없듯 하는 사이에 있고 그가 가리키는 것은 풀 수 있는듯 없는 듯한 지간에 있다. 이 것을 말해내도 듯은 저쪽에 있다. 세부적인 것을 감추고 형상을 이탈하며 의론과 사색을 다하여 사람들을 유유하고 막막하며 어렴풋한 경지에 이르게 한다. 이것이 바로 치극한 경지여라. 만약 일체를 이치로 개괄하려 하면 이치라는 것은 장구하나 실사구시적이나 허구할 수 없고 집착에 지그

之来……所谓思者, 岂寻常咫尺之间所能发哉!前辈论诗思, 多生于杳冥寂寞之境, 而志意所知, 往往出乎埃溘之外。苟能如是, 于诗亦庶几矣。"(『韵语阳秋』卷二)

21 "自然灵气, 恍惚而来, 不思而至, 怪怪奇奇, 莫可名状, 非物寻常得以合之"(『玉茗堂文之五・合奇序』)

쳐 변화할 수 없어 딱딱하고 진부하다."[22] 엽섭의 주장은 당연히 웨이커의 "이성을 절대적으로 부정하는"주장과 부동하다. 엽섭은 시는 추리로 논할 수는 없으나 시작품에는 우화적인 도리를 내재할 수 있다고 여겼다. 그는 또 형상을 통하여 형언할 수 없는 도리를 표달할 것을 주장하였다. "말로 만 할 수 없는 도리, 보는 것으로만 알 수 없는 사물, 직접 표할 수 없는 감 정이 있기에 잔잔하고 사소한 것으로 이치를 알리고, 상상으로 사물을 알 리고, 망연자실한 것으로 감정을 알리여야만이 이치에 달하고 사물에 달 하며 감정에 달하는 시어(詩語)를 이룰 것이다."(『원시』)[23] 이렇게 하면 생활 중의 극치의 이치를 잔잔하고 황홀한 상상으로 표달해낼 수 있다. 이런 주 장은 벨린스키의 관점과 기본상 일치하다. 벨린스키는 "시인은 형상으로 사색하고, 증명하지 않았으나 진리를 표현해내야 한다." "아무런 감정이나 아무런 사상이든 모두 형상으로 표현해내야 하며 그다음으로 시의 감정 이나 사상을 다루어야 한다...... 시의 본질은 구체적이지 않은 사상에 생동 하고 감성적이며 아름다운 형상을 부여하는 것이다."(『형상사유자료회편』 참조, 190~192 페이지) 이로부터 알다싶이 엽섭과 서방의 웨이커, 벨린스키등은 시 대상으로 접근할 뿐만아니라 이론도 기본상 비슷한 수준을 보이고 있다. 서방의 상상론은 비록 중국에 뒤떨어져 있지만 풍성한 이론성과를 수확하 였다. 지금까지 중·서의 상상론은 모두 성숙 단계에 이르렀다. 이는 중·서 의 상상론 발전의 기묘한 동시성을 과시하고 있다. 웨이커가 말한 것처럼 "인류사물의 본질에 따르면 모종 모든 민족이 공동으로 소유하는 심리적

---

22 "若夫诗, 似未可以物物也, 诗之至处, 妙在含蓄无垠, 思致微渺, 其寄托在可言不可言之间, 其指归在可解不可解之会, 言在此而意在彼, 泯端倪而离形象, 绝议论而穷思维, 引人于冥漠 恍惚之境, 所以为至也。若一切以理概之, 理者, 一定之衡, 则能实而不能虚, 为执而不为化, 非板则腐。"

23 "惟不可名言之理, 不可施见之事, 不可径达之情, 则幽渺以为理, 想象以为事, 悄恍以为情, 方为理至事至情至之语。"(『原诗』)

언어가 필연적으로 존재한다."(『신과학』)

(2) 신사와 상상의 특징

무엇이 신사인가? 무엇이 상상인가? 이것이 바로 중·서 문론가들이 반드시 대답하여야 할 물음이다. 『문심조룡신사』의 머리말에서 이르기를 "'형은 강해(江海)외에 있어도 마음은 위궐(魏闕)속에 있어야 한다' 이런 것이 바로 신사이다."[24] 그중 "형은 강해외에 있어도 마음은 위궐속에 있어야 한다"는 말은 『장자양왕』편의 말이다. "강해"는 은사가 사는 곳을 가리키고, "위궐"은 조정을 가리킨다. 은둔하면서 이익과 관록을 생각한다는 뜻이다. 유협은 이 고어를 빌어, 신사는 시공간의 제한을 받지 않았음을 설명하였다. 신사는 동일한 공간의 고금을 날아다닐 수 있을 뿐만아니라 동일한 시간의 광활한 우주를 종횡할 수 있다. 그래서 이르기를 "글의 신사는 멀리 갈 수 있다. 그리하여 조용히 사고하는 중에서 신사는 천년을 지내고 누구도 모르게 움직이는 사이에 만리의 광경을 보아낼 수 있다."(『문심조룡신사』) 신사는 이미 시공간의 구속을 뛰여넘어 자유로운 날개를 펼쳐 때로는 원고시기를 날아 다니고 때로는 지금의 세계에서 뛰여다니며 때로는 월궁을 유람하고 때로는 동해 용궁을 배회하고 있다. 이것이 소위 말하는 "고금을 잠시 보고 천하를 한순간에 어루만진"다는 것이다.(『문부』) 황간(黃侃)이 『문심조룡찰기』에서 말하다 싶이 "이 말은 마음을 생각하는 작용을 놓고 몸으로 사물을 보는 것에 제한되지 않고 사물을 감지하는 것으로 만들어지거나 마음으로 구상한 것이니 유유하고 심원함, 멀고 가까움이 없으며 모두 이치를 사색하여 행하는 것이다." 상상의 이런 특징은 헤겔도 발견하였다. 그는 상상은 자유로운 것으로 구속이 없으므로 우연성과 임

---

24 "'形在江海之上, 心存魏闕之下.'神思之谓也。"

의성을 지니고 있다고 여겼다. "예술 작품의 원천은 상상의 자유적인 활동이다. 상상은 임의로 형상을 창조할 때마저 비교적 자유롭다." 우리가 예술 미를 흔상할 때도 역시 창조하고 형상의 부각의 자유성을 발휘하는 것이다. "예술 형상을 창작하든 흔상하든 모두 자유로운 것이다. 이럴 때 우리는 마치 법칙과 속박에서 벗어난 것 같았다."(『미학』, 8 페이지) 상상은 극히 자유로운 것이다. 이것이 바로 그의 첫번째 특징이다.

상상의 두번째 특징은 그것이 형상을 단단히 고정시켜 진행한다는 것이다. 만약 머릿속에 선명하고 생동하고 구체적인 형상이 없다면 상상은 불가능하다. 작가의 상상은 사물이 끝임없이 오는 사이에 질적인 비약을 이루는 것이다. 『문심조룡심사』에서는 상상의 경지를 묘사하면서 "조용한 사색끝에 신사는 천년을 지내고 누구도 모르는 움직임속에서 만리밖을 보아낼 수 있다. 시를 읊는 사이에 주옥같은 소리가 나오고 급한 눈앞의 일에서도 태연자약한 기색이 나타나게 한다. 신사는 이치에 도달할 수 있네!"[25] 작가의 신사가 시작하는 그 순간 주옥같은 소리, 풍운의 기색들이 차례차례 끝임없이 나오게 되며 삼라만상이 가까이 오게 된다. 이것이 바로 소위 말하는 "일출하는 것마냥 희미한데로부터 점차 선명해진다. 이 때 물상은 점차 선명해자면서 서로 융합하게 된다."(육기 『문부』) 헤겔도 예술적 상상의 이런 특징을 명확히 인식하였다. 그는 예술적 상상이 반드시 "그림마냥 명확하고 감성적인 표상"을 지녀야 된다고 여겼다. 그리하여 이런 상상활동의 전제는 우선 현실 및 그 형상을 장악하는 타고난 재주와 민감성을 지녀야 한다는 것이다. 이런 재주와 민감성은 자주 사용하는 것은 청각과 시각으로 현실 생활의 다채로움을 마음속에 새겨놓는 것이다. 이외에 이런 창조의 활동은 또 믿음직한 기억력을 통해 다채로운 세계를 회억하는 것도

---

25 "故寂然凝虑, 思接千载；悄焉动容, 视通万里；吟咏之间, 吐纳珠玉之声；眉睫之前, 卷舒风云之色；其思理之致乎!"

요구하고 있다.(『미학』, 제1권, 357 페이지) 이런 그림같은 명확한 표상으로 상상하고 주옥같은 소리, 풍운의 기색으로 사색하는 특징이 바로 "형상으로 사색"하는 것이며 시인 마음속의 구체적이고 생동하며 선명한 형상을 드러내는 것이지 추상적인 형상은 아니다. 유협의 말에 의하면 "신은 상으로 통한다"[26]는 것이다. 즉 신사는 구체적이고 선명한 것에 의거하여야 신기한 아름다움을 산출해 낼 수 있으며 천변만화하는 문사(文思)를 산출해 낼 수 있다. 신사는 물상만으로 진행할 수 있고 순조로이 진행될 수 있다. 이것이 바로 벨린스키가 말하는 "시인은 형상으로 사색한다"는 말이다. 엽섭도 역시 명확히 지적하였다. 시의 이치란 반드시 "보면 설명없이 표상의 뜻을 알아야"[27] 하며 시는 반드시 극히 현명한 형상으로 표현하여야 한다. 작가는 신사를 운용함에 있어서 반드시 "형상에 드러나고, 눈으로 감지하고, 마음으로 터득하여야" 한다.(『원시』)[28] 다시 말해서 작가는 반드시 형상으로 구상해야 한다.

세번째 특징, 즉 형상에 내포된 신사와 형상은 주관과 객관의 호상의 작용에 의하여 산생된 것으로서 주관적 관념만 있고 객관적 물상이 없으면 상상이 산생될 수 없다. 이와 마찬가지로 객관적 물상만 있고 주관적 능동성이 없다면 상상은 생길 수 없다. 주관과 객관이 서로 작용해야만 아름답고 다채롭고 신기한 생각을 할 수 있는데, 이것이 바로 "밖으로는 사물을 관찰하고 안으로는 뜻을 드러내며 양자가 서로 배합하여 좋은 글이 나온다. 만약 그린 형상은 자기가 말하려는 뜻과 부동하면 사물을 관찰하는 것은 헛수고가 되고 만다."(『예개부개』)[29]는 것이다. 이 면에서 예술가는 자기가

---

26 "神用象通"

27 "遇之于默会意象之表"

28 "呈于象, 感于目, 会于心"(『原诗』)

29 "在外者物色, 在我者生意, 二者相摩相荡而赋出焉, 若与自家生意无相入处, 则物色只成闲
   事"(『艺概·赋概』)。

창조한 환상에 의거해서는 안 된다는 것을 명확히 지적하였다. 천박한 이상에서 현실로 옮겨야 한다. 왜냐하면 예술에서는 철학에서와 달리 창조된것이 아니기때문이다. 재료는 사상이 아니라 현실의 외적형상이다. 예술가는 반드시 이런 재료에 몸을 담아야 한다. 그것과 친근한 관계를 맺고, 상상의 임무는 단지 상술한 내적인 이성을 갖추는데 있다. 체적 이미지와 개별적인 현실적 사물을 인식하는 것이지, 그것을 일반적인 명제와 관념에 두는 것이 아니다. 그러므로 예술가들은 외부로부터 흡수해 온 현상들의 형상을 이용하여야 한다. 그가 심리적으로 활동하고 준비하는 것을 표현하려고 하는 것이다. 헤겔의 상상론은 여기에서 그의 미학적취지와 함께 "미는 이념의 감성적 재현이다."이념은 정신적 실체이고, 물상은 감성의 재현이며, 오직 "마음속으로 움직이고 준비하는 것"이 외계의 "형상"과 서로 배합해야만 비로소 걸출한 예술적 상상이 생산될 수 있다. 걸출한 예술적 상상은 오직 내적인 주관과 외적인 물상이 서로 결합되어야만 비로소 이루어질 수 있으며 다채롭고 신기한 생각이 떠오를 수 있다. 이런 견해는 유협의 논조와 완전히 같다. 유협은 다음과 같이 인정했다. 신사는 내적인 "신"과 외적인 "물"을 서로 휴대하고 "유람"한 결과이다. 또는 외적인 사물은 외모로 "구"하고 내적인 신은 마음으로 "응"한다. 그리하여 서로 배합하는것은 마치 영원히 재생할듯 무궁무진한 것 같다. 그러므로 "신을 생각하는 것이 묘하고, 신은 물에 따른다", "물은 모양으로 구해야 하고 마음은 이치에 응해야 한다"(『문심조룡신사』)[30]고 하였다. 이런 주관과 객관에 대하여 교응, 신과 물의 조화는 황간의『문심조룡찰기』에서 다음과 같이 해석하였다. "이런 말은 외경과 맞닿아 있다. 마음속으로는 외경과 서로 부합되지는 않았지만 중요한 진지에 이르면 질식하게 된다. 귀와 눈이 가까워 진면 신이 주밀하지 않는 우려가 있다. 그런 조화로움에 달하려면 8극밖에 있고

---

30 "思理为妙, 神与物游", "物以貌求, 心以理应"(『文心雕龙·神思』)

도리는 끝이 없다. 그러면 마음으로 충족히 경지를 구해야만 하지경지가 능히 마음을 표현한다. 경지를 찾아 마음을 움직이면 경지를 따르기 어렵다. 반드시 마음과 경지가 서로 융합되도록 해야 한다."[31] "신사"가 멀리 가야만 삼라만상이 다 오고 "만물인 돋아나는" 추세가 있게 된다. 이것이 바로 주객관이 서로 융합되면 신기한 생각이 되는 것이다. 이 점에 대해『문심조룡물색』은 더욱 상세하게 논술하였다. 유협은 극히 형상적이고 우아하고 아름다운 언어로 시인의 마음과 경이 교차하고 신과 물이 서로 교류하는것을 묘사하였다. "시인이 사물을 감지하고 관련을 무궁히 하는 것이다. 만상을 돌이켜 볼 때, 깊이 있게 보고 듣는 것이다. 기개와 용모를 쓰고 그리는것은 물건에 따라 완곡하게 표한다. 맞장구를 치는 것도 역시 마음 속을 배회하는 것이다."[32] 여기서 말하는것도 마음과 경지가 서로 융합된다는 것이다. 마음은 물경에 따라 완곡하게 표하고, 물경이 마음과 함께 배회하며, 주관과 객관, 심령과 물상 이런것들은 서로 융합하는 것이다. 이리하여 신사가 자유의 날개를 펴 너울너울 날 수 있게 된다. 바로 신사와 물경의 배합중에서, 적은 것으로 많은 것을 말하고 정과 형을 구비한 걸작이 남김없이 창조되었다. 이것은 헤겔이 말한바와 같다. "예술적 창조에서의 예술적 상상은 오직 이성적인 내용과 현실형상이 서로 침투되고 융합되는 과정에서만 산생될 수 있다."(『미학』, 제1권, 49 페이지, 359 페이지)

네번째, 신사와 상상의 가장 중요한 특징은 또 그 거대한 창조력에 있다. 문학예술가들이 천지를 놀라게하고 귀신을 울리는 많은 작품을 쓴것은 그 창조력의 관건은 어디에 있는가? 유협과 헤겔은 모두 문예상상이고

---

31 "此言内心与外境相接也。内心与外境, 非能一往相符会, 当其窒塞, 则耳目之近, 神有不周 ; 及其怡怿, 则八极之外, 理无不浃。然则以心求境, 境足以役心 ; 取境赴心, 心难于照境。必令心境相得, 见相交融。"

32 "是以诗人感物, 联类不穷。流连万象之际, 沉吟视听之区。写气图貌, 既随物以宛转 ; 属采附声, 亦与心而徘徊。"

그 신기한 생각이라고 대답하였다. 헤겔은 다음과 같이 지적하였다. 왜냐하면 "상상은 창조적이다. 진정한 창조는 예술적 상상의 활동이다." 헤겔은 예술적상상은 기계적기억, 피동적환상이 아니라고 인정하였다. 생각과 추상적인 사고는 관념과 형상을 주동적으로 창조할 수 있는 걸출한 기능이다. 단지 발생한 개별사건의 현상과 관련된 모든 정경을 유지하고, 다시 떠올릴 수도 있지만 일반성을 드러낼 수는 없다. "예술가의 창조는 위대한 마음과 위대한 흉금의 상상이다. 그것은 그림과 같다. 명확한 감성 표상이 관념과 형상을 이해하고 창조하여 인류의 가장 깊은 뜻을 나타내는 것이 가장 보편적인 취지이다."(『미학』, 제1권, 50~51 페이지) 신사의 창조적 기능에 대하여 유협은 아주 생동한 예를 들었다. "만일 정서의 수가 기묘하고, 체가 변천하여 거래하면, 졸사(拙辭)는 또한 묘한 의리를 생기게 하고, 용사(庸事)는 새로운 뜻을 생기게 한다."(『문심조룡·신사』)[33] 유협이 보기에는 신사는 예술적 형상을 창조함에서 있어서 방직함에 있어서 실로 천을 짜는 것과 같았다. 실마리은 자연의 이미지들으로 소재이다. 매우 평범하고 아주 범상스러운 "용사"는 가공을 걸쳐 문채가 뛰어난 "천"이 되는 것이다. "졸사"와 "용사"가 "신사"라는 공을 들여 기발한 창작 과정을 거쳐서 평범한 생활과 자연의 형상의 소재는 "묘한 의리", "새로운 뜻"이 산출되어 눈부신 예술적 작품으로 화신하는 것이다. 실과 천은 화학적으로 보면 차이가 없는 같은 물질이지만 방직기의 가공을 거쳐 실은 원래의 의미상의 실과 완전히 부동해진다. 이는 질적인 변화이며 창조적인 과정이다. 마찬가지로 "용사"가 새로운 뜻을 산출하는 것도 일종 질적인 변화이고 창조적인 과정이다. 이런 창조의 능력은 신사의 공이다! 이것은 헤겔이 말 한 바와 같이 "예술은 풍부하고 다채로운 형형색색을 이용했을뿐만 아니라 창조적인 상

---

[33] "若情数诡杂, 体变迁贸, 拙辞或孕于巧义, 庸事或萌于新意, 视布于麻, 虽云未费, 杼轴献功 焕然乃珍。"(『文心雕龙·神思』)

상을 이용하여 무궁무진한 형상을 창조할 수 있다."(『미학』, 제1권, 8 페이지) 이상의 4개 방면의 간략한 비교를 통해 유협의 신사론은 헤겔의 상상론과 이처럼 놀라운 유사성을 가지고 있다는 것을 발견하였다.

하지만 신사와 상상은 많은 비슷한 점이 있지만 부동한 점도 있다. 유협이 강조한 것은 시간과 공간의 제한을 타파하고 신사의 자유를 얻는 것이었다. 그러나 헤겔은 상상력의 시간과 공간에 대해 전혀 신경쓰지 않았다. 그는 다만 상상력의 우연성과 자의성을 강조했을 뿐이며 가끔 "관념적인 무한공간"을 언급하기도 했지만 그것을 예술적 상상력의 특징으로 볼 수 없었다. 그러나 헤겔은 상상의 또 다른 특징, 즉 상상과 환상과의 구별에 주의를 돌렸다. 그는 "동시에 주의할 것은 상상력을 순수한 수동적 환상과 혼동하지 않도록 해야 한다. 상상력은 창조적이다."라고 강조하였다. 이 점에 대해 유협은 거의 한마디도 언급하지 않았다. 중국과 서방의 예술 상상론을 굽어보면 중국의 거의 모든 예술 상상론은 상상과 환상의 구별에 신경을 쓰지 않았지만 서방의 절대다수의 예술 상상론은 모두 상상과 환상의 구별에 신경을 쓴다는 것을 발견할 수 있다. 마찬가지로 중국의 예술 상상론은 시공간을 타파하고 초월하는 것을 매우 중시하고 있지만, 서양의 예술 상상론은 시공간의 타파와 초월을 그다지 중시하지 않았다. 이러한 현상은 의미심장한 것이다.

『서경잡기(西京雜記)』에서 "사마상여(司馬相如)는 『상림(上林)』과 『자허(子虛)』에 부를 붙일 때, 뜻이 소산하여 다시는 외사(外事)와 관련되지 않고, 천지를 지배하고, 고금을 뒤섞으며, 갑자기 잠드는 듯, 전의 부와 완전이 다르게 흥을 일으켜 수백일 만에 이루어졌다"[34]라고 기록되어 있다. 여기서 "천지를 지배하고, 고금을 뒤섞"는다는 말은 바로 시공간을 타파하고 초

---

34 "司馬相如为『上林』、『子』賦, 意思蕭散, 不复与外事相关。控引天地, 错综古今, 忽然如睡, 焕然而兴, 几百日而后成。"

월한 것이다. 『문부(文賦)』에서는 문학적 사색이 샘물처럼 넘쳐 흐를 때는 "고금을 잠시 관찰하여 사해를 한 순간에 스다듬는다"[35]라고 명확히 지적하였다. 상상은 시공간을 초월하였다고 할 수 있다. 종병이 말하다 싶이 "성현은 대를 끝게 되고 만가지의 흥취는 신사에 용합"된다.(『화산수서』)[36] 이도 역시 시공간을 초월하였다. 호응린(胡應麟)은 "사람이 힘을 다 썼을 때 마음속에 깊이 숨긴 진정한 것이 반드시 드러난다. 팔황을 모두 생각하지 않고 신이 만고를 유람하지 않고는 공을 깊이 들어 무거운 것을 써냈다고는 쉬이 말할 수 없다."(『시삭』 내편권5)[37] 사진은 "높은 데 올라 생각하면 옛사람과 신이 서로 교하고 환상을 다하여 우와 낙을 같이 한다...... 거울같은 마음, 빛같은 신이여라. 사색은 조용하고 유유한 곳에 들어 실체도 없이, 일체 사물도 없이 하면 시는 현묘하게 조성되네!"(『사명시화』 권3)[38] 이런 것들이 모두 시공간의 제한을 타파한 신사이다. 이와 상반되게 서방의 상상론은 시공간의 제한을 타파하는 것을 그리 중시하지 않았다. 디드로는 심지어 "상상력은 일정한 범위가 있다고 여겼다. 사물의 일반적인 절차에서 보기 드문 정황하에서 상상의 활동은 자기만의 일정한 규범이 있다."고 여겼다.(『희극시를 논하다』, 『고전문예이론 역종』 참조, 제 11집) 레싱은 시와 그림의 시공간에 대해 엄격히 획분하였다. 그는 시간상의 선후관계는 시인의 영역에 속하고 공간은 화가의 영역이라 여겼다. 그래서 레싱은 시공간을 초월하는 문학예술을 절대 용서하지 못하였다. 그는 "시간적으로 간격을 둔 두 점을 동일한 한 그림에 넣는다는 것은...... 화가와 시인의 영역을 모두 모독

---

35 "观古今于须臾, 抚四海于一瞬".

36 "圣贤映于绝代, 万趣融其神思"(『画山水序』)

37 "人力苟竭, 天真必露, 非荡思八荒, 游神万古, 功深百炼才具干钧, 不易语也。"(『诗数』内编卷五)

38 "凡登高致思由神交古人, 穷乎遐迩, 系乎忧乐······镜犹心, 光犹神也。思入查冥, 则无我无物, 诗之造玄矣哉!"(『四溟诗话』卷三)

한 것이다. 이는 제일 아름다운 취지가 용서못하는 것이다." "만약 회화가 부동한 시간을 동일한 공간에서 그린다면 모사하는 예술이 아니라 해설의 도구로 되고 만다."고 하였다.(『라오콩』, 98, 172 페이지) 당연히 서방 시학 이론은 절대적으로 시공간의 제한을 타파하였다고 하는 것은 아니다. 그런데 비교하여 말할 때 중국 사상론은 시공간을 타파하고 초월하는 경향이 더욱 강하고 서방 상상론은 이를 그리 강조하지 않았다.

상상론뿐만 아니라 중국과 서양의 모든 예술이 모두 그렇다. 예를 들어 중국 고대 회화는 공간의 투시를 강조하지 않고, 사계절의 풍경을 묻지 않는다. 그림은 흔히 부동한 계절의 화초를 함께 그린다. 왜냐하면 "서화의 묘는 신회가 되여야 하며 그것이 이루기 어려우면 형이라도 구하여야 하기"(심괄)[39] 때문이다. 중국 고대시가도 사시절을 따지지 않았고 시공간의 혼연일체를 제창하는 것이었다. 어쩐지 미국학자 유약우는 "중국시가에는 사시절이 없다. 사시절이 없어 왕왕 일종의 영원하고 보편적인 성격을 띠게 된다."(『중국시예』, 40~41 페이지)고 하였다. 이런 "사시절이 없다"는 것은 분명히 서방과 비교해서 말하는 것이다. 시공간을 초월하는 것과 시공간의 자연 법칙을 엄격하게 준수하는 것이 구별되는 현상은 중·서의 예술 상상론의 차이일 뿐만 아니라 중·서 예술의 본질적으로 구별된 점이라고 말할 수 있다. 이런 차이에는 심각한 사회 역사적 원인이 있다. 우리는 "서론"에서 서방문명에 대하여 언급하였는데 이는 고대그리스에서 기원되었다. 그리스반도에서 생활하는 사람들은 대부분 에게해의 포위속에 처해있다. 그들의 주요한 생계는 해상의 무역이기 때문에 시공간의 관념은 그들에 대해 매우 중요하였다. 장기간의 생활실천과 심리적 누적은 그들의 생각에 큰 영향을 주지 않을 수 없었다. 사유, 언어, 나아가서는 문학예술 3차원공간과 1차원시간의 개념은 서방 철학자들의 뇌에 뿌리 깊이 밝혀있는 것이

---

39 "书画之妙, 当以神会难可以形器求也"(沈括语)

다. 이런 고유의 시공간의 관념은 고대그리스로부터 시작되었다. 그리스 수학의 주요 특징은 기하학을 논증하는 것인데 유클리드의 『기하원본』은 바로 기하학의 휘황한 결정이고 걸출한 대표이다. 논리학의 정초자인 아리스토텔레스는 시간과 공간에 대해서도 엄격히 한정했다. 『시학』에서 그는 후세에 큰 영향을 미치는 이론과 주장을 제기하고 문예의 시간과 공간을 한정하였다. 시간적으로 그는 "비극의 시간을 하루로 한정할 것, 또는 아무런 변화도 일어나지 않기를 위해 노력해야 하나 서사시는 시간의 제한을 받지 않는다."고 주장하였다.(『시학』, 제5장) 공간에서 그는 "하나의 아름다운 사물은 하나의 살아있는 사물 또는 어떤 부분들로 구성된 사물로서 그의 각 부분은 일정한 배치가 있어야 할뿐만아니라 일정한 크고작음도 있어야 한다. 왜냐하면 아름다움은 체적과 배치에 의거해야 하기때문이다."(『시학』, 제7장)라고 주장했다. 이런 주장은 나중에 서방 문단을 장기적으로 통제한 "삼일원칙"으로 전변되었다. 이와 반대로 중국 고대의 철인들은 시공간의 제한을 그렇게 중시하지 않았으며 천인합일을 제창하였다. 이는 신사가 조용하고 유유한데서 들어가며 무아지경에 이를 것을 주장하였다. 이는 중국 고대의 농경 활동으로 생계를 유지하는 것과 관계되기도 하였다. 도연명의 『도화원기』는 중국 고대 농업 사회 특징의 반영이다. 이상적인 도화원에는 "비옥한 논밭과 아름다운 연못에 뽕나무, 대나무가 있다. 논밭길이 서로 상통하고 닭과 개의 울음소리가 같이 들려오며 사람들은 그 사이를 부지런히 오가고 있다......."[40] 사람들은 해가 뜨면 일하고 일몰하면 휴식하고 "한나라를 모르고 위진을 막론하"[41]였다. 보다싶이 시공간은 인간에 대해 매우 중요한 것이다. 사람들은 대자연과의 교제중에서 자주적으로 천인합일을 이루려고 애썼다. 그리하여 사람들의 사유, 언어, 문학예

---

[40] "有良田美池桑竹之属。阡陌交通, 鸡犬相闻, 其中往来种作……"

[41] "不知有汉, 无论魏晋"

술은 모두 그 흔적이 남겨져 있었다. 사람들은 시공간의 정확성을 중시하는 것보다 시공간을 뛰어넘는 것을 더욱 중시하였다. "천지만물은 나와 함께 낳아, 나는 또 천지만물과 일체로 된다."(『장자 제물론』) 이것이 아마도 "신과 물이 함께 하는"것 와 이론적 인연이 있을지도 모른다. 오죽하면 외국 학자가 이렇게 말하였겠는가? "동방신비주의자는 공간과 시간의 개념과 특점을 정해진 의식상태와 서로 연관시켰으며 그들은 깊은 사색을 통하여 일반적인 상태를 초월할수 있었다." 이로부터 중국의 예술상상론을 알수 있다. 시공간을 타파하고 초월하는 것을 일관되게 강조하는것은 결코 우연이 아니다. 하지만 서구의 근대문학, 특히 현대문학의 복고를 반대하는 전통적 관념도 시공간을 타파하고 있다. 이 점은 편폭의 제한으로하여 더 서술하지 않겠다.

다음으로 서방의 예술상상론은 상상과 환상의 구별을 매우 강조하는데 중국의 예술상상론은 상상과 환상의 구별을 그다지 중시하지 않는다. 그 원인은 어디에 있는가? 필자는 다음과 같이 인정한다. 이는 중국과 서방의 사유특징과 관계된다. 서방은 논리적 사고를 숭상하는데 중국은 형상사유를 숭상하고 경험묘사에 능하였다. 서양의 상상론은 발전의 과정을 거쳤다. 그런 과정은 바로 르네상스시대의 마조니는 예술적 상상과 꿈을 함께 이야기했다. 위고는 "상상력은 전개되거나 복합된 기억에 불과하다"(『신과학』)고 했다. 칸트는 위고의 주장을 부인하고 상상의 창조성을 제기했다. 이는 간단하게 환상과 상상을 구별했다. 그는 상상력이 연상률에 구속되는것이 아니라 그대로 복제될수밖에 없다고 생각하였다. 그것은 창조하고 스스로 활동할수 있고 모든 가능한 감각을 창조할수 있으며 마음가짐에 따라 행동할수 있는 모양이라고 여겼다. 상상력은 하나의 창조적인 인식기능이다.(『판단력비평』 제1권후기, 제2권 49절) 콜리지는 환상과 상상은 두가지 성격의 재능이라고 인정하였고 환상과 기억은 같다고 여겼다. 그는 또 예술적상상을 세밀하게 두가지로 나누었다. "나는 상상을 제1위와 제2위 두

가지로 나누겠다. 제1위 상상은 모든 인류 지각의 활력과 원동력이다. 이는 무한한 "나의 존재"중의 영원한 창조적활동이 유한한 마음에서 반복하는 것이다. 제2위 상상은 제1위의 상상의 메아리이고 자각적인 의지와 공존한다...... 그는 용해하고, 분해되며, 분산되며, 이 모두는 창조를 위한 것이다."(『문학생애』 제4장, 제13장) 이처럼 세밀한 분석은 확실히 중국의 상상론에 미치지 못한 것이다. 아마도 서양시학에 사변적인 것이 뛰어나 상상론에서 이렇게 세밀하고 체계적인 변별이 있을수도 있는 것이다. 그러나 중국 상상론은 세밀하게 분석하지는 않았지만 형상의 묘사가 보다 뛰어났다. 이는 흔히 사람들로 하여금 그 이론을 읽을 때 마치 그 경지에 직면해 있는것처럼 느끼게 하였다. 육기가 논하는 것을 보기로 하자. "창작을 시작하여 세심히 구사하고 마음을 가라앉혀 사색하여 넓히 찾았다. 신은 팔극 밖으로 나가고 마음은 만장 높은 하늘로 날아갔다. 문사가 생기면 해가 뜨는 듯 모호한 데로부터 점차 선명해진다. 이때 물상은 선명해지면서 분출한다. 성현들이 이른 정수가 용솟음치고 육예와 문채의 어사가 필끝에 모인다. 상상으로 질주하고 우에서 아래로 들끓으면서 때로는 천지위에 떠다니고 때로는 지하수에 잠겨들어 간다. 때로는 심연속의 물고기를 낚을 듯 힘들게 말이 않나오고 때로는 하늘에서 날아다니는 새가 화살에 맞은 것처럼 떠러질 듯이 말이 밖으로 쉬이 나온다."(『문부』)[42] 그 예술적 상상을 바라! 때로는 고요한 늪에서 떠다니고 때로는 샘물속에서 마음껏 씨스며 말하기 어려울 때 낚시질 같고 말하기 쉬울 때 화살 맞은 새가 떨어지는 것 같으니 그 묘사가 얼마나 생동하고 선명한가? 이는 서방의 사변적인 상상론이 도달할 수 없는 장점이다. 보다싶이 중·서 예술의 상상론은 모두 각자의 특색과 장점이 있는 것이다. 혹시 그들은 호상 보완하는 사이를 구

---

42 "其始也, 皆收視反听, 耽思傍讯, 精鹜八极, 心游万仞。其致也, 情瞳昽而弥鲜, 物昭晰而互进。倾群言之沥液, 漱六艺之芳润。浮天渊以安流, 濯下泉而潜浸。于是沉辞怫悦, 若游鱼衔钩而出重渊之深, 浮藻联翩, 若翰鸟缨缴而坠曾云之峻。"(『文赋』)

성하여 알갱이를 흡수하고 찌꺼기를 제거하여 세계 예술 상상론을 진일보로 심화할 수 있을 것이다.

(3) 신사, 상상과 정감, 영감

신사와 상상의 동력은 무엇인가? 유협과 헤겔은 모두 "감정"이라고 여겼다. 『문심조룡신사』에서 말하기를 "신은 상으로 통하고 정이 변하여 나타나는 것이다."[43] 다시말해서 신사가 순조로이 진행되는 것은 바로 감정의 변화에서 나타난 것이다. 감정의 추동은 신사가 우주를 마음껏 유람하고 고금을 유람하는 진정한 동력이다. 그리하여 "신사가 아직 구비되지 않아 아직 맹아상태여서 허무하고 형태가 없네. 산을 오르면 산에 대한 정이 가득하고 바다를 바라보면 바다에 대한 듯이 가득하나 형상을 이루지 못했네. 나의 재주는 얼마 있든 모두 풍운과 함께 날아가네!" 진정한 예술 창작은 지극한 감정의 산물로서 유협은 그중의 깊은 뜻을 잘 알고 있다. 헤겔도 감정은 예술적 상상에서 지극히 중요한 것이라고 여겼다. 감정은 상상에 생기를 주입하고 외재적인 형태와 내재적인 자아가 완벽한 통일에 도달하게끔 한다. "이러한 이성적 내용과 현실적 형상이 서로 침투하고 융합하는 과정에서 예술가는 늘 맑은 이해력에 도움받을 반면 두터운 흉금과 생기를 주입한 감정에서도 도움을 청해야 한다." 이런 작품 전체에 감정이 침투되어 생기를 주입하는 것을 통해 예술가들은 그의 재료 및 형태로 자기 자아를 체현할 수 있도록 하며 주체로서의 내재적 특성을 체현할수 있게 된다. "감정이야말로 이런 형태와 내재적 자아가 주체의 통일에처해 있게 할 수 있다."(『미학』, 제1권, 359 페이지) 바로 감정이 주관과 객관, 정신과 물질이 서로 조합하게 추밀어 주는 것이다. 그러므로 상상은 거대한

---

43 『文心雕龙·神思』曰：“神用象通，情变所孕。”

창조력이 산출되며 상상에 생명력을 주입할 수 있다. 다시말해서 감정은 예술적 상상의 거대한 동력이다.

　신사와 상상속에는 아직도 특이한 현상이 존재하는것 같다. 일종의 기묘한 현상으로, 그것은 더욱 신기하고 기괴하여 상상을 더욱 아름답고 다채롭게 한다. 그것은 신사와 상상에 더 큰 창조력을 부여하도록 하였다. 그것이 바로 예술적 영감이다! 헤겔은 다음과 같이 지적하였다. "상상활동을 통해 작품을 완성하는 것은 기교의 사용으로 예술가의 하나의 능력으로서 구체적으로는 사람들이 흔히 말하는 영감이다." 영감은 상상에 창조력을 부여하였기 때문에 "영감이 바로 이런 형상 자체를 활발하게 구성하고 있다."(이것은 한편으로는 주체의 내재적인 창작 활동을 놓고 말하는 것이며 다른 한편은 객관적으로 작품을 완성하는 활동을 놓고 말하는 것이다. 이 두 가지 활동은 모두 영감의 참여가 필요하다)(『미학』, 제1권, 363~364 페이지). 중국고대에는영감이라는 단어가 없어 옛사람들이 영감을 논함에 있어서 "천기(天氣)", "감흥(感興)", "영기(靈氣)", "묘오(妙悟)"를 많이 사용하였고 또한 직접 "신사"를 사용하는 것도 있었다. 예를 들면 육기는 "천기"라는 단어를 사용하였는데 "천기가 예리할 때, 어찌 혼란스러워도 거들떠 보지 않는다."(『문부』)[44] 소자현은 이 두 단어를 겸하여 사용하고 있다. "문에 속한 도란 신사에서 나온 것이라…… 만약 천기에 기탁하고 사전을 참조한다면 응당 생각을 더듬어야지 나열할 것을 삼가야 한다."[45] 유협의 주장도 비슷하다. 『신사』편에서는 "추기가 통하여야 사물은 모습을 드러내고 관건이 막히면 신은 마음속에만 숨어 있게 된다"[46]라고 하였는 데 여기서 "추기"와 "관건"은 "신사"이다. 이는 육기등 사람이 말하는 "천기"와 같다. 이전가(李全佳)의 『육기문부의증(陸機文賦義證)』에서는

---

[44] "方天机之骏利, 夫何纷而不理"(『文赋』)

[45] "属文之道, 事出神思……若夫委自天机, 参之史传, 应思悱来, 勿先构聚"(『南齐书·文学传论』)

[46] "枢机方通, 则物无隐貌;关键将塞, 则神有通心"

"추기가 통하여야 사물이 모습을 드러내고 『문부』에서는 어찌 혼란스러워도 거들떠 보지않는다", "관전이 막히면 신은 마음속에만 숨어 있게 된다고 『문부』에서는 6정이 기초를 이루면 뜻과 신이 모두 달할 것이라"[47]고 지적하였다. 곽소우(郭紹虞)는 "추기가 통하여야 사물은 모습을 드러내고 관건이 막히면 신은 마음속에만 숨어 있게 된다. 이런 것은 바로 감흥이다"[48]고 지적하였다. 이런 "감흥", "신사"는 올 때를 모르고 갈 때를 모르는 것이다. 유협은 "생각에는 영리함과 둔함이 있고 막히고 통한 것이 있다"[49]고 말한다. 다시 말해서 "신사"는 언제 어디 서나 할 수 있는 것이 아니며 의지가 통제할 수 있는 것이 아니다. "신사"란 때로는 빠르고, 때로는 무디고 가끔은 오고 가끔은 오지 않는 것이다. 그래서 "사물은 고정된 모습이 있어도 사유는 없다. 때로는 절묘한 생각이 있는가 하면 때로는 자세히 생각할 수록 무엇인가를 소홀하게 된다."[50] 낙홍개(駱洪凱)선생은 이런 "신사없이 생각하다가 통색하는 경우가 있다"고 설명하면서 이런 우연적이고 돌발적이며 저도 모르는 것이 바로 영감의 중요한 특징이라고 지적하였다. 요즘 사람들은 보통 『문심조룡』은 신사를 상상으로 해석하고 거기에 논리적 사유가 포함되었다고 보는 사람도 있다. 이런 관점은 틀림없다. 『문심조룡 신사』는 확실히 상상의 전문적인 논저이다. 하지만 상상으로만 보면 부족한 것이다. 왜냐하면 예술적 상상은 항상 예술적 영감과 함께 하는 것이다. 신사가 적발되면 글의 구상이 샘솟듯 떠올라 오는 것을 막을 수 없고 가는 것도 막지 못한다. 이는 상상을 고도로 적발된 상태에 이르게 하여 상상으로 하여금 거대한 종합적 창조력을 지니게 하는 것이다. 이

---

47 "枢机方通, 则物无隐貌, 『文赋』所谓方天机之骏利, 夫何纷而不理也。""关键将塞, 则神有遁心『文赋』所谓六情底滞, 志往神留也。"

48 "枢机方通, 则物无隐貌, 关键将塞, 则神有通心。指的就是感兴。"(『中国文学批评史』, 77页)

49 "思有利钝, 时有通塞。"(『文心雕龙·养气』)

50 物有恒姿, 而思无定检, 或率尔造极, 或精思愈疏"(『文心雕龙·物色』)。

런 경지에 도달하면 창작은 고효률적 상태에 이르게 되며 생각없이 자연스레 창작이 진행되며 애쓰지 않아도 묘한 진제를 만들어 낼 수 있다. 혜겔과 유협도 공동으로 이 점을 발견하였다. 따라서 혜겔은 상상력은 하나의 독립적인 능력으로서 흔히 말하는 영감이라 하였다. 즉 영감과 상상력은 종종 불가분의 관계가 있다고 주장하였는데, "영감이란 이와 같이 활발하게 형상화하는 상황 그 자체"(『미학』, 제1권, 364 페이지)라고 밝혔다. 이러한 의미에서 볼 때 영감은 일종의 능률적인 예술적 상상력(즉 "구조 형상의 상황 자체")라고 할 수 있다. 마찬가지로 "신사"도 상상, 영감과 뒤엉켜있는 예술적 사유이다. "신사"가 다가올 때 뇌는 고도로 흥분된 상태에 이르게 된다. "신사가 움직이면 천만가지 생각이 싹튼다"[51]고 말했다. 다시 말해서 수천수만의 의상이 찰나에 다가온다는 것이다. 이런 "천만가지 사유가 싹트"는 상태가 바로 거대한 고효능의 영감이 나타날 때의 상황이며, 그것은 작가가 장기간 축적한 것을 순식간에 점화시켜 일시에 쏟아져 나오게 하는 것이다. "생각은 마음을 감돌고 말은 입가에서 샘물처럼 흘러나오며 …… 글은 번성하여 눈밖으로 넘쳐나오고 소리는 조잘조잘 귀를 채운다"[52]고 하였다. 이것이 바로 글의 구상이 샘솟고 영감이 번쩍이는 모습이며, 활발하게 형상을 구성한다는 상황 그 자체이다. 그리하여 유협은 다음과 같이 인정하였다. "무릇 우수한 문학 작품이라면 문사(文思)가 출렁일 때 우연이 획득한 것이고 '무릇 우수한 문집(文集)은 11편을 넘지 못한다. 우수한 편, 장, 구는 200여자를 초과하지 않는다. 이는 문사에 의해 우연적으로 얻은 것이지 반복적으로 사고하고 연구하여 얻은 것은 아니다.'"[53] 이로부터 신사속에 "영감"이 교직하고 상상속에 "천기"가 번뜩이는 것을 볼 수 있

---

51 "夫神思方运, 万涂竞萌。"

52 "思风发于胸臆, 言泉流于唇齿……文徽徽以溢目, 音泠泠而盈耳"(『文赋』)

53 "凡文集胜篇, 不盈十一, 篇章秀句, 裁可百二, 并思合而自逢, 非研虑之所求也"(『文心雕龙·隐秀』)

는데, 이것은 헤겔의 상상론과 유협의 신사론이 모두 인식하고 있는 객관적 사실이다. 이 점이 아마도 오늘날 형상적 사고와 영감적 사고를 연구하는데 도움이 될 것이다. 마르크스는 인간의 사유 활동은 흔히 하나의 사유만으로 이루어지는 것이 아니라고 논하였으며 전학삼(錢學森)은 논리적 사유 외에 "인간의 사유에는 적어도 다른 두 가지 종류가 있는데, 그것은 형상, 직관 사유와 영감, 돈오사유이다"라고 하였다. "매 과정에는 세가지 사유 활동이 있을 수도 있고 둘이 있을 수도 있으며 혹은 세가지를 병행할 수도 있다."[『사회주의의 인재시스템공학』, 『붉은기』, 1982(2)] 이러한 정형은 『문심조룡』의 "신사"라는 말을 통해서도 확증할 수 있을 뿐만아니라 헤겔의 문예 영감론에서도 확증할 수 있다.

영감은 신사와 상상속의 중요한 요소인데, 어떻게 글의 구상이 샘솟듯 다채롭고 효율적인 상태를 찾을 수 있는가? 어떻게 하면 이 "천기"가 일어나고 영감이 반짝이게 할 수 있는가? 유협과 헤겔의 논의를 비교해보는 것은 의미있는 일이다. 유협은 헤겔과 함께 영감이란 사람의 의지에 좌우되는 것이 아니며 쉽게 다가오거나 쉽게 내버리는 것이 아니라고 여겼다. "생각에는 영리함과 둔함이 있고 막히고 통한 것이 있다"[54]고 인식했다. 작가가 재간이 높고 학문이 풍부하여도 영감이 오지 않을 때에는 아무리 생각하고 온갖 고심을 다해도 소용이 없다. 헤겔이 지적한 바와 같이 창작하려는 의도만으로는 영감을 불러일으킬 수 없다. 누구든지 마음에 아무런 내용도 없이 들끓을 때 두리번거리면서 몸곁의 재료를 수집하여 영감을 불러일으키려 마음만 먹으면 좋은 것을 창조해내는 것은 아니다. 다시 말해서 그의 재능이 얼마나 크든지 자기의 의지만으로 영감을 불러일으켜 가치 있는 작품을 창조해내기 어렵다. 관능의 자극도, 단순한 의지와 결심도 진정한 영감을 불러일으킬 수 없다. 헤겔은 "최고의 천재는 아침 저

---

54 "思有利鈍, 时有通塞"(『文心雕龙·养气』)。

녁으로 푸른 풀밭에 누워 미풍이 불어 오도록 놔두고 하늘을 바라보아도 부드러운 영감은 그를 외면한다"고 재치 있게 묘사하기도 했다.(『미학』, 제1권, 364 페이지) 유협은 무턱대고 심사숙고하여 글의 구상이 샘솟듯 떠올리게 시도하는 것은 실현할 수 없는 일이며 심지어 해롭다"고 지적하였다. "사색할 때는 영리하고 둔함이 있는데 또 막히고 통할 때도 있다. 이는 마치 머리를 감았을 때 몸을 굽힌 채 마음의 위치를 뒤집거나 심지어는 이치에 어긋나게 문제를 생각하는 것과 같다. 정신이 흐리멍텅할 때, 재삼재사 그것으로써 글을 쓴다면 더욱 혼란스러울 뿐이다", "각자의 재능과 천부는 제한되어 있고, 지력의 활용은 무궁무진하여, 어떤 이는 자신의 목이 오리처럼 짧은 것을 부끄러워하며, 학의 목이 긴 것을 부러워하여, 각고의 노력을 다 한다. 이는 마치 물이 끝없는 구멍으로 흘러들어가듯 정기가 소모되고 만다. 신심이 찍혀 상처를 입은 것은 마치 우성한 나무가 모두 베어지는 것과 같으며, 이렇게 비통함과 공포로 인해 병이 생기는 것도 추측할 수 있는 것이다."[55] 그렇다면 영감은 구할 수 없는 것인가? 천기가 스스로 오고, 영감이 스스로 오게 할 수밖에 없으며 작가는 어찌할 방법이 없는 것인가? 어떤 사람들은 영감이 의지에 따라 나타나는 것이 불가능하다고 여긴다. 육기는 다음과 같이 말한다. "글은 내가 쓰는 것이지만 노력으로는 되는 일이 아니다. 그래서 나는 자주 탄식하게 되지만 문사가 언제 오는지 여전히 모르는 것이다."[56] 이 문제에 대해 유협과 헤겔은 모두 자기만의 견해를 지니고 있다. 그들은 영감 사유의 규칙을 불구하는 것을 동의하지 않거니와 영감 사유의 법칙에만 고심하고 맹목적으로 추구하는 것도 찬성하지 않는다. 게으름뱅이처럼 영감을 오기만 기다리는 것도 찬성 하지 않는

---

55 "且夫思有利钝, 时有通塞。沐则心覆, 且或反常; 神之方昏, 再三愈黯"。"若夫器有限, 智用无涯; 或惭凫企鹤, 沥辞镌思。于是精气内销, 有似尾闾之波; 神志外伤, 同乎牛山之木。恒惕之盛疾, 亦可推矣"(『文心雕龙・养气』)

56 "虽兹物之在我, 非余力之所戮。故时抚空怀而自悗, 吾未识夫开塞之所由。"(『文赋』)

다. 그들은 자각적으로 영감적 사유의 준칙을 준수할 것을 주장하며 정확한 방식으로 영감을 얻을 것을 주장하였다. 이에 대해 헤겔은 주관과 객관이 융합된 "희열설(喜悅說)"을, 유협은 주관적인 잡념을 배격하는 "허정설(虛靜說)"을 내놓았다. 두 가지 설은 열렬함과 냉렬함이 정반대인 듯이지만 같은 도경이라 할 수 있다. 이는 모두 자극적인 흥분, 정력이 왕성한 정신 상태를 추구하기 위한 것으로 문사의 분출과 영감의 번쩍이는 모습을 찾기 위한 것이다.

헤겔은 진정한 영감을 불러일으키려면 우선 명확한 내용, 즉 상상에 의하여 포착되고 예술적으로 표현되여야 할 내용이 있어야 한다고 인정하였다. 그렇다면 이런 내용이란 무엇인가? 헤겔의 관점에서 볼 때, 그것은 주관적인 쾌락, 희열을 포함하고 있어 작가의 내적인 창작동력인 동시에, 객관적인 외적인 재료도 포함하고 있다. 이런 재료는 작가의 주관적 희열에 부합되고 작가의 창작의 충동과 념원에 부합되기에 주관과 객관이 일치된 것이며 이런 조건을 만족할 때 문사가 샘솟듯 나오고 영감이 솟아 오른다. "이런 영감을 일으키는 재료가 어떻게 예술가의 머리속에 들어갈것인가?" 우선은 내면의 희열인 창작의 동력이다. "자신의 즐거움이 바로 창작의 원동력이다. 이런것들은 마음속에서 뿜어져 나온다. 그 자체가 작품의 재료와 내용이 되여 기쁨을 증가하여 예술적인 혼상을 진행할 수 있게 된다." 헤겔은 또 다른 측면에서 위대한 예술 작품도 흔히 외적인 기연으로 인해 창조된다고 여겼다. 이런 요인중에서 재능은 빼놀 수 없다. 재능은 또 영감이 출현하게 되는 하나의 조건이기도 하다. 이런 점에서 예술가의 지위는 다음과 같다. 타고난 재능을 가진 사람으로서 그는 일종의 현존하는 재료와 마주한다. 현존하는 재료는 일종의 외연, 하나의 사건이다. 예하면 세익스피어처럼 오래된 민요, 이야기 혹은 사전 등의 추진을 통해 관계를 맺는다. 이런 사물의 추진력에 의해 그는 의식적으로 이 자료를 표현해야 하며 따라서 또 자기자신을 표현해야 한다는 목표에 도달하려 애쓴다. 여기에서 객관적 재료와 주관적 창작의 요구는 바로 부족해서는 안될 필수적 조건이다. 객관과 주관도 반드시 맞아 떨어져야 한다. 이에 대해 헤겔은 다음과 같이 강조하였다. "예술가는 외래 자료속에서 진정한 예술적 의미를 파악해야한다. 이런 외부 자료인 대상을 그의 마음속에서 생명을 부여하여야 한다. 이런 상황에서 천재적인 영감은 스스로 다가올 수 있다. 진정한 생명있는 예술은 이런 삶에서 무수한 적발적인 활동과 영감의 기원을 찾아내는 것이다. 이는 유일하게 중요한 요구인 것이다."(『미학』, 제1권, 365 페이지)

　유협이 제기한 영감을 구하는 "허정설"은 헤겔의 논과는 정반대이다. 헬겔은 열렬한 기쁨, 쾌락, 충실한 생명의 충동이었다. 그러나 유협은 다음과 같이 강조하였다. 영감은 평화로운 "허정"이고 적막한 심경이다.『문심조룡신사』에서는 "문사를 준비함에 있어서는 주로 마음을 안정시키고 마음속의 선입견을 제거하며 조용하고 한결같게 하는데 두어야 한다"[57] "도균(陶钧)중의 "도"는 도자기이며 "균"은 도자기를 만드는 데 사용되는 회전기를 가리킨다. 여기서 "도균(陶钧)"은 동사로서 문사(文辭)의 준비 창작 과정을 가리킨다. "陶钧文思, 贵在虚静(문사를 준비함에 있어서는 주로 마음을 안정시킴)"이라는 말은, 신사를 얻으려면 반드시 마음이 허정시켜야 한다는 뜻이다. 영감이 나타나는 순간을 얻으려면 "疏瀹五藏, 澡雪精神(마음속의 선입견을 제거하며 조용하고 한결같게 함)"이라고 마음이 맑아지고 정신이 맑아져야 한다. 낙홍개선생의 말처럼, "영감이 솟아나게 하려는 데는 방법이 있는 것이다. 유씨의 『신사』에서 '문사를 준비함에 있어서는 주로 마음을 안정시킴'에 있다고 마음을 안정시키지 않은면 무엇인가 막힌 듯 하다. 이치가 밖에 있는 자는 들어가지 못하고 이치다 속에 있는 자는 나가지 못하여 관건이 통하지 못하게 되어 문사가 통하지 못한다...... 그리하여 창작하는 이

---

57 『文心雕龙·神思』曰：“是以陶钧文思, 贵在虚静, 疏瀹五藏, 澡雪精神。”

는 반드시 마음을 안정시키고 그 천기를 함양하여 경물이 눈앞에 있을 때 애써 사고할 필요없이 스스로 정묘한 글을 만들어낼 수 있다. 이것이 문사의 진제이다."(『문심조룡찰기』, 228~229 페이지) 유협의 허정설은 두가지 뜻을 담고 있다. 하나는 허(虛)인데 다만 수단일 뿐, 그 목적은 또한 현실을 추구하는 데 있다. 잡념을 제거하는 것은 작가로 하여금 창작 의도의 추구에 온 정신을 기울이게 하는 것이다. 이렇게 뜻을 분별하지 않아도 영감은 저절로 우러나올 것이다. 이것은 바로 "고요하면 무리의 동요가 생기고, 공허하면 만경을 납득한다"(소식), "묘함은 마음이 공명하는데 있고 자연히 노출되는데 전혀 힘을 쓰지 않은 것 같지만 그 자연스러움이 그 속마음을 후련하게 한다"(조익)[58]는 것이다. 이렇게 보면 "허"는 텅 빈 것이 아니라 "만경"에서 나온 것이며, 오직 "허"만이 그 천지만물을 받아들이고 바다와 하늘의 사정을 멀리 볼 수 있다. 비로소 봄꽃과 가을달의 모습, 풍운이 휘몰아치는 그 모습을 충실하게 표할 수 있다. 둘째는 "정(靜)"이다. "정"이란 외부의 모든 방해를 배제하고 정력을 고도로 집중하여 창작구상에 다하는 것으로써, 유협이 말한 "물이 잔잔하면 거울이 되어 만물을 비추고, 불이 고요하면 낭랑하여 더욱 밝으며, 창작할 때 방해가 없으면, 글이 정묘하고 상쾌한"(『문심조룡·양기』)[59] 경지에 도달한다는 것이다. "정"도 단지 수단일 뿐이며, 그 목적은 또한 움직임을 구하는데 있다. 물이 고요해야 그림자를 비출 수 있고, 불이 고요해야 더욱 왕성하게 타오를 수 있으며, 마음이 고요해야 글쓰기의 영감이 샘물처럼 폭발을 구할 수 있다. 그래서 "고요"해야만 "생각이 천년을 잇는다"[60], "잠잠하게"해야만 "만리를 내다볼 수 있다"[61]. 기윤

---

58 "静故了群动, 空故纳万境"(苏轼)。"妙处在乎心地空明, 自然流出, 一似全不着力, 而自然沁人心脾"(赵翼)

59 "水停以鉴, 火静而朗。无扰文虑, 郁此精爽"(『文心雕龙·养气』)。

60 "思接千载"

61 "视通万里"

(紀昀)이 평한 것처럼 "마음이 허하고 고요하면 피부에 살결이 스며들고 형상이 스스로 살아난다"[62]는 것이다. 여기서 고요함도 고요함뿐이 아니라는 것을 알아낼 수 있다. "고요함" 가운데는 바로 그 신(神)의 왕성함과 정(精)의 상쾌함을 구하는 것이며, 바로 그 신나는 영감의 폭발을 구하는 것이다. 이것이 바로 고요함속에서 움직임을 구하는 것이다. 거짓으로 사실을 추구하고, 조용함으로 인해 동요를 추구하는 이런 "도균문사(陶鈞文思)"의 방법이야말로 영감을 얻는 묘법이 아닌가! 유협과 헤겔은 비록 서로 다른 주장을 하고 있지만, 모두 각자의 이치를 가지고 있다. 중국과 서양의 "도균문사"의 측면은 모두 대체할 수 없는 독특한 매력이 있는 것이다. 이것은 아마도 객관적인 규칙에 의한 것이다.

(4) 신사, 상상과 천재

신사와 상상은 인류의 사유방식이고 대뇌의 생리기능이다. 때문에 이는 필연적으로 사람들의 선천적인 천부과 밀접히 연관된다. 헤겔과 유협도 공동으로 이 점을 인식하였다. 그러나 그들의 견해는 완전히 일치한 것은 아니다. 이 논술속에서 아마 일부 유익한 계시를 받을 것이다.

헤겔은 "상상적 활동을 통해 예술가가 내면적으로 절대적 이성을 현실적 이미지로 바꾸어 자기 자신을 가장 잘 표현할 수 있는 작품으로 만드는 활동을 '재능', '천재'등이라고 한다"고 명시했다.(『미학』, 제1권, 360 페이지) 헤겔은 예술적 상상이 천재의 독특한 재주임을 강조했다. 예술적 상상은 예술가의 타고 난 재능이 절대적으로 필요하다고 생각한 것이다. 예술가의 창조방식은 감성적인 매체에 의존해야 하기 때문이다. 사람들은 물론 과학의 "재능"도 자주 언급하지만, 과학은 보편적인 사고력만을 필요로 한

---

62 意在游心虛靜, 則膚理自解, 興象自生。"

다. 이 사고력은 상상처럼 타고난 능력을 활용하는 것이 아니라, 모든 타고
난 능력을 벗어던지는 활동이다. 그래서 헤겔은 타고난 과학적 재능은 존
재하지 않고 "상상은 그렇지 않으며 본능적인 창의력"이라고 여겼다. 왜냐
하면 예술 작품의 기본 특질, 즉 형상의 선명성과 감각성은 반드시 예술가
의 주체적인 측면의 타고난 기질과 타고난 충동의 형식과 어울려야 하며,
이러한 특질은 무의식적인 방식으로 작용하며, 반드시 인간의 타고난 천
부에 의해 파악되어야 하기 때문이다. 물론 변증법을 창안한 헤겔의 설은
아직 완비하지 않은것 같아 극단으로 나간 경향을 보인다. 그는 또 천재
도 후천적인 연습이 필요하지만 예술적 상상은 결국 천부에 달려 있다고
인정했다. "재능과 천재 도 물론 타고난 자질에 의해서만 이루어지는 것이
아니다. 실제로 예술의 창조는 동시에 지성을(智性) 활용한 자각적 활동이
기도 하다. 그러나 그 지성은 반드시 화경(畵境)과 형상을 창조할 줄 아는
타고난 능력을 가지고 있어야 한다", "배움으로 인한 숙련함만으로는 결코
생명이 있는 예술 작품을 만들 수 없다."(『미학』, 제1권, 51 페이지; 363 페이지) 헤
겔은 더 나아가 구체적인 창작 상상의 구상에서 "천재"의 특징에 대해서도
논했다. 그는 천재작가들은 창작 구상에서 특히 쉽고 빠르며 날렵하고 유
연하게 창작하였다. 일반적으로 이런 재능을 가진 사람은 마음속에 어떤
관념이 있는지, 어떤 것이 그를 감동시키고 선동하는 것인지, 이런 것들을
만나기만 하면 곧바로 그것을 하나의 형상, 한폭의 그림, 한 곡조 또는 한
편의 시로 변화시킨다고 지적하였다. 헤겔은 예술가의 이러한 형상을 구
성하는 능력은 인식적 상상력, 환상력, 감각력일 뿐만아니라 실천적 감각
력, 즉 작품을 실제로 완성하는 능력이라고 보았다. 이 두 방면은 진정한
예술가는 이미 구비되어 있다. 예술가의 상상속에 살아 있는 모든 것들은
인츰 손가락으로 재현될 수 있는 것 같았다. 이백을 비롯한 진정한 천재들
은 작품을 완성하는데 필요한 기교는 손쉬운 일이라고 느꼈으며, 또한 가
장 무민건조하고 겉으로 가장 길들이기 어려운 재료들을 자기 생각에 따

르도록 길들여 상상속의 내적 형상을 받아들여 표현하는 재주가 있었다.

헤겔과 비슷하게 유협도 신사 천재의 밀접한 관계를 인식하고 있었다. 『문심조룡·신사』편에서 "사람이 타고난 재능은 빠르고 더딤에 의해 구분되고, 문장의 체제는 크고 작음에 의해 공이 구분된다."[63]라고 지적하였다. 여기서 "타고난 재능"은 헤겔이 말한 것 같으며, 모두 선천적인 천부나 천재를 가리킨다. 『문심조룡·체성』편에서는 "재능은 용준하고 기운은 강직하고 부드러운 것이 있다" "재능은 타고난 자질에 달려 있다. 배움은 신중하게 시작하고 습득해야 한다" "재능과 힘가운데에 있고, 혈기에서 비롯된다"고 하였다.[64] 『문심조룡·재략』편에서 "재능을 얻기 어렵다! 성품이 각기 다른 법이다"[65]라고 하였다. 이것들은 모두 천부적인 재능을 가리킨다. 유협은 사람의 선천적 천부가 다르기 때문에 사람의 성격, 능력, 사유등에 차이가 나타난다고 생각하여 "재주가 다르고 생각이 다르다"고 말했다. 이 차이는 특히 신사의 이로움과 둔감함, 늦음과 빠름이라는 현상에서 뚜렷하게 나타난다. 유협은 어떤 사람은 글쓰기가 민첩하고 글쓰기에 매우 날렵하고 신속하며 창작이 마치 쉬운 일처럼 느껴진다고 여겼다. "회남왕(淮南王) 유안(劉安)은 하루 아침나절에 「이소전(離騷傳)」을 완성했고, 매고(枚皐)는 조서를 받자마다 즉석에서 부(賦)를 지어냈고, 조식(曹植)은 종이두루마리를 펼치면서 글을 짓기 시작하면 마치 사전에 머릿속에 익혀 두었던 시를 읊조리듯이 줄줄 써내려갔고, 왕찬(王粲)은 붓을 잡기만 하면 마치 이미 기성(既成) 수작(秀作)을 베끼듯이 붓대를 놀렸고, 원우(阮瑀)는 말안장에 기대어 문서를 작성했고, 니형은 술상에서 임금에게 올리는 글의 초안을 만들었던 것이다. 비록 상기한 작품들은 모두 편폭이 짧기는 하지만 모두

---

63 "人之禀才, 迟速异分; 文之制体, 大小殊功。"

64 『文心雕龙·体性』篇说: "才有庸俊, 气有刚柔。" "才由天资, 学慎始习。" "才力居中, 肇自血气。"

65 『文心雕龙·才略』篇曰: "才难然乎! 性各异禀。"

문학적 사색이 민첩하였던 까닭이라고 해야할 것이다."(『문심조룡·신사』)[66] 이런 문사가 민첩한 사람들은 헤겔이 천재라고 칭하는 것과 비슷하다. 헤겔은 천재작가의 가장 두드러진 특징은 창작이 신속하고 가볍다는 점이며, "진정한 천재들은 작품을 완성하는데 필요한 기교를 쉽게 느껴진다." 헤겔과 마찬가지로 유협도 이러한 민첩한 문사가 주로 천부적인 재능이며 "천재"의 재능이라고 여긴다. 따라서 이런 천부가 없다면 빨리 쓰려고 해도 헛수고이다. "재능이 부족하면서도 속도를 추구하"(『문심조룡·신사』)는 것은 걸작으로 될 수 없다. 그러나 유협의 이론은 헤겔과도 완전히 일치하지는 않다. 헤겔은 문사가 민첩한 사람만을 천재로 인정했다. 그러나 유협은 문장 창작이 느린 사람이라도 뛰어난 작품을 만들 수 있으면 천부적인 재능을 지녔다고 여겼다. 그는 예를 들어 이렇게 말했다. "상여가 붓을 머금고 털을 썩힌 것과 같다. 양웅의 작품은 꿈에서도 놀라게 한다. 환담의 질증은 고민에서 울어나온 것이고, 왕충은 사려에 고달했다. 장형은 10년동안 연구하여, 좌사련은 백년을 연구하였다. 비록 걸작이지만 생각은 느렸다."라고 하였다.(『문심조룡·신사』)[67] 이런 작가 들은 헤겔이 말한 천재라고 칭하는 사람들처럼 문사가 민첩하지 않았고 창작의 진행이 쉽지 않았다. 반대로, 그들은 글쓰기 가 매우 느렸고, 창작하는데 매우 어려워 보였다. 어떤 이는 한 시가의 창작에 십몇년간 글을 갈고 닦았고, 어떤 이는 글을 쓸 때 극도로 생각하며, 나아가서는 오장을 토해내는 꿈을 꾸기도 하였다. 사마상여가 쓴 『상림부(上林賦)』와 『자허부(子虛賦)』는 "몇 백일 후에 되었으며"(『서경잡기』)라고 하였다. 더군다나 장형은 『이경부(二京賦)』는 "정사를 다하여 10년만에 이루었다"(『후한서·장형전(后汉书·张衡传)』). 『삼도부(三都賦)』도 10년을

---

66 "淮南崇朝而賦『骚』,枚皋应诏而成赋, 子建援牍如口诵, 仲宣举笔似宿构, 阮瑀据案而制书, 祢衡当食而草奏。虽有短篇, 亦思之速也。"(『文心雕龙·神思』)

67 "相如含笔而腐毫,扬雄辍翰而惊梦, 桓谭疾感于苦思, 王充气竭于思虑, 张衡研京以十年, 左思练都以一纪。虽有巨文, 亦思之缓也。"(《文心雕龙·神思》)

구상했다고 전해진다. 게다가 구상이 느릴 뿐만 아니라 창작 할 때도 매우 힘들었다. 양웅은 부를 만들 때 "사려가 매우 고달프네. 부가 마침내 완성되어 졸려 누워는데, 꿈에 그 오장이 땅에 나와 떨어졌네, 손으로 거둬들어 안에 놓자, 숨이 차고 호흡하기 어렵게 되며 1년을 앓았다."[68] 비록 이런 작가들은 문장 창작이 느리지만 결출한 작품을 써내어 그들도 여전히 천재성이 있다는 것을 증명했다. 유협은 그들을 "깊이 사색하는 사람(覃思之人)"이라고 불렀다. 또한 이를 글쓰기에 민첩한 "준발지사(駿發之土)"와 견주어 말했다. "준발지사에는 마음이 항상 술법이 있어야 하고, 민첩한 사려를 앞세우면 시기에 따라 단절되어야 하며, 사려를 하는 사람은 정감은 완곡해야 하고 검증은 사려뒤를 따라야만 염려한 것이 답을 얻게 된다. 가끔 민첩한 문사로 창작에 성공할 수 있으나 심사숙고한 것이 천추만대가 지나도 그 공적을 남길 것이라"(『문심조룡·신사』)[69]라고 하였다. 문사는 비록 속도의 차이는 있지만, 모두 같은 "천재"의 재능을 가지고 있다. 또한 유협은 천재가 신사에 미치는 영향을 인정하였지만 천재의 결정적 역할을 지나치게 강조하지는 않았다. 천재가 신사에 미치는 영향을 지적하면서 후천적인 근면함도 강조하였다. 그는 문상의 빠르고 느림의 차이로 인해 창작할 때에는 어려움도 있고 쉬움도 않다고 지적했다. 그러나 "바쁘고 쉬움은 비록 다르지만, 또한 후천적인 연마가 필요하다. 만약 학문이 얕으면 헛되이 늦고, 재능이 부족하면서도 제멋대로 빠르면, 이는 모두 그릇되어 전에 들지 못한 것을 만들어 낼 수 없다"(『문심조룡·신사』)[70]. 즉 문사가 빠르든 느리든, 아무리 타고난 재능이 높든간에, 신사를 얻고 성공을 거두려면 반드시

---

68 构思十年, 而且不仅构思慢, 创作时也非常之艰难。据说扬雄作赋, "思虑精苦。赋成遂困倦小卧, 梦其五脏出在地, 以手收而内之, 及觉,病喘悸, 大少气, 病一岁"(『新论·祛蔽』)

69 "若夫骏发之士, 心总要术, 敏在虑前, 应机立断;覃思之人, 情饶歧路, 鉴在虑后, 研虑方定。机敏故造次而成功, 虑疑故愈久而致绩。"(『文心雕龙·神思』)

70 "难易虽殊, 并资博练。若学浅而空迟, 才疏而徒速, 以斯成器, 未之前闻"(『文心雕龙·神思』)

부지런한 학습과 고된 연마를 거쳐야 한다는 것이다. 그렇지 않으면, 타고난 재능이 어떻든간에, 역시 "그릇"이 될 수 없다. 이러한 견해는 분명히 헤겔의 천재론보다 좀 더 포괄적이고 적절하다.

이상의 비교와 분석으로부터 우리는 중국의 신사와 서양의 상상은 많은 유사점 내지 상통하는 점이 있음을 알 수 있으며, 중국과 서양의 예술 사유는 많은 공통점이 있고 동시에 완전히 다른 민족적 특색을 가지고 있다는 것을 알 수 있다. 이는 무엇을 설명하는가? 중국과 서양의 예술적 사유는 공통된 객관적 법칙을 가지고 있으면서도 각기 독특한 이론적 가치를 가지고 있다는 것을 설명한 것이 아니겠는가? 이러한 공통법칙과 다른 특색을 찾아내는 것은 우리가 중국과 서양 문학예술 이론의 역사발전, 지위 및 세계문단에 기여한 바를 정확히 인식하는데 매우 유용한 것이다. 중국과 서양의 문예를 소통하고, 세계 문학예술의 발전을 추진하는 것에 대해서도 매우 유익한 것이다.

제2절 미광(迷狂)과 묘오(妙悟)

동진시기의 사령운에는 "연못에 봄 풀이 나고 정원의 버드나무가 명금으로 변한다.(池塘生春草, 園柳変鳴禽°)"라는 두구절 있다. 지금의 문학사학자들은 늘 사령운의 시는 "유구무편(有句無篇)"이라고 즐겨 말한다. 그러나 고대문인들은 그의 시에 편이 들었는지에 대해 별로 관심을 갖지 않았고, 그의 "회구(回句)"에 대해 항상 오체투지했다. 송나라 사람 오가(吳可)가 말하기를 "시를 배우는 것이 마치 선학을 배우는 것같아서 자고로 원만하게 이루어진 것은 몇개의 연이 있는가? 봄풀 연못의 한구절로 천지를 놀라게 하고 오늘에 이르기까지 전해져 왔다."(『학시』)[71] 금(金)나라의 안목이 있는 시인 원호문(元好文)은 "연못의 봄풀이 가춘을 감싸고 천추만대의 다섯 글자가 새오뤄졌다"고 말했다.(『논시30수』)[72] 이 두구절의 시는 고대 사람들의 눈에서 얼마나 대단한지를 알 수 있다. 그러나 재미있는 것은 사령운 본인은 이두구절은 본인이 직접 쓴 것이 아니라고 부인한 것이다. 그러면 누가 썼을까? 신이 쓴 것이라고 사령운이 말했다. 믿지 않겠지만 종영의 『시품』의 기록을 보면 "『사씨가록』운: 강락이늘혜련(사령운)에게 호평을 듣는다. 후에 영가서당에서 시를 생각하면 하루종일 잠을 이루지 못하고 있다가 문득 혜련이 나타나니, 즉 '연못에 봄풀이 생긴다'뜻이 생겼다. 그러므로 이말은 신의 도움이 있는 말이니, 내말이 아니다"(진연걸의 『시품』 31페이지 참조)[73]라고 하였다. 물론 사령운은 수백년전부터 고대 그리스의 플라톤과 똑같은 말을 했을뿐이다. 그는 "무릇 고명한 시인은 사시나 서정시에나 모두 기교로 만들어진 것이 아니다"며 "시인은 신의 대변자일 뿐, 신을 의지하고 있기 때문"이라고 말했다. 그리고 신의 도움만 있다면 "가장 평범한 시인도 때로는 가장 아름다운 시를 부른다"(『이안편』)

왜 두사람은 이처럼 비슷한 말을 한 것인가? 이것은 아마도 문학예술창작의 특별한 상황과 관계가 있을 것이다. 김성탄은 "문장이 가장 묘하다. 바로 이 순간에 영령의 눈을 쳐다보는 것이니, 이순간에 영령의 손을 놓아 붙잡을 수 있게 하는 것이다. 비록 앞의 순간도 보이지 않고 뒤의 순간도 보이지 않는다. 그러나 이순간에 문득 쳐다보는 것이니, 붙잡지 않으면 찾을수 없다."(『독서상기법』)[74]라고 하였다. 이런 형상은 동서고금의 작가들이

---

71 "学诗浑似学参禅, 自古圆成有几联?春草池塘一句子, 惊天动地至今传。"(『学诗』)

72 "池塘春草谢家春, 万古千秋五字新。"(『论诗三十首』)

73 "『谢氏家录』云:康乐每对(谢)惠连, 辄得佳语。后在永嘉西堂, 思诗, 竟日不就, 寤寐间忽见惠连, 即成'池塘生春草'。故尝云, '此语有神助, 非吾语也。'"(见陈延杰注『诗品』,31页)

74 "文章最妙。是此一刻被灵眼觑见, 便于此一刻放灵手捉住。盖略前一刻, 亦不见;略后一刻,

혼히 접하고 있는것으로, 데모크리트에서 헤겔, 유협에서 왕국유까지 이 문제를 논술했다. 이렇게 보면 매우 기묘한 현상이 바로 '영감'이라는 것이다. 그렇다면 영감의 실질은 무엇인가? 서양과 중국의 학자들은 이것을 오랫동안 탐구해 왔다. 역사적 조건의 제한으로 인해 당시 사람들은 아직 정확하게 해설할 수 없었기 때문에, 이로 인해 여러가지 신비한 설화가 야기되었다. 서양에서는 플라톤의 "미광설", 중국에서는 엄우등이 보편적으로 주장하는 "묘오설"이 있다. 이절은 이두가지 학설을 비교하고 각자의 특징을 찾아내 중국과 서양의 예술 사유론연구에 도움이 되는 연구를 하려고 한다.

  말할 것도 없이 "미광설"은 플라톤의 영감론이고, "묘오설"은 이와 마찬가지로 영감론에 속하는 것인가? 이 문제는 지금까지 아직 결론이 나지 않았다. 그러므로 먼저 "미광설"과 "묘오설"의 기본적인 공통점을 명확히 할 필요가 있다. 우리는 "영감"의 특징은 다음과 같다는 것을 알고 있다. 하나는 영감이 비 자각적이라는 것이다; 두번째는, 영감이 밀려올 때, 작가 자신의 기분은 가경에 들어서게 된다; 셋째로, 영감이 밀려올 때 "만상이 다가오는" 거대하고 전격적이고 종합적인 창조력 나타나게 된다. 그렇다면, 엄우등이 말한 "깨달음(悟)"을 보면서 이러한 특징이 있는지를 살펴보기로 하자. 『창랑시화』에서 이르기를, "대체로 선(禪)의 도리는 오직 묘오에 있고, 시도 역시 묘오에 있다." 어떤 것이 "묘오"인가? 엄우는 우선 고대의 우수한 작품을 진지하게 공부해야 한다고 여겼다. "가슴속에서 숙성시키고 시간이 길면 자연스레 깨닫게 되리라"(『창랑시화』)고 여겼다. 그러나 일단 깨닫고 들어오면 일종의 "입신(入神)"의 최고 경지에 이르게 되는데 "입신"이란 무엇인가? 도명준은 『시설잡기』에서 엄우의 "입신"이라는 말을 설명하면서 "입신이란 두글자의 이치는 마음은 그 도에 통하고, 입으로

  亦不见；却于此一刻, 忽然觑见, 若不捉住, 便寻不出。"(『读西厢记法』)

는 말할 수 없다...... 거짓으로 조탁하지 않고, 그대로 주워담지 않고, 마음에서 취하고, 손에 신을 주입하며, 무궁무진하게 붓으로 종횡하면...... 이를 입신이라고 부른다"고 말했다.(곽소우,『창랑시화교석, 10 페이지의 인용) 엄우 자신도 "그것이 투철하면 일곱행이든 여덟줄든, 손길이 닿는데까지 가는 것이 모두 능숙하다."(『창랑시화』)라고 말했다. 영감은 주관적 의지의 통제를 받지 않고 갑자기 엄습하는 것이니, 거대한 종합적 창조의 전형적 현상이다. 송나라 사람 양몽신(楊夢信)이 "시를 배울 때 참선을 떠나지 않는다. 삼라만상이 모두 재현하고 이름난 구절을 보고 가구를 지으니 무작위로 창작하면 자연스럽다."(『제아우강절기행집구시』) 이런 것에 대해 명나라 사람 호응린이 가장 철저히 분석했는데, 그는 "엄씨(엄우를 가리킴)는 선으로 시를 비유하는데, 취지가 있도다! 선은 한번 깨달은 후에 만법이 모두 헛되고, 아무리 분노하더라도 이치에 어긋나지 않는다. 시는 한번 깨달은 후에 만상이 명회하고 신음하고 침 뱉으며 천진난만해진다"라고 말했다.(『시수』 내편권3)[75] 여기서 볼수 있듯이, "묘오"란 바로 오늘날 말하는 "영감"이다. 그러므로 우리는 "미광설"과 "묘오설"은 모두 영감에 관한 논술이라고 말할 수 있다.

"미광설"과 "묘오설"의 두번째 공통점은 그들은 모두 영감의 연구와 종교적 미신과 연결시킨 것이다.

플라톤은 영감의 두가지 출처가 있다고 생각하는데, 하나는 신령은 시인에게 붙어서 그를 미혹상태에 들어가게 하고 영감을 주어 그의 창작을 몰래 조종하는 것이다. 이관점은 『이안편』에서 나온 것이다. 플라톤은 "시신은 자석(磁石)과 같다. 그는 먼저 영감을 준다...... 아름다운 시는 본질적으로 사람이 나온 것이다 아니라 신의 조서이다. 시인은 신의 대변자일 뿐이며 신이 부여한 것일 뿐이다"라고 말했다. "두번째는 불후의 영혼이 전

---

75 "严氏(指严羽)以禅喻诗, 旨哉!禅则一悟之后, 万法皆空, 棒喝怒呵, 无非至理;诗则一悟之后, 万象冥会, 呻吟咳唾, 动触天真。"(『诗数』内编卷三)

생에서 가져온 추억이다. 폴라톤은 영혼이 육체에 의존하는 것은 일시적인 현상일뿐, 이는 죄악에 대한 징벌이라고 생각했다. 영혼이 일단 육체에 의존하게 되면 마치 한 겹의 막에 걸린 것 같다. 그러나 영혼은 여전히 희미하게 사람의 세상에 태어나기전에 보았던 광경을 회상할 수 있을 만큼 은근히 영감을 준다. 폴라톤이 말하는 이 두가지 영감의 발생은 모두 종교적 미신과 긴밀하게 연관되어 있다는 것을 알 수 있다.

엄우등은 완전히 불교의 언어로 시를 논하고 불가의 파벌로 시를 경계한다. 엄우는 이렇게 말했다. "선가의 흐름은 대소가 있고, 종은 남북이 있으며, 도에는 사악한것과 정의로운 것이 있다. 학자는 반드시 최상선에서 올바른 법안을 갖추고, 제일의 의리를 깨달아야 한다. 만약 소승선을 타고, 듣는 것이 옆의 가지가 되면, 모두 바른 것이 아니다. 시를 논하는 것은 선을 논하는 것과 같아 한, 위, 진과 성당의 시를 논하는 것이 제일의 의리를 논하는 것이다. 대력년간이전의 시는 소승선이므로 이미 제2의 의리에 떨어진 것이다. 만당의 시는 듣는 것이 옆의 가지이기에 모두 바른 것이 아니다."(『창랑시화』)[76] 이것은 이미 완전히 종교적으로 시를 논하는 것이다.

이 두설은 왜 영감의 탐구를 종교적 미신과 연결시키는가하는 의문이 난다. 나는 그 이유를 크게 다음과 같이 생각한다. 첫째는 영감이 밀려올 때 의지의 통제를 받지 않는 비지각한 상태가 나타나기 때문이다. 사람들은 인식능력이 아직 일정한 수준에 이르지 못했기 때문에 이러한 현상을 이해할수 없었기 때문에 여러가지 신비적인 해석을 할수밖에 없었고 해석의 각도를 종교적 미신으로 돌려섰다. 이런 상황은 서양이든 동양이든 모두 공통적이다. 중국에서는 사공도는 이에 대해 "신은 알지 못하지만, 아는

---

76 "禅家者流, 乘有小大, 宗有南北, 道有邪正, 学者须从最上乘、具正法眼, 悟第一义;若小乘禅, 声闻辟支果, 皆非正也。论诗如论禅, 汉、魏、晋与盛唐诗者, 则第一义也;大历以还之诗, 则小乘禅也, 已落第二义矣;晚唐之诗, 则声闻辟支果也。"(『沧浪诗话』)

것은 드러내기 어렵다"(『시부』, 『사공표성문집』제8권에 보임)[77]라고 말했다. 사령운은 "이말에는 신이 도와준다"는 말이 있다. 탕현조는 "괴상하고 기괴하여, 이름도 알 수 없다"라는 논설이 있다. 서양에서는 이런표현이 더 많은데 대시인 셸리(Percy Bysshe Shelley)조차도 작가의 영감은 "종적을 잡을수 없이 밀려온다"고 말했다.[『샤먼대학교학보』 1963(3), 5 페이지] 확실히, 영감은 사람들의 의지에 의해 통제되지 않는다. 포이어바흐가 말했듯이, "영감은 의지에 좌우되지 않고, 시계에 의해조절되지 않으며, 예정된 날과 시간에 따라 분출되지 않는다."[『포이어바흐의 철학저서선집』(하), 504 페이지] 그리고 영감이 밀려올 때 작가는 무의식적인 상태를 보인다. 이에 사클레는 "정말 신비로운 힘이 펜을 움직이는 것 같다"고 실감했다.(로사로드E.M. 하딩의 『영감분석』(1942)에서 인용) 이어(李漁)는 이렇게 말했다. "또한 저자가 여기에서 마음에서 우러나오는 것이 있고, 마음에서 우러나오는 것이 없다는 것을 알고 있는가? 마음에서 나오는 것이 붓에서도 나오는 것이니, 이는 사람이 할 수 있는 것이다. 만약 붓에서 나오는 것이 마음에서도 나오는것이 있다면, 사람은 하늘의 뜻을 다하지 못할 것이다. 마음은 그러려하지 않고 붓은 그러하게한다. 만약 귀신이 그 사이를 주관한다면, 이런 글은 의도가 있다고 할 수 있겠는가?"[78] 이런 "마음은 그러려하지 않고 붓은 그러하게 하는" 현상은 바로 영감이 밀려 올 때 작가가 드러내는 비자각한 상태의 전형적인 현상이다. 그러나 이런 비자각적인 상황에 대해 이어는 설명할 수 없어 "문장과 함께 실제로 신에 통하며 남을 속이는 말이 아니다. 천고의 기문은 사람이 하는것이 아니라 신이하고 귀신이 하는 것이다! 인간은 귀신이 붙

---

77 "神而不知, 知而难状"(『诗赋』, 见『司空表圣文集』第8卷)

78 "然亦知作者于此, 有出于心, 有不必尽出于有心者乎?心之所至, 笔亦至焉, 是人之所能也。若乎笔之所至, 心亦至焉, 则人不能尽主之矣。且有心不欲然, 而笔使之然, 若有鬼物主持其间者, 此等文字, 尚可谓之有意乎哉?"

는 자의 귀이다."[79] 이것은 플라톤의 설과 정말 똑같다!

두번째 이유는 종교적 사고와 영감적 사고가 비슷한점이 많기 때문이다.

마르크스는 "종교는 아직 자신을 얻지 못했거나 이미 자신을 잃어버린 사람의 자아의식과 자기감각"이라고 지적 했다.(『마르크스 엥겔스선집』 2판, 1본, 1 페이지) 종교적사유의 가장 현저한 특징은 비인격화이다. 즉, 자신도 모르게 일종의 종교적인 미친 상태에 빠지게 하는 것이다. 헤겔은 "사람이 바로 신앞에서 자신이 가치가 없다고 생각하기 때문에 그는 신에 대한 공포와 신의 분노로 인해 떨림의 정서가 최고에 달한다"고 묘사했다. 이러한 종교적 미광은 심령으로 하여금 천국을 지향하게 하고 도덕적이고 이성적이며 인도적인 속세에 부합하는것을 경멸하게 만든다. "인도사람들은 스스로 자신을 명완불령과 무의식의 상태로 이끌지만 기독교의 광신자들은 고통과 고통에 대한 의식과 느낌을 진정한 목적으로 삼는다."(『미학』, 제2권, 96 페이지, 310 페이지) 플라톤의 영감론인 "미광설"은 바로 이런 종교적 사고방식의 미광의 특징과 갈라놓을 수 없다. 주광잠선생이 지적한바와 같이 "풀라톤의 말한 영감은 마지막의 근거는 역시 그리스 신화"이다.(『플라톤문예대화집·역후기』) 종교미광이란 사람들이 온몸을 종교적 공포, 경건함, 미광에 빠지게 되고 심지어는 이성을 잃고 자신도 모르게 무의식적인 심리상태가 나타나게 되는 것이다. 이런 심리상태는 영감의 심리상태와 매우 유사하다. 믿을 수 없지만 플라톤의 묘사를 우선 보기로 하자. "시인은 자신의 힘을 빌려 무지무각속에서 그 귀중한 문구를 말하는것이 아니라, 신이 부착하여 사람에게 말하는 것이다", "서정시인의 마음도 그렇다...... 영감을 얻지 않고, 평상시의 이성을 잃지않고 매혹에 빠지지 않으면 창조의 능력이

---

79 "文章一道, 实实通神, 非欺人语。千古奇文, 非人为之, 神为之, 鬼为之也!人则鬼神所附者耳"(『闲情偶寄』卷三)

없으며 시를 짓거나 신을 대변할 수 없다."(『이안편』)종교적 사유와 영감적 사유의 이러한 비이성적이고 비지각한 상태는 플라톤으로 하여금 신이 내려 미광으로 영감을 얻는 상태를 설명하게 한 중요한 원인이라고 말할 수 있다. 종교적 사유와 영감적 사유의 공통점은 엄우등으로 하여금 선(禪)을 통해 시를 논하게 하는 중요한 요소이기도 하다. 그러나 "묘오설"이 종교적 사유의 영향을 받는다는 것은 "미광설"과 다르다. 아마도 공자의 "귀신을 섬기는 것을 멀리해라기"[80] 때문에 중국의 사대부들은 귀신을 그다지 믿지 않으며 또한 기본적으로 종교적인 미광도 별로 없었다. 이에 비해 오히려 이성을 많이 말하고 인륜도덕을 많이 말했다. 이택후(李澤厚)가 말했듯이 "중국이 중시하는 것은 정리(情理)의 결합이고, 도리로 정을 절제하고 평행하며, 사회적 윤리의 감수를 만족하는 것이지, 금욕적인 관능의 억압도 비 이성의 인식의 유쾌함도 아니다. 신비적인 정감의 미광 혹은 카타르시스는 더더욱 아니다."(『미의 여정』, 51 페이지) 귀신을 언급하지 않는데 왜서 정통적인 시론은 종교적인 미신과 관계될 것인가? 사실 이런 점에서 "미광설"과 "묘오설"은 확고부동한 것이다. 플라톤은 진심으로 영감은 신이 하사한 것이라 믿었는대 엄우등 사람들은 영감이 석가모니가 준 것이라 여기지 않았기 때문이다. 그들이 "선"을 가지고 시를 논하는 까닭은 일종의 비유에 지나지 않는다. 다시 말해서, 엄우자신이 말한 것처럼 종교에 비유한 것이다. "선으로 시를 비유하라! 이렇게 친절할지 몰랐다...... 본의는 그러나 시를 투철하게 말하고자 한다."(『답오경선서』)[81] 왜 선으로 시를 비유하였는가? 왜냐하면 "대저 선도는 오직 묘오에 있고 시도 묘오에 있기 때문이다."(『창랑시화』) 이것은 시를 짓는 것과 참선은 비슷한 점이 있고 종교적 사유와 영감적 사유는 공통점이 있다는 것을 아주 분명하게 설명한다.

---

80 "敬鬼神而远之"

81 "以禅喻诗!莫此亲切……本意但欲说得诗透彻。"(『答吴景仙书』)

이것이 바로 엄우등이 "선"으로 시를 논한 중요한 이유이다. 불교에서는 세상에는 신비로운 것이 존재한다고 여긴다. 그것이 바로 "진여(眞如)"이다. 『성유식론(成唯識論)』 권9에 이르기를, "참(眞)은 진실이라함은 겉으로 드러나지 않고 허황한 것이 아니며 여(如)는 평상시라 함은 표면에 변화가 없다. 이 진실은 모든 자리에 있고, 항상 그 성품과 같으므로 진여라고" 하였다. 그러나 이러한 "진여"는 언어나, 사유로는 표현할 수 없으며 종교적 신비주의의 직관인 "깨달음(悟)"으로만 이해할 수 있다. "깨달음"에는 돈오(頓悟)와 점오(漸悟)가 있는데 일단 깨달음에 도달하면 물고기가 물을 만난 것과 같은 최고의 경지에 도달할 수 있다. 한편, 시창작은 영감이 다가오면 (悟入) 만상이 밝아지고 문장이 샘솟듯 나온다. "손가는 대로 씌여지고 마디마디마다 도에 맞다."(엄우가 말함)[82] 영감과 선은 바로 이렇게 연결된 것이다. 이 문제에 있어 "미광설"과 "묘오설"은 공통점이 있는가 하면 부동점도 있다. 그중의 공통점은 인류문화발전의 근본적인 규칙을 나타낸다. 즉, 역사 발전에서 각종 이데올로기가 결코 고립적으로 발전하는 것이 아니다. 경제의 영향 받을 뿐만 아니라 그들은 서로 영향을 주고 침투된다. "미광설"과 "묘오설"은 바로 종교가 미학이론에 미친 영향을 나타내는 전형적인 대표이다. 이로부터 서로 다른점을 말하면 중국과 서양의 미학이론으로부터 중국과 서양의 문화 전통, 풍습, 종교 등 여러 측면의 영향을 받아 각자의 선명한 특색을 보아 낼 수 있다. 다음은 우리가 진일보로 이 두 설의 차이점과 각자의 특색을 분석하기로 하자.

(1) 이지(理智)과 비이지(非理智)

겉으로 보기에 "미광설"과 "묘오설"은 모두 문예 창작 중의 비이지성을

---

82 "信手拈来, 头头是道矣。"(严羽语)

제창한다. 플라톤은 "평상시의 이지을 잃고 매혹에 빠지지 않으면 창조할 능력이 없다"라고 했다. "신은 점술가나 예언가처럼 그들의 평소의 이지를 박탈하여 그들을 대변인으로 만든다"고 하였다.(『이안편』) 엄우는 "시는 다른 재료가 있는데 책에 관한 것이 아니고, 시에 다른 취미가 있는데 도리에 관한 것이 아니다."[83]라고 말하면서 당시 도리를 시로 삼은 작가들을 극력 공격했다. "근대 제공들은 기이한 것에 끌려 문자를 시로 삼고 의론을 시로 삼아, 재학을 시로 삼았다. 이는 정연하기는 커녕 결코 옛사람의 시가 아니다. 한번 읊고 세번 영탄하는 소리를 덮어 미흡한 점이 있으니라"(『창랑시화』)[84] 플라톤과 엄우는 창작의 비이지성을 강조하기 때문에 많은 사람들의 비판을 받았다. "미광설"에 대해 주광잠 선생은 "분명히 영감은 기본적으로 신비롭고 반동적인 것이라고 할 수 있다. 그것의 반동적인 것은 특히 그것이 문예의 비이지성을 강조하는데서 나타난다."(『플라톤문예대화집·역후기』)고 지적하였다. 여신(汝信), 하썬(夏森)은 "서양미학과 문예이론사에서 플라톤의 이러한 신비주의 영감설은 영향이 깊고 매우 광범위하다. 그후의 많은 예술과정을 신비화하는 그릇된 이론의 대부분은 여기에서 기원된 것이다"고 지적했다.(『서양미학사논총』, 28 페이지) 엄우도 역시 많은 비난을 받았다. 이중화(李重華)는 "시가는 스님에서 기원했다고 논정하고 어찌하여 불사(佛事)에 떨어뜨렸는가?"[85]라고 지적했다. 풍반(馮班)은 "시인이 풍자하는 말은 이치에 따라 출발하는 것이다. 어찌 도리를 걸치지 않을 수 있겠는가?"[86]라고 지적하였다. 전겸익의 『당시영화서』에 따르면 "300편 중에 의론이 있고 도리가 있는 말이 있으며, 드러난 말이 있으며, 진부한 말도

---

83 "夫诗有别材, 非关书也, 诗有别趣, 非关理也"

84 "近代诸公乃作奇特解会, 遂以文字为诗, 以议论为诗, 以才学为诗。夫岂不工, 终非古人之诗也。盖于一唱三叹之音, 有所歉焉"　　　(『沧浪诗话』)

85 『贞一斋诗说』曰: "诗歌自尼父论定, 何缘堕入佛事?"

86 冯班『严氏纠谬』曰: "诗者讽刺之言也, 凭理出发……安得不涉理路乎?"

있는데, 어찌 도리를 섭렵하지 않는다 할 수 있겠는가?"[87]라고 여겼다.

　문예 창작은 이지가 필요한가? 비이지성을 주장하는 것이 잘못된 것인가? 이것은 역대에서 논쟁이 끊이지 않는 문제이자 문학 창작에서 상당히 중요한 문제이다. 주광잠 선생 등이 플라톤에 대한 비판은 도리가 있다고 해야한다. 문학예술은 결국 사람들의 이지와 떨어질 수 없기 때문이다. 작가가 창작하는 것은 항상 사고와 선택을 통해 자신의 창작의도와 경향을 표현해야 한다. 헤겔은 "사고와 분별이 없으면 예술가가 자신이 표현하고자 하는 내용을 다룰 수 없다"라고 지적했다. 고골리는 "내가 사물을 깊이 생각할수록 내 작품은 더욱 사실적으로 씌여진다"고 말했다.(『외국이론가 작가가 형상사유를 논한다』, 99 페이지 참조) 이런 논술은 이지가 창작에서의 역할을 말살하였으며 심지어 이지를 잃지 않으면 창작 능력이 없다고 보았는데 이는 잘못된 것이다. 그러나 이 문제는 단순하지 않다. 작가의 창작은 매우 복잡한 문제로 창작할때 이지적이지 않은 현상이 자주 나타난다. 플라톤과 엄우는 이런 점을 발견했다. 사실 많은 작가들과 이론가들도 이런점을 인지하게 되었다. 쉴러는 "냉정한 이지가 나의 시를 간섭한다"라고 말했다.[주광잠 『서방미학사』(하), 438 페이지] 벨린스키는 "창작은 목적이 없으면서도 목적이 있는 것이고 비자각적이면서도 자각적인 것이고 의존하지 않으면서도 의존하는 것이 바로 그의 법칙"이라고 여겼다. 왜 창작은 자각적이면서도 자각적이지 않다고 말했는가? 벨린스키는 "시인이 창작 할 때 그는 시의 상징에서 어떤 개념을 표현하고자 한다. 그는 목적이 있고 자발적으로 행동하고 있다. 그러나 개념의 선택이든 그 발전이든 이지에 의해 지배되지 않고 의지에 의존하지 않는다. 따라서 그의 행동은 목적이 없는 것과 자기도 모르는 것이다."라고 해석했다.(『벨린스키선집』 제1 권, 180 페이지 참조)

87　钱谦益『唐诗英华序』认为 : 三百篇中有议论之语, 有道理之语, 有发露之语, 有指陈之语, 怎可说不涉理路?

청나라 유희재(劉熙載)는 "대체로 글은 깨어나 있을 때 능히 창작하고 시는 취했을 때 능히 창작한다. 취중에 깨달은 도리는 깨어 있을때 모르는 것이다. 이런 천기를 얻는다는 것은 불가사의한 것이다"(『예개시개』)[88]고 말했다. 확실히 문예창작 과정은 작가의 이지의 지도를 받을 뿐만 아니라 이지가 완전히 포함될 수 있는 것도 아니다. 어떤 비지각적인 상태는 확실히 존재하며 상당히 중요한 역할을 한다. 플라톤의 오류는 이지의 작용을 완전히 부정하는데 있으며 이것을 비판해야 할 것이다. 그러나 이 때문에 그의 "미광설"을 전면적으로 부정할 수는 없다. 그중에는 편면적인 도리가 포함되어 있다. 엄우의 "묘오설"은 "미광설"에 비해 조금 전면적이고 변증법적인것 같다. 엄우의 "도리에 닿지 않는다"는 말에 대한 비난은 결코 공정하지 않는 것이다. 엄우는 비록 시가창작은 "도리에 닿지 않는다"고 말하지만 그가 완전히 이지를 소멸시킨다고 주장하는 것은 아니다. 그는 또한 "옛날 사람들은 책을 읽지 않으면 도리를 궁리하지 않은 적이 없었다"고 지적했다. 엄우가 반대하는 것은 창작의 법칙에 어긋나는 "문자를 시로 삼고, 의론을 시로 삼으며, 재능과 학문을 시로 삼는 것이었다. 이렇게 이지만을 중시하는 창작은 반드시 문예를 막다른 골목으로 이끌어 가게 되기 때문이다. "시가 이곳에 온것은 정말 액운이라고 할 수 있다."(『창랑시화』)[89] 왜냐하면 이런 이지만을 말하는 창작은 필연적으로 문예를 막다른 골목으로 이끌것이기 때문이다. "시가 여기까지 이르렀으니 가히 일액이라고 할 수 있다"(『창랑시화』). 고염무는 일찍이 도학자들을 "도리를 근본으로 삼으면 시인의 멋을 찾을 수 없다"고 비판했다. 엄우는 "도리에 얽매이지 않으면서도" 이지를 말하려하니 모순된 것이 아니겠는가? 엄우는 바로 이런 문제를 변증법적으로 보았고 영감과 이지의 변증법적 통일을 주장했는데 그

---

88 "大抵文善醒, 诗善醉;醉中语亦有醒时道不到者。盖其天机之发, 不可思议也。"(『艺概·诗概』)

89 "诗而至此, 可谓一厄也"(『沧浪诗话』)

는 이렇게 말했다. "시에는 도리의 흥이 있는데 남조(南朝)사람들은 시사에 능하나 도리에 부족하고 본조사람들은 도리에 능하나 뜻과 흥이 부족하며 고 당나라 사람들은 흥은 능하며 도리도 그 속에 있다." 엄우가 추앙하는 것은 언어와 문자, 사상과 이성, 감성적 영감의 혼연일체이다. "바랄데 없 는" 최고의 심미적 경지이다. 그는 "시사에 능하나 도리에 부족한" 남조시 인을 찬성하지 않을 뿐만아니라, "도리에 능하나 뜻과 흥에 부족한" 송나 라시인도 부정하였고 "도리와 흥"의 변증법적 통일을 주장하였다. 이 관점 은 의심할 여지없이 정확한 것이다. 고리키의 말처럼 "완벽한 예술적 이미 지는 모두 이성과 직관, 생각과 감정이 조화롭게 결합되어 만들어지는 것 이다."(『고리키논문학』, 327 페이지) 판덕여(潘德興)의 『양일재시화(養一齋詩話)』는 "도리는 시속에 들어가지 말아야하고, 시의 경지는 도리밖으로 나와서는 안된다"라고 했다. 이런 관점은 엄우가 플라톤 보다 더욱 전면적이다고 할 수 있다. "미광설"과 "묘오설"의 우렬을 분명히 하는 것은 우리의 문예창작 에 매우 유익한 것이라고 할수 있다. 한(漢)와 위(魏)나라의 시는 뜻, 흥과 도리의 종적을 보이지 않는다."(『창랑시화』)

(2) 광열(狂热)과 허정(虛静)

"미광"은 흥분되고 열렬한 영감의 상태이다. "오(悟)"는 반대로 자연스럽 고 냉철한 영감의 상태이다. 이런 정반대의 현상은 매우 흥미로운 것이다.

칸트는 "열광하는 사람들은 직접적인 영감과 직관적인 삶에 대해서만 이야기한다"고 말했다.(『아름다운 감각과 숭고한 감각』) 발자크는 "나의 모든 최 고의 영감은 왕왕 가장 근심스럽고 비참한 순간에서 나온다"고 했다.(『문학 이론참고자료』, 416 페이지 참조) 이런 것들은 아마도 "미광"상태에 대한 최선의 설명일 것이다. "미광"은 "미(迷, 이성을 잃음)"에 있을 뿐만 아니라 "광(狂)"에 도 있다. 플라톤은 시인들이 "광"적인 상태에 빠지면 "주신(酒神)의 흥청망

청하는 기분"을 느끼고 "시신(詩神)의 정원으로 날아가 꿀물이 흐르는 원천으로부터 정수를 섭취하여 그들만의 시를 만든다."고 하였다. 심지어 눈물이 가득할 정도로 미친듯이…… 소름이 끼치고 심장이 두근거리기도 한다. 하지만 바로 이런 "미광"속에서 그 참뜻이 기원하게 된다.(『이안편』) 플라톤의 "미광설"은 바로 이러한 격동적이고 열렬한 영감의 상태이다.

반면 "묘오설"은 전혀 "광"의 맛을 풍기지 않고 차분한 가운데 천천히 "깨달음(悟)"을 얻는다. 이런 "오묘"는 마치 깊은 산의 차가운 샘물 같이 맑고 흐릿하다. 묘오는 두 가지 기본 특징이 있는데 하나는 오랜 기간 축적하면서 자연스럽게 깨닫는 것이다. 엄우가 지적하기를 "먼저 '초사'를 숙독하고 아침저녁으로 읊조이고 그것을 근본으로 삼아야 한다. 그리고 다른 하나는 『고시19수』, 악부네편, 이릉(李陵), 소무(蘇武), 한위오언(漢魏五言)을 읽고 모두 숙독해야 한다. 이백, 두보의 문집도 침착하게 보아야 한다. 지금 사람이 경전을 다스린 후 당나라 성세의 명가들의 작을 얻어서, 오랫동안 음미하면 자연히 깨닫게 될 것이다."(『창랑시화』) 오가는 "시를 배우는 것이 마치 참선하는 것 같으며 죽탑포단과 몇 년을 지내는지 셈을 셀 수 없다. 집에서 모두 훌륭해 질때까지 기다리다며 한가하게 수련하면 초연에 이르게 된다"(『학시시』)[90]라고 하였다. 송나라 사람 공상(龔相)이 말하기를 "시를 배우는 것이 마치 참선하는 것과 같고 비로소 깨달으면 세월을 알게 된다. 돌을 점하여 금이 되는 것은 망상이여 고산과 유수는 여전하다."(『학시시』)[91] 매우 뚜렷한 것은 여기서 말하는 "깨달음"은 모두 "자연"을 강조하는 것이다. 이런 "깨달음"은 평소에는 애써야지만 공을 다하면 자연스레 얻을 수 있는 것이다. 많은 시련을 겪은 후에 능숙해지는 것이기때문에 하나를 알면 열을 알게 된다.

---

[90] "学诗浑似学参禅, 竹榻蒲团不计年。直待自家都了得, 等闲拈出便超然。"(『学诗诗』)

[91] "学诗浑似学参禅, 悟了方知岁是年。点铁成金犹是妄, 高山流水自依然。"(『学诗诗』)

이 "묘오"의 두 번째 특징은 평온함이다. 엄우가 말한 "자연의 깨달음"은 전혀 "광(狂)"의 맛이 없었고, 오가가 말한 "깨달음(悟)"도 역시 "한가로움 속에서 나온" 산물이다. 한가한 자는 조용하다. 이는 소동파가 가장 명확하게 말한 적이 있다. 그 『송삼휘사』라는 시에서 말하기를, "자못 부도인을 이상하게 여긴다. 몸을 마치 언덕의 우물처럼 여기고, 퇴락하여 담박함을 부리는데, 누가 호탕하게 행동하는가? 자세히 생각하니 그렇지 않다. 정말 공교롭게도 환영이 아니다. 시어가 묘하게도 비어있고 고요함을 싫어하지 않는다. 고요하기 때문에 군동으로 움직이고, 비어있기 때문에 만경을 납득할 수 있다."라고 하였다.(『동파전집』 권10)[92] 이것은 바로 선가의 "좌선(座禪)"(禪선, 산스크리트어 Dhyana의 약칭으로 보통 "정려(靜慮)"로 번역됨)을 통해 느끼는 평온함에서 "군동(群動)"과 "납만경(納萬境)"의 영감을 얻을 수 있다. 송나라 사람인 갈천민(葛天民)도 "참선하여 시를 배우는 데는 다른 방법이 없다. 죽은 뱀으로 활기를 풀고 기운이 바르고 마음은 공허한 반면 눈은 스스로 높아진다. 털을 불면 움직이지 않고 모두 살아 있으면서도 죽어 있다."(『기양성재시』)[93] 이른바 "털을 불면 움직이지 않고 살아 있으면서도 죽어 있다(吹毛不動全生殺)"란, 곧 절대적인 허정을 요구하는 것이며, 이렇게 해야만 비로소 "깨달음"이 가능하다는 것이다. "깨달음"이란 자연스럽고 잔잔한 영감의 상태임을 알 수 있다.

"미광설"은 격동적이고 열렬해야 하며, "묘오설"은 자연스럽고 차분해야 한다. 이 두 설은 모두 영감을 논한 것이지만, 오히려 반대의 결론에 도달했다. 그 이유는 무엇인가? 이 문제는 매우 복잡하다. 아마도 중국과 서양의 전통문화의 차이 때문일 것이다. 중국인은 감정을 절제하고 이성을

---

92 其《送参寥师》诗曰："颇怪浮屠人，视身如丘井，颓然寄淡泊，谁与发豪猛？细思乃不然，真巧非幻影。欲令诗语妙，无厌空且静。静故了群动，空故纳万境。"(《东坡前集》卷十)

93 宋人葛天民亦说："参禅学诗无两法，死蛇解弄活泼泼，气正心空眼自高，吹毛不动全生杀。"(《寄杨诚斋诗》)

숭상한다; 서양 사람들은 감정이 분출하고, 짜릿한 낭만적 효과를 선호한다. 종교의 차이일지 모르지만 서양 종교는 경건한 열광을 많이 이야기한다; 그러나 불교에서는 선정과 허정을 많이 이야기한다. 상술한 이유외에 필자는 또 하나의 중요한 요소가 있다고 생각하는데, 그것은 바로 영감적 사고 자체에 열정적인 격동과 자연적인 평온의 두 가지 상태가 존재한다는 것이다. 이러한 현상은 흔히 볼 수 있는 것으로, 유협은『문심조룡』에서 작가를 두 가지로 나누었다. 하나는 영감과 사유가 빠른 사람이며, 유협은 "준발지사(駿發之士)"라고 불렀다. 이런 사람들은 영감을 얻으면, 즉시 임기응변하여 신속하게 작품을 써낼 수 있다. 다른 하나는 영감적 사고가 매우 느린 사람인데, 유협은 "사색에 미친 사람(覃思之人)"이라고 부른다. 이런 사람들은 종종 "감정이 오솔길을 걷는 것"을 반복해서 숙의해야만 작품을 쓸 수 있다. 근대 문학의 거장 곽말약와 모순은 바로 이러한 두 가지 영감 사유의 대표이다. 곽말약은 영감이 밀려오면 마치 미친 듯이 "일종의 신경성 발작을 나타내"고 있다. 예하면 땅바닥에 쓰러져 "지구 어머니와 다정하게 지낸다."(『말약문집』, 11권, 143~144 페이지)[94] 이것은 플라톤이 말한 "미광"과 비슷하다. 그러나 모순의 창작 영감은 오히려 서서히 준비되어 자연스럽게 흘러나온 것이다.(이 점에 관하여 모순은『몇 마디 옛말』에서 이야기한 바 있다.『모순논 창작』, 4 페이지에 보임)[95]. 이것은 엄우등이 말한 "묘오"와 매우 비슷하다. 아마도 "미광설"과 "묘오설"은 각각 영감의 상태를 발견함에 있어서 각자만의 해석을 가지고 있으며 또한 나름대로 좋은 점이 있을 것이다. 이 점을 이해하는 것은 우리의 영감 사고 연구에 도움이 될 수 있다.

---

94 "与地球母亲亲昵"(《沫若文集》,第11卷, 143~144页)。

95 而茅盾的创作灵感, 却是慢慢酝酿, 自然而然地流出来的(关于这一点, 茅盾在《几句旧话》里谈到过, 见《茅盾论创作》,4页)。

(3) 신사(神賜)와 축적

영감은 신이 주는 것이라고 믿는 것(미광설)과 평소의 축적으로부터 얻어지는 것이라고 믿는 것(묘오설)은 미광설과 묘오설의 또 다른 차이점이다. 플라톤은 작가가 창작을 하는 것은 신이 주는 영감에 의해 비이성적인 매혹에 빠져 창작한다고 생각했다. 그러므로 작가의 창작은 기술에 근거할 수 없으며 평상시의 각 방면의 축적에 의거하지 않는다. 작가는 신이 주신 영감을 기다리기만 하면 아름다운 작품을 써낼 수 있다. 『이안편』에서 "고명한 시인들은 서사시나 서정시에서나 모두 기예(技藝)에 의해 그들의 아름다운 시를 만드는 것이 아니라 영감을 받고 신이 붙어 창작되는 것이다", "시인들은 그들이 쓴 제재에 대해 그렇게 많은 아름다운 문장을 말하는데, 그것은 기예의 규칙에 의거하지 않고, 신에 의해 움직인다. 왜냐하면 시는 시인의 기예에 의거하지 않고 신력에 의해 만들어지기 때문이다"라고 플라톤이 몇번이나 반복하여 설명하였다.

이와는 반대로 "묘오설"은 영감을 석가모니로부터 오는 것이 아니라 평상시의 학습의 축적에서 오는 것이며, 학습의 축적에 기초해서야만 "깨달음"을 가질 수 있다고 주장하였다. 엄우는 "깨닫고 들어가려면 반드시" 숙삼(熟參)하여야 한다고 하였다. 그리고 한위, 진송, 남북조의 시; "숙삼"의 심, 송, 왕, 양, 노, 낙의 시; "숙삼"의 개원, 천보, 이, 두시기의 시; "숙삼"의 대력, 원화, 만당, 소황등의 시[96]가 필요하다고 여겼다. 이른바 "숙삼"은 "아침저녁으로 읊는 것"으로, "모두 숙독"해야 하고 "가슴에서 울어나야 한다." 널리 배우고 자기의 것으로 소화시켜야 한다. 오직 이렇게 해야만 비로소 "묘오"가 나타날 수 있다. 그렇지 않으면, "시를 넓히 볼 수 없고, 시를 귀

---

96 若要"悟入",必须"熟参"汉魏、晋宋、南北朝之诗,"熟参"沈、宋、王、杨、卢、骆之诗,"熟参"开元、天宝、李、杜之诗,"熟参"大历、元和、晚唐、苏黄之诗。

에 익게 참숙할 수 없다"[97]. 엄우는 창작에는 학식의 축적이 필요하다는 것을 깨달았을 뿐만 아니라, 좋은 시는 반드시 현실 생활의 감흥으로부터 나온다는 것을 초보적으로 깨달았다. 그는 "당나라 사람의 좋은 시는 대부분 정수, 천적, 행려, 이별의 작품으로 종종 사람들의 마음을 감동시키고 자극할 수 있다"고 말했다.(『창랑시화』)[98] "묘오"는 학식을 떠날 수 없고 축적은 생활의 감흥을 떠날 수 없는데, 이것은 우리 중국 고대의 영감론이 서양의 영감론과 구별되는 하나의 큰 특색이다. 송나라 사람 여본색(呂本色)은 명확하게 지적하기를, "깨닫고 들어온 이치는 부지런하고 게으른 사이에 있다"(『정길보와의 시 논함 제1첩』, 『소계어은총화전집』권 49에 보임)[99] 송나라 사람 육채정(陸梣亭)은 "인성에는 모두 깨달음이 있다. 반드시 끊임없이 공을 드려야만 깨달음의 머리가 나올 것이다. 바위속에 어무리 불이 있다하더라도 반드시 두드리고 두드려야 불빛이 번쩍이게 될 것이고 불을 얻는 것은 어렵지 않다. 불을 얻은 후에는 반드시 쑥을 가하고 기름을 부어넣어야 불이 꺼지지 않을 것이다. 그러므로 깨달음도 반드시 뒤를 이어 조치를 행할 것"이라고 말했다.(『사변록 집요』권 3)[100] 청나라 사람인 원수정(袁守定)도 "문장의 도는 흥에 따라 나오고 영감을 발휘시켜야 창작되는 것이지만 평일에 경전을 보고 역사를 들어 누적할 필요가 있으며 이런 기초에서 우연한 감상으로 경물을 보면서 갑자기 영감이 나오게 되어 창작하는 것이니……갑자기 만나 순식간에 얻게 되는 것은 평일의 누적이 필요하네"라고 지적

---

98 他说："唐人好诗，多是征戍、迁谪、行旅、离别之作，往往能感动激发人意。"(《沧浪诗话》)

99 "悟人之理，正在工夫勤惰间耳。"(《与曾吉甫论诗第一帖》，见《苕溪渔隐丛话前集》卷四十九)

100 宋人陆梣亭说："人性中皆有悟，必工夫不断，悟头始出；如石中皆有火，必敲击不已，火光始现。然得火不难，得火之后，须承之以艾，继之以油，然后火可不灭。故悟亦必继之以躬行力学。"(《思辨录辑要》卷三)

하였다.(『점필총담』)[101] "묘오"는 학식에 근거하고 영감은 생활에서 비롯된 것으로, 이는 고대인들이 예술실천 중에서 총결해 낸 객관적 진리이다. 이 관점은 오늘 보아도 여전히 정확한 것이다. 플라톤의 신이 내린 "미광설"에 비하면 축적에 근거한 이러한 "묘오설"은 좀 더 실제에 부합하는 것 같다.

한마디로 말해서, "미광설"과 "묘오설"은 같은 점도 있고 다른 점도 있는데, 그 공통점은 그것들이 모두 문예 창작 중의 영감을 논하는 문제라는 것이다. 이 두 설의 공통점은 영감의 탐구를 종교적 미신과 연결시킨 것이다. 이 공통점에서, 우리는 인류 문화 발전의 몇 가지 공통된 법칙을 발견할 수 있다. 그것들의 차이점은 "미광설"은 비이성을 일방적으로 강조하여 창작에서의 이성의 역할을 완전히 부정하는 반면, "묘오설"은 비이성과 이성의 상호 통일을 요구한다는 것이다. "미광"은 격동적이고 열렬한 영감의 상태이고, "묘오"는 자연스럽고 차분한 영감의 상태이다. 미광설은 영감을 신이 주는 것이라고 믿는 반면, 묘오설은 후천적인 학습의 축적에서 영감을 얻는다고 믿는다. 그들의 차이점에서, 우리는 중국과 서양의 영감론이 각각 완전히 다른 특색을 가지고 있음을 발견할 수 있다. 일반적으로 서양의 영감론은 주관적인 것, 신령, 천재와 무의식의 발현을 강조하는 것이 많고 과격한 것이 많다. 그러나 중국 고대의 영감론은 객관적, 생활적, 학식의 축적과 의식적 추구를 강조하며, 또한 변증법적 관점이 많다. 고대 그리스에서 당대 서방까지, 선진에서 현대 중국에 이르기까지, 이 기본적인 특징은 언제나 매 시대의 영감론 속에서 빛나며, "미광설"과 "묘오설"의 비교를 통해, 우리는 이 점을 더욱 분명하게 인식할 수 있다.

엄우의 "묘오설"은 완전히 영감이 되지 않는다는 점도 짚고 넘어가야 한다. 엄우의 본의는 주로 사람들에게 시를 짓는 법을 가르치는 것이다. 물

---

101 清人袁守定亦指出："文章之道, 遭际兴会, 撼发性灵, 生于临文之顷者也, 然须平日养经馈史, 霍然有怀；对景感物, 旷然有会……忽忽相遭, 得之在俄顷, 积之在平日。"(《占毕丛谈》)

론, 여기에는 자연히 창작에서의 "깨달음"과 감상에서의 "깨달음"도 포함된다. 이것들은 모두 예술적 영감과 밀접한 관련이 있다. 이 절에서는 그 예술적 영감을 중점적으로 논의하고, 다른 문제들은 더 이상 다루지 않겠다.

제4부

예술풍격론

들어가는 말

　예술 발전의 생명은 독창성에 있고, 작가의 영원한 예술 생명은 독창적인 풍격에 있다. 동서고금을 막론하고 문단에서 빛나는 독특한 풍격의 예술가들을 말하면 혜강의 준련함, 완적의 광달함, 도연명의 평온함, 사령운의 청신함, 이백의 표일함, 두보의 침울함, 나아가서는 "교한도수(郊寒島瘦)", "신운(神韻)", "성령(性靈)"에 이르기까지 모두 그 독특한 풍격으로 만고를 웅시하고 그 운치가 천대를 흐른다. 중국도, 서양도 마찬가지이다. 단테의 심원함, 셰익스피어의 박식함, 몰리에르의 유머아, 셸리의 분방함, 발자크의 심각함, 체호프의 간결함, 더 나아가서는 현대파의 "이미지", "황당무계함"도 그 독창적인 풍격으로 영원한 매력, 무궁무진한 운치를 남기지 않는 것이 없다. 문예상의 이 중대한 이론 문제에 직면하여, 중국과 서양의 문론가들은 모두 그것에 대해 장기적이고 깊이 있는 연구를 진행하였고, 매우 가치 있는 많은 문예 풍격론을 제기하였는데, 그 중에는 중국과 서양의 서로 통하는 공동 법칙도 있을 뿐만 아니라, 중국과 서양의 서로 다른 민족 특색도 있다.

　서양 양식론은 비교적 일찍 제기되었다. 고대 그리스의 아리스토텔레스는 『수사학』에서 풍격의 문제를 이야기했고, 고대 로마의 롱기누스는 풍격의 전문편저인 『숭고함에 대하여』를 썼다. 중국 고대 문론(특히 상고시대)에는 서양의 "스타일(풍격)과 대응하는 "스타일"이라는 단어가 거의 없었다. 이것은 전혀 이상하지 않다. 중국과 서양 문화는 독자적인 이론 용어를 가지고 있다. 그러나, 많은 사람들은 이 점에 대해 일찍이 큰 의문을 느끼거나, 또는 옛사람의 능력을 의심하고, 어떤 예술 풍격론도 제기하지 못하여 코웃음을 치거나 했다. 혹은 옛사람의 불평을 크게 들어 고서에서 "풍격"이라는 단어를 억지로 찾아보았다. 노력은 마음먹은 사람을 저버리지 않는다고 정말 찾아냈다. 조상(祖讚)은 『유협의 풍격론간설』이라는 글에서 "'풍격'이라는 단어로 글을 평가하는데, 유협부터 시작하였다. 유협은 『문심조룡』에서 두 번이나 이 단어를 사용하였다. 『의대』편에서 '한나라 때에는 반박에 능한 사람이라면 응소(字 중원)는 으뜸갔다······ 각자의 아름다움이 있고 풍격도 존재하네.' 『과식』편에서는 '비록 『시』, 『서』는 우아한 말이지만 풍격은 세간을 교훈하고 언급한 사정이 좋고 넓다. 그 문필도 역시 과하다'······ 보다싶이 이는 시문의 품격과 짜임새와 격식에 대해 논한 것이다."[1] 서직(舒直)은 명확히 "유협은 여기서 응소, 부함, 육기등 작가의 작품을 논하면서 각자의 아름다움과 풍격이 존재한다고 여겼다. 유협이 이렇게 풍격을 명확히 하는 것은 매우 타당한 것이다"[2]라고 지적하였다. 이런 동지들은 중국 시학에서의 "풍격"이라는 근원을 찾았을 뿐만아니라 유협이 풍격에 대한 매우 타당한 해석도 발견하였다. 그러나 자세히 고찰해보면 큰 착오들도 존재하는 것이었다. 『문심조룡』의 『의대』편에서의 "풍격(風格)"은 사실상 『과시』편의 "풍구(風矩)"와 같은 뜻이다. 『과시』편의 "풍격"의 격자는 착오임으로 양명조선생의 『문심조룡교주습유』의 공정에 의하면 "격(格)"자는 응당 "속(俗)"로 새겨야 하는 것이다. 그렇게 하여야 원문이 통

---

1 《刘勰的风格论简说》一文中指出："用'风格'一词来评文, 当以刘勰为始, 刘勰在《文心雕龙》里两次使用了这一词儿。《议对》篇说：'汉世善驳, 则应劭为首······亦各有美, 风格存焉。《夸饰》篇说：'虽《诗》、《书》雅言, 风格训世, 事必宜广, 文亦过焉。'······显然是指诗文的风范格局而言的。"

2 "刘勰在这里论应劭、傅咸、陆机等作家的作品, 认为是'亦各有美, 风格存焉'。认为这些作家各有着独特的艺术表现, 所以说'风格存焉'。刘勰这样来明确风格的意义是十分确当的。"(《关于刘勰的风格论》, 见《文学遗产》392期)

순하게 되는 것이다. 이런 "풍격"을 찾는 동지들의 출발점은 좋은 것이지만 틀린 글자를 곡해하였기에 자기의 목적에 도달하지 못하였다. 역사는 우리에게 많은 교훈을 주고 있다. 이런 작은 사례로부터 막다른 이론으로 증명하려는 이론을 들이 맞추는 것을 보아낼 수 있다. 이는 극히 타당하지 못한 행위이다.

　　중국 고대의 풍격론에는 자신의 독특한 용어와 계통적인 이론 체계가 있는데, 그 중 가장 두드러진 두 용어는 "기(氣)"와 "체(體)"이다. 조비는 "글은 기를 위주로 하고, 기의 맑고 탁한 것은 체력의 강약에 있다", "서간의 글도 기가 서서하네", "공용의 체기가 고묘하네"[3]라고 하였다. "기" 때문에 생겨난 문예풍격은 사진의 『사명시화』에서 이렇게 묘사했다. "고대부터 시인의 기운을 기르는 것은 각각 주체가 있는데 안에 박혀 있고 밖에 박혀 있는 것이라. 은근히 보면 서로 다른 것을 알 수 있으나 사람은 분별할 수 없다. 당나라 초기의 작을 잘 읽으면, 당나라 성세 때 백가가 지은 것을 볼 수 있다. 마치 웅혼한 바다가 파도를 넘나드는 것 같고, 빼어난 산봉우리와 같아 웅장하고 아름다워 층층벽과 같으며, 고아한 요금의 주현과 같으며, 고아함은 적막한 사막의 조각과 같으며, 맑고 깨끗함은 군산위의 눈과 같고, 고원함은 장공의 구름과 같으며, 향윤은 노혜의 춘란과 같으며, 기절은 고래가 친 파도와 신기루 같으며, 이것은 제자백가가 함양한 기의 차이를 보여준다."[4] 여기서 말하는 "기"는 대부분 작가의 주관적인 기질과 성격의 다른 천품에서 비롯된 독특한 풍격을 가리킨다. 이런 "내부로 인해 밖으로

3　曹丕说：“文以气为主，气之清浊有体，不可力强而致。”“徐干时有齐气”，“孔融体气高妙”（《典论•论文》）。

4　谢榛《四溟诗话》描述道：“自古诗人养气，各有主焉，蕴乎内，著乎外，其隐见异同，人莫之辨也。熟读初唐、盛唐诸家所作，有雄浑如大海奔涛，秀拔如孤峰峭壁，壮丽如层楼叠阁，古雅如瑶琴朱弦，老健如朔漠横雕，清逸如九皋鸣鹤，明净如乱山积雪，高远如长空片云，芳润如露蕙春兰，奇绝如鲸波蜃气，此见诸家所养之不同也。”

드러내는" 개인 풍격은 서양이 말하는 "주관적인 풍격"에 가깝다. 또 다른 용어인 "체"에 대해서는 서양에서 말하는 "객관적 풍격"과 비슷하다. 이러한 "체"는, 각종의 다른 문류의 풍격을 가리키기도 하고, 각종의 다른 시대 및 다른 작가 유파의 독특한 풍격을 가리키기도 한다. 유협은 "장표의 상의는 확실히 우아하다. 찬송가와 시를 부치니 우아하고 아름답다. 격서를 옮기면 현명한 판단에 모범이 된다. 사론서주는 핵요에 대한 사범이다. 잠명 비간에는 큰 뜻이 있다. 연주 칠사는 교묘하고 아름다운 데서 비롯된다. 이것은 체형에 따라 형세를 이루며, 변함에 따라 공을 세우는 것이다."(『문심조룡·정세』)[5] 여기의 "체"는 바로 각종 문류의 서로 다른 풍격이다. 종영의 『시품』에 관해서는 문학 유파의 풍격과 그 연원을 전문적으로 이야기하였다. 예를 들어 "그 체는 『국풍』에서 원기된 것이다…… 글은 온화하면 아름다우며, 뜻은 슬프면 심원하다"하고, 도연명을 평하면서 "그 근원은 공에 응하는 것에서 비롯된 것이지만, 또한 좌사풍력에서 비롯된 것이다. 문체가 순수하여 거의 긴 말이 없을 지경이다."[6]

이상의 간략한 인용으로부터 중국 고대 풍격론이 매우 풍부하고 심오하다는 것을 충분히 알 수 있다. 이 장의 제1절은 바로 주관적인 풍격과 문기설, 객관적인 풍격과 문체론, 풍격의 다양화와 통일 방면에서 중국과 서양예술 풍격론을 비교하는 것이다.

이 장의 제2절은 롱기누스의 "숭고한 풍격"과 유협의 "풍골"의 비교를 통해, 새로운 각도에서 "풍골"의 의미를 판별하는데 있다. "풍골"에 대해 국내에서는 이미 반세기에 걸친 논쟁이 진행되어 왔다. 일찍이 1920년대에

---

5 刘勰说：“章表奏议，则准的乎典雅；赋颂歌诗，则羽仪乎清丽；符檄书移，则楷式于明断；史论序注，则师范于核要；箴铭碑谏，则体制于宏深；连珠七辞，则从事于巧艳：此循体而成势，随变而立功者也。”(《文心雕龙·定势》)

6 “其体源出于《国风》……文温以丽，意悲而远。”评陶渊明曰：“其源出于应璩，又协左思风力。文体省净，殆无长语。”

황간선생은 "풍은 곧 글의 뜻이고, 골은 곧 문사"[7]라고 제기했다. 황간선생의 이 관점에 대해 많은 사람들이 이의를 표명했다. 어떤 문학 작품이든 모두 "문의(文意)"와 "문사(文辭)"가 있지만, 모두 "풍골"을 가지고 있는 것은 아니기 때문이다. 그래서 판원란은 이를 두고 "사(辭)의 단정한 것을 사라 할수 있고, 비사(肥辭)는 번잡한 것도 말이라 하는데, 오직 전자만이 문골의 이름을 얻게 되었으니, 비사는 이에 어울리지 않는다"라고 설명하였다.(『문심조룡주』, 제6권).[8] 그럼에도 불구하고, 많은 사람들이 "풍은 곧 글의 뜻이고, 골은 곧 글의 설"[9]이라는 말에 동의하지 않는다. 그래서 사람들은 풍은 곧 글의 형식이고 골은 곧 글의 내용이라는 것을 다른 방법으로 제기하였다(『광명일보』 1959-08-16 서직의 글에 보임). 이러한 견해는 문학개론 교과서의 내용과 형식이라는 틀에서 고대인의 이론을 들이 맞춘 것이다. 실제로 황간선생과 같은 실수를 또 저지른 것이다. 그러나 내용과 형식이 있다고 해서 반드시 "풍격"이 있는 것은 아니다. "풍골"은 "풍격"의 일종이며, "선명하고, 생동감 있고, 함축되고, 웅건하며, 힘찬 풍격"이라는 주장이 또 제기되었다. 풍골은 과연 풍격과 등호를 그릴 수 있는가? 지금까지도 여전히 사람들의 논쟁의 초점이다. 보다싶이 "풍골"이라는 이 중국 고대문론중의 "스핑커스의 수수께끼"는 아직 진일보한 탐색을 해야 한다. 이 절에서는 풍골에 대해 독단적인 정의는 의도하지 않고, 다만 중국과 서양 문론 용어의 대비를 통해, 새로운 사로를 열고, 거기에서 약간의 깨우침을 얻고자 한다.

---

7 "风即文意, 骨即文辞。"

8 范文澜为之解释道, "辞之端直者谓之辞, 而肥辞繁杂亦谓之辞, 惟前者始得文骨之称, 肥辞不与焉"(《文心雕龙注》,第6卷)。

9 "风即文意, 骨即文辞"

제1절 풍격과 문기(文氣)

(1) 주관적인 풍격과 "문기"

중국 고대의 문론에서 가장 어려운 용어 중의 하나는 아마도 "문기(文氣)"라고 할 수있다. 현재 학술계의 "문기"에 대한 해석은 무려 10여 가지나 된다. 옛사람들의 용어들, 예를 들면, "기세, 의기, 기력, 풍기, 생기, 신기, 재기, 사기, 기상, 기격, 기세, 기체, 기운, 기맥, 골기, 성기"[10] 등은 정말 분분하고 번잡하여 눈을 어지럽게 한다. 그러나 이 분분하고 번잡함속에는 어떤 내재적이고 본질적 일관성이 내포되어 있는 것이 아닌가? 만약 "문기"에 대하여 자세히 분석한다면, 우리는 "문기설"이 기본적인 핵심을 가지고 있음을 발견하기 어렵지 않다. "그것은 주로 작가의 내재된 천품이며, 작가의 체격 원기로부터 정신, 기질, 감정과 성격의 총화를 가리키며, 작가가 정신 활동과 실천 활동중에 표출한 심리, 생리와 행위 방식등의 특징의 총화를 가리킨다. 이런 내재된 '기'가 글에서 발현되어 분분하고 번잡하고 많은'문기'가 되었다. 그것은 '안에 있지만 겉으로 보이는' 물건이며, 작가의 형체와 모든 생리, 심리 특징의 표현이다. 이것이 바로 예술 풍격의 기초이다."

중국 고대 문론중의 "기(氣)"는 고대 철학에서 차용해 온 개념이다. 그것은 철학 개념중의 "기"의 기본 함의를 보존했다. 즉 "기"는 만물의 본원이며, 사람은 자연의 기운을 받아 생명을 가지고 있다. "천지가 함께 기운으로 만물이 자생한다."(『논형·자연편』)[11] "사람은 기운을 받아 하늘에 운명을

---

10 志气、意气、气力、风气、生气、神气、才气、辞气、气象、气格、气势、气体、气韵、气脉、骨气、声气

11 "天地合气, 万物自生。"(《论衡·自然篇》)

맡는다."(『논형·기수편』)[12] "기를 내는 자는 생기의 본원이다."(『회남자·원도훈』)[13] "불은 불꽃심으로 불길을 전해내려가고, 사람은 기운를 차려 향년한다."(종규,『유화부』)[14] 인간의 정신은 바로 이런 "기"의 산물이다. "정신은 본래 혈기를 위주로 하고 혈기는 항상 형체에 붙는다."(『논형·논사편』)[15] "정기의 합은 10가지 물건을 낳는 것이다: 정, 신, 혼, 기백, 마음, 뜻, 지, 생각, 지혜와 염려"(『자화자』)[16] 사람이 기를 품으면 서로 다르고, 정신, 성격, 기질이 달라진다. "기성이 고르지 않으면 몸과 달라진다."(『논형·무형편』)[17] "기성이 고르지 않으면 기성이 두꺼워지고 기체가 강해진다...... 천성이 약한 자는 기성이 적고 수척한 사람이다."(『논형·명의편』)[18]

중국 시학 중의 "문기"는 바로 이런 "기"를 차용하여 작가의 내재적인 개인적 특질(개인의 형체와 모든 정신적인 특징을 포함)과 외적인 작품의 관계를 논술하는 것이라고 말할 수 있다. 유협의 말처럼 "재능과 힘을 가운데 두고 혈기로부터 고쳐, 기운은 실지로, 뜻은 정언으로, 영화를 받아들이고 토하는 것이 정성이 아닐 수 없다."[19] 이 특징은 문기설을 최초로 명확히 제기한 조비의 발언에서 충분히 드러난다: "글은 기운을 위주로 한다. 기운의 맑고 탁한 것은 억지로 해서는 않된다. 여러 음악에 비유하면 곡조는 균일하지만 리듬이 동일하다. 기운을 끌어들이지 못하여여 교묘함과 졸렬함이 있지만 그 원인은 부형에 있지만 자제에 옮겨서는 안된다."(『전론·논문』)[20] 자

---

12 人受气命于天。"(《论衡·气寿篇》)

13 气者, 生之元也。"(《淮南子·原道训》)

14 "火凭薪以传焰, 人资气以享年。"(戴逵《流火赋》)

15 "精神本以血气为主, 血气常附形体"(《论衡·论死篇》)

16 "精气之合, 是生十物: 精、神、魂、魄、心、意、志、思、智、虑是也。"(《子华子》)

17 "气性不均, 则于体不同"(《论衡·无形篇》)

18 "禀得坚强之性, 则气渥厚而体坚强……禀性软弱者, 气少泊而性麻。"(《论衡·命义篇》)

19 "才力居中, 肇自血气, 气以实志, 志以定言。吐纳英华, 莫非情性。"

20 "文以气为主。气之清浊有体, 不可力强而致。譬诸音乐, 曲度虽均, 节奏同检。至于引气不齐,

제에 옮겨서는 안되는 이런 독특한 천성은 바로 왕충이 말한 "기를 성으로 하면 성은 운명이 된다"(『논형·무형』)[21]이다. 작가가 품어온 "기"는 독특한 "성"을 형성하였는데, 이런 "맑고 탁하고 체격이 있는" 기성은 문장에 발산되어, 곧 독특한 문풍이 된다고 하였다. 백거이가 말했듯이, "기운은 응축되는 것이 성이고, 발산되는 것이 뜻이고, 흩어지는 것이 문이다."(『원소윤문집서』)[22] 따라서 작가가 어떤 기성이 있으면 어떤 풍격이 있게 되기 마련이다. 방효유는 "영숙(구양수)은 중후하고 연결하기 때문에 그 글은 완곡함과 평온함이고, 기괴한 모습을 참절하기 위한 무목한 여운이 있지 않으며, 자첨(소식)은 우람하고 웅장하며 기개가 높고 힘차기 때문에 그 글은 늘 세상을 놀라게 하고, 완곡한 속삭임은 전혀 없으며, 개보(왕안석)는 좁고 용납한 것이 적으며, 간략하고 묵묵한 재제가 있기 때문에 그 글은 약으로 이길 수 있다...... 이로부터 보면, 옛날부터 지금까지 글의 차이점은 마치 사람의 성격과 비슷한데, 어찌 그렇지 않겠는가?"[23]라고 지적하였다. 이 점에서 말하자면, "문기"와 서양에서 말하는 "주관적인 풍격"은 기본적으로 일치한다. 19세기 독일 문예 이론가 위그나크는 "풍격은 사람이다"라는 공식을 가져 온 명언이 바로 풍격의 주관적인 측면을 가리킨다고 지적하였다. 주관적인 면은 개인의 면모이다. 어떤 시인이나 어떤 역사가가 아무리 강한 동족유사성을 가지고 있더라도, 항상 그와 같은 시기의 다른 시인이나 다른 역사가와는 구별된다. 따라서 문법적이고 심미적인 비평은 우선 이 점을 꼭 짚고 개별 저자를 평가하거나 여러 저자를 비교하여 구별해야 한다.

巧拙有素, 虽在父兄, 不能以移子弟。"(《典论·论文》)

21 "用气为性, 性成命定"(《论衡·无形》)

22 "气凝为性, 发为志, 散为文。"(《元少尹文集序》)

23 方孝孺曾指出: "永叔(欧阳修)厚重渊洁, 故其文委曲平和, 不为斩绝诡怪之状而穆穆有余韵; 子瞻(苏轼)魁梧宏博, 气高力雄, 故其文常惊绝一世, 不为婉昵细语; 介甫(王安石)狭中少容, 简默有裁制, 故其文能以约胜……由此观之, 自古至今, 文之不同, 类乎人者, 岂不然乎?"

여기에는 크게 두 가지 의미가 있다.

첫째, 주관적인 풍격의 근원은 작가 개인 자체의 특질에 있으며, 작가 개인의 형체 기질과 모든 정신 특징에 달려 있다. 이 요소는 시인이 짙은 주관적 색채를 띠고 있는 경우에만 광범위하게 나타낼 수 있다. 반면, 서정 시인의 개별적인 서정적 색채가 있는 시의 특징에서 모든 시인의 공통된 풍격을 찾을 수 없다면, 아무도 그를 책망하지 않을 것이다. 그가 개성이 있을수록, 그는 그의 가장 내재적인 기질에 더욱 가까워진다. 또는 달리 말해서, 그가 진정으로 서정적일수록 자신의 사상의 외적 표현에 그만큼 강한 주관성을 부여할 수 있고 또 부여해야 한다.

둘째, 내재적인 기질과 모든 정신적인 특징은 외재적인 풍격과 완전히 일치하며, 바로 "내적으로부터 외적으로의 일치(因内而符外)"이다. "풍격은 사상의 실체 위에 장착된 생명이 없는 가면이 아니다" 그것은 무궁무진한 의미를 함축한 내적 영혼에서 나오는 모습의 생동감 있는 표현, 살아있는 자태의 표현이다. 혹은 그것은 겉옷뿐이라고 하여도 옷의 주름은 오히려 옷이 덮인 팔다리의 자세에서 비롯된다. "영혼, 다시 말하지만, 오직 영혼만이 팔다리에 이런 저런 동작이나 자세를 부여한다."(위크너그 『시학·수사학·풍격학』, 『문학풍격론』에 보임, 1982) 만약 우리가 위크너그의 이론을 조목조목 대조한다면, 우리 나라 고대의 분분하고 번잡한 "문기설"의 기본 특징이 결국 서양의 양식론과 신기한 유사점을 가지고 있다는 것에 놀랄 것이다. "글의 풍격은 그 사람과 같다(文如其人)", "내적으로부터 외적으로의 일치(因内外符)"라는 이 두 가지가 바로 중국 "문기설"의 기본 함의이다. 중국 고대인들이 보기에 "글의 풍격은 그 사람과 같다"의 근본적인 원인은 작가가 품어온 기개가 다르고 작가의 성격기질이 다르기 때문이다. 따라서 후련함, 돈후함, 호방함, 시원시원함, 호탕함, 비열함등 각종 다른 성격이 나타나게 되었다. 이러한 성격 특징이 글에 나타나자 "필구의 운이성, 문장의 궤이함"[24] 이 나타나서 문단에 다양한 예술 풍격이 생겨났다. 서양 이론가 쇼펜하우어가 말했듯이, "풍격은 정신의 외모이다." 헤겔은 "여기서 풍격은 일반적으로 개별 예술가가 표현 방식과 필치의 굴곡등에서 그의 인격적 특징이 완전히 드러나는 것을 가리킨다"고 말했다.(『미학』, 1권, 372 페이지)롱기누스는 "위대한 언어는 위대한 사람만이 말할 수 있다"고 했다. "고상한 스타일은 위대한 마음의 울림이다."(『숭고함에 대하여』) 바로 풍격은 "내적인 것이 외부에 표한다"의 사물이기 때문에, 내적 "기"와 인격의 외현이기 때문에, 사람들이 작품을 읽을 때 "글의 풍격은 그 사람과 같다", "풍격은 바로 인간 그 자체다"를 발견할 수 있다. "사람들이 어떤 사적인 감정이 강한 글을 읽을 때 항상 책장 뒤의 어딘가에 얼굴이 있는 것 같다는 인상을 준다. 사람들이 보는 것은 작가가 가져야 할 얼굴뿐이다."(조지 오웰어, 『디킨스 평론집』, 144 페이지에 보임) 엽섭은 시를 지을 때 성정이 있으면 반드시 면모가 있다고 여겼다...... 두보의 시와 같이 한 구절만 보아도 두보라는 이름이 머리에 출현한다. 그래서 영국의 19세기 문학 비평가인 존 러스킨은 작품 속에서 작가의 성격은 어떠한 경우에도 숨길 수 없는 것이며, 예술은 작가 자신의 심령의 표현이고 성격의 표현이기 때문이라고 하였다. 한 사람은 각양각색의 방법으로 숨거나 또는 위장할 수 있다. 그러나 그는 예술 속에서 도저히 피할 수도, 위장할 수도 없다. 예술속에서 그는 틀림없이 드러나 있을 것이다. 모든 그의 성적인 희낙, 모든 그의 식견, 모든 그가 할 수 있는 것, 모든 그의 상상, 그의 감정, 그의 인내, 그의 불안, 그의 무례함 또는 날렵함이 모두 드러나 있을 것이다.(『작품 즉 작자에 대하여』, 『중원』, 1권 4호, 1944 참조)러스킨의 이 설법은 한나라 사람인 양웅의 "심성심화(心聲心花)"라는 설과 상당히 유사하다. 양웅은 "군자의 말은 유유함중에 맑은 것이 있고, 먼 것에 가까운 것이 있으며, 큰것에는 작은 것이 있으며 미세한 것

---

24 "笔区云谲, 文苑波诡"

에 반드시 현저한 것이 있다...... 그러므로 말은 마음의 소리이고 책은 마음의 그림이며 소리는 마음의 모양이기에 소인과 군자는 그중에서 가릴 수 있다."(『법언·문신』)[25] 왕충도 "외는 내를 표현하고, 외상은 부차적인 자리에 처해 있다"[26]는 설을 제기했다. 그러나 때로는 겉으로 보기에 "마음의 소리"(문학작품)가 작가의 인격과 꼭 들어맞지 않는 경우도 있다. 예를 들어 서진시기의 문장가 반악(潘岳)은 본래 "성질이 가볍고 조급하여 세상의 이로움만 향하는"[27] 소인이지만 그의 『한거부(閑居賦)』, 『추흥부(秋興賦)』가 오히려 고결한 면모를 하고 있다. 그래서 원호문(元好問)은 『논시절구』에서 "마음이 그린 마음의 소리가 늘 참된 것을 잃어버린다. 글은 여전히 사람됨을 다시 볼 수 있으니 고정한 천고의 『한거부』로 안인(반악)이 길의 먼지마저 모시는 것을 믿겠네!"[28]라 한 적이 있다. 이렇게 말하자면, 문학예술 작품은 완전히 속마음을 드러내는 것이 아니란 말인가? 진실은 그렇지 않았다. 전종서의 『담예록』은 "마음은 마음의 소리를 그린다. 이는 원래 의심할 것이 없으며 확실한 선견지명이라 할 수 있다. 그러나 말이란 것은 거짓으로 꾸밀 수 있다. 간사한 사람은 나라를 근심하는 말을 할 수 있고, 열정적인 사람은 빙설같은 글을 쓸 수 있다. 그 말의 격조는 왕왕 본래의 모습을 드러낸다. 교활한 사람의 작품은 바람같아 변덕이 많아 전부 믿을 수 없다. 호방한 사람의 글은 모두 세밀할 수 없다. 글은 사람같으나 글이 사람에 달렸지 사람이 글에 달린 것은 아니다."[29]라고 지적하였다. 확실히, 시

---

25 "君子之言, 幽必有验乎明, 远必有验乎近, 大必有验乎小, 微必有验乎著······故言, 心声也; 书, 心画也。声画形, 君子小人见矣。"(《法言·问神》)

26 "外内表里, 自相副称"(《论衡·超奇》)。

27 "性轻躁, 趋世利"

28 元好问《论诗绝句》说: "心画心声总失真, 文章仍复见为人。高情千古闲居赋, 争信安仁(潘岳)拜路尘!"

29 钱锺书《谈艺录》指出: "心画心声, 本为成事之说, 实鲜先见之明。然所言之物, 可以伪饰; 巨奸为忧国语, 热中人作冰雪文是也。其言之格调, 则往往流露本相。猾急人之作风, 不能尽变

는 마음의 소리이다. 마음과 다르게 울릴 수도 없고, 마음과 다르게 나올 수도 없다. 공명을 따르는 자는 잔잔한 시내울소리같은 글을 써낼 수 없다. 경박한 자는 거대하고 우아한 풍조의 맑은 소리를 내지못할 것이다. 그래서 "시로 사람을 보고, 또 사람으로 시를 본다."[30] 만약 그러한 내재적인 성격 기질이 없다면, 억지로 조작하고, 사람을 속이고 세상을 속이는 말은 한 사람혹은 일시적으로 속일 수는 있어도 결코 천하의 모든 백성과 세월을 속일 수는 없다. "전체 서질을 다 읽으면, 그 누추함을 반드시 드러낼 것이고, 그 사람이 누추하면, 그 기운이 반드시 차할 것이다. 어찌 그 듯을 당당하게 할 수 있겠는가?"(『원시』외편)[31]에서 볼 수 있듯이, "글은 사람을 짐작할 수 있고" "글의 풍격은 바로 그사람 자체이다"는 것은 동서고금을 막론하고 모두 통하는 문예의 기본 규칙의 하나이다. 그리고 표현에서 중국은 "문기"라는 단어를 많이 사용하고 서양에서는 "풍격"이라는 단어를 많이 사용하였다.

"문기"와 "풍격"의 기본적인 공통점이 있음에도 불구하고 우리는 그것들을 절대적으로 동일시할 수는 없다. "문기"와 "풍격"에는 또 많은 다른 점이 있다. 우리는 반드시 이 점들을 명석하게 인식해야만 "문기"와 "풍격"의 본질적인 특징을 진정으로 이해할 수 있다.

"문기"와 "풍격"의 첫 번째 차이점은, "풍격"은 내포와 외연이 비교적 확실한 전문 용어이지만, "문기"는 오히려 삼라만상을 포함한 모호한 개념이다. 그것의 내포는 불확실할뿐만 아니라 외연도 한없이 넓다는 것이다. 이 점은 중국과 서양의 시학 용어 개념의 중대한 구별과 특색을 충분히 나타낸 것이다.

为澄澹；豪迈人之笔性，不能尽变为谨严。文如其人，在此不在彼也。"

30 "诗以人见，人又以诗见。"

31 "阅其全帙，其陋必呈，其人既陋，其气必荼。安能振其辞乎?"（《原诗》外篇）

"문기"를 자세히 판별할 때, 그것은 혼돈스럽고, 우심들로 가득하며, 모든 것을 다 가진 것 같다는 것을 발견할 수 있다. 먼저, 작가의 입장에서 "기"는 생명의 원기, 정기의 활력을 가리킬 수 있다. 그러므로 왕충은 "양기(養氣)"라는 편을 만들고 유협은 "양기"라는 설을 사용하였다. 이 "기"는 모두 체기를 보양하고 정신을 보양하는 것을 가리킨다. "이목구비, 생육하는 역이라. 마음과 언사를 염려하는 것은 신의 쓰임새이네. 지성을 거느리고 온화하면 도리가 융통되고 정이 상쾌하네. 연마에 지나치면 신이 지치고 기운이 쇠약해지네. 이 성정의 수는 …… 토납으로 문예를 받아들이고, 무리는 절제하고 선량하게 하며, 그 마음을 화해시키고, 그 기운을 상쾌하게 하는 것이여라."(『문심조룡·양기』)[32] 맹자, 한유, 소철등도 "양기"를 말하지만 이 기운은 오히려 후천적인 도야이고, 윤리도덕의 수양이며, 대자연의 축적된 것을 관람하는 것이다. "그것은 기여라, 의와 도를 배합하는 것이네. 무하면 낙심하네."(『맹자·공손추상』)[33], "태사공은 천하를 행차하고, 사해의 명산대천을 둘러보고, 연나라, 조나라 호준과 교유하였기 때문에 그 글은 소탕하고, 꽤 기이한 기운이 있네."(소철『상추밀한태위서』)[34] "기"는 작가의 성격 기질을 가리킬 수도 있다. 예를 들어, "기운의 맑고 탁함은 그 자체에 달렸다"(조비), "기운은 강하고 부드러움이 있다"(유협).[35] 또한 "기"는 작가 개인의 내재된 생리적 심리적 행동의 특징을 가리킨다. 둘째, 문학 작품의 각도에서 보면, "기"는 작품의 독특한 풍격을 가리킬 수 있는데, 예를 들어 "『녹

---

32 "夫耳目鼻口, 生之役也; 心虑言辞, 神之用也。率志委和, 则理融而情畅; 钻砺过分, 则神疲而气衰, 此性情之数也……是以吐纳文艺, 务在节宣, 清和其心, 调畅其气。"(《文心雕龙·养气》)

33 "其为气也, 配义与道。无是, 馁也。"(《孟子·公孙丑上》)

34 "太史公行天下, 周览四海名山大川, 与燕、赵间豪俊交游, 故其文疏荡, 颇有奇气。"(苏辙《上枢密韩太尉书》)

35 "气之清浊有体"(曹丕), "气有刚柔"(刘勰)。

명(鹿鳴)』,『사목(四牡)』의 여러 시와『문왕(文王)』,『대명(大明)』의 여러 시를 읊는 것은 기상이 판이하게 다르다.”[36] “기”는 작품이 보여주는 기세를 가리킬 수도 있는데, 예를 들면 “자미의 기는 특히 웅장하네, 만번의 감탄이 한 탄식으로 되고, 때로는 미치듯 하여 취해서 먹을 호탕하게 뿌리네”(구양수『수곡야행 기자미성유』).[37] 그 외에 “기운”으로 작품의 생동감 있는 심미적 특징을 가리키며, “기개”로 작품의 강건하고 웅혼한 품격을 나타내고 있다. 기체, 기맥, 기맛, 기조, 기후, 기백등등 이런 종류의 것들이 있는데 “기”에 대한 설은 이렇게나 많다! 어쩐지 요즘 사람들은 끊임없이 다투게끔 복잡하게 되어 있다. 이 많은 “문기”설은 모두 풍격과 다소 관련이 있는 것 같지만, 어느 문기가 순수한 풍격론인지는 확실하지 못한다.

서양의 “풍격”이란 단어의 내포는 “문기”란 단어와 같이 이렇게 복잡하지 않다. 그것의 의미는 기본적으로 명료하고 분명하기에 분별할 수 있다. “풍격은 항상 특유한 외부적 표지를 통하여 자신의 내재적 특성을 알고 있다 ...... 만약 ‘풍격’이란 단어가 더욱 명확한 특별히 규정되어 있는 언어의 표현 형태라면 일부분은 표현자의 심리 기질에 의해 결정된다. 다른 한 부분은 내용과 그 창작 의도에 의해 규정된다. 이런 정의는 넓지도 좁지도 않으니 문학 영역의 삼라만상을 포함할 수 있다.”(웨이크너그『시학·수사학·풍격론』) 이외에 서방의 풍격론은 또 “풍격”과 “작풍”을 엄격한 구분을 하였다.

헤겔은 작풍(作風)은 어떤 예술가가 작품을 구상하고 완성할 때 나타나는 우연적인 특징에 속하는 특수한 처리 방법 또는 표현 방법으로, 그것이 극단에 이르면 진정한 이상 개념과 직접 모순될 수 있다고 보았다. 이런 의미에서 예술가가 작풍을 가졌다는 것은 가장 나쁜 것을 소유했다는 것이다. 작풍을 가졌다는 것은 그는 단지 그 개인의 단순하고 편협한 주

---

36 “試咏《鹿鳴》,《四牡》诸诗与《文王》,《大明》诸诗, 气象迥然各别”(《说诗晬语》)
37 “子美气尤雄, 万窍号一噫, 有时肆颠狂, 醉墨洒滂霈”(欧阳修《水谷夜行寄子美圣俞》)。

체성에 의해 좌지우지될 것이기 때문이다. 웨이크너그는 이런 작풍을 "일부러 꾸며댄 작풍"(矯飾作風, Mannerism)이라고 불렀다. 그것은 순전히 작가의 제멋대로와 체습에서 출발하여 문예 창작을 무미건조한 반복과 꾸밈으로 만들어버렸기 때문에 따라서 예술 풍격에 해로운 것이다. 서양 풍격의 개념의 명료함, 풍격과 작풍이 명확히 구별되는 상황은 중국 시학 중의 "기"라는 개념의 혼돈스러운 상황과 공교롭게도 극명한 대조를 이룬다. 이런 차이를 초래한 원인은 의심할 여지 없이 다방면적인 것이다. 그러나 가장 주요한 요인 중 하나는 아마도 중국과 서양의 사고방식의 차이일 것이다. 서양 이론가들이 지적한 바와 같이 "중국인의 사유는 추상적이며 논리적인 사고를 채용하지 않았다. 반대로 서양과 거리를 둔 언어를 발전시켰다...... 그들의 저작과 언어는 짧고 분명하지 않으며 암시적인 상상이 풍부하다."(『현대 물리학과 동양 신비주의』, 80~81 페이지 참조) 중국 고대 시학의 "기"는 어쩌면 이런 사유 방식의 산물일지도 모른다.

비록 중국의 문기설과 서양의 풍격론이 모두 "글은 인간과 같다", "풍격은 인간 그 자체이다"를 강조하고 있다. 그러나 이 동일함속에는 또 다른 확연히 다른 점이 내포되어 있다. 중국 문기설은 특히 인품을 중시하고, 서양 풍격론은 예술 형식의 특징에 집중한다. "시품은 인품에서 나온다"가 중국 문인들의 좌우명이다. 그리하여 시를 지을 때 "특히 올바른 기개를 기르는 것이 중요하다"(정진어)[38]. 판덕여(潘德輿)는 도연명의 풍격이 그의 인품에서 비롯된 것이라고 여겼다. "먼저 세속적인 지조가 있어야, 나중에 자연의 진경이 있을 것이다."(반덕여 『양일재시화』 권10)[39] 송나라 사람 곽약허(郭若虛)는 "인품이 높으면 기운도 높아지지 않을 수 없고, 기운도 높으면 생동감이 지극하지 않을 수 없으며, 소위 신의 것은 신이로우니 정감

---

38 "尤贵养正气"(郑珍语)。

39 "先有绝俗之持操, 后乃有天然之真境。"(潘德輿《养一斋诗话》卷十)

할 수 있다."(『그림견문지서론』)[40] 서양풍격론도 인격을 중시하며, 풍격은 인격의 발현이라고 여겼다. 괴테는 "한 작가의 풍격은 그의 내면생활의 준확한 표징이다. 그러므로 한 사람이 이해하는 풍격을 쓰려면 먼저 마음속으로 이해해야 하고, 웅장한 품격을 쓰려면 그도 먼저 웅장해야 한다"고 지적한다.(『괴테 담화록』, 39 페이지) 뷔퐁은 단어의 조화는 단지 풍격의 부속물일 뿐이며, 오직 관능적인 감각에만 의존한다고 생각하기도 하였다. 지식, 사실, 발견은 모두 작품에서 벗어나 다른 사람의 손에 넘어가기 쉽다…… 이런 것들은 모두 신외물이고, 풍격은 오히려 본인이다.[『풍격에 대하여』(번역문) 1957(9), 151 페이지 참조] 그러나 서양은 중국풍격론인문기설에 비해 언어적 수사와 예술적, 형식적 특징을 더 중요하게 여겼다. 웨이크너그는 "풍격론은 시학이나 수사학처럼 깊은 내용을 가지고 있지 않다. 그것의 대상은 언어 표현의 겉모습, 관념도 재료도 아닌 외적 형식인 어휘의 선택, 구문의 구조일 뿐이다"라고 지적한다.(『시학·수사학·풍격론』) 콜리지는 『풍격에 관하여』라는 글에서 토마스 블랑이 자신의 많은 결점이 존재함에도 불구하고 진정한 언어적 풍모를 지녔다고 지적하였다. 그의 모든 작품은 모두 개인의 언어적 풍격을 가지고 있기 때문에 이전의 주요 작가들로 하여금 영어 풍격의 복고의 위대한 모델 또는 정일체로 되게 하였다.(『문학 풍격론』, 34 페이지에 보임) 서양 미학자 울버린은 풍격을 다양한 형식과 기법의 특징으로 이해하였다. 그는 전체 조형미술사를 두가지 풍격로 나누었다. 라인 스타일과 회화 스타일이다. 에른스트 콩비르니르는 『조형예술의 풍격사』에서 예술 역사에는 구조적, 장식적, 패턴적 풍격의 세 가지 순환적이고 반복적인 풍격이 있다고 지적하였다. 중국 문기설과 서양 풍격론의 이러한 차이는 중국과 서양 예술 풍격론의 또 하나의 중요한 구별과 특색이다.

---

40 "人品既高矣, 气韵不得不高; 气韵既高矣, 生动不得不至; 所谓神之又神而能精焉。"(《图画见闻志·叙论》)

중서풍격론의 이런 차이는 중·서풍격론의 기원까지 거슬러 올라가야 한다. 역사적 사실에 비추어 볼 때, 서양 풍격론은 수사학에서 기원한 것이다. 서양의 풍격이라는 단어는 그리스어에서 유래했다. "στνλos"는 "나무 더미", "돌기둥" 또는 그림을 그리고 글을 쓰는데 쓰이는 "조각칼"을 뜻한다. 라틴인들은 주로 마지막 의미인 "조각칼"을 따서 "풍격"이란 단어를 만들었다. 풍격이란 단어는 우리가 "hand"(손의 본뜻으로 "수법", "필적"의 뜻으로 파생됨)라는 새김을 사용하거나 라틴인들이 "manus"("손"으로도 해석함)라는 단어로 은유적으로 나타내고 있는 의미를 표시한다. 둘째, "풍격"이란 단어는 생각을 글로 장식하는 특정한 방식을 더 비유적으로 나타낼 수 있다. 이 용법은 일찍이 테렌스, 키케로 및 기타 작가의 저작에서 볼 수 있다. 웨이크너그는 "우리도 같은 방식으로 '영묘한 필치'이나 '묘필'이라고 말한다. 만약 "풍격"이라는 용어가 좀 더 명확하게 언어의 표현으로 특별히 규정된다면 '풍격은 언어의 표현 형태'라고 말할 수 있다"고 말했다. 데 퀸시도 "우리 현대인의 의미에서 비추어 볼 때, 풍격은 문학창작의 이론으로서 글자글자마다 사용되는 종합적인 예술이다"라고 지적하였다.(『문학풍격론』, 17~18, 43 페이지 참조) 아리스토텔레스의 풍격론에서는 서방의 수사학, 언사 방식, 기교에 편중하는 특점을 돌출하게 체현하고 있다. 아리스토텔레스의 『수사학』에서는 "우량한 풍격은 반드시 똑똑하고 명백하여야 한다"고 지적하였다. 똑똑하고 명백하기 위해서, 어휘를 선택할 때 반드시 그러한 통용되는, 일상적인 어휘를 선택해야 한다. "언어의 정확성은 훌륭한 풍격의 기초이다." 그것은 다음의 5가지를 포함한다: 첫째, 적절한 접속사의 사용; 둘째로, 사물에 대해 그들 고유의 명칭을 사용; 셋째, 온화한 어휘를 피할 것; 네번째 규칙은 프로타고라스의 명사, 즉 양성, 음성, 중성의 분류를 따라야 할 것; 다섯째, 정확한 어휘로 다수, 소수, 단수를 표현해야 한다는 것이다. 이러한 풍격론은 모두 언어적 수사에 착안하여 이야기하는데, 아리스토텔레스의 풍격론이 중시하는 것은 바로 언어 형식의 특징이라는 것을 설명하고 있다. 서양 문예 이론의 초석인『시학』에서, 아리스토텔레스는 여전히『수사학』에서의 관점을 견지하고 있는데 그는 "풍격의 아름다움은 명료하고 평범하지 않은 데 있으며 가장 명료한 풍격은 보통 문자로 인한 것이다."라고 여겼다. 그래서 그는 "기(奇)"자를 사용해서 풍격을 고상하고 평범하지 않게 해야 한다고 주장했다. "기"자란, 차용자, 은유자, 연체자 및 기타 일체의 평범하지 않은 글자를 가리킨다. 그리고 이 단어들은 혼용되어야 한다. 차용자, 은유자, 장식자 및 앞에서 말한 다른 종류의 글자는 "풍격이 평범하고 밋밋하지 않게 할 수 있다." 아리스토텔레스 이후, 롱기누스에서 부왈로에 이르기까지, 콜리지에서 웨이크너그에 이르기까지, 서양 풍격론은 아무리 발전하여도 언어적 수사와 기교적 형식에 치우친 특징을 시종 일관한 것을 보인다. 슈다르가 분명히 말했다. "프랑스인들은 독일인들보다 풍격을 더 중시한다. 이것은 언사에 흥미를 느끼는 자연스러운 결과이며, 사교성을 최우선으로 하는 나라에서 언사가 가치 있는 것으로 자연스러운 발전의 결과이다."[『독일에 대하여』,『서양문법론선』(하), 135 페이지 참조] 서양의 풍격론과 수사학이라는 두 개념이 항상 뒤엉키는 것은 놀랄 일이 아니다. 웨이크너그는 이렇게 말했다. "수사학이라는 용어하에는 풍격론을 포함하는데, 이는 수사학자들만이 풍격론을 응용하는 것은 아니다. 풍격론 자체가 공유의 재산이기 때문이다." 서양 풍격론에서 말하는 수사의 특징을 중시하는 것은 우연이 아님을 알 수 있다.

서양과 달리 중국의 풍격론인 "문기설"은 주로 인물의 품격에 대한 추앙과 품평에서 나온다. 유교 학설은 특히 인물의 품격을 중시한다.『이(易)』가 말하기를 "천행건, 군자이자강불식"[41] 공자께서 말하기를 "세 군대는 원수를 빼앗을 수 있어도 필부는 뜻을 빼앗아서는 않된다."[42] 모두 위대한

---

41 《易》曰：“天行健, 君子以自强不息。”
42 孔子曰：“三军可夺帅也, 匹夫不可夺志也。”

인격에 대한 추앙이며 "문기"는 바로 이런 인격이 작품 속에서 구현된 것이다. 그래서 맹자가 말하기를, "내가 알기로는 나는 호연지기를 잘 기른다…… 그것은 기(氣)이며, 지극지강(地極之强)이며, 직양(直養)으로 무해하며, 천지(天地) 사이에 틀어박혀 있다."(『맹자·공손추상』)[43] 한나라 때 현량한 사람을 내세우면서 인물을 품평하는 풍조가 점차 일어났다. 한나라의 걸출한 문장론가 왕충은 『논형(論衡)』에서 『기수(氣壽)』, 『무형(無形)』, 『솔성(率性)』, 『본성(本性)』, 『정재(程材)』, 『별통(別通)』, 『정현(定賢)』등의 편을 썼다. "사람의 기품(人之禀气)"으로부터 인성의 선악에 이르기까지, 인간의 품격에서 인간의 재능과 학문에 이르기까지, 무엇도 상관하지 않고 "기"라는 용어를 대량으로 사용하여 인물을 품평하였다. 왕충의 이러한 논술은 후세에 "기"로써 사람을 평하고 "기"로써 문장을 논하는 단단한 이론적 근거를 제공하였다. 한위(漢魏)시기에 이르러 9품중정제가 형성되고 확립됨에 따라 기품으로써 사람의 문장을 편하는 것이 당시의 기풍으로 되었다. 바로 이러한 조건 하에서 중국의 문기설은 비로소 정식으로 문단에 등장하여 중국 고대 풍격론이 성숙되는 추세에 들어서게 되었다. 조비의 『전론·논문』의 문기설로부터, 육기의 『문부』를 거쳐 유협의 『문심조룡』에 이르기까지, 중국 고대 풍격론은 마침내 풍성한 결실을 맺어 고대 그리스 로마의 예술 풍격론을 따라잡고 능가하게 되었다. 그 중에서 가장 두드러진 것은 유협의 『문심조룡』의 풍격에 관한 『체성(體性)』, 『풍골(風骨)』, 『정세(定勢)』등의 편 저들이다. 유협은 이전의 문기설의 정화를 받아들여 문학작품은 모두 "외부가 내부의 표현"이기 때문에 작가가 품어온 기질이 다르면 성품이 다르다고 지적하였다. 따라서 그 작품의 풍격은 결코 같지 않다. "각자가 마음먹은 대로, 그 글의 차이는 마치 얼굴과 같다."[44] 그리고 이것이 바로 문단

---

43 "我知言, 我善养吾浩然之气……其为气也, 至大至剛, 以直养而无害, 则塞于天地之间。"(《孟子·公孙丑上》)

44 "各师成心, 其异如面"。

의 다채로운 예술 양식을 만들어낸 근원이다. 이러한 견해는 수사학에 치우친 아리스토텔레스의 풍격론에 비하면 확실히 독특한 점이 있다.

왜 중국 고대 풍격론은 내적인 인격에 치우쳐 있고, 서양 고대 풍격론은 외적인 언어 형식에 치우쳐 있는가? 이것은 아마도 중국과 서양 시학의 기본 특징과 관련이 있을 것이다. 서양 시학은 외적인 모방 서사를 중시하지만, 중국 시학은 내적인 표현 서정을 중시한다. 서정을 표현하는 것을 중시하면 필연적으로 주관적인 인격과 감정, 기질을 중시하는데, 서정 표현은 "글으로 마음에 이르고, 그림으로 뜻을 표하는"(소식『책주상선화』)[45] 것을 요구하기 때문이다. "자신의 마음에서 빠져나온것이 아니면 붓을 들지 않으려 한다."(원홍도『서소수시』)[46] 이리하여 "글은 기를 위주로 하고", "시품은 인품에서 나온다"는 것들은 자연스럽고 순리에 따른 결론이 되었다. 『예개』에서 말한 것처럼, "책은 이와 같다, 그의 배움과 같으며, 그의 재능과 같으며, 그의 뜻과 같으며, 아무튼 그 사람과 같다고 할 수 있다."(유희재『예개·서개』)[47] 서정경은 "정에 의해 기운을 내고, 기운에 의해 소리가 되고, 소리에 의해 단어를 그리고, 단어에 의해 운을 정한다"[48]고 했다. 중국고대의 서정 표현설은 "책 속에는 자기가 있어야 한다"[49]는 것을 강조하고 작가 자신의 정신적 기질을 써내려가는 것을 강조하는 것이다. 원매(袁枚)의『수원시화』는 "시를 지을 때 자신이 없으면 안 된다. 자신이 없으면 격습하고 얼버무리는 폐단이 크다...... 북위시기의 조폭운은 '글은 반드시 베틀에서 짜서 한 집안의 풍골을 이루어야 한다. 남의 울타리에 맡겨서는 안

---

45 "文以达吾心, 画以适吾意"(苏轼《书朱象先画》)。

46 "非从自己胸流出, 不肯下笔。"(袁宏道《序小修诗》)

47 正如《艺概》所说: "书, 如也, 如其学, 如其才, 如其志, 总之日如其人而已。"(刘熙载《艺概·书概》)

48 徐祯卿说: "因情以发气, 因气以成声, 因声而绘词, 因词而定韵。"

49 "书中要有我"

된다.'고 하였다"(권7).[50] "무릇 시를 지을 때는 저마다 신분이 있고 또한 마음도 있다."(권4)[51] 오죽하면 국외의 일부 이론가들이 중국 문예에서 중요한 것은 "품(品)", "도(道)"인데 "중국 예술가는 사물의 현상을 '모방'하는 데 관심을 두지 않는다. 그 뿐만 아니라 그의 소망에 따라 사물을 이상적으로 재현하거나 그들이 마땅히 갖추어야 할 모습대로 재현하지 않는다. 심지어 사물 현상의 뒤에서 어떤 형이상학적 '실재(實在)'를 드러내려 하지 않는다"면서 "어떤 구체적인 형상을 창조하여 그것이 모든 현실에 주입되고 인류 사회와 개인의 인격에 주입된 우주 질서의 생명력을 구현하여 그 자신의 인격과 우주 원리가 일치하게 함으로써 도는 그를 통해 나타내게 한다"라고 여겼다.[오스본 『중국 회화 예술 중의 미학 사상』, 『강소화간』, 1932(3)]

마찬가지로 서양풍격론이 외적인 언어 형식에 치우친 것은 서양 시학의 모방 서사를 중시하는 전통과 밀접한 관련이 있다. 모방 서사를 중시하면 반드시 어떻게 형용하고 모사해야 하는지, 어떻게 시간 장소, 공간 위치의 관계를 배치해야 하는지, 품사의 정확성등에 주의해야 한다. 괴테가 말했듯이 "자연의 모방을 통해 공통의 언어를 부여하기 위해 애써서...... 순차적으로 나타나는 형상에 대한 전면적인 관찰을 통해, 서로 다른 특징을 가진 여러 형체를 결합하여 융합하면 모방을 할 수 있다. 그리하여, 그렇게 함으로써 풍격이 생겨난다."(『문학풍격론』, 3 페이지) 그래서 아리스토텔레스는 반복해서 양식에 관한 논술에서 "언어의 정확성은 훌륭한 풍격의 기초이다"라고 강조했다. 서양의 "풍격"이라는 단어가 뜻밖에도 "조각칼", "필적"에서 발전한 것이라는 것은 놀랄 일이 아니다. "조각칼"의 기능은 바로 사물을 세세하게 조각하고 매우 사실적으로 묘사하는 것이다. 오스본이 말했듯이 "서양 예술가들의 목적은 현실의 복제품을 전형적으로 만드는 것이다......

---

50 袁枚《随园诗话》说：“作诗不可以无我，无我则剿袭敷衍之弊大。……北魏祖莹云：‘文章须自出机杼，成一家风骨。不可寄人篱下’”（卷七）。

51 “凡作诗，各有身份，亦各有心胸。”（卷四）

서양에서, 범주, 개념, 평론의 기준은 모두 자연주의적 흥미에서 비롯된다. 어떤 장르를 생생하고 설득력 있게 재현하는 것에서 비롯된다."(『중국 회화 예술 중의 미학 사상』) 서양 모방 서사의 문학예술의 기초 위에서 생겨난 풍격론은 필연적으로 서양 시학 전통의 기본 특징을 나타내고 있다.

(2) 객관적 풍격과 "체(體)"

중국 고대 예술 풍격론에는 "기"라는 용어외에 또 다른 중요한 용어인 "체(體)"가 있다. 『남제서·무릉왕엽전』에서 그 짧은 구절의 시를 짓음에 있어서 사령운의 체를 배웠다."[52] 장용은 『문율자서』에서 "내 글의 체는 세상 사람들이 많이 놀라게 한다."[53] 이것들은 작가의 개인 풍격을 말하고 있다. 강침은 『잡체시서』에서 "초사, 한풍은 한 뼈가 아니고, 위진시기에 만든 것은 두가지 체이다"[54]라고 말했다. 여기서 말하는 것은 시대와 장르의 풍격이다. "체"는 "기"와 비슷하며, 또한 쉽게 식별할 수 없는 개념이지만 대체적으로 두가지 주요 의미를 내포하고 있다: 첫째는 문학예술의 장르이다. 예를 들면 명나라 때 오눌과 서사증의 문학분류학 전문저술은 『문장변체서설』과 『문체명변서설』이다. 책에서 말하는 "체"는 곧 문학(문장)의 장르이다. 유협의 『문심조룡』의 상편도 문체론에 속한다. 그는 문학을 시, 부, 악부, 송, 찬, 축, 맹, 론, 설, 서, 기[55] 등 많은 종류로 나누었다. "체"의 또 다른 주요 의미는 바로 문학 풍격이다. 예를 들어 종영의 『시품』은 기본적으로 "체"풍에서 작가를 평론하는 것이다. 오랫동안 사람들은 『시품』의 "심종육

---

52 《南齐书·武陵王晔传》: "其作短句诗, 学谢灵运体。

53 张融《问律自序》: "吾文章之体, 多为世人所惊。"

54 江淹《杂体诗序》说, "夫楚谣汉风, 既非一骨, 魏制晋造, 固迹二体"。

55 诗、赋、乐府、颂、赞、祝、盟、论、说、书、记

예소류별"[56]의 뜻을 진정으로 이해하지 못했다. 사실 종영이란 어떤 사람의 시체(詩體)가 누군가로부터 비롯된 것이라고 하는데, 착안점은 시의 사상내용과 문사에 있는 것이 아니라, 오로지 풍격인 "체"에 있다는 것이다. 『시품서』에서, "곽경순은 준상의 재능을 써서, 그 체를 변모시켰다", "용음은 잡체이고, 사람은 각각 용모가 된다."라는 말이 있다. 이 "체"는 모두 문학 풍격을 가리킨다. 『시품』의 본문에서 "체"는 더욱 명확하다. 종영이 고시를 평하며 말하기를, "그 기원은 『국풍』에서 비롯되었다...... 글은 온화하고 아름다우며, 뜻은 슬프고 멀다."[57]라고 하였다. 조식의 시를 평하며, "그 근원은 『국풍』에서 비롯되었다. 기개가 기이하고, 말이 화려하고 무성하며, 정이 겸비하고 원망스러우며, 체격이 문질적이다."[58] 왕찬시를 평할 때 더욱 분명하게 말했다: "그 근원은 이릉(李陵)에서 나왔다. 창창한 어사에 문장이 수려하고 수척하다. 조조와 유조 사이에서 서로 다른 체격을 이루었다."[59] 이곳의 "별구일체"는 결코 문학 장르가 아니다. 왜냐하면 『시품』의 평은 전부 5언시이기 때문이다. 따라서 이 "체"는 단지 문학적 풍격을 가리킬 수 밖에 없다.

중국 고대 풍격론에서 "체"와 "기"는 연관이 있을 뿐만 아니라 차이도 있다. "기'는 주로 작가에게 내재된 성격적 기질을 가리킨다. 이런 내재적인 "기운"이 외부에 나타나면 다수의 문기와 다른 풍격이 형성되는데, "각자의 글은 마음에 의해 이루어 지는데 그 차이는 얼굴의 차이와 같다." "기"는 "내부로 인해 겉으로 보이는" 것이며 그것은 작가 자신이 풍격에 대해 결정 작용을 논다. "체"라는 착안점은 주로 작가 본인에게 있다. "체"의 착안점은 주로 문학 작품의 풍격적 특징에 있다. 물론 "체"는 "기"를 떠날 수

---

56 《诗品》的"深从六艺溯流别"
57 "其体源出于《国风》……文温以丽, 意悲而远。"
58 评曹植诗: "其源出于《国风》。骨气奇高, 词采华茂, 情兼雅怨, 体被文质。"
59 评王粲诗就说得更清楚了: "其源出于李陵。发愀怆之词, 文秀而质羸, 在曹、刘间别构一体。"

없다. "기"가 있어야 "체"가 있을 수 있다. 이 의미에서 말하자면, 글의 "기"와 글의 "체"는 또 밀접하게 관련되어 있다.『문심조룡』의 풍격전문론인『체성(體性)』편은 이 문제를 분명하게 인식하고 있다. 이른바 "체성"의 "체", 즉 문학 작품의 풍격이므로, "만약 그 귀로를 총체적으로 본다면, 궁수팔체를 헤아릴 수 있다."[60] 이 "팔체(八體)"는 바로 8가지 다른 풍격이다. 즉 우아하고, 원오하고, 정교하고, 잘 어울리고, 번거롭고, 장려하고, 신기하고, 가벼운[61] 풍격들이다. 소위 "체성"의 "성", 즉 작가의 "재능은 용준하고, 기개는 강하고 부드러운"[62] "정성(情性)"이다. 그리고 이러한 용준한 재능과 강하고 부드러운 기운은 바로 "팔체"를 결정하는 내적 요소이다. "만약 8체가 여러 번 옮기면, 공은 배움으로 이루어지고, 재능의 힘은 가운데에 있고, 혈기로부터 조성된다. 기운은 실지로 하고, 기운은 정언으로 한다. 영화를 내뱉는 것은 정성이 아닐 수 없다."[63] 이것은 충분히 설명한다. 기는 응집하여 성으로 되고, 성은 문으로 발산되며, 문은 체로 맺어진다. "영화를 토하는 것은 정성이 아닐 수 없다." 그리고 글의 귀환은 "궁수팔체"를 헤아릴 수 있다. 이것이 "기"와 "체"의 관계에 대한『체성』편의 기본 견해이다. "기"는 작가의 각도에서 본 것이고, "체"는 문학 작품의 각도에서 본 것이라는 것이 분명하다. 만약 이런 "기"와 "체"를 서양의 풍격론과 비교해 보면 우리는 "기"는 서양에서 말하는 "주관적인 풍격"에 가깝고, "체"는 서양이 말하는 "객관적인 풍격"에 가깝다는 것을 발견할 수 있다.(물론 이는 주된 경향에 관한 것일 뿐이다.) 웨이크너그는 "풍격은 언어의 표현 형태로서 일부는 표현자의 심리적 특성에 의해 결정되고 일부는 표현의 내용과 의도에

---

60 "若总其归途, 则数穷八体。"

61 典雅, 远奥, 精约, 显附, 繁缛, 壮丽, 新奇, 轻靡

62 "才有庸
俊, 气有刚柔"

63 "若夫八体屡迁, 功以学成, 才力居中, 肇自血气；气以实志, 志以定言。吐纳英华, 莫非情性"

의해 결정된다...... 좀 더 간명하게 말하자면 풍격이 지닌 주관적 측면과 객관적 측면이다"라고 지적한다. 어떤 것이 풍격의 주관적인 부분인가? 웨이크너그는 "풍격은 사람이다"라는 뷔퐁의 명언을 지적했는데 이는 곧 풍격의 주관적인 측면을 가리킨다. 주관적인 측면은 개인의 모습이다. 객관적인 풍격에 대해 웨이크너그는 다음과 같이 지적했다: 객관적인 면에서 본다면 풍격, 혹은 언어의 표현 형태는 우리가 말했듯이 소재가 표현하는 내용과 의도에 의해 결정된다. 웨이크너그는 객관적인 풍격은 세가지 방면에서 구분할 수 있다고 주장한다. 우선 시, 희곡, 산문의 풍격과 같은 문체로 구분할 수 있다. 다음으로 공간으로부터 구분할 수 있는데, 예를 들면 민족, 국가, 방언 또는 유파의 풍격 등이다. 셋째, 각 역사 단계에서 형성된 다른 시대 풍격과 부동한 것이므로 시간적으로 구분할 수 있다.(『문학 풍격론』, 22~24 페이지 참조). 그러나 웨이크너그가 주객관적 요소를 논술함에 있어서 많은 모호한 부분이 존재한다. 예를 들어 인종과 시대의 풍격도 주로 여러 작가 본인의 주관적 요소에 귀속시키는 것은 옳바르지 않다. 쿠퍼는 이 관점을 바로잡아서 개인의 풍격(즉, 풍격의 주관적 요소)은 우리가 작가 몸에서 그 자신에게 속하지 않는 모든 것, 그가 다른 사람과 공유한 모든 것을 벗겨낸 후에 얻어지는 잉여 또는 알맹이임을 지적했다.(『문학 풍격론』, 82 페이지)

이로부터 볼 수 있듯이 서양의 풍격이 말하는 "주관적 풍격"—"풍격은 곧 사람이다"는 논설은 중국풍격론의 "문기(文氣)", "각사심성, 기이여면(各師成心,其異如面)"과 기본적으로 상통할 뿐만 아니라 서양풍격론에서 말하는 "객관풍"과 중국풍격론의 "체"도 기본적으로 상통한다. 중국고대풍격론인 "체"도 주로 문체의 부류이며 민족, 지역, 유파와 시대 등 각도에서 각종 다른 "체"를 구분하고 다른 객관적 풍격을 탐구하였다. 다음으로는 각각이 몇 방면에서 서양의 "객관풍격"과 중국의 "체"의 차이점을 간략히 비교해보자.

우선, 중국고대풍격론인 "체"는 각종 문장의 다른 장르의 풍격특징을 탐구하는 하나의 용어이다. 중국의 문체 분류는 대략 한나라 때 발단되었다. 장학성(章學誠)은 "한의 문장이 점점 부유해진 반면 고유한 저작의 쇠퇴가 시작했다."(『문사통의·문집』)[64] 사부, 악부, 학술 산문과 역사 산문 외에 양한에서 많은 문체가 나왔는데 예를 들면 송, 찬, 잠, 명, 간언, 논설, 서서, 주의 등등이 있다. 바로 이 기초에서 조비는 문체를 4과 8류로 나눌 수 있었고 또한 간략하게 각종 문체의 풍격특징을 지적할 수 있었다. "문이란, 본래는 같지만 끝에 가서 다르다. 주의는 우아한 것이 좋고, 서론은 도리성적인 것이 맞으며, 명은 진실한 것이 합리하고, 시와 부는 화려한 것이 아름답다. 이 네 과가 다르기 때문에 능한 자가 편향된 것이 있다; 오직 관통해야만 그 체를 구비할 수 있다."(『전론·논문』)[65] 육기는 한층 더 명확하게 지적하였다. "모든 것은 매우 다양하고, 물건은 일정한 양이 없다."[66] 문장의 장르와 풍격은 매우 다양하고 천태만상이며, 또한 각종 장르는 각자가 가지고 있는 독특한 풍격의 특징을 가지고 있다. "시가 정에 의해 발산하면 아름답고, 부가 물에 의해 발하면 유창하다. 비석 위에 쓴 글은 서로 질감이 있고, 갈은 얽매이고 처량하며 명은 많은 것을 함축하면서 온화하다. 간언은 돈좌가 있으며 맑고 힘있다. 뛰어난 송은 울창산 삼림을 유람하듯 정미하고 낭랑하다. 주는 평평하면서도 한가롭고 우아하며 빛나면서도 교활하다."[67] 유협은 조비와 육기의 기초 위에서 논문학 장르풍격의 특징에 대한 전문편인 『문심조룡·정세(定勢)』를 썼다. 그 논설은 "정서가 다른곳에 이르

---

64 章学诚说："两汉文章渐富，为著作之始衰。"(《文史通义·文集》)

65 "夫文，本同而末异。盖奏议宜雅，书论宜理，铭谏尚实，诗赋欲丽。此四科不同，故能之者偏也；惟通才能备其体。"(《典论·论文》)

66 "全有万殊，物无一量。"

67 "诗缘情而绮靡，赋体物而浏亮。碑披文以相质，诔缠绵而悽怆。铭博约而温润，箴顿挫而清壮。颂优游以彬蔚，论精微而朗畅。奏平彻以闲雅，说炜晔而谲诳。"(陆机《文赋》)

고 글이 변화하는 것은 모두 정이 입체적이기 때문이다. 즉 세가 이루어진 것이다."[68] 이 뜻은 작자의 정취는 다양하며 작품의 변화도 서로 다른 방식이 있다. 그러나 창작할 때 반드시 구체적인 감정 내용에 따라 장르를 확정하고 서로 다른 장르에 순응하여 일정한 풍격을 형성하여야 한다. 이른바 "정세"란 것은 각종 문학 장르의 풍격의 특징을 확정하는 것이다. 왜냐하면 각종 장르가 풍격상 모두 각자의 대략적인 특징을 가지고 있는데 이는 마치 원형의 물체는 자연히 돌아가는 기세가 있고 사각형의 물체는 자연히 안정된 기세가 있는 것과 같다. "정세자, 승승장구한다. 이로움은 제도로 삼는다…… 둥글면 몸도 규율되고, 그 세도 자전한다. 네모난 자는 사각형이고, 그 형세도 스스로 안정되어 있다. 글의 형세는 이와 같을 뿐이다. 모양을 모방하는 것을 양식으로 삼은 자는 스스로 우아한 글에 들어갈 것이다. 『소(騷)』를 효험하는 자는 반드시 아름답고 쾌활한 꽃으로 돌아갈 것이다. 듯이 얕은 자는 운조가 결여하다. 단사변약자는 복잡한 것들을 지킨다. 물은 물결을 일으키는 추세라, 고목은 필연이 그늘이 없으니 자연의 기세가 있다."[69] 따라서 유협은 작가가 창작할 때 반드시 각종 문학 장르의 풍격의 특징을 고려해야 한다고 지적하였다. "잡다한 것을 총괄하는 것으로 전별에 공을 둔다. 궁상 주자색은 형세에 따라 각기 배치된다. 장표와 주의는 매우 우아하다. 부송과 시가는 가벼우면서도 청려하다. 격서를 옮기면 현명한 판단에 모범이 된다. 사론서주는 핵요에 대한 사범이다. 잠명 비간에는 큰 뜻이 있다. 연주칠사는 교염에 의해서이다. 이것은 몸속에 따라 세도가 되고, 변함에 따라 공을 세우는 사람이다." 유협은 또 진일보로 창작 당시의 상황은 매우 복잡하였으나 그럼에도 불구하고 각종 문

---

68 "夫情致异区, 文变殊术, 莫不因情立体, 即体成势也。"

69 势者, 乘利而为制也……圆者规体, 其势也自转；方者矩形, 其势也自安：文章体势, 如斯而已。是以模经为式者, 自入典雅之懿；效《骚》命篇者, 必归艳逸之华；综意浅切者, 类乏酝藉；断辞辨约者, 率乖繁缛：譬激水不漪, 槁木无阴, 自然之势也。"

체는 그 기본 풍격의 특징을 가지고 있다고 지적한다. 마땅히 유협의 문체 풍격은 비교적 전면적이고 체계적이라고 말해야 한다. 유협의 문체 풍격론은 매우 뛰어날 뿐만 아니라 전체 중국 고대 문체 풍격의 전문론중의 다수가 변황한 거작이라 할 수 있다. 예를 들면 진나라 때 지우의『문장 유별론』, 이충의『한림론』, 명나라 때 오눌의『문장 변체』와 서사증의『문체 명변』이 있다.

　　중국과 비슷하게, 서양 예술 풍격론은 "객관적 풍격"의 중요한 방면의 하나는 바로 각종 문학 유형의 풍격의 특징이라고 여긴다. 단테는 "비극은 고상한 풍격을 가져오고 희극은 하부적인 풍격을 가져오고 만시는 불행한 사람의 풍격이라는 것을 알 수 있다"고 말했다.(『속담에 대하여』권2) 헤겔은 "우리는 풍격이라는 명사를 감성적인 재료에 한정할 필요가 없고 그것을 일반화하여 예술 표현의 일부 정성과 법칙, 즉 대상이 차용하여 표현하는 그 예술적 특성에서 나오는 정성과 법칙을 가리킬 수 있다." 여기서 말하는 "그 예술"은 문학예술의 종류를 말한다. "정성과 법칙"이란 문예 종류의 풍격의 특징을 말한다. 이것은『문심조룡·정세』가 말하는 "세"와 상당히 유사하다. 헤겔은 더 나아가서 다음과 같이 주장한다: 이 의미에 따르면, 사람들은 음악에서 교회 음악과 가극, 회화에서 역사화와 풍속화 양식을 구분한다. 이렇게 보면, 풍격은 재료의 여러 조건에 복종하는 하나의 표현 방식이며 또한 일정한 예술 종류의 요구와 주제 개념에서 나오는 법칙에 적응해야 한다. 즉, 객관적 양식이란 풍격은 반드시 객관적 예술 종류의 특징에 따라 결정되어야 하며 완전히 자기 마음대로 할 수 없다. 그렇지 않으면 반대의 효과를 낼 수 있다. "주관적이고 자의적이기 때문에, 규칙에 부합하지 않고 개인의 취미에만 맡겨두기 때문에" "나쁜 기풍을 사용하여 진정한 풍격을 대체하게 된다."(헤겔의 글을 인용함,『미학』, 1권, 372~373 페이지). 웨이크너그는 객관적인 풍격의 중요한 요소 중 하나라고 불리는 문학 장르의 풍격 특징을 제시하였다. 그는 "여기서 곧이어 '문격의 종류와 특성에 관한 이러한 세 부류의 구분이 모든 언어 표현으로 시와 산문으로 나누고 우리의 가상술한 두 부류의 구분과 어떻게 조화를 이룰 수 있느냐'는 문제가 나온다." 웨이크너그는 문학의 풍격과 "지력", "상상", "감정"의 세 가지 풍격양식을 연관시켜 보았는데, 시는 상상의 풍격에 속하고, 산문은 지성의 풍격에 속하며, 서정시와 연설은 감정의 풍격에 속한다고 보았다. 그는 일반적인 시인의 풍격과 특정 서사시나 연극시인의 풍격은 엄밀히 구분하여 상상적인 풍격에 속한다고 생각했다. 그러나 산문은 가르침의 형식에 속하며, 따라서 그것은 지적인 풍격을 취하기에 적합하며, 최선으로 서술의 명료함을 요구한다. 시와 산문이라는 두 가지 보충 범주 외에, 각자는 또 세 번째 풍격을 가지고 있다: 정서적 감염의 풍격이다. "시를 비롯한 부류에서 우리는 서정시를 가리키고, 산문을 비롯한 부류에서 우리는 연설을 가리킨다."(『문학풍격론』, 24~26 페이지) 중국의 육기, 유협과 서양의 헤겔, 웨이크너그가 문체 풍격론에서 어떻게 서술하든간에 그 기본 내포는 모두 일치한다. 그들은 모두 각 종류의 문체(각 문학 종류)가 모두 각자의 풍격적 특징을 가지고 있다는 것을 인식하고 있다. 이것은 중국풍격론인 "체"와 서양의 소위 "객관적 풍격"의 첫 번째 공통점이다.

서양풍격론에서 "객관풍격"이라고 하는 것은 문학의 종류로부터 구분하는 것 외에 시간과 공간으로부터도 구분할 수 있다. 시간적으로 나누면 각 역사 단계에서 형성된 시대 풍격과 유파 풍격을 알아낼 수 있다; 공간적으로 구분하면 지역적, 민족적, 유역적 양식을 얻을 수 있다. 중국의 풍격은 "체"를 논할 때도 마찬가지이다.

우선, 각각의 부동한 시기를 보면 그 문학예술은 모두 각 시대의 풍격과 특징을 지니고 있으며 각 시기의 "체"를 지니고 있다. 이 방면에 관한 논술은 중국 고대 양식론에서 매우 풍부하다. 중국 고대 문학예술은 문예의 사회적 역할을 중시해 왔기 때문에 문예의 시대 양식도 특히 중시한다. 중국의 시대에 관한 풍격론은 『예기·악기』로 거슬러 올라갈 수 있다. 그 논설은 "치세의 음성은 편안한 것을 즐기고, 그 정사는 온화하다. 난세의 음성은 원망하고 노여워하며, 그 정사는 괴이하다. 망국의 음성은 슬프고 그리움이며, 그 백성은 곤궁하다."[70]라고 하였다. 심약은 『송서사령운전론(宋書謝靈運傳論)』에서 "체"로 시대의 풍격을 명확히 논술했다: "한나라에서 위나라에 이르기까지 400여년 동안 사인(辭人)과 재자(才子)들의 문체가 세 번 변했다: 서로 교묘함을 닮았다는 글로 반고가 정리에 뛰어났다. 자건, 중선은 기질을 체로 하고 또한 뛰어나고 아름다움을 나타내는 글은 그 당시를 홀로 눈부시였다...... 원강에 이르고, 판륙이 특히 수려하며, 율이 변한 것은 반고이고, 체가 변한 것은 조, 왕이며, 이런 자질구레하고 번잡한 문장이 합쳐진다."[71] 여기서 "문체 3변", "질을 체로", "체변조, 왕"의 "체"는 모두 다양한 시대풍격을 말한다. 엄우는 더 명확하게 말했다: 시기로 따지면 건안체, 황초체, 정시체, 태강체, 원가체, 영명체, 제량체, 남북조체, 당초체, 대력체, 원화체, 만당체, 본조체, 원우체, 강서종파체가 있다. 시대풍격에 대해 유협은 이론적 고도로 총화하였다. "문체의 변화는 세정에 물들고 흥폐는 시순에 따른다."[72] 각 시대의 문학예술이 서로 다른 풍격특징을 가지고 있는 까닭은 문예의 풍격이 당시 사회의 "세정"에 의해 제약되고 영향을 받기 때문이다. 이 기본 관점으로부터 출발하여 『문심조룡·시서』편은 체계적으로 이전 각 시대의 풍격특징을 논술하고 각 시대의 풍격을 형성한 구체적인 시대적 원인을 지적한다. 유협에 의하면 이런 원인은 주로 두 가지가 있다. 하나는 사회의 발전, 정치의 좋고 나쁨이 문예 풍격

---

70 "治世之音安以乐, 其政和。乱世之音怨以怒, 其政乖。亡国之音哀以思, 其民困。"

71 自汉至魏, 四百余年, 辞人才子, 文体三变:相如巧为形似之言, 班固长于情理之说, 子建、仲宣以气质为体, 并标能擅美, 独映当时。……降及元康, 潘陆特秀, 律异班贾, 体变曹、王, 缛旨星稠, 繁文绮合。"

72 "文变染乎世情, 兴废系乎时序。"

에 크게 영향을 미치기 때문인데 "시운의 교차 이동, 질적 문장의 대변"[73]
이다. 정치가 청명할 때는 풍격이 비교적 평온하고 우아하다. 정치가 어지
러워지고 경제가 침체되어 백성들이 도탄에 빠질 때, 문학 풍격은 곧 원망
스럽고 슬프다. 가장 전형적인 예는 건안 문학 양식인데, 그 웅혼하고 슬픈
기조는 바로 그 동란 시대의 예술적 열매이다. "그 시대의 글을 보면 우아
하고 관대한데 이런 글은 세상의 난리가 쌓이고 풍속이 쇠하고 원망이 쌓
임에서 생기는 것이다. 뜻이 깊고 필치가 길기 때문에 경개하고 기운이 많
다."[74] 시대의 풍격에 영향을 미치는 또 다른 중요한 요소는 다양한 사회
사조이다. 현학을 예로 들 수 있다. "중조 때부터 현학을 귀하게 여겨, 강
좌가 흥성하게 불리며, 담론의 여기로 인해 문체로 흘러 나간다."[75] 이러한
사회 사조와 앞에서 말한 정치, 사회의 흥폐는 문예 시대의 풍격을 결정하
는 "세정"을 구성한다. 그리고 이것이 바로 문예의 "객관적 풍격"을 결정하
여 이른바 풍격의 객관적 요소이다. 서양의 예술 풍격론도 이런 "객관적인
풍격---시대적 풍격을 마찬가지로 인식하게 되었다. 웨이크너그는 일반
적인 사람들의 풍격 이론은 어떤 보편적인 법칙을 가지고 있다고 지적한
다. "이러한 법칙은 단지 한 작가, 한 민족 또는 한 시대의 언어 표현을 지
배하는 것이 아니라 모든 시대의 모든 작가와 모든 민족의 언어 표현을 지
배하는 것이다."(『문학풍격론』, 23 페이지) 프랑스 문예이론가 텐은 "분명히 '정
신적인' 기후가 있는데 바로 풍속습관과 시대정신이다"라고 분명히 지적
하였다. 그는 정신적인 기후가 마치 여러 가지 재능 중에서 어떤 재능의
발전을 허용하고 다소간 다른 것을 배척하는 "선택" 작용이 존재한다고 하
였다. 이 작용으로 인해 사람들은 비로소 어떤 시대 어떤 국가의 예술 유

---

73 "时运交移, 质文代变"

74 "观其时文, 雅好慷慨, 良由世积乱离, 风衰俗怨, 并志深而笔长, 故梗概而多气也。"

75 "自中朝贵玄, 江左称盛, 因谈馀气, 流成文体。"

파가 갑자기 이상적인 정신을 발전시키거나 갑자기 사실적인 정신을 발전시거나 때로는 스케치를 위주로 하고 때로는 색채를 위주로 하기 때문에 시대의 추세가 시종 지배적인 위치를 점하고 있는 것을 볼아낼 수 있다. 다른 방면으로 나아가려는 사람은 이 길이 통하지 않음을 깨닫게 되고 군중 사상과 사회 기풍의 압력은 예술가에게 발전의 길을 정해 주었는데 이는 예술가를 억압하는 것이 아니라 다른 길을 바꾸도록 강요하는 것이다.(『예술 철학』, 34~35 페이지 참조). 텐이 말한 시대정신은 유협이 말한 "유풍(儒風)", "귀현(貴玄)"등의 사회사조에 해당하며 그것은 문예의 시대풍에 큰 영향을 줄 수 있다. 예를 들면 서양의 17세기의 고전주의 문학예술은 데카르트를 비롯한 이성주의 사조의 침음하에 비로소 그 독특한 고전주의 시대양식인 이성을 추구하고 자연을 숭상하며 언어의 순수함, 고귀함, 우아함을 주장할 수 있었다. 19세기 영국의 시인, 이론가 콜리지도 이 점에 대해 말했는데, 그는 혁명 후의 민족정신은 이전보다 더 상업적으로 변했고 인재 단체나 지식인 따위는 점차 사라졌으며 일반 문학은 각양각색의 일반 대중에게 호소하기 시작했다고 지적하였다. 이것은 대중들은 이미 익숙해져 있고 강한 자극을 필요로 하여 대중의 취미욕구에 영합하기 위해 신기함을 과시하고 수법을 남용하는 풍격이 생겨났다.(『풍격에 대하여』, 『문학풍격론』, 36 페이지에 보임.) 이것은 정말 "글이 세정에 물들어 변하고 흥폐는 시순에 달려 있다." 이 점은 중국과 서양 공통의 문예 법칙이라고 할 수 있다.

험으로 문예의 법칙을 총결하고 풍부한 심상으로 추상적인 풍격이론을 상징하며 독그다음, 공간으로부터 구분, 또 지역적, 민족적, 지방적 유파의 풍격을 도출할 수 있는데 이것은 서양의 소위 "객관적 양식"과 중국의 양식론인 "체"의 또 다른 유사점이다.

중국과 서양의 문학 비평사를 살펴보면, 우리는 중국이든 서양이든 모두 이른바 "남북 문학 부동론"이 있다는 흥미로운 현상을 발견할 수 있다. 이 이론은, 사실상 바로 지역과 민족 풍격론이다. 중국의 남북 문학 부동론은 매우 일찍부터 생겨났다. 『설원·수문』은 "순은 '남풍'으로, 주왕은 이 북의 비열한 소리로 서로 다르다."[76]고 말했다. 왕충은 사람들의 성격은 그 지역의 영향을 받는다고 생각했다. "초나라, 월나라 사람들은 처장과 악 사이에서 세월을 겪으면서 완만해지고 풍속이 바뀌었다. 그래서 '제나라가 완만하면 진나라가 느려지기는 쉽고 초나라가 촉진하기 쉬우며 연나라가 어리석어진다'라고 말했다."(『논형·솔성편』)[77] 그리고 이것이 바로 지역 양식을 형성하는 중요한 요소이다. 바로 "제서완(齊舒緩)"으로 인해 그 문학 풍격도 그에 따라 영향을 받아서 제나라의 글은 마침내 "완만한 체"를 가지게 되었다. 오죽하면 조비가 『전론·논문』에서 "서간 때에 제기가 있었다"고 말했겠는가. 이런 "제의 기운"은, 아마도 "완만한 체"와 관련이 있다. 명백히, "제서완"과 "초촉급(楚促急)"라는 것을 알 수 있다. 그렇다면 제나라와 초나라 두 지역의 문학예술 풍격은 필연적으로 크게 다를 것이다. 이것에 대해 비교적 투철하게 논술한 사람은 당나라 초기의 역사가이다. 왜냐하면 수당후부터 남북은 비록 일통으로 돌아갔지만 남북의 문학풍격은 전혀 부동하기 때문에 남북의 문풍의 특징은 사람들의 주목을 받게 되었다. 『수서·문학전서』에서 "한나라, 위나라 이래로 진나라, 송나라에까지 이르렀는데, 그 체가 여러번 변했다……강좌궁상은 월나라에서 발하여 청초한 치기보다 귀중하다. 하삭의 어의는 정강하고 기질이 중요했다. 기질은 도리가 그 말을 이기고, 청초한 치기는 문장이 그 뜻을 지나친다. 도리가 깊은 사람은 때에 쓰기에 편리하고, 문이 화려한 사람은 영가에 적합하였다."[78] 저명한 초당4걸중의 한 사람인 노조린(盧照鄰)도 "강좌의 여러 사람

---

76 《说苑·修文》曰：“舜以《南风》,纣以北鄙之音,互相不同。”

77 “楚、越之人,处庄、岳之间,经历岁月,变为舒缓,风俗移也。故曰：'齐舒缓,秦慢易,楚促易,燕戇投。'”(《论衡·率性篇》)

78 《隋书·文学传序》：“自汉、魏以来,迄乎晋、宋,其体屡变……江左宫商发越,贵于清绮；河朔词义贞刚,重乎气质；气质则理胜其词,清绮则文过其意。理深者便于时用,文华者宜于咏歌。

들은 특히 아름답고 농염한 것을 즐긴다. 정박하고 시원하고 아름답다. 연연지는 강안과 포조사이에서 망설인다. 풍류를 소산하고 사선성은 상, 유위를 향해 천천히 걸었다. 북방은 중탁하고 독노황문은 왕왕 높이 난다. 남국은 경청한데 유중승은 언제나 낙하하지 않았다."(『남양공집서』, 『유우자집』권6에 보임)[79] 소위 남방문학은 "청기가 보다 귀하다"고 북방문학은 "기질이 보다 중요하다"고 지역의 차이뿐만 아니라 그 사이에 민족풍속의 차이도 있다. 당시 북쪽은 선비 민족 정권이었기 때문에 그 풍속은 반드시 선비족의 특징을 가지고 있고 그 문학 풍격도 자연히 영향을 받았을 것이다. 근대문론가 왕국유는 남과 북의 문풍의 차이를 언급하였는데 그는 "시는 인생을 묘사하는 것으로, 또한 인생은 고립된 생활이 아니라 가족, 국가 및 사회에서의 생활이다. 북방파의 이상은 당시의 사회속에 놓여있고, 남방파의 이상은 당시의 사회외에 놓여 있다."고 지적하였다. 이런 기본 관점에 입각하여 왕국유는 남북 문학의 기본 특징을 제시하였다. "이로부터 보면 북방인의 감정과 시가는 상상의 도움이 적기 때문에, 그 작품은 결국 소편에 그친다. 남방 사람들의 상상은 또한 시적인 것이다. 심오한 감정이 뒤따르지 않기 때문에 그 상상은 또한 산만하고 아름다운 것이 없으며 순수한 시가 없다."(『굴자문학의 정신』)[80] 유사배는 다음과 같이 지적하였다. "대개 북방의 땅은 두껍고 물이 깊기에 백성들은 그 곳에 살면서 매우 실제적인 것이 많다. 남방의 땅은 수세가 호양하고, 백성들은 그 곳에 살면서 허무한 것이 많다. 백성은 실제를 숭상하기 때문에 지은 글은 기사에 그치지 않고 이치

此其南北词人得失之大较也。"

[79] 卢照邻也指出："江左诸人, 咸好瑰姿艳发。精博爽丽, 颜延之急病于江、鲍之间；疏散风流, 谢宣城缓步于向、刘之上。北方重浊, 独卢黄门往往高飞；南国轻清, 惟庾中丞时时不坠。"(《南阳公集序》, 见《幽忧子集》卷六)

[80] "由此观之, 北方人之感情, 诗歌的也, 以不得想象之助, 故其所作遂止于小篇。南方人之想象, 亦诗歌的也, 以无深邃之感情之后援, 故其想象亦散漫而无所丽, 是以无纯粹之诗歌。"(《屈子文学之精神》)

도 분석한다. 백성은 아직 허무하기 때문에 지은 글은 언지와 서정의 체이다."(『남북문학부동론』)[81]

　서양의 이론가들도 지역 풍격과 민족 풍격과 같은 "객관적 풍격"을 인식하게 되었다. 그 중 가장 두드러진 것은 프랑스의 근대 비평가 스탈브르의 남북 문학 부동론이다. 그녀가 말하기를 "나는 두 종류의 완전히 다른 문학이 존재한다고 생각한다. 하나는 남쪽에서, 하나는 북쪽에서 유래한 것이다." 남방문학은 호메로스를 시조로 하고 북방문학은 아상(莪相)을 연원으로 한다. 그리스인, 라틴인, 이탈리아인, 에스파냐인, 루이 14세 시대의 프랑스인은 모두 남부 문학이라는 부류에 속한다. 영국, 독일, 덴마크와 스웨덴의 어떤 작품들은 스코틀랜드 시인, 아이슬란드 우화, 스칸디나비아 시가들은 북방 문학에 포함되어야 한다. 스탈브르는 남북 문학의 다른 풍격의 원인은 우선 지리적 기후의 차이 때문이며 남방의 시인들은 환경의 영향을 받아 그들은 맑은 공기, 빽빽한 숲, 맑은 시냇물 등의 이미지와 인간의 지조를 끊임없이 혼합시켰다고 주장했다. 심지어는 마음의 기쁨을 회상할 때에도 그들은 언제나 그들을 뜨거운 태양으로부터 벗어나게 하는 자상한 그림자를 끼워 넣으려 한다. 그래서 "남쪽에서는 사람들의 관심이 더 넓다." 북쪽의 자연환경도 시인에게 강렬한 영향을 주었다. 날씨 면에서 볼 수 있듯이 항상 어둡고 구름이 많이 끼었다. 물론 다른 여러 가지 생활 조건도 우울해지는 기질에 영향을 주었다. "이런 기질 자체는 여러 민족 정신의 흔적을 가지고 있다." 스탈브르는 한 걸음 더 나아가 한 민족 내부속의 기타 모든 방면은 단지 수많은 우연적 요소들의 산물일 뿐이며 오직 특징만이 이 민족의 본질을 구성한다고 지적하였다. 바로 지리환경과 민족정신의 차이 때문에 남북의 문학풍격도 판이하게 된 것이다. "남방의

81　"大抵北方之地, 土厚水深, 民生其间, 多尚实际;南方之地, 水势浩洋, 民生其际, 多尚虚无。民崇实际, 故所著之文, 不外记事、析理二端;民尚虚无, 故所作之文, 或为言志、抒情之体。"(《南北文学不同论》)

시와 북방의 시는 다르다. 그것은 사색과 전혀 조화되지 못하고 전혀 생각할 수 있는 것을 자극하지 못한다. 안일함에 잠긴 시는 모든일정한 순서가 있는 사상을 거의 배척한다.(『논문학』, 『고전문예이론번역총』, 제2집 참조) 사실, 스탈브르 이전에 유럽 계몽운동의 지도자 볼테르는 이미 이 문제를 명확히 논술했다. 『서사시에 대하여』에서 볼테르는 "누구든지 다른 모든 예술을 살펴본다면, 그는 각 예술이 그 예술을 낳은 나라를 상징하는 어떤 특별한 기질을 지니고 있음을 발견할 수 있을 것이다"라고 지적한다. 이런 "국가의 특수한 기질"은 지역적, 국가적 풍격을 포함한다. 볼테르는 예를 들어 이렇게 말했다. 그의 얼굴 윤곽, 발음, 행거로 그의 국적을 알아보는 것만큼 작문 풍격으로 이탈리아인, 프랑스인, 영국인 또는 스페인인을 알아보는 것은 쉬운 일이다. 이탈리아어의 부드러움과 달콤함이 어느새 이탈리아 작가의 성격에 스며들었다. 일반적으로 말해서, 미사려구의 화려함, 은유의 활용, 풍격의 장엄함은 보통 스페인 작가들의 특징을 나타낸다. 영국인들에게 있어서 그들은 작품의 힘, 활력, 웅혼함을 더욱 중시하며 그들은 풍유와 명유를 무엇보다도 좋아한다. 프랑스인들은 분명하고 엄밀하며 우아한 풍격을 가지고 있다. 따라서 "서로 인접한 민족들의 감상 취미의 차이를 알아내려면 반드시 그들의 다른 풍격을 고려해야 한다."[『서양문 논선』 (상), 322~323 페이지]

한마디로 서양의 "객관풍격"론이나 중국 고대의 풍격론인 "체"는 모두 풍격의 몇 가지 객관적 요소를 인식했다. 즉 서로 다른 문학예술 유형, 서로 다른 문학 장르는 서로 다른 풍격의 특징을 가지고 있으며 서로 다른 시대, 지역, 민족의 문학예술도 서로 다른 풍격의 특징을 가지고 있다. 비교를 통하여 우리는 이 점이 중국과 서양의 문학예술 나아가서는 세계 문학예술의 공통된 문예 규율의 하나임을 확실히 할 수 있을 것이다!

비록 중국의 풍격론인 "체"는 서양 예술 풍격론과 어떤 본질상의 차이점을 가지고 있지만 그들은 어디까지나 다른 흙속에서 자란 것이기 때문에 따라서 그들은 불가피하게 다른 맛을 가지고 있다. 중국의 "체"와 서양 예술 풍격론의 다른 특징은 주로 다음과 같은 몇 가지가 있다.

하나는 풍격 분류의 차이이다. 풍격을 "주관적인 풍격"과 "객관적 풍격"으로 구분하는 것 외에 서양의 풍격에 대한 또 다른 분류법이 있다. 예를 들면, 어떤 것은 언어 수사, 표현 방법으로 구분한다. 단테의『속어에 대하여』에서는 풍격을 네 가지로 나누었다: 첫째, "무미건조한 것"으로 이는 진술이 매우 무미건조하다; 둘째, "맛만 있는 것"으로 문법만 정확하다; 셋째, "맛있고 멋있는"으로 수사적 수단이 보인다; 넷째, "맛있고, 멋있고, 숭고한 것"으로 이것은 위대한 작가의 풍격이며 가장 이상적인 풍격이기도 하다. 이러한 풍격 분류법은 언어 수사를 중시하는 서양 풍격론의 특색을 두드러지게 구현하였다. 웨이크너그는 문예 심리학의 관점에서 지적, 상상, 감정의 세 가지 방면에서 풍격 유형을 인식하고 구분한다. 그러나 서양의 가장 유행하는 양식의 분류는 대부분 형식과 기교적 수법에서 본 것인데 예를 들면 한 시대를 풍미한 고딕양식, 바로크양식, 로코코양식, 제국양식 등이며 이것은 아리스토텔레스 이래 서양풍격론이 언어적 수사와 형식적 기교에 치우친 전통과 내재적으로 일치하다.

둘째로, 중국 고대 예술의 분류에는 두 가지 큰 특징이 있다. 첫째는 내적 품격을 중시하는 것이고, 둘째는 심미적 감상을 중시하는 것이다. 그 기본적인 출발점은 서양과 다르다. 육기는 문장의 풍격(체)이 다양하기 때문에 "아직 사치스럽다(尙奢)", "귀당(貴當)하다", "광달하다(曠達)", "현부하다(顯附)"등 다른 종류가 있다고 생각하는데 이러한 풍격은 모두 인간의 품격인에 대한 칭찬이다. 이런 풍격분류의 연원은 『주역』에서 소급할 수 있는데 그 논설로 말하기를, "배반한 자의 말은 부끄러워하고, 그중 의심하는 자의 말은 그 가지이며, 길한 자의 말은 적고, 조급한 자의 말은 많으며,

선한 자는 그 말은 유유자적하고, 지킴이 없는자는 그 말이 굴복하다."[82]라고 하였다. 그것은 바로 내면의 품격이 그 언사의 특징을 결정한다. 유협의 『문심조룡』은『주역』과 『문부』의 관점을 계승하고 한층 더 발전했다. 그 『총술(總述)』편에서 "정예한 자는 간략하고, 궤한 자는 새롭고, 박식한 자는 충족하고, 불모한 자도 번잡하고, 변론하는 자는 소명하고, 얕은 자도 드러나며, 깊은 자는 복잡하고 은밀하고, 궤이한 자는 또한 곡절적이다."[83]라고 하였다. 물론 유협은 여기서 머물지 않고 풍격을 좀 더 분류해『체성』편에서 처음으로 "8체"를 명시했다. 이 8체의 근원은 어디에 있는가? 저자의 품격에 있다. 당대에 이르러 중국의 풍격은 점점 더 정교해지고 명백한『시식(詩式)』과 특별히『변체(辨體)』를 설치하여 각종 풍격의 "체"를 열아홉 가지로 나누었다. 그는 "체격은 어느 정도 능한 것이 있어 각 체격을 한 글자로 귀납하겠다." 즉 한 글자마다 한 풍격을 개괄할수 있는데 예를 들면 "고(高), 풍격이 낭랑하고 쾌활한 것을 고라고 하고 일(逸), 체격이 한가하고 한가한 것을 일이라고 한다. 정(貞)은 정직하다고 한다. 충(忠)은 위태로울 때 변하지 않는 것을 충이라고 한다. 절(節)은 고치지 않고 절이라고 한다. 지(志)란 정립된 성품은 고치지 않는 것을 지라고 한다. 기(氣)는 풍토가 강직하여 기라고 말한다……"[84] 명백하게도, 이러한 고, 일, 정, 충, 절, 지, 기 등 각종 풍격은 품격과 절조가 밀접하게 연관되어 있다.

중국 고대 풍격 분류의 또 다른 큰 특징은 심미적 감상을 중시한다는 것이다. 서양이 심리학이나 수사학에서 출발한 것과는 달리 중국의 풍격 분류는 품격을 중시하는 것 외에 직관적인 심미적 감상의 관점에서 풍격 유

---

82 "将叛者其辞惭, 中心疑者其辞枝, 吉人之辞寡, 躁人之辞多, 诬善之人其辞游, 失其守者其辞屈。"

83 "精者要约, 匮者亦鲜;博者该赡, 芜者亦繁;辩者昭晰, 浅者亦露;奥者复隐, 诡者亦曲。"

84 "高, 风韵朗畅曰高。逸, 体格闲放曰逸。贞, 放词正直曰贞。忠, 临危不变曰忠。节, 持操不改曰节。志, 立性不改曰志。气, 风情耿介曰气……"

형을 구별하는 것을 중시한다. 전형적인 예는 사공도의 『24시품』이다. 24품은 사실상 24가지 풍격이다. 그 중 몇몇은 유협과 명백한 분법과 일치하는데 예를 들면 "전아(典雅)", "고고(高古)"와 같은 풍격이다. 그러나 대부분은 "충담(沖淡)", "표일(飄逸)", "유동(流動)"등과 같은 선인들의 분류와는 다르다. 사공도의 『24시품』은 직관적인 감상의 경지가 심미감상 중에 각종 풍격의 특징을 체득하게 함으로써 풍격의 참뜻을 확실히 포착하게 한다. 이런 심미감상의 각도에서 풍격을 분류하는 것은 중국 고대 문예 이론의 큰 특색이다. 이러한 특색은 중국 고대 문학 비평의 경험성, 직관성, 형상성과 밀접한 관련이 있으며 중국 고대 문론이 총체적인 특징이 예술 풍격론 중의 구체적인 표현이다.

셋째로, 중국과 서양의 예술 풍격론에는 또 하나의 중요한 다른 특징이 있다. 즉 서양은 더 많은 것이 풍격의 주객관적 통일을 강조하지만 중국은 더 많은 것이 풍격의 다양화와 통일을 강조하는 것이다.

풍격의 주·객관적 통일을 강조하는 것은 서양 예술 풍격론의 두드러진 특징이다. 웨이크너그는 주관적인 풍격과 객관적인 풍격을 구분하는 동시에 주관과 객관적인 통일을 애써 강조하였다. 그는 풍격의 일부는 표현자의 심리적 특징에 의해 결정되고 다른 일부는 표현의 내용과 의도에 의해 결정되며 따라서 풍격은 주관적인 측면과 객관적인 측면이 있다고 지적하였다. 그러나 그는 동시에 "자연은 이 두 방면은 필연적으로 함께 연결되어 있다. 그것들은 분리될 수도 없고 분리되어서도 안 된다. 만약 주관과 객관의 변증법적 관계를 잘 처리하지 못하면 조화를 잃게 되고 이른바 '꾸민기풍'이 생기게 된다."(『예술양식론』, 18~20 페이지 참조). 이런 "꾸민 기풍"은 헤겔이 "나쁜 작풍"이라 칭하였다. 그는 "만약 이 넓은 의미의 풍격에 결함이 있다면 그것은 바로 이 자체에 필요한 표현방식을 파악할 능력이 없기 때문이거나 주관적이고 자의적이기 때문에 규칙에 부합하지 않고 개인의 취미에만 맡겨 '나쁜 작풍'으로 진정한 풍격을 대체하였기 때문이다"라고

지적하였다.(『미학』, 제1권, 373 페이지 참조)

　우리가 중국고대풍격론을 돌이켜보면 마치 중국고대인들은 작가가 주
관과 객관의 관계를 잘 처리하지 못하는 것을 전혀 걱정하지 않는 것 같
다는 것을 이상하게 발견할 수 있다. 이런 문제는 중국고대작가에게는 존
재하지 않는 것 같다. 문예의 주객관 관계에 대하여 중국 고대 문예는 대
부분 "외사조화, 중득심원"[85]을 좌우명으로 삼았다. 그러나 서양 문예는 항
상 양극단에서 점프한다. 플라톤은 주관을, 아리스토텔레스는 객관을, 중
세는 신령을, 르네상스는 육체를 강조하였다...... 이것은 아마도 서양 민족
은 과격해지기 쉽고 중화 민족은 중용을 즐기는 부동한 민족적 특징에 의
해 생성된 것이다. 풍격문제에서 서양 작가들도 마찬가지로 극단으로 치
닫기 쉽다. 웨이크너그가 지적한 바와 같이: 풍격으로 말하자면 일반 작가
는 주관성과 객관성 사이에서 자연과 예술의 정확한 관계를 나타낼 수 있
는 것이 거의 없으며 절대 다수의 사람들은 개성이 결여된 창백한 경지
에 놓여 있다. 또 다른 사람들은 헛된 것에서 비롯되거나 또는 자신의 억
누를 수 없는 기쁨에 기초한 것이다. 이는 오히려 반대의 극단으로 치닫
게 되어 주관성이 절대적으로 우세에 차지하게 된다. 풍격이 뒤섞인 가운
데에서의 이런 부조화 현상은 우리가 이른바 "꾸민 작풍"을 낳았다.(『문학 풍
격론』, 20 페이지 참조) 중국 고대 풍격론은 비록 주・객관의 통일을 강조하지
는 않지만 풍격의 다양화 통일을 매우 강조한다. 유협은 『문심조룡・체성』
편에서 "8체"의 풍격이 서로 상반되는 것이라고 지적하며 "고아한 것과 기
이한 것, 아담한 것과 현저한 것, 번거로운 것과 간략한 것, 장대한 것과 가
벼운 것"[86]이라고 말했다. 그럼에도 불구하고 이 서로 다른 여덟 가지 풍격
은 서로 포용하고 융통할 수 있다. "8체는 비록 다르지만 서로 합수하고 그

---

85 "外师造化, 中得心源"

86 "故雅与奇反, 奥与显殊, 繁与约舛, 壮与轻乖"。

고리에 들어가면 수렴하여 서로 통한다."[87] 『문심조룡·정세』편에서 유협은 더욱 명확하게 지적하고 있다. "깊은 글의 작가는 총체적 기세이다. 기발하고 정직하며 반항적인 글은 반드시 풀어서야 통한다. 강과 유는 다르지만 언제든지 서로적용될 것이다. 만약 전례를 사랑하고 화려함을 미워한다면 동시에 겸하여 통하는데서 이치편으로 치우치게 되며마치 하나라 사람이 활과 화살을 다투는 것과 같이 하나를 고집하여 혼자서 쏘지 못할 것이다. 만약 아정하고 공편을 다투는 것과 같으며 마치 초나라사람이 자기의 창 혹은 모를 자랑하는 것과 같아 두 가지를 얻기 어렵지만 모두 팔수는 있을 것이다."[88] 여기에는 실제로 하나의 모순이 존재하는데, "전(典)"과 "화(華)"의 풍격이 서로 융합되어 다양한 통일을 이루어야 할 뿐만 아니라 이도저도 아니어서 풍격이 균형을 잃어 아정공편이 되어서는 안 되는 모순이다. 어떻게 이 모순을 잘 처리할 것인가? 유협은 우선 기본적인 풍격을 파악해야 한다고 주장했다. 이 기초에서 백가의 설을의 함께 채집하여 스스로 한 칸을 만들어 풍격의 다양화와 통일에 이르게 해야 한다. 이렇게 하면 "비록 복계회상참이라 할지라도, 절문들이 서로 뒤섞이고, 마치 오색의 비단이 비유같이, 각각 본채의 땅으로 여기는구나."[89]라는 것을 이룰 수 있다. 풍격의 다양성 속에서 "본채에 의한(以本采爲地)" 내적 일관성을 나타낼 수 있다. 다양하고 통일된 양식에 대한 이러한 추구는 중국 고대 양식론의 매우 가치 있고 특색이 있는 관점이다. 위대한 작가의 풍격은 바로 다양함 속에서 내적 일치를 나타낸다. 원진(元稹)은 대시인 두보의 풍격을 "고금의 체세를 다 얻었고, 또한 모든 사람이 혼자 있는 곳이기도 하

---

87 "八体虽殊, 会通合数, 得其环中, 则辐转相成"。

88 "然渊乎文者, 并总群势; 奇正虽反, 必兼解以俱通。刚柔虽殊, 必随时而适用。若爱典而恶华, 则兼通之理偏, 似夏人争弓矢, 执一不可以独射也; 若雅郑而共篇, 则总一之势离, 是楚人鬻矛誉橘, 两难得而俱售也。"

89 "虽复契会相参, 节文互杂, 譬五色之锦, 各以本采为地矣"

다."라고 평했다. 비록 두보의 풍격이 다양하고 "고금의 체세를 다 갖추었다"고는 하지만 두보는 "침울(沉鬱)"한 기본적인 주요 풍격을 가지고 있다. 따라서 그 풍격은 다양하면서도 통일되어 있고, "전", "화"가 겸용되면서도 "본채로" 할 수 있는 상황을 나타내고 있다. 그래서 호응린(胡應麟)은 두보의 풍격을 "바르지만 변할 수 있고, 크지만 화할 수 있으며, 화해도 본조를 잃지 않고, 본조를 잃지 않으면서 여러 사람의 조화를 겸한다"[90](『시사부』)고 여겼다.

명백히 서양 풍격론에서 강조하는 주관과의 상통일과 중국 고대 양식론에서 강조하는 다양화의 통일은 모두 양식론의 관건적인 문제를 잡았고 또한 각각의 특색을 가지고 있으며 각각의 장점을 가지고 있다. 중국과 서양 풍격론은 세계의 예술 풍격론을 완비하기 위해 충분히 서로 보완할 필요가 있다. 이러한 비교를 통해서 우리는 또한 자신있게 말할 수 있다. 오직 세계 문론이 중국 고대 문론과 결합하여 고려할 때에만이 모든 중대한 문예 이론 문제를 해결할 수 있다. 이 점은 이상의 중국과 서양 풍격론의 비교에서 증명되었다.

제2절 풍골과 숭고함

"풍골"의 내포에 관한 것은 『문심조룡』연구에서 비교적 어려운 문제 중의 하나이다. 새 중국이 성립도 된 후 학계는 풍골에 대해 여러 차례 큰 논쟁을 벌였다. 그러나 의론이 분분하여 결과가 없었다. 서로 다른 의견이 10

---

90 "正而能变, 大而能化, 化而不失本调, 不失本调而兼众调"

여 가지나 되었고 의견의 분분한 정도는 정말 드물 정도였다.

흥미롭게도 서양에서도 "숭고함"의 의미에서도 논란이 분분하였다. 그러나 대략 두 파별로 요약할 수 있는데 하나는 롱기누스가 말한 "숭고함"과 그 뒤의 미학자 보크와 칸트 등이 말한 "숭고함"과 같은 심미적 범주이다. 다른 하나는 그리스 원문 "숭고함(περсγψμος)"을 라틴 문자로 "숭고함(De Sublimate)"으로 번역한 것은 잘못 번역된 것이라고 주장하는 것이다. 롱기누스는 미학자들이 말하는 "숭고함"과는 달리 문장의 풍격의 웅장함이나 우수성에 대해 논하고 있었다. 그래서 어떤 영역본에서는 『고상함에 대하여』를 "On the Sublime"으로 번역하기도 하고 어떤 영역본에서는 "On Great Writing"으로 번역하기도 한다. 간혹가다 "Of the Height of ELegance", "A Treatise of the Loftiness or Eeegancy of Speech"로 번역되기도 한다. 이들은 각각 한곳의 모퉁이에 자리잡고 있다. 정말 "소위 동쪽으로 바라니 서쪽담벽은 보이지 않는다."라는 것이다. 필자는 우리는 롱기누스가 말한 "숭고함"과 보크, 칸트가 말한 "숭고함"이 근본정신적으로 일치하는 것을 보아야 할 뿐만 아니라 주광잠선생이 생각한 것처럼 양자는 모두 "하나의 미학 범주"이다는 것을 알아차려야 한다. 동시에 우리는 롱기누스가 숭고함을 논하는 것은 중점적으로 문학 작품 자체에 내재된 숭고한 풍격을 논하는 것이며 보크와 칸트 등은 사람들이 평범하지 않은 사물을 마주할 때, 큰 강과 바다, 고산준령, 천둥과 번개를 관조할 때 직면하는 일종의 놀라움, 통감에서 전환되는 "숭고함"을 이야기하는 것을 보아내야 한다. 우리는 구분하지 않아서는 않되고 혼동해서도 않된다. 또한 그 차이점만 보고 그 동질성을 알아보지 못해서도 안 된다. 이런 것들을 이해하고 우리는 다시 "풍골"과 "숭고함"의 차이점을 비교하면 훨씬 더 쉬울 것이다. 왜냐하면 이 글에서 중점적으로 논의하고자 하는 것은 롱기누스가 말한 그러한 문학 작품 자체에 내재된 "숭고함"이 유협의 『문심조룡』에서 말한 "풍골"과 본질적으로나 구체적인 논술에서 모두 비슷하거나 심지어 같은 점이 있음을 가리킨다. 이 절은 양자의 같은 점을 찾아내고자 하는 것 외에 중·서 문론 용어가 서로 해석할 수 있는 가능성을 시도하여 서로 증명하고, 서로 발견하여 "풍골"와 "숭고"의 개념의 연구에 도움이 되도록 노력하고자 한다.

숭고함과 풍골의 가장 근본적인 공통점은 "힘(力)"이다. 우리는 먼저 이 "힘"을 파악해야만 "잎을 돋구어 뿌리를 찾고, 물결을 일으켜 원천를 알아볼 수 있다."

롱기누스는 "숭고한 풍격은 관건적인 시기에 이르러 검(劍)마냥 탈출하여 나와 번개마냥 닿은 모든 것을 산산쪼각한다. 이 것이 바로 작가의 모든 힘을 순식간에 번쩍이게 하는 것이다."고 지적했다.(『숭고함에 대하여』, 이하 『숭고함에 대하여』에서 인용한 것은 더 이상 언급하지 않음) 롱기누스는 사람들이 진정으로 즐기는 것은 영원히 짜릿한 것이라고 생각했다. 그래서 그는 작품에 힘과 기백, 깊이와 강도가 있어야 하며 마치 천둥번개처럼 모든 것을 불태우고 모든 것을 산산쪼각 해내야 한다고 요구했한다. 이런 작품이야말로 사람을 감동시키는 힘이 있다. 평범하지 않은 글이 청중에게 미치는 효과는 설득이 아니라 환희이다. 기발한 글은 설득력만 있거나 오락만 할 수 있는 것보다 더 큰 감화력을 지닌다. 결론적으로, "숭고함"은 "거대한 위력"이고, "매혹적인 매력"이며, 힘은 "숭고함"의 본질이다. 마찬가지로, 힘은 풍골의 본질이다. 이 점은 『문심조룡·풍골』에서도 매우 선명하게 드러났다. 유협은 "풍골"의 특질이 바로 "강건함(遒)", "유력함(劲)", "건실함(建)"에 있다고 지적하였다. 그는 "강건함은 실속이 있으니그 빛은 새롭고 글로 쓰이면 새의 날개마냥 하다."[91] "송골매는 채치가 약하지만 힘있게 악천후의 하늘을 나니 뼈는 힘차고 기운은 맹렬하다."[92]고 했다. 유협은 두 가지 구

---

91 "刚健既实, 辉光乃新, 其为攵用, 譬征鸟之使翼也。"

92 "鹰隼乏采, 而翰飞戾天, 骨劲而气猛也。"

체적인 예를 들기도 했다. "예전에 판훈이 조조를 위해『구석문』을 쓰기 위해 필법으로 경전을 썼는데 많은 사람들이 이를 보고 붓을 놓았다. 그 원인은 그의 문골이 굳세었기 때문이다. 사마상여가 한무제를 위해『대인부』를 썼는데 능운의 기개가 있다면서 사부의 종사가 된 것은 바로 그의 풍력 때문이다."(『문심조룡·풍골』).[93] 글은 기세가 있어야 하고 힘이 있어야 하며, 이렇게 해야만 "풍골"이 생긴다. 물론 유협은 한부의 "끝의 것을 좇다가 그 근원을 경시하소 포기하면 …… 번화한 것은 가지를 상하고 풍비함은 그 뼈를 상하게 한다."(『문심조룡·전부』)[94]고 하여 한부의 타당하지 못한 경향을 비판하였다. 그리고 "이런 점들을 거울로 삼으면 문장을 정할 수 있고, 그 술법을 어기면 번잡하면서도 문채가 없을 것이다"라고 지적하였다.(『문심조룡·풍골』). 그러나 많은 사람들이 "풍골"을 설명할 때 유협이 제시한 "판훈이 조조를 위해『구석문』을 씀"과 "사마상여가 한무제를 위해『대인부』를 씀"이라는 두 가지 풍골의 힘에 관한 실례를 의식적이든 무의식적이든 외면하였다. 그들이 "풍골"에 대한 해석은 대부분 이 두 가지 실례와 서로 저촉된다. 어떤 사람들은 심지어 유협이 든 이 두 가지 예가 불정확하다고 여겼다. 이 사람들이 이렇게 이상한 결론에 도달하게 된 주된 이유는 아마도 그들은 "풍골"의 본질인 "힘"을 인식하지 못했기 때문일 것이다. 롱기누스가 제시한 "숭고함"과 마찬가지로 힘을 기본으로 하는 이 "풍골"은 섬세하고 연약한 아름다움과는 구별되는 "양강의 미(陽剛之美)"이다. 우리 나라 동성파(桐城派)의 고문 대가인 요내(姚鼐)은 이런 "양강의 미(陽剛之美)"에 대해 꽤 훌륭하게 논술하고 있다. "양과 강의 아름다움을 가진 사람은 그 글은 마치 노련한 것 같고, 전기와 같고, 계곡에서 나오는 장풍 같으며, 높은 산과 절벽 같으며, 솟구치는 천리마같다. 그 것은 빛나고 그 빛은 밝은 태양

---

93 "昔潘勗锡魏, 思摹经典, 群才韬笔, 乃其骨髓峻也；相如赋仙, 气号凌云, 蔚为辞宗, 乃其风力遒也。"

94 "逐末之俦, 蔑弃其本……遂使繁华损枝, 膏腴害骨"

과 같으며, 불과 같으며, 황금 무쇠와 같으며, 사람에게는 높은 곳에서 멀리 내다보는 것 같으며, 임금과 같이 만인을 향한 것 같으며, 북을 치는 것 같으며, 만명의 거울로 삼으면 것 같다......"("복루체비위서』『석포헌문집』권6에 보임)[95] 이것이 바로 천둥번개 같은 "숭고함"이 아닌가! 이것은 바로 뼈와 기운이 강건하고, 풍력이 강건한 "풍골"이 아닌가! 주광잠선생이 말했듯이 숭고함은 "기백과 힘이며, 폭주하는 번개와 같은 효과이다."("서양미학사』(상), 112 페이지) 마찬가지로 "풍골"도 기백이고 힘이며 풍(風)이란 쾌활한 "힘"이며, 골(骨) 강건한 "힘"이다. 유협은 문학 창작의 "무력함", "힘의 무거움"을 비판하고 작품이 "강건함(遒)", "유력함(勁)", "건실함(健)"을 가질 것을 강하게 요구하였다. 한 마디로 『풍골』은 문학예술의 사람을 감동시키는 "힘"을 전문적으로 논한 걸작이다. 그래서 우리는 "풍골"과 "숭고함"은 "힘"을 기본 특질로 하는 "양강의 미(陽剛之美)"에 속하며 심미적인 범주에 속한다고 말할 수 있다.

(二)

"풍골"과 "숭고함"은 그 가장 기본적인 특질 이외에도 몇 가지 다른 요소들이 있는데 그것들은 이러한 "양강의 미(陽剛之美)"의 중요한 구성 부분이다. 다음은 "풍골"과 "숭고함"의 이러한 구성 요소들의 차이점을 더 비교해보자.

롱기누스는 "숭고함"은 크게 다섯 가지 요소(또는 원천)(Causes or Sources, 주광잠은 "요소", 전학희는 "원천"이라 번역함)가 있다고 주장한다. 첫째는 "장엄하고 위대한 사상", 둘째는 "강렬하고 격동적인 감정", 셋째는 "조식을 이용한 기

---

95 "其得于阳与刚之美者, 则其文如霆, 如电, 如长风之出谷, 如崇山峻崖, 如决大川, 如奔骐骥; 其光也, 如杲日, 如火, 如金镠铁; 其于人也, 如冯高视远, 如君而朝万众, 如鼓万勇士而战之……"(《复鲁絜非书》,见《惜抱轩文集》卷六)

술", 넷째는 "고아한 표현", 다섯째는 위의 네 가지를 총결한 "전체 구조의 웅장하고 탁월함"이다. 우선 "장엄하고 위대한 사상"이 무엇인지 살펴보자. 롱기누스는 이렇게 주장하였다. "이 다섯 가지 고상한 조건 중에서 가장 중요한 것은 고상한 마음이며, 고상함은 '위대한 마음의 울림'이다. 따라서 아무런 장식도 없이 단순하고 소박한 숭고한 사상은 비록 드러내지 않더라도 매번 그 숭고한 힘만으로 사람들을 탄복하게 한다. 그리고 이런 '장엄하고 위대한 사상'은 마음이 비열하지 않은 사람에게만 있다. '생각이 깊은 사람의 말은 광대하다.'" 유협은 또한 "기개"가 "풍골"의 가장 중요한 요소라고 여겼다. 『풍골』의 개편에서는 "『시』가 모두 여섯 가지 의의가 있다. 풍(風)은 그 으뜸이며 감정으로 화하는 본원이며 지기(志氣)의 부적이다"[96]라고 하였다. 유협은 한걸음 더 나아가 "의기가 시원하면 글의 풍격도 맑아진다"[97]고 지적하기도 했다. "생각이 주변을 돌아다니지 않으면, 힘이 나오지 않도록 끌면 풍(風)도 없게 될 것이다."[98] 이런 쾌활한 기개와 주위를 돌아다니는 사려는 주관적으로 보면 작가의 고결한 도덕 수양과 넓고 깊은 학식 수양이다. 객관적으로 보면, 그것은 사회생활의 감탄의 산물이다. 유협은 작가가 반드시 고상한 마음과 치밀한 사려를 갖춘 후에 글을 써야만 비로소 빛날 수 있다고 여겼다. "사려로 편저한 것은 마음가짐이 가득하고 기운을 지킬 수 있다. 강건하며 실속있으면 광휘는 넓게 비출 것이다"(『문심조룡·풍골』) 한창려(韓昌黎, 즉 한유)가 말했듯이 "뿌리가 무성한 자는 실제적으로 이루어지고 번지르르한 자는 그 빛이 나고, 인의로운 자는 그 말이 상냥하다."(『답이익서』)[99]

그러나 이런 "장엄하고 위대한 사상"과 "쾌활한" "포부"는 어디에서 비롯

---

96 《风骨》开篇即曰："《诗》总六义, 风冠其首, 斯乃化感之本源, 志气之符契也。"

97 "意气骏爽, 则文风清焉。"

98 "思不环周, 牵莫乏气, 则无风之验也。"

99 "根之茂者其实遂, 膏之沃者其光晔。仁义之人, 其言蔼如也。"(《答李翊书》)

된 것인가? 이 문제에서 롱기누스와 유협은 같은 관점도 있고 다른 관점도 있다. 롱기누스는 그 고상한 마음은 배운 것이 아니라 타고난 능력이라고 여겼다. 그래서 그는 "위대한 언어는 위대한 사람만이 말할 수 있다"고 지적했다. 롱기누스와는 반대로 유협은 이러한 "쾌활한" "기운"은 주로 후천적인 것에서 비롯된 것이며 현실 생활의 감흥에서 비롯된 것이라고 여겼다. 그의 『재략』편에서는 "유곤은 우아하고 강건하며 풍류가 많다…… 또한 시세에 맞물린 것이다." 유곤은 영가상난(永嘉喪亂)을 겪어 나라가 망하고 집안이 망할 때 마음이 침울하여 세속을 구제하는 뜻을 펼치려고 애썼으나 이를 이루지 못했다. 일종의 장대한 뜻을 받들기 어려운 기운으로 격동하여 시를 발산하였는데 이는 필연적으로 하늘을 우러러 길게 울부짖고 격렬함을 품게 된다. "말 안장옆에서 고개를 숙이고 탄식하네, 눈물은 샘물 흐르듯 흘나오네…… 낡은 말안장은 내 고개보다 높더라, 격렬하고 슬픈 바람이 일기 시작하네……" 이것이야말로 위대하고 숭고한 마음이며 뼈에 힘이 넘치고 기세가 맹렬한 풍골이다. 두 사람을 서로 비교하면 하나는 주관적이고 하나는 객관적이며 그 논리는 모두 바람직한 점이 있다. 롱기누스는 천성의 중요성을 강조했지만 "위대함에는 채찍도 있어야 하고 구속도 있어야 한다"고 생각했다. 타고난 재능에 의해 만들어진 작품도 "기교의 법칙에 의해 구속"된다. 유협은 비록 후천의 중요성을 강조했지만 그는 또한 "풍골"은 "힘" 뿐만 아니라 "재능"도 있어야 하며, 오직 "재능과 전선이 준립(才鋒峻立)"해야만 "부채극병(符采克炳)"할 수 있다고 지적하였다.

다음으로, 두 번째 요소라는 것을 살펴보기로 하자. 바로 "강렬하고 격동적인 감정"(주광잠은 "강렬하고 깊은 감정"으로 번역함. 출처: vehement and inspired passion)이다. 롱기누스는 글은 감동적인 감정을 가져야 하며 그것은 청중에게 설득이 아니라 "광희(狂喜)"의 효과를 가져와야 한다고 주장했다. 소위 광희란 청중들이 깊은 감동에 빠졌을 때 그 짜릿한 감정이 감지되고 정신이 고도로 흥분되어 자기 통제를 거의 잃어버린 심리 상태를 말한다. 마찬가지로 유협의 "풍골"도 감정의 작용을 매우 강조한다. 『풍골』편에서 유협은 "거듭 우련한 마음으로 정을 기술하는 것은 반드시 '풍'에서 시작된다"[100], "정이 풍을 함유하는 것은 형이 포를 함유하는 것과 같다"[101], "깊은 곳에 풍이 있는 자는 정을 토로함에 있어서 잘 드러난다"[102], "정과 기가 함께하면 사와 체도 함께 한다"[103]고 지적하였다. 보다싶이 감정이 매우 중요하다는 것을 알 수 있다. 자유분방하려면 반드시 감정이 깊어야 한다. 오직 "정이 깊고 글이 밝아야 기운이 세고 입신의 정도에 이를 수 있어"[104] 비로소 "바람이 맑고 뼈가 험준"[105]한 작품이다. 그래서 유협은 "정을 위해 글을 지었다"[106]고 주장한다. 그는 "감정과 원한을 서술하면 울적한 것을 쉽게 느낄 수 있고 멀리 떨어져 있는 것을 서술하면 창창하고 불쾌하게 여기기 어렵다"(『변소』)[107]고 말하는 굴원을 매우 존경하였다. "뜻을 품고 분노를 담아 정성을 읊는"(『문심조룡·정채』)작품을 극진히 찬양하였다. 오직 이런 "관대하게 내버려두고"[108], 감흥적이고 격앙된 작품만이 "힘있는 강건함"과 "편체의 화려함"[109]을 가질 수 있다.

숭고의 세 번째 요소(출처)는 "조식을 이용한 기술"(skill in the use of figures, 주광잠은 "사법의 적절한 활용"이라 번역함)이며, 숭고의 네 번째 요소(출처)는 "고상한 표현"(noble diction)으로 적절하게 단어를 고르고, 비유와 다른 표현의 수

---

100 "是以怅述情, 必始乎风。"

101 "情之含风, 犹形之包气。"

102 "深乎风者, 述情必显。"

103 "情与气偕, 辞共体并。"

104 "情深而文明, 气盛而化神"

105 "风清骨峻"

106 "为情而造文"

107 "叙情怨, 则郁伊而易感;述离居, 则怆怏而难怀"(《辨骚》)

108 "慷慨以任气"

109 "风力遒劲","篇体光华"

식을 적절하게 사용하는 것으로 나눌 수 있다. 롱기누스는 적절하고 놀라운 표현은 듣는 사람에게 엄청난 위력과 매혹적인 매력이 있다고 생각한다. 이것은 모든 연설가와 작가가 추구하는 주요 목표이다. 그리고 그것만으로도 문학 작품에 가장 아름다운 조각상과 같은웅장함, 아름다움, 원활함, 장엄함, 강건함, 위엄 그리고 다른 묘미를 보여주기에 충분하다. 이런 점은 사실이 작가에게 부여한 영혼이다. 그래서 사상을 위주로 하여 내용으로부터 출발하여 조식과 수사를 타당하게 운용하여야 한다. 사조와 수사의 활용은 매우 중요하다는 것을 알 수 있다. 이것이 바로 숭고함에 없어서는 안 될 중요한 요소이다. 그러나 롱기누스는 이러한 사조와 수사의 활용은 조건이 있다고 지적하였다. 즉 조식과 수사는 반드시 사상의 내용에 복종해야 한다는 것이다. 왜냐하면 "아름다운 표현은 사상의 특유한 광휘이기 때문이다." "사상을 위주로 하고 내용에서 출발하여 조식과 수사를 적절히 구사해야 한다. 나는 결코 말하지 않을 것이다. 거창한 언어는 어떤 장소에서나 적절하다. 사소한 문제를 거창한 언어로 치장하면 비극적 영웅의 거대한 가면을 어린아이 머리에 씌우는 것과 같은 효과를 낳는다." 그래서 조식과 수사는 타당한 것을 기준으로 한다. 그렇지 않으면 역효과를 낳을 수밖에 없다.

마찬가지로 유협은 "포사", "결언", "석사", "다듬이"[110] 등의 수사 방법은 모두 풍골과 밀접한 관계가 있다. 『풍골』편에서 "음침하고 보조적인 사를 음미하는 것은 뼈보다 먼저 하지 않는다"[111], "뼈를 연습하는 자의 말은 정교하다"[112], "다듬은 글씨는 단단하고 옮기기 어렵고, 응고되어도 멈추지 않는 것이 풍골의 힘이다."[113]라고 하였다. 보다싶이 결언이 곧으면 뼈가

---

[110] "铺辞", "结言", "析辞", "捶字"

[111] "沉吟辅辞, 莫先于骨"

[112] "练于骨者, 析辞必精"

[113] "捶字坚而难移, 结响凝而不滞, 此风骨之力也"

강건하고, 해석이 정교하면 문장이 화려해지며, 이렇게 하면 작품이 웅장하고 장려하며 기세가 장려할 수 있다. 황간 선생이 말했듯이 "문골은 심음에 있어서 수사를 요령으로 삼아야 한다."(『문심조룡찰기』, 99 페이지)[114]

조식에 관해서는 롱기누스와 유협의 관점이 약간 다르다. 롱기누스는 문체를 숭고함의 한 구성 요소(또는 원천)로 보았다. 그는 작품이 반드시 합당한 화려한 문체를 갖추어야만 거대한 위력과 매혹적인 매력이 있을 수 있고 비로소 "숭고하다"고 할 수 있다고 여겼다. 유협은 조식이 풍골과 밀접한 관련이 있다고 여겼지만 문체는 풍골의 한 구성 요소(또는 원천)가 아니라고 생각했다. 그는 풍골과 문체를 두 개로 나누어 그것들을 병렬시켰다. 즉, 풍골과 문채는 종속관계(또는 인과관계)가 아니라 병렬관계이다. 풍격이 있는 작품이 반드시 문채가 있는 것은 아니다; 마찬가지로, 문채가 있는 작품이 반드시 풍격이 있는 것은 아니다. 유협은 이에 대해 "꿩은 비록 문채는 있지만 풍골이 없어 '근육이 풍부하여 무거워 날지 못한다'라 하고 송골매는 비록 글재주가 없지만 풍골이 있어 '뼈와 기운이 맹렬하여 하늘에 날개를 펼 수 있다'"고 생동하게 비유하였다. 물론 유협은 풍골과 문체를 결합하는 것이 가장 이상적이라고 여겼다. "꿩은 여러가지 빛갈을 갖추었으나 봉황과 비하면 백 걸음이 차난다. 그것은 근육이 많아 무겁기 때문이다. 송골매는 문채가 부족하지만 무한한 하늘로 날아오른다. 뼈는 힘이 세고 기세는 맹렬하기 때문이다. 글재주는 이와 비슷하구나. 만약 풍골에 문채가 부족하다면 산림까지 날기 어렵고 문채에 풍골이 부족하면 꿩의 문장으로 날아다닐 수 없다. 오직 문채와 풍골이 겸비하여야만 송골매처럼 높이 날고 봉황처럼 아름답다.(『문심조룡·풍골』)[115] 풍골의 힘과 문채의

---

114 "植文骨以修辞为要也。"(《文心雕龙札记》, 99页)

115 "夫翚翟备色，而翻翥百步，肌丰而力沉也；鹰隼乏采，而翰飞戾天，骨劲而气猛也。文章才力，有似于此。若风骨乏采，则鸷集翰林；采乏风骨，则雉窜文囿；唯藻耀而高翔，固文笔之鸣凤也"。(《文心雕龙·风骨》)

화려함을 결합시켜야만 문장이 비로소 "무지개가 솟은것 같은 상투를 뽑을 수 있고, 빛이 훨훨 나서 날아다니는 것 같아 비로소 빛나는 문장을 산출하게 될 것이다."(『문심조룡·통변』)[116]

유협은 또 "포사(鋪辭)", "결언(結言)"은 반드시 내용을 위주로 하고 문체를 보조로 삼아야 한다고 지적하였다. 이것은 이른바 "정이 있는 자의 글은 경이고 말에 이치가 있는 자의 글은 위이다. 경이 바르게 되여야 위를 이룬다. 이치가 정해져야 언사가 순통하다. 이는 글을 씀에 있어서의 본원"[117]이다. 만약 작가가 수사적 조식에만 치중한다면 그결과는 역효과를 초래할 것이다. "문장의 채를 남용하고 언사가 괴이하면 심리가 보다 울적해진다."(『문심조룡·정체』)[118] "풍조가 충분하고 풍골이 날지 않는다면, 문채는 신선함을 잃게 되고, 음성은 힘이 없어진다."(『문심조룡·풍골』) 그래서 조식은 반드시 적당한 것을 기준으로 해야 한다고 말한다. 만약 지나치게 미사려구만을 쌓는다면 오히려 겉만 번지르르하여 작품의 힘과 빛을 잃게 될 것이다.

숭고함의 다섯 번째 요소는 "구조의 웅장한 탁월함"(dignifiedandelevatedcomposition, "장엄하고 생동감 넘치는 배치")이다. 롱기누스는 다음과 같이 주장했다. "인체는 사지와 이목구비의 배합에 의해서만 아름답게 보일 수 있듯이 문장은 배치에 의해서만 고도의 웅장함에 도달할 수 있다. 전체 중 어느 한 부분이라도 떼어 놓고 고립시켜 보면 눈에 띨 수 없지만 모든 부분을 한데 종합하면 완벽한 전체를 이룬다. 글에 의해 구축된 구조를 통해 작가는 우리의 마음을 완전히 통제할 수 있으며 글에 의해 쓰여진 그런 숭고함, 장엄함, 웅장함 및 기타 모든 품성의 은연중에 우리를 매혹시킬 수 있

---

116 "采如宛虹之奮鬐, 光若长离之振翼, 乃颖脱之文矣"(《文心雕龙·通变》)。

117 "情者文之经, 辞者理之纬;经正而后纬成, 理定而后辞畅:此立文之本源也"

118 "采滥辞诡, 则心理愈翳。"(《文心雕龙·情采》)

다."구조와 배치에 관하여 유협은 『풍골』편에서도 이렇게 논술하였다. 유협은 배치를 자르고 다듬으면서 "우려를 가하고 편폭을 다듬는데" 있어서 우선 "뼈를 수립해야 한다"고 여겼다. 이 뼈는 바로 전편의 기본 구조와 맥락이다. 사람에게 있어서는 온몸의 뼈구조와 같다. 먼저 이 뼈대를 세워야 피부가 아름다워질 수 있다. 글을 쓰려면 우선 전편의 구조를 잘 배치하고, 전편을 통섭하는 이 "뼈"를 세운 후에야 비로소 전편의 문사를 잘 서술할 수 있다. 그래서 유협은 이렇게 말했다. "침침하게 말을 깔고 싶은 것은 뼈보다 먼저일 수 없다.", "언사는 뼈를 대하는 것이 마치 몸의 뼈와 같다." 전편에 주축이 있고 적절하고 생동감 있는 구조와 배치가 있어야만 문사가 세련되고 생기가 넘치고 강건하고 힘이 있을 수 있다. "그래서 뼈의 연마에 중히 여기는 자는 시구의 분석에 정통할 것이다." 만약 이 골격이 전편을 통섭하지 않는다면 필연코 산만하고 난잡하며 비대해지고 무기력해질 것이다. 유협이 말했듯이 "만약 척박하고 의로운 것이 비옥하고 번잡하고 통속이 없어진다면 뼈의 상징은 없을 것이다." 황해장(黃海章) 선생은 일찍이 "골(骨, 뼈)은 무엇인가? … 형식적인 면에서 말하자면 문장의 구조이다. 구조가 있어야 비로소 조리가 있고 체계가 있다."[『중산대학 학보』, 1956(3)] 이것은 유협의 마음을 잘 살린 견해이다.

위의 다섯 가지 외에 롱기누스는 숭고함에 도달하려면 고대인들로부터 배워야 한다고 생각했다. 그는 "(우리가 이미 언급한 것 외에) 숭고함에로 이끄는 길이 따로 있다. 이것이 과연 어떤 길인가. 과거의 위대한 시인과 작가를 모방하고 그들과 겨루는 것"이라고 말했다. 그는 고대인에게서 배우고자 하는 사람들에게 고대인의 위대한 기질에서 졸졸 흐르는 것이 마치 신성한 동굴에서 흘러나와 그들의 마음속에 주입되는 것 같다고 생각했다. 주광잠 선생은 "롱기누스도 호라티우스와 마찬가지로 고전주의자이다. 『숭고함에 대하여』의 주요 임무는 그리스 로마 고전의 숭고한 품성을 지적하고 독자들이 고전을 배우도록 유도하는 것이라고 말했다.(『서양미학사』, 109 페이지) 롱기누스는 독자들이 구체적인 작품에서 옛사람들의 사상의 고초함, 감정의 깊이감, 표현 수단의 정교함을 체득할 수 있다고 주장하였다. 오랫동안 이렇게 고전 작품에 몰입하다 보면 옛사람들의 정신적 기백이 은연중에 감화되는 것이다. 유협은 『풍골』편에서도 시대적인 경전을 배우는 것의 중요성을 강조했는데 그는 "만일 경전의 범례를 창조하고, 상집자사의 술법을 창조하면, 정서를 꿰뚫어 보고, 문체를 밝게 하며, 그 다음에는 갑옷을 입히고, 새로운 뜻을 새기며, 낮을 새기며 기이한 말을 할 수 있을 것이다"[119]라고 말했다. 유협은 작가가 반드시 고대 경전의 규범에 따라 백가사전의 창작 방법을 받아들이고, 고대인의 감정이 변화하는 이유를 깊이 통달하고, 고대의 각종 문장의 체제를 상세히 심사하고, 그중에서 고대인의 우수한 것들을 받아들인 후에야 비로소 새로운 생각이 싹트고, 예사롭지 않은 위사를 조각하여 그려낼 수 있다고 여겼다. 고대의 우수한 작품을 열심히 공부해야만 비로소 기풍을 단련할 수 있다. "만약 풍골을 취하는데서 원만하지 않고 풍골의 언어가 세련되지 않았다면 낡은 규칙에 얽매이지 않고 새 무리를 짓는다해도 비록 교묘한 뜻을 얻었을지라도 위험과 실패도 많을 것이다. '기(奇)'란 텅 빈 글자에만 얽매이고 오류만 범한다면 어찌경전을 이룰 수 있겠는가?"[120] 고대의 우수한 작품에서 배우지 않으면 그 결과는 대부분 성공할 수 없고 더군다나 "바람이 맑고 뼈가 준엄하다(風淸骨峻)"고 말할 수 없다. 그래서 유협은 사람들에게 간곡히 훈계했다. "『주서』에서 말하기를 '사는 체요를 숭상하고 기이한 것만을 꺼린다......' 만약 확실히 격식을 차리고 글이 밝아 건실하게 할 수 있다면 바람은 맑고 골격은 밝으며 편체는 빛나고 여러 우려를 해소할 수 있다면 어찌

---

[119] "若夫熔铸经典之范, 翔集子史之术, 洞晓情变, 曲昭文体。然后能孚甲新意, 雕昼奇辞。"

[120] "若骨采未圆, 风辞未练, 而跨略旧规, 驰骛新作, 虽获巧意, 危败亦多。岂空结奇字, 纰缪而成经矣?"

그것을 이루지 못하겠는가!"[121]

(三)

이상의 논술에서 우리는 숭고함과 풍골이 본질적으로 일치할 뿐만 아니라 많은 구체적인 논술에서도 동일하다는 것을 알아차리기 어렵지 않다. 이것은 확실히 매우 흥미로운 문제점이다. 그러나 더욱 흥미로운 것은 롱기누스의 "숭고함"과 유협의 "풍골"은 그 발생의 사회역사적 원인과 당시 문학예술의 기풍이 모두 매우 유사하며 두 사람의 "숭고함"과 "풍골"을 제기한 동기도 대체로 같다는 점이다.

주광잠선생이 지적하기를 "당시 유행한 알렉산드리아 풍격과 로마의 '실버 에이지'의 문예 작품의 결함은 모두 형식 기교의 완벽함이 전대를 능가하고 있지만 오히려 위대한 정신과 기백을 볼 수 없었다는 것이다."(『서양미학사』, 111 페이지) "알렉산드리아의 양식"이란 말기 그리스 양식을 말한다. 알렉산드로스 제국이 분열된 후부터 그리스 본토가 로마에 합병되기까지의 시기를 말기 그리스라고 한다. 이때 제국은 쇠퇴하고 상층부가 부패하고 사회 동란이 일어났다. 문학예술은 "문구를 쪼개고 박식함을 과시하고 형식을 추구하며 현대의 삶과 투쟁의 내용이 부족했다"(주일량 등 편집장, 『세계통사』, 248 페이지)고 한다. 로마는 옥타비아누스 사후의 200년 사이인 제국 초기를 문학사에서는 "실버 에이지"라고 부른다. 당시 궁정적 취미가 지배적 지위였다. 게다가 2세기 전반에 이르러 절정에 이르렀다. 당시 귀족 청년들은 텅 빈 시를 공개적으로 낭송하는 것이 유행이었다. 문학은 더욱 소수의 소일거리가 되었다. 퇴폐의 시대, 퇴폐의 문학으로 모

---

[121] 《周书》云:'辞尚体要, 弗惟好异。' ……若能确乎正式, 使文明以健, 则风清骨峻, 篇体光华, 能研诸虑, 何远之有哉!"

든 것이 생명력을 잃고 숭고의 정신을 잃게 되었다. 롱기누스는『고상함에 대하여』에서 "다재다난한 시대"를 저주했 오로지 이익만을 추구하고 탐욕스러운 속물들을 저주했다. "돈에 대한 욕망(현재 우리 모두가 저지르고 있는 이 버릇)"과 향락에 대한 욕망은 우리로 하여금 그들의 노예가 되게 하였다. 우리의 몸과 마음을 심연으로 몰아 넣으라고 말할 수도 있다. 오로지 이익만을 추구하는 것은 사람을 비열하게 만드는 고질적인 병이며 향락을 추구하는 것은 더욱 사람을 극단적으로 파렴치하게 만드는 구제할 수 없는 병이다...... 그들의 생활은 점점 더 나빠지고 와해될 지경이었다. 그들의 영혼에 있는 모든 숭고한 것들이 점점 퇴색되고 시들어져서 돌볼 가치조차 없어졌다."

유협이 살고 있었던 시대는 롱기누스가 살았던 시대와 비슷했다. 서진(書晉)팔왕의 난(八王之亂)으로부터 진후주(陳後主)의 망국에 이르기까지 몇백 년 동안 전쟁이 빈번하게 계속되었고 생령들은 도탄에 빠졌다. 안강좌(安江左)에 치우친 남조(南朝)는 매우 부패하고, 왕공과 귀족들은 모두 욕심이 끝없이 많았으며 사치스럽는데 짝이 없었다.『안씨가훈·섭무』편에서 당시의 문인·사대부는 "피부는 사각사각하고 뼈는 부드러워 걷기에 견디지 못하고 수척하고 기운이 약하여 추위와 더위를 견디지 못하였다"[122]고 하였다. 더 가소로운 것은 그들이 말이 땅을 밟고 우는 것을 보고 모두 겁을 먹었다는 것이다. 이것은 "바로 호랑이인데, 어쩌서 이름이 말(馬)인가?"[123]고 하였다.『안씨가훈·면학』편에서는 "양조가 전성할 때 귀유자제에게는 학문이 거의 없었다. 언운에 이르러서는 '수레에 올라타도 떨어지지 않으면 저작이 되고, 체중에서 하여를 말한 것은 비밀의 서적이 된다'고 훈연한 옷을 벗고 얼굴의 털을 깎고 분을 바르며 긴 처마의 수레를

---

122 《顔氏家训·涉务》篇说, 当时的文人士大夫"肤脆骨柔, 不堪行步, 体羸气弱, 不耐寒暑"。
123 "正是虎, 何故名为马乎?"

앉고 높은 나막신을 신고…… 경전을 명석하고 급제하는 것이라면 하찮게 보고 사람의 답척에만 응했고 연회에서는 거짓으로 시부를 만들었다."[124] 이런 퇴폐적인 시대에 형식주의 문학은 자연히 생겨나왔다. "영가이후로 부터 문격은 점점 약해지고, 몸체는 촘촘하여 번잡함에 가까와 지고 말은 아름답고 사조는 새롭고 들끓지만……"(유개『체문』권3).[125]

당시의 이러한 경솔한 문풍은 주로 어떤 면에서 표현되었는가? 롱기누스와 유협은 모두 문제의 원인을 분명히 인식하고 있었다. 롱기누스는 그 당시의 문제점으로는 크게 다음과 같은 몇 가지가 있다고 보았다. 하나는 지루한 허풍이었다. 그는 이렇게 말했다. "심지어 비극에서도 과장된 표현이 용인될 만큼 엄숙한 주제에서 우리는 지루하고 과장된 표현을 용서할 수 없다. 냉정한 산문에서도 그것은 더욱 황당하게 보일 수밖에 없다." 둘째는 쓸데없는 조각을 하려고 노력하다가 결국에는 글이 딱딱하게 되는 것이다. 롱기누스는 "사람들은 늘 이런 실수를 저지르는데 처음에는 신기하고 섬세함, 특히 우스꽝스러움을 추구하다가 결국에는 사소한 지루함과 어리석은 가식에 빠진다"고 지적했다. 그 세 번째는 진실한 감정이 없고 꾸밈과 허세를 부리는 것이다. "세 번째 병폐는 감정에 관한 것이다. 테오도리우스(고대 로마의 수사학자)는 이것을 능청(假惺惺)이라고 불렀다. 이것은 서정이 필요 없는 장소에서 협력하는 공허한 서정을 의미한다. 혹은 상황이 허락하는 것보다 훨씬 더 많은 감정을 토로하는 것이다."

유협도 당시 문풍의 결함을 깨달았는데 그중 하나는 "사람을 시구라면 기이한 것을 좋아하고, 말의 거짓을 귀하게 여겼다."(『문심조룡·서지』) 즉 "허

---

124 《颜氏家训·勉学》篇说, "梁朝全盛之时, 贵游子第, 多无学术。至于谚云：'上车不落则著作, 体中何如则秘书。'无不熏衣剃面, 傅粉施朱, 驾长檐车, 跟高齿履……明经求第, 则顾人答策, 三九公宴, 则假手赋诗"。

125 "自永嘉以降, 文格渐弱, 体密而近缛, 言丽而斗新, 藻绘沸腾……"(刘开《骈体文》卷三)。

풍을 잘 떨며 소리를 팔아 세상을 낚는다"(『문심조룡·정채』)[126]이다. 이것이 바로 롱기누스가 말한 "지루한 과장"이다. 둘째는 오로지 화려한 사조만을 추구하고 문장을 조각하고 다듬으며 문풍이 유약하고 무기력하여 "번화하면 가지가 손상되고, 비옥하면 뼈를 해친다"[127](『문심조룡·새김』) "풍조가 부유하면 풍골은 날지 않는다"(『문심조룡·풍골』)[128]. 그다음 셋째는 진정성이 결여되고 꾸밈이 있다는 것이다. "체정의 제제는 나날의 흐름에 따라 서툴고 글의 편은 점점 더 번성해진다. 그러므로 뜻은 깊고 넓고 기영고의 땅이 있다. 마음은 몇 가지 일에 얽매여 허술하게 마음 밖의 것을 말한다. 참으로 재첩은 남아 있고 그 반대를 내뿜는다."[129] 유협은 위선자들을 신랄하게 풍자했다. 분명히 높은 관록에 열중하면서도 하필이면 허세를 부리려 하는 글을 위해 감정을 조작하는 이런 거짓 문학은 생명력이 전혀 없는 것이다. "복숭아와 오얏이 말 없이 곡절이 되었으니 실존하는 것이 있고 남자는 난초를 나무로 만들었지만 향기가 나지 않았는데 그것은 정이 없는 것이다. 초목의 미미함을 인정에 따라 실제를 대하는데 하물며 글은 뜻을 서술하는 것이 근본이다. 말과 뜻이 어긋나니 글로 어찌 족히 상징할 수 있겠는가!"(『문심조룡·정채』)[130]

이런 과장되고 기이한 것을 즐기며 음탕하고 유약하며 진심이 부족하고 생명력이 없는 불량한 문풍에 대해 롱기누스와 유협은 약속이나 한 듯이 편견을 보완하고 폐단을 구제하는 양강(陽剛)의 아름다움인 "풍골"과 "숭고

---

126 "苟驰夸饰, 鬻声钓世"(《文心雕龙·情采》)。

127 "繁华损枝, 膏腴害骨"(《文心雕龙·诠赋》)

128 "丰藻克赡, 风骨不飞"(《文心雕龙·风骨》)。

129 "体情之制日疏, 逐文之篇愈盛。故有志深轩冕, 而汎咏皋壤。心缠几务, 而虚述人外。真宰弗存, 翩其反矣。"

130 "夫桃李不言而成蹊, 有实存也;男子树兰而不芳, 无其情也。夫以草木之微, 依情待实, 况乎文章, 述志为本;言与志反, 文岂足征!"(《文心雕龙·情采》)

함"을 제시하였다. 모색하다가 그의 『그리스 문학사』에서 말했듯이 "롱기누스의 목적은 천박한 과장이나 무미건조한 꾸밈에 대항하여 문학의 진정한 숭고함을 나타내기 위한 것이다."(Longinus'object is to define true grandeur in literature as opposed to sophomoric turgidity and frigid pretentiousness) 또한 유영제(劉永濟)선생의 『문심조룡교석』에서 지적한 바와 같이 "이 편저는 타깃성이 가장 절절하다...... 위나라 문장이 문기의 이론을 제창한 후부터 제량에 이르러서는 점차 멸망하고 문체가 나날이 쇠퇴해 갔으나 미사여구가 독창적으로 이겼다. 따라서 "풍골"과 "숭고함"은 비록 용어는 다르지만 그 정신의 본질은 일치하다. 영국 시인 굴레이턴(John Dryden은 드라이턴이라고도 번역함.) 일찍이 롱기누스를 "아리스토텔레스 이후 가장 걸출한 그리스 비평가"(주광잠의 『서양미학사』 참조)라고 불렀고 청나라 사람 장학성(章學成)도 "『문심』의 체량이 방대하고 주도면밀하다" "휩싸여 있던 군설을 뒤덮었다"(『문사통의·시화』)[131]고 했다. 확실히 과찬이 아니다.

"숭고함"과 "풍격"은 후세에 크면서도 양호한 영향을 끼쳤다. 서양에서 "숭고함"의 제출은 문예 창작 방법의 중점이 호라티우스의 간단하고 얕은 사실주의 경향에서 정신적 기백과 웅장함을 요구하는 낭만주의 경향으로 옮겨가게 했을 뿐만 아니라 더욱 중요한 공헌은 "숭고함"을 하나의 심미적 범주로 제출하는 데 있다. 에디슨, 보크, 빈켈만, 심지어 칸트를 비롯한 서양의 많은 미학자들은 "숭고함"에 대해 탐구하였는데 이러한 탐구는 유럽 문학의 낭만주의 운동의 발전에 깊은 영향을 끼쳤다. 중국에서 "풍골"의 제출은 또한 문학 기풍의 전환을 추진하였다. 유협뒤의 종영도 "풍력(風力)", "골기(骨氣)"를 제창했다. 당나라 초기의 진자앙(陳子昻)은 "풍골"을 높이 떠밀고 제창하여 당나라 성세 문학의 "성률풍골시비(聲律風骨始備라 성률과 풍골을 요구하기 시작함)"의 황금시대를 맞이하였다.

---

131 "《文心》体大而虑周", "笼罩群言"(《文史通义·诗话》)。

"풍골"과 "숭고함"의 내포는 매우 풍부하다. 롱기누스에 대한 서양의 "숭고함"은 기본적으로 심미적 관점에서 계승되었다고 말할 수 있다. 예를 들어 보크, 칸트 등은 롱기누스의 "숭고함"의 일부만을 취했을 뿐 그 내포는 이미 동일하지 않다. 유협의 "풍골"에 대한 중국 그자체의 해석은 기본적으로 강건하고 힘찬 "바람은 맑고 골격은 험한"이라는 문장의 내적 풍격의 부분에 귀속시켰다. 예를 들면 당나라 때 은반(殷璠)이 추앙하는 "풍골"을 지닌 시인은 도한(陶翰), 고적(高適), 최호(崔顥), 왕창령(王昌齡)등이 있는데 이것들은 모두 변새시인 "하천의 자갈은 말처럼 크나 바람에 따라 자갈들이 마구 돌아다닌다"[132], "황사는 백 번 전투의 금갑을 입고 누란을 평정하지 못하면 끝내 돌아오려 하지 않는다"[133]라는 웅혼한 기상을 쓴 그 풍격이 강건하고 힘찬 시인들이다. 우리는 반드시 후대의 "숭고함"과 "풍골"에 대한 부동한 계승과 섭취를 분명히 인식해야 한다. 오직 이렇게 해야만 우리는 롱기누스의 "숭고함"과 보크, 칸트의 "숭고함"을 혼동하거나 "풍골"과 "풍격"을 억지로 등호화하지 않을 것이다.

---

132 "一川碎石大如斗, 随风满地石乱走"

133 "黄沙百战穿金甲, 不斩楼兰终不还"

제5부

예술감상론

들어가는 말

문학예술의 세계는 신기한 매력으로 충만되어 있다. 그것은 사람을 환하게 하고 매혹시킨다! 가슴을 울리고 눈물겹게 하는 그 비극 앞에서 얼마나 많은 사람들이 두 눈을 붉히며 울었는지 모른다. 그 흥미진진하고 익살스러운 코미디 앞에서 얼마나 많은 사람들이 배꼽을 아프게 웃었는지 모른다. 그 청신하고 의미심장한 『춘강의 꽃과 달밤(春江花月夜)』은 얼마나 많은 사람들의 청춘의 생각을 건드렸는가! 그 열정의 파도가 만만한 『서풍송(西風頌)』, 『운작송(雲雀頌)』은 얼마나 많은 지사들의 열정을 불러일으켰는가! 이런 사람을 "넋을 잃게 하는" 위대한 힘은 바로 문학예술의 거대한 매력이다! 중국과 서양의 문론가들은 모두 이에 대해 장기적이고 깊이 있는 탐색을 진행하여 각기 특색이 있는 문예 감상론을 제기하였다. 그 중 가장 두드러진 것은 서양의 미감론(주로 문예미감론을 가리킴)과 중국의 자미설(滋味說), 그리고 근대 서양에 영향이 큰 심미적 "감정이입설(移情說)", "거리설(距離說)"과 중국 고대문론 중의 "출입설(出入說)"이다. 우리가 자세히 분석하기만 하면 민족 성격에 깊이 각인된 자미설과 미적 감각론이 서로 통하는 부분이 많으며 물론 본질상의 차이도 많다는 것을 놀랍게도 발견할 수 있다. 우리는 이 이론들에 대한 비교 분석을 통해 중국과 서양의 문예 감상론에서 공통된 법칙과 다른 민족적 특색을 탐구하려 하고자 한다.

제1절 맛과 미감(一)

　　문예 감상 중에서 우리는 종종 정서상의 강렬한 반응을 일으키거나 유쾌하고 흥분하고, 덩실덩실 떠있는 듯한 정서가 자주 발생한다. 혹은 슬프고, 눈물겹고, 신금이 울리고, 혹은 방황하여 탄식하며, 상념이 떠오르거나…… 하여튼 우리는 감동을 받는데 이것들이 바로 문예 감상에서의 미감이다.

　　그렇다면 문예 감상에서의 "맛"은 무엇인가? 조설근이 『홍루몽』 제23회에서 묘사한 임대옥의 희곡 『모란정』에 대한 것을 보기로 하자.

　　대옥은 보옥이 떠나가고 다른 자매들도 방에 없다는 말을 듣고는 느닷없이 마음이 답답하고 울적하여 자기 방으로 돌아가려고 걸음을 옮기였다. 그녀가 리향원 담모퉁이에 이르렀을 즈음에 담 안에서 구성진 피리 소리와 함께 부드럽고 아름다운 노래소리가 들려왔다.

　　대옥은 곧 그 열두 명의 여자배우들이 연극을 연습하고 있다는 걸 알아차렸다.

　　평소 그녀는 연극을 그다지 즐기지 않는 축이여서 별로 관심이가지 않아 그냥 지나치는데 문득 이런 가사 구절이 너무나도 분명히 귀전에 메아리쳤다.

　　"예쁜 꽃들 울긋불긋 만발했지만
　　어쩌면 하나같이 무너진 담장 밑과
　　황폐한 우물가에 피여있느냐?"

　　대옥은 무척 감동되여 저도 모르게 걸음을 멈추고 계속해서 들려오는 노래소리에 귀를 기울이였다.

"좋은 시절 아름다운 경치는 어느 하늘 아래에 있으며
기쁘고 즐거운 일은 뉘 집 뜨락에 있는 거냐?"

대옥은 그 노래소리를 듣고 자기도 모르게 탄식을 하면서 고개를 끄덕이였다.
'들어보니 연극에도 이런 좋은 글귀들이 있었구나. 그런데 참 가석하게도 세상 사
람들은 연극만 볼 줄 알았지 거기에 깃들어있는 참맛은 다 이해를 못하고 있지.'
그러다가 대옥은 자신이 쓸데없는 생각을 하며 노래를 제대로 듣지 못했다고 후회
하면서 다시 귀를 기울이였다. 노래소리가 다시 들려왔다.

"그대는 꽃처럼 어여쁜데
세월은 물처럼 흘러가고…"

이 노래를 듣고 대옥은 자기도 모르게 마음이 흔들리고 넋이 움직이는 것 같았다.
이윽고 또 이런 노래소리가 들려왔다.

"그대는 깊은 규방에서
홀로 연민에 잠겨 있네."

이런 노래소리가 들려오자 대옥은 취한 듯 홀린 듯해져서 더는 몸을 지탱하지 못
하고 곁에 있는 바위에 털썩 주저앉았다.
그러면서 또 "그대는 꽃처럼 어여쁜데 세월은 물처럼 흘러가고…"를 되새겨 보노
라니 느닷없이 예전에 읽어본 적이 있는 옛사람들의 시 한 구절이 떠올랐다.

"흐르는 물과 지는 꽃 모두 무정하기만 하여라."

그리고 이런 구절이 떠올랐다.

"흐르는 물우에 꽃잎 떨어지니

하늘에도 인간세상에도 봄이 가는구나."

그리고 방금 보았던 《서상기》에 들어있는 노래 가사가 떠올랐다.

"꽃잎 떨어져 흐르는 물 붉게 물드니

수심과 걱정이 구름처럼 일어나네."

대옥은 이런 구절들을 곰곰히 음미해보니 자기도 모르게 가슴이 미여지는 듯하여 눈물이 하염없이 흘러내렸다.[1]

이 단락은 임대옥이 『모란정』 곡문에 대한 취향을 아주 생동감 있게 묘사하고 있는데 처음에는 우연히 듣고 감개무량하고, 그다음에는 귀를 기울여 자세히 듣고, 그 속의 취미를 음미하고, 그다음에는 설레고 신들리고, 그 속의 "맛"을 곰곰이 씹으며, 자기도 모르게 마음이 아프고, 눈에서 눈물이 나오고...... 임대옥은 확실히 작품 중의 "맛"을 품어내었고 깊은 감동을 받았다. 서양 문장가들의 말을 빌리면 그녀는 "미적 감각"을 얻은 것이다.

---

1 这里林黛玉见宝玉去了, 又听见众姊妹也不在房, 自己闷闷的。正欲回房, 刚走到梨香院墙角上, 只听墙内笛韵悠扬, 歌声婉转。黛玉便知是那十二个女孩子演习戏文呢。只是林黛玉素习不大喜看戏文, 便不留心, 只管往前走。偶然两句吹到耳朵内, 明明白白, 一字不落, 唱道是: '原来姹紫嫣红开遍, 似这般, 都付与断井颓垣。'黛玉听了, 倒也十分感慨缠绵, 便止住侧耳细听, 又听唱道是: '良辰美景奈何天, 赏心乐事谁家院。'听了这两句, 不觉点头自叹, 心下自思道: '原来戏上也有好文章, 可惜世上人只知看戏, 未必能领略这其中的趣味。'想毕, 又后悔不该胡想, 耽误了听曲子, 又侧耳时, 只听唱道: '只为你如花美眷, 似水流年......'黛玉听了这两句, 不觉心神摇。又听道: '你在幽闺自怜'等句, 越发如醉如痴, 站立不住。便一蹲身坐在一块山石上, 细嚼'如花美眷, 似水流年'八个字的滋味。忽又想起前日见古人诗中, 有'水流花谢两无情'之句, 再又有词中有'流水落花春去也, 天上人间'之句; 又兼方才所见《西厢记》中'花落水流红, 闲愁万种'之句; 都一时想起来, 凑聚在一处。仔细忖度, 不觉心痛神痴, 眼中落泪。

이것으로부터 서양 감상론 중의 "미적 감각"과 중국 감상론의 "맛"은 확실히 상통하는 부분이 있음을 알 수 있다. "미적 감각"과 "맛"은 모두 사람들이 문예 심미적 감상 중에서 문학예술의 매력을 맛보고 감동을 받아 미적 감각을 얻는 것을 말한다. 체르니셰프스키가 말했듯이 "미적 감각의 주된 특징은 눈을 즐겁게 하는 쾌감이다."(『미학 논문선』, 97 페이지) 프로딘은 "이런 아름다움을 만나서 생기는 정서는 심취하는 것이고 놀라움이며 갈망이며 사모와 기쁨과 두려움이 교차하는 것이다"라고 했다.(『구장집』 제1부 권6) 또한 중국 문론가 엄우가 말한 것처럼 "『소』를 오래 읽은 후에야 진정한 맛을 알 수 있다. 반드시 우울하고 눈물이 섶에 가득 찬 후에야 『이소』를 진정 알게 된다. 그렇지 않으면 옹과 귀를 부딪치는 것과 같다."(『창랑시화·시평』)[2] 이런 강렬한 심미적 감수성은 바로 "미적 감각"과 "맛"의 가장 근본적인 같은 점이다.

다시 자세히 분석하면 우리는 "맛"과 "미적 감각"이 모두 이러한 두 가지 방면을 포함한다는 것을 발견할 수 있다. 작품 자체의 각도로부터 보면 작품이 가지고 있는 예술적 매력이 사람들에게 강렬한 느낌을 불러일으키고 씹을수록 맛인 것을 말한다. 감상자의 입장으로부터 보면 예술적 감상에 대한 사람들의 심미적 감수성을 말한다. 예를 들어 중국 당나라의 대문론가 사공도의 시론의 출발점은 "미(味)"자였다. 이 "미"는 두 가지의 의로 해석할 수 있다: 하나는 "시의 맛(詩味)", 즉 작품이 지닌 예술적 매력이다. 다른 하나는 "시를 맛봄(味詩)", 즉 독자의 예술적 감상, 느낌이다. 『여왕가평시서(與王駕評詩序)』에서는 왕유와 위응물의 작품이 "재미가 맑고 깨끗하며, 마치 맑은 물이 줄지어 흐르듯 관통하였다"[3]고 여겼다. 이 "맛"은 왕유와 위응물의 시가 속에 내포된 의미심장한 순수한미를 가리킨다. 『제류류주

---

2 "读《骚》之久, 方识真味；须歌之抑扬, 涕洟满襟, 然后为识《离骚》, 否则如夏釜撞瓮耳。"(《沧浪诗话·诗评》)

3 "趣味澄复, 若清流之贯达"

집 후서(題柳柳州集後序)』에서 "오늘날 화하(華下)에서 얻은 류시(柳詩)는 맛은 깊이 팔수록 운치가 있고 심원하."여기서의 "맛"은 "시를 맛보(味詩)"는 것이며 시인의 작품에 대한 음미와 흔상이다. 이러한 "시의 맛"은 실제로 서양에서 말하는 심미적 감상이며 문학예술 작품을 음미하는 중에 얻은 심미적 감수성이다. 마찬가지로 "미적 감각"도 두 방면의 요소를 떠날 수 없는데 미적 감각은 우선 "아름다움(美)"이 있어야 하고 문학예술 작품 중에 내포된 예술적 매력이 있어야 하며 그 후에서야만 비로소 심미적 감수 중에 "아름다움"에 대한 향수를 얻을 수 있으며 작품 중의 의미심장한 깊은 정서를 맛볼 수 있다. 여기서 볼 수 있듯이 "맛"과 "미적 감각"은 모두 예술적 매력의 본질에 대한 일종의 효과이다. 이런 효과는 한편으로 문예작품 자체의 효력, 즉 작품 자체가 가지고 있는 맛과 아름다움이고 다른 한편으로 감상자가 문예작품에 대한 일종의 심리반응이다. "미적 감각"과 "맛(滋味)"은 모두 문예 심미에서 주객체 변증법의 산물이다. 이 점은 아마도 중국과 서양의 감상론에서 공통된 예술 법칙일 것이다.

(二)

"맛"과 "미적 감각"의 이 기본적인 공통점을 알게 된 후, 우리는 다시 "맛"과 "미적 감각"의 내실을 좀 더 비교해 보기로 하자. "맛"과 "미적 감각"은 모두 내포가 매우 풍부한 개념이며 그것들은 모두 주체와 객체의 변증법적 관계와 관련되고 여러 가지 요소의 종합이라고 말할 수 있다. 객체인 문학 작품으로부터 말하자면, 그것은 여러 작품의 다양한 심미적 가치와 관련된다. 주체인 감상자로부터 말하면, 그것은 수많은 감상자의 다양하고 복잡한 심리 구조와 관련되어 있다. 이 점에서 볼 때, "맛"과 "미적 감각"은 역시 비슷하다. 다음, 우리는 단지 심미적 심리 구조의 각도에서 "맛"과 "미적 감각"의 차이점을 구체적으로 비교해 보기로 하자.

1. 맛, 미적 감각과 직감

미적 감상에서 직감은 모든 감상의 제일첫 번째 단계이다. 루쉰선생은 "기능은 이성에 의해 인식되지만 아름다움은 직감에 의해 인식된다. 아름다움을 향수할 때 기능은 거의 작동하지 않지만 과학적 분석에 의해 발견될 수 있다. 그러므로 아름다움 속의 향락적인 특성은 그 직접성에 있다."(『루쉰 전집』, 제4권, 207~208 페이지 참조) 이런 "직접성"은 아마 많은 사람들이 절실히 느끼고 있을 것이다. 우리가 듣기 좋은 음악 한 곡을 듣고, 걸출한 회화 한 폭을 보며, 아름다운 단시 한 수를 읽을 때 왕왕 아무 생각 없이 바로 그 아름다움을 느끼고 또 즉시 칭찬을 아끼지 않는다. 영탄하고 희와 낙을 분출한다. 이것이 바로 심미적 감상 중의 직접적인 효과이다. 이 점에 대해 서양의 미학자들은 많은 이론적 설명을 해왔다. 중세의 이론가 토마스 아퀴나스는 "한눈에 보는 것만으로도 사람을 즐겁게 하는 것이야말로 아름답다고 할 수 있다."(『신학대전』 권 2, 27장 1절) 영국의 비평가 에디슨은 우리가 경험에서 발견할 수 있다고 여겼다. 어떤 다른 물질의 변화 방식은 한눈에 보았을 때 마음에서 그들이 아름답거나 못생겼다고 바로 판정하기 때문에 미리 고찰할 필요가 없다고 하였다.(『로크의 교묘한 지혜의 정의에 대하여』 참조) 샤프츠보는 "눈은 모양을 보자마자, 귀는 소리를 듣자마자 아름다움, 수아, 조화를 바로 인식한다"고 더 명확하게 말했다.(『도덕가들』, 『서양미학자들의 미와 미적 감각에 관하여』, 95 페이지 참조) 직관에 가장 흥미를 느낀 사람은 근대 미학자 크로체였다. 그는 예술미의 본질은 바로 직관에 있다고 생각했다. 직관은 개념이 형성되기 전의 사유 단계이다. 따라서 미적 감각은 논리적 사고를 절대적으로 배제하고 도덕적, 실천적 행위를 배제한다. 미적 감각은 찰나의 직관의 깨달음이다. "삽시간에 그가 미적 쾌감 또는 미적 무엇인가를 누림으로써 생기는 쾌감이다."(『미학의 원리』, 109 페이지)

중국 고대사람들은 비록 문예 감상 중의 직감을 명확히 지적한 적이 없지만 사실 중국 고대의 문예 감상론은 직관적인 감각을 가장 강조하였다. 이 특징은 중국 고대 문론의 경험성, 직관성과 불가분의 관계가 있다. 중국고대문론은 일반적으로 긴 논리적 분석을 하지 않고 왕왕 직관적인 느낌에 근거하여 매우 생동감 있는 형상의 "정론요어"로 그중의 관건을 끄집어낸다. 이는 왕왕 관점을 묘사하는 말들에서 진실하게 느껴진다. "자미설"을 힘써 제창하는 종영은 바로 준확한 직관에 근거하여 작품을 음미하고 작가를 품평한다. 종영은 『시품서』에서 여러 차례 "맛(味)"을 언급했다. "오언은 문사의 요점에 자리 잡아 있어 여러 사람이 만든 작에 느낄 맛이 있는 것이다.", "마르면 풍력으로, 번지르르 하면 붉은 색채로, 냄새를 풍기는 자는 끝없게 하고 듣는 자의 마음을 움직이게 하는 것이 시의 지극한 맛이라."[4] 『시품』에서 그는 맛으로 시를 품었는데, 직관적인 느낌에 근거하여 매우 준확하게 각 유파의 "맛"을 품어냈다. 이런 직관적인 취향은 사람들에게 생동감 있고 친근하며 이미지적인 느낌을 준다. 또한 많은 중국 고대 비평가들이 매우 강한 직감적인 감식력을 가지고 있는데 예를 들면 송나라 시학자 엄우는 종종 직감만으로 작품의 특징을 바로 구별할 수 있다. 그는 수십 편의 시를 눈앞에 펼쳐 놓으면 "그 이름을 숨기고, 서로 시험해 보아"도 그는 한눈에 알아낼 수 있었을 것이라고 믿었다.(『답오경선서』 참조).[5] 심미적 직감이 좋기 때문에 엄우는 종종 그 "진정한 맛"을 알 수 있고 작가 작품의 풍격적 특징을 아주 정확하게 포착할 수 있었다. 자미설을 힘써 제창하는 사공도는 작품을 감상할 때 거의 전적으로 직감에 의지하며 추상적인 논리 분석을 하지 않고 작품의 감미에 집중하였다. 그는 "글의 어려움은 그러하나 시는 특히 어렵다...... 어리석게도 맛을 구별할 수 있다고 생

---

4 "五言居文词之要, 是众作之有滋味者也。" "干之以风力, 润之以丹彩, 使味之者无极, 闻之者 动心, 是诗之至也。"

5 他很自负地说, 如果将数十首诗摆在眼前, "隐其姓名, 举以相试", 他也能够一眼就辨别出来 (参见《答吴景仙书》)。

각하여, 후에 시를 말할 수 있다 여기네"[6]라고 말했다. 여기서 맛을 구별하는 것은 바로 심미이다.『24시품』은 정돈된 시구, 쨍쨍한 음운으로 많은 생동감 있는 형상을 의도적으로 묘사하여 사람들이 직관적인 취향에서 각종 풍격의 심미적 특징을 느끼게 한다. "호방(豪放)", "충담(沖淡)", "자연(自然)", "기려(綺麗)"등 서로 다른 맛을 맛보게 한다: "하늘은 풍랑이 넘실거리고, 바다와 산은 창창하다. 진실한 힘이 가득 차 있으면 만상이 옆에 있다."[7] "평소에 침묵에 처해 있었으니 묘기가 그 미미한 것속에 있고태화를 마시고 홀로 학과 날아다니는구나."[8] "주으면 기타를 취하지 않는다. 모두 가기에 알맞으면 손에서 봄을 이룬다."[9] "안개 물가에 남돌아 있고 붉은 살구가 숲에 있다. 달 밝은 화옥에 다리를 그려 옥 같은 음지 만든다."[10] 이런 논리적 분석이 없는 형상적 시론은 바로 "자미설(滋味說)"의 직감성의 가장 좋은 예이다. 이것으로 보아 "미적 감각론"이든 "자미설"이든 그 감상 법칙은 일치하다. 반드시 먼저 직감의 단계를 거쳐야 한다. 그러나 중국의 "자미설"은 좀 더 직감을 강조하는데 이 점은 중국 전체 시학의 특징과 완전히 일치하다.

표현상으로 보면 심미적 감상에서의 이러한 직관성은 마치 정말로 단지 직관일 뿐이며 순전히 감성적인 인식만을 가지고 있는 것 같다. 사실은 그렇지 않다. 서양의 미학자들은 이 점을 놓치지 않고 직관만 말하고 다른 요소는 배제하여 직관과 이성을 대립시켰다. 예를 들어 크로체는 "직관은 이성적 작용에서 벗어나 독립적이며, 그것은 후발적인 경험상의 여러 분별에 관계없이, 실재와 비실재에 관계없이, 공간적 시간의 형성과 감지에

---

6 "文之难, 而诗之难尤难……愚以为辨于味, 而后可以言诗也"(《与李生论诗书》)。

7 "天风浪浪, 海山苍苍。真力弥满, 万象在旁。"

8 "素处以默, 妙机其微。饮之太和, 独鹤与飞。"

9 "俯拾即是, 不取诸邻。俱道适往, 着手成春。"

10 "雾余水畔, 红杏在林。月明华屋, 画桥碧阴。"

관계없이, 이것들은 모두 후발적이다."라고 주장한다.(『미학의 원리』, 11 페이지) 크로체의 이러한 견해는 의심할 여지 없이 편면적이다. 사실 심미적 감상에서의 직관성은 결코 순수한 감성적인 것이 아니며 찰나의 직관적 감상에는 실제로 사람들의 오랜 심미적 경험의 이성적 내용이 포함되어 있다. 그것은 사람들의 오랜 미적 경험이 축적된 결과이다. 마르크스가 지적했듯이 "예술의 향수를 얻으려면 당신 자신이 예술적 수양을 갖춘 사람이어야 한다." "주체적으로 보면 음악만이 음악적 감각을 자극한다. 음악적 감각이 없는 귀에게 가장 아름다운 음악은 무의미하다."(『1844년 경제학-철학수고』) 이 점에 관하여 많은 서양의 문론가들과 중국의 문론가들은 모두 착안하고 있다. 체르니셰프스키는 "미적 인식의 근원은 의심할 여지 없이 감성적 인식 안에 있다. 그러나 미적 인식은 결국 감성적 인식과 본질적인 차이가 있다."(『미학논문선』, 30 페이지) 중국의 시학자 엄우는 "바라보기만 하면 아는 것(望而知之)" 같은 아주 강한 직감적 감식을 구하려면 반드시 평소에 많이 읽고 많이 보고 많이 축적해야 한다고 지적했다. 오직 이렇게 해야만 진정으로 강한 예술적 감각력을 마련할 수 있고 "고금의 체제에서 좋고 나쁨을 분별할 수 있다."(『창랑시화』)[11] "음악의 귀"는 인류의 장기적인 사회적 실천의 산물이며 심미적 직감은 사람들의 장기적인 심미적 경험의 축적이다. 사람들이 어떤 심미적 대상에 대한 일찍이 가지고 있는 사고와 이해를 기초로 하여야 직감적 신미를 진행할 수 있고 직감적 신미는 평상시의 경험에서 벗어날 수 없다는 것을 알 수 있다. 이러한 견해는 중국과 서양의 시학자들이 모두 공통적으로 인식하고 있는 객관적 예술 규칙이다.

---

11 "于古今体制, 辨若苍素"(《沧浪诗话》)

2. 맛, 미적 감각과 감정

문예 작품의 거대한 힘은 바로 그것이 "사랑으로 사람을 감동시키고 사랑으로 사람을 감화시키며 사랑으로 사람을 만드는"[12] 데 있다. "시는 강렬한 감정의 자연스러운 노출이다." 그래서 "천지를 움직이고 귀신을 느낄 수 있다." 감정은 예술적 신미 감상의 핵심이다. 자미설과 미적 감각론도 이를함께 인식하고 있다. 흄은 미적 감각은 독자의 감정이나 심미적 재미에 달려 있다고 보았다. "시의 아름다움은 적절히 말하자면, 시에 있는 것이 아니라 독자의 감정이나 심미적 재미에 있기 때문이다."(『서양미학자들의 미와 미적 감각에 관하여』, 111 페이지에 보임) 디드로는 아예 "감정이 있는 곳에는 아름다움이 있다"고 말했다. 사람들이 예술을 감상할 때, 사람들은 필연적으로 "감정이 가운데서 움직인다", "영혼은 깊숙이 있어 일시에 자기도 모르게 마음이 기쁨과 의연함을 느껴질 것이다. 그것은 우리의 마음을 활짝 피우게 하거나 오정에 상처를 입히게 할 것이다. 우리의 두 눈에서 흔연하거나 탄복하거나 슬픈 눈물이 흘러나오게 할 것이다."(『회화론』 제7장) 이상의 논술은 감정이 예술적 심미의 감수 중에서 중요한 요소라는 것을 충분히 설명할 수 있다. 서양의 미적 감각론에서 감정을 미적 감각의 핵심으로 간주하는 유명한 심미적 감정이입설이 나오는 것은 놀랄 일이 아니다. 서양 문학예술이 모방-재현에서 서정 표현으로 변화함에 따라 서양 시학은 예술 감상 중의 감정 요소를 더욱 중시하게 되었다. 직관주의의 창시자인 베르그송은 예술의 아름다움은 사람들에게 감정을 시사하는 것이라고 주장했다. "자연은 감정을 표현하는 데 국한되지만 음악은 우리에게 감정을 시사한다. 그렇다면 시의 매력은 도대체 어디에서 나오는 것인가? 시인은 감정이 그에게서 형상으로 발전하고 형상 자체가 언사로 발전한다. 언사는

---

12 以情动人, 以情感人, 以情化人。

운률의 법칙을 따르면서도 형상을 표현한다. 이러한 형상이 우리 눈앞에 스쳐 지나가는 것을 볼 때 우리는 그 감정을 경험한다."(『시간과 자유의지』, 『현대서양문논선』, 91 페이지 참조) 표현주의 문예가들은 "그들에게서 감정은 무한히 확장된다"는 미적 요소만을 강조했다. 베르그송은 예술가가 감각의 범위 안에서 우리에게 더 많은 관념을 가져다줄수록 더 많은 느낌과 감정을 잉태하게 되며 더 깊고 더 고상한 아름다움을 나타낸다고 생각하였다.

서양의 미감론과 마찬가지로 중국의 미적 감각설도 문예적 심미적 감상인 취향 중의 감정적 요소를 매우 강조하였다. 데모크리토스와 플라톤이 미적 감정에 대해 이야기하기 전에 공자는 문예의 맛에 넋을 잃었다. 『논어·술이』에서 이르기를 "공자는 제나라에서 『소』를 들었는데 삼월에는 고기 냄새를 모른다. 왈 '즐거움을 탐하면 여기까지 오지 않는다.'"[13] 보다싶이 『소』의 즐거운 맛은 고기의 맛보다 훨씬 낫다. 그렇지 않다면 공자는 어떻게 감동 받아 "삼월에는 고기의 맛을 알지 못한다."라고 하겠는가? 알다싶이 중국 고대 문학예술이 강조하는 것은 서정 표현이다. 따라서 감정은 심미적 감상에서 특히 중요하다. "정성이 가운데에 있기 때문에 그 글과 말의 감각이 사람을 깊이 감동시킨다."(왕충 『논형·초기』)[14] "일반적으로 여러 가지로 마음을 흔들어 놓는데 진정한 시가 아니면 어찌 그 의리를 드러낼 수 있겠는가? 긴 노래가 아니고서야 어찌 그 감정을 표현할 수 있겠는가?"(종영 『시품서』)[15] "감정은 일어나는 줄도 모르고 갈수록 깊어진다. 이는 산자를 죽게 할 수 있고 죽은 자를 살게 할 수 있다."(탕현조의 『모란정기제사』)[16] "곡의 묘함에 관해서는 다른 것이 없다. 다만 세 글자를 다 할 수 있

---

13 《论语·述而》云:"子在齐, 闻《韶》, 三月不知肉味。曰: '不图为乐之至于斯也!'"

14 "精诚由中, 故其文语感动人深。"(王充《论衡·超奇》)

15 "凡斯种种, 感荡心灵, 非陈诗何以展其义?非长歌何以骋其情?"(钟嵘《诗品序》)

16 "情不知所起, 一往而深。生者可以死, 死者可以生。"(汤显祖《牡丹亭记题词》)

다. '사람을 감동시킬 수 있(能感人)'는 것 뿐이다."(황주성『제곡기어』)[17] 문학예술의 "맛"은 사람을 감동시키는 감정을 떠날 수 없다. 종영이 오언시를 극력 추앙하는 이유는 오언시가 가장 감정을 토로하기에 좋고, 가장 "맛"이 있다고 여겼기 때문이다. "오언은문사의 요점에 있고 여러 사람들이 맛을 내는 것이라. 그러므로 이르기를 세속적인 것에 흘러들어 어찌 사물을 가리키고 형상을 만들고 정서를 다하여 쓰는데 가장 상세한 것이 아니겠는가?"[18] 오직 정이 깊어야만 "맛 보는 자더러 끝없게 하고 듣는 자더러 마음을 움직이게 할 수 있다."(『시품서』)[19] 유협은『문심조룡』에서도 정감의 중요성을 극력 강조하며 문학 작품은 "정이 깊으면서 궤이하지 않아야 한다"(『종경』)[20], "정을 위해 글을 만들어야 한다"(『정채』)[21]고 주장했다. "맛은 나부껴 쉽게 이루지만, 정은 엽엽하여 더욱 새롭다"(『물색』)고 작품을 선호하였다. 왜냐하면 문학 작품은 감정이 없다면 필연적으로 맛이 없어 무미건조하기 때문이다. "쓸데없는 감정만 취하면 그 맛은 반드시 싫증나기 마련이다."(『정채』)[22] 당나라의 시학자들은 더욱 정취가 넘쳐나는 "맛"이 있는 작품을 추앙하는데『문경비부론』은 "시의 공은 마음에 있다"고 만약 "정을 기본으로 하고 흥을 경으로 삼을 수 있다면 비로소 점잖은 것을 알 수 있고 맛도 깊어진다"[23]고 지적하였다. 이 "깊은 맛(深味)"은 바로 "정감을 기본으로 하"는 결과이다. 그러므로 문예 작품을 감상할 때는 반드시 작품의 감정을 음미해야 한다. 눈물이 줄줄 흐르고 정령이 출렁일 때에야 비로소

---

17 "论曲之妙无他, 不过三字尽之, 曰:'能感人'而已。"(黄周星《制曲技语》)

18 "五言居文词之要, 是众作之有滋味者也, 故云会于流俗。岂不以指事造形, 穷情写物, 最为详切者耶?"

19 "使味之者无极, 闻之者动心"(《诗品序》)。

20 "情深而不诡"(《宗经》)

21 "为情而造文"(《情采》)。

22 "繁采寡情, 味之必厌"(《情采》)。

23 "以情为地, 以兴为经, 乃知斯文, 味益深矣"(《南卷·论文意》)。

그 "진미(眞味)"를 알 수 있다. 보다싶이 "맛"에서 감정의 역할이 중요하다는 것을 알 수 있다. 이 논술들은 모두 "자미설"이 서양의 "미감론"과 마찬가지로 심미적 감상 중의 정서적 요소를 매우 중시한다는 것을 충분히 설명하고 있다. 감정이 있어야 미적 감각이 있다. 마찬가지로 감정이 있어야 감미로운 맛이 있다. 감미로움은 사람을 한없게 향수하게 하고 듣는 사람의 마음을 움직이게 할 수 있다. 심미적인 감상에서 미적 향수를 얻을 수 있고 무궁무진한 맛을 맛볼 수 있다. 이 점은 자미설과 미감론의 또 하나의 공통점이다.

3. 맛, 미적 감각과 상상

심미적 감상은 반드시 상상의 참여가 있어야만 충분히 심미적 향수를 얻을 수 있고 비로소 진정으로 그 속의 맛을 표현할 수 있다. 상상하지 않으면 진정한 예술적 감수성도 없다. 중국과 서양의 시학자들도 이것을 인식했다.

17세기 후반의 영국 산문가 에디슨은 미적 감상에 대한 상상을 상세히 설명하면서 몇 가지 의미 있는 견해를 내놓았다. 그는 왜 몇몇 독자들이 모두 같은 언어에 익숙함에도 불구하고, 문자의 의미를 모두 알고 있음에도 불구하고, 같은 한 편의 묘사에 대해 서로 다른 심미적 감수성을 가지게 되느냐고 질문하였다. 왜 어떤 사람은 묘사를 읽고 깊은 감명을 받았는지, 어떤 사람은 오히려 무관심하고; 어떤 이는 이 묘사가 매우 사실적이라고 생각하지만, 어떤 이는 전혀 사실적이거나 사실적인 점을 알아차리지 못했는가? 그는 이러한 다른 미적 감수성이 "누군가의 상상이 다른 사람의 상상에 비해 더 완벽하기 때문이거나, 독자들이 글에 연관시키는 관념이 서로 다르기 때문"이라고 주장했다. 어떤 사람이 한 편의 묘사를 감상하고 적절한 평가를 내리려면 "그는 좋은 상상을 할 수 있는 재능이 있어야 한다." 왜 미적 감상은 "좋은 상상을 하는 재능"을 갖춰야 하는가? 에디슨은 한 편의 묘사가 종종 우리에게 많은 생생한 관념을 불러일으킬 수 있으며 심지어 묘사된 것 자체보다 더 많은 것을 불러일으킨다고 지적했다. 문학의 과장된 묘사와 암시로 인해 독자가 상상할 때 보는 광경은 실제로 그의 눈앞에 보는 것보다 더욱 선명하고 생동감이 있다. 왜냐하면 상상은 "사물을 눈으로 보는 것보다 더 위대하게 하고 더 기이하고 더 아름답게 환상"할 수 있기 때문이다.[『방관자』, 『서양문논선』(상), 570~577 페이지에 보임] 확실히 독자는 상상의 나래를 펼쳐야만 예술 이미지 속에서 그 영원한 아름다움을 움켜쥐고 의미심장한 정취를 음미할 수 있다. 그리하여 심미적 쾌감과 예술적 향수를 얻을 수 있다. 그래서 레싱은 예술가는 가장 잉태적인 순간을 포착하는 데 능숙해야 한다고 했다. 왜냐하면 이런 순간은 감상자의 상상력을 불러일으키고 매우 제한된 예술 이미지에서 많은 것들을 음미하게 함으로써 최대의 예술 효과를 얻고 최대의 예술 향수를 얻을 수 있기 때문이다. 그는 "예술가는 어느 한순간만 쓸 수 있다. 특히 화가는 어느 한 시점에서 그 순간을 그릴 수밖에 없다"고 말했다. 왜 이런 말을 하는 것인가? "가장 효과적일 수 있는 것은 상상이 자유롭게 움직일 수 있는 순간일 수밖에 없다. 우리가 보면 볼수록 그 안에서 더 많은 것을 생각해낼 수 있을 것이다." 그래서 레싱은 작품이 정점에 이르는 것을 반대한다. 왜냐하면 일단 정점에 이르면 사람들은 더 이상 상상력을 발휘할 수 없고 한눈에 보이는 이미지 위에 더 이상 함축과 내포가 없기 때문에 작품은 필연적으로 평범하고 지루하게 보이기 때문이다. "가장 좋은 것을 드러낼 수 없는 것은 그것의 정점일 것이다. 정점에 이르면 끝을 보게 된다. 눈은 더 먼 곳을 바라볼 수 없다. 상상의 날개가 묶인다. 상상은 감각적인 인상을 뛰어넘을 수 없기 때문에 그 인상 아래에 약한 이미지만을 상징한다. 그 이미지들에 대한 인식은 이미 다 보이는 극한에 도달한다. 그것은 상상이 한걸음 더 올라갈 수 없도록 경계선을 긋는 것이다."(『라오콘』, 18~19 페이지) 칸트도 예술 감상에서의 상상은 실질적으로 창조적이며 사람들은 작품의 제한된 예술 형상에서 상상을 통해 더 많은 것을 창조함으로써 더 큰 미적 향수를 얻을 수 있다고 분명히 지적하였다.

서양의 미감론과 비교할 때, 중국의 미적 감각설은 문예 감상에서의 상상을 더욱 강조한다. 중국 고대의 문학예술은 형상의 모방에 집중하지 않고 생동감 있는 형상의 묘사에 소홀하지 않으며 형상으로 신에게 도모하고 허실로 실제를 추구하며 의도적으로 그 형상 이외의 운치와 영혼, 언어 이외의 정사적 취미를 추구한다. 소위 "상외지상", "운외지치", "맛외지미"를 추구하며 함축적이고 은유적이며 포함성이 풍부하여 사람들의 무궁무진한 연상을 불러일으킬 수 있는 "한 없는 맛(味之無極)"으로 만드는 문예 작품을 선호한다. 모양으로 신태를 추구하고 상을 세워 뜻을 다하는 이런 특색은 일찍이 선진시기의 철학자들에게서 이미 확립되었다. 장자는 언어는 최선을 다할 수 없으며 언어 외에도 표현할 수 없는 것들이 많이 있다고 여겼다. 물론, 언어가 완전히 뜻대로 되지 않는 것이 결점인 것 같지만 사람들은 이 특징을 이용하여 제한된 언어를 통해 무궁무진한 취향을 추구할 수 있다. 『역·계사상』에서 이르기를 "자왈: '책은 말을 다하지 않고, 말은 뜻을 다하지 않는다.' 그렇다면 성인의 뜻은 그 뜻을 보이지 않는가? 자왈: '성인은 상을 세워 뜻을 다하고, 괘를 세워 마음껏 정서를 다하고, 어찌말로써 그 것을 다하겠는가?'"[24] 이런 "뜻을 얻고 말을 잊"고 "상을 네세워 뜻을 다하는 것"이 바로 중국 예술 감상론인 "자미설(滋味說)"의 이론적 연원이다. 그렇다면 어떤 작품이 "맛"을 내는 것인가? 바로 가장 포괄성이 풍부하고 독자의 무궁무진한 연상을 불러일으킬 수 있는 "상외의 상", "운외의 치"가 있는 그런 작품이다. 그래서 사공도는 "어리석은 것은 맛을 알

---

24 《易·系辞上》云: "子曰: '书不尽言, 言不尽意.' 然则圣人之意, 其不可见乎? 子曰: '圣人立象以尽意, 设卦以尽情伪, 系辞焉以尽其言.'"

아보고 후에 시를 말할 수 있다"는 것이라고 여겼다.(『여이생논시서』)[25] "겉으로 보이는 모양과 겉으로 보이는 경치를 어찌 쉽게 말할 수 있겠는가!"(『여극포서』)[26] 여기서 "겉으로 보이는 모양"이란 작품 중의 예술 형상을 가리키고 "겉으로 보이는 경치"는 "겉으로 보이는 모양"에 내포된 무형의 상을 가리키며 그것은 감상자의 상상으로 포착하고, 보충하고, 음미하고, 체험해야 한다. "겉으로 보이는 모양"은 가까우면서도 들뜨지 않는 진실하고 선명한 예술 형상이고 "겉으로 보이는 경치"는 멀지만 끝나지 않는 계시성이 풍부한 상 밖의 상이다. 그것은 사람들더러 연상하게 할 수 있고 사람들에게 계시를 줄 수 있으며 따라서 운치 있는 심미적 감흥을 불러일으킬 수 있다. 보다시피 "맛"도 상상이 필요한 것이다. 만약 감상에 상상이 없다면 의미심장한 "맛"을 보아낼 수 없다. 구양수는 이런 "취향"을 올리브를 먹는 것에 비유했는데 "맛은 오래도록 좋아진다"[27]고 했다. 반복해서 읊고 반복해서 씹어서 제한된 예술적 이미지 속에서 그 언외의 뜻을 포착하고 그 상 밖의 상을 발견함으로써 심미적 쾌감을 얻어야 한다. 이런 "진미"는 어떻게 맛볼 수 있는가? "가히 쓰기 어려운 광경을 쓸 수 있을 것이다. 눈앞에 있는 것과 같으며 다 함축할 수 없는 뜻이 언외에서 드러날 것이다."[28] 예를 들어 "계성모점월, 인적판교상"[29] 이 두 시는 여행의 고난과 수고를 분명히 말하지 않지만 독자들은 이 두 시로 무한한 연상을 불러일으켜서 그 속에 있는 언외의 뜻을 실제로 맛볼 수 있다. "도중의 고난, 여사의 근심, 어찌 언외의 것이 아니겠는가?"(『육일시화』)[30] 소동파는 "마힐의 시를 음미

---

25 "愚以为辨于味而后可以言诗也。"(《与李生论诗书》)

26 "象外之象, 景外之景, 岂容易可谭哉!"(《与极浦书》)

27 "美味久愈在"。

28 "必能状难写之景, 如在目前, 含不尽之意, 见于言外。"

29 "鸡声茅店月, 人迹板桥霜"

30 "则道路辛苦, 羁愁旅思, 岂不见于言外乎?"(《六一诗话》)

하면 시 속에 그림이 있다."(『서마힐 남전연우도』)[31]라고 했다. 이것은 바로 왕유의 시와 그림이 함축적이고 심원하며 여운이 끝없이 남아서 상상을 불러일으키고 사람의 취향에 견딜 수 있는 것이다. 소동파는 형상으로 신을 전하고 하나 알면 셋을 들 수 있는 그런 작품을 가장 높이 평가하였다. "그림은 형상만 비슷하면 아이와 비슷하다. 시를 지을 때 반드시 이 시를 알아도 시의 뜻을 정해서는 않되며...... 한 점의 붉음으로 무한한 봄을 연상하게 한다."(『서연릉왕주부소절지이수』)[32] 독자들은 그 수풀의 초록 중의 한점의 붉은 빛을 발견하고 끝없이 펼쳐지는 완연한 봄의 기운을 상상할 수 있으며 그 생기발랄한 미적 감각을 맛볼 수 있다. 이것이 바로 "진미"이다. 레싱은 "포괄성이 가장 풍부한 순간"을 매우 높이 평가했고 중국의 고대 사람들은 이에 대해 더욱 허리 굽혔다. 이러한 "포괄성이 가장 풍부한 순간"이 바로 "맛"의 소재이기 때문에 강백석(姜白石)은 "동파운: '말은 다 했으나 뜻이 무궁무진한 자는 천하의 지극한 말이다.' 산곡(황정견)은 특히 이런 것을 명기하였다. '청묘의 슬슬, 한 번 노래하고 세 번 탄식하니, 멀었구나! 후에 시를 배우는 사람은 이에 주의하지 않겠는가? 만약 글 속에 남은 글자가 없고 긴 듯이 없다면 글에 능란한 사람이 아니다. 글 속에 여운이 있고 남은 뜻이 있으면 글에 능한 사람인 것이다."(『백석도인시설』)[33]라고 했다. 심덕잠이 말하듯이 "독자들은 조용하고 절에 따라 편안하게 영사를 읊조리며 전 사람의 목소리 속에서는 쓰기 어려웠고 울림 밖에서는 전해지지 않는 묘가 모두 함께 나왔음을 느낀다. 주자운: '풍자는 창창하게 하고 글체는 함축

31 "味摩诘之诗, 诗中有画;观摩诘之画, 画中有诗"(《书摩诘蓝田烟雨图》).

32 "论画以形似, 见与儿童邻。赋诗必此诗, 定非知诗人……谁言一点红, 解寄无边春"
   (《书鄢陵王主簿所画折枝二首》).

33 "东坡云:'言有尽而意无穷者, 天下之至言也。'山谷(黄庭坚)尤谨于此, 清庙之瑟, 一唱三叹,
   远矣哉!后之学诗者可不务乎?若句中无余字, 篇中无长语, 非善之善者也。句中有余味, 篇中
   有余意, 善之善者也。"(《白石道人诗说》)

적인 체제이다.” 정말 시를 읽는 재미가 따로 있다.”(『설시쉐어』)[34] 이 논술은 “맛”과 “미적 감각”은 모두 감상 중의 상상을 떠날 수 없다는 것을 충분히 설명한다. 예술 감상 중에 상상은 자유로이 비약할 수 있고 눈앞의 제한된 예술 형상에서 더 많은 “상외지상”을 포착하고 더 깊은 “운외지치”를 음미 함으로써 더 큰 심미적 향수를 얻는 이 점도 중국과 외국의 감상론이 모두 통하는 예술 법칙 중의 하나이다.

4. 맛, 미적 감각과 이해

예술의 미적 감상은 직관, 감정, 상상 등의 요소 외에도 이해가 있다. 느낀 것을 우리는 즉시 이해할 수 없다. 이해한 것만이 그것을 더욱 깊이 느낄 수 있다. 이해는 “미적 감각”의 발생과 심화의 기초이며 또한 “맛”의 발생과 심화의 기초이다. 이 점에서 “자미설”과 “미감론”은 또한 상통한다.

서양의 일부 이론가들은 미적 감각은 이해를 배척하는 것이라고 생각한다. 예를 들어 칸트는 미적 판단에서 이성적인 사고 활동을 부인했다. 그는 심미적 판단은 논리적 판단과 다르다. 논리적 판단은 개념을 적용하는 판단이지만 심미적 판단은 개념을 적용할 필요가 없다고 여겼다. 아름다움은 개념에 의지하지 않고 보편적이며 사람을 유쾌하게 만든다. 칸트는 미적 판단의 특수성을 보아냈지만 미적 감각과 이성을 완전히 분리시켰다. 크로체는 심미에서 이성적인 작용을 부인하였다. 그는 심미는 직관일 뿐이며 “직관은 이성적인 작용에서 벗어나 독립적인 것”이라고 주장했다. “한 사람이 과학적 사고를 시작하면 심미적 관조를 이루지 못하게 된다.”(『미학적 원리』, 33 페이지) 그러나 서양의 많은 이론가들은 이러한 견해에

---

[34] “读者静气按节, 密咏恬吟, 觉前人声中难写, 响外别传之妙, 一齐俱出。朱子云:‘讽咏以昌之, 涵濡以体之’。真得读诗趣味。”(《说诗晬语》)

완전히 동조하지 않는 것이다. 헤겔은 미적 감상에 완전한 이성이 있어야 한다고 여겼다. 그는 심미적인 직감, 감정 등의 요소들을 부인하지는 않았지만 단지 이러한 감식력만으로는 충분하지 않다고 생각했다. "감식력은 외적인 표면에 대해서만 관련되며 각종 감정은 이러한 외적인 표면에 의해서만 활동하기 때문이다." 하지만 "예술의 심오한 효과에 부딪히면 당황할 수밖에 없다." 그래서 헤겔은 "사물의 깊은 측면은 여전히 이런 감식력만으로 알아차릴 수 있는 것이 아니다. 왜냐하면 이런 깊은 측면을 알아차리기 위해서는 감각적이고 추상적인 사고만이 아니라 완전한 이성과 견실하고 활기찬 마음이 필요하기 때문이다"라고 지적하였다.(『미학』, 43 페이지) 괴테는 아름다운 작품을 감상할 때 반드시 이해력을 활용해야 한다고 주장한다. "한 번의 연구를 거쳐야 독자가 그 의미를 이해할 수 있고 자신의 이해력으로 저자의 이해력을 탐색할 수 있다."(『괴테 담화록』, 135 페이지) 확실히 미적 감각은 이해를 떠날 수 없다. 왜냐하면 문학예술은 단지 감성적인 외적 형식만을 가지고 있는 것이 아니라 심오한 본질적 내용도 가지고 있기 때문이다. 감각만으로는 그 본질적인 내용을 깊이 파악할 수 없으며 또한 반드시 이성적 인식과 사유 활동이 있어야 한다. 벨린스키가 말했듯이 "아름다운 글 앞에서 판단은 이성과 감정이 완전히 조화를 이룰 때 비로소 정확할 수 있다."(『벨린스키 선집』, 223 페이지) 그러나 감상에서의 이해는 결코 그런 교조적이고 건조한 개념적 판단도, 추상적이고 논리적인 추론도 아니다. 심미적 직각과 감정과 상상의 깨달음이 섞여 있다. 감상이 단지 이성에 의해 지배되고 감정과 상상이 없다면 진정으로 심미적 감수성을 얻을 수 없다. 이에 대해 벨린스키는 다음과 같이 지적한다. 어떤 사람들은 문예 작품을 감상할 때 종종 이성에 의해 지배되고 감정의 요소는 그 사이에 참여하지 않는다. 그들은 적절한 개념을 포착하여 자신의 "아름다운 문학" 견해를 응용하고 실증하는데 이러한 견해는 종종 괴벽한 이론과 편견일 뿐이다. 명백히 이러한 "이성"은 심미적 감상의 적일 수밖에 없다. 벨린스키는 심미적 감상은 반드시 먼저 느끼고 감수성 속에서 이해해야 한다고 지적했다. "예민한 시적 감각은 아름다운 문학에 대한 인상적인 강력한 감수력이야말로 비평에 종사하기 위한 첫 번째 조건일 것이다. 또한 그러한 조건에서만이 강한 재치, 해박한 학문, 고도의 교양이 의미와 중요성을 지니게 된다."(『벨린스키 논문학』, 223~224 페이지)

　"미감론"과 마찬가지로 중국의 "자미설"도 미적 감상인 "음미에서의 이해"를 강조하고 있다. 주희는 "시는 반드시 침잠하고 풍송하며 의리를 음미하고 맛을 씹어야만 도움이 된다"고 말했다.(『시인옥설』, 267 페이지 참조)[35] 무엇이 "의리를 음미하는 것"인가? 그것은 시 속에 내포된 깊은 철리를 이해하는 것이다. 주희는 "의리의 정취(理趣)"가 있는 시를 한 수로 이렇게 말했다. "반 모의 연못을 거울로 삼으면 하늘의 빛과 구름과 그림자가 모두 배회하네. 물길이 어찌 이렇게 맑을 수 있겠느냐. 이는 원초적인 생수가 있기 때문이네."[36] 이 시는 표면적으로는 사람의 그림자를 볼 수 있는 맑은 물을 쓰고 있지만 실질상으로는 그가 책을 읽으면서 느낀 깊은 감정을 쓰고 있다. 하지만 그 속의 철학은 단지 책을 읽는 것 이상일 뿐이 아니라 더 심오한 의미도 있을 것이다. 우리가 이 점을 이해한 후에 확실히 이 시는 의미 심장하고 씹을 가치가 있으며 따라서 심미적 즐거움을 얻을 수 있다고 인증할 수 있다. 이것은 소위 "의리를 음미하며 그 맛을 곰곰히 씹어본다"[37]이다. 보다싶이 "맛"은 의리를 벗어날 수 없고 "맛"에 대한 이해가 있어야 한다는 것을 터득할 수 있다. 그래서 임서(林紓)는 "맛깔나는 사람은 사리가 정확하고 남이 씹는 것에 잘 견딘다" "말이 뜻을 다 하고 책을 걷은 후에 아무런 여운도 남아 있지 않아 무슨 맛인가?"(임서 『춘각재논문』)[38] 서양과

---

35 "诗须是沉潜讽诵, 玩味义理, 咀嚼滋味, 方有所益。"(见《诗人玉屑》, 267页)

36 "半亩方塘一鉴开, 天光云影共徘徊。问渠哪得清如许, 为有源头活水来。"

37 "玩味义理, 咀嚼滋味"。

38 "味者, 事理精确处, 耐人咀嚼之谓。""使言尽意尽, 掩卷之后, 毫无余思, 奚名为味?"(林纾

비교해서 중국 시학은 문예창작과 감상중의 "이(理)"를 더 강조하고 의리의 평형, 중화를 강조했다. 그래서 칸트와 크로체처럼 절대적으로 이성을 배척하는 감상론은 중국에서는 종적을 보이지 않는다. 반대로, 중국에서는 이성을 지나치게 강조하는 문학예술과 문학적 관점이 여러 차례 나타났다. 예를 들면, 위진의 현학자들은 온종일 현리만 이야기하고 이치로 시에 입문하여 나중에 무미건조한 현언시를 낳았다. 이치를 자랑으로 여기고 허황된 이치를 말하는 이런 작품들은 문학예술의 법칙에 위배되고 따라서 필연적으로 그 "이(理)"만 있을 뿐 "맛"은 전혀 없다. 그래서 종영『시품서』에서 "영가시기, 황, 노를 귀하게 여기고 허술한 경향을 보이고 그 시기의 대다수 시사는 이치에 맞으나 담담하여 맛이 없다."[39]라고 지적하였다. 만약 작품에 "이"만 있고 감정적인 상상의 모든 요소가 없다면 결코 감칠맛을 느낄 수 없다는 것을 알 수 있다. 또 다른 두드러진 예는 송나라의 도학자들인데 그들은 일부러 "의리(義理)"를 추구하고 수양하는 도를 크게 이야기하여 마침내 시를 "어록, 강의록의 압운자"[40]로 만들었다. 비록 주희는 일찍이 꽤 감미로운 작품을 썼지만 이론상 그는 의리만을 강조하여 도를 배우고 의리를 강의하는 것은 "천하제일의 가장 어려운 일"이라고 여겼다. 문예 창작은 "불과 사사로운 생각으로 부연하여 설을 세우는 것이며 실제적인 성현의 본의와 의리의 맞물림 관계에 있어서 무관한 것이다"(『창주정사유학자』, 『주문공문집』 권 74에 보임)[41] "이"를 지나치게 강조하는 것은 필연적으로 문학예술에 나쁜 영향을 끼쳤다. 엄창랑은 이에 대해 격렬한 비난을 가했다. 마오쩌둥도 "송나라 사람의 시는 다수가 형상으로 사유해야 한

《春觉斋论文》)。

39 钟嵘《诗品序》指出:"永嘉时, 贵黄、老, 稍尚虚谈, 于时篇什, 理过其辞, 淡乎寡味。"

40 "语录讲义之押韵者"。

41 "不过以已私意, 敷演立说, 与圣贤本意, 义理实处, 了无干涉"(《沧州精舍谕学者》,见《朱文公文集》卷七十四)。

다는 것을 알지 못한다. 당나라 사람의 법칙에 배반하는 것이기 때문에 맛은 마치 양초를 씹는 것과 비슷하다"라고 말했다.[『시간』1978(1) 참조][42] 그러나 엄창랑과 같은 시기의 문론가들은 "도리에 얽매이지 않고 감언도 내려놓지 않는다"[43]고 설을 내세웠지만 중국 고대 시학은 비이성적인 극단으로 치닫지 않았다. 엄창랑은 비록 "시는 다른 취향이 있는 것이어서 도리에만 관계된 것이 아니다"[44]라고 했지만 동시에 "옛사람은 책을 읽지 않고 도리를 궁리하지 않은 적이 없었다"[45]고 지적하기도 했다. 그가 동경하는 것은 "사리는 뜻에 흥하나 종적을 보이지 않"[46]는 것으로 감미로움이 무궁무진하며 사람들이 일창삼탄(一唱三嘆)하게 하는 작품이다. 청나라 시학자 엽섭(葉燮)도 "영원히 말할 수 있으며 감탄하고 음미에 궁핍하지 않"(『원시』 외편상)[47]는 작품을 매우 추앙했지만 시의 "이치"에도 반대하지 않았다. 그가 반대한 것은 "모든 것을 도리로 다하라"는 것이었고 "정이라면 반드시 도리에 따를 것이고 정이라면 진실이 될 것이며 정과 이가 교집하면 이루지 못할 일이 있겠는가?"라고 여겼으며 "정, 이, 사(情,理,事)"의 완벽한 조화를 주장했다. 그러나 이러한 "말할 수도 있고 풀 수도 있(可言,可解)"는 것은 또한 일반적인 "정, 이, 사"와는 다르다. 그것은 예술 중의 "정, 이, 사"이다. "오직 형언할 수 없는 도리이고, 실시하고 볼 수 없는 일이며, 도달할 수 없는 정이다. 아득한 것을 도리로 여기고 상상하여 일을 만들며 어렴풋한 것을 정이라 생각해야 비로소 도리가 있고, 일이 있으며, 정이 있는 말

---

42 毛泽东也说：“宋人多数不懂诗是要用形象思维的。一反唐人规律, 所以味同嚼蜡。”[见《诗刊》1978(1)]

43 “不涉理路, 不落言筌”

44 “诗有别趣, 非关理也”

45 “古人未尝不读书、不穷理。”

46 “词理意兴, 无迹可求”

47 “能令人永言三叹, 寻味不穷”(《原诗》外篇上)

이다"(『원시』내편 하). 이런 감정, 상상, 이성이 완벽하게 어우러져 혼연일체가 되는 작품이야말로 남에게 흥미를 주고 미적 감각을 주는 가장 감미로운 작품이다. 엽섭의 이 논술은 심미적 감상 중의 이성적 요소는 결코 추상적인 설교가 아니라 융합·침투·침적이 지각·감정·상상 등의 요소 속에 축적되어 있다는 것을 충분히 설명한다. 소금이 물에 녹으면 사람들은 소금 맛만 볼 수 있지만 소금은 볼 수 없듯이 이성은 구체적인 이미지 속에 녹아있고 불가형언 속에서 이성적인 계시를 주며 심미적인 기쁨과 쾌감을 준다. 심미적 감각의 실천속에서 우리는 종종 이런 미적 감각을 체험할 수 있는데 이런 맛은 다음과 같다. "백일은 산을 따라 다하고, 황하는 해류에 들어가네 천리를 바라보려면, 한 단계 더 올라가야 하네."(왕지환『등관작루』)[48] "초원 위의 풀을 떠나도 여전히 해마다 자라고 또 시드네. 들불은 다 타지 못하고 봄바람은 불면 다시 자라나리라."(백거이『부득고원초의송별』)[49] 이런 시들은 바로 사람으로 하여금 읊은 후에 깊은 상념과 계시를 주게 하지 않는가? 이것이 바로 이해 속의 미적 감각이고 이치 속의 맛이다! 전종서 선생이 말했듯이 "시에 있는 이치는 물 속의 소금, 꿀 속의 꽃과 같으며 몸 속에 남아 있는 성품은 흔적도 냄새도 나지 않으며 현재의 모습도 모습이 없고, 입설 하여 도설이 없다. 이른바 명합원현자이라."(『담예록』, 274 페이지)[50] 한마디로 말해서 서양의 미감론이든 중국의 자미설이든 모두 예술적 심미적 감상 중의 여러 가지 복잡한 원인을 포함하고 있다. 그들은 모두 예술적 감상 중의 직감, 감정, 상상, 이해의 모든 요소를 함께 인식하고 있다. 그들은 모두 예술적 심미적 감상 중의 이성과 감성, 감정과 상상의 고도의

---

48 "白日依山尽, 黄河入海流。欲穷千里目, 更上一层楼。"(王之涣《登鹳雀楼》)

49 "离离原上草, 一岁一枯荣。野火烧不尽, 春风吹又生。"(白居易《赋得古原草送别》)

50 "理之在诗, 如水中盐, 蜜中花, 体匿性存, 无痕有味, 现相无相, 立说无说。所谓冥合圆显者也。"(《谈艺录》, 274页)

융합을 요구하며 "사리는 뜻에 흥하나 종적을 보이지 않"[51]는 혼연일체를 요구함으로써 사람으로 하여금 눈과 귀를 즐겁게 하는 "미적 감각"을 얻게 하고, 사람을 일창삼탄 하게 하며, 박장대소하게 하는 "맛"을 얻게 한다. 이 것으로 보아 서양의 "미감론"과 중국의 "자미설"은 비록 용어는 다르지만 실질적으로는 서로 통한다는 것을 알 수 있다. 이것은 중국과 서양의 문예 심미 감상에 공통의 예술 법칙이 존재한다는 것을 충분히 설명하고 있다.

(三)

비록 서양의 "미감론"과 중국의 "자미설"은 상술한 공통점을 가지고 있지만 그것들은 또 각각 다른 민족적 특색을 가지고 있다. 우리는 진일보 그들의 다른 특징을 파악해야만 비로소 전면적이고 정확하게 "미감론"과 "자미설"의 내포를 인식할 수 있다.

우리가 조금만 더 분석하면 서양의 "미감론"은 시각과 청각만이 미적 감각을 얻을 수 있다는 것을 인정하고 미각이 미적 감각을 일으킬 수 있다는 것을 극력 부인하는 흥미로운 현상을 발견할 수 있다. 반면 중국은 정반대이다. "자미설(滋味說)"은 바로 미각과 미적 감각을 밀접하게 연관시킨 것이다. 자미설은 거의 모든 아름다움은 반드시 말해야 하고 말해야 할 아름다움은 반드시 비유해야 한다고 주장한다.

일찍이 고대 그리스 시대에 플라톤은 맛과 향은 사람에게 쾌감을 주지만 결코 미적 감각을 낳을 수는 없다고 분명히 지적했다. "우리가 맛과 향을 유쾌할 뿐만 아니라 아름답다고 하면 우리는 사람들의 놀림거리가 될 수 있기 때문이다."(『플라톤 문예 대화집』, 200 페이지) 중세의 이론가 토마스 아퀴나스는 더 나아가 선(善)은 욕망과 효용에 관한 것이라고 지적했다. 그

---

51 "词理意兴, 无迹可求"

러나 "아름다움은 형식적 요인의 범주에 속한다." 그래서 "아름다움과 가장 밀접한 관념은 시각과 청각이다." 왜냐하면 이것들은 모두 인식과 가장 밀접한 관계가 있고 이성을 위한 것이기 때문이다. 우리는 단지 광경이 아름답다거나 소리가 아름답다고만 말하고 이 형용사를 감각기관(예컨대 미각과 후각)의 대상에 붙이지 않는다. "미각과 후각은 사람들의 욕망을 충족시키는 것일 뿐이므로 욕망을 충족시키기 위한 것만을 선이라 하고 인식만으로 얻어지는 것만을, 즉각적으로 유쾌하게 하는 것만을 미라 한다."(『신학대전』, 제2권 27장 1절) 그 이후로 미각이 미적 감각을 낳는다는 것을 부정하는 이 견해는 서양에서는 의심할 여지가 없는 정설이 되었다. 디드로는 아름다움은 우리 마음속에 유쾌한 관계에 대한 지각을 불러일으키는 효력 또는 능력이라고 지적했다. 그러나 "아름다움은 모든 감각기관의 대상이 아니다. 후각과 미각으로 말하자면 아름다움도 추함도 없다."[『아름다움의 근원 및 성질에 대한 철학의 연구』, 『문예이론역총』 참조, 1958(1)] 헤겔은 예술적 아름다움은 마음 깊은 곳으로부터 환기되는 반응과 울림이지만 미각과 후각은 외적인 물질에만 관련되어 있다고 여겼다. 예를 들어 후각은 공기 중에 날리는 물질에만 관련되어 있다. 미각은 용해된 물질에만 관련되어 있다. 촉각은 냉온도와 매끄러움 같은 성질에만 관련되어 있다. 따라서 이러한 감각기관은 미적 감각을 일으킬 수 없다. 그는 "예술의 감성적인 사물은 시청각이라는 두 가지 인식적 감각에 관한 것일 뿐 후각과 미각, 촉각은 예술적 감상과 전혀 무관하다"고 말했다. 헤겔의 추종자인 19세기의 독일 미학자 비셔(Vischer)는 미각은 저급적인 감각 기관이기 때문에 미적 감각을 생성하지 못한다고 주장한다. "미각은 영양을 해소하고, 쾌감과 불쾌감에 직접적으로 연결된다." 그러나 "진정한 심미적 감각기관은 시각과 청각이다"(『미의 주관적 인상』, 『고전문예이론역총』에 보임, 제8집). 서양의 이론가들이 이것을 어떻게 설명하든 간에 이 점에 있어서는 완전히 일치하다. 그들은 미각과 미적 감각의 연관성을 부인하였다.

서양과 반면 중국의 문예 감상론인 "자미설(滋味說)"은 우선 "맛(味)"자에서 출발하였다. 선진 시기의 이론가들은 거의 아름답다고 하면 반드시 "맛"이라고 불렀다. 즉 항상 맛과 아름다움을 연결시켜 혼동한다는 것이다. 『좌전』에는 "소리도 맛과 같다"[52]라는 말이 있는데 공자는 『소(韶)』의 즐거움을 감상하니 "고기의 맛을 모른다"고 말하였다. 맹자는 공동의 미각과 공동의 미적 감각을 혼동하여 이야기하고 노자도 또한 보고 듣고 냄새를 음미하는 감각을 한 무더기에 휘젓었다. "오색은 눈이 멀게 하고, 오음은 귀가 멀게 하고, 오미는 사람을 상쾌하게 한다."(『노자』 11장) 장자는 "오색은 눈을 어지럽힌다", "오성은 귀를 어지럽힌다", "오미는 입을 어지럽힌다"라고 하였다. 이것이 바로 후세의 미적 감상론인 자미설있어서 "맛 좋은 찌개에는 반드시 담담한 맛이 있고 지극히 보배로운 진품은 반드시 더러운 것이 있으며 치극한 간이로움 속에는 반드시 차한 것이 있고 탁월한 장인한테는 반드시 교묘하지 않은 것이 있다. 그렇다면 변론할 때는 반드시 굽힐 것이 있어야 하고 문장을 관통시키려면 오히려 물러날 것이 있어야 한다."(『자기』)[53] 진나라 육기는 맛으로 문장을 평하기 시작했다. "또는 청허, 또는 완곡하게 매번마다 난잡하고 번거로운 것을 제거하면 맛있는 찌개의 남아 있는 맛을 알고 거문고의 맑은 소리를 듣는 것과 같다. 비록 노래 한 번 부르고 세 번 탄식하지만 고아하고 농염하지 않다."(『문부』)[54] 갈홍도 이르기를 "비록 구름 빛은 희고 빛에 물들거나 농염하지는 않다. 비록 구름 맛은 감미롭지만 조화롭지 않고 아름답지 않다."(『포박자외편·모학』)[55]

---

52 "声亦如味"

53 "大羹必有淡味, 至宝必有瑕秽；大简必有不好, 良工必有不巧。然则辩言必有所屈, 通文犹有所黜。"(《自纪》)

54 "或清虚以婉约, 每除烦而去滥, 阙大羹之遗味, 同朱弦之清氾。虽一唱而三叹, 固既雅而不艳。"(《文赋》)

55 "虽云色白, 匪染弗丽；虽云味甘, 匪和弗美。"(《抱朴子外篇·勘学》)

"오미가 난립하고 감미로우며 여러 가지 빛깔이 조화롭고 모두 아름답다." "귀에 들어오는 것이 좋고 마음에 드는 것이 빠르며 맛의 십중팔구를 잊는 것이 『아』와 『송』의 풍류이다. 소위 소금에 절인 매실의 짠맛과 신맛은 맛있는 가요로 될 수 있는지 모르지만 휘날리는 섬세함은 깊은 심오함에 가려져 있다."(『포박자외편·사의』)[56] 갈홍은 여기서 실제로 미각과 문예의 심미적 감수성을 비교하였다. 남조의 대문론가 유협과 종영은 마침내 "맛"으로 시를 품평하고 "맛"으로 논하여 자미설의 대뚝을 정식으로 중국 문단에 꽂았다. 『문심조룡·종경』에서 "뿌리에 이르러서는 쉽게 벗어날 수 없고 지엽도 무성하며 말은 역하나 뜻이 풍요로우며 일에 가까우면 뜻이 길다. 말은 옛날 것이지만 그 맛은 날로 새로워진다."[57] 이것은 고대 고전 문학작품이 영구적인 매력이 있고 지금도 여전히 사람들에게 미적 계발을 준다는 것이다. 『문심조룡·명시』에서 "장형의 『원편』에서 맑고 전아한 맛이 있다."[58] 『문심조룡·체성』에서 "성인이 말하기를 잠잠하여 뜻이 은은하면 맛이 깊다."[59] 이것은 구체적인 작가 작품에 대한 감상과 평론이다. 종영의 『시품』은 응거(應璩)의 시를 평하면서 "화려하고 사치로운 것은 맛을 풍자할 수 있다"고 하였다. 장협(張協) 시를 평하면서 "사람들로 하여금 맛을 흥미진진하게 음미하게 한다" 현언시(玄言詩)를 평하면서 "담담하고 맛없다"고 비평한다. 이후 사공도 등 사람들의 대거 제창으로 "맛"과 문예 창작과 심미 감상이 긴밀히 연결되어 자미설이 중국 고대의 가장 영향력 있는 정통 문

56 "五味舛而并甘, 众色乖而皆丽。""苟以入耳为佳, 适心为快, 鲜知忘味之九成,《雅》、《颂》之风流也。所谓考盐梅之咸酸, 不知大羹之不致, 明飘摇之细巧, 蔽于沈深之弘邃也。"(《抱朴子外篇·辞义》)

57 《文心雕龙·宗经》云:"至根柢槃深, 枝叶峻茂, 辞约而旨丰, 事近而喻远。是以往者虽旧, 馀味日新。"

58 《文心雕龙·明诗》云:"张衡《怨篇》,清典可味。"

59 《文心雕龙·体性》云:"子云沉寂, 故志隐而味深。"

예 감상론으로 되었다. 송나라 사람 장계운(張戒云)은 "대략적인 구절에서 의미가 없다면 마치 산에 연기와 구름이 없고, 봄에 풀과 나무가 없는 것과 같으니 어찌 다시 볼 수 있겠는가? 완사종(阮嗣宗)은 시를 지음에 있어서 의지로 승하였다. 도연명시는 맛으로 이겼다."(『세한당 시화』)[60] 명나라 사람 주승작(朱承爵)이 말하기를 "시란 짓는 묘미는 모두 경지에 녹아들어 음성을 내는 것 외에 참맛을 내는 것이다."(『존서당 시화』)[61] 청나라 사람 유희재는 "사는 말이 담담해도 맛이 있어야 하고, 장어는 운치가 있어야 하며, 수어는 뼈가 있어야 한다."(『예개·사곡개』)[62] 보다싶이 맛의 이론은 대체할 수 없다.

왜 서양의 심미적 감상론은 미각을 극구 배척하는데 반해 중국의 심미적 감상론은 미각과 밀접하게 연관되어 있는가? 이런 현상은 아마도 우연한 것이 아닐 것이다. 중국과 서양의 감상론은 필연적으로 중국과 서양의 서로 다른 사회 역사 특징, 민족 사유 습관 및 문학예술 특색 등 다방면의 영향과 제약을 받은 것이다. 이 문제는 "서론"에서 이미 비교적 상세한 논술을 했으므로 여기서는 더 이상 다루지 않겠다.

제2절 감정이입, 거리와 출입

본 절은 서양의 유명한 미의 "감정이입설", "거리설"과 중국 고대의 "출

---

60 宋人张戒云:"大抵句中若无意味, 臂之山无烟云, 春无草树, 岂复可观?阮嗣宗诗, 专以意胜; 陶渊明诗, 专以味胜。"(《岁寒堂诗话》)

61 明人朱承爵说:"作诗之妙全在意境融彻, 出音声之外, 乃得真味。"(《存徐堂诗话》)

62 清人刘熙载说:"词, 淡语要有味, 壮语要有韵, 秀语要有骨。"(《艺概·词曲概》)

입설"을 비교하여 그중에서 어떤 규칙성이 있는 것을 발견하여 우리의 심미 감상과 문예 창작에 도움이 되도록 하려고 한다.

"출입설"이란 무엇인가? 서중옥(徐中玉)선생은 일찍이 상세히 논술한 적이 있다. 그는 "출입설"을 발의한 사람이 남송시기의 진선(陳善)이라는 것을 주장했다. 그가 주로 다루고 있는 것은 독서의 방법이다. "책을 읽는 데는 반드시 출입법을 알아야 한다. 처음에는 지식을 구하기 때문에 책에 들어가고 나중에는 지식을 더 구하기 때문에 책에서 나와야 한다. 책과 친절한 것 같으면 이것은 책에 들어간 것이고 지식을 충분히 활용할 수 있으면 이것은 책에 나온 것이다. 책에 들어가지 못하면 옛사람들의 정성을 알수 없고 책에서 나오지 못하면 또 말 밑에서 죽는다"(『고대 문학 이론 연구』, 제1집, 20 페이지에 보임)[63] 청나라 사람인 왕완(汪琬)이 말하기를 "무릇 문장을 하는 사람은 그 시작은 반드시 그 속에 들어오기를 구하고 그것을 이루면 반드시 그 속에서 나오기를 구한다. 그 문장은 글자를 날쌔게 날리고 걸음걸이를 척도하고 언공을 계획하는 사람은 모두 들어올 수는 있어도 나갈 수는 없는 사람이다."(왕응규의 『유남수필』5, 『양일집과 논한 책』에서 인용)[64] 그러나 "출입설"을 논할 때 가장 명확하고 투철한 사람은 왕국유를 제일 앞세울 것이다. 그는 "시인은 우주 인생에 대해 그 안에 들어가야 하고, 또 그 밖으로 나와야 한다. 그 안에 들어가면 글을 쓸 수 있고, 그 밖으로 나가면 볼 수 있다. 그 안에 들어가면 생기가 차 넘치고, 그 밖으로 나가면 높은 운치가 있다."[65]라고 말했다. 곧이어 그는 "시인은 반드시 외물을 경시하는 뜻

---

63 "读书须知出入法，始当求所以入，终当求所以出。见得亲切，此是入书法；用得透脱，此是出书法。盖不能入得书，则不知古人用心处；不能出得书，则又死在言下"(见《古代文学理论研究》，第1辑，20页)。

64 "凡为文者，其始也，必求其所从入，其既也，必求其所从出。彼句剽字窃，步趋尺拟言工者，皆能入而不能出者也。"(王应奎《柳南随笔》五，引自《与梁日缉论『类稿』》书》)

65 "诗人对宇宙人生，须入乎其内，又须出乎其外。入乎其内，故能写之；出乎其外，故能观之。入乎其内，故有生气，出乎其外，故有高致。"

을 가지고 있기 때문에 풍월을 종복으로 명할 수 있고 또 외물을 중시하는 뜻을 가지고 있기 때문에 화조와 함께 근심하며 즐거워할 수 있다."[66] "외물을 경시하는 것", 즉 "이해에 초연하여 사물과 나의 관계를 망각하는 것이다." 이른바 "외물을 중시하는 것", 즉 만물과 합쳐져 함께 근심하고 함께 즐기는 것이다. 엽섭의 한 구절은 문제를 꽤 설명할 수 있다: "그림과 같이 명수들은 각자의 필법이 있고 뒤섞여서는 안 된다. 또한 산혹은 악으로 유명하며, 또한 각자 성정과 기상이 있으므로 바꾸어서는 안 된다. 시인은 이 두 가지 마음가짐을 망각하지 말며 묵계신회 한다. 그리고 자기가 산에서 온 사람이라는 것을 잊지 않고 걸어야 한다. 그리고 산수의 성격과 기상, 다양한 형태의 변태적 영향이 모두 제 눈으로 보고, 귀로 듣고, 발로 밟아나가야 한다."(『원시』) "그 안에 들어간다"라는 것은 꽃과 새와 함께 근심하고 즐거워하는 것이고 물아일체의 경지이다. "그 밖에 나가다"라는 것은 이해의 바깥에 초연해야 하며" 매 한 발자국마다 자기는 산수를 노니는 자라는 것을 잊어서는 안 된다. 이런 "그 안에 들어간다"라는 것은 서양의 "감정이입설"과 상통하는 점이 있고 "그 밖에 나가다"라는 것은 서양의 "거리설"과 근사한 점이 있다. 다음으로 각각 비교와 분석을 하자.

(1) "감정이입설"과 "그 안에 들어옴(入乎其內)"

심미적 감정이입설은 서양에서 최근 100년 동안 큰 영향을 미친 미학 이론이다. 서양의 미학자들은 그것을 생물학의 "진화론"에 비유하기도 하였다. 그것의 주요 대표자인 립스(1851-1914)를 미학상의 "다윈"으로 추켜 세우기도 하였다.(버논·리 『아름다움과 추함 논문집』 참조) 사실 심미와 창작에서

---

66 "诗人必有轻视外物之意, 故能以奴仆命风月。又必有重视外物之意, 故能与花鸟共忧
    乐。"(《人间词话》)

의 감정이입 현상으로서 이미 누군가가 인식하고 있었던 것이다. 아리스토텔레스는 "시는 뛰어난 재능의 예민함, 또는 광기에 가까운 열정을 요구한다. 첫째에 의해 우리는 여러 형식의 모사에 적합하도록 스스로를 만들기가 쉽다. 둘째에 의해 우리는 감정이입이 용이하여 상상 속의 인물이 된다."(『시학』) 서정을 주로 하는 중국 고대 문학은 감정이입이 매우 많다. 예를 들어 "피는 꽃 보아도 눈물지고 나는 새 보아도 놀라노라",[67] "눈물이 꽃을 물어도 꽃은 말을 하지 않고, 천자만홍이 그네타고 날아가네."[68]와 같다. 감정이입 현상을 탐구하는 설도 빠짐없이 나온다. 오교(吳喬)는 "정은 경지를 뛰어넘을 수 있고, 경지도 감정으로 옮길 수 있다."[69]라고 말했다. 전종서는 "'마음을 토로하나', '정은 주고받는 것이다.'" 유협은 이미 서양 미학에서의 '감정이입 작용'을 여덟자로 개괄하였다."(『관추편』, 3권, 1182 페이지)[70]라고 했다. 물론 립스로 대표되는 서양의 근대 미학자들은 감정이입설을 깊이 있고 체계적으로 연구한 것이 그들의 공로라고 할 수 있다.

그렇다면 립스 등이 말하는 감정이입설은 과연 무엇을 말하는 것인가? 그들은 비록 이것에 대해 많이 다투고 있지만 내포는 오히려 기본적으로 일치하다. 립스는 "감정이입작용이란 신체적 감각이 아니라 자신을 미적 대상에 '감'하는 것"이라고 말했다.(『감정이입작용에 대하여』, 『고전문예이론역총』, 제8집, 52 페이지 참조) "감정이입설"의 또 다른 대표 인물인 페쇼르는 "인간은 그 자신을 자연계 사물에 외사하거나 감입한다. 예술가나 시인은 우리더러 자연계 사물에 외사하거나 감입한다."(『비평논총』, 5권) 그들이 말하는 감정이입이란 자아를 자연사물 속으로, 자아를 우주인생 안으로 옮김으로써

---

67 "感时花溅泪, 恨别鸟惊心"

68 "泪眼问花花不语, 乱红飞过秋千去"

69 "情能移境, 境亦能移情"(《围炉诗话》)。

70 "'心亦吐纳', '情往如赠', 刘勰此八字已包括西方美学所称'移情作用'"(《管锥篇》, 第3册, 1182页)。

일종의 "물아위일(物我爲一)"의 경지에 이르게 하는 것이다. 이것이 감정이 입설의 핵심이다. 립스는 『감정이입의 역할에 대하여』라는 글에서 이 관점을 반복해서 밝혔다. 그는 "감정이입설의 작용은 여기서 확고한 사실이며 대상은 나 자신이다. 이 표지에 따르면 나의 이런 자아가 대상이다. 즉, 자아와 대상의 대립은 사라졌다. 또는 존재하지 않는다"고 말했다. 미적 감상의 원인은 바로 나 자신에 있다. 즉 "대립하는" 대상을 보고 즐거워하거나 즐거워하는 그 자아이다. "대상을 마주하거나 상대와 대립하는 것이 아니다. 자신이 대상 안에 있다는 것이다."(『감정이입작용에 대하여』, 『고전문예이론 역총』, 제8집, 43 페이지 참조) 플로베르는 "그 안에 들어가서" 물아가 하나로 되"는 감정이입작용에 대해 깊이 깨달았다. "『보바리 부인』을 쓸 때 자신은 잊어버리고 어떤 인물을 창조하려면 그 인물의 삶을 살게 된다." 예를 들어 그녀와 연인이 숲에서 말을 타고 놀고 있을 때 "나는 동시에 그녀와 그의 연인이었다. 나는 내가 말이고 바람이고 그들의 감언이설이며 그들의 감정에 가득 차 있는 두 눈을 가늘게 뜨게 하는 태양이었다"(『통신집』, 2권), 이것은 정말로 "물아위일(物我爲一)"이 되었다.

그렇다면 중국의 "그 안에 들어옴(入乎其內)"은 또 무슨 뜻인가? 양계초는 이렇게 말했다. "소설을 읽는 사람은 반드시 항상 자신의 몸을 책 속에 녹여서 그 책의 주인공으로 삼아야 한다. 그 몸을 녹여서 책 속에 들어가면 그가 이 책을 읽을 때 이 몸은 자기가 가지고 있는 것이 아니다. 분명하게 이 경지로 가서 저 경지로 들어가려는 것이다."(『소설과 군치의 관계에 대하여』) 황자운(黃子雲)은 『야홍시지(野鴻詩志)』에서도 심미적 감상에서의 감정 이입 방법에 대해 말하고 있다. "읊을 때 먼저 작자가 그날 처한 상황을 알고 그 후에 자기의 마음으로 무상을 청하여 황홀지경에서 노니다가 얻거나 망하며, 처음에는 어디까지나 마주칠 것이 없으나 나중에는 원주가 요요하게 빛나서 내 눈에 나타나게 된다."[『청시화』(하), 847 페이지] 유협은 이러한 감정이입 현상을 "신여물유(神與物游)"이라고 불렀다. 그는 『문심조룡·

물색』에서 "시인으로 사물에 감응하고, 연계하는데 궁핍하지 않으며 만상을 유랑할 사이에 시청각에 깊이 음미하고 기운의 모습을 쓰고 물건을 따라 완연하게 돌아다니기도 하고 의지한 소리를 들으며 또한 마음과 배회하기도 한다."[71]라고 말했다. 이것이 바로 마음과 사물의 융합이고 물아 합일이다. 이런 "정의 주고받음"의 물아 합일은 자연미에 대한 감상을 가리킨다. 문학에 대한 감상은 "문장을 보는 사람이 글으로 감싸 정에 빠지는 것"[72]이다. 김성탄은 『어정문관(魚庭聞貫)』에서 "사람이 꽃을 보면 꽃이 사람을 본다. 사람이 꽃을 보면 사람이 꽃 안으로 들어가고, 꽃이 사람을 보면 꽃이 사람 안으로 들어온다"[73]고 깊이 체득했다. 소식은 "대나무를 그릴 수 있을 때 대나무는 보여도 사람은 보이지 않는다. 어찌 사람을 보이지 않아 그 몸을 홀로 남기는가. 그 몸이 대나무로 변하면 끝없는 청신함을 나타낸다."(『소동파집 전집』 권16)[74] 이것은 실제로 사람과 꽃, 대나무와의 관계를 어떤 신들린 경지로 밀어 넣는다. 송나라 사람 나대경(羅大經)은 회화 창작 중의 감정이입 현상에 대해 이야기했다. "어느 한때는 풀벌레를 잡아 관찰했는데, 밤낮으로도 지루하지 않았고 또 그 신을 잘 보지 못하는 것을 두려워했다. 다시 풀벌레를 관찰하니 비로소 그 날에 이르러 붓을 놓을 사이에 내가 풀벌레인지, 풀벌레가 나인지를 알지 못한다."(『화설』, 『역대론그림명저집』, 123 페이지에 보임) 석도(石濤)도 이와 같은 "사물과 나는 하나가 되"는 심미와 창작 경지를 묘사한 바 있다. "산천을 대신하여 산천의 말을 하게 하고 산천을 다시 태어나게 한다. 기봉을 다 수색해서 초고를 썼지만 산천이

---

71 "是以诗人感物, 联类不穷, 流连万象之际, 沉吟视听之区, 写气图貌, 既随物以宛转, 属采附声, 亦与心而徘徊."

72 "观文者披文以入情"(《文心雕龙·知音》)

73 "人看花, 花看人。人看花, 人到花里去; 花看人, 花到人里来."

74 "与可画竹时, 见竹不见人。岂独不见人, 嗒然遗其身。其身与竹化, 无穷出清新."(《苏东坡集》前集卷十六)

나의 신과 만나 흔적도 없이 사라졌기 때문에 결국 깨끗이 세탁되어 사라졌다."(『고과화상 화어록』, 『역대론화명저집편』, 369 페이지에 보임) 서양의 "물아위일"이든 중국의 "신여물유"이든, 그 기본 내포는 서로 통하거나 또는 기본적으로 같은 것임을 알 수 있다.

(2) "거리설"과 "그 밖으로 나감(出乎其外)"

"거리설"은 블로가 제기한 것이다. 우리는 "감정이입설"은 심미적 감상 시에 자아를 외계사물에 "이입"하여 "사물과 자아가 하나가 되"는 조화로운 경지에 도달할 것을 요구하는 것이고 "거리설"은 정반대로 사람들이 심미적 감상 시에 외계사물과 분리하여 외계사물을 초월하고 실생활에서 뛰쳐나와 우주인생과 일정한 거리를 유지하며 냉정하고 객관적으로 사물을 관찰함으로써 "심미의식"의 "심리적 거리"를 유지할 것을 요구한다는 것을 말하고 있다. 블로가 말했듯이 "거리를 통하여 그것이 낳은 감수성을 한 사람 자신의 자아로부터 분리함으로써 얻어지는 것이며 대상을 실용적인 필요와 목적의 고려 밖으로 놓음으로써 얻어지는 것이다." "아름다움, 가장 넓은 의미의 미적 가치는 거리의 간격 없이는 성립할 수 없다."(『심리적 거리』) 만상을 초월하고 삶에서 벗어나 우주 인생을 객관적이고 냉정하게 관찰하는 것이 "거리설"의 기본 함의다. 물론 블로가 말하는 "거리"는 절대적인 초탈이 아니라 한계가 있는 초탈이다. 블로 자신의 표현을 빌리자면 이를 "거리의 모순"이라고 한다. "거리의 모순"이란 거리가 너무 가까우면 실용적인 동기가 미적 감각을 압도하는 우려가 있지만 거리가 너무 멀면 그 결과는 알 수 없으며 심미의식을 형성할 수 없다는 뜻이다. 그럼 어떻게 할 것인가? 블로는 "거리"가 적절해야 한다고 주장했다. "사람들이 예술과 접촉하거나 단지 감상자로서나 작가로서 창작할 때 사람은 예술가로서 예술에 대해 발생한다. 또 이렇게 예술 발생에서 자아가 없으면서도 있는 관계를 이룰 때, 심리적 거리는 심미적 감상과 예술적 창작에 있어서 그 관계에 내재된 하나의 특질을 나타낸다."(『심리적 거리』)

그렇다면 중국의 "그 밖으로 나감(出乎其外)"의 내포는 어떠한가? 공자진이 말하길 "어떤 사람이 잘 나오는가? 천하의 산천의 형세, 인심 풍조, 토지가 적합하고 성이 귀하며 나라 조상들의 명령, 하부 이서의 지킴이, 모두 관계가 있으며 모두 전문적으로 맡는 것이 아니다. 예의, 병사, 정사, 옥사, 고장, 문체, 현명 여부를 말하는데 마치 훌륭한 사람이 당 아래에서 호호를 보고 춤과 노래를 보며 슬픔과 즐거움이 만천에 이르며 당위에서 지켜보는 사람은 엄숙히 앉자 노려보며 지적하는 것이 나온다고 할 수 있다."(『존사』, 『공자진 전집』, 80~81 페이지에 보임)[75] 여기서 말하는 "그 밖으로 나감(出乎其外)"은 사물에서 뛰쳐나와 바깥에 있으면서 객관적이고 냉정하게 생활을 관찰하는 것이다. 비록 당 아래에서는 "슬픔과 즐거움이 만천"이지만 오히려 "응거하며 지켜보며 지적할 수 있다."는 것이다. 오직 이렇게 해야만 비로소 "관찰"할 수 있다. 왜 사물 밖으로 뛰쳐나가야 하는가? 왜냐하면 "그 몸을 놓아두면 시비 가운데를 접할 수 있고 이해의 밖에 놓아두면 나중에 이해의 변화를 관찰할 수 있기 때문이다"(여곤 『신음어』 권3).[76] 마침 하원(何垣)이 솔직하게 말하기를 "수로는 구불구불하여도 강기슭에서 있는 자는 잘 보이지만 배를 조종하는 자는 미혹되어 있고 기세는 승부에 대역하는 자는 미혹되나 구경꾼은 심사한다. 현명한 자가 밝음과 어둠을 아는 것이 아니라 고요함은 움직임을 관찰할 수 있다. 사람의 능력은 이해에 의존하

---

75 "何者善出? 天下山川形势, 人心风气, 土所宜, 姓所贵, 国之祖宗之令, 下速吏胥之所守, 皆有联事焉, 皆非所专官。其于言礼、言兵、言政、言狱、言掌故、言文体、言人贤否, 如优人在堂下, 号眺舞歌, 哀乐万千, 堂上观者, 肃然踞坐, 眄睐而指点焉, 可谓出矣。"(《尊史》, 见《龚自珍全集》, 80~81页)

76 置其身于是非之外, 而后可以折是非之中; 置其身于利害之外, 而后可以观利害之变"(吕坤《呻吟语》卷三)。

지 않으면 사물이 앞으로 나아갈 수 없다. 마치 하나, 둘과 같다."라고 하였다.(『서주 노인 상언』)[77]

소식은 "가로로 보면 고개가 되고 옆으로 보면 봉우리가 되며 원근의 높낮이가 각기 다르다. 여산의 진면목을 알지 못하는 것은 오직 이 산속에 있기 때문이라"[78]라고 시를 남겼다. 이것은 이른바 "당자미혹, 방관자청"이다. 양계초가 지적하기를 "사람의 항구적인 정은 그가 품고 있는 상상, 경독의 경지에 있는데 왕왕 행실을 알지 못하고 습득해도 살피지 못하는 자가 있다. 물론 슬픔이든 즐거움이든, 원한이든 노여움이든, 사모의 정이든 놀라움이든, 근심이든 부끄러움이든 항상 그것을 알고 있으나 그 까닭을 알지 못한다."라고 하였다.(『소설과 군치의 관계에 대하여』)[79] 그 이유는 무엇인가? 진실로 장학성이 말한 "먼 산을 바라보면 높고 수려할 수 있고 그 속에 들어가도 느끼지 못하며 지난 일을 쫓아가면 애락이 터무니없어 그 지경에 처하면서도 알지 못한다"는 것과 같다.(『감우』)[80] 그러므로 반드시 "그 밖으로 나가"야 명석한 두뇌를 유지하고 객관적이고 정확하게 심미적 감상을 할 수 있으며 "고정지론(高情之論)"을 가질 수 있다. 황정견의 말처럼 "마음이 외물을 끌려가서는 안 되며 그 하늘은 온전하게 지켜지면 만물은 삼연하고 한 경지에서 나온다."(『예장황선생문집』권16『도진사화묵죽서』)[81] 문예창작도 이와 같다. 청나라 왕원기(王原祁)는 이렇게 말했다. "붓을 들고 그림을 그릴 때는 편안하고 적절하게, 속된 창자를 다 쓸고, 묵묵히 소폭에 맞

---

77 "水道曲折, 立岸者见, 而操舟者迷; 棋势胜负, 对弈者惑而旁观者审。非智者有明闇, 盖静可观动也。人能不为利害所汩, 则事物至前, 如数一二。"(《西畴老人常言》)

78 "横看成岭侧成峰, 远近高低各不同。不识庐山真面目, 只缘身在此山中。"

79 "人之恒情, 于其所怀抱之想象, 所经阅之境界, 往往有行之不知, 习矣不察者; 无论为哀为乐, 为怨为怒, 为恋为骇, 为忧为惭, 常若知其然而不知其所以然。"(《论小说与群治之关系》)

80 "望远山者, 高秀可抱, 入其中而不觉也, 追往事哀乐无端, 处其境而不知也。"(《感遇》)

81 "夫心能不牵于外物, 则其天守全, 万物森然, 出于一境。"(《豫章黄先生文集》卷十六《道臻师画墨竹序》)

대고, 정신을 고요히 해야 한다", 이렇게 해야만 "높낮이를 정하고, 좌우를 심사하고, 폭의 안과 밖을 심사하고, 오고 가는 길을 걷고, 붓을 적셔, 먼저 기세를 정하고, 다음에는 간격을 나누고, 다음에는 빈틈 없이, 다음에는 농담이 적절하게 하고, 서로 바꾸어 두드리며, 동쪽에서 서로 호응하면, 자연은 자연스럽게 이루어지고, 자연은 자연에 맞추어, 자연은 자연에 닿을 수 있어 의문없이 자연을 다 그린다. 만약 정해진 견해가 없이 명과 이익만을 쫓으면 오직 사람을 기쁘게 하려는 아첨뿐으로 나무와 돌을 한 조각 한 조각 쌓고, 우물쭈물하고, 그 뜻은 소탈한 것이여서 속필으로 된다."[82] 석도도 말하기를 "척폭은 천지만물을 관리하지만 마음이 담하여마치 없는 듯한 사람은 어리석음은 가고 지혜가 생기며 속은 속함을 제거한 치극한 깨끗함 인 것이다."(『역대회화명저집성』373 페이지 참조)[83] 중국의 "그 밖으로 옮겨 감"설와 서양의 "거리설"의 기본 내포는 서로 상통하는 것으로 모두 사람들이 바깥에 처박혀 있고 사물과 일정한 거리를 유지하며 냉정하고 객관적인 태도로 생활을 관찰하고, 심미적 감상과 문예창작을 진행하도록 요구한다.

한마디로 "감정이입설"은 "그 안에 들어와" 자아를 "우주인생"안에 "이입 (移入)"하여 만물의 성정을 나의 성정으로 삼음으로써 "물과 나를 하나로" 하는 최고의 경지에 이르게 하는 것이다. 그리고 "거리설"은 "그 밖으로 나아가" 자아를 "우주 인생"의 밖으로 "초탈"하여 냉정하고 객관적으로 사물을 관찰하고 자아와 객관사물이 일정한 "심리적 거리"를 유지하는 심미적

---

82 "作画于搦管之时, 须要安闲恰适, 扫尽俗肠, 默对素幅, 凝神静气", 这样才能"定高下, 审左右, 幅内幅外, 来路去路, 胸有成竹, 然后濡毫吮墨, 先定气势, 次分间架, 次分疏密, 次别浓淡, 转换敲击, 东呼西应, 自然水到渠成, 天然凑泊, 其为淋漓尽致无疑矣。若毫无定见, 利名心急, 唯取悦人, 布立树石, 逐块堆砌, 扭捏满幅, 意味索然, 便为俗笔"(《西窗漫笔》)。

83 石涛也说: "尺幅管天地万物, 而心淡若无者, 愚去智生, 俗除清至也。"(见《历代绘画名著汇编》373页)

경지에 도달하는 것을 요구하고 있다. 그러나 "감정이입설"은 "입(入)"만 말하고 "출(出)"은 말하지 않았으며 "거리설"은 또 "출"만 말하고 "입"은 잊어버렸는데 양자는 모두 진리의 일면을 포착하고 다른 일면을 잊어버린 것이다. 그래서 서양의 미학자들이 감정이입설과 거리설에 대해 어떻게 해석하든간에 그들 내부에서도 논쟁이 끊이지 않는 것은 당연하다. 왕조문(王朝聞)주필의 『미학개론』에서 지적한 바와 같이 "감정이입설은 비록 심미적 특징을 설명하는 데 있어서 어떤 표면적이고 합리적인 점이 있지만 근본적으로는 유물론적 반영론과 대립되는 것이다", "거리설은 기껏해야 어떤 심미적 감각의 현상에 대해 단편적인 묘사를 한 것일 뿐이다." 우리는 감정이입설과 거리설의 합리성과 역사상의 진보적 역할을 긍정해야 하지만 그 편면성과 부족점도 보아내야 한다. 감정이입설의 역사적 진보적 역할은 어디에서 드러나는 것인가? 알다싶이 서양 고대 문예는 현실 모방을 제창하고 문예를 자연을 반영하는 "거울"로 삼았다. 근현대에 이르러서 양 문예는 모방에서 서정으로 재현에서 표현으로 대전환을 시작하였으며 낭만주의 운동으로부터 많은 문인들이 문예를 내면적 감정의 발산으로 여기기 시작하였고 문예를 내향에서 외향으로 빛을 방사하는 등불로 여기기 시작하였다. 감정이입설은 바로 이러한 대전환의 이론적 구현이다. 서양 근대 낭만주의 시인들은 자연을 모방하는 전통적인 관념에 반하여 보편적으로 자연을 생명이 충만한 유기체로 간주하고 시작(詩作)에서 마음과 사물이 어우러져 사물과 나가 하나가 되는 경지에 도달하려고 애썼다. "감정이입설"은 서양 근대 낭만주의 문학에 대한 이론적 총화이자 낭만주의와 그 이후의 문예 사조에 대한 강력한 촉진이라고 말할 수 있다. 낭만주의 운동 이후, 서양 문학은 한층 더 서정 표현을 내세우는 모더니즘 문학이 발전하여 "감정이입" 현상이 마침내 각광을 받았다. 예를 들어, 모더니즘 문학 운동 중 최초의 상징주의 문학은 만물이 모두 나에게 "대응"하며 물아(物我)가 하나라고 크게 이야기했다. 감정이입설은 서양 미학사에서 체계적인 이론으로서 일정한 역사적 위치를 차지하고 있다는 것은 자명한 것이다. 그러나 그것은 극복하기 어려운 결점도 가지고 있다. 립스, 버논·리, 골루스와 같은 감정이입설의 대표적인 인물들은 심미적 감정이입 작용을 심미적 감정과 거의 동일시하는데 이는 매우 복잡한 심미적 감정을 단순화시키는 것이 분명하다. 블로의 심미적 "거리설"에 이르러서도 어느 정도 이론적 가치가 있다. 블로 이전에 디드로는 연극, 연기를 논할 때 이미 거리설의 기본 내용을 다루었다. 그는 배우가 연기할 때 맡은 배역과 일정한 심리적 거리를 두고 냉정한 이성을 유지해야 배역을 정확하게 잘 연기할 수 있다고 주장했다. 현대 예술가 브레스트가 제기한 연극, 공연과 관람의 "간리 효과(間離效果)"도 이런 관점에서 문제를 인식한 것이다. 그러나 심미적 거리만을 논하는 것은 어쨌든 전면적이지 않다. 대조적으로, 중국 고대의 심미적 감각상과 문예창작에서의 "출입설"은 전면적이고 변증법적이며 사람은 "그 안에 들러가야 할" 뿐만 아니라 "그 밖으로 나오기"도 해야 한다고 강조하였다. 왜냐하면 오직 "들어감"이 있어야만 진정성을 가질 수 있고 심미적 감상과 문예창작 중의 물체와 나의 같은 입신의 경지에 들어갈 수 있기 때문이다. 오직 "출"할 수 있어야만 만물의 제한에서 벗어날 수 있고 심미의 정관(靜觀)속에서 진정으로 만물의 아름다움을 음미할 수 있으며 정신을 집중하고 정기(靜氣)속에서 일필휘지 할 수 있다. 그래서 "그 안에 들어가면 생기가 나고, 그 밖에 나가면 고결함이 있다." 양자는 대립에서 통일되어 입신화(入神化)의 심미와 창작의 경지에 도달하는데 이것은 아마도 문예 감상과 창작의 기본 규률 중의 하나일 것이다.

(3) 모순 속에서 통일을 추구할 것

이상의 논술에서 쉽게 "감정이입설", "거리설", "출입설"은 모두 일정한 모순을 체현하고 있다는 것을 보아낼 수 있다. 깊이 들어가서 또 뛰어나오는 것, 격동과 냉정한 것, "공명의 자물쇠"와 "사물 밖으로 초연한" 것이다. 도대체 어떤 이유로 이런 모순들이 빚어진 것인가? 필자는 다음과 같이 여긴다.

1. 성격과 기질의 차이

주광잠 선생은 "감상자는 감상하는 것에 대해 보통 '방관자'과 '공유자'의 두 부류로 나뉜다"고 주장한다. "방관자"은 바깥에 있고 "공유자"는 속에 있다. 바로 이런 성격 기질의 차이 때문에 "출"과 "입"의 모순이 나타났다. 예를 들어, 연극에는 두 가지 연법이 있는데 하나는 마치 자신이 맡은 역할로 변한 것처럼 "공유자"의 태도를 취하는 것이다. 다른 하나는 겉으로는 관대하지만 마음속으로는 냉정하게 행동하고 있다는 것을 항상 깨닫는 "방관자"적인 태도를 취하는 것이다. "감정이입설"의 해석에 대해 서양 심리학자들도 이른바 인간의 지각 반응 방면에서의 "운동형"과 "지각형"으로 해석한다.[『서양미학사』(하), 620 페이지 참조] 독일의 미학자 프라인 펠스는 그의 『예술 심리학』에서 이 모순을 "참견형"과 "방관형"으로 설명하였다. 그는 "참견형"은 보통 감정이입 작용을 하고 "방관형"은 보통 감정이입 작용을 하지 않는다고 여겼다. 하지만 두 부류의 사람들은 모두 미적 감각을 즐길 수 있다. 그는 연극 관람을 예로 들어 "참견형" 이렇게 말한다. "나는 내 자신을 잊어버리고, 나는 단지 극 중 사람이 느끼는 것만 느낀다. 때로는 오셀로와 함께 광분하고, 때로는 테스디모나와 함께 벌벌 떨며, 때로는 그들을 간섭하여 그들을 구하고 싶었다." "방관형"은 이렇게 말한다. "나는 연극 장면을 마주하는 것이 마치 한 폭의 그림을 마주하는 것과 같다. 나는 그것이 실제 사람이 아니라는 것을 언제든지 알고 있다. 물론 극중 인물의 정서를 느껴지지만, 그것은 단지 나 자신의 미적 감각에 대한 재료일 뿐이다. 나의 판단력은 시종 깨어 있고 나는 또한 시종 자신의 감정을 의식하고 있다."(주광잠의 『서양미학사』, 629 페이지) 사람의 성격과 기질의 차이에서 이 문제를 인식하는 데는 어느 정도 일리가 있다. 그러나 우리는 이러한 성격의 차이가 절대적인 것은 아니라는 것을 보아야 한다. "참견형"은 결코 이성이 없는 것이 아니며 "방관형"도 결코 무정한 것이 아니다. 정상적인 성격은 "방관"과 "참견"이 동시에 있는 것으로 양자는 모순의 통일체이다. 차이가 나타나는 까닭은 어느 정도 편중된 것일 뿐, 결코 그중 하나가 폐제된 것은 아니다.

2. 감정과 이성의 갈등과 통일

감정이입설은 격렬한 감정을, 거리설은 냉정한 이성을 요구한다. "경험파"는 맡은 배역에 들어가기를 요구하지만 "표현"파는 오히려 "간정법(間情法)"을 제시하였다. "그 안에 들어감"은 "신과 물이 함께 관람 하"는 것을 요구한다. "그 밖으로 나감"은 "엄숙히 앉은" 것을 요구한다. 이는 사람들의 감정과 이성의 모순을 나타낸다. 문예는 감정을 표현하는 것이다. 감정이 없으면 사람을 감동시킬 수 없고 생명력도 없다. 그러나 감정만 있으면 미적 감상이나 문예 창작에 있어서 충분하지 않다. 루쉰은 "나는 감정이 정열적일 때는 시를 지을 수 없다고 생각한다. 그렇지 않으면 예봉을 너무 드러내 '시의 아름다움'을 죽일 수 있다(『두지서·32』). 이 점에 대해 괴테는 매우 실감 나게 말했다. "너는 너의 친구나 애인이 갓 죽었을 때 시를 지어 애도했는가? 아니, 이런 때를 틈타 시재를 발휘하는 사람은 재수 없게 될 거야! 격렬한 슬픔이 지나간 후에는 당사자는 비로소 행복이 손상되었음을 생각할 수 있다. 비로소 기억은 상상과 결합하여 이미 알고 있는 슬픔을 음미하고 증폭시킬 수 있다."(『배우에 관하여』) 중국의 옛말에 "먼저 무정을 배우고 후에 연극을 배운다"[84]라는 말이 있다. 이것은 매우 일리가 있다. 그러나 "감동"도 하고 "무정"도 해야 하는데 이것은 그야말로 사람을 도저히 어찌할 바를 모르게 한다. 명나라 화가인 고응원(顧應遠)은 이렇게 말했다. "사물이 만들어져 버림 받은 것과 사람이 꾸민 것이 전혀 다르다면, 정겹스러우나 차가운 시선으로 그윽한 뜻이 있는 곳을 찾아 그려내야 생기가 잘 살아날 것이다."(『화인』)[85] 정은 "깊어야 하고", 눈은 "차가워야"며, 소위 "애틋하고 차가운 눈"은 바로 강렬한 감정과 냉정한 의지가 서로 통일되는 절묘한 논술이다. 유협도 "문사를 도균하는 것은 고요함에 있다"[86]면서도 "문사방운"[87]에 즈음하여 "등산을 하면 정이 산에 가득하고 바다를 바라보면 뜻이 바다에 넘친다"[88]고 말했다. 냉정한 이성과 흥분된 감정은 모순적이면서 동시에 통일하다는 것을 알 수 있다. "그 안으로 들어감"과 "그 밖으로 나감"은 바로 이것을 극명하게 보여준다.

3. 미적 감각과 공리의 모순과 통일

"거리설"이 대상과 자아의 분리를 강조해야 하는 이유나 "출입설"이 사람들에게 "그 밖으로 나감"을 요구하는 이유든 모두 미적 감각과 공리의 모순을 보고 대상을 필요한 목적의 고려 밖으로 내보낼 것을 요구하기 때문이다. 블로는 "거리는 예술을 개인의 이해를 넘어 좁은 범위에서 향상시키는 것"이라고 지적했다. "거리는 실용적(공리적), 과학적 또는 사회적(윤리적) 가치와 구별되는 미적 가치의 특별한 기준을 제공했다."(『심리적 거리』) 과

---

84 先学无情后学戏"(缪良《文章游戏》,二集卷一)。

85 "如造物所弃置, 与人装点绝殊, 则深情冷眼, 求其幽意之所在而画之, 生意出矣。"(《画引》)

86 "陶钧文思, 贵在虚静"

87 "文思方运"

88 "登山则情满于山, 观海则意溢于海"(《文心雕龙·神思》)

연 미와 공리의 관계는 어떤한가? 루쉰은 "기능은 이성에 의해 인식되지만 아름다움은 직감적 능력에 의해 인식된다"고 말했다.(『"예술론" 번역본서』) 미적 감상은 직접적인 공리의 목적이 아니다. 예를 들어, 여지(과일)가 가득한 수채화 한 폭을 감상한다면 결코 군침을 흘리고 그것을 먹을 생각이 생기지 않을 것이고 오히려 그것의 아름다움을 감상하고 그 속에서 일종의 심미적 쾌감을 얻을 것이다. 반대로, 공리적인 것을 생각한다면 미적 감각에 지장을 줄 수 있다. 마르크스가 말했듯이 "가난한 사람들은 가장 아름다운 경치조차 느끼지 못한다. 보석 상인들은 보석이 아니라 상업적 가치만을 보지그 아름다움과 특징은 보지는 않는다. 그는 보석의 미에 대한 느낌이 없다."(『1844년 경제학-철학 원고』) 가난한 사람들은 먹고사는 것을 걱정하고 상인들은 오로지 이익만을 추구한다. 이것은 자아와 외물의 "거리"가 없고, "그 밖으로 나감"이 없는 것이다. 따라서 공리가 미적 감각을 압도한다. 이것으로부터 보면 미적 감각과 공리에는 확실히 모순이 존재한다. 이런 의미에서 말하자면 거리설은 나름대로 일리가 있다. 그러나 미적 감각과 공리는 모순적이면서도 통일적이다. 왕조문이 주필한 『미학개론』에서 말한 것처럼 "아름다움은 비록 직접적으로 공리의 목적과 관련되지는 않지만 그것의 최종적인 사회적 의의는 여전히 인간이 자연을 개조하고 사회를 개조하는 실천적 투쟁을 더 잘 진행하도록 추동하는 데 있다." 중국 전통의 미학 사상은 대부분 아름다움과 공리를 밀접하게 연관시키는 것이다. 공자가 말하기를 "낙운낙운하네, 종고낙운하오?"(『논어·양화』)[89] 말하자면 문예는 단지 사람을 즐겁게 하는 것이 아니라 반드시 그 사회의 공용이 있어야 한다. 즉 아름다움과 공리를 결합시켜야 한다. 공자의 표현에 의하면, 문예는 마땅히 "아버지를 섬기고(事父)", "임금을 섬겨(事君)"야 한다. 호라티우스도 일찍이 문예는 "교육과 오락을 한데 융합하여, 사람들이 즐기

---

[89] "乐云乐云, 钟鼓云乎哉?"(《论语·阳货》)

며 교육을 받을 수 있도록 해야 한다"(『시예』)[90]고 지적한 바 있다. 아름다움과 공리는 분명하게 분리할 수 없기 때문에 단지 "그 밖으로 나가" 만물을 초탈해서만 안 되며 또한 "그 안에 들어가서" "출"과 "입"의 모순 속에서 변증법적 통일을 구해야 한다고 했다. 이 점이 바로 중국의 "출입설"의 정교로운 점이다.

이상의 비교를 통해 우리는 이러한 계시를 얻을 수 있다. 중국과 서양 문론은 비록 완전히 다른 민족 특색을 가지고 있지만, 많은 개념에서 정반대이지만, 또한 많은 상통하는 점이 있다. 이런 상이하고 또 동일한 상황은 바로 중국-서양 문론 소통의 가능성과 서로 대체할 수 없는 독특한 가치를 설명한다. 같은 곳이 많을수록 친화력이 강해진다. 서로 다른 점이 분명할수록 상호보완의 가치는 더 크다. 중국 고대 문론의 중대한 가치는 그것이 서양 문론과 비슷한 이론을 제기했을 뿐만 아니라 서양 문론이 가지고 있지 않은 것들을 적지 않게 제기했다는 것이다. 그리고 이런 것들은 세계 문론의 결핍을 보충할 수 있다. 오죽하면 미국 하버드대학교 비교문학학과 학과장 크로그네오 기렴이 "세계가 중국과 구미(영국 포함)라는 두 위대한 문학을 결합해 이해하고 생각할 때에만 우리는 문학의 이론적 문제를 충분히 직면할 수 있다고 하였다"고 지적했겠는가?[『국외 사회과학』, 1982(1)]

---

90 "寓教于乐"(《诗艺》)

부록

부록(一)

중국학파: 비교문학 제3단계의 학과이론의 구축

　요약: 학술혁신은 현대 중국 문화건설의 중요한 구성부분이다. 우리나라 인문사회과학의 발전전략은 중국풍격과 중국기백을 대대적으로 제창하고 중국자체의 학과를 건립하는 것인데 도대체 어떻게 학과를 건립할것인가? 비교문학의 중국학파의 창시와 전 세계 제3단계 비교문학 학과 이론의 형성은 중국 인문사회과학학술혁신의 전형적인 사례가 될 수 있다. 비교문학 중국학파의 제기, 초보적인 옹호를 받음에서부터 일부분 사람들의 반대를 받을 때 논쟁과정은 바로 비교문학 중국학파의 학술혁신의 과정이다. "중국학파"라는 표달방식을 반대하는 것은 사실 여전히 서구중심주의의 방법이며 중국학파의 발전이 저애되는 후과를 초래할것이다. 더 나아가 비교문학학과가 "실어증" 상태에 처하게 될것이다. 유럽에서 프랑스학파는 강렬한 학과의식을 가지고 있었기 때문에 비교문학 학과체계의 초보적인 형성과 프랑스학파의 건립을 촉진하였는바 비교문학 중국학파의 건립은 전적으로 필요한 것이었다. 중국학파를 제기하였다고 하여 학술혁신을 완성한 것이 아니므로 반드시 학술혁신의 길을 찾아야 한다. 중국학파가 제기한 "이질문화를 뛰여넘기", "문명을 뛰여넘기", "실어증", "변이학", "문학의 타국화", "서양문학이론의 중국화"등의 명제들은 바로 학술혁신의 구체적인 경로이자 표현이다. 그러므로 학술혁신은 현실을 고려하지 않고 주관적으로 연구를 진행해서는 안되거니와 서양을 배척해서도 안된다. 또한 중국을 배척해서는 안 되며 "자신"을 중심으로 하여 현실의 기본 문제에 입각하여 학술 혁신의 출발점을 찾아야 하며 동시에 연구방법

에서도 창신이 있어야 한다. 바로 이러한 관점에 기초하여 필자는 세계비교문학의 제3단계 이론체계가 이미 기본적으로 형성되었다고 생각한다. 비교문학이론에 대한 중국 학자들의 창신은 비교문학에 대한 기여일 뿐만 아니라 창신의 사고방식, 방법과 경로 상에서 전체 인문사회과학의 발전에도 좋은 참고가 될것이다.

키워드: 비교문학, 중국학파, 제3단계, 학술창신

회의에 참석하신 전문가 여러분:

안녕하세요! 오늘 제가 발표할 제목은 "중국학파: 비교문학제3단계 학과이론의 구축"입니다. 중국학파가 줄곧 일부학자들에 의해 질타를 받았지만 사실상 중국학파의 이론특성 및 방법론체계는 이미 기본적으로 형성되고 날이 갈수록 성숙해지고 있습니다. 비교문학중국학파의 등장은 현재 인문학연구의 창신과 어떤 공통점을 가지고 있습니다. 그리하여 저는 중국 비교문학의 발전과 중국학파의 수립 및 학술창신과의 관계에 대하여 자신의 관점을 밝히려 합니다.

글로벌화의 오늘날, 나라와 나라간의 경쟁은 주로 종합적 국력의 경쟁입니다. 학술연구분야에 있어서 학문창신은 경쟁의 주역이며 학술창신의 제고점을 누가 차지하고 누가 학문의 최전선에 나섰는가는 누가 경쟁의 주동권과 선기를 잡을 수 있는가의 문제입니다. 우리나라가 학문창신을 대대적으로 주창하고 중국학파 설립을 주창해 왔음에도 불구하고 인문사회과학분야에서 진정한 학문창신과 학파창립은 이례(異例)적입니다. 비교문학 중국학파의 창립과정이 바로 학문혁신의 대표적인 사례라고 생각하며 본 문에서는 이를 사례로 인문과학분야에서의 학문적 혁신과 학파 수립에 대하여 이야기할 예정입니다.

오늘날 중국 학술계에서는 "비교문학"이라는 용어가 더 이상 생소한 명사가 아니라 귀에 익어 많은 사람들에게 지혜와 창조의식에 투입되게 하는 학술연구 분야입니다. 다른 많은 학과의 역사에 비해 비교학문의 역사는 비교적 짧은 편이라고 여기는데 이는 중국에서 비교문학이 전문적이고 건전한 학과로 학계에서 공인된 것은 1980년대이기 때문입니다. 하지만 이런 맹아시기에 처해있는 학과이더라도 그 대열의 방대함과 창신의 잠재력은 과소평가할 수 없습니다. 중국 비교문학이 빠른 성장속에서 겪은 우여곡절은 상상할 수 있고 일부 문제는 비교문학 학과가 중국에서 탄생할 때부터 이미 존재해왔고 아직까지도 여전히 존재하고 있어 비교문학이 학과로서 대중들이 익숙하게 하는 진척을 방해하고 있습니다. 이런 점에서 비교문학이 중국에 존재하는 학리적 기초에 부정적인 효과를 주고 있습니다. 그러나 학자들의 노력분투끝에 마침내 비교문학3단계의 학문적 이론체계를 구축하게 되었습니다. 이런 의미에서 비교문학 중국학파의 창립은 하나의 시범적 사례로 우리에게 훌륭한 학술창신의 시각을 제공할 수 있습니다.

—

　비교문학의 학파문제는 줄곧 논란이 있었다. 비교문학은 탄생초기부터 3개 단계를 거쳤는데 프랑스 학파를 대표로 하는 제1단계(유럽단계), 미국학파를 대표로 하는 제2단계(아메리카단계), 그 리고 아시아에서 비교문학이 궐기한후의 3단계(아시아단계)로 나눌 수 있다. 이 3단계의 학과이론체계중의 하나가 바로 이미 체계를 형성한 중국학파이다. 비교문학 중국학파는 획기적인 의의를 지닌 제안을 제기하였다. 이는 비교문학이 이미 완전히 새로운 단계로 발전했음을 상징한다. 이 단계의 출현은 비교문학이 이미 구미학파의 틀을 타파하여 새로운 기상을 띄었음을 예고하고 있으며 학술창신의 유력한 사례이기도 하다.

　사실 비교문학 중국학파의 최초의 제시자는 대륙학자가 아니라 미국계 학자인 이달삼(李達三: 존디니)과 천휘화(陳慧樺, 혹은 陳鵬翔) 구탠홍(古添洪)등 중국타이완 학자였다. 홍콩과 대만에서 교편을 잡고 있는 미국계 학자 이달삼은 평소 수업과정에서 비교문학 중국학파의 건립의견을 먼저 제시했고 1977년 10월에『비교문학 중국학파』[1]를 발표해 정식으로 비교문학 중국학파를 건립할 것을 창의하였다. 그 목적은 "비교문학에서 오래전부터 이미 독존(獨尊)으로 예정된 서양사상패턴으로 분정항례하"[2]려는 데 있다. 여기서 서양의 강압적인 발언권에 대한 중국 학자들의 비교문학적 반발을 처음으로 보여주고 있다. 그러나 이는 이런 사연이 없었더라면 이달삼선생은 "중용(中庸)"으로 중국의 비교문학학파에 이름을 붙이려 할 정도로 그 밑거름이 약간 부족했다.[3]

1976년 중국타이완 학자 구탠홍(古添洪)과 천휘화는『비교문학의 개척지인 대만(比較文學開墾在台湾)』이라는 책의 서문에서 다음과 같이 정식으로 제기했다.

우리 문학은 풍부하면서 함축적이지만 문학을 연구하는 방법에 대해서는 체계성이 결핍하고 본원을 깊이 탐구할 수 있고 단단하면서도 문학작품을 구분할 수 있는 이론이 부족하다. 그래서 뒤늦게 서양문학의 훈련을 받은 중국 학자들이 뒤돌아 중국 고전이나 근대 문학을 연구할때 서양이론을 사용한다다. 다시말해서 중국 문학의 보물을 개발하기 위해 서양의 이론과 방법을 차용한다. 이는 서양의 이론과 방법을 사용할 때 중국문학에 적용시킬 필요가 있다. 즉 본래의 이론과 방법에 대해 시험하고 수정을 하기 때문에 이 문학연구도 날따라 비교문학의 일부분이 될 수 있다. 서양

---

1 李达三:『比較文学中国学派』, 載『中外文学』, 1977(10)

2 李达三:『比較文学中国学派』, 載『中外文学』, 1977(10)

3 李达三:『比較文学中国学派』, 載『中外文学』, 1977(10)

문학 이론과 방법을 차용하고 이를 시험, 조정해 중국문학에 사용되는 이 연구는 비교문학에서의 중국학파라의 연구라고 대담하게 선언해도 될것이다.

이 구절의 설명에서 고첨홍, 천휘화는 간소하게 "해석법(闡发法)"을 제시하고 정의했다. 동시에 중국학계의 반세기이래의 학술실천에 한차례 이론 총결을 하였다.

잠시후 구첨홍, 천평샹등은 잇따라 글을 올려 비교문학 중국학파의 문제를 탐구하였다. 천평샹은 "『교문학 중국학파의 이론과 단계의 건립』이라는 글에서 비교문학 중국학파의 이론과 설립단계에 대하여 비교적 상세하게 검토했고 프랑스-미국학파의 이론적 결함에 대한 고찰을 한후 비교문학의 3단계를 건립할것을 제안했고 "서양의 이론과 방법을 모사하고 답습하여", "서양의 학술용어, 이론적 틀을 시험하고, 조정하며, 수정하고 확대할것", "새로운 문학이론의 틀을 발굴해 문학 창작의 일반적인 법칙과 공통법칙을 찾아내(universal, 혹은 comon poetics)"[4]는 것이다. 오늘날에서 볼 때이 3단계는 여전히 구체적인 현실적 의미를 가지고 있다. 구탠훙이 발표한 『중국학파와 타이완 비교문학계의 현단계 방향』[5]은 비교문학이 타이완에서의 발전과 비교문학 중국학파의 제기와 이어지는 과정에 대해 회고와 고찰을 했지만 비교문학 중국학파의 건립문제에 대해서는 의견을 제시하지 않았다.

이상 타이완학자들이 비교문학 중국학파에 대한 일부 탐구와 건설적인 의견이다. 타이완학자들이 비교문학 중국학파에 대한 탐구는 적극적 의의를 지니고 있었다. 예하면 비교문학 중국학파의 해석법과 민족성 문제를

---

4 陈鹏翔:『建立比较文学中国学派的理论和步骤』,见黄维梁、曹顺庆主编:『中国比较文学学科理论的垦拓』,154页,北京,北京大学出版社,1998。

5 见黄维梁、曹顺庆主编:『中国比较文学学科理论的垦拓』,163～178页。

제시하고 비서양중심의 대변인이 되는 등 중국학파의 탐구에 긍정적인 의의를 가지고 있으며 모두 비교문학 프랑스-미국학파와는 다른 특징을 가지고 있으며 이는 중국비교문학의 발전이 자각의 길로 들어서기 시작했음을 상징한다. 하지만 비교문학 중국학파에 대한 타이완 학자들의 주장에는 서양의 문학이론과 연구방법으로 중국문학을 조명해야 한다는 주장처럼 토론할만한 부분이 있는데 이는 중국문학을 서양이론의 부속물로 생각하기 쉬워 중국문학 자체의 특성을 무시하기 되는 우려가 있다. 중국내지에서 비교문학 중국학파를 탐구하기 시작한 직후 천펑샹은『비교문학 중국학파의 이론과 단계의 건립』을 발표했는데 사실상 타이완 학자들이 중국 학파의 초기 이론에 대한 적절한 조절이었다.

비교문학에 대한 중국 대륙의 검토는 비교문학이 공식적인 학문이 되기 전부터 시작되었다. 1981년에 계선림(季羨林)선생은 이렇게 지적하였다. "우리가 열심히 공부하고 열심히 연구하는한, 비교문학 중국학파가 반드시 설립될 수 있을것이며, 날따라 더 빛날 수 있을 것이다."[6] 1982년 엄소탕(嚴绍盪)은『독서』지의 글에서도 동방민족 특색이 있는 비교문학 중국학파 건립을 제안했다. 1984년『중국비교문학』창간호에 양주한(杨周翰)선생의『중국학파 설립구상을 먼저 가져도 된다』등의 글을 발표하며 비교문학의 중국 특색을 견지했다. 1985년 황보생(黄宝生)은『비교문학 수립을 위한 중국학파: '중국비교문학'창간호 읽고서"(『세계문학』, 1985년 제5기에 기재)는 비교문학 중국학파에 대한 중국 대륙의 검토가 실제적인 조작단계에 진입했음을 상징한다. 그러나 중국비교문학의 발전은 1985년의 중국비교문학학회의 설립으로 순탄하게 진행되지 못했으며 그 사이에 많은 숙고할 문제들이 나타났다. 그중에 서양문학이론으로 작품을 해석하고, 중국문학을 연구하는 문장이 많은데, 이것은 어느 정도 중국타이완 비교문학발전과정

---

6 季羨林:『比较文学译文集·序』,3页, 北京, 北京大学出版社, 1982。

에서 나타난 일부문제와 같다. 따라서 "서양문학이론을 준줄로 한 서양식의 비평팬턴이 중국문학에 적합한지에 대한 논의와 향후 비교문학의 발전에 지도적인 의미가 있는지" 등에 대한 중국 비교문학계가 기존 학문이론에 대한 질의와 자기 학과이론의 수립을 위하는데 요구를 제충하기 시작했다. 한편 셰탠쩐(謝天振)등 학자들로 비롯된 비교문학 연구계는 "x+y" 모식에 대한 비판을 펼쳤다.[7] 일반 연구자는 단순한 연구방법의 문제라고 생각하지만 이는 사실 비교문학 중국학파에 관한 중요한 문제이기도 하다. 비교문학이 중국 대륙의 부흥이후 일부 연구자들은 "x+y"식의 부가적인 비교연구모식을 취했는데 유사점을 발견한 후 만사대길한 반면 중·서의 거대한 문화적 차별성에 주의를 기울이지 않고 얕은 비교의 차원에 정제되어 있었다. 이런 연구방식은 제때에 자신의 연구방법과 이론체계를 구축하지 못한 등 결함으로 비교문학연구에 좋지 않은 명성을 가져다 주었다. 이런 현상의 출현은 비교문학에 대한 중국 학자들의 이해에 문제가 생겼을 뿐만 아니라 비교문학 프랑스-미국학파의 연구이론에 장기적으로 존재하는 '누군가가 어느 나라에', '누군가와 누군가'의 연구패턴의 영향을 받았기 때문이기도 한다. 일부 학자들은 중국과 서양 문학의 배후에 있는 거대한 문명의 차별성을 깊이 생각하지 않았기 때문에 무턱대고 "x+y"패턴을 남용한 것이다. 이는 일부 학자들로 하여금 비교문학 중국학파의 문제를 깊이 사고하도록 유도하였다. 『기남학보』의 1991년 제3기호에서 방하처(芳賀徹), 순징요(孫景堯), 요펑즈(饒芃子), 셰탠쩐(謝天振)과 차오순칭(曹順慶)등이 한조의 필담을 발표했다. 이 문제와 관련해 자신의 의견을 제기했는데 모두 비교문학 연구가 오랫동안 존재해 온 프랑스-미국연구패턴을 타파하고 비교문학 중국학파를 수립해야 하는 임무가 이미 방패막에 박혀있다고 여겼다. 1991년 2기호에 발표한 『"중국학파"를 위한 일변(为

---

7 謝天振:『中国比較文学的最新走向』,載『中国比較文学』,1994(1)。

"中国学派"一辯)』에서 비교문학 중국학파를 옹호했다. 왕푸런(王富仁)은 학술월간지 1991년 4기호에서 『비교문학 중국학파문제를 논하기』 발표했는데 비교문학 중국학파가 궐기할 것을 논하였다. 이런 학자들의 공동의 노력을 거쳐 비교문학 중국학파는 일부 초보적인 특징과 방법론체계가 점차 부각되기 시작했다. 비교문학 중국학파의 창의과정도 하나의 학술혁신의 과정이다. 왜냐하면 자신의 독특한 학문이론과 방법론체계가 있어야만 비교문학 중국학파가 성립될 수 있기 때문이다. 그리하여 이 자체가 하나의 학술계승과 혁신의 문제이다. 비교문학 중국학파의 건립에 대하여 말하자면 더욱 그러하다. 비교문학 중국학파의 건립은 결코 순풍에 돛단듯이 순탄한 것이 아니라 끊임없이 탐구하면서 건립되는 것이다.

이 시기 비교문학 중국학파에 대한 언급은 학계에서 대체적으로 찬성하는 것이며, 이 또한 비교문학이 중국에서 부흥한 후 아주 좋은 발전과 강대해지는 시기가 되었다. 그러나 그 후 점차 비교문학의 중국학파라는 표현에 의문을 제기하는 학자들이 생겨나게 되었다. 일부 학자들은 비교문학 중국학파의 내포에 대해 비판적인 의견을 제기하였는데, 예를 들어 미국의 유약우(劉若愚) 교수는 주로 비교문학 중국학파가 발흥한 초기에 서양문학이론으로 중국문학현상의 유효성을 평가하거나 천명한 것에 대해 의문을 제기하였다. 일부학자들은 "연구가 막시작되자마자 서둘러 중국학파의 깃발을 내밀고 있다. 이러한 방법은 모두 중국연구자들이 자신의 문화교양의 실제로부터 출발하여 진지하게 책을 읽고, 확실하게 사고하고, 착실하게 연구에 종사하는 것이 아니라 이른바 '학파'라는 공허한 개념에 빠지도록 오도하고 있다. 학문사는 우리에게 '학파'는 흔히 후대 사람들이 총결한 것이며 오늘날 사람들은 자기를 위해 "학파"를 수립할 필요가 없고 반드시 가장 주요한 정력을 실제적인 연구에 활용해야 한다"고 주장한다.[8]

---

8 严绍盪:『双边文化关系研究与"原典性的实证"的方法论问题』,载『中国比较文学』,1996(1)。

일부 학자들은 학파의 형성이 비교문학연구권을 어느 한 중심안에 두게 함으로써 비교문학의 정신과 부합하지 않는다고 생각한다. 동시에, 학파는 다른 사람이나 후대 사람들이 준것이지, 스스로 봉인한 것이 아니다고 여겼다.[9] 일부 학자들은 이른바 국제적 관점으로부터 비교문학 중국학파의 합법성에 대해 의문을 제기하는데, 그들은 유럽이 선양하는 비교문학은 문학의 국경과 민족특색을 없애려는 것이고, 중국학파의 설립은 바로 국경과 민족특색을 선양한 것이며, 이는 비교문학의 출발점과 국제전단에 배치되는 것이며, 게다가 국제적으로도 학파의 관점을 별로 언급하지 않기 때문에 비교문학 중국학파의 언급을 반대한다고 여겼다. 버크마교수는 바로 비교문학 중국학파의 설립을 반대했으며 비교문학 중국학파를 세우는 것은 과거의 새로운 단절로 대체하는 것이라고 여겼다.[10] 심지어 예전에 비교문학 중국학파에 동조했던 학자들도 비교문학 수립에 반대하기 시작했다. 그 원인은 구미의 미학계는 학파를 언급하지 않고 중국학파의 형상을 소극화하고 있기 때문이다. 그러나 중국학파를 변호하는 학자도 있다. 슝무칭(熊沐淸)은『중국학파:필요, 가능, 경로』(『중국비교문학』1997년제4호), 덩난(鄧楠)은『비교문학 중국학파의 아견』(『중국비교문학』1997년제3호), 황포샤오타오(皇浦曉濤)은『발전연구와 중국비교학파』(『사회과학전선』1997년제1호) 등을 발표하여 중국학파를 변호하는 학자도 있다.

이러한 논쟁은 비교문학 중국학파의 건립을 막지 못하였고 오히려 또 다른 측면에서 중국학파의 성장을 촉진시켰다. 학자가 비교문학 중국학파를 탐구하기 시작했을 때부터 중국학파는 중국 학자들의 오랜 끈질긴 연구속에서 서서히 성장했고 나아가 자신의 이론적 특징과 방법론 체계를 비교적 선명하게 보여주었는데 이것이 바로 한 학파의 성장의 징표였다.

---

9 乐熊云等:『比较文学原理新编』, 59〜60页, 北京, 北京大学出版社, 1998。
10 见『中国比较文学通讯』, 1988(3)。

나는 바로 이런 논쟁에 가입하여 "중국학파"에 대한 자신의 견해를 제시했다.

1995년 나는 『중국비교문학』제1기에 『비교문학 중국학파의 이론의 기본적 특징과 그 방법론체계의 초탐』라는 문장을 발표하여 비교문학의 중국 10여년동안의 발전성과에 대해 총화하고 이를 바탕으로 비교문학 중국학파의 이론적 특징과 방법론체계를 총화해 비교문학 중국학파에 대해 전방위적으로 진술했다. 『비교문학 중국학파의 이론의 기본 특징과 그 방법론체계의 초탐』이라는 글에서 나는 비교문학 중국학파의 기본특징을 "문화를 뛰어넘은 연구"로 요약하고 문화간의 조명법, 중·서 상호보완을 위한 이동비교법, 민족특색 및 문화의 뿌리찾기를 탐구하는 틀의 뿌리찾기법, 중·서의 소통을 촉진하기 위한 대화법, 이론의 재구성을 추구하기 위한 통합과 건설법 다섯가지 방법을 버팀목으로 삼고 중국학파의 문화간의 연구를 곧 구축할 이론과 함께 하고 있다.[11] 중국 학파가 이질적인 문화연구를 기본 특색으로 내세우는 이유는 비교적 특수하다. 예전 프랑스-미국학파는 모두 같은 고대 그리스 로마문화에 속한 유럽문화권 내에서의 비교였고 중국인이 마주한 것과 유사한 중국 문화와 서양문화의 거대한 충돌에 부딪힌 적이 없고 구망도존하는 문화적 위기감은 더더욱 없었다는 것이다. 그래서 프랑스-미국학파는 학문적 이론에서도 이질적인 문화에 걸친 요구를 하지 못했다. 중·서문화 충돌에 처한 중국 비교문학에 대해 우리는 중·서양 문화의 거대한 차이를 실감했고 중국의 비교문학 연구는 불가피하게 문화간 요구를 제기했다. 프랑스-미국학파가 다국적과 학제간 두벽을 넘나들었다면 중국 학파는 동서양 이질문화라는 벽을 넘어 제3의 벽을 넘은 것이다. 나의 생각에서 문화간의 연구는 프랑스-미

---

11 曹順庆:『比较文学中国学派基本理论特征及其方法论体系初探』,载『中国比较文学』,1995(1)。

국학파를 동조하는 연구사유모식이 차이점을 추구하게 되고 이렇게 하여야만 중·서 문화간의 두터운 장벽을 허물 수 있다. 다문화 간 연구와 보조를 맞춘 5가지 연구방법은 비교문학 중국학파 방법론체계의 중요한 구성부분이 되고 이론구조법, 부록법, 귀납법, 융합법등 방법은 중국학파의 형성과 발전과정에서의 일부 방법에 대해 설명하고 분석하였다. 이러한 방법들이 동서양문학간의 비교연구에도 동일하게 적용되고 다른 동양문학과 서양문학간의 비교연구에도 적용된다고 본다. 이미 1988년 원호는 "비교문학시 문화를 뛰여 넘는 문학연구"를 제기 했는데 이는 비교문학 중국학파에 대한 이론적 특징고 방법론적체계에 대한 일차 혁신이다. 이런 "뛰여넘기"와 5개 연구방법은 단순히 이전 연구성과에 대한 총화만이 아니라 더욱 중요한 것은 비교문학 중국학파의 방법론체계의 진일보 보완과 성숙을 위해 실행 가능한 경로를 제공했다는 점이다. 이는 비교문학연구가 만난 기회와 도전일뿐만 아니라 비교문학학과의 이론자체의 발전일 뿐만 아니라 우리 중국의 학자들이 중·서 문화의 차이를 대조하는 과정에서 비교문학학과 이론에 대한 혁신이기도 하다.

『비교문학 중국학파의 기본이론적 특징과 그 방법론 체계 초탐』일문의 발표는 향후 "국내외 비교문학학계의 큰 반향을 일으켜 여러 군데에서 인용돼 평설을 반복했다."[12] 어떤학자들은 "차오순칭의 중국학파 이론체계에 대한 초보적 스케치는 비교문학 중국학파가 이미 입지를 다지고 이론적인 제고점을 취득했음을 보여준다."[13]고 주장한다. 첸린선(錢林森)은 "이것은 정말로 지금까지의 학설들중 가장 온전하고 체계적이며 가장 심오한 것으로 표현되었다"며 "새롭고 신기하게 들린다"[14]고 주장했다. 유헌표(劉獻彪)

---

12 吳兴明:『理路探微;詩学如何从"比較"走向世界性——对青顺庆比较诗学研究的一种解读』,載『中国比较文学』,1999(3).

13 代迅:『世纪回眸;中国学派的由来和发展』,載『中外文化与文论』,1996(1)。

14 钱林森:『比较文学中国学深与跨文化研究』,載『中外文化与文论』。1996(2)。④刘献趣:『比

선생은 이 문장이 "결코 비교문학 중국학파의 성행을 알렸다. 중국의 비교문학 건설과 방향에 현실적인 의미가 있을뿐만 아니라 비교문학이 시대를 뛰여넘어 발전하는데도 헤아릴수 없는 영향을 미칠것"[15]이라고 하였다. 중국 타이완의 저명한 비교문학학자인 구첨홍은 이 문장이 "체량이 크고 사고가 정세하며, 타이완과 대륙 두 지역의 비교문학 중국학파의 전략과 지귀를 종합했다고 볼수 있다"며 "중국학파"가 대륙에서 재출발과 진심으로 삼을수 있다고 주장했다.[16] 이러한 평가는 모두 해당글의 가치 소재를 충분히 설명하는데 이는 비교문학 중국학파가 확실히 중국 학자들의 탐구 속에서 점차 건립되어 완비되고 있음을 말해주고 있다. 어떠한 정도에서 말하면 비교문학 중국학파는 이 문장의 등장으로 비교적 두드러진 이론적 특징과 성숙해지는 방법론체계를 초보적으로 갖추게 되었다. 학계에서 "문화간" 비교문학 관념을 제시한 이휴 '문화간'의 제법은 비교문학계의 폭넓은 인정을 받았는데 예를 들면 북경대학 락대운등의 저서 "비교문학 원리신편", 진정, 손경요, 사천진이 편집한 "비교문학", 진전 류상우의 저서 "비교문학개론" 등 중요논저는 모두 "문화간"을 비교문학의 기본적 특징인데 이는 내가 제기한 중국비교문학 "문학간"을 비교문학의 기본적 특징의 실현 가능한 점을 잘 보여준다.

물론 중국학파에 대한 논쟁이 이 글의 등장으로 멈추지 않은 것은 비교문학중국학파의 방법론체계가 완전히 성숙되지 않았기 때문이다. 1997년 타이완 『중외문학』에서 "비교문학 중국화"좌담회의 기록을 발표하자 장한량(张汉良), 소기강(苏其康), 황미서(黄美序)등 학자들은 각각 자신의 견해를 발표하고 진일보 비교문학 중국학파의 토론을 깊은 곳으로 추밀었다.

　　较文学中国学派与比较文学跨世纪发展』,载『中外文化与文论』。1996(2).

15　刘献彪:『比较文学中国学派与比较文学跨世纪发展』,载『中外文化与文论』。1996(2).

16　古添洪:『中国学派与台湾比较文学的当前走向』,见黄维梁、曹顺庆主编:『中国比较文学学科理论的基拓』,167页注释①。

2001년 차오순칭은『중국비교문학』제3기에서『비교문학학과 이론발전의 3개 단계』를 발표해 비교문학이 중국에서 발전한 후의 변화를 총결하여 비교문학의 세 번째 발전단계라고 부르며 전체 학과발전사의 고도에서 비교문학의 중국 발전과 변화에 대해 총화하고 비교문학의 3단계 이론을 정식으로 제기했다. 러따이윈(樂黛雲)교수는 국제 제17기 비교문학대회에서의 발언에서 비교문학 3개 단계의 견해를 긍정하고 3단계의 문화간, 문명간 이질에 대한 연구에 중시하였으며 3단계의 학과 이론 구축은 점차 학계에 인정을 받게 되었다. 이후 비교문학 중국학파는 중국특색을 가진 일련의 학과이론과 연구방법을 잇따라 제시했고 비교문학 중국학파의 이론과 방법론 체계도 날로 완벽해지고 있다.

사실, 비교문학 중국학파에 대한 논쟁은 비교문학이 중국에서 새로운 문제에 봉착한후 자신의 학과이론에 대해 조정을 실시한것인데 이는 비교문학위기의식의 체현일 뿐만 아니라 비교문학 중국학자들이 지는 문제의식의 부각, 즉 비교문학 중국학자 자신의 혁신의식의 표현이기도 하다. 이런 혁신의식은 비교문학 중국학자들이 모두 갖춘 것이지만 혁신에 대한 길은 제각각이다. 왜냐하면 비교문학이 전통적인 유럽문화권을 돌파한후 귀감이 될만한 경험이 아직 없기 때문이다. 중국학파가 비교문학학과 이론을 혁신해야 하는 난이도도 더 크기 때문이다.

지금까지도 비교문학 중국학파에 대한 논쟁이 멈추지 않고 있는 것은 좋은 일이며 이는 비교문학 중국학파가 논쟁에서 점진적으로 성숙하고 보완하는 데 도움이 된다. 그러나 또한 나쁜 것일 수도 있는데 이는 일부 학자들로 하여금 구체적인 이론 건설보다는 학파간 쟁론에 과도한 에너지를 쏟게 한 것이다. 그러나 전반적으로 비교문학중국학파의 건립은 이미 점점 더 많은 학자들의 이해와 지지를 받고 있으며 비교문학 중국학파도 논쟁 속에서 점차 성숙으로 나아가고 있다.

二

　　비교문학 중국학파에 대한 논쟁 과정에서 가장 두드러진 문제가 있는데 바로 비교문학 중국학파가 과연 어떤 방법론 체계를 가져야 진정한 중국학파라고 할수 있는가 하는 점이다. 이것은 어떤 학문의 발전에서 모두 직면하게 되는 문제, 즉 어떤 특징이 이 학과가 진정으로 중국기풍과 중국기세를 가질 수 있게 할 수 있는가? 학문의 창식은 모든 학과의 제일 우선인 것인데 비교문학도 마찬가지이다.

　　비교문학 중국학파가 어떠한 중국특색의 방법론과 학과이론체계를 가지는가에 대한 것은 중국학파의 존망에 관한 문제인데 부동한 학자들은 자기의 부동한 시각을 가지고 있다. 하지만 모두 하나의 두드러진 문제점이 존재한다. 그것은 대부분의 학파가 벗어나지 못한 프랑스-미국학파의 이론적 틀이다. 그러므로, 비교문학 중국학파의 신분귀속문제도 논란이 지속되고 있다.

　　이 문제에 따라 중국학술은 전반의 문화의 문맥을 답사한 결과 인문학으로 말하자면 중국학술은 줄곧 서양의 강세한 언론하에서 생존해왔으며 중국학문의 사고방식과 언어설법은 모두 서양과 놀라운 일치를 보였다. 즉 서양의 강세언론하의 중국학술은 자신의 권리를 언도하고 심지어 자신을 어떻게 말하느냐조차 문제가 되어 문화의 종족에서는 이미 의지할 데가 없어 보인다는 것이다. 중국 학술 발전현황과 추세에 대한 고찰을 가지고 나는 중국 학술이 일종의 "실어(失語)"상태에 있다는 것을 알게 되었고 이를 "실어증(失語症)"으로 요약했는데 이는 중국인문학계에서 비교문학연구를 포함한 모든 학과의 두드러진 문화의 병태적 현상이다.[17]

　　그리하여 1995년과 1996년 각각 『21세기 중국 문화발전전략과 중국문

---

17 参见曹顺庆：『文论失语症与文化病态』,载『文艺争鸣』,1996(2)。

론화어재건』[18]과『문론실어증과 문화병태』[19]에서 이러한 현상에 대해 비판하였다. 본편의 문장에서 나는 문예이론과 비교시학연구에 대해 논설했다. 문예이론연구령역은 모든 중국 문화와 학술현상의 하나의 축소판이고 중국은 문예이론연구가 실어상태어 처하였을 뿐만 아니라 모든 중국 문화와 학술연구상에서 엄중한 "실어증" 상태에 처한 것이다. 소위 "실어"란 우리가 말을 할줄 모른다는 것이 아니라 우리가 자기의 말을 할 수 없다는 것이다. 즉 "우리만의 문론적 담론은 전혀 없다, 자기만의 소통 해석을 위한 학문적 규칙"을 씌우고 일단 우리가 서양의 말을 하지 않게 되면 우리 민족의 학문적 담론이 없어지고 자기 말을 하지 않게 된다는 의미이다. 우리는 세계학술영역에서 자기 말을 하기 어렵다. 그러므로 우리는 반드시 서양의 영향에서 벗어나 자신의 민족 특색의 이론을 설립하여야 하는데 자신의 비교문학학과 이론을 포함시켜야 한다.

"실어증" 하나의 돌이 천겹의 파문을 일으키니 찬성자가 있고 반대자고 있다는 것이 학술계에 열띤 논쟁을 불러일으켰는데 그로 인한 학술 논쟁은 이미 이 구호자체를 훨씬 뛰어 넘었다. 지지자들은 "문학 이론계의 경우 이 문제의 제기는 현 상황에 맞서 활로를 모색하려는 좋은 소망을 확실히 반영한다. 그는 현재 문학이론계의 요충지를 접하고 있어 뜨거운 호응을 얻고 있다. 시간은 화제가 되고 있다. 학자들은 우리 당대 문론 담론을 세우기 위해 고대 문론을 활용할 어떤 가능성을 제기하고 있다." 스론 일출, 순간파장을 불러일으켜 학자들이 지지하거나 반대하거나 깊이 깊은 사고를 쫓는거나 혹은 사상의 장을 따로 마련하겨 세기말 문단에서 가장 눈에 띄는 하나의 경관으로 되었다." 반대하거나 다른 의견을 가진 학자들도 있었다. 어떤 학자는 중국 문예학이 고대에서 현대로 '전환'이 일어

---

18 曹顺庆:『21世纪中国文化发展战略与重建中国文论话语』,载『东方丛刊』,1995(3)。

19 曹顺庆:『文论失语症与文化病态』,载『文艺争鸣』,1996(2)。

났을뿐 '절단'이 일어나지 않았다고 생각해 "실어증"을 논할 수 없도 "실어증"을 일종의 '본진성 환각'과 "전반서화환각"으로 내세우고 "문화근본주의", "문화복수정서의 전형대표"로 말하였다. 어떤 학자는 "실어증"에 대해 명백하게 오해를 하고 심지어 곡해를 하기도 하는데 "실어증"을 직접 학문이 없는 것으로 보는 것은 내가 당초 "실어증"을 제안한 목적을 오해한 것임이 분명해 보인다. 왜냐하면 고대문론을 연구하는 많은 여러분들도 마찬가지로 말실수를 했는데 이들의 공이 나쁘다고 할 수는 없지만, 그들 역시 실어를 하였다. 왜 그런가? 자기의 화어(話語)를 사용하지 않았고 자기의 언설방식이 없기 때문이다. 서양의 언설방식을 사용하였기 때문에 "백거이는 현실주의인가? 낭만주의인가?", "풍골(風骨)의 내포"등 쟁론이 생기기 마련이다.

상술한 "실어증"에 대한 오해와 반대는 사실 일부 학자들이 언어구사 방식과 사고방식, 심지어 학술 규칙에 있어서도 이미 서구화되어 중국전통과 본토의 학술현실 및 현실배려와 엄중히 동떨어졌다는것을 설명한다. 이런 현상은 문예이론계뿐만 아니라 비교문학계에서도 똑같이 존재하는 것이다. 왜냐하면 "실어증"은 그 자체가 중국과 서양의 공동 문제이다. 이는 단순한 중국문예이론이나 문화 내부의 문제가 아니라, 중국과 서양이 관계되는 큰 문제이기 때문에, 중국과 서양을 떠나서 "실어증"도 언급할 수 없을 것이다. 우리 자신이 "싫어"상태에 처해 있다는 것을 깨달아야 우리의 학술혁신은 비로소 목표를 가지게 되고 비교문학의 혁신이 결핍된 뿌리도 여기에 있다. 중국비교문학의 학문이론상의 실어상황에 대하여 어떤 학자는 "화이부동(和而不同)"라는 주장을 제기하였는데 이는 매우 고심한 것이라고 할 수 있다. 그러나 비교문학이 중국에서 발흥한 이후부터 줄곧 프랑스-미국학파의 학문이론이 사용되었기 때문에 서양과 다른 점이 전혀 존재하지 않는데 어떻게 "부동"을 자져올 수 있겠는가? 이 "부동"을

찾지 못하면 "화이부동"이라고 말할수 없다.[20]

三

자신이 "실어" 상태에 처해 있다는 것을 알면 다음 단계의 임무는 바로 확실한 학술혁신을 진행하는 것이다. 이것은 현재 학술혁신의 출발점이며 비교문학 중국학파의 건립은 반드시 이런 과정을 거쳐야 한다. 비교문학이 중국에서의 발전에서 가장 먼저 부딪히는 것은 중국과 서양의 이질문화의 충돌 문제이며 이는 중국과 서양의 인문학과 학술교류 과정에서 자주 부딪히는 문제이다. 그러나 문학연구에 비하면 더 두드러지게 보인다. 그 이유는 비교문학이 다른 학문들에 비해 중국에서 아직 젊은 학문이기 때문이다. 게다가 "5·4"시기부터 시작된 중국 전통문화와 학문에 대한 전면적인 부정과 새로운 시기부터 시작된 서양문론에 대한 낙인을 뒤집기 같은 역개와 추앙이 더해져서 사람들은 이미 서양의 이론들을 그대로 운용하는 것을 습관 했으며 그것을 자기의 이론체계로 간주하였다. 그러나 실제 연구 속에서는 구미학파이 이론은 지금의 비교 연구에 부적절하였다. 이는 원래 존재하는 학술이론에 대해 새로운 도전이다. 이것이 바로 타이완 비교문학학자가 "중국학파"를 제출한 문화배경이다.

2001년, 나는『중국비교문학』제3호간에서『비교문학 학문이론발전의 세단계』를 발표하면서 비교문학 중국학파의 특징에 대해 진일보 설명하였고 정식으로 비교문학이 중국에서의 발전을 비교문학발전의 세 번째 단계라고 명명하였는데 그 두드러진 특징은 바로 다원이질문화이라고 지적하였다. 그러나 이는 많은 비난을 가져오게 되었다. 그래서 일찍이『비교

---

20 参见曹顺庆:『比较文学的问题意识:以"和而不同"的尴尬现状为例』,载『外国文学研究』,2003(3)。

문학 중국학파의 기본 이론 특징 및 그 방법론 체계에 대한 초안』에서는 비교문학 중국학파의 기본 특징은 이질문화라는 것을 명확히 지적하였다. 이 글에서는 비교문학의 제3단계는 그 전의 이론체계에 대한 완전한 부정은 아니고 이 전의 이론체계에 대한 발전이자 확장이다. 프랑스학파는 비교문학의 범위를 축소한 것이고 미국하가파는 비교문학의 범위를 무작정 팽창한 것이라 할수 있다. 이렇다고 해도 미국학파는 역시 비교문학을 서양문화권 밖으로 확장하는 것에 대해 의심하는 태도를 취하였다. 이것이 바로 중국학파에 대한 심각한 위기이자 한차례의 타임밍이다. 다시 말해서 중국학파는 이런 위기속에서 자기학파의 발전을 안정시키는 기회를 찾아야 한다는 것이다. 이 글에서는 또 문화를 뛰어 넘는 비교문학연구는 문화의 이질성을 강조하게 되기 때문에 이질문화간에는 격렬한 마찰, 서로의 대화, 인식, 검증, 보완을 거쳐 새로운 문학 이론체계를 구성할 것이다. 이런 것들을 거쳐 비교문학은 프랑스-미국학파가 만든 틀에서 벗어나 진정으로 글로벌화한 안목과 흉금을 지닌 학술연구로 자라날 것이다.[21] 이질문화를 뛰어넘는 연구는 프랑스-미국학파의 이원적 대립의 사유 양식을 돌파하였고 이질문화사이의 비교문학연구의 경로를 넓혔으며 서양담론의 일가독백의 국면을 개변시켰으며 비교문학 제3단계의 진정한 도래를 나타내고 있다. 비교문학의 세 번째 단계는 앞의 두 단계와 확연히 다르다는 점을 지적할 필요가 있는데 바로 앞의 두 단계는 서로 다른 문학사이에 "동(同)"하다는 것이다. 비교문학의 세 번째 단계는 "이(異)"를 구하는 것이다. 즉 다른 문화 사이의 문학의 "이(異)"에 대한 탐구이다. 그러나 차이를 구하는 것은 문학 간의 대립을 위해서가 아니라 충돌 과정에서 대화를 형성하고, 상호 식별하고, 상호 증명을 실현하여 궁극적으로 상호보완을 실

---

21 参见王向远:『"阐发研究"及"中国学派":文字虚构与理论泡沫』,载『中国比较文学』,2002(1)。

현하는 것이다.

　그러나 "문화"의 개념이 계속 확장되고 문화에 대한 이해가 일반화되면서 "다문화"에 대한 오해가 생겨났고 "다이질문화"라고 거듭 강조했음에도 불구하고 오해의 발생을 방지할 수 없었다.[22] 이런 상황에 대해 나는『문명을 뛰어넘은 비교문학연구---비교문학학과 이론의 전환과 구축』을 발표하였다. 이는 정식으로 비교문학의 "문명을 뛰어넘은 연구"를 제출하였다. 이것은 주로 (1) "문화"라는 단어의 함의가 너무 넓기 때문에 무엇이든지 문화, 예를 들면 술문화, 복식문화등이 있다. (2) "문화를 뛰어넘는" 오해를 낳기 쉽다. 왜냐하면 많은 국가내에 여러문화가 존재하기 때문이다. 예를 들면 중국의 제로(齊魯)문화, 파촉(巴蜀)문화, 오월(吳越)문화 등이다. (3) 프랑스문화와 영국문화, 독일문화, 미국문화등 같은 문명권내에도 여러문화가 존재한다. 사실, 이러한 오해와 혼동은 실제로 존재하며, 많은 사람들이 찬성하는 문화를 뛰어넘은 연구는 사실 내가 이야기하는 다이질문화의 비교문학연구가 아니다. 사실, 문명을 넘어선 비교문학연구는 비교적 튼튼한 학리기초를 가지고 있으며 최근 100년 동안 중국문학연구의 학술실천은 근본적으로 말하자면 모두 문명적 맥락에서 전개된 학술활동이다.[23] 문명을 넘어선 연구에 대한 소홀함은 학술상의 몇가지 중대한 실수를 초래하였는데 현재 학계의 "실어" 현황이 바로 하나의 명백한 증거이며 또한 현존하는 비교문학학과 이론이 학술연구중에 직면한 현실문제에 대답할 수 없게 된 것이다. 문명을 뛰어넘은 연구에서 착안한 것은 이질성과 상호보완성 연구라는 두가지 요소이며 다문명연구와 이질성과 상호보완성연구는 비교문학 제3단계에서 두드러진 이론적 특징과 방법론적 특색을 구

---

22 参见王向远：『"阐发研究"及"中国学派"：文字虚构与理论泡沫』，载『中国比较文学』，2002(1)。

23 参见曹顺庆：『跨文明比较文学研究──比较文学学科理论的转折与建构』，载『中国比较文学』，2003(1)。

성한다. 이질문명 사이의 화어문제, 대화문제, 대화의 원칙과 경로문제, 이질문명 사이의 탐구와 비교연구, 문학과 문론사이의 상호해석문제등은 모두 이질성을 강조하는 기초 위에서 진행되는데 이것이 비교문학 제3단계의 근본적 특징과 방법론 체계이며 비교문학의 세 번째 단계에서 서양의 연구과 다른 두드러진 학문적 특징이 되었다.

기왕 우리는 이미 자신이 "실어" 상태에 처해 있다는 것을 알았고, 비교문학이 이질문명을 넘나드는 비교 문제에 부딪혔다는 것을 알았다. 그렇다면, 우리는 어떻게 해야 현실의 학술연구에 초점을 맞추어 자신의 특색이 있는 학문이론을 창시할 수 있는가? 이것이 우리 앞에 놓인 가장 근본적인 문제가 되었다. 따라서 문명을 넘어선 기초 위에서 우리는 문학의 타국화라는 문제를 제기한다. 문학의 타국화는 이질문명을 초월한 기초 위에서 "실어" 상태를 해결하는 현실성이 있는 것과 다른 재현과 제도화의 과정이 필연적으로 얽혀있기 때문이다. 그러나 이 "개조는 외래문학을 그대로 옮겨놓은 것이 아니라 자국의 형식으로 받아들이고 융합하는 근본적인것을 떠나서는 진정한 '타국화'를 실현할수 없다."[24] 다시 말해서, 문론의 "타국화"를 실현하려면 수용국이 자신의 전통과 문론담론에 기초하여 자신의 언설 방식으로 외래문론을 받아들임으로써 외래 이론의 토착화를 실현해야 하는데 이렇게 하여 개조된 이론에 대하여 "타국화"된 것이라 할 수 있다.

문론의 "타국화"는 문학전파와 교류과정 중의 하나의 중요한 법칙이며 또한 문학혁신을 실현하는 하나의 중요한 경로이다. 중국 문학의 경우 서양문론의 중국화를 실현하는 것이 바로 문화의 "타국화"이다.[25] 중국에서

---

24 曹顺庆、周春：『"误读"与文论的"他国化"』,载『中国比较文学』,2004(4)。

25 参见曹顺庆、谭佳：『重建中国文论的又一有效途径；西方文论的中国化』.载『外国文学研究』,2004(5);李夫生、曹顺庆：『重建中国文论话语的新视野——西方文论的中国化』,载『理论与创作』,2004(4);曹顺庆：『文学理论的"他国化"与西方文论的中国化』。载『湘潭大学学

"5.4"시기의 급진운동으로 인해 전통문화의 뿌리가 거의 끊어졌다. 그 후의 중국학술과 문학연구는 모두 서양을 따라갔다. 그러나 이것은 진정한 서양문학의 중국화가 아니라 서양문학과 이론에 대한 답습이다. 우리의 언설방식이 모두 서양식으로 변해왔다. 바로 이런 상황에서 중국학문은 자체의 혁신이 있기 어렵는 것이다. 왜냐하면, 우리는 전통문화의 뿌리를 잃었을 뿐만 아니라 우리에게는 완전히 이질적인 서양문화도 제대로 배우지 못했기 때문이다. 새로운 시기에 중국은 서양문학과 이론에 대한 소개에 노력을 아끼지 않았다고 할 수 있지만 여전히 중국문학과 학술의 혁신을 실현할 수 없었고 하이데거, 카프카, 하베마스 등 서양이론가들은 거의 우리의 입버릇이 되었다. 그러나, 우리는 오히려 자신이 실제로 이미 "실어"했다는 것을 발견했다. 이것은 우리가 서양문론을 중국화 하지 않았기 때문이다. 즉 자신의 언설방식 위주로 서양문론을 자기가 편의하게 사용하도록 개조하지 않았고 서양이론을 그대로 모방하게 되었다. 그러므로 우리는 반드시 자기의 언설방식과 학술규칙의 기초에서 서양문학과 이론에 대해 중국화의 개조를 진행해야 한다. 우리는 심지어 외국어로 서양을 학습할 수 있으며 "서양화"가 가능하지만 반드시 자기의 규칙을 위주로 자신의 도로를 걸어야 한다. 이렇게 해야만 진정으로 서양문론의 중국화와 중국학문의 자주디 혁신을 이룰수 있다.

　　문론의 "타국화" 또는 서양문론의 중국화문제는 결국 중국과 서양의 문제이며 비교문학의 문제이기도 하다. 문학과 이론이 타국화되는 과정에서 변이가 일어났는데 이에 비추어 어떤 학자는 문학의 변이문제(예를 들면 옌소탕이 제기한 일본문학의 "변이체", 사톈쩐이 제기한 "역개학"에서의 "창조적 반역", 중링이 제출한 한산시의 미국에서의 경전화등 문제)를 제기하였다. 엄밀히 말해서 문학의 변이는 많은 학자들이 이해할수 있다. 왜냐하면, 문화와 문학사이의 교류는

報』(哲学社会科学版),2005(5)。

기대지평의 영향을 받기 때문이다. 즉 각국과 각 민족 사이의 감상 습관과 사유습관이 다르기 때문에 불가피하게 문학적 의미의 증감과 변화를 가져오게 된다. 비교문학은 구미학파의 이론은 오히려 비교문학의 학문이론 체계에 포함시키지 않았다. 왜냐하면 그들은 이질문명의 도전에 부딪히지 않았기 때문이다. 중국의 비교문학연구자들은 비교문학연구를 진행하는 과정에서 종종 번역학과매개학의 구별 문제와 같은 문제를 접하게 되는데 비교문학학문이론연구자들은 많은 까다로운 문제를 가져왔다. 이러한 이질문명 언어 환경하에서의 문학변이에 립각하여 나는 2005년에 비교문학의 변이학연구를 제출하였다. 비교문학의 학문이론을 다시 구분하여 역개학, 형상학, 문화여과와 문학오독을 비교문학 변이학의 연구범주에 포함시키고 비교문학의 연구패러다임을 다시 규범화함으로써 난제들을 쉽게 해결했다. 예를 들어 원래 구분하기 어려웠던 매개학과 역개학문제에서 우리는 매개학은 실증적인 영향연구를 중시하고 역개학은 역개학의 과정중에 변이를 발생시켰다고 생각하며 따라서 매개학을 비교문학의 실증적인 영향연구에 포함시키고 역개학을 비교문학 변이학의 연구범주에 포함시켰다. 형상학의 연구와 같이 이전의 연구에서 형상학은 영향 연구의 일부분이었지만 실제 연구에서 형상학연구의 대상은 왕왕 변이를 발생시켰고 이러한 변이는 형상학을 더 이상 실증적인 영향연구에서 안주하기 어렵게 만들었다. 그러나 오랫동안 국내외의 비교문학교재들은 이 문제를 잘 해결하지 못하였는데, 변이학의 제출은 이 난제를 해결할 수 있는 현실적이고 실행 가능한 경로를 제공하여 새로운 비교문학학문이론의 초석을 추가하였다. 내가 편집한 "비교문학교본"("11.5" 국가급규획교재, 고등교육출판사 2006년판)은 기존 구미비교문학학과 이론체계를 타파하고 새로운 학과 이론패러다임을 개괄하여 비교문학학과 이론의 한 기본 특징과 4대 연구분야를 명확히 제시하였다. 초국적, 학문, 문명 모두를 포함하는 기본적인 특징 중 하나가 "초월성"이다. 4대 연구분야는 "실증적영향연구", "변이연구", "수평연구", "총체적 문학연구"이다. 구체적인 관점에 있어서, 이 교재의 "변이연구"는 창의성이 제일 풍부한 장이며 "변이연구"의 제기는 비교문학학문의 이론체계를 확장하고 갱신하여 비교문학연구에서 많은 사람들을 혼란스럽게 하는 문제들을 해결하였다. 말하자면, 이 교재는 전체 장절과 구조 배치에서 중국 특색을 지닌 비교문학학과 이론 교재의 새로운 체계를 개척하였다.

四

비교문학이 중국에서 일어나서 이질문명을 넘어서기까지, 변이학의 제기, "실어증"에서 서양 문론의 중국화에 이르기까지, 비교문학 중국학파의 방법론 체계는 기본적으로 형태를 갖추었다. 물론 학문이 발전함에 따라 비교문학의 학문 위기는 또 재현될 것이며 비교문학 중국학파도 새로운 위기 속에서 더욱 발전하고 완성될 것이다. 비교문학 제3단계는 중국학파의 손아귀에서 질적인 비약을 실현하여 비교문학 학과 발전사에서 또 하나의 새로운 고봉이 되었으며, 이는 영원히 미완의 과정일 것이다. 그러나 바로 이러한 미완의 과정이야말로 세대와 세대의 학술 혁신을 격려하고 있다.

비교문학 중국학파의 성장과정과 제3단계의 발전과정으로부터 볼 때, 자주 혁신의 비교문학 중국학파와 비교문학 제3단계는 다음과 같은 몇 가지 의의를 충분히 체현하였다.

(1) 자주 혁신의 길은 문을 닫고 서양을 배척하여서는 안 될 뿐만 아니라 함부로 자신을 비하하고 자신을 배척해서도 안 된다. 어떤 사람들은 중국과 서양를 융합해야 한다고 생각하는데, 이것은 맞는 생각이다. 그러나 이 말에 비교적 모호하다. 왜 이런 말을 하는 것인 가면 예를 들어서, 비교문학 중국학파가 창립되는 과정에서 어떤 학자는 "화이부동"의 원칙을 제

기하였는데, 즉 동일한 것을 찾아내고 부동한 것을 호상 존중하는 것이다. 이는 많은 사람들의 호응을 받았다. 이론적으로 말하자면, "화이부동(和而不同)"은 맞지만 전제는 양자의 "부동(不同)"이 반드시 쌍방이 자신의 언사와 학술 규범을 가지고 있어야 비로소 진정한 "화(和)"가 될 수 있다. 그렇지 않으면, 오직 "화"만 있을 뿐, "부동"은 없을 것이다. 예를 들면, 현재의 중국 학술 입장에서 볼 때, 서양과 "화이부동"이 통하지 않는 것이다. 왜냐하면, 최근 100년 동안 중국 학술은 줄곧 서구화의 과정을 진행해 왔기 때문이다. 현재 중국의 학술은 어느 정도로 서구식 담론의 체현이며, 우리의 담론 방식과 언설 방식에서 모두 서양과 놀라운 일치를 가져왔다. 즉, 현재 중국 학술과 서양 학술은 "동일"이지 "다름"이 아니다. "다름"이 없다는 전제하에 어떻게 "구동존이"라는 것을 담론할 수 있을가? "화이부동"은 어디서 나온 것인가? 중국 문론의 언설방식을 재건하는 문제에서 서양 위주로 해야 한다는 의견도 있다. 우리는 이미 서구화되었기 때문이다. 사실 이 것은 착오적인 견해이다. 서양을 위주로 하면 중국의 전통과 중국인의 사고방식을 버리게 되고, 자기의 언설규칙과 학파를 세울 수 없게 된다. 그것은 더더욱 진정한 학술 혁신이라 말할 수 없게 된다. 그러므로 중국 비교문학과 중국 학문이 혁신을 실현하려면 자기를 중심으로 하는 전제하에서 중국과 서양을 융합시켜야 한다.

(2) 학술 혁신을 실현하려면 구체적인 기본 문제에서 학술 혁신의 기점을 찾아야 한다. 이것은 주로 우리와 서양이 직면한 것은 다른 현실 문제이기 때문이다. 서양이 직면한 것은 자신의 문화의 변화와 발전뿐이다. 그들은 외래문화와 자신의 문화의 강한 부딪힘과 충돌을 겪어보지 못했기 때문이다. 중국은 아편전쟁으로부터 서양과의 문명 충돌의 문화적 맥락에 처해 있었다. 따라서 동서양의 충돌과 차이는 우리가 직면한 핵심 문제이며, 이 점을 틀어쥐지 못하면 학술 혁신이라고 말할 수 없는 것이다. 오늘날의 중국과 서양 문명이 교차하고 충돌하며 대화를 진행하고 있는데 다

문명적인 교류는 현실 문제의 초점이다. 이질문명의 중·서 문제를 잘 해결하면 학술 혁신의 발판을 잡을 수 있을 것이다.

(3) 학술 방법에서 혁신해야 한다. 학문적 방법상의 혁신은 구체적인 혁신 경로를 제시하고 학문적 규칙으로부터 혁신해야 한다. 비교문학에 대하여 말하자면, 학문 이론의 혁신은 기본 경로이며, 중국 학파의 제출은 객관적으로 학술 혁신의 경로를 제출하는 것이다. 구체적으로 말하자면, 우선 서양의 이론을 그대로 옮기는 것이 아니라, 언설 방식, 즉 언술 방식에서 혁신해야 하는 것이다. 다음으로는 학술 혁신의 구체적인 경로를 지적하고 이런 창식은 조작성과 적용성을 구비해야 한다. 예를 들어 비교문학 중국학파가 제기한 이질문명, 변이학, 문학의 타국화 등은 모두 중국학파 자신의 것이며 서양의 방법론과는 다르다. 이러한 혁신 경로의 제출은 중국과 서양의 충돌과 융합 문제를 연구하는 데 있어서 모두 실제적인 조작성과 적용성을 가지고 있다. 경로와 방법이 맞으면 방법의 혁신과 학파의 수립은 비교적 쉽게 될 것이다.

이상의 관점에 근거하여, 나는 비교문학 제3단계의 이론이 이미 기본적으로 형성되었다고 생각한다. 프랑스 학파 단계에서 비교문학의 발전은 프랑스에만 있는 것이 아니며, 영국, 독일, 이탈리아 등의 나라에서도 비교문학의 연구가 진행되고 있다. "세계문학"의 관념을 처음 제시한 사람은 독일인 괴테이고, 최초의 비교문학 저서는 영국인 포스넷이 쓴 것이며, 최초의 비교문학 잡지인 『세계비교문학』은 헝가리인 메츨이 창간한 것으로 모두 프랑스인이 실현한 것은 아니다. 그런데 왜 프랑스 학자들이 프랑스 학파(영국학파, 독일학파가 아님)를 창설할 수 있었는가? 바로 그들이 강한 학파적 의식을 가지고 있기 때문이다. 사실 비교문학은 아시아에도 중국만이 있는 것이 아니다. 인도, 일본, 한국, 이란 등의 나라에도 비교문학 연구가 있다. 모두 자신의 학파이론을 창시하여 근본적으로 서양 중심주의의 이론틀을 깨뜨리고 비교문학을 세계에 진정으로 뻗어나가게 할 가능성을 제공하였다. 천펑샹(陳鵬翔)선생의 표현을 빌리자면, 파벌의 싸움은 "순전히 나라나 체면을 위한 의기 다툼이 아니라, 이념과 연구 방법의 중점을 위한 싸움이다"라는 것이다. 그러므로 비교문학 중국학파의 건립은 학문이론 발전의 필연적인 요구이다. 현재 중국 비교문학 연구의 이론적 특징과 방법론 체계로부터 볼 때, 비교문학 중국학파는 이미 기본적으로 형성되었고 진일보 발전하고 완비되고 있다.

중국에서 비교문학의 탄생으로부터 비교문학 중국학파의 창립과 기본적인 형성까지, 중국 비교문학 연구는 비교문학 연구의 우수한 전통을 계승했을 뿐만 아니라 학문 이론과 방법론 체계의 혁신을 실현했다. 나는 비교문학 중국학파가 중국의 학술 현실 수요와 학술 규칙을 위주로 중·서를 융합하는 창건 과정은 중국 인문사회과학 학술 혁신의 한 개별적인 예로 연구할 수 있다고 생각한다. 중국 학자들의 비교문학 학과 이론에 대한 혁신은 비교문학에 대한 공헌일 뿐만 아니라 중국의 학술문화 혁신의 사고, 방법 및 경로에 대해서도 유익한 탐색과 공헌을 하였다고 여긴다.

(『중외문화와 문론』에 원재, 2008년 제1호)

문화경전, 문학 이론 언사와 비교문학

요약: 전체적으로 볼 때, 중국 비교문학 연구 역사에서의 큰 영향을 끼친 대부분은 전통문화에 대한 지식이 높은 학자들이기에 문화경전은 비교문학을 연구하면서 필요한 기본적인 토대이기도 하다. 그러나, 왕국유, 주광잠, 유약우등 한 세대의 학술 대가들은 문화경전과 서양 국가의 문학 언사지간의 관계를 정확히 다루지 못한 탓에 학술상의 실수가 나타나게 되었다. 문화경전의 수양을 갖추고 있더라도, 문학연구 비교 사업을 효과적으로 진행할 수 없는 것이다. 많은 학술 대가들의 실수에서 이 점이 증명되고 있었다. 만약 경전을 제쳐버린다면 문학 이론 언사만 중시한다면 비교문학 연구는 일방적인 연구에 지나지 않는다. 그렇기에, 문화경전과 문학 이론 언사를 결합해야만 비교문학 연구를 정확히 진행할 수 있다. 다시 말해 자체적인 학술규칙을 위주로 하면서 서양의 문화와 융합하여 새로운 것을 창조해야 한다. 문화경전과 문학 이론 언사는 현재 중국 문화와 언어 환경에서, 이미 비교문학적인 문제로 자리매김하였다. 경전의 확립이나 이론 문학 언사든지를 막론하고 전부 반드시 현재 비교문학연구와 중국 문화건설을 위해 복무해야 한다.

키워드: 경전, 언사, 비교문학, 이질성

—

중국 비교문학 역사를 정리하는 과정에 흥미로운 현상을 발견하게 되었다. 비교문학 역사에서 가장 큰 성과를 이룩한 학자는 비교문학 학과이론을 전공한 사람이 아니라, 대부분 전통경전을 연구한 사람들이었고 이들의 가장 중요한 작품들도 학과 이론작품이 아닌 이질적 문화 언어 환경에서 전통문화를 연구한 경전적인 작품들이었다. 이로써 우리는 전통문화 경전이라 하는 것은 중국 비교문학의 가장 기본적인 근원임도 알 수 있다.

중국에서 부흥하기 시작하여 20여 년 발전해 온 비교문학은 중국에서 발전 속도가 가장 빠른 학과 중 하나이다. 하지만 발전하는 동안 현재까지 해결하지 못한 심각한 문제 하나가 존재한다. 그것은 문화경전과 문학 이론 언사의 유기적인 조합이다.

과거에 사람들이 비교문학 연구를 논할 때, 대부분 중후함이 결핍하고 후세에 전달할 수 있는 경전적인 부분이 부족하다는 유감을 나타냈다. 사실, 근대로부터 현대에 이르기까지 적지 않은 중국 비교문학사에 흔적을 남겼거나 후세에 전달할 수 있는 학술연구 작품이 나타났다. 왕국유의『인간사화』는 사화저작인 동시에 비교문학 특히 비교문학 연구의 모범적인 저작이기도 하다. 전종서의『담의록』,『관추편』, 주광잠의『시론』, 왕원화의 [『문심조룡』창작론], 중바이화의『미학산보』등 저작들도 비록 "모모에 모모"의 비교는 아니지만 아주 짙은 학술 원리적인 의미를 띠고 있는데 이들의 최초의 목적은 비교문학연구가 아니었다. 예하면, 왕국유의『인간사화』는 전통적인 시화형식과 개념적인 학술용어로 문학예술에 대한 이론 사고 및 명사와 좋은 글귀를 감상 및 음미한 전형적인 중국식의 언사형태로서 독특한 부분은 서양 국가의 관점을 융합시킴에 있다. 전종서의『담의록』과『관추편』은 전통적인 전(傳), 전(箋주석), 주(注) 등 방식으로 전통경전을 정리한 외에 서양 국가의 이론도 운용하여 문화경전과 서로 대조되고 설명하는 추세를 형성하였다. 주광잠의『시론』은 그가 가장 자랑으로 느끼는 저작이다. 중국 시가 기원, 시가와 음악 및 무용의 관계, 시가와 부 및 산문의 관계, 시와 그림의 관계, 중국 시가의 음률성적 것 즉 율시의 길을 걷게 된 원인 등등 문제에 대해심도 있는 연구와 탐색을 진행하였다. 이 밖에 서양 국가의 시가 이론과 결합하여 중국 고전 시가를 해석하였고 중국 시론으로 서양 시가의 이론을 증명하였다. 이상의 작품들은 중국 학술사에서 영향력이 큰 작품 되었고, 세계적으로도 독특한 위치와 가치를 갖고 있다.

국내나 국외에서도 마찬가지다. 많은 숭배를 받는 비교문학의 중국계 학자의 예를 들면 유약우와 엽유렴등 사람들은 이 방면에서 주목할 만한 성과를 취득하였다. 유약우의『중국의 문학 이론』은 중국의 전통과 문학 이론을 연구함과 아울러 형이상(형체가 없어 감각으로는 그 존재를 파악할 수 없는 것으로서 시간이나 공간을 초월한 관념적인 것)적인 이론, 결정적 이론, 표현적 이론, 기교적 이론, 심미적 이론과 실용적 이론 등 서양 국가 문학 이론과 결합하여 중국 문학 이론의 가치를 발굴하였고 중국 문학 이론 연구에 독특한 시각적 요소를 제공하였다.『중국의 문학 이론』은 중국과 서양 국가 비교 시학의 이정표적인 작품이었다. 엽유렴의『비교 시학』은 주로 전통 경전문화를 연구하였는데 그중에서도 도가의 미학관련 연구는 현상학 사상과 노장(노자와 장자)사상을 서로 밝힘으로써 동•서양 국가의 사상을 융합시키는 동시에 서로의 단점도 보완하였다.

이로써 알 수 있듯이 비교 문학연구영역에서 진정으로 우수한 학자라면 전부 전통경전을 철저히 이해함과 동시에 서양 국가의 이론과 경전도 장악하고 있다. 오늘날 학술계에서 가장 결핍한 것은 바로 이와 같은 중국과 서양 국가를 종횡할 수 있는 학술 대가들이다. 비록, 대부분 사람은 비교문학이라는 것은 단순한 "비교" 혹은 두 개 작품의 비교라고 생각하는데 전통 국학의 기초가 부족하면 억지로 비교함에 머물 수밖에 없다. 역사적 경험으로 볼 때, 비교문학을 연구하는 사람들은 종종 경전과 전통문화를 중요시하지 않으면 엽유렴등 사람들과 같은 높이에 도달할 수 없게 된다. 만약 전통경전의 기초가 없다면 비교문학이나 학술연구도 튼실한 기초를 잃게 되며, 이정표적인 저작을 창작할 수 없게 될 것이다.

역사적으로, 거대한 성과를 이룩한 학자라면 전부 학업과 연구의 중점을 전통적인 경전에 두고 있는데 후배 학자들도 마찬가지이었다. 장릉계를 예로 들면, 그의 『도와 로고스』에서는 주로 언어와 문학 해석학의 사상을 논술하였다. 동중서가 제기한 "같은 문헌의 이해는 독자에 따르는 것이니 『시』, 『역』, 『춘추』 등 경전의 해독도 불변의 이해와 해석은 없다."[26]에 비추어볼 때, 중국의 경전에 대한 해석에 아주 큰 영향을 생성시켜 장릉계는 "『시경』에 통달하는 것은 고정불변의 해석은 없다."는 것에서 출발하여 중국과 서양 국가의 해석학에 관련된 문제를 연구, 대조함으로써 중국의 해석학에 새로운 길을 개척하였다. 이로부터 알다싶이 비교문학이 한층 발전되려면 반드시 전통경전과 연결하는 것이 발전의 유일한 방향인 것이다.

二

비교문학에 종사하는 연구자를 놓고 말할 때 전통경전은 양호한 기초만 제공할 따름이다. 만약 중국과 서양 국가 문명의 이질성(다른 성질이나 특성) 및 중국 문학 이론 언사의 규칙에 주의하지 않는다면, 왕국유나 주광잠 등 중국과 서양 국가의 학문을 통달하는 저명한 학자도 물론하고 그릇된 견해가 빈번하게 나타나고 잘못된 결론도 내리게 되어 후세들에게 유감을 가져다줄 것이다. "언사의 근원은 사람들의 생활 방식과 문화 습관에 있는 동시에 상술한 두 가지를 또다시 영향을 주게 된다."[27] 중국의 문화 정신은 서양 국가와 다르고 동방 문화 시스템에 속하는 인도와도 차이가 존재한다. 중국 특유의 문화 정신은 중국 학술 정신표현 중 언사의 특수성을 결

---

26 "《诗》无达诂,《易》无达占,《春秋》无达辞"(西汉)董仲舒:《春秋繁露·精华》。

27 殷晓蓉:《话语与社会变迁·中译本序》,见[英]诺曼·费尔克拉夫:《话语与社会变迁》,北京, 华夏出版社, 2003。

정하고 있다. 때문에, 비교문학 연구의 핵심은 언사문제에 있고 비교문학 연구에서 존재하는 문제는 바로 중국 문학 이론 언사의 결함이라고 할 수 있다. 후세들이 만약 선인들을 초월하려면 선인들의 연구에서 존재하는 문제를 파악하고, 이후 발전할 길을 탐색하여야 한다.

왕국유의 성공은 그의 『인간사화』가 전통 언사를 운용한 동시에 서양의 관념을 유입하였기에 아주 성공적인 연구사례임이 틀림없다. 계선림은 그의 저작을 이렇게 평가하였다. "우리 동방 국가들은 문예이론 부분에서 늦가을의 매미처럼 아무 소리도 내지 못하고 근대에서 현대에 이르기까지 비교적 영향력이 있는 문예이론 체계를 수립한 사람도 없는데 왕국유는 아마 유일한 예외인 것 같다."[28] 계선림이 왕국유를 칭찬한 것은 그의 『인간사화』에서 서양 국가의 관념을 유입한 부분이 아주 성공적이었기 때문이다. 즉, 전통적인 사화 형태를 기초로 서양 국가의 관념을 유입 시켰다는 뜻이다. 왕국유는 언사의 경계에는 "조경(造景)과 사경(寫景)이 있듯이 이상과 사실이라는 두 개 부류로 나누어진다."[29] "조경"과 "사경"은 중국의 문학 이론 언사체계이고 "이상"과 "사실"은 서양의 문예이론 범주에 속하며, 서양의 낭만주의 및 현실주의에 흡사하다. 그는 또 두 가지 경계의 차이점도 설명했다. "무아지경은 오직 고요한 상태에서 그것을 얻는 것이고 '유아지경'은 흔들리는 상태에서 그것을 얻는다. 그래서 무아지경은 우아함이고 '유아지경'은 숭고함이다."[30] "우아함"과 "숭고함"은 서양 국가의 문예이론 범주이기도 하다. 왕국유는 중국 전통의 언사 방식과 서양 국가의 관념을 자연스럽게 융합시켜 서로 설명하고 인증하는 작용을 할 수 있게 하였다.

하지만, 왕국유도 실패한 사례도 있다. 그 실패의 원인은 서양 국가의

---

28 季羨林:《东方文论选·序》,见曹顺庆编:《东方文论选》,2页, 成都, 四川人民出版社, 1996。

29 王国维:《人间词话》,1、2页, 北京, 中国人民大学出版社, 2004。

30 王国维:《人间词话》,1、2页, 北京, 中国人民大学出版社, 2004。

문학 이론으로 중국의 문학을 설명(서양 국가의 언사로 중국 작품을 설명)한 것이다. 이런 전형적인 실패의 대표작은 바로 『홍루몽평론』이다. 『홍루몽평론』은 "홍학(홍루몽을 연구하는 학문)"사상 첫째로 이론 가치가 풍부한 전문 토론 형태의 작품으로서 사유상의 독창성과 이론상의 심각성은 기타 홍학 연구 작품들을 훨씬 초월하였다. 조금 아쉬운 점이라면 왕국유가 『홍루몽』을 평가하며 미학상의 가치를 논할 때 세인을 놀라게 할 결론을 얻어낸 것이다. 즉, 『홍루몽』과 중국문화적인 정신과 완전히 다르다는 것이다. 그는 "『홍루몽』은 모든 코미디와 반대로 처음부터 끝까지 비극이었다."[31] 그리하여 『홍루몽』은 "중국인의 정신과는 다르다"[32]고 하였다. "중국인의 정신은 세속적인 것이고 낙천적인 것이다. 그리하여 그 정신을 대표하는 전주곡이나 소설은 이와 같은 낙천적인 색채를 가진다. 슬픔에서 시작해도 기쁨으로 끝난다. 이별로 시작해도 다시 만남으로 끝난다. 곤란함에서 시작해도 향락으로 마무리를 짓는다"[33] 하지만 유감스럽게도 이 결론도 잘못된 것이다. 발원지가 없는 물은 없고 뿌리가 없는 나무가 없는 것마냥 『홍루몽』은 중국 문화의 정신적 토양 속에서 생장한 것이기에 어떻게 중국 문화 정신과 반대라 할 수 있는가? 어떻게 "중국인의 정신과 다르다" 할 수 있겠는가? 만약 중국 문화에 이와 같은 비극적인 정신이 존재하지 않는다면 구경 어떻게 나타난 것인가? 때문에, 왕국유의 관점은 논리적으로 틀렸다 할 것이며, 이론적으로 성립될 수 없다고 할 수 있다. 『홍루몽』의 저자가 말하기를 "온통 황당한 어구들로 가득하고 쓰라린 눈물만 가득하노라. 모두

---

31 "《红楼梦》一书与一切喜剧相反, 彻头彻尾之悲剧也"
　　王国维、蔡元培:《红楼梦评论·石头记索隐》,13页, 上海, 上海古籍出版社, 2005。

32 "大背于吾国人之精神"
　　王国维、蔡元培:《红楼梦评论·石头记索隐》,13页, 上海, 上海古籍出版社, 2005。

33 "吾国人之精神, 世间的也, 乐天的也, 故代表其精神之序曲、小说, 无往而不著此乐天之色彩;始于悲者终于欢, 始于离者终于合, 始于困者终于亨"
　　洪治刚主编:《王国维经典文存》,141页, 上海, 上海大学出版社, 2003。

작가가 실성하였다고 하지만 그중의 고통을 또 누가 이해하겠는가?"[34] 이 것이 바로 전형적인 중국 정신으로서 장자와 혜강, 소동파 등 사람들한테 서 이와 같은 사상의 그림자를 엿볼 수 있다. 예를 들어, 장자는 생명 비극 의 정신을 갖추었다. 장자는 "대지는 나의 신체를 탑재하고 생존으로 나를 마련하네"[35], "사람은 태어날 때부터 걱정거리를 갖고 온다"[36]라고 한 적이 있다. 이것은 쇼펜하우어의 비극 관념과 기본적으로 일치하는데 생명 자 체가 고통이고 생명이 있으면 욕망도 따르며, 욕망 자체가 고통이라는 뜻 이다. 이와 동시에 장자와 쇼펜하우어는 마찬가지로 사람들의 욕망은 영 원히 만족시킬 수 없다고 했다. 비극으로부터 탈출하려면 장자와 쇼펜하 우어는 다소 차이가 있는데 기본적으로 절대적인 물체와 나 자신을 잊는 경지에 도달해야 한다는 관점이다. 왕국유가 『홍루몽』은 중국에서 유일한 비극이라는 논단을 얻은 것은 서양 국가의 언사 방식으로 중국 문학 현상 을 해석한 것과 연관된다. "중국 고대에 비극이 있는가?"에 대해 토론할 가 치는 있다. 예를 들어 왕계사(王季思)는 『중국의 10대 비극집』을 선별, 편찬 하며 중국에는 비극이 존재한다는 관점을 명확하게 밝혔다. 왕국유는 중 국과 서방 국가의 문학을 모두 배운 대가로서 중국 문화와 연극에 익숙하 지 않을 수 없었기 때문에 비극이라는 문제에서는 서방 국가 언사 방식의 함정에 빠져버렸다. 왕국유의 잘못된 오독(誤讀)은 그가 서방 국가 언사 방 식의 유도를 받아 『홍루몽』과 중국 문화가 완전히 반대되는 잘못된 결론 을 얻은 것에 있다. 왕국유는 쇼펜하우어의 생명철학의 사상을 이용하여 『홍루몽』을 해석했는데 중국과 서양 국가 문학에 대한 자체적인 비교는 긍정할 만도 하다. 하지만 중국과 서양 국가의 문화적인 차이를 미처 생각

---

34 "满纸荒唐言, 一把辛酸泪。都云作者痴, 谁解其中味?"

35 "大块载我以形, 劳我以生"
　　《大宗师》,见《庄子》,上海, 上海古籍出版社, 1989。

36 "人之生也, 与忧俱生"《至乐》,同上书。

하지 못했고 중국과 서양 국가 문학의 이질성(서로 다른 성질이나 특성)의 존재에 주의하지도 못했으며 쇼펜하우어의 이론도 서양 국가의 철학과 문학의 기초에서 산생된 점에도 주의하지 못했다. 문학은 정신의 산물로서 중국과 서양 국가에서 중첩된 부분도 존재하지만 부동한 부분이 더 많이 존재한다. 중국의 문학과 서양 문학은 관념과 심미 등 여러 부분에서 모두 큰 차이를 보인다. 다시 말해, 서양 국가의 문학 이론은 서양 국가의 문학에만 적용되고 이질적인 중국 문학에서는 언사 규칙의 부동한 원인으로 중국 문학을 설명할 능력을 갖추지 못했다. 왕국유도 이 부분을 인식하지 못해 학술관점에서 심각한 잘못을 일으켰다. 이러한 현상들은 깊은 학술적인 기초가 있어야 "함부로 말하지(失語) 않을 수 있으며" 문학 이론 언사도 하나의 중요한 진지(陣地)라 설명해주고 있다.

주광잠의 『시론(詩論)』에서도 중국의 시가 현상을 연구하였으나 서양 국가의 이론과 평등한 위치에서 출발한 것이기에 논증 과정과 결론은 후세들의 연구에 큰 의의를 지니고 있다. 하지만 그의 다른 논문 작품에서는 심각한 문제가 있다. 그는 『비극 심리학(悲劇心理學)』에서 말하였는데 중국은 "원나라(100년도 안 되는 시간)시기만 해도 이미 500여 부의 극 작품이 존재하지만 진정 비극이라고 논할 만한 작품은 하나도 없다"고 하였다. 중국에 비극 작품이 있는 여부에 대해서는 같은 사물이라도 사람에 따라 견해가 서로 다르다. 주광잠의 문제는 중국에 비극이 없는 원인이 중국에 철학이 없기 때문이라는 것에 있다. 그는 또 중국인들을 이렇게 비교하였다. "추상적 사고를 하지 않아 변별에 능숙하지 않고 현실 생활과 명확한 직접적 관계가 없는 듯한 궁극적 문제를 애써 해결하려 하지 않는다. 이들에게 철학은 일종 논리학일 뿐이다."[37] "한 유교 학자는 조금의 망설임도 없이 자신은 불교와 기독교를 동시에 신앙하고 있다 하였다. 이로써 우리는 개인적

---

37 朱光潜：《悲剧心理学》,215、216页, 北京, 人民文学出版社, 1983。

인 운명과 연관된 문제를 만났을 때, 지식 방면에서 호기심을 유발하지 않을 뿐만 아니라 감정상에서도 불안감을 느끼지 않을 것이다."[38] 사실, 주광잠의 이와 같은 관점은 헤겔한테서 이미 나타났다. 헤겔은 그의 『철학 역사 강연록』에서 이렇게 말하였다. 공자의 『논어』중 "상식 도덕이라는 부분이 있는데 모든 부분에서나 민족에서도 이것과 연관된 내용을 찾을 수 있어 다행이지만 별로 훌륭한 것은 아니다. 공자는 실제적인 민간의 지혜로운 사람으로서 사고, 변별하는 철학에는 선하고 노련하며, 도덕적인 교훈만 있을 뿐, 기타 특수한 것은 찾아볼 수가 없다."[39] 그는 풍자하는 말투로 이렇게 단언하였다. "공자의 명성을 유지하기 위해 만약 그의 저서를 번역한 적이 없다면 얼마나 좋은 것인가."[40] 중국 전통문화와 사상에 대한 헤겔의 편견은 검토를 다음 단계로 가지 못하였다. 우리의 "『역』은 3가지 이름이 있다." 이것은 심오한 철학적 도리를 포함하고 있고 중국 고대 문화에도 이런 정신이 들어 있다. 예를 들면, 바둑에도 상술한 정신을 포함하고 있는데 바둑 시합은 중국 언사에 진입한 것과 같다. 바둑은 간단하면서도 복잡한데 간단하다는 것은 검정 색깔과 하얀색 두 가지 색상의 바둑돌만 있는 것으로 "간이(簡易)"라고도 부르는데 복잡하다고 하는 것은 바둑의 정세가 변화무쌍하여 현재까지도 끝이 보이지 않기 때문이다. 컴퓨터는 중국 장기를 이길 수 있지만, 바둑은 저격할 수 없는데 이것을 "변이(變易)"라 한다. 바둑은 고정 불변한 것이 아닌데 이것을 "불이(不易)"이라고 부른다. 다시 예를 든다면, 중국의 수묵화는 색상은 아주 간단하게 사용하는데 이것을 "간이"라 하고 먹물을 5가지 상태로 나누는데 변화무쌍하여 화가들마저 쉽게 장악할 수 없으며 어떤 때에는 신들린 것 같은 느낌을 주는

38 朱光潜:《悲剧心理学》,215、216页, 北京, 人民文学出版社, 1983。

39 [德]黑格尔:《哲学史讲演录》,第1卷, 119、120页, 北京, 商务印书馆, 1959。

40 [德]黑格尔:《哲学史讲演录》,第1卷, 119、120页, 北京, 商务印书馆, 1959。

데 이것을 "변이"라 한다. 수묵화의 방법은 고정되어 있는데 이것을 "불이"라 한다. 전종서는 그의 『관추편』 시작 부분에서 헤겔의 관점을 거리낌 없이 반박하였다. "헤겔은 우리나라 어문을 얕잡아보고 사고, 변별할 가치가 없다고 할 뿐만 아니라 독일어는 의기투합의 경전이라 자랑하였는데 아우프헤벤(Anfheben)을 예로 들어보면 서로 다른 두 가지 뜻을 한 개 단어(ein und dasselbe Wort fur zw ei entgdngesetzte Bestimmungen)에 결합했는데 라틴문자 중 깊은 뜻을 함유한 것은 하나도 없다."[41]고 하였다. 전종서는 중국의 "'역', '시', '논', '왕'과 같은 글자의 3~5가지 뜻"을 열거하며 헤겔을 비평하였다. "한어를 모르면 함부로 질책하지 말라. 알지도 못하면서 방심하며 터무니없는 견해만 발표하고 스승의 자태와 가르치는 태도를 사용한 것은 별것 아니지만 중국과 서양의 비슷한 수준을 지녀도 상대를 함부로 비난하는 것을 보니 그의 천박함에 안타까울 따름이다."[42]

왕국유의 『홍루몽』은 "중국인들의 정신과 다르다"라는 것과 주광잠의 중국에 철학이 없다는 말 등은 서양 국가의 관념을 그대로 운용한 것이다. 쇼펜하우어와 헤겔의 사상을 그대로 본받아 왔기에 비교문학 특히 중국과 서양 국가의 문화 비교에서 심각한 문제를 초래했다. 오늘날, 이와 같은 문제는 해결책을 얻지 못하였을 뿐만 아니라 한층 더 돌출하게 나타났다.

현재 학술계의 일부 학자들은 문학 이론 언사의 실수로 "실어(失語)"를 초래하였다는 사실을 쉽게 승인하려고 하지 않는다. 예를 들어, 장인(蔣寅)은 "소위 말하는 '실어'는 자신만의 언사의 존재 여부, 서양 국가의 언사의 사용 여부에 있는 것이 아니라 학문이 있는가와 새로운 이론을 제기하고 새로운 지식을 생성시킬 수 있는가에 달려 있다. 한마디로 '실어'는 '실학'으로 문학을 잃는 것은 중국 문학과 모든 문학을 잃는 것이다. 진정한 문

---

41 钱锺书:《管锥编》,1~2页, 北京, 中华书局, 1979。

42 钱锺书:《管锥编》,1~2页, 北京, 中华书局, 1979。

학연구 전문가들의 수량이 증가되고 세상 사람들이 탄복하는 학자들이 많아질 때가 되면 중국 학술계에서도 더 '실어'가 나타나지 않을 것이다"[43]고 하였다. 상술한 부분에서 장인은 사실상 학술적 기초나 문화경전의 중요성만 긍정하고 "실어"를 학문이 없는 것으로 이해하였는데 오해였음이 분명하다. 이 밖에 상술한 추론을 기초로 하는 유약우는 세인들이 탄복하는 학자이기에 "실어"하지 않았다고 인정하였다. 그렇다면, 유약우는 구경 "실어"하였을 것인가? 그의 『중국의 문학 이론』을 비교문학의 모범작이라 일컫는데 이 저서에서 저자는 에이브럼스 문학의 4대 요소의 짜임새를 운용하여 중국 문학 이론을 소위 말하는 6가지 이론 즉, 형이상, 결정적, 표현적, 기교적, 심미적, 실용적 등으로 나누었다. 그는 중국의 문학 이론을 서양 국가의 문학 이론 언사(말, 문구)로 나눔으로서 유약우가 중국의 문학 이론을 서양 국가형태의 세밀하고 조리 있게 분석할 수 있게 하였는데 이것은 서양 국가 문화 언어 환경에서 성장한 외국인들이 중국 문학 이론을 이해함에는 도움을 줄 것이다. 하지만 이런 구분에는 단점도 존재하는데 분리 후의 중국 문학 이론과 중국 문학 이론의 원래 모습 사이에는 큰 차이가 나타났다. 서양 국가의 언사 서술에서 중국 문학 이론은 완전히 왜곡되었다. 예를 들어, 이들이 말하는 형이상의 이론은 관념적으로도 중국의 문학 이론과 일치하지 않다. 이밖에 이론상의 모방으로 저서에는 일부 상식적인 오차도 발생하였다. 유약우는 "유협의 거작 『문심조룡』은 예술과정의 4가지의 모든 단계를 다 고려하였고 중국 문학비평 중의 6가지의 모든 이론 중에서 결정론을 제외한 5가지 이론적인 요소를 수용하였다"[44]고 적었다. 다시 말해, 『문심조룡』에 결정적인 이론 요소를 포함하지 않았다는 뜻이다. 이러한 관점은 의논할 가치는 있다. 『문심조룡·시서』에서는 "문장

---

43 蔣寅:《对"失语症"的一点反思》,载《文学评论》,2005(2)。

44 刘若愚:《中国的文学理论》,177页,成都,四川人民出版社,1987。

의 변화는 사회 상황에, 흥망성쇠는 문학과 사회 상황 및 시대 정치 등과 밀접한 관계가 있다. 그래서, 유약우가 서양 국가 문학 이론 언사 방식으로 중국 문학 이론을 나눔으로 중국 문학 이론이 어떠한 특성을 갖추었는가는 중국 문학 이론 자체로 결정되는 것이 아니라 서양 국가 문학 이론에 의해에 결정되는 것이다. 즉, 서양 국가의 문학 이론 언사의 방식 하에서 중국의 문학 이론은 서양 국가의 문학 이론을 해석하는 재료와 주석에 지나지 않고 그 이론 짜임새의 정확성을 증명할 따름이다. 다시 말하여 필요할 때만 서양 국가의 문학에 모습을 드러내고 필요하지 않을 때는 자취를 감춘다는 것이다. 이런 상황에서 중국의 문학 이론은 자신만의 특색을 나타낼 수 없었고 서양 국가의 안목 하에서의 중국 문학 이론으로 될 뿐, 진정한 중국 문학 이론으로는 될 수가 없다. 유약우는 전체 중국 문학 이론을 분리하여 서양 국가에 소개한 것은 다시 보면 서양 국가 사람들로 하여금 안개속에서 꽃을 보듯 중국 문학 이론을 어렴풋하게 이해하게 하였다. 중국 문학 이론과 중국 문화의 소개와 전파에 전혀 쓸모없는 것은 아니다. 하지만 유약우의 이러한 행위는 전형적인 "실어"라 해도 부정할 수 없다.

　물론 전통 경전과 문학 이론 언사를 모두 잘 처리한 학자들도 있는데 엽유렴이 가장 뛰어났다. 그는 중국과 서양 국가 문화의 "틀(模子)" 사상을 제의하였다[45]. 그는 서양 국가에 서양 국가만의 문화의 틀이 있고 중국에 중국만의 문화의 틀이 있기에 일정한 정도에서 중첩한 것도 있고 상호 해석할 수 있다고 하였다. 예를 들면, 낭만주의와 현실주의로 중국 문학작품을 해석하는 것도 어느 정도는 가능하지만 전부 적용하려 하면 문제가 생기고 정확히 해석할 수 없다. 그는 또 만약 굴원이 비극적인 인물임에도 낭만주의자라 하는 것은 하나만 알고 둘고 모르는 것과 같다고 하였다. 엽유

45 参见叶维廉：《东西比较文学中模子的应用》,见《叶维廉文集》,第1卷, 26页, 合肥, 安徽教育出版社, 2002。

렴은『비교 시학』이라는 책에서 개구리와 물고기의 우화 이야기를 통해 한 가지 문화로 다른 한 가지 다른 문화를 바라볼 때, 변이 현상이 존재할 것이므로 부동한 문화가 교류할 때, 중합 가능한 부분과 불가능한 부분의 구별에 주의하여야 한다고 하였다. 그래서, 그가 중국과 서양 국가의 비교 시학 연구에서 현상학 이론과 중국 도가 사상을 비교한 것은 아주 적절한 선택이라 할 수 있다. 이와 같은 연구방식은 중국 문학 이론 언사, 중국과 서양 국가의 문학과 문화의 이질성을 기초에 두고 진행하였으니, 서양 국가의 이론으로 중국 문학을 설명하고 중국의 이론으로 서양 국가의 문학을 설명함으로써 중국과 서양 국가의 문학이 이질성의 배경 아래 서로 부딪치고 대화하며, 오해하고 증명하며, 최종적으로 상호 보완을 실현할 수 있다. 이것은 이전 비교문학 연구에서 오직 "동일성만 추구"하던 연구방식에 대한 일종 반박인 동시에 비교문학 연구기존의 돌파구이기도 하였다.

전종서는 중국과 서양 국가 문학 이론을 비교를 아주 조심스럽게 다루었다. 그는 서양 국가의 사상과 학술 성과를 일종의 자료로 간주하고 중국 고대의 문학 이론 및 사상과의 상호 해석과 대조적인 국면을 형성하게 하였다. 왕원화(王元化)는 [『문심조룡』창작론]을 창작할 때, 관련되는 서양 국가의 문학 이론을 부록으로 저서의 뒷면에 수록함으로써 참고하도록 한 것으로 보아 그의 세밀함과 엄격한 학문의 태도를 엿볼 수 있다. 최근, 인도학자는 "인도는 반드시 이론으로 됨으로 서양 국가의 물건들을 논설의 근거로 되게 해야 한다."는 방안을 제기하였는데 중국 학술계에서도 이 부분을 개발해야 할 것 같다.

三

엽유렴과 전종서, 왕원화 등 학자들이 학문을 잘할 수 있는 것은 이들이 경전을 익숙히 알고 있을 뿐만 아니라 중국 언사 규칙에도 충분한 지식을 갖추었기 때문이었다. 현재의 비교문학 학술연구를 더 높은 단계로 끌어올리려면 문화경전, 문학 이론 언사와 비교문학 연구 관계를 정확히 이해하는 동시에 특히 중국과 서양 국가 문화 간의 이질성에도 관심을 가져야 한다.

전통비교문학 학과 이론의 근본적인 기초는 같은 견해를 받아들이는 것이다. 즉, 다른 국가 문학의 공통성을 얻는 것이다. 프랑스 학자가 제기한 영향 연구에는 유전학, 근원학, 매개학등을 포함하였고 연구 전제는 문학 작품의 상동성(同源性, homology)이다. 영향 연구를 놓고 볼 때, 상동성을 구비해야만 비교 가능성이 있다. 미국 학자들이 제창하는 수평 연구와 언어가 다른 학제 연구는 연구 대상의 유사성을 연구하고자 할 때 유사성을 지니고 있어야 가능하다. 우리가 제기한 "이질성(heteroplasmy)"은 부동한 문명의 배경 아래 이루어진 것이다. 오늘날 다원화 문명하에서 다른 문명 간의 차이와 이질성에 주의하지 않으면 문화 착오의 함정에 빠져들기 쉽다. 이런 것을 주의하지 않으면 왕국유, 주광잠, 유약우 등 대학자들과 같은 잘못된 길을 걷게 될 것이다. 물론 일부 사람들은 "다름"에만 비교성이 있는 가하는 질문을 할 것인데 모든 물체는 차이가 존재하므로 연구대상은 끝없이 넓다. 그렇다면 어떻게 비교할 것인가? 이질성의 비교는 어디에 있고 연구의미는 또한 무엇인가?

이질성 비교의 의미는 상호 보완성에 있는데 이질성을 강조하는 관건이기도 하다. 전통적인 비교문학 연구는 동질성과 공통성을 추구한다. 이런 연구는 동질성을 추구하는 기초 바탕 위에서 진행될 수 있다. 서로 다른 부분에 대해서는 연구적인 시야에 포함하지 않아 다른 문학과 문화 사이에 존재하는 상호 보완의 가능성을 소홀히 하였으며 탐색이라는 상호 보완성은 더욱 논할 수 없다. 중국에는 있지만 서양 국가에 없는 것으로 예를 들어, 바둑과 수묵화 등에서는 존재하는 가치로 설명하여 독창성이 있지만 이러한 독창성에 대한 연구적 가치는 상호 보완성에 있다. 예를 들어 많은 사람이 하이데거와 현상학을 좋아하지만 이들의 철학적인 사상은 사실 이해하지 못하고 있다. 현상학에서 하이데거에 이르기까지, 다시 해석학에서 새로운 사고방식과 서양 전통에 대한 돌파가 생겨났고 서양 국가의 전통과 다른 것이 나타나게 되었으며, 혁신과 다른 한 갈래 길로 나아가게 되었다. 하이데거는『문학이론·개론』에서 현상학이 언어와 의미를 분리했다고 비판하였다. 이러한 것들은 현상학의 독특한 부분으로서 이들이 언어와 의미의 차이점을 발견한 것일 뿐이다. 중국 전통적 철학은 언어와 의미를 분리해서 생각할 수 없다. 장자는 말하길 "통발은 물고기를 기다리지만 물고기를 얻고는 통발을 버린다. 토끼 잡는 그물은 토끼를 기다리지만, 토끼를 잡으면 그물을 바로 버린다. 말은 뜻에 있지만 뜻을 가지면 늘 말을 가리지 않는다."하이데거는 언어는 존재하는 것이 아니라 집에 있는 것으로서 가출할 수 있기에 언어가 파괴되면 존재 그 자체가 사라지게 된다. 이로써 알 수 있듯, 중국과 서양 국가는 다른 길을 걷고 있지만 모두 진리의 목적지에는 도달할 수 있다. 사공도의 "도를 넘게 과장하지 않아도 남다른 글재주를 자랑할 수 있다"와 엄창랑의 "당나라 때 시인들은 시의 정취를 중요시하는데 영양이 밤에 잘 때 나뭇가지에 뿔을 걸어서 위험을 막듯이 흔적 따위는 찾아볼 수도 없다. 때문에, 그들이 창작한 시가의 기묘한 부분은 투명하고 영롱하여 직접 파악하기 어렵다. 하늘에서 울리는 소리 같고 모양과 색채는 물속의 달 같고 거울 속의 꽃과 같아서, 내포한 듯이 심오하여 끝없이 음미하게 된다."에서 모두 언어와 의미가 서로 분리되는 사상을 논술하였다. 하이데거가 즐겨 인증하는 흘데인의 시와 반·고흐의 그림『농화』에는 "도를 넘게 과장하지 않아도 남다른 글재주를 자랑할 수 있다." "말은 뜻에 있지만 뜻을 가지면 늘 말을 가리지 않는다."등과 같은 기묘한 경계를 모두 갖고 있다. 때문에, 중국의 언어와 사상 관계는 서양 국가에 큰 개발을 주었다고 한다. 이것이 이질성이 도달해야 하는 상호보완성이기도 하다. 예를 들어 중국의 "한산시(寒山詩)"가 미국으로 전해진

후 나타낸 의미와 품격은 당시 "히피족(hippie)"의 영향을 받았는데 "한산시"가 나타낸 사유방식은 미국 문화에는 존재하지 않는 것이었다. 파운드는 이와 같은 이질성의 배경에서 중국 시가의 영향을 받아 미국의 이미지즘을 창립하여 미국 문학의 발전을 촉진시켰을 뿐만 아니라 세계 문단도 한층 풍부하게 만들었다. 중국 역사에도 이런 사례가 있다. 불교는 중국 문화에서의 이질성적인 것이지만 중국 문화에 흡수되고 재창조되어 중국 문화 중에 융합시킴으로써 유명한 선종(禪宗, 불교유파의 일종)을 탄생시켰다. 선종은 중국 문화발전을 촉진함과 동시에 세계의 문화적인 부분에서도 중요한 지위를 차지하였다. 이것은 이질 문화의 상호 보완 후 중요한 작용을 발휘한 성공적인 예라 할 수 있다. 그래서 우리는 비교 중에서 이질성을 찾는 동시에 상호 보완의 경지에 도달하면 중국 문화는 한층 발전할 수 있고 세계 문화도 찬란함을 되찾게 될 것이다.

그렇다면 비교문학 연구에서 공통성을 찾을 때 부동한 문명 간의 큰 문화적 차이와 다른 문학 이론 언사에 주의해야 한다. 비교문학이 비판당하는 원인은 큰 문화적 차이를 소홀하였는데 있다. 그래서 왕희봉(王熙鳳)과 폴스타프, 가보옥(賈寶玉)과 오네긴, 도연명과 워즈워스, 탕현조와 셰익스피어의 대조, 심지어 당나라 말기의 시가와 바로크형식 등등 "X+Y"형 비교만이 깊이가 없는 견강부회의 연구라 한다. 이런 연구는 비교의 목적에 도달할 수 없고 세계문학의 발전에 참고로 될 자원도 제공할 수 없다.

물론, 중국 문단의 언사 방식을 장악하려면 초심으로 돌아가 열심히 전통 경전을 학습해야 할 것이다. 오직 전통 경전을 습득해야만 이질 문화와 접촉할 때 진정으로 "이질성"이란 무엇인가를 알게 될 것이다. 그렇다면 문화의 이질성은 경지는 무엇인가? 대부분 사람이 그 답안을 모르는 것은 중국 문화이론과 전통 언사 방식에 익숙하지 않기 때문이다. 전통 언사는 문화경전에서 오고, 그에 침투되어 있다. 양명조, 계선림과 같이 어려서부터 엄격한 전통문화 경전의 교육을 받은 학자만 전통 언사를 익숙히 장악하고 있을 것이다. 때문에 오늘날 우리의 "실어"는 우리가 지식을 장악하지 않은 것이 아니라 중국 전통문화의 침투가 결핍하고 우리만의 지식이 없으며 우리 지식의 문화적 뿌리와 언사 방식 등 면에서 부족하기 때문이다. 비교문학의 연구는 서양 국가의 문화와 문학지식을 장악해야 하고 우리만의 전통문화 경전도 알아야 한다. 그래야 자유자재한 우리만의 무릉도원을 찾을 수 있다. 이런 무릉도원을 잃게 되면 서양 국가의 문화와 문학지식마저 정확히 배우지 못하게 될 것이다. 현재 문화의 "실어"는 우리만의 전통을 잃은 동시에 서양 국가의 지식도 정확히 배우지 못한 것에 있다. 전통문화의 침습을 받지 않으면 비교문학을 정확히 연구할 수 없고 전통문화의 침습을 받지 않은 저서는 일대 명장으로도 될 수 없다.

결론적으로, 문화 경전이나 문학 이론 언사를 막론하고 모두 밀폐된 문제가 아니라 중국과 서양 국가의 이질성 비교문학에 직면한 문제이다. 비교문학의 최종의 목적은 총체적 문학에 대한 추구이지만 모든 문학과 문학 언사가 일치해야 한다는 것은 아니다. 비교문학은 인류 공통의 문학적인 마음가짐과 시적인 마음가짐의 추구이고 다른 문명과 언사의 상호에 대한 보완이기도 하다. 때문에, 경전 하나로 비교문학 연구를 정확히 진행할 수 없듯이 언사도 마찬가지이다. 그러나, 언사만으로 비교문학 연구를 진행할 수 없다. 이곳에서 말하는 언사가 우리 자신만의 언사인가와 우리 민족의 전통 경전 문화의 뿌리에서 생장한 것인지 관찰해야 한다. 이 밖에, 언사는 우리만의 학술 규칙에 따라 건립하여야 한다. 경전과 우리만의 언사가 결합할 때야만이 비교문학 연구를 정확히 진행할 수 있고 비교문학도 자신만의 근원을 찾을 수 있다. 이상으로 볼 때 이질성과 상호 보완은 전 세계의 글로벌화한 환경에서 학술 혁신의 필연적인 조건임이 틀림없다.

(원고는 『학술 월간지』에 실림, 2007년 3월분에 기재)

중국문론 담론 및 중국·서양문론 대화

요약: 일부 사람들은 중국문론이 단지 "기(氣)", "풍골(風骨)", "신운(神韻)", "비흥(比興)", "묘오(妙悟)"와 "의경(意境)"등 일부 범주만을 포괄한다고 생각한다. 만약 문화의 시각만으로 본다면 우리가 중국 전통 문론을 분석하고 중국 문론 담론을 정리하는 것은 이상에서 언급한 이러한 범주뿐만은 아니다. 다시 말해서 그것들이 문학 중에서 나타낸 의미 표현 방식과 문화 규칙을 연구해야 한다. 예를 들면 고대 문론 중의 "서불진언(書不盡言)", "언불진의(言不盡意)"등등이다. 중국 학자들은 뜻을 표하는 유일한 방식이 바로 "입상(立象)"이라고 믿는데 그것은 오랫동안 중국 문론에서 이미 강화되고 두드러진 언사 방식이다. 그러므로 이전의 일부 연구의 기초에서 중국과 서양의 문론 대화 연구를 심화하여 더욱 구체적이고 체계적으로 할 필요가 있으며 네 가지 기본적인 언사규칙을 따를 필요가 있다.

키워드: 중국문론언사, 대화, 규칙

1. 중국문론화어의 기본 특징

언사(또는 화어, 언설;discourse)란, 일반적인 의미의 언어나 담화를 가리키는 것이 아니라 당대의 언사 분석 이론(discourse analysis theory)의 개념을 차용한 것으로 전문적으로 문화적 의미를 구축하는 법칙을 가리킨다. "이러한 법칙은 일정한 문화적 전통, 사회적 역사 및 문화적 맥락에서 형성되는 사유, 표현, 의사소통 및 해독 등의 기본 규칙으로 의미의 구축 방식(to determine how meaning is constructed)과 교류하고 지식을 창시하는 방식(the way we both communicate with each other and create knowledge)이다."[46] 좀 더 간결하게 말하자면 언사란 일정한 문화적 사유와 언설의 기본 범주와 규칙을 말한다.

어떤 사람은 중국 전통의 문론의 담론은 단지 "풍골", "묘오", "의경"등의 범주에 지나지 않는다고 생각하는데 이는 하나의 오해이다. 고대 문론의 범주는 필자가 말한 "문화 규칙"이 아니다. 모든 문화, 문론은 자신의 규칙이 있다. 범주는 단지 언사의 표층적인 것일 뿐이고 문화 규칙은 범주의 심층적인 것을 지배한다. 범주에는 시대성이 있지만 문화 규칙은 역사의 긴 흐름에 일관되어 있다. 이것은 필자가 흔히 말하는 "죽은 범주(死範疇)", "살아있는 규칙(活規則)"이다. 즉 범주는 죽을 수 있지만 규칙은 여전히 존재하며 규칙은 범주의 시대에 뒤떨어짐에 따라 죽지 않는다. 예를 들어 선진시기에는 "풍골" 범주가 없고, 위진시기에는 "묘오" 범주가 없으며, 당나라에도 "운치"범주가 없었다. 이러한 구체적이고 개별적인 범주들은 모두 시대의 제한성이 있으며 시대에 따라 생겨나고 시대에 따라 소멸된다. 그러나 이러한 범주를 지배하는 심층적인 문화적 규칙은 한번 형성되면 쉽게 사라지지 않으며 시종일관하여 문론의 범주를 지배한다. 중국 고유의 문화 규칙은 무엇인가? 필자가 보기에는 크게 두 가지 있다.

(1) "도"를 핵심으로 하는 의미 생성과 언어구사 방식

『노자』에서는 "도가도, 비상도, 명가도, 비상도(道可道, 非常道；名可言, 非常名.)"라고 하였다. 이것이 말하고 있는 것이 바로 의미의 생성 방식이다.

---

46 曹順庆：《中外比较文论史·上古时期》, 济南, 山东教育出版社, 1998。

"도"는 만물의 본원이며 의미의 본원이기도 하다. "도는 하나를 낳고, 둘을 낳고, 둘은 셋을 낳고, 셋은 만물을 낳는다." "도"는 어디에서 의미를 낳았는가? 허무함에서 나오는 것이다. "천하의 만물은 있는 것에서 태어나고, 있는 것은 없는 것에서 태어난다." 왕필은 "천하의 물건은 모두 있는 것을 시작으로 하며, 있는 데에서 시작하면 없는 것을 근본으로 한다. 모든 것을 가지려고 하면 반드시 없는 것을 전도되게 할 것이다"라고 설명했다. 이러한 "없음(無)"은 결코 텅 빈 "없음"이 아니라 "없음"을 근본으로 하는 "무물적인 물(無物之物)"이다. "무중생유(無中生有)"의 의미의 생성 방식은 로고스의 "유중생유"와 근본적으로 다른 것으로 이로부터 중국과 서양 문화와 문론의 다른 방향과 경로를 확립하였다. "무중생유"도 중국 고유의 문화 규칙의 하나가 되었다.

의미의 생성 방식은 언사 방식을 결정한다. "도"의 불가언설성은 곧 의미의 불가언설성이다. 의미는 말하기 불가능하지만 반드시 말로 표현해야 한다. 이것은 장자가 말한 "말하는 자는 뜻에 마음을 두기 때문에 뜻을 얻으면 말을 잊는다"가 있다. 또한 『주역·계사』에서 말한 "말은 뜻을 다하지 않는다", "성인은 형상을 세워 뜻을 다한다"가 있다. 보다싶이 중국은 점차 언외의 뜻을 강조하는 것이 형성되었고 외적 구상을 말하는 언사 방식이 형성되었다. 이런 언사 방식은 "한 글자도 쓰지 않고 풍류를 다한다"의 "불언언지(不言言之)"에서 표현되며 "간략한 말로 뜻에 도달한다"의 "간언언지(簡言言之)"에서 표현되며 "누가 말한 한점의 밝강이 무한한 봄뜻을 기탁한다"의 "약언언지(略言言之)"에서 표현되며, "비흥", "흥취", "묘오", "운치", "의경"등 문론 범주에서 보다 명확하게 표현된다.

의미를 강조하는 불가설성은 시종 중국 문화의 잠재적이고 심층적인 문화 규칙이다. 예를 들어 유협은 "은수(隱秀)"를 말하면서 "문외의 중지(文外之重旨)"를 중시한다고 하였다; 종영은 "자미(滋味)"를 논하면서 "글은 이미 다했지만 뜻은 남아 있다"는 것을 강조하였고 사공도는 "맛밖의 맛(味外

味)"에 대해 논할 때 "상외지상, 경외지경", "운외지치", "미외지지"를 제창하였다. 엄창랑은 "흥취(興趣)"를 말하면서 "영철하고 영롱하며, 마치 공중의 소리, 모양 속의 색상, 물속의 달, 거울 속의 상 같아 말은 다하였으나 뜻은 무궁무진하다"를 강조하였고, 왕사정은 "신운(神韻)"을 말하면서 "기운은 움직임을 낳고(氣韻生動)", "묘함은 상외에 있다(妙在象外)"를 중시하였다. "비흥", "기탁(寄托)"등 여러 범주에 대해서는 기본적으로 모두 이 문화 규칙의 제약을 받아 독특한 언사표현 방식을 형성하였다. 이 체계는 또 "적은 것으로 많은 것들을 말하고(以少總多)", "허실상생(虛實相生)", "언어와 뜻의 변론(言意之辯)"등 화제에 구체적으로 구현되었다.

(2) 유가의 "경전에 의거하여 의리를 세우"는 의미 구성 방식과 "경전을 해독하"는 언사패턴

공자가 중화문화의 "지성선사(至聖先師)"로 된 까닭은 그가 고전 텍스트에 대한 해독을 통해 뜻을 재구성하여 중화문화의 기본 모범과 언사형식을 다졌기 때문이다.

공자는 스스로 "서술하며 만들지 않고, 믿으면서 옛것을 좋아한다"라고 자칭했다. "서술하며 만들지 않"는 것은 바로 옛 작품을 따라 고대 전적을 정리하는 것이다. 공자가 편찬한 『시』, 『서』, 『예』, 『악』, 『춘추』 및 『역』을 위해 전을 만든 것은 중국 문인들이 경을 근본으로 하고 경을 풀이하고 경에 따라 의리를 확립하고 해석하는 패턴과 의미 구축 방식을 확립하였다. 어떤 학자가 말하듯이, 중국 유가학파는 전후 2천여 년간 면면히 이어져 있는데 그 "중요한 원인 중의 하나는 바로 그것이 고금을 관통하는 기본 전적이 있기 때문이다. 즉 다시 말해서 바로 공자가 정리, 편찬하여 삭제하고 수정한 『육경』이 있기 때문이다." 공자는 경전을 편찬하는 과정에서 고대 전적에 대해 광범위한 해설과 해석을 진행하였는데 "사무사(思無邪)",

"흥관군원", "문질빈빈" 등은 바로 『시경』에 대한 해석 중에서 제기되었다.

한나라 때에는 고문경학과 금문경학의 구분이 있지만 그 의미의 생성 방식에서는 모두 경서에 따라 의리를 세웠다. 한나라 때 "모든 학문을 배척하고 오직 유교를 존숭"하여 유교 문화가 중화 문화 중의 정통 지위를 확립하였다. 위진시대에는 현학이 흥성함에 따라 『주역』, 『노자』, 『장자』를 대표로 하는 "삼현(三玄)"이 바로 현학의 경전이다; 송나라 때에는 이학(理學)이 번영하여 이정(二程), 주희등 해경 대가들이 속출하였다; 명나라 왕양명의 심학의 영향하에서 문론은 "육예의 학문"에서 "정신심술의 묘를 기하는(寄精神心术之妙)"[왕순지 『구대계와 함께 승서』(王順之《与顾箬溪中丞书》)]것을 중시한 것으로 전변하였다. 청대의 박학(朴學)은 고증을 기본으로 하는 경전 해석 방식이다. 중국 역대 학술의 발전을 종합해 보면 비록 여러 갈래로 뒤섞여 있고 학파가 분분하지만 경학, 현학, 이학, 심학, 박학을 막론하고 그들의 가장 근본적인 의미의 생성 방식은 모두 경서에 의거하여 의의를 세우는 데 있다. 이것이 바로 종경(宗經)이다. "경서에 의거하여 의리를 세운다"는 의미는 일종의 독특한 언사 방식을 형성하였는데 이것이 바로 경서에 대한 해석 방법이다. 전(傳), 주(注), 정의(正義), 전(箋), 소(疏)등 명목의 주해방식이 풍부하였는데 이것이 바로 경서에 의거하여 의리를 세우는 언사 방식이다.

이 언사 방식을 근간으로 하여 또 진일보로 새로운 언사 방식을 끌어 냈다. 예를 들어, "문장은 요약하나 박대한 것을 가리킨 것(文約而指博)"의 "춘추』필법"은 한 글자 차이로 포폄의 뜻을 담고 있다. "말은 미소 하나 큰 뜻이 담아 있는(微言大義)"의 언사 방식은 "미약하면서도 현저하고(微而顯)", "뜻을 토로하면서도 은유적이며(志而晦)", "완곡하면서도 글을 이루는(婉而成章)" 것을 중요시하였다. "의의로 뜻을 거스른다(以意逆志)"의 해석 방법은 "글로 사사를 해치지 않고, 사사로 뜻을 거스르지 않으며, 의의로 뜻을 거스르는 것은 그것을 얻는 것이다"[47]라고 강조했다. 『모시서』는 "완곡한 간언"[48], "비흥으로 호상 진술하"[49]는 의미의 곡절적인 서술 방식을 제기했다. 동중서는 "시무달고 역무달점 『춘추』무달사"[50]라고 창언했다.

이 언사 방식은 결코 "굳은" 것이 아니다. 그것은 오늘날에도 여전히 살아 있다. 중국 문화의 이런 학술 규칙, 중국 문론의 이런 학술 논설 방식은 필자가 보기에 결코 "풍골", "문기", "묘오", "신운" 등의 범주가 현당대에서의 소멸과 함께 사라지지 않을 것이다. 그것은 여전히 생명과 활력을 가지고 있으며 완전히 현대적인 전환을 진행하여 더 나아가서 더욱 빛낼 수 있다. 현대 문학예술에서 이런 용어는 여전히 사용할 수 있는데 예를 들면 "허실 상생"으로 현대 문학 창작을 지도하고, 회화 예술을 지도하며, 영상 예술 심지어 광고 디자인까지 지도한다. 시의 창작과 환경 예술의 디자인을 지도하기 위해 "의경(意境)"이론이 사용되었다.

왕국유 선생의 『인간어화』, 범문란 선생의 『문심조룡주』, 양명조 선생의 『문심조룡교주습유보정』, 전종서 선생의 『담예록』, 『관추편』은 모두 이런 언사 방식을 활용하여 주장을 내세운 것이다. 『관추편』은 136만 자에 달하지만 서양식의 거시적이고 체계적인 논저 형식으로 나타나지 않았다. 『관추편』은 중국 전통의 주, 소, 전, 감의 언사 방식을 채용하였으며 심지어 문언으로 책을 저술하였는데 책에서는 대량의 서양 자료를 인용하여 중국 문화와 문론을 설명함으로써 중국 전통 언사의 내포가 드러나게 하였다. 이것들은 모두 중국 언사의 성공적인 응용이며 특히 왕국유 선생과 전종서 선생의 저서는 더한층 중국 언사을 위주로 하여 중국과 서양의 모범을 한층 더 융합시킨 저서이다.

---

47 "不以文害辞, 不以辞害志 ; 以意逆志, 是为得之"

48 "婉言讽谏"

49 "比兴互陈"

50 "诗无达诂, 易无达占, 《春秋》无达辞"

비록 중국 문화의 이러한 규칙은 오늘날에도 여전히 살아 있고 여전히 생명과 활력을 가지고 있으며 완전히 전환을 진행하여 더 나아가서 더욱 빛나게 할 수 있지만 안타깝게도 수년간의 서양을 숭상하고 중국을 폄하하는 것으로 인해 서양의 학문은 날로 열렬해지고 중국 문학은 날로 쇠퇴하여 당대에 우리는 오히려 중국 문론의 언사 규칙은 한편으로 치우치고 날마다 서양식으로 "낭만주의", "현실주의", "포스트 구조주의" 등등을 떠들며 중국의 문화 규칙은 거의 상실되었다. 서구식 담론의 범람은 중국문론 발전에 심각한 결과를 초래하였는데 가장 두드러진 표현은 바로 그것이 중국문론, 중국 학문의 혁신 능력을 크게 떨어뜨렸다는 것이다. 현당대 문예이론이 걸어온 노정을 돌이켜보면 "5·4"로부터 지금까지 우리의 문예이론 연구는 기본적으로 모방, 추종하는 것이다. 즉 서양의 각양각색의 문론을 모방하고 서양의 각양각색의 이론계 조류를 추종하는 것이다. 오늘에 이르러 이러한 모방은 점점 더 심해지고 민족문화의 자신감을 완전히 상실하며 민족문화의 창조 정신을 상실하여 끝없는 모방 추종 속에서 거의 중국 고유의 문화 규칙은 사라지고 있다. 이는 중국 문론의 "실어증"을 초래하게 되었다.

동시에 필자가 말하는 "언어상실"은 또한 중국과 서양이 다문화 대화에서 이론 성과를 창출하는 좋은 기회를 상실하고 문화의 "교잡우세(雜交優勢)"를 상실하게 되었다. 이것은 중국 문화 발전의 중대한 전략적 실수이다. 문화 교잡의 우세를 설명할 수 있는 많은 예증이 있다. 당나라 문학의 황금시대는 바로 문화 교잡의 성과이다. 당나라에는 남북 문학의 교류뿐만 아니라 동서("서"는 "서토"에서 전해온 인도 문화를 가리킴)문화와 문학의 교류가 있었다. 위진남북조 시기에 불교가 중국 문화에 미친 충격은 근현대 서양 문화가 중국 문화에 미친 충격에 뒤지지 않았다. 당시 중국의 "불교화"는 한때 중국 문화의 근본을 위협했다. 고돈유(顧敦鍒)선생은 "불교가 중국에 전래되며 중국 문화의 인간성, 이성, 윤리적 관념 등을 뒤엎을 위험이 있다. 양진남북조의 불교화는 근본적으로 허약하고 통제되지 않은 불교화이다. 이는 문화 해체의 가능성이 있는 매우 위험한 시기"라고 지적했다. 불교의 "중국화"를 경험한 후 당나라는 문화전략의 조정을 시작하였고 불교 중국화의 발걸음을 가속화하여 중국 문화로 하여금 위험한 시기에 처하게 하였으며 마침내 "중국 불교화"에서부터 "불교 중국화"의 "전환"과 "재건"의 길로 나아갔다. 불교의 중국화에는 다방면의 내용이 있는데 가장 중요한 것은 불교의 언사규칙이 점차적으로 중국 문화 규칙과 융합되어 최종적으로 중국화 된 불교인 선종(禪宗)을 형성하였다. 선종은 중국과 인도의 이질적인 문화가 교잡되어 생겨난 문화적 우세이다. 이 우세는 현재까지도 여전히 일본, 미국에 대해 심대한 영향을 끼쳤다. 한산시(寒山詩)는 일본, 미국에서 끊임없이 각광을 받는 것은 선종 사상의 문화 규칙과 언사 방식에 힘입은 것이다. "중국불교화"와 "불교중국화"의 가장 근본적인 차이는 바로 무엇을 위주로 "중국화"하는가이다. 불교문화 위주로 "중국화"하면 불교의 "중국화"가 될 수밖에 없다. 올바른 길은 중국 문화를 위주로 불교의 중국화를 실현하는 것이다. 구돈유 선생은 양진과 남북조처럼 근본이 허약한 상황과는 달리 "수·당 이래의 불교화는 근본을 강화하고 통제에 능하는 시기"이라 지적하였다. "그들의 주요한 방법은 다섯 번째가 있다. 첫째, 수당 시기 이래, 국내의 통일 평화에 대하여 계속 노력하고 인민으로 하여금 편안하게 살고 즐겁게 일하는 생활을 마련하고 생활의 낙관적인 정신을 회복하도록 한다. 둘째, 시험제도를 실시하여 정치가 명료하고 학술화되도록 하고 국민들은 더욱 평등하게 정치에 참여할 수 있는 기회와 희망을 가지게 한다. 셋째, 각종 학교를 설립하여 지식을 전파하고 전문 인재를 배양한다. 넷째, 수·당시기에 반포한 형법은 행정과 목민(牧民)의 효과적인 도구이며 후세의 성문법전의 모범이다. 다섯째, 송나라 유생들은 많은 경서 가운데에서 4서를 제출하여 공민은 반드시 모범경전을 읽게 하며 독자들이 쉽게 중심 신앙을 얻을 수 있게 하여 유교가 더욱 널리 퍼져나가게 한다." 바로 강한 뿌리를 근본으로 하고 자아를 위주로 하여 인도 불교문화를 융합함으로써 "문화 해체의 위기를 벗어나고 당나라를 중심으로 한 문예의 부흥 시대를 개척하였다."

역사를 거울로 삼으면 득실을 알 수 있다. 어떤 의미에서 오늘날 중국은 중국 서구화에서 서구 중국화로의 전환점에 서 있을 수도 있다. 우리는 이미 근 100년의 "서구화"과정을 겪었고 중국 문화는 이미 거의 "서구화"에 의해 쇠약해질 지경에 이르렀다. 이러한 허약한 상태가 바로 필자가 묘사한 현재의 문화와 문론의 "실어" 상태이다. 현재 이 상태는 두 가지 발전 방향이 있을 수 있다. 첫째는 계속 "서구화" 하는 것이다. 둘째는 서양 문화를 중국화하는 것이다. "실어증"이 현재 문학 이론계의 급선무이다. 이유는 바로 이것이 중대한 문화 발전 전략의 문제이기 때문이다. 만약 "실어증"이 사람들에게 중화문화의 위기를 각성시킨다면 중·서문론 문명 대화는 중국 문화를 인도하여 "중국 서구화"에서 "서구 중국화"로의 전환의 길로 나아가게 하고 점진적으로 중국 문화의 골격과 혈맥을 되찾아이질문명 대화에서 기세를 몰아 중국 문화를 내놓을 뿐만 아니라 이론 창조의 새로운 고봉에 도달할 수 있다.

2. 중·서문론 다문명 대화의 기본 원칙

중·서문론에서 문명을 넘어선 "대화"를 진행하는 중요성은 이미 학술계의 절대다수 학자들의 공감대가 되었으며 대화 연구에서 학자들은 적극적인 탐구를 통해 일부 중요한 학술 성과를 거두었다. 필자는 이미 1995년에 발표한 『비교문학 중국학파의 기본이론특징과 그 방법론체계에 대한 초탐』이란 글에서 중·서문론대화의 기본방법을 간략히 언급하였다.[51] 지

---

51 参见曹顺庆:《比较文学中国学派基本理论特征及其方法论体系初探》,载《中国比较文

우(支字)와 근년에 저술한『대화에서 문학이론을 건설하는 중국담론---논 중·서문론대화의 기본원칙과 그 구체적 경로』는 이 방면의 대표작이라 할 수 있는데 이질문론대화의 두 가지 기본적이고지도적인 원칙과 이질문론 대화의 네 가지 구체적인 연구경로와 방법을 제시하였다.[52] 그밖에 고조소 (顾祖钊) 선생의『중·서문론 융합의 4가지 기본모식』은 중·서문론이 전반 성을 띠고 관건적인 문제에서 융합될 가능성을 보여주며 중국특색이 풍 부하고 인류성과 세계적인 초월적 문론 형태의 매력적인 전망을 보여주어 중·서문론 대화에 지도적인 의의가 있다.[53] 본문은 이전 사람들의 대화 연 구 방법을 총결하는 동시에 대화의 지도 원칙 및 구체적인 경로와 방법 방 면에서 진일보로 자신의 견해를 제기하여 중·서문론 대화 이론에 대해 충 실하고 향상시키고자 한다.

중·서문론의 다문명 대화는 거시적인 것과미시적인 것의 두 층면으로 나뉜다. 거시적으로 말하자면 주로 두문명 간 문론 대화의 기본 원칙, 언 사 이론, 언사 체계, 언사 의식, 문화 사유, 언사 규칙 등 방면의 문제와 관 련되며 구체적으로 언사 독립의 원칙, 언사 평등의 원칙, 쌍방향 해석의 원 칙, 구동존이의 원칙이 있다. 미시적으로 말하자면, 주로 다문명 문론 대화 의 기본 경로와 방법이다.

(1) 언사 독립의 원칙

필자는『대화에서 문학이론을 건설하는 중국언사---논중·서문론 대화 의 기본원칙과 그 구체적 경로』에서 "언사 독립"의 원칙을 처음으로 분명

学》,1995(1)

52 参见曹顺庆、支宇:《在对话中建设文学理论的中国话语-—论中西文论对话的基本原则及其 具体途径》,载《社会科学研究》,2003(4)。

53 参见顾祖钊:《论中西文论融合的四种基本模式》,载《文学评论》,2002(3)。

히 제시한 바 있다. 다문명적 문론 대화나 이질적 시학의 대화는 언어의 문제가 아니라 "언사"의 문제이다. 언사는 문화의 가장 핵심적인 부분이며 그 모든 언설이 반드시 따라야 하는 기본 규칙이며 그 문화 체계의 문학 관념에 결정적인 역할을 한다. 그러므로 이질적 문론 대화의 첫 번째 작업은 그 언사들 사이의 상호 대화를 실현하는 것이다. "언사의 측면을 무시하고 문화의 가장 기본적인 의미 구성 방식과 언사 규칙을 무시한다면 어떤 이질적 문론적 대화도 두 가지 결과를 초래하게 된다. 즉 기괴한 표층 문화 현상의 비교이거나, 아니면 여전히 강한 문론의 일가지언(一家之言)일 뿐이다."[54]이질문론의 대화는 먼저 대화 당사자의 말을 명확히 하고 각자 부동한 언사를 가진 다음 상호 간에 공감하고 이해할 수 있는 기본 규칙을 찾아야 한다. 물론 상호간에 이해할 수 있는 이런 언사를 구성하는 것은 매우 복잡한 과정이다. 그것은 자신의 문학체계의 정리, 용어의 번역 소개, 다른 문화사회적 배경의 탐구 등을 필요로 한다. 그러나 대화이론은 각 대화 주체가 자신의 언사을 정립하든 대화 당사자가 공통의 언사를 형성하든 우선적으로 "언사의 독립" 원칙을 따라야 한다. "언사의 독립" 원칙을 최우선으로 삼는 것은 우리가 대화하기 전에 자신의 언사 체계를 확립하고 대화 중에 항상 자신의 언사 입장에 관심을 갖도록 요구하는 것이다. 이 기본 원칙을 견지해야만 이질적인 문론의 대화가 진정으로 효과적으로 진행될 수 있다.

(2) "평등한 대화" 원칙

"언사의 독립" 원칙과 동시에우리는 "평등한 대화'의 원칙도 제기했다.

---

54 曹顺庆、支宇：《在对话中建设文学理论的中国话语——论中西文论对话的基本原则及其具体途径》,载《社会科学研究》,2003(4)。

동서양의 문명 간 담론이 진정으로 평등하게 대화하는 것은 쉬운 일이 아니다. 그러나 비교문학의 문명간 대화는 이 평등의 원칙을 버리거나 무시한다면 강한 문화의 패권적 상태를 초래할 수 있다. 20세기의 중국 문화는 서양의 강세적인 문화와 교류할 때 상호간의 평등을 중시하지 못하였는데 그 결과는 바로 오늘날 우리가 소위 말하는 중국 문화와 문론의 "실어"를 초래하였다. 20세기는 중국인들이 고통과 반성을 거쳐 문화적으로 "이방과 비해 새로운 소리를 추구하지 않는다"의 세기이다. 중국과 서양의 격렬한 문화 충돌에 직면하여 중국은 서양으로부터 여러가지 "주의(主義)"를 도입했다. 이것은 철학, 정치, 경제, 역사, 문화, 심지어 생활 양식 전반의 수입이다. 문학 이론의 경우 고대 그리스의 플라톤, 아리스토텔레스로부터 오늘날의 다양한 모더니즘, 포스트모더니즘에 이르기까지 서구에서 수천 년에 걸쳐 세워진 각종 체계를 모두 가져왔다. 그러나 도입중에서 중국과 서양 문화의 교류중, 우리는 대화를 소홀히 하고 특히 대화가 준수해야 할 평등의 원칙을 소홀히 했다. 결과는 어떠 하였는가? 우리는 다른 사람의 이론적인 언사는 배웠지만 자신의 이론적인 언사를 잃게 되었다. 우리는 다른 사람의 문학 이론으로 자신의 문학 이론을 풍부하게 하는 것이 아니라 문화의 담론 차원에서 전체적으로 이식하고 교체하였다. 이것이 바로 중국 문화와 문론의 "실어증"이다. "실어증"이란 "우리의 학자들이 모두 중국어를 말할 수 없는 것이 아니라 우리가 자신의 특유한 사유와 언사 방식을 잃어버리고 우리 자신의 기본 이론 범주와 기본 운향 방식을 잃었으며 따라서 우리 민족의 생존 의의를 구성하는 문화적 임무를 완수하기 어렵게 된 것이다."[55] 앞의 말에 관한 분석에서 보면 "실어증"의 원인은 우리가 중국과 서양 대화에서 중국 문론 본위인 언사의 상실이다. 그리고 사회학적 관점에서 보면 "실어증"에서 말하는 담론의 상실은 심층적으로 "중

---

55 曹顺庆、李思屈：《重建中国文论话语的基本路径及其方法》, 载《文学评论》, 1996(2)。

국과 서양의 지식 계보의 전체 전환"[56]으로 나타난다. 그러므로 우리가 중
국-서양 문론 대화를 제창하는 평등 의식은 결코 "탈식민주의"의 이상화
한 항쟁이 아니라 중국 전통 문론의 "이질성"을 확인하는 기초 위에서 서
양 문론과 평등 대화를 진행하는 것이다.[57] 민족 본위 언사의 상실로 나타
나든 중국과 서양 지식 계보의 전환으로 나타나든 "실어증"의 근본 원인
은 문화 충돌, 대화 중 평등 의식의 희미함과 상실이다.[58] 역사적 경험으로
부터 보면 이질적인 문론 사이의 대화는 "평등한 대화"의 원칙을 견지하는
조건에서만 효과적으로 진행될 수 있다. 그렇지 않으면 "대화"는 다시 "독
백"이 될 수밖에 없다는 것을 보여준다.

(3) "쌍방향 천발(雙向闡發)" 원칙

"평등한 대화"와 "언사의 독립"의 원칙 외에 필자는 "쌍방향 해석"의 원
칙도 문명을 넘어선 언사 대화에서 중요한 지도원칙이라고 여긴다. 비록
"천발 연구(闡發研究)"는 타이완 학자인 고첨홍, 진혜화(진붕상)가 1976년에
정식으로 제기한 것이지만 "천발연구"는 연구 수단이나 방법으로서 이미
중국 학자(예를 들면 왕국유, 오밀吳宓, 주광잠 등)의 학술 실천 중에 나타났다. 필
자는 『비교문학 중국학파의 기본 이론 특징 및 그 방법론 체계에 대한 초
탐』에서 처음으로 "천발연구"를 비교문학 중국학파의 5대 주요 방법론의
하나로 삼았다. "설명법(闡發法)"은 비록 "비교하지 않"거나 또는 직접적으
로 비교하지 않지만 "문화를 뛰여넘"(跨文化, 중국과 서양의 이질 문화를 넘나드는)
기 때문에 비교문학 연구와 일치한 "효과"를 얻을수 있다.(양주한의 말) 이리

---

56 曹顺庆、吴兴明:《替换中的失落》,载《文学评论》,1999(4)。

57 肖薇、支宇:《从"知识学"高度再论中国文论的"失语"与"重建"--兼及所谓"后殖民批评主
义"论者》,载《社会科学研究》,2001(6)。

58 曹顺庆:《再说"失语症"》,载《浙江大学学报》(人文社会科学版)、2006(1),11~16页。

하여 중국 학파의 독자적인 비교문학 방법론이 되었다. 타이완 학자의 "단방향 설명(單向闡發)"의 관점에 대하여 진돈(陳惇), 유상우는 저술한 『비교문학 개론』에서 처음으로 "쌍방형 천발"의 관점을 제기하였다. 그들은 "천발연구는 결코 일방향이 아니라 쌍방향적이다. 즉 상호적이어야 한다. 한 민족의 문학 이론과 양식에 의해서만 다른 민족의 문학이나 문학 이론을 서술할 수 있다고 인정한다면 마치 영향 연구에서 한 민족의 문학이 대외 민족 문학에 영향을 미쳤을 뿐 이 민족 문학이 다른 민족 문학의 영향을 받은 적이 없다고 인정하는 것과 같이 과격해지는 것으로 이론적으로 타당하지 않다"[59]고 지적했다. 두위(杜衛)는 "연구의 핵심은 문화를 뛰어넘은 문학적 이해"[60]라고 명시했다. 그리고 우리가 여기서 말하는 이질적 언사의 대화에서의 "쌍방형 천발"의 원칙은 새로운 문론 담론의 건설에서 우리가 외국 문론(주로 서양)의 장점을 잘 받아들여 스스로 사용할 수 있어야 할 뿐만 아니라 우리의 이론으로 다른 나라의 문학이나 이론을 해석할 수 있어야 한다는 것을 말한다. 우리는 들여올 수 있을 뿐만 아니라 밖으로 나갈 수도 있어야 하며 적어도 밖으로 나갈 의식을 가져야 한다. 이것은 우리가 대화에서 언사사용과 언사수출의 의식을 가져야 한다는 것을 요구한다. "평등한 대화"와 "언사의 독립"의 원칙은 우리의 진지를 지키기 위한 것이라면 "쌍방형 천발"의 원칙은 우리가 돌격하는 나팔수이다. 근년에 어떤 학자가 쓴 글에서 "한 나라의 경제, 정치 실력이 모두 강대할 때 그 문화는 일반적으로 강한 문화이고 강한 문화는 일반적으로 수출성 문화이며 약한 문화는 강한 문화의 영향을 수동적으로 받아들이거나 심지어 동화될 수밖에 없다"고 지적하였다. 나아가 "중국-서양문론의 평등한 대화

59 陈惇、刘象愚：《比较文学概论》,北京, 北京师范大学出版社, 1988。

60 杜卫：《中西比较文学中的阐发研究》,载《中国比较文学》,1992(2)。

는 현재 심지어 향후 한동안 불가능하다"[61]는 결론을 내렸다. 우리는 현재 중국과 서양의 문론 대화는 확실히 일종의 불평등한 대화이지만 불평등을 초래하는 원인이 모두 서양 국가의 정치, 경제 실력의 강대함에 있는 것은 아니라고 생각한다. 미국은 매우 강대하지만 20세기에 세계 문론의 풍파를 독차지한 것은 총포에 의해서인가? 같은 서양의 강대국인 영국, 일본(정치적인 의미에서 서양으로 귀속시킬 수 있다)은 어찌 탁월한 이론적 기여가 보이지 않는가? 정치, 경제 실력이 문화의 발전에 매우 큰 영향이 있음을 부인할 수 없지만 20세기에 미국 문론가들이 탁월한 성과를 보인 가장 중요한 이유는 역시 그들이 서양 문론 전통을 잘 계승하고 그들 자신의 강한 혁신의식에 있는 것이다. 그러므로 비록 현재의중국의 정치, 경제는 아직 발달하지 못했지만 우리가 중·서문론 대화를 할 때 언사의 평등 및 언사의 수출의 의식을 갖는 것을 방해하지는 않는다. "쌍방향 해석"의 핵심은 우리가 서양 문론을 잘 이용하여 중국 문론 언사를 불러일으켜야 할 뿐만 아니라 과감히 우리의 이론을 활용하여 서양의 것을 해석해야 한다는 데 있다. 오직 이렇게 해야만 우리는 세계에서 중국학자만의 목소리를 낼 수 있고 또한 이렇게 하여만든 새로운문론언사는 민족성도 있고 세계성도 지닐 수 있다. 물론 이 과정은 길고 험난할 수도 있지만 모든 학자가 이러한 언사 담론의식을 가지고 있는 한 반드시 중국문론이 중국을 벗어나 세계에 진군하는 날이 올 것이다. 이 방면에서 왕국유 선생은 이미 우리에게 모범을 보여주었다. 또 당대의 일부 학자들은 중국의 "허실 상생" 이론을 이용하여 밀란 쿤데라의 작품을 설명한 것도 좋은 효과를 거두었다.[62]

---

61 杨怀周:《对中国文论"话语重建"的具体途径与方法的再思考》,载《青海师专学报》,2003(3)。

62 参见李思屈:《虚实相生:从宇宙大化到艺术规律》,见曹顺庆编:《重建中国文论话语》。

(4) "구동존이, 이질호보(求同存異,異質互補)"의 원칙

문명사이의 문론 대화의 또 하나의 중요한 원칙은 "구동존이, 이질호보" 이다. 유개민(劉介民)은 "중국과 서양 비교 문학의 출발점은 그 공통성을 발견하는 것이고 그 '부동'의 가치를 탐구하는 것이 그것의 주요 정신"[63]이 라고 지적했다. 같은 것을 구하는 것에서 출발하여 더나아가서 부동한 것 을 분별하는 것이 이질문론 대화의 기본 출발점이다. "이동 비교법(異同比 較法)은 비교문학 중국학파의 중요한 방법의 하나로서 이미 많은 학자들 의 관심을 불러일으켰다. 원학상(袁鶴翔)선생은 "문학은 동서를 물론하고 모두 공성이 존재한다. 이 공성은 곧 중국과 서양을 비교하는 문학 종사자 의 출발점이다. 그러나 이 출발점은 절대적인 것이 아니며 그것은 단지 하 나의 시작에 불과하다. 이는 우리를 하나의 더 넓은 연구 범위로 끌어들인 다. 그것이 바로 진일보의 분별이다. 그러므로 우리가 중국과 서양 문학 비 교 작업을 하는 데서 단지 '공성'만의연구를 추구해서는 안된다. 환경, 시 대, 민족 습관, 종족 문화 등등의 요소로 인해 야기되는 다른 문학 사상 표 현의 연구도 진행해야 한다."[64] "이(異)"의 중요성은 또한 중국-서양 문학 민족 특색에 대한 관심을 의미하며 중국-서양 문론의 독특한 가치에 대 한 탐구고 그 효과는 단지 소통과 융합뿐만 아니라 서로 보충하고 장점을 취하여 단점을 보완하는 것이다. 필자도 "근본적 의미에서 말하자면 비교 문학은 바로 두 방면의 기능을 가지고 있다. 한편으로는 소통하고 각 나라 문학 사이, 각 학문 사이, 각 문화권 사이의 공통점을 찾아서 융합시키는 것이고 다른 한편으로는 상호 보완하고 각 나라 문학 사이, 각 학문 사이, 각 문화권 사이의 상이한 점을 탐구하여 각종 문학이 서로 대비되는 가운

63 刘介民：《比较文学方法论》, 天津, 天津人民出版社, 1993.

64 袁鶴翔：《中西比较文学定义的探讨》,载《中外文学》(台北),1975(3)。

데 더욱 선명하게 그 각자의 민족적 특색과 문학적 개성 및 그 독특한 가치를 두드러지게 하여 서로 보완하고 서로 어울리게 하는 것이다."[65] "이상의 비교를 통해 우리는 이런 계시를 얻을 수 있다. 중국과 서양 문론은 비록 완전히 다른 민족 특색을 가지고 있지만, 많은 개념에서 반대이지만, 많은 상통하는 점도 있다. 이러한 상이하면서도 공동적인 상황은 바로 중국과 서양 문론의 소통 가능성과 서로 대체할 수 없는 독특한 가치를 설명하고 있다. 같은 곳이 많을수록 친화력이 강하다. 상이한 곳이 선명할수록 상호 보완의 가치는 더욱 중대하다. 중국 고대 문론의 중요한 가치는 그것이 서양 문론과 비슷한 이론을 제기했을 뿐만 아니라 서양 문론이 가지고 있지 않은 것도 적지 않게 제기했다는 것이다. 이것들은 바로 세계 문론 속의 결여를 보완할 수 있다."[66]라고 제출하였다.

중·서문론 언사의 이런 공통성과 개성은 우리가 서로 대화할 때 "구동존이, 이질호보"의 원칙을 취할 수밖에 없음을 결정했다. 예를 들면 중국의 "시무달고(詩無達詁)"와 서양의 "해석학(闡釋學)", 서양의 "생소화(陌生化)"와 중국의 "기정, 통변(氣正,通變), 중국의 "언(言), 상(象), 의(意)"설과 서양의 "텍스트 층차 이론"은 상대적으로 비교하면 그들이 큰 공성이 존재하고 또 각기 특색이 있음을 발견할 수 있다. 고조소선생은 일찍이 중국과 서양의 "심미이상양식"을 예로 들어 중국과 서양 문론의 차이성과 상호보완성의 관계를 설명하였고 서양의 전형론과 중국의 의경론과 의상론을 열거하여 설명하였다. 그가 최종적으로 얻은 결론은 다음과 같다. "중국과 서양의 비교를 통해 우리는 전형론에서 서양 문론이 그에 대한 연구의 세밀함이 중국 문론의 허술함을 충분히 보완할 수 있다는 것을 발견했다. 의상론의 비교에서는 도리여 중국 고대 의상론의 세밀함과 성숙함은 서양 현대 문론

---

65 曹顺庆:《中西比较诗学》,北京, 北京出版社, 1988。
66 曹顺庆:《中西比较诗学》,北京, 北京出版社, 1988。

의 결함을 보완할수 있다. 그러나 서양 모더니즘의 번창한 발전은 중국 고대 의상론의 현대적 의의를 반영했다. 의경론은 중국의 가장 민족적 특색이 풍부하고 가장 성숙하고 완벽한 이론이며 동시에 글로벌적 의의가 매우 풍부한 이론이다. 이로부터 서양은 의경심미추구의 길로 나아가기 시작했다. 서양 현대 학자들은 이미 예술 표현 대상이 눈에 보이는 현실 생활뿐만 아니라 눈에 보이지 않는 형상도 있다는 것을 발견했다. 그들의 견해는 비록 중국인들이 추구하는 '형상밖의 예술'과 아직 상당한 거리가 있지만 이미 의경론이 서양에 받아들여질 가능성이 있다는 조짐을 보여준다."[67] 이질적인 언사 대화에서 "구동존이, 이질호보"의 원칙을 견지한다면 우리가 다원적이고 개방적인 안목으로 세계문화를 관조할 수 있도록 계발할 수 있으며 기존의 중·서문론 패턴을 초월하여 더욱 개방적이고 합리적이게 되며 따라서 더욱 인간성을 띤 문론체계를 건설할 수 있다.

(원고『절강대학교학보(인문사회과학판)』, 2008년 1기에 기재)

---

67 顾祖钊：《论中西文论融合的四种基本模式》, 载《文学评论》, 2002(3)。

제1판 후기

　일찍이 복단대학교 중어중문학부에서 공부할 때부터 나는 비교시학에 대해 농후한 흥취를 가졌으며 스승과 친구들의 격려하에 비교시학연구의 길을 모색해 보았다. 사천대학교에서 학습하고 교편을 잡는 기간에 나는 중국과 서양의 비교시학논문을 비교적 체계적으로 쓰기 시작하였다. 이 책은 바로 내가 요 몇 년 동안 일하면서 얻은 작은 수확이다. 외국에서는 비교문학연구가 심화 발전함에 따라 비교시학이 날로 사람들의 주목을 받고 있다. 세계 비교문학의 발전 추세로부터 볼 때, 비교문학은 최근 몇 년 동안 문예이론과 이미 떼어 놓을 수 없는 인연을 맺었다. 많은 식견이 있는 자는 더 이상 부족한 것에 얽매지 않고 안간힘을 다 써서 문예이론을 배척하는 벽을 뚫기 시작하였다. 비교문학을 문학의 "대외무역"과 여러 나라로 이루어진 관계망의 정리라는 보수적 관점으로만 보는 것보다 눈을 돌려 "문학성"을 중시하고 비교연구에서 "문학예술의 본질적인 미학중심 문제"[웰렉(renewellek) 말함]를 찾아야 한다. 프랑스의 비교문학가 르네 에티엠블(rene etiemble)은 역사적 탐구와 미학적 명상이 결합된다면 "비교문학은 필연적으로 비교시학에 의해 이끌리게 될 것"이라고 예언하였다. 비교시학의 흥기와 더불어 중·서시학의 거대한 가치는 날로 사람들에게 알려지게 되었다. 일부 학자들은 중국시학을 고려하지 않으면 서양에서는 이른바 일반적인 문학이론을 논할 수 없다는 것을 현명하게 인식하고 있다. 최근 해외 화교 학자와 홍콩, 타이완의 학자들은 중국과 서양의 비교시학연구에서 한발 앞서 일정한 성과를 거두었다. 국내의 비교시학연구도 맹아하고 있는데 그 형세는 매우 현저하다. 이 책은 아주 평범한 돌맹이로서 힘차게 발전하는 중국과 서양의 비교시학 연구를 위해 길을 닦고자 한다.

비교는 이유가 아니라 연구수단에 불과하다고 나는 일관적으로 인정하여왔다. 비교의 최종목표는 같은 것을 탐구해내거나 서로 다른 현상속의 깊은 의미가 있는 인류 공통의 "시심(詩心)"을 발견하고 각 민족이 세계문예이론에 대한 독특한 기여를 찾아내는 것이다. 더욱 중요한 것은 이러한 공동의 시심과 독특한 기여에 의거하여 문학예술의 본질적 특징과 기본적인 법칙을 발견하여 일종의 더욱 새롭고, 과학적이고 온정한 문예이론체계의 확립을 위한 것이다. 본서는 바로 이런 점에 착안하여, 예술의 본질, 예술의 기원, 예술의 사유, 예술의 풍격과 예술 감상 등 5개 방면을 선택하여 시험적인 비교연구를 진행하여 그중에서 중국과 서양 문학이론의 공통법칙과 독특한 이론적 가치를 발견하고 상호 보완을 모색하고자 한다.

중국과 서양의 비교시학은 범위가 매우 넓은데, 본서는 넓은 예술에서 천박한 일부분 지식만 언급했을 뿐 많은 중요한 이론문제는 아직 언급하지 않았으며, 이상적인 목표와는 아직 거리가 멀다. 더구나 미흡하거나 잘못된 부분도 적지 않았으니 전문가, 독자들의 아낌없는 가르침을 바란다.

세 사람이 길을 가면 그 가운데 반드시 나의 스승이 있다. 비교시학을 탐색하는 길에서 나는 나에게 힘을 준 국내외 스승과 벗들을 잊을수 없으며 노세대 학자들의 지지와 격려를 잊을수 없다. 많은 중청년학자들의 가르침과 도움도 잊을수 없다.

이 책은 양명조(楊明照)선생이 서문을 달아주셨고 무(武)선생이 많은 보귀한 수정의견을 제기하였는데 이에 진심으로 사의를 표합니다!

차오순칭
1986년 9월 사천대학교제 5숙소의 방에서

재판 후기

『중·서비교시학』이 1988년 북경출판사에서 출판된 이래 지금까지 어느 덧 20년이 흘러갔다. 20년 동안 이 책은 "중국과 서양의 첫 비교시학 전문 서"라는 호평을 받았다. 우리나라에서도 최근 비교시학 연구가 주목을 받으면서 이 책이 독자들의 사랑을 받게 되었다. 유감스러운 것은 북경출판 사는이 책을 재판하지 않았다. 독자들은 늘 여러모로 찾을수 없다며 재판 요구를 제기하였다. 마침 중국인민대학교출판사에서 나에게이 『중·서비 교시학』을 재판해달라고 요청하였는데 나는 기꺼이 허락하였다.

『중·서비교시학』이 정식으로 출판된후의 20년간 비교시학연구는 끊임 없이 깊이있게 발전하였고 학술시야도 갈수록 넓어졌다.『중·서비교시학』 은 우리 나라 20세기 80년대의 학술 환경과 배경에 의탁하여 만든 작으로 시대에 부적절한 곳이 다소 존재하고 있다. 이런 연고로 출판는 나더러 수 정할 것을 요구하였다. 그러나 원작의 면모를 보존하는 것이 독자들의 우 리 나라 비교시학발전의 초보단계를 이해하는데 더욱 도움이 되고 비교시 학의 역사면모를 엿보는데 더욱 유리하다고 여긴다. 이런 것들을 고려한 뒤 이 저서에 대해 아무런 수정도 하지 않았다. 단지 글속의 오타나 주석 부분을 수정하고 조정했을 뿐이다. 그리고 이런 기초상에서 근년래 발표 된 상관자료를 부록으로 삼아 독자들이 열람하고 참고하도록 하였다.

중·서비교시학은 20년간 쾌속하게 발전하여 학계의 많은 전문가, 학자 들이 계속 탐구하는 중이다. 나는 학계의 여러 동료들이 이글의 부족함을 보충하고 중·서비교시학의 발전을 추진할 것을 간절히 빈다.

중국인민대학교출판사에서 이 글을 재판해 주신 것, 그리고 나의 두 박 사과정 학생 류옌차오(劉延超)와 양뷔웨이(楊淳伟)가 교열, 수정, 정리 등 작업을 도와주신 것에 대해 감사의 마음을 전달한다.

차오순칭

2008년 12월 26일

참고문헌

1. 마르크스엥겔스전집: 베이징: 인민출판사, 1960
2. 마르크스엥겔스선집: 베이징: 인민출판사, 1995
3. 마르크스엥겔스의 예술논, 베이징: 인민문학출판사, 1966
4. 십삼경주소, 베이징:중화서국, 1980
5. 제자집성, 베이징: 중화서국, 1954
6. 곽소우편집, 중국역대문논선, 상하이: 상하이고적출판사, 1979
7. 서우등 선별편집, 중국근대문논선, 베이징: 인민문학출판사, 1959
8. (청)하문환집록, 역대사화, 베이징: 중화서국, 1981
9. 정복보 집록, 역대사화속편: 베이징: 중화서국, 1981
10. 정복보 집록, 청시화, 베이징: 중화서국, 1978
11. 곽소우 선별편집, 청시화속편, 상하이: 상하이고적출판사, 1983
12. 양명조, 문심조룡교주습유, 상하이: 상하이 고서적출판사, 1982
13. 범문란, 문심조룡 주, 베이징: 인민문학출판사, 1958
14. 황간, 문심조룡찰기, 베이징: 중화서국, 1962
15. 유영제, 문심조룡교석, 베이징: 중화서국, 1962
16. 육간여, 모세금, 문심조룡석주, 제남:제로서사, 1981
17. 주진보, 문심조룡주석, 베이징: 인민문학출판사, 1981
18. (양)종록찬, 진연걸 주, 시품주, 베이징: 인민문학출판사, 1980
19. [일]변조금강, 문경비부논, 베이징: 인민문학출판사, 1975
20. (당)사공도찬, (청)손연규, 양정지 해설, 사공도 시품 해설 2종, 제남:제로서사, 1980
21. (송)엄우 저술, 곽소우 교석, 창랑시화 교석, 베이징: 인민문학출판사, 1979
22. (명)호응린, 시수, 상하이: 상하이고적출판사, 1979
23. (청)왕부지 저술, 대홍삼 전주, 강재시화전주, 베이징: 인민문학출판사, 1981
24. (청)이어, 한정우기. 베이징: 중국연극출판사, 1980
25. (청)왕사정 저술, 장충남찬, 대홍삼 교열, 대경당시화, 베이징: 인민문학출판사, 1963
26. (청)유희재, 예개, 상하이: 상하이고적출판사, 1979
27. 왕국유, 황주이, 왕유안교정, 인간사화·혜풍사화, 베이징:인민문학출판사, 1960
28. 양계초, 음빙실화, 베이징: 인민문학출판사, 1959

29. 곽소우, 중국문학비평사, 상하이: 상하이고적출판사, 1979
30. 복단대학교 중국어학과 편집, 중국문학비평사, 상하이: 상하이고적출판사, 1979
31. 나근택, 중국문학비평사, 상하이: 상하이고적출판사, 1984
32. (양)소통편집, (당)이선주, 문선, 베이징:중화서국, 1977
33. 베이징대학교철학과편집, 중국미학사자료선집, 베이징: 중화서국, 1980
34. 오려보 주편, 서양문론선, 상하이: 상하이역문출판사, 1979
35. 오려보 주편, 현대서방 문론선, 상하이: 상하이역문출판사, 1983
36. 주광잠, 서방미학사, 베이징: 인민문학출판사, 1979
37. [영]포상규저, 장금 역, 미학사, 베이징: 상무인서관, 1985
38. [영]리스토웰 저, 장공양 역, 근대서방 미학사, 상하이:상하이역문출판사, 1981
39. [고대 그리스] 아리스토텔레스 저, 나염생 역, 하라스 저, 양주한 역, 시학·시예, 베이징: 인민문학출판사, 1962
40. [고대 그리스]플라톤 저, 주광잠역, 플라톤문예대화집, 베이징: 인민문학출판사, 1963
41. [독]레싱 저, 주광잠역, 라오콘, 베이징: 인민문학출판사, 1979
42. [독]에커맨 집록, 주광잠역, 괴테담화록, 베이징: 인민문학출판사, 1978
43. 유약단 편집, 19세기영국시인의 논시, 베이징: 인민문학출판사, 1984
44. [독]괴테 등저, 왕원화 역, 문학풍격론, 상하이:상하이역문출판사, 1982
45. [독]크로체저, 주광잠역, 미학원리, 베이징:외국문학출판사, 1983
46. 베이징대학교 철학과미학연구실편집, 서방미학가들의 아름다움논과 미감, 베이징: 상무인서관, 1982
47. [독]헤겔 저, 주광잠역, 미학, 베이징: 상무인서관, 1979
48. 전종서. 관추편. 베이징: 중화서국, 1979
49. 베이징대학교철학과외국철학사연구실 편찬, 고대그리스로마철학, 베이징: 상무인서관, 1961
50. 이욱, 서방미술사강, 선양: 랴오닝미술출판사, 1980
51. 심자승 편집, 역대논화명작모음, 베이징: 문물출판사, 1982
52. 범문란, 중국통사, 베이징: 인민출판사, 1978
53. 주일량, 우우근주편, 세계통사, 베이징: 인민출판사, 1973
54. 엽유렴: 비교시학, 타이베이: 대만동대도서회사, 1983
55. 장융계: 비교문학역문집, 베이징: 베이징대학출판사, 1982
56. [독]마르크스, 모르겐 고대사회 책 한권 요약, 베이징: 인민출판사, 1965
57. 중국사회과학원철학연구소미학연구실, 미학역문, 베이징: 중국사회과학출판사,

1982

58. [소] 고리키 저, 무영주 역, 러시아문학사, 상하이: 신문예출판사, 1956
59. [러]베린스 저, 만도역, 베린스키선집, 상하이: 상하이 문예출판사, 1963
60. [러]베린스키, 베린스키 문학을 논하다, 상하이: 신문예출판사, 1958
61. [러]아르 톨스토이, 문학을 논하다, 베이징: 인민문학출판사, 1980
62. 베이징사범대학중문과 편집, 외국문학참고자료(19-20세기초), 베이징: 고등교육출판사, 1958
63. [러]체호프 저, 여룡 역, 체호프 문학을 논하다, 베이징: 인민문학출판사, 1958
64. [러]두브로류포프 저, 신미애 역, 두브로류포프선집, 상하이: 신문예출판사, 1957
65. [소] 고리키, 문학을 논하다, 베이징: 인민문학출판사, 1978
66. 중화서국상하이편집소편집, 정판교집, 베이징:중화서국, 1962
67. [고대 그리스] 아리스토텔레스 저, 오수팽 역, 형이상학, 베이징: 상무인서관, 1983
68. [이탈리아]레오나르도 다빈치 저, 대면 편역, 다핀치의 회화를 논하다, 베이징: 인민미술출판사, 1979
69. 첨검봉, 노자의 그 사람 그 책과그도논, 우한: 후베이인민출판사, 1982
70. 주적, 예술의 기원, 베이징: 중국사회과학출판사, 1982
71. 소순흠, 소순흠집, 베이징: 중국서국, 1961
72. 왕국유, 왕국유희곡논문집, 베이징:중국연극출판사, 1957
73. 하문환, 역대 시화, 베이징: 중화서국, 1981
74. [소] 고리키, 나는 어떻게글짓기를 학습 하는가, 베이징: 삼연 서점, 1951
75. 소대잠, 현대파 미술에 대한 간단한 논의, 석가장:허베이미술출판사, 1957
76. 중국당대문학연구회 제2차 학술토론회 문선, 신시대문학탐구, 쿤밍:운남인민출판사, 1981
77. 하얼빈사범대학원 중국어과 형상사유 자료 편집팀, 형상사유 자료총집·베이징: 인민문학출판사, 1980
78. 관경 편역, 현대물리학과 동방신비주의, 청두: 사천인민출판사, 1983
79. [프랑스]텐저, 부뢰역, 예술철학, 베이징: 인민문학출판사, 1963
80. [송]위경지, 시인옥설, 상하이: 상하이고적출판사, 1959
81. 프린스턴대학교출판사, 프린스턴시가와 시학백과사전, 1974
82. 애덤스아자르, 르로이 설편집, 플라톤 이래의 비평논, 워즈위스 출판사, 뉴욕, 1971
83. 유약우, 중국의 문학이론, 시카고 대학교 출판부, 1975
84. 르네 웰렉, 오스틴 워렌, 문학이론, 뉴욕, 1949
85. 르네 웰렉, 현대문학비평사: 1750-1950(제5권), 예일대학교출판부, 1955. 1965. 1968

| 지은이 소개 |

조순경(차오순칭), 1954년생, 유럽과학과 예술원 원사, 사천대학교 걸출교수, 사천대학교 학위(문과)평심위원장, 사천대학교 문학과 신문 대학 학술대학장, 교육부 "창장 학자 장려 계획" 특별 초빙교수, 국가 급 교학 명사상수상, 국가 급 중점 학과 비교문학과 세계문학학과 책임자. 원 중국교육부 중문학과 교수 지도위원회 부주임, 중국비교 문학 학회 회장, 중국 고대문학리론학회 부회장, 중국중외문론학회 부회장, 사천성비교문학학회 회장 등 직을 역임하였다. 『중·서비교시학』, 『중외 비교문논사』, 『비교문학사』 등 저작 40여 편을 출판하였고 학술논문 300여 편을 발표하였다.

| 옮긴이 소개 |

안해숙, 1986년생, 연변대학교 외국어대학 한국언어문학 부교수, 석사생지도교수, 비교문학과 세계문학 책임자. 길림성 청년 과학 연구자협회 회원, 연변주청년연합회 회원. 선후하여 중국국가사회과학기금 2개 항목을 완성하였고 『중국주류문학하의 조선족문학』, 『서방미학사』, 『이백』 등 저(역)작 3편을 출판하였고 학술논문 10여 편을 발표하였다.

곽려화, 연변대학교 비교문학과 세계문학 석사과정.

중서비교시학

초판 인쇄 2024년 10월 15일
초판 발행 2024년 10월 25일

지 은 이 | 조 순 경
옮 긴 이 | 안 해 숙, 곽 려 화
펴 낸 이 | 하 운 근
펴 낸 곳 | 學古房

주   소 | 경기도 고양시 덕양구 통일로 140 삼송테크노밸리 A동 B224
전   화 | (02)353-9908 편집부(02)356-9903
팩   스 | (02)6959-8234
홈페이지 | www.hakgobang.co.kr
전자우편 | www.hakgobang@naver.com
등록번호 | 제311-1994-000001호

ISBN 979-11-6995-527-0 93820

값 37,000원